Clara Bienert

Ist alles gut?

Ein enzyklopädischer Dialog über gymnasiales Wissen

BUCHER

Das hier abgedruckte Gespräch stammt aus dem Nachlass einer lieben Bekannten. Der Text, der in vier Heften handschriftlich vorliegt, wurde unverändert abgetippt. Auf Wunsch der Autorin wird er unter geändertem Namen veröffentlicht. Die wenigen Kapitelüberschriften stehen so im Original. Aufgrund der Vielfalt an Themen, die der Dialog anspricht, habe ich mich entschlossen, ein Namen- und Sachregister anzufügen, das eine Orientierung über zentrale Inhalte bieten soll.
Für Hinweise zur Korrektur bin ich Andrea Fredriksson-Zederbauer, Matthias J. Pernerstorfer und Sigrid Zederbauer sehr zu Dank verpflichtet.
Der Herausgeber, Alfred Dunshirn

 · ISBN: 978-3-99018-651-0
1. Auflage - 400 Stück - BUCHER Verlag · Druck: Janetschek - Printed in Austria
Umschlagsgestaltung, grafisches Konzept, Design & Satz: Raffael F. Lehner · raff.at

Inhalt

Ein Vorgespräch über das Ich, Gott und die Welt

A: Freut mich sehr, dass wir uns nach so langer Zeit wieder einmal begegnen.

B: Mich ebenso. Diese Begegnung ergibt sich in einem günstigen Augenblick.

A: Hast du mir denn etwas zu sagen?

B: Ja, ich grüble in letzter Zeit darüber nach, was die Dinge in der Welt eigentlich zu bedeuten haben.

A: Du meinst den Sinn des Lebens?

B: Ja, und zwar in einem ziemlich umfassenden Sinn. So frage ich mich des Öfteren, ob ich denn eine sinnvolle Sicht auf all die Dinge, die mir gedanklich zugänglich sind, haben kann.

A: Das musst du mir bitte genauer auseinandersetzen.

B: Ich fühle mich mit meinen knapp vierzig Jahren nach langem wieder einmal einigermaßen frei und sozusagen aus dem Gröbsten heraus. Die letzten Jahre, beinahe Jahrzehnte, erscheinen mir so, als wären sie mit den vielen Beschäftigungen im Studium, beim Etablieren meiner Kanzlei und im Zusammenhang mit meiner Familiengründung wie in Trance vergangen. Das war alles einigermaßen spießig und beschaulich, kannst du sagen. Mir ließ es jedoch kaum Zeit zum Nachdenken.

A: Im Unterschied zu mir, willst du sagen, der vordergründig professionellen Wissenschaftlerin, die dauernd Zeit zum Nachdenken hatte?

B: Ich wollte nicht beleidigend sein. Aber es scheint mir eine glückliche Fügung zu sein, dass wir uns hier und jetzt getroffen haben und dass ich dir ein paar Gedanken, die mich beschäftigen, darlegen kann, sofern du dazu Lust hast.

A: Ich stehe ganz zu deiner Verfügung, nimm bitte Platz!

B: Du musst wissen, dass ich mich die letzten Jahre hindurch beständig für philosophische Fragen interessiert habe. Und jetzt, da unsere Kinder eigenen Beschäftigungen nachgehen und meine Arbeit in geregelten Bahnen verläuft, frage ich mich nicht selten, ob ich das, was ich in unserer Schulzeit und danach an Informationen über die Welt zusammengesammelt habe, irgendwie unter einen Hut bringen kann.

A: Vielleicht solltest du gar keine derartige Gesamtsicht versuchen?

B: Ich weiß, glaube ich, worauf du hinauswillst: Wir alle bewohnen nur regionale Welten, sind eigentlich keine Subjekte mehr, Gesamtdeutungen der Welt sind unerschwinglich und so weiter.

A: Etwa in diese Richtung.

B: Aber ich glaube, das ist für viele unzutreffend, die derlei Bedenken und Einsprüchen zum Trotz zumindest für sich selbst eine Gesamtdeutung der Welt versuchen, mag es nur in Form eines simplen Überblicks sein. Ich jedenfalls möchte probieren, eine solche Zusammenschau für mich zu unternehmen. Dabei ist es mir ein Anliegen, nicht wild vor mich hin zu fantasieren, sondern – um dieses etwas veraltete Wort zu verwenden – eine gewisse Redlichkeit walten zu lassen.

A: Und dich nicht selbst zu belügen?

B: Ja. Ich möchte nicht bei einer Stammtischweisheit oder Stammtischplauderei mit Erkenntnissen wie: »Die Welt ist verrückt!« oder »Das kann keiner verstehen!« stehen bleiben. Ich will versuchen, dasjenige zu einem Gesamtbild zu verbinden, was ich in den mühevollen Jahren des Lernens und Studierens eingetrichtert bekommen habe.

A: Zielst du auf eine Art Enzyklopädie ab?

B: Womöglich. Freilich kann ich mir denken, dass du mir gleich darlegen wirst, dass ich ein nostalgischer Romantiker bin – die Zeit für Enzyklopädien sei vorbei, zumindest für solche, die ein einzelner Mensch hervorbringt.

A: Es stimmt, dass man gegenüber jemandem, der einen derartigen Versuch, ein Gesamtbild seines Wissens zu erstellen, unternimmt, den Vorwurf erheben kann, dass er die Welt und ihre unendliche Vielfalt in ungerechtfertigter Weise vereinfache; er gebe sich dem Wahn hin, alles begreifen zu wollen, und fliehe so vor der Komplexität der Welt.

B: Umgekehrt könnte ich den Aposteln der Komplexität vorwerfen, sie verstecken sich hinter ihr, um sich nicht einen Überblick über ihre eigene Lage verschaffen zu müssen. Man könnte ihnen also ein ähnliches Ausweichen vorwerfen wie dem, der alles simplifiziert.

A: Ich merke bereits, dich hat deine juristische Tätigkeit zu einem gewieften Redner gemacht. Jedenfalls freut es mich zu sehen, dass dich die neu gewonnene Freiheit und Freizeit zum Philosophieren im weitesten Sinn gebracht hat. Die Muße wird ja immer wieder als Grundvoraussetzung dafür angeführt, dass wir überhaupt nachdenken können.

B: Aber ich bemerke bei dir eine gewisse Zurückhaltung gegenüber meinem Anliegen, einen Überblick über meine Kenntnisse zu gewinnen.

A: Ich selbst bin zwiegespalten, was das Denken in derart allgemeinen Bahnen angeht. Vielleicht ist es unseriös, möglicherweise ist es genau das, was zum Ziel führt.

B: Darf ich dir von meiner Zielvorstellung berichten und dich bitten, mich bei meinen Überlegungen als professionelle Wissenschaftlerin ein wenig zu begleiten?

A: Ich habe Zeit. Zwar betreibe ich keine philosophische Praxis für Beratungen, aber ich gebe gerne meine Kommentare zu deinen Ausführungen ab.

B: Eventuell lässt sich das, worum es mir geht, sehr wohl mit der zuvor von dir angesprochenen Frage nach dem Sinn des Lebens beschreiben. Sicherlich klingt »die Frage nach dem Sinn des Lebens« etwas schwülstig, und ich meine nicht, dass es bei dem »Sinn« um ein weit entferntes Ziel geht, wie um das Auffinden des heiligen Grals oder um das Erleben eines besonderen, einmaligen Moments. Ich glaube, es geht beim Erfassen des Sinns des Lebens darum, dass wir uns, wenn ich das etwas gestelzt ausdrücken darf, in der jeweiligen Lebenssituation einfinden und den Sinn, den diese Situation hat, erkennen.

A: Sofern die Situation nicht sinnlos ist. Aber mir scheint, in dir schlägt bei deiner Überlegung der alte Lateiner durch.

B: Wie das?

A: Was du skizzierst, bezieht sich eher auf den Sinn des Lebens als *sensus*, auf den »Sinn« im Sinn von »Fühlen« und »Erleben«, als auf den »Sinn« in der Bedeutung »Zweck« oder »Ziel«.

B: So ganz kann ich dir nicht folgen.

A: Na ja, es heißt zum Beispiel, der Sinn dieser und jener Fahrt ist, dahin oder dorthin zu gelangen. Das ist dann der »Sinn« im Sinn eines Zwecks oder Ziels. Der *sensus* der Fahrt wäre jedoch die Wahrnehmung dessen, was man unterwegs erlebt, was man sieht, riecht, schmeckt und so weiter.

B: Willst du damit sagen, dass es bei der Reise des Lebens nicht primär um die Fahrt zum Tod geht, sondern um die Inhalte, die wir unterwegs erleben?

A: Ich glaubte zumindest, dich so verstanden zu haben.

B: Ja, du hast mich gar nicht schlecht verstanden. Ich habe mir des Öfteren gedacht, dass ein grundlegender Sinn des Lebens darin liegt, dass wir unser geistiges Vermögen des Unterscheidens erfassen.

A: Jetzt ist es an mir, über deine Worte zu staunen.

B: Ich beziehe mich damit auf die ziemlich banale Beobachtung, dass wir – zumindest im Wachzustand – permanent mehr oder weniger geistvolle Tätigkeiten durchführen, nämlich das Sehen, Hören, Riechen, Vorstellen und so fort …

A: ... bei denen wir ständig etwas unterscheiden. Du meinst damit vermutlich, dass wir Farben, Geräusche, Gerüche und so weiter unterscheiden?

B: Ja, und darüber hinaus komplexere Inhalte, Gegenstände, ein Auto dort, einen Vogel da, dann selbstverständlich Gefühle wie Hunger und Durst.

A: Auf etwas subtilerer Ebene können wir davon sprechen, dass wir die Unterscheidungen selbst voneinander unterscheiden, also das Sehen vom Hören et cetera. Wir sind uns dabei dessen bewusst, dass das Gesehene etwas anderes ist als das Gehörte und dass beides wiederum verschieden ist von unserer Erinnerung.

B: Ausgezeichnet, das ist es ungefähr, was mir vorschwebte mit dem Erfassen des geistigen Vermögens. Alles Unterscheiden in uns dreht sich um einen Angelpunkt, den wir immer wieder als das »Ich» bezeichnen.

A: Was du sagst, deutet in die Richtung dessen, was wir mit einem gelehrten Ausdruck als Apperzeption bezeichnen können, als »Mit-wahrnehmung« oder vielleicht besser als »Mit-erfassung« des Ichs, das alle Inhalte begleiten können muss.

B: Das mag so sein. Mir geht es im Zusammenhang mit meiner kleinen Selbsterklärung der Welt bei diesem Unterscheiden und dem Ich als seinem Zentrum vor allem um zwei Sachen: Um eine Erklärung des Treibens der vielen Menschen auf dieser Erde, das heute so gerne als zunehmend egoistisch beschrieben wird, und um den problematischen Ausdruck »Subjekt«.

A: Du meinst, weil es den Begriff »Subjekt«, wenn man die Sache ernst nimmt, nicht mehr im Sinn eines souveränen Ichs gibt oder geben sollte?

B: Ja, das pfeifen sogar die feuilletonistischen Philosophenspatzen vom Dach, denen ich meine spärlichen Einblicke in die zeitgenössische Philosophie verdanke.

A: Vermutlich wird das seinen Grund haben, dass es für problematisch gehalten wird, heute noch in diesem Sinn von einem »Subjekt« zu sprechen.

B: Aber mit Verlaub, ich halte das für einen Schwachsinn, davon auszugehen, dass es keine Subjekte mehr im Sinn eines Ichs gibt. Wir alle sprechen ja ständig »ich« aus. Selbstverständlich fühle ich mich oft zerrissen in viele Rollen, die ich anderen Personen gegenüber einnehme. Aber ich darf mich gleichzeitig zumindest der Illusion hingeben, dass ich irgendwie etwas Konstantes bin, das sich durch die vielen Facetten meiner Person und die Inhalte meiner Erlebnisse hindurchzieht.

A: O du Glücklicher, der du nicht bei akademischen Vorträgen sprechen und diskutieren musst!

B: Du meinst wegen meiner offenbar konservativen Verteidigung von so etwas wie Subjekt?

A: Unter anderem. Mir scheint jedoch, du fasst diese Diskussion ziemlich eng auf.

B: Das mag sein. Jedenfalls scheint mir die Annahme eines weltweit bei den Menschen vorhandenen Ichs notwendig, um mir das vielfältige Treiben der Menschen zu erklären. Ich würde es gerne vermeiden, mich einem Pessimismus hinzugeben, der das zugegebenermaßen oftmals chaotisch wirkende Tun der unzähligen Menschen dieser Welt auf ihre Gier nach Geld und Ruhm oder auf ihre Blödheit und ihr geringes Denkvermögen zurückführt.

A: Sondern?

B: Ich gehe davon aus, dass es allen Menschen um die Erhaltung ihres Ichs geht, was wir als durchaus legitim betrachten dürfen.

A: Oder als Ausdruck des höchsten Egoismus, nicht wahr?

B: Mir ist bewusst, dass auf der Welt nicht alles rosig läuft (oder sogar das meiste nicht). Und sicher lässt sich über die Mittel und Wege, wie die Menschen ihr Ich zu erhalten versuchen, streiten.

A: Das Ziel aber scheint dir unstrittig zu sein?

B: Ja. Wenn der Sinn des Lebens in dem angesprochenen geistigen Unterscheiden, verbunden durch das Ich als Schaltstelle der Unterscheidungen, besteht, dann erfüllen alle Menschen mit ihrem Streben nach Ich-Erhaltung den grundlegenden Sinn des Lebens.

A: Aber sprechen wir nicht vom Scheitern eines Lebens oder von besseren oder schlechteren Arten zu leben?

B: Das liegt vermutlich an den ferneren Zielen, die sich jemand setzt, und an den äußeren Bedingungen. Diese können sicherlich ungünstig sein, und andererseits können die Ziele im Leben (zumindest aus der Sicht von anderen) falsch gewählt sein.

A: Aber du gehst grundsätzlich, was das Ziel des geistigen Unterscheidenkönnens betrifft, von einer Teleologie aus, die über den Köpfen der Akteure tätig ist?

B: Wie meinst du das mit der Teleologie?

A: Unter »Teleologie« ist die Ansicht zu verstehen, dass Tätigkeiten oder Vorgänge auf ein *telos*, ein Ziel, hin, also zielgerichtet ablaufen. Dabei muss es nicht so sein, dass sich die jeweils Tätigen bewusst ihr Ziel setzen ...

B: was auch immer »bewusst« heißen mag ...

A: Das können wir ein andermal besprechen. Was ich sagen wollte ist, dass eine Tätigkeit nicht unbedingt mit Absicht durchgeführt wird oder ein Vorgang nicht immer verbunden mit Bewusstsein abläuft, wie – wenn ich ein klassisches Beispiel nennen darf – ein Pflanzensame in seiner Entwicklung einem Ziel zustrebt, nämlich eine vollständige Pflanze zu werden. Wir würden hierbei wohl nicht sagen, dass der Same sich dieses Ziel bewusst vornimmt.

B: Das gefällt mir recht gut. Analog können wir den Menschen zuschreiben, dass sie ihrem Ziel zustreben, ohne es sich jeweils ausdrücklich vorzusetzen, nämlich dass sie ihre geistigen Funktionen ausführen.

A: Da stellt sich die Frage, ob dieses Ziel nun – wie du vorhin sagtest – einen grundlegenden Sinn des Lebens ausmacht und ob es das Ziel schlechthin ist.

B: Du hast mich mit der Teleologie soeben – wenn mich meine Erinnerung nicht täuscht – an einen alten Philosophen erinnert. Bei einem berühmten antiken Denker ist doch vom Guten die Rede, wonach alles strebt und das alles in Bewegung hält?

A: Ja, bei Platon. Er spricht von der Idee des Guten, welches allem, was es gibt, das Sein, die Wahrheit und auch die Erkennbarkeit gewährt – du erlaubst, dass auch ich etwas schwülstig formuliere.

B: Das klingt für mich durchaus dichterisch. So paradox dies mit Blick auf verschiedene Weltenläufe scheinen mag, so wäre es doch eine schöne Annahme, dass alle Menschen nach dem Guten streben.

A: Darf ich vorschlagen, zur Präzisierung der Aussage das Wort »scheinbar« vor dem »Guten« hinzuzusetzen?

B: Diesen Vorschlag nehme ich gerne an.

A: So können wir das Unabgeschlossene und Unabschließbare der Diskussionen darüber erklären, was eigentlich das Gute ist, da die Menschen anscheinend sehr unterschiedliche Dinge für gut erklären. Was aber ist deiner Ansicht zufolge das Gute, das die Menschen anstreben – ist es jenes Erfassen der geistigen Funktionen des Unterscheidens?

B: Ich möchte bei der Suche nach einer möglichen Antwort darauf noch ein wenig dem Ich nachgehen. Mir ist, glaube ich, bei meinem Nachgrübeln aufgegangen, welch gewaltiges Chamäleon das Ich ist.

A: Weil es alle Inhalte unseres Bewusstseins begleitet?

B: Ja, aber vor allem, weil es in Gestalt verschiedener Personen auftritt. Wenn ich mich frage, wer ich bin, kann ich natürlich antworten: Ich bin der Franz, bin 39 Jahre alt, ich sehe jetzt den blauen Himmel und so weiter. Aber dann kommt plötzlich ein anderes Ich in mein Sicht- und Hörfeld und, wenn ich so sagen darf, in mein Denkfeld, und dieses Ich spricht ebenfalls »ich« aus.

A: Wenn zum Beispiel ich zu dir am Telefon sage: »Hallo, ich bin's.«

B: Ja, genau. Das ist selbstverständlich banal, aber vielleicht ist das eine wohltuende Beobachtung im Hinblick auf die verbohrten Ichsucher, die nach ihrem inneren, eigentlichen Ich suchen, was mir einigermaßen problematisch erscheint.

A: Das könnte viele vor den Kopf stoßen, wenn sie von der Suche nach ihrem inneren Ich lassen sollten.

B: Darf ich dazu noch etwas vorbringen?

A: Aber gewiss.

B: Mir gefällt eine Überlegung, die ich irgendwo aufgeschnappt und auf diese meine Grübeleien aufgepfropft habe, dass ich nämlich niemals das Wort »ich« in der gleichen Weise aussprechen kann.

A: Wie verstehst du diesen Gedanken, den du da aufgreifst?

B: Schon auf materieller Ebene kann ich darüber reflektieren, dass ich, wenn ich einige Male hintereinander »ich« ausspreche, in der Zwischenzeit jeweils ein anderer geworden bin. Ich habe dazwischen ausgeatmet, Stoffwechsel betrieben (wenn auch in nur minimalem Ausmaß), bin gealtert und so weiter. Auf geistiger Ebene habe ich beim zweiten Aussprechen von »ich« – womöglich ebenfalls in geringstem Maß und unwillkürlich – andere Gedanken und Vorstellungen als beim ersten Aussprechen gehabt. Mit einem berühmten Diktum ausgedrückt: »Alles fließt.«

A: Ich bin wiederum erstaunt. Mag sein, dass du nicht behaupten möchtest, dass es ein Subjekt im Sinn eines souveränen Ichs gibt. Andererseits muss man eventuell doch – das ist eine alte Streitfrage – bei aller Veränderlichkeit des Ichs etwas Beharrliches annehmen, das diese dauernden Wechsel und Veränderungen, von denen du redest, beobachtet und feststellt.

B: Das ist eben das Ich, das im Zentrum jener geistigen Funktionen, von denen wir gesprochen haben, steht und die sich dauernd verändernden Inhalte zusammenhält, wenn ich so sagen darf. Ich kann mir allerdings denken, dass du mich mit meinem Herumreiten auf dem Ich bald für einen Egomanen halten wirst.

A: Na ja, ich könnte dazu erwähnen, dass es in ethischen Diskussionen in jüngerer Zeit ein Reden vom positiven Egoismus gibt. Das geht in die Richtung anzunehmen, dass es für ein Gemeinwesen nicht schlecht ist, wenn jemand das, was in ihm angelegt ist, gut oder sogar in bestmöglicher Form erfüllt – hier lässt wieder die Teleologie grüßen. Natürlich könnten wir dabei grundsätzlich in Zweifel ziehen, ob es überhaupt so etwas wie Anlagen gibt.

B: Aber der Egoismus in dem von dir genannten Sinn wäre gut, wenn ein Mensch sein gesellschaftliches *telos*, sein Ziel, erfüllt und beispielsweise Rechtsanwalt wird. Das ist jedoch nach meiner Meinung kein Egoismus, sondern eine Form von Selbstentfaltung oder Selbstverwirklichung in einem gesellschaftlichen Gefüge.

A: Na ja, aber es ist vermutlich auch kein Altruismus im reinen Sinn, ein Handeln, das zuerst die anderen im Auge hat. Jemand will zunächst sich selbst – wie du sagst – verwirklichen oder vervollkommnen. Dabei tritt mit Glück der Umstand ein, dass er für seine Mitmenschen in guter Weise tätig ist. Aber du willst anscheinend noch etwas anderes sagen?

B: Dieses chamäleonhafte Ich hat in seiner Wendigkeit, dass es mein Ich sein kann und das Ich des Du, des stets anderen, noch eine besondere Eigenart, so scheint mir das zumindest.

A: Welche denn?

B: Dass es, obwohl es sich auf keinen bestimmten Inhalt festnageln lässt (der Franz könnte eine Franziska, statt 39 Jahre 20 Jahre alt sein und einen grauen anstelle des blauen Himmels sehen), doch immer mit einem Inhalt auftritt.

A: Du würdest also nicht die Idee eines reinen Ichs vertreten?

B: Ich glaube nicht. Einen Hinweis auf das, was ich meine, können wir der Sprache entnehmen: Wenn jemand »ich« sagt oder ausruft, will er meist auf seine bestimmte Situation, seine momentane Tätigkeit oder auf seine Lage und Perspektive aufmerksam machen. Denken wir an den Moment der Verteilung des Restes der Torte bei einer Kindergeburtstagsfeier: Auf die Frage, wer noch etwas möchte, ist sicherlich sofort »ich!« aus mehreren Mündern zu hören.

A: Gemeint ist mit diesem Ausruf aber, darauf willst du wohl hinaus, nicht ein allgemeines Ich, dem der Kuchenrest gegeben werden soll, sondern es melden sich damit die vielen einzelnen Ichs zu Wort, die alle ein Stück für sich haben wollen.

B: Vielleicht sagen wir besser: Die vielen bestimmten oder besonderen Ichs melden sich zu Wort.

A: Ich sehe, du schwingst die feine Unterscheidungsklinge des Juristen. Vertrittst du also – wenn ich ein weiteres Schlagwort der Schulphilosophie einbringen darf – einen Perspektivismus?

Das würde, grob gesagt, bedeuten, dass die Welt jeweils so ist, wie sie einem bestimmten Ich gerade erscheint.

B: Das nehme ich, glaube ich, nicht an, wenngleich ich der Ansicht bin, dass jedes Ich ständig mit seinen besonderen Inhalten verbunden und beschäftigt ist. Ich denke durchaus, dass wir uns im Gespräch darüber verständigen können, dass die Kenntnis des einen von einer Sache zutreffender ist als die eines anderen, und dass es angebracht sein kann, immer wieder seine Perspektive zu ändern und auf andere zu hören.

A: Wenn zum Beispiel jemand ein Experte in einer Sache ist?

B: Ja, sicherlich. Aber es kann sein, dass ich – um ein anderes Schlagwort der Philosophie zu verwenden – ein unheilbarer Metaphysiker bin.

A: Kommt darauf an, was du unter Metaphysik verstehst.

B: Eigentlich habe ich nie genau verstanden, was Metaphysik bedeutet. Aber ich glaube, heutzutage wird das Wort nicht selten abwertend verwendet, um damit etwas anzuzeigen, das sich mit nebulösen oder beinahe mystischen Annahmen beschäftigt.

A: Das ist wahrscheinlich gar nicht so unrichtig, was du da sagst. Eine solche nebulöse Annahme ist die, dass es die Inhalte, die wir geistig unterscheiden können, auch unabhängig von den einzelnen Wahrnehmungen und Denkvorgängen der Menschen gibt.

B: Eine weitere Annahme, die damit vielleicht zusammenhängt und die mich ebenso wenig wie die eines »Ich« loslässt, ist die, dass es so etwas wie Gott gibt, oder besser, dass es etwas Göttliches ist, durch das alles existiert.

A: Ich sehe, dass ich mich mit dir kaum in eine philosophische Öffentlichkeit wagen kann.

B: Das musst du ja, Gott sei Dank!, auch nicht. Aber um auf die Frage nach dem Guten, zu dem die Menschen streben, und nach dem Ziel zurückzukommen: Vielleicht ist es neben jenem grundlegenden Sinn des Lebens, dass wir uns als Menschen erfassen, die verschiedene geistige Tätigkeiten vollziehen können, ein Gut für uns, wenn wir erkennen, dass sich die scheinbar unendlich vielen Ichs in der Welt mit ihren unterschiedlichen Ausformungen zumindest in ihrem Ich-Sein gleichen, das irgendwie etwas Göttliches ist. Jedenfalls kann uns die Rede vom Göttlichem auf den angesprochenen Versuch zurückführen, scheinbar disparate Inhalte unserer Erziehung oder Bildung zusammenzudenken oder zusammenzufügen.

A: Was uns zu deinen enzyklopädischen Bemühungen zurückführt?

B: Vor allem möchte ich auf die zahlreichen Inhalte eingehen, die in der Schule nur so auf uns niederprasselten, ohne dass wir sie verdauen konnten. Unter anderem haben wir gemeinsam acht Jahre hindurch beim ehrenwerten Religionsunterricht alles Mögliche über das Göttliche gehört. Wenn wir uns unsere Zeugnisse anschauen, scheint das Fach Religion stets als Erstes auf.

A: Na ja, das sind die Segnungen eines Konkordats ...

B: ... das womöglich ein veraltetes Abkommen zwischen Staat und Kirche ist, das einen öffentlichen Religionsunterricht regelt, der kaum mehr der gesellschaftlichen Realität entspricht.

A: Darauf wollte ich jetzt nicht hinaus, sondern auf das wohl vielen von uns nur zu gut bekannte Reden von einem Gott als dem Schöpfer und Erlöser, dem viele aber keinen Glauben mehr schenken.

B: Darf ich mir erlauben zu fragen, wie du es mit dem Glauben hältst?

A: Ich würde für mich beanspruchen, dass ich einen im weitesten Sinn philosophischen Zugang zu so etwas wie Religion gefunden oder mir zumindest zusammengereimt habe.

B: Kannst du mir das näher beschreiben?

A: Nimm zum Beispiel den zentralen Glaubensinhalt des Christentums, der uns oftmals gepredigt wurde, dass Gott Mensch geworden ist und dass er im Herzen eines jeden von uns Eingang finden will.

B: Was hast du dir dazu zusammengereimt?

A: Dass Gott in jedem von uns als Mensch gleichsam zu sich kommt, dadurch Mensch wird und dann »ich« sagt – so kann ich zugleich einen Bogen zu deinen Ich-Überlegungen schlagen.

B: Das ist eine ausgeklügelte und schwer nachvollziehbare Fassung eines zentralen Glaubensgehaltes, würde ich sagen, wenngleich sie nicht alle Gläubigen für orthodox halten würden.

A: Wir könnten das mit dem Menschgewordensein auch folgendermaßen betrachten: Bei vielen Menschen und in vielen Gesellschaften gelten heutzutage – wenngleich nur in Form eines Lippenbekenntnisses – die Würde des Menschen und die Menschenrechte als allgemein anerkannt.

B: Was ist aber die Würde des Menschen?

A: Sag du es mir!

B: Ich würde meinen, genau jenes Ich-sagen-Können, von dem wir vorhin sprachen, aber ebenso die Fähigkeit, das andere Ich gelten zu lassen und von anderen als ein Ich anerkannt zu werden.

A: Ja, das Ich, das sich leider immer wieder zu einem Allmächtigkeitswahn erhebt, vor allem, wenn sich jemand in einem falsch verstandenen Sinn für Gott hält. Aber was ich vorhin mit der Menschwerdung Gottes und der Würde des Menschen ansprechen wollte, ist, dass wir aufgrund dieser religiösen Vorstellung annehmen könnten, dass in jedem Menschen etwas Göttliches vorhanden ist, das wir achten sollen.

B: Das mag sein. Mich würde ein weiterer der sogenannten Glaubensinhalte interessieren, nämlich die Sündhaftigkeit der Menschen.

A: Jetzt wird's grimmig.

B: Ja, ich weiß. Und gerade dieser Glaubensinhalt ist etwas, das – wie ich immer wieder aus Gesprächen entnehme – die Leute, denen von Kindheit an ihre Sündigkeit vorgepredigt wurde, aus der Kirche treibt. Wie soll ein Kind auch verstehen können, dass es sündig ist, obwohl es gar nichts Schlimmes getan hat?

A: In der Tat ist das schwer nachvollziehbar. Aber das ist vermutlich eine der Aufgaben einer religiösen Erziehung oder des Religionsunterrichts, das zu erklären.

B: Ich möchte umgekehrt auch nicht behaupten, diese Lehre sei vollkommen unsinnig. Es würden wahrscheinlich wenige Menschen über sich urteilen, dass sie Heilige sind.

A: Ich glaube, dass wir die Sündhaftigkeit aufbauend auf dasjenige begreifen können, was wir über das Ich gesagt haben, dass es nämlich stets mit irgendeinem bestimmten Inhalt konfrontiert ist.

B: Du überraschst mich aufs Neue mit einer schwer begreifbaren Überlegung.

A: Ich will dir das, was mir vorschwebt, von einer anderen Seite her zu erklären versuchen. Heute können sich wahrscheinlich die meisten Menschen leicht als solche erfassen, die aufgrund der Art und Weise, wie sie zu leben gewohnt sind, Veränderungen bewirken, die als Zerstörungen betrachtet werden können – und das auch, wenn die Menschen nur die Tätigkeiten betrachten, die der Selbsterhaltung dienen.

B: Du zielst auf die ökologische Krise unserer Tage ab?

A: Ja, exakt.

B: Aber was hat das mit der Erbsünde zu tun?

A: Vielleicht nichts. Aber mir zeigt sich da ein gewisser Widerspruch in unserem Verhalten: Einerseits wird kaum einer dem anderen verargen wollen, dass er sich selbst erhält und ein menschenwürdiges Leben führt, andererseits sind immer mehr Menschen entsetzt darüber, was das kollektive Leben der Menschen auf dieser Erde anrichtet.

B: Wo genau siehst du hier den Widerspruch?

A: Möglicherweise ist es kein Widerspruch, sondern ein eigenartiges Wechselspiel: einerseits das allgemein akzeptierte Erhalten des (für manche göttlichen) Ichs, andererseits das fortlaufende Zerstören bei diesem Erhalten.

B: Meinst du die Glaubenskriege?

A: Nein, viel einfacher, ich meine unser tägliches Leben, in dem wir fortlaufend etwas vernichten, um uns zu erhalten. Ich atme ununterbrochen Sauerstoff und zerstöre ihn, trinke Wasser und scheide Urin aus, bin an der Vernichtung der Pflanzen schuld, die ich verzehre und so fort. So könnten wir behaupten, dass wir auch bei den alltäglichen Verrichtungen schuldig werden. Freilich ließe sich darüber streiten, ob es sich hierbei um Zerstörungen oder eher um Veränderungen handelt, wie wir das am Stoffwechsel sehen. Überhaupt wäre zu fragen, ob die Umweltzerstörung nur für den Menschen eine solche ist, weil für ihn Lebensmöglichkeiten vernichtet werden. Von einer anderen Perspektive aus könnten diese Vorgänge nüchtern als Veränderung betrachtet werden.

B: Das mag sein. Wie steht es mit den Vorgängen in der Generationenfolge, liegt hier ebenfalls eine Schuld vor?

A: Du meinst, dass ich als ewige Studentin meine Eltern beinahe ins Grab gebracht habe?

B: Eine vortreffliche Selbstironie, meine Liebste. Aber im Ernst, abgesehen vom Gebären, das vielen Müttern das Leben kostete und nach wie vor kostet, gehen die Eltern in den Kindern in dem Sinn auf, dass sie von ihnen à la longue in ihrer Existenz abgelöst werden.

A: Aber sind daran die Kinder schuld?

B: Was sagen deine geschätzten Philosophen dazu?

A: Ad hoc fällt mir dazu nicht allzu viel ein. Eher äußern sich meines Wissens die Dichter dazu. Ein berühmter Denker allerdings spricht davon, dass die Schuld der Grund für ein Nichtsein ist, wenn ich mich recht erinnere.

B: Aber nach deinem Einwand von vorhin zur Umweltzerstörung müsste man diese Aussage eventuell dahingehend erweitern, dass die Schuld der Grund des Nichtseins oder einer Veränderung wie des Stoffwechsels ist.

A: Ja, vielleicht.

B: Eventuell sollten wir beim Treiben der Menschen allgemeiner von einem Verursachen und nur in spezielleren Fällen von Verschulden sprechen, wenn es um moralisch anrechenbare Handlungen geht? Derartiges verhandeln wir immer wieder im Zusammenhang mit dem Thema der Vergangenheitsbewältigung.

A: So rechtlich-terminologisch wollte ich das gar nicht formulieren; mit Hinblick auf die kirchliche Sündenlehre ließe sich von einer bestimmten Tendenz der Menschen, die ihr Ich erhalten wollen, sprechen, einer Tendenz, die zu viel Unrecht und Unheil führt. Denn möglicherweise ist jeder in seiner Selbsterhaltung der Gefahr ausgesetzt, dass er ausschließlich an dem Seinen festhält und nichts anderes gelten lässt; dann könnten wir von Verschulden oder Sünde sprechen. Ich erinnere in diesem Zusammenhang an die Lehre eines berühmten Kirchenreformators, der Schuld als Verkrümmung fasste, sozusagen als Selbstbeschau, die den anderen nicht mehr in den Blick nehmen kann.

B: Danke für diese Erinnerung, das passt gut in mein Konzept vom Ich. Das Gegenteil zur Sünde in diesem Sinn wäre das Zulassen des Anderswerdens, wie es sich zum Beispiel im dauernden Bestimmen und Unterscheiden, das eben im Ich stattfindet, abspielt.

A: Jetzt klingt das einigermaßen modern, was du da sagst.

B: Ach ja? Ich stelle mir vor, dass die Menschen zu vielen Zeiten von dem wundervollen Fließen des Ichs erstaunt waren, wenn ich das so ausdrücken darf, das alle möglichen Bestimmungen annehmen kann.

A: Aber vermutlich müssen wir ebenso annehmen, dass die Menschen immer wieder in diesem Fließenlassen ihres Ichs gestockt sind und nur das, was sie glaubten, als das Richtige gelten ließen.

B: Ja, das gab es sicherlich auch vielfach. Etwas, bei dem es den Menschen anscheinend generell schwerfällt, das Anderswerden zulassen zu können und nicht am Eigenen festzuhalten, ist das uns allen Bevorstehende, der Tod.

A: Du meinst, man soll sich nicht um jeden Preis am eigenen Leben festklammern?

B: Zumindest nicht an dem einen, bestimmten Leben, das wir jeweils leben.

A: Glaubst du denn – bitte verzeih die platte Frage –, dass wir mehrere Leben leben? Oder glaubst du generell an ein Leben nach dem Tod?

B: An ein Leben nach dem Tod glaube ich nicht unbedingt im naiven Sinn, dass wir mit Flügeln ausgestattet auf Wolken herumsitzen und uns heiter langweilen werden. Aber ich nehme an, dass es so etwas wie eine ewige Lebendigkeit gibt.

A: Also eine Art dauerhaft bestehender Weltseele?

B: Ehrlich gesagt habe ich mir dazu noch keine genauen Vorstellungen gemacht, vielleicht kommt das noch.

A: Unter Umständen sind wir dafür doch noch zu jung.

B: Könnte möglich sein (wie ein Freund gerne sagt). Nun haben wir ausführlich über das Festhalten am Ich, das es uns schwerfallen lässt, anders zu werden oder anderes zuzulassen, gesprochen und darüber, dass es ein Gut für uns Menschen wäre, wenn wir die vielen anderen Ichs in der Welt zulassen könnten. Es scheint mir, dass es einen gewissen Automatismus in unserem Leben gibt, durch den wir uns den anderen zuwenden.

A: Meinst du unsere karitative oder mitleidige Ader?

B: Nicht speziell, sondern allgemeiner den für die meisten ab einem gewissen Zeitpunkt gegebenen Zwang, arbeiten zu müssen. Freilich können wir das auch als Chance auffassen, in einer Gemeinschaft mitwirken und Verantwortung übernehmen zu dürfen.

A: Aber aufgrund dieses Zwangs wenden wir uns den anderen zu?

B: Na ja, wir kochen für andere, schneiden ihnen die Haare, verteidigen sie im Gerichtssaal, reparieren ihre Autos …

A: … oder bringen sie als Bankiers um ihr Geld.

B: Ich weiß schon, dass nicht jeder seine Arbeit erfolgreich zum Wohl eines anderen ausführt, und dass viele Lohnarbeiter gerne auf die Zwänge und Härten ihres Arbeitsalltags verzichten würden.

A: Aber wenn wir deinen Überlegungen nachgehen, müssten wir sagen, dass die Menschen ohne Arbeit ihre Ausrichtung auf die anderen, ihr Sein-für-andere, verlieren würden?

B: So streng darf man das auch wieder nicht sehen. Das grundlegendste und vielleicht schönste Sein-für-andere, wie du es nennst, ist das Sorgen für die Kinder, das glücklicherweise mit einem Arbeitsverhältnis weitgehend noch nichts zu tun hat.

A: Wenngleich es für die Mütter in Staaten wie unserem gut wäre, wenn ihre Kinderversorgung in Hinblick auf die Pensionsvorsorge als Arbeit anerkannt würde. Freilich läuft das Sorgen für unsere Kinder erfreulicherweise meist freier von Zwang ab als das Arbeiten in den modernen Tretmühlen der Fabriken oder Großraumbüros beziehungsweise handelt es sich bei dieser Sorge um die Kinder um eine andere Art von Druck, nämlich den Zwang zur Gelassenheit, nur für jemanden da zu sein.

B: Und trotz aller Mühe des Arbeitslebens höre ich nicht selten Menschen sagen, sie würden sich zu Tode langweilen, wenn sie nicht ihre Arbeit hätten, oder die Decke fiele ihnen nach wenigen Tagen Krankenstand daheim auf den Kopf.

A: Das ist mir unvorstellbar, mir ist so gut wie nie langweilig.

B: Du hattest – mit Verlaub – genug Zeit, als Kind deine Kreativität zu entwickeln und dich als Jugendliche und junge Erwachsene mit deinen Interessen zu beschäftigen. Dabei hast du gelernt, deine Zeit zu strukturieren und mit Inhalten zu füllen, die dich interessieren.

A: Ist das nicht ein Ideal, das den meisten von uns vorschwebt, dass wir Muße haben und in einer arbeitsfreien Welt leben?

B: In der die Maschinen die lebensnotwendigen Verrichtungen für uns durchführen?

A: Ja, so ungefähr.

B: Ich bin mir nicht sicher, ob uns das glücklich machen würde. Abgesehen von diesem Zweifel nehme ich an, dass es auch in Zukunft Leute brauchen wird, die die Maschinen warten, transportieren oder programmieren, selbst wenn die Maschinen sonst alles automatisch machen.

A: Wir wollen uns nicht zu sehr in Science- oder Techno-Fiction-Szenerien ergehen. Das überlassen wir lieber Drehbuchautoren. Aber die Arbeit ist doch einer der Hauptgründe dafür, dass Menschen jammern, neben der mangelnden Gesundheit natürlich.

B: Ich frage mich, ob nicht oft eher die Umstände des Arbeitens beklagt werden als die Arbeit selbst, beispielsweise die Monotonie im Arbeitsalltag oder die Überlastung.

A: An sich würden also die Arbeiter das Ausleeren von Mülltonnen schön finden, meinst du?

B: Bitte versteh mich nicht falsch, ich möchte keinen schönfärbenden Idealsozialismus der Werktätigen vertreten. Aber ich denke, dass die meisten trotz ihres Jammerns über die Arbeit grundsätzlich den Sinn hinter ihrem Tun erkennen und ihre Tätigkeit schätzen, die einen gewiss mehr, die anderen weniger.

A: Unter anderem wohl je nach dem Grad, in dem ihre Arbeit tatsächlich etwas für andere leistet.

B: Ja, das mag zutreffen, oder auch nach dem Grad, in dem wir bei unseren Arbeiten ein Erfolgserlebnis haben. Möglicherweise liegt ein Problem darin, dass wir in unseren Jobs es zunehmend vermissen, dass wir etwas Handgreifliches produzieren, wie das früher die Mehrzahl der Bevölkerung in der Landwirtschaft getan hat.

A: Vielleicht sollten wir jedoch fragen, warum wir überhaupt genötigt sind, zu arbeiten oder in einem derartigen Ausmaß zu arbeiten, dass die Welt ein einziger Warenumschlagplatz und eine gigantische Dienstleistungszentrale zu sein scheint.

B: Ein Lösungsansatz zu dieser Frage wäre, dass wir auf die Glaubenslehre von der Erbsünde und die seltsame Geschichte vom Sündenfall zurückkommen. Beim Sündenfall wurde die Menschheit aus dem Paradies vertrieben – hinter dem wir das Ideal der Arbeitsfreiheit sehen dürfen – und in die harte Brotarbeit gestürzt.

A: Das wird nicht vielen als tragfähige Erklärung erscheinen. Da könntest du gleich das Reden von einer Weltvernunft aufgreifen, welche die Furchtbarkeiten, die in der Geschichte passieren, zu einem guten Endergebnis zusammenführe.

B: Das würde jedenfalls eine gute Zukunftsaussicht erlauben. Vielleicht legst du mir das später genauer dar, was du mit dieser Weltvernunft meinst. Der Weltwarenumschlagplatz, von dem du gesprochen hast, kann das Positive mit sich bringen, dass weltweit greifbar wird, dass alle Menschen in Verbindung stehen.

A: Aber heutzutage wird kaum jemand eine teleologische Geschichtsphilosophie vertreten und zu behaupten wagen, dass das Geschehen auf dieser Welt einem sinnvollen Ziel zustrebt, soweit wir das zumindest aus unserem Gesichtskreis überblicken.

B: Ich gebe dir recht, dass das gegenwärtige Anhäufen von Besitz und die Sicherungsmaßnahmen, die Menschen für das Erreichte unternehmen, in ihrem Ausmaß oft erschreckend sind.

A: Wir tangieren damit erneut das Problem, dass wir unsere Endlichkeit und unsere Beschränktheit nicht zulassen können und dass wir uns irgendwie gegen die Endlichkeit absichern wollen. Aber gerne greife ich deinen Gedanken auf, dass die Arbeit, mit der manche Besitz anhäufen und die uns zu weltweiten Verbindungen führt, als Ausdruck des Füreinander wichtig ist. Die Arbeitsverhältnisse weisen uns darüber hinaus auf etwas Wichtiges hin.

B: Auf die schöne Gemeinschaft beim After-Work-Bier?

A: Sehr geistreich. Ich meine, das Arbeiten weist und darauf hin, dass wir Menschen als Einzelne beinahe nichts vermögen.

B: Das findest du so wichtig?

A: Eher großartig im Sinn von staunenerregend und überwältigend.

B: Ich kann dir gerade nicht folgen.

A: Gerade beim Arbeiten mit einem Werkstoff wie zum Beispiel Holz oder beim Bestellen des Ackerbodens muss uns doch aufgehen, dass wir fast nichts vermögen, und dass diese Stoffe, die wir bearbeiten, nicht von uns als einzelnen Menschen hervorgebracht werden. Wir schaffen nicht die Erde, auf der wir tätig sind …

B: … sondern diese Stoffe und die Erde kommen vom lieben Gott?

A: Das müssen wir ja nicht behaupten. Wir können auch von der Vorstellung eines spontanen Urknalls ausgehen. In allem unserem Herstellen greifen wir jedenfalls auf Materie zurück, die uns gegeben ist.

B: Das ist schön formuliert. Das klingt altbacken und doch auch wieder modern, deine Aussage vom Gegebensein.

A: Uns Menschen sollte klar sein, dass wir bei all unseren Fähigkeiten, verschiedenste Dinge, beispielsweise synthetische Stoffe, hervorzubringen, dasjenige, womit wir etwas herstellen, von irgendwoher nehmen müssen. Wir als Menschen können sie nicht aus uns hervorzaubern.

B: Willst du deshalb zu einem Dankesfest für den Materiegott aufrufen?

A: Das wäre eventuell gar nicht so schlecht. Eine andere Sache ist, dass wir durch die Arbeitsteiligkeit auf die anderen verwiesen sind, denen wir tagtäglich zu Dank verpflichtet sind.

B: Du meinst den Arbeitgebern oder den Konsumenten, die uns unsere Produkte abkaufen?

A: Ich denke eher an die ungezählten, namenlosen Menschen, auf deren Arbeit ich in meinem täglichen Leben verwiesen bin.

B: An wen denkst du da?

A: An diejenigen, die das gigantische Werk der sogenannten modernen Zivilisation am Laufen halten.

B: Kannst du mir bitte etwas konkreter ausführen, was du meinst?

A: Nichts Kompliziertes. Auch von einem (vergleichsweise) bescheidenen Leben ausgehend lässt sich erschließen, wie viele Menschen es für dieses Leben braucht.

B: Du meinst den Müllmann und so weiter?

A: Ja, wenn ich meine alltäglichen Verrichtungen in dieser Hinsicht verfolge, stoße ich – denke ich ein wenig nach – bei jeder noch so kleinen Unternehmung, die ich von früh an mache, auf eine Unmenge an meist anonym bleibenden Menschen, die ich dafür brauche.

B: Menschen, die dir deinen Strom und die Butter liefern, die du dir auf dein Frühstücksbrot streichst …

A: Exakt, und Menschen, die meine Hygieneartikel herstellen und mir verkaufen, mir das Warmwasser im Badezimmer ermöglichen und so weiter. Meistens merken wir jedoch nichts von diesen Menschen oder denken nicht an sie. Bei derartigen Betrachtungen kann sich im Übrigen wieder die Frage nach dem Sinn des Lebens auftun.

B: Wie kommst du jetzt darauf?

A: Weil sich manchmal der Eindruck einstellt, dass sich unser Leben in den wiederkehrenden Verrichtungen erschöpft, im alltäglichen Trott, den wir zu bewältigen haben …

B: … und der bestenfalls in einem Augenblick intensiver Lebendigkeit durchbrochen wird, zum Beispiel durch ein besonderes Ereignis wie ein Fest.

A: Mag sein. Es scheint mir jedenfalls oft so, als sei der Hauptinhalt des Lebens die Absicherung eines gewissen Lebensstandards und das immer gleiche Konsumieren dessen, was man sich erwirtschaftet hat.

B: Du meinst die Routine von Aufstehen, Essen, Waschen, Essen, Waschen, Schlafengehen?

A: Ja. Dazwischen liegt das vielfach als sinnlos erachtete Arbeiten, das uns aber das Geld für das Aufrechterhalten dieses Trotts für uns und für unsere Familien liefert.

B: Anscheinend willst du darauf hinaus, dass es ein Mehr hinter diesem Alltag geben soll?

A: Na ja, ein großes Thema vieler Denker ist die Freiheit, die wir Menschen anstreben.

B: Du meinst, dass wir das tun können, was wir wollen, das von vielen angestrebte Sichselbstverwirklichen, von dem uns die Alltagsroutine abhält?

A: Gerade das meine ich nicht, sondern – etwas hochgestochen ausgedrückt – die Freiheit in Richtung auf das Absolute.

B: Das klingt in meinen Ohren allerdings ziemlich hoch. Wie es scheint, bist du jetzt diejenige, die etwas Unmodernes in den Mund nimmt, wenn du von dem Absoluten sprichst.

A: Aber ich könnte – um noch etwas kitschiger zu klingen – auch Wörter wie »das Wahre« oder »das Gute« aussprechen, selbst wenn sie verstaubt klingen.

B: Na, dann sprich sie aus!

A: Eventuell werden wir später darauf zurückkommen. Mit der angesprochenen absoluten Freiheit möchte ich auf das Anderswerden, von dem wir anlässlich der Vielfältigkeit des Ichs gesprochen haben, zurückkommen und auf das Anerkennen der eigenen Endlichkeit.

B: Inwiefern hat das etwas mit absoluter Freiheit zu tun?

A: Weil wir unter Umständen nur dadurch wahrhaft frei werden, dass wir die eigene Endlichkeit und den Umstand anerkennen, dass wir ständig irgendwelche Bestimmungen verursachen oder eben – in anderen Worten – schuldig werden.

B: Eine eigenartige Freiheitsvorstellung!

A: Wir könnten in diesem Zusammenhang auch die Rede von der Versöhnung zwischen Subjekt und Objekt erwähnen.

B: Jetzt wird es wirklich hochtrabend.

A: So ist das halt mit uns, den berufsmäßigen Gelehrten.

B: Was soll die Sache mit der Versöhnung bedeuten?

A: Das lässt sich wieder anhand der christlichen Religion illustrieren, die uns nach wie vor alltäglich begegnet, und sei es nur in Form der Kirchengebäude. Aber auch darüber könnten wir uns ein anderes Mal unterhalten.

B: Wie aber wird in dieser Religion wer mit wem versöhnt?

A: Durch den Gott, der Mensch geworden ist, wird die gefallene Menschheit in seinem Tod mit Gott versöhnt – er bleibt in uns und wir in ihm; oder zumindest eröffnet sich den Menschen in Christus die Möglichkeit dazu.

B: Aber könnte man das nicht als ein Gewäsch kritisieren, das uns auf ein Jenseits vertröstet und uns Menschen im Diesseits betrügt?

A: Vielleicht ist diese Art von Versöhnung jedoch die einzige Weise, wie wir uns wirkliche Freiheit vorstellen können.

B: Was ist aber wirkliche Freiheit?

A: Eine nicht unschwierige Frage. Für manche Philosophen ist dies das Problem der Neuzeit schlechthin.

B: Wegen der Freiheit des Subjekts?

A: Na ja, ich könnte wiederum sagen, wegen der Frage nach der absoluten Freiheit.

B: Was verstehst du darunter eigentlich, unter der absoluten Freiheit?

A: Ich könnte antworten, die nicht-relative Freiheit.

B: Sehr witzig.

A: Damit will ich keine Ausflucht suchen, sondern im Unterschied zur absoluten Freiheit Freiheiten ansprechen, die alltäglich angestrebt werden.

B: Und diese Freiheiten wären?

A: Zum Beispiel die finanzielle Freiheit, die Freiheit von Krankheit, die Freiheit von den Vorgaben der Erziehungsberechtigten, politische Freiheit …

B: … inwiefern sind das relative Freiheiten?

A: Weil diejenigen, die nach derartigen Freiheiten streben, zu einem Großteil permanent unfrei bleiben.

B: Kannst du mir das bitte anschaulicher erklären?

A: Wenn jemand nach finanzieller Freiheit oder – wie man auch sagt – Unabhängigkeit strebt und sie erlangt, bleibt er dennoch unfrei. Er bleibt ein sterblicher Mensch in seiner Ohnmacht, der von vielem und vielen abhängig ist.

B: Eventuell hängt damit die Enttäuschung oder Leere zusammen, die Menschen mitunter erleben, die durch den Gewinn von Millionen finanzielle Freiheit erreicht haben, sich aber immer noch nicht frei fühlen.

A: Möglicherweise fühlt sich auch deshalb jemand weiterhin unfrei, weil ein Zwang durch einen anderen ersetzt wurde, wie bei Revolutionen, die sich die Freiheit auf ihre Banner schrieben.

B: Oder wir sehen uns, wenn wir endlich den Zwängen des elterlichen Heimes entkommen sind und unsere Freiheit genießen wollen, plötzlich genötigt, für uns selbst zu sorgen. Wie darf ich mir dagegen die absolute Freiheit vorstellen?

A: In Richtung des wiederholt angesprochenen Anderswerdens und des Anerkennens der anderen. Es kann sein, dass wir hier einen Sinn des Lebens streifen, der über den Sinn als *sensus* der Ich-Inhalte hinausgeht und der doch ein Ziel angibt, woraufhin der Mensch konzipiert ist.

B: Auf das absolute Freisein?

A: Ja, das wäre eine wunderbare Würde des Menschen und Menschseins, durch die das gesamte Tun und Treiben der Menschheit einen erhabenen Sinn bekäme, eine souveräne, unabhängige Freiheit.

B: Bekäme dadurch auch das unendliche Leiden der Menschen einen Sinn?

A: Vielleicht.

B: Sind wir damit, wenn ich das als interessierter Philosophielaie fragen darf, in eine Art Theodizee-Frage geschlittert?

A: Ob wir in diese Frage geschlittert sind, weiß ich nicht. Aber wir können gewiss an unsere Überlegungen die berühmte Frage anschließen, warum es das viele Leid in der Welt gibt, obwohl ein gütiger Gott die Welt zu einem gewissen Zweck geschaffen und zum Wohl des Menschen eingerichtet hat.

B: Vielleicht geschieht das alles, wie manche behaupten, damit wir geprüft werden oder damit wir uns durch besondere Pflichtmäßigkeit einem Gott gegenüber auszeichnen?

A: Jedenfalls können wir, begeben wir uns in die Spuren eines großen spekulativen Denkers, einige Erklärungsversuche dafür ausschließen, warum die Welt so ist, wie sie ist.

B: Und die wären?

A: Zum Beispiel, dass die Welt so beschaffen ist (nämlich mit ihren Übeln), weil der Schöpfergott zu schwach war, sie besser einzurichten.

B: Oder ist die Welt voller Übel, weil die Materie unfähig ist, vollständig Gottes Vollkommenheit aufzunehmen?

A: Das wäre eine Auskunft aus der antiken Philosophie, die eher von einem allgemeinen göttlichen Prinzip der Welt ausgeht.

B: Welche Erklärungsversuche für das Übel können wir noch ausschließen?

A: Wir müssen sogar, wenn wir an einen guten Gott glauben wollen, etwas ausschließen, nämlich dass er das Leid zulässt, weil er ein böswilliger Geist ist und die Menschen quälen will oder weil er sich an ihrem Leiden ergötzt oder sich am menschlichen Treiben erregt.

B: Aber warum gibt es dann all unser menschliches Getue und unser Leiden?

A: Eine Antwort auf diese Frage kann in die Richtung gehen, dass es dem guten Gott um die Freilassung des Menschen in die Eigenmächtigkeit zu tun war, aus der heraus sich der Mensch zu Gott entscheidet …

B: … oder aus der heraus er sich eben gegen Gott entscheidet.

A: Ja, das ist das in der jüdischen oder christlichen Vorstellungswelt angesprochene Abfallen von Gott.

B: Daher kommen doch auch die Ausdrücke »gefallener« Engel und »Sündenfall«?

A: Ja, damit sprichst du etwas Schwieriges an, das – wie wir bereits erwähnten – die Kirchen in Misskredit bringt. Aber unabhängig vom Religiösen können wir wohl auch in Bezug auf die gegenwärtige Menschheit von der Gefahr sprechen, dass sie sich oftmals vom Guten abwendet …

B: … und zum Beispiel ein Mensch dem Nächsten nicht hilft, obwohl es ihm schlecht geht.

A: Ja, allgemein lässt sich von der berüchtigten Willensschwäche ausgehen. Jemand hat zwar etwas als gut oder richtig erkannt (wie zum Beispiel das Steuerzahlen, weil es uns allen hilft), tut es aber im konkreten Anlassfall nicht. Eine weitere Gefahr ist, dass wir in bestimmten gesellschaftlichen Zusammenhängen blind für den anderen werden und ihn nicht mehr wahrnehmen.

B: Was hat das jetzt noch mit dem guten Gott und seinem Wirken in der Welt zu tun?

A: Unmittelbar nichts. Aber bei einigen Philosophen sieht man etwas Ähnliches wie dieses Abfallen, von dem wir gesprochen haben, als eine Art Verfallen an die Sinne und die Weltlichkeit angesprochen, aus dem die Menschen durch die Philosophie weggeholt werden sollen.

B: Damit sie zu sich kommen?

A: Ja genau, klassisch ist das bei Platon mit dem in seiner Staatsschrift beschriebenen Versuch der Umwendung oder Umkehrung der ganzen Psyché, unseres gesamten Lebensvermögens, thematisiert. Diese Umwendung hat zum Ziel, dass wir nicht ununterbrochen Dinge angaffen, Geräuschen lauschen und unsere Gefühle betrachten, sondern dass wir allmählich begreifen, inwiefern alles im Guten gründet.

B: Und dafür, damit wir dies begreifen, war deiner Meinung nach diese verhängnisvolle Freilassung (oder Entfesselung) des Menschen notwendig?

A: Ja, vermutlich. Allerdings findet der Mensch aufgrund dieser Freilassung in sich die problematische Bemächtigung vor, eine Fülle von Erkenntnissen zu haben, aufgrund der er sich oftmals nur auf sich selbst konzentriert und so ein Höhlen- oder Höllenwesen wird.

Gymnasiales Wissen

B: Aber wir in unserer Mußezeit wollen jetzt versuchen, diese unsere Fülle an Erkenntnissen zu sichten.

A: Ja, wobei sich gleich etwas Paradoxes zeigt.

B: Was denn?

A: Jeder von uns weiß ziemlich viel, oder wir könnten doch zumindest viel wissen (wenn wir in der Schule aufgepasst hätten), und zugleich wissen wir beinahe nichts.

B: Weil unser Erkenntnisvermögen so schwach ist?

A: Das wird noch zu diskutieren sein. Jetzt wollte ich auf das beunruhigende Faktum hinweisen, dass weltweit unablässig ungemein viel Wissen generiert wird, wie man heute sagt, und dass wir davon bestenfalls einen minimalen Ausschnitt aus einer populärwissenschaftlichen Vogelperspektive erfassen können.

B: Was sollen wir dann in unserem Wissensdrang (sofern wir einen solchen aufweisen) tun, um nicht in dieser Flut an Neuem unterzugehen?

A: Wir könnten uns in eine mythenartige Wissens-Märchenwelt zurückziehen, in der wir uns zurechtfinden.

B: Ist das nicht allzu wissenspessimistisch, dass wir eigentlich nur mehr in einer Märchenwelt leben, weil wir nicht alles Wissen dieser Welt erfassen?

A: Das mag stimmen. Unter Umständen können wir jedoch wesentliche Einsichten auch ohne allumfassendes oder aktuelles Wissen gewinnen.

B: Meinst du so etwas wie überzeitliche Erkenntnisse?

A: Ja. Ich gebe noch etwas anderes zu bedenken.

B: Was denn?

A: Dass ein Rückblick auf unsere Kenntnisse ein Rückblick auf die Vergangenheit in mehrfacher Hinsicht ist.

B: Inwiefern?

A: Weil wir erstens über Wissen reden, das uns vor Jahrzehnten in unserer Schulzeit nahegebracht wurde und das wir, sofern wir es nicht vergessen haben, seither vielleicht kaum aktualisiert haben. Zweitens lässt sich beobachten, dass es lange dauert, bis neue wissenschaftliche Erkenntnisse Eingang in die Schulbücher finden.

B: Immerhin gelangen wir damit – wenn wir so viele Jahrzehnte zurückdenken – in eine Zeit spannender Umstürze in den Wissenschaften und in den Weltbildern. Denken wir nur an den Anfang des 20. Jahrhunderts (der doch ein wenig vor unserer Schulzeit und dem Abfassungsdatum unserer Schulbücher liegt), in dem die Quantenphysik aufkam und die Evolutionstheorie sowie die Psychoanalyse populär wurden et cetera.

A: Ja sicher, wenn wir das historisch betrachten, können wir das Wissen, das sich in den letzten Jahrhunderten in einer breiten Öffentlichkeit als Allgemeinwissen sedimentiert hat, zu erfassen versuchen. Unter diesem Aspekt ist es gewiss interessant, an die enzyklopädischen Unternehmungen des 18. und 19. Jahrhunderts anzuknüpfen.

B: Obwohl, wie du soeben gesagt hast, das Wissen in der Welt eigentlich unfassbar ist. Die Welt selbst ist eine unergründliche Polyphonie.

A: Ja, selbstverständlich. Andererseits gibt es in den letzten Jahrzehnten unübersehbare Tendenzen zur Vereinheitlichung. Vor wenigen Jahrhunderten noch blieb es wenigen Genies vorbehalten, im Rahmen einer kühnen Theorie anzudenken, dass der mit seinem unveränderlichen Sternenhimmel scheinbar fix abrollende Kosmos bei einer Veränderung der Kräfte in sich zusammenschmelzen könnte – etwas, was heute jeder Gymnasiast für möglich hält.

B: Du meinst das Reden vom Urknall und der Kontraktion des Alls mit der Theorie, dass sich irgendwann wieder einmal alles zusammenziehen wird, was, wie ich glaube, aktuell nicht mehr allgemein angenommen wird.

A: Jaja, und glauben muss man schon gar nicht daran, aber als Modell ist diese Theorie den meisten heutzutage vermutlich geläufig. Und es ist für viele kein Gräuel oder es erscheint auch nicht sonderlich abwegig anzunehmen, dass alles, was uns umgibt, aus einem unendlich kleinen Punkt höchster Energie hervorgekommen ist.

B: Wenngleich uns das in unserem Alltagsleben herzlich unbeeindruckt lässt …

A: … ebenso wie der zum Gemeingut gewordene Bildungsinhalt, dass alle Menschen und alle Lebewesen aus ein und derselben Art von Einzellern entstanden sind.

B: Ja, das lässt uns in unserem Handeln und in unserem Töten von Lebewesen ähnlich unbewegt wie das Wissen darum, dass universelle Menschenrechte formuliert wurden. Dabei gibt es diese Menschenrechte nicht nur in ideeller Weise, sondern sie sind von den meisten Staaten der Erde anerkannt worden, sodass sie einklagbar sind.

A: Du sagst es, das ist uns oft alles in unserem Tun ziemlich gleichgültig. Aber worauf ich hinausmöchte, ist, dass es eine Fülle solcher Wissenserzählungen gibt, wenn ich so sagen darf, die eine große Einheitlichkeit beschreiben (ich sage Wissenserzählungen, weil uns ja in der Schule meist nicht wirklich ein wissenschaftlicher Beweis für dergleichen Theorien vermittelt wurde): ein einziger Kosmos aus einem Zentrum, ein Leben aus einer Art von Einzellern, eine gemeinsame Form von Menschenrechten et cetera. Aber was sind für dich sonst Inhalte unserer Schulbildung, über die wir jetzt, aus der Distanz der Jahrzehnte, plaudern sollen?

B: Na ja, an Schulfächern haben wir gehabt Deutsch, Mathematik, Englisch, Physik, Chemie, Geographie, Geschichte, Biologie, Musikerziehung, Bildnerische Erziehung, Informatik, Turnen …

A: … dann war da noch Latein …

B: … ah ja, und Griechisch – fällt dir sonst noch etwas ein?

A: Der vorhin angesprochene Religionsunterricht, so du nicht davon abgemeldet warst.

B: Nein, ich habe ihn wie du acht Jahre hindurch genossen.

A: Mit welchem Fach willst du beginnen?

B: Vielleicht mit dem Deutschunterricht, der auch in der Grundschule am Anfang stand?

A: Ja, in Verbindung mit diesem Gegenstand können wir uns grundlegend darüber verständigen, was uns überhaupt erst unsere Unterhaltung möglich macht, nämlich die Sprache.

Die Sprache

B: In der Grundschule jedenfalls haben wir schreiben und lesen gelernt.

A: Und damit eine uralte Kulturtechnik eingeholt, die früher oft wenigen vorbehalten blieb.

B: Als Kind hätte ich gerne auf das Privileg des Schreibenlernens verzichtet, zumindest darauf, dass wir auf die Rechtschreibung abgerichtet wurden.

A: Aber durch das Schreibenlernen ist uns unsere Sprache sichtbar vor Augen getreten, und wir haben gelernt, sie zu analysieren.

B: Was unter Umständen nicht so gut war.

A: Warum nicht?

B: Wir haben die schöne Flüssigkeit des kindlichen Plapperns eingebüßt und plötzlich zerhackt-stotternd Texte gelesen.

A: Das stimmt. Gerade bei der Art, wie in der Neuzeit zumeist geschrieben wird, zeigt sich im Schriftbild eine Trennung der Worte. In alten Schriftsystemen schrieb man dagegen vielfach ungetrennt alles in einem Zug. Aber was haben wir da eigentlich im Deutschunterricht gelernt?

B: Die Trennung in Haupt- und Tunwörter wie »Hund« und »spielt«, wenn ich an die besonders geistvollen Beispielsätze unseres Elementarunterrichts erinnern darf.

A: Das sind gute Stichwörter. Das scheinbar so kindliche Wort »Tunwort« benennt eine wesentliche Kategorie, die mit diesem Ausdruck vielleicht besser getroffen ist als mit der später von uns bevorzugt verwendeten Bezeichnung »Zeitwort«.

B: Was spricht gegen den Terminus »Zeitwort«?

A: Dass wir nicht eine Wortgruppe darauf fixieren sollten, dass sie die Zeit ausdrückt.

B: Sondern?

A: Besser erscheint mir, mit der Benennung »Tunwort« das so schwer fassbare Tun herauszustreichen. Ich würde nämlich sagen, dass es zwei Grundpole in der Sprache gibt, bildlich gesprochen etwas Festes und etwas Flüssiges.

B: Und für das Feste stehen die Haupt-, für das Flüssige die Tunwörter?

A: So in etwa. Wir nehmen vermutlich meistens an, dass es eine Reihe an Dingen und Lebewesen um uns gibt, die wir mit Hauptwörtern benennen können, zum Beispiel den Baum dort, die Mauer und anderes, an dem nicht unbedingt ein Tun erkennbar sein muss.

B: Warum sollten die Dinge auch etwas tun müssen?

A: Ich könnte die Rückfrage stellen, was eigentlich das Tun bezeichnet?

B: Die Tunwörter eben, wie »trinken«, »sprechen«, »schreiben«.

A: Was aber benennen all diese Wörter?

B: Eine Veränderung? Ein In-Beziehung-Setzen?

A: Vielleicht. Bei den Tunwörtern ist dasjenige, was sie benennen, möglicherweise schwerer zu fassen als bei den scheinbar klareren Hauptwörtern. Bei einem Tun oder Handeln ist womöglich nichts vorhanden, das genau dieser Handlung entspricht. Nimm den Mann da drüben, der sein Bier trinkt. Das »trinkt« bezeichnet das Tun, gut. Aber was ist das? Wir meinen den Mann zu sehen, das Bier, und dann einen neuen Zustand, dass nämlich das Glas leer ist.

B: Der Mann hat ausgetrunken, aus der Gegenwart ward Vergangenheit.

A: Sehr geistreich! Aber merkst du in etwa, worauf ich hinauswill?

B: Darauf, dass das Tun schwer fassbar ist?

A: Ja, das Tun scheidet sich irgendwie an einem Tuenden und an dem, woran oder womit etwas getan wird, ab, wie bei einem Gärtner, seiner Schere und den Blumen, die er schneidet, wo das Resultat ein Blumenstrauß ist. Was es hier zu bedenken gilt, ist, ob es dabei vielleicht einen Vorrang des Tuns gibt.

B: Das ist mir jetzt zu hoch.

A: Es könnte sein, dass in der Welt etwas mit uns nur dann in Beziehung tritt, wenn es etwas tut, der Gärtner eben, der etwas schneidet, der Trinker, der etwas trinkt und so fort.

B: Und was ist mit dem Baum, »baumt« der etwa?

A: Das wäre eine mögliche, wenngleich ungewöhnliche Antwort. Ein Baum »tut«, wenn er uns entgegentritt, zumindest das, dass er uns erscheint, sich uns zeigt. Da fällt mir ein, wir haben bei unserer Aufzählung der Schulgegenstände ein Fach vergessen.

B: Welches?

A: Das Fach, das wir erst gegen Ende unserer Gymnasialzeit hatten.

B: Ach, »Psychologie und Philosophie«. Warum ist dir das jetzt eingefallen?

A: Weil in diesem Fach wohl der Ort war für solche Überlegungen, beispielsweise die Frage, wo dasjenige, worüber man spricht, angesiedelt ist, oder wie dasjenige, womit wir sprechen, zu fassen ist, ob dies der Geist ist oder etwas anderes.

B: Meinst du das Bewusstsein und seine Phänomene?

A: Ja. Wenn du willst, können wir hier den Begriff des Bewusstseins hereinbringen, an den sich das so schwer fassbare Selbstbewusstsein anschließt, und erneut das »Ich« und »Du«. Hier gibt es, wie ich meine, eine interessante Erscheinung.

B: Welche denn?

A: Dass wir zwischen zwei Extremen schwanken.

B: Und welche wären das?

A: Zum einen, dass wir uns manchmal sehr wichtig nehmen und annehmen, es gibt alles nur, wenn es uns gibt oder, im konkreten Fall, mich – so, als ob alles von meinem »Ich«, meinem Denken und Wahrnehmen abhinge und als ob all das nicht mehr wäre, wenn ich tot bin.

B: Und was ist das andere Extrem?

A: Dass wir Menschen uns als kosmischen Witz empfinden, als Auswuchs des Weltalls, das sich den Scherz leistet, in uns ein Bewusstsein auszubilden, das völlig grundlos ist.

B: Welchem Extrem neigst du zu?

A: Hier fällt mir eine Entscheidung schwer. Sicherlich sprechen wir uns gerne eine gewisse Würde zu, dann scheint es wieder, dass unser Treiben auf dem Planeten irr ist und sinnlos, und dass wir unglaublich schwach und allen möglichen Launen der Natur ausgesetzt sind …

B: … was jedoch seine guten Seiten hat, da wir so unserer Abhängigkeit von anderem innewerden und uns nicht in einer falschen Selbstherrlichkeit ergehen, worüber wir zuvor sprachen.

A: Das stimmt auch wiederum.

B: Wie sind wir aber auf das alles gekommen?

A: Durch die Frage nach der Sprache. Scheinbar braucht es so etwas wie Geist, damit Sprache zustande kommt.

B: Wie meinst du das?

A: Na ja, alles, was wir ansprechen, wurzelt irgendwie in einem Sehen oder Hören oder Denken oder Wollen.

B: Wie darf ich das konkret verstehen?

A: In Richtung dessen, worüber wir vorhin sprachen: Wir sehen etwas sich bewegen, und wir sagen, das ist ein Biertrinker und so weiter. Dafür brauchen wir einen Verstand oder etwas Ähnliches.

B: Ah ja.

A: Und da zeigen sich erneut mehrere Aspekte und Seiten.

B: Die da wären?

A: Zum Beispiel das Wechselspiel zwischen Einzelnem und Allgemeinem und zwischen Bestimmen und Bestimmtwerden.

B: Das ist mir jetzt zu viel auf einmal.

A: Zuerst zu Einzelnem und Allgemeinem: Im alltäglichen Sprechen gehen wir scheinbar oft auf das konkret vorhandene Einzelne los, wie wenn ich jetzt zu dir sage: »Gib mir bitte diesen Aschenbecher da!«.

B: Ganz klar.

A: Aber damit sind wir auch immer schon über das Einzelne irgendwie hinaus.

B: Warum das denn?

A: Weil wir mit dem Wort »Aschenbecher« etwas Allgemeines aussprechen, das sich auf abertausende Gefäße weltweit beziehen kann, die die Funktion erfüllen, die Asche meiner Zigarette aufzunehmen.

B: Aber da ist jetzt nur ein Aschenbecher?

A: Veranschauliche dir das, was ich sagen will, an einem Parkplatz. Wenn ich dir sage, »Geh bitte zu dem Auto da«, wirst du mich für verrückt halten, wenn ich dich dazu im Fall eines Abstellplatzes mit fünfzig Autos auffordere.

B: Das stimmt.

A: Ich werde also versuchen, den allgemeinen Ausdruck »Auto« näher zu bestimmen, und zu dir sagen: »zu dem gelben, dreckigen Auto«, oder besser noch die Automarke hinzufügen.

B: Das ist ohnehin ganz klar.

A: Aber angenommen, dein Gegenüber kennt keine Automarken oder zumindest nicht die am Parkplatz vorhandenen. Was wirst du dann machen?

B: Ich werde ihm möglichst genau die Details beschreiben, die das Auto, das ich meine, von den anderen unterscheidet: seine Farbe, Größe, die Bauart, eventuell eine markante Delle oder ähnliches.

A: Du wirst also Dinge nennen, die großenteils sichtbar sind.

B: Ja.

A: Und doch erkennst du vielleicht auch hier, bei diesen scheinbar sichtbaren Kleinigkeiten, das Seltsame des Allgemeinen der Sprache, dass alles Konkrete, das du nennst, die Farbe, der Schmutz, eine Delle und ähnliches, zugleich auf viele Dinge zutreffen kann.

B: Deswegen haben die Autos auch Nummerntafeln, damit sie identifizierbar sind.

A: Und dennoch wissen wir, dass es sich bei einem durch eine Nummer scheinbar eindeutig gekennzeichneten Auto um ein gestohlenes Fahrzeug mit falscher Nummer handeln kann, und die Nummer eigentlich ein anderes Auto identifiziert. Anscheinend gibt es das Problem, dass wir mit unserer Sprache nicht so leicht etwas Einzelnes fassen können.

B: Sehr seltsam.

A: Und dann gibt es da noch die Doppelung von Bestimmen und Bestimmtwerden.

B: Was meinst du damit eigentlich?

A: Einerseits kann es scheinen, dass wir durch unser Sprechen oder mit unserer Stimme bestimmen, was ist oder sein soll. Wir legen gleichsam einer Sache oder einer Situation unsere Stimme auf.

B: Hä?

A: Zum Beispiel kann ich sagen: »Ruhe! Ich bestimme, dass wir jetzt Kartenspielen.«

B: Das würde mich freuen.

A: Das war lediglich ein Beispiel. Andererseits werden wir beim Sprechen durch unsere Umgebung bestimmt.

B: Weil du weißt, dass ich gerne spielen würde?

A: Ja, wir werden zum Beispiel durch die Erwartungen unserer Gesprächspartner bestimmt. Aber noch einfacher: Wenn wir nicht den Anschein erwecken wollen, dass wir uns in einem Delirium befinden, so richten wir uns im Reden an gewissen Strukturen aus. Ich sage eben zu dir: »Gib mir diesen Aschenbecher!«, und nicht: »Gib mir bitte den Elefanten dort!«

B: Da würde ich dich in der Tat für etwas verrückt halten.

A: Und so ist es allgemein, dass wir uns im Sprechen durch gewisse vorgegebene Strukturen in der Welt bestimmt sehen. Ich könnte statt »Auto« auch *macchina* oder *car* sagen, aber ich muss wohl, zumindest wenn unsere Verständigung funktionieren soll, etwas dir Verständliches aussprechen.

B: Aber inwiefern ist das eine vorgegebene Struktur?

A: Weil wir nicht von uns aus festsetzen, was wir uns bei dem Ausdruck »Auto« denken. Wir haben als Kinder gelernt, was damit bezeichnet wird, nämlich etwas, das fährt, Räder hat und meist auch Türen.

B: Davon habe ich gar nichts bemerkt, dass ich das gelernt habe, als ich ein Kind war.

A: Das Komplexeste gibt sich oft unscheinbar. Hier zeigt sich erneut eine Doppelung: Es braucht scheinbar – aus unserer Sicht zumindest – stets uns einzelne Menschen, die wir etwas vernehmen und ansprechen, aber auch immer etwas, das uns vorgegeben ist.

B: Können wir nicht aus reiner Phantasie heraus etwas erdichten in der Sprache?

A: Aber die Elemente unserer Phantasie gehen vermutlich ebenso auf etwas, das uns bereits gegeben ist, zurück.

B: Wie bei einem Einhorn?

A: Ja, wir stellen uns ein Einhorn – zumindest teilweise – wie ein uns aus der Natur bekanntes Pferd vor. Damit haben wir ein weiteres interessantes Gebiet erreicht.

B: Was für eines?

A: Die Natur. Bei den vorigen Beispielen von sprachlichen Ausdrücken wie dem Wort »Auto« könnte jemand einwenden, dass dies Artefakte sind, vom Menschen Geschaffenes.

B: Was ist das Problem damit?

A: Dass jemand argumentieren könnte, dass wir uns klarerweise darin auskennen, weil wir im Umgang mit diesen menschlichen Erzeugnissen erfahren, wofür sie gut sind, was ihre Funktion ist.

B: Und bei Naturgegenständen ist das nicht so?

A: Zumindest darf das bezweifelt werden, weil wir im Fall der Naturdinge bestreiten können, dass sie für uns da sind. Ist der Berg dort für uns da? Braucht er uns, damit er ist?

B: Wenn wir dem vorher von dir Gesagten folgen, können wir sagen: irgendwie ja und irgendwie nein.

A: Ich sehe, du gewöhnst dich an meine Gehirnakrobatik. Ein gutes Beispiel für dieses Ja und Nein sind die Pflanzen. Wir bestimmen sie, legen ihnen unsere Namen bei und erfinden dabei nichts Beliebiges, sondern richten uns nach der Struktur der

Natur oder unserem Umgang mit ihr. Wir orientieren uns am System der strukturierten Erfassung der Natur.

B: Diese Struktur ist also das, was es auch ohne uns gibt?

A: Das muss damit nicht unbedingt gesagt sein. Ziemlich sicher existiert die Natur auch ohne mein besonderes, einzelnes Ich, vielleicht jedoch nicht ohne ein Ich überhaupt.

B: Was soll das sein?

A: Das Große Ich, wenn du so willst, oder das Geistige im Allgemeinen, durch das die Dinge in ihrem Sein erkannt werden. Wenn jemand etwas religiös-mythisch angehaucht ist, könnte er sagen, dass es all das, was wir ansprechen, nicht ohne den Ursprung, das Andere gibt, dem wir alles verdanken. Aber auch wenn wir davon nicht sprechen wollen, so stellen wir als Menschen anscheinend fest, dass die meisten von uns einigermaßen nüchtern-wissenschaftlich darauf vertrauen, dass die Natur von unserer Vernunft zumindest in einem gewissen Ausmaß erschlossen werden kann. Du selbst hast vorhin zugegeben, dass nicht jeder von uns mit seinem Ich in einer eigenen Welt lebt, sondern dass wir in unseren Gesprächen eine gemeinsame Welt teilen und dass wir auf Experten vertrauen, die etwas besser wissen als wir, weil sie einen bestimmten Bereich unserer gemeinsamen Welt genauer erschlossen haben als wir. Allerdings kostet uns ein solches Erschließen viel Mühe.

B: Wie eben die Kenntnis der Pflanzen?

A: Ja, zum Beispiel. Ein Großteil der Menschen kommt vermutlich derzeit nicht über eine grobe Unterscheidung der Pflanzenwelt hinaus, und doch wissen wir, dass wir – die Menschen – zu einer offensichtlich tragfähigen Systematik in der Botanik gelangt sind.

B: Hier kenne ich mich als Hobbybotaniker ein wenig aus. Ja, es wurde ein gewaltiges System an Ordnungen, Gattungen, Arten, Unterarten und so weiter beschrieben, über das sich die Pflanzenkundler weltweit einigermaßen einig sind.

A: Nebenbei bemerkt: Wir sehen an diesem Beispiel, dass die Sprache und ihr Bestimmen ursprünglich nicht der heute als wissenschaftlich erachteten Systematik folgte.

B: Beziehst du dich darauf, dass die Menschen eine Pflanze wie die Flockenblume nach etwas Äußerlichem benannten und nicht nach einer Struktur des Blütenstandes oder der Zahl der Keimblätter?

A: Das auch, und die Menschen gaben den Pflanzen ihre Namen vielfach nach den Funktionen, die sie für sie hatten, danach, wie die Gewächse ihnen in ihrem Tun und Treiben begegneten. Ein Beispiel dafür wäre der Augentrost.

B: Ach so, du meinst die Heilpflanzen.

A: Das ist natürlich nur ein kleiner Ausschnitt aus einem riesigen Bereich. Aber das Beispiel zeigt, dass die Benennungen zwar nicht auf ein tiefgreifendes System der Stammesverwandtschaft aufbauen, aber sich auch nicht bloß nach Äußerlichem richten. Daher sagen wir nicht: »Diese Pflanze dort mit weißen Blüten«, sondern eben »Augentrost«, womit wir den möglichen Platz der Pflanze im menschlichen Leben anzeigen.

B: Das könnte sein.

A: Das führt uns zu der noch tieferliegenden Frage, warum wir überhaupt sprechen. Vielleicht tun wir das nämlich aus einer gewissen Not heraus.

B: Hilfe!!!

A: Was ist los?

B: Nichts, ich wollte nur ein Beispiel für das Sprechen aus Not heraus vorbringen.

A: Sehr witzig.

B: Ah, da fällt mir ein Witz ein. Der kleine Maxi ist schon fünf Jahre alt und spricht immer noch kein Wort. Die Eltern machen sich große Sorgen. Eines Morgens stellt ihm die Mutter wie üblich den Kakao hin. Maxi trinkt und spricht das erste Wort seines Lebens: »Kalt.« Daraufhin fragen die Eltern erstaunt: »Warum hast du denn so lange nicht geredet?« Maxi: »Bis jetzt war alles in Ordnung.«

A: Haha, sehr tiefsinnig. Wie gesagt, wir sprechen als Menschen eventuell aus einer gewissen Not heraus.

B: Sind wir jetzt in Not?

A: Ja, in gewisser Weise schon, nämlich in der Not, dass wir uns über unser Leben und unsere Kenntnisse Orientierung verschaffen wollen. Wenn wir einen elementaren sprachlichen Vorgang hernehmen, können wir wieder eine interessante Spaltung feststellen.

B: Inwiefern?

A: Insofern wir im Sprechen etwas ausdrücken, das in gewisser Weise zugleich ist und nicht ist.

B: Du meinst, wenn wir lügen?

A: Nein, sondern wenn wir völlig im sprachlichen Geschehen aufgehen. Nehmen wir wieder ein Artefakt und seine Bezeichnung als Ausruf: »Auto!«

B: Wo?

A: Gut reagiert, danke fürs Mitspielen. Bei einem derartigen Ausruf ist anzunehmen, dass der Ausrufer derart ergriffen ist von dem, was er ausruft, dass er mit ihm für einen Augenblick ident ist – in diesem Moment ist er gewissermaßen das Auto, weil es ihn vollständig einnimmt in seiner Aufmerksamkeit, weil es zum Beispiel das Kind in seiner Nähe bedroht.

B: Und doch ist der Rufer auch nicht mit dem Auto ident, wie du mir gleich sagen wirst.

A: Ja, selbstverständlich, das wollen wir zumindest hoffen, dass er nicht materiell gesehen eins mit dem Auto wird. Er kann dem Auto ausweichen, kann auf es zugehen, wenn er gerade ein Auto gesucht hat in der Wüste und deshalb »Auto« ausrief, oder wie auch immer.

B: Der Rufende ist also das Auto in gewisser Weise und ist es nicht, interessant.

A: Ebenso verschmilzt ein Sprecher in seinem Sprechen und verschmilzt auch wieder nicht mit einem oder mehreren Du.

B: Wie soll ich das jetzt verstehen?

A: Ein Ausruf wie »Auto!« ist – zumindest potenziell – stets an einen anderen gerichtet. In diesem Fall wird es sich meist um eine Warnung handelt, die sich an ein anwesendes Du richtet.

B: Aber warum verschmilzt der Sprecher oder Ausrufer mit dem angesprochenen Du?

A: Weil ich, wenn ich dir »Auto!« zurufe, voraussetze, dass du denselben Inhalt in deiner Wahrnehmung oder in deinem Verstand hast und dass wir uns darin einig sind, also eins werden. In diesem Fall nehmen wir als Sprecher an, dass wir in dem Inhalt »Auto« identisch werden, das uns gefährlich werden oder uns nützen kann.

B: Und doch sind wir nicht dieselben, weil wir materiell unterschieden bleiben durch unsere Körper.

A: Ja, es lässt sich darüber hinaus sagen, dass nicht nur du und ich nicht dieselben sind, sondern auch ich nicht.

B: Du bist nicht du?

A: Dem Wort nach schon, der Materie nach nicht. Damit kommen wir auf das zurück, was du früher erwähnt hast. Sobald ich »ich« ausgesprochen habe, bin ich, wenngleich nur geringfügig, eine andere geworden als die, die dieses »ich« soeben ausgesprochen hatte.

B: Weil du älter geworden bist, auch wenn man das einer Dame gegenüber nicht anspricht.

A: Ja, ich bin älter geworden, habe ausgeatmet und damit Atome abgegeben, wieder welche aufgenommen und so weiter.

B: Das ist allerdings faszinierend.

A: Auch ist es uns auf dieser Ebene des Materiell-Körperlichen nie möglich, dass wir dasselbe wahrnehmen. Wir sprechen zwar vielleicht dasselbe aus und sprechen dasselbe Ding an, erfassen aber nie exakt dasselbe Wahrnehmungsobjekt.

B: Weil wir eine andere Meinung darüber haben?

A: Das möglicherweise auch, aber elementarer betrachtet: Stellen wir uns vor, wir sind auf der Jagd (so unangenehm mir diese Vorstellung auch ist) und lauern dem Wild auf. Erspähen wir dabei ein Wildschwein, dann sehen wir nie, mögen wir noch so nahe beisammenstehen oder -kauern, dasselbe.

B: Warum nicht?

A: Weil wir das Wildschwein aus zumindest geringfügig anderem Winkel sehen. Ebenso hören wir nicht exakt dasselbe von ihm, fühlen wir nicht dasselbe, wenn wir es berühren, und so weiter.

B: Trotzdem sind wir uns einig, dass es sich um ein Wildschwein handelt – wie soll das dann funktionieren?

A: Weil unsere Wahrnehmungen wahrscheinlich ähnlich sind und wir zu einem gewissen Grad dasselbe denken.

B: Wie meinst du das?

A: Wir haben, als wir aufgewachsen sind, gelernt, was es (etwas geschwollen ausgedrückt) heißt, Wildschwein zu sein. Das heißt selbstverständlich nicht, dass das jeder Mensch gelernt hat, aber in unseren Breiten kennen die meisten Menschen wohl ein Wildschwein immerhin durch Bilder.

B: Aber was heißt es, ein Wildschwein zu sein?

A: Das können wir wiederum in der Sprache zu ermitteln versuchen, indem wir eine Definition geben. Wenn wir dazu jemanden Unvoreingenommen befragen, also keinen Zoologen oder Jäger, dann wird er uns vermutlich ungefähr Folgendes sagen: Ein Wildschwein ist ein Lebewesen, das aus Fleisch und Blut besteht, etwa diese oder jene Größe, diese oder jene Form und Farbe hat, oft dort und dort lebt und so fort.

B: Und darüber sind wir uns dann einig?

A: Sicherlich nicht in jedem Detail, wie beispielsweise bei der Farbe. Diesbezüglich belehren uns die Experten, dass es nicht nur dunkelgraue Wildschweine gibt, sondern anderswo eine Spezies, die eine andere Färbung hat …

B: … oder die Frischlinge, die sowieso andere Farben aufweisen. Aber dennoch denken wir bei dem Wort »Wildschwein« dasselbe?

A: Das ist anzunehmen, aber es ist vermutlich jeweils schwer festzustellen, wie exakt die Übereinstimmungen in einer Sache unter den Menschen sind. Sicherlich werden in unterschiedlichen Regionen und verschiedenen Gesellschaften divergente Sachen mit einem Wort wie »Wildschwein« assoziiert. Konkret müssten wir das im Dialog mit anderen Menschen herausfinden. Dazu kommt die Schwierigkeit, dass wir mit dieser Liste oder Fülle an Eigenschaften und Funktionen, die wir zu einem Wort wie »Wildschwein« aufzählen können und von denen wir meinen, dass sie zwingend mit diesem Begriff gekoppelt sind, immer eine Menge an Vorstellungen und Assoziationen verbinden, aus denen wir herausschälen müssten, was der Denkgehalt dabei ist.

B: Stellen wir uns also alle etwas anderes vor, wenn wir »Wildschwein« sagen oder wenn wir ein solches sehen?

A: Ja, wahrscheinlich, allein schon deshalb, weil wir eben vermutlich nie exakt dasselbe Wildschwein gesehen haben, von dem unsere Vorstellungen herrühren. Und unsere Assoziationen fallen ohnehin unterschiedlich aus: Als hungrige Jägerin denke ich an Wildschweinbraten, dir als gesättigtem Comicleser fällt zum Thema Wildschwein Obelix ein …

B: … oder ein Fell, das ich irgendwo liegen gesehen habe.

A: Ich sehe, wir verstehen uns. Aber wir können auch an etwas anderem ablesen, dass wir uns einig darüber sind, was es heißt, ein Wildschwein zu sein.

B: An dem Ergebnis einer DNA-Probe?

A: Daran habe ich jetzt nicht gedacht, sondern an die Negation.

B: Die Negation? Worauf willst du uns damit jetzt wieder hinweisen?

A: Darauf, dass wir uns darüber einig sind, was alles nicht ein Wildschwein ist.

B: Das ist klar, ein Wildschwein ist kein Huhn, kein Haus und so weiter. Das ist doch banal.

A: Vielleicht, vielleicht auch nicht. Etwas allgemeiner ließe sich sagen, dass die Menge dessen, was »Nicht-Wildschwein« ist, riesig ist, und dass wir viele Elemente aus dieser Menge benennen können. Aber auch daran dachte ich jetzt eigentlich gar nicht.

B: Sondern?

A: An den Fall, dass wir uns irren, etwas, wo ebenfalls die Negation ins Spiel kommt. Stellen wir uns wieder vor, wir streifen auf der Jagd nach Wild durch den Wald. Plötzlich erspähen wir in der Ferne ein Wildschwein. Wir nähern uns, und dabei kommt uns etwas seltsam vor.

B: Was denn?

A: Das Wildschwein läuft nicht weg, obwohl es uns bereits gehört oder gewittert haben müsste.

B: Vielleicht ist es krank oder irr, tollwütig?

A: Aber es zeigt sich, dass das nicht der Fall ist. Als wir noch näher kommen, erkennen wir, dass unser vermeintliches Wildschein aus Plastik ist.

B: Aha, ein Übungsobjekt für Bogenschützen!

A: Exakt! Wie haben wir unseren ursprünglichen Irrtum, der in der Annahme bestand, es handle sich um ein lebendes Wildschwein, erkannt?

B: Aufgrund der Tatsache, dass es nicht sein kann, dass ein Wildschwein aus Plastik besteht. Umgekehrt bewegt sich dieses Plastikobjekt nicht und ist nicht aus Fleisch und Blut.

A: Wir bewegen uns damit in einem Feld, das in der Schule, soweit ich mich erinnere, erstaunlicherweise kaum behandelt wurde.

B: Der Jagdkunde?

A: Der Logik. Wir haben zwar im Gymnasium acht Jahre mit einem letztlich doch einigermaßen komplexen Mathematikunterricht zugebracht, aber so etwas Grundlegendes wie die Logik so gut wie nicht thematisiert.

B: Vielleicht taten wir das im Informatikunterricht?

A: Du meinst die diversen Operatoren?

B: Ja, genau.

A: Das ist kein schlechter Hinweis. Wir sind keine Computer, aber seit Jahrtausenden machen sich Menschen Gedanken über grundlegende Denkstrukturen und über die sogenannten Schlussfiguren.

B: Warum soll das so grundlegend sein?

A: Weil wir anhand dieser Überlegungen nachvollziehen können, wie wir etwas aus Bekanntem richtig erschließen. Das ist nicht nur in der Wissenschaft beobachtbar, sondern auch in unserem alltäglichen Verhalten oder im Umgang miteinander.

B: Das ist mir jetzt zu viel auf einmal.

A: Wir wollen versuchen, das langsam aufzudröseln. Wir haben nun längere Zeit über das Sprechen geredet. In welcher Form sprechen wir eigentlich meist, wenn wir sprechen?

B: Deutsch?

A: Ich meine nicht die Sprachform, sondern die Einheiten, in denen wir sprechen.

B: In Wörtern?

A: Etwas größere Einheiten –

B: – in Sätzen? Obwohl ich selten merke, dass ich in Sätzen spreche.

A: Aber es würde sichtbar, wenn wir unser Gespräch aufschrieben. Die Verschriftlichung von Sprache führt allgemein dazu, dass manches ausführlicher ausfällt als in der gesprochenen Sprache.

B: Zum Beispiel?

A: Wenn ich die Mitteilung eines Jägers »Wildschwein!« in eine Erzählung umformen will, kann ich schreiben: »Er flüsterte: ›Dort ist ein Wildschwein.‹«

B: Sehr poetisch. Aber was soll uns das zeigen?

A: Dass wir einen Satz erhalten haben, der ein Urteil ist und über den wir urteilen können.

B: Ob er wahr oder falsch ist?

A: Exakt. Etwas, das wir allerdings nicht über alle Satzgebilde behaupten werden. Über eine Anrede wie: »Ich bitte dich, reiche mir das Bierglas dort!« können wir nicht gut sagen, dass sie wahr oder falsch ist, auch nicht über die Frage: »Wie spät ist es?«

B: Hm, das habe ich so noch nie betrachtet.

A: Aber über die sogenannten Aussagesätze urteilen wir sehr wohl, dass sie wahr oder falsch sind.

B: Wie über den von dir gebildeten Satz: »Dort ist ein Wildschwein.«

A: Und hier gibt es erneut unterschiedliche Grade an Allgemeinheit.

B: Du machst mich fertig mit deinen Unterscheidungen.

A: Halt durch, bald ist der Braten fertig.

B: Welche unterschiedlichen Grade sind das?

A: Man könnte sagen, es sind Grade an Beständigkeit. Ein Satz wie: »Dort ist ein Wildschwein« ist sehr unbeständig, wenn wir im Wald verweilen. Wenn du diesen Satz etwas zu laut aussprichst, ist er schon nicht mehr gültig, weil das Wildschwein verschwunden sein wird.

B: Aber ich bin dann auch nicht mehr ich, wie wir besprochen haben.

A: Sehr scharfsinnig. Aber wir wollen zunächst bei einem Alltagsverständnis der Welt bleiben. Was ist möglicherweise ein Satz mit längerer Beständigkeit?

B: »Ich esse gerne Wildschwein.«

A: Vegetarier dürften nicht hören, was wir da so reden – aber nicht schlecht, das ist ein Satz, der länger Bestand hat, auch wenn er nicht ein allgemeingültiger Satz ist.

B: Zielst du auf so etwas ab wie: »Alle Babys haben Hunger«?

A: Ja, sehr gut, wir nähern uns einer Sache, die zentral für die von mir erwähnten Schlussfiguren ist, nämlich den All-Bestimmungen. Ein großer Forscher, der eine fundamentale Beschreibung dieses Schließens vornahm, war nämlich in Hinblick auf die Wissenschaft hauptsächlich an allgemeingültigen Aussagen interessiert. Wobei sich wiederum darüber streiten ließe, was das überhaupt bedeutet, eine allgemeingültige Aussage zu sein.

B: Das wollen wir aber jetzt nicht auch noch tun!

A: Im Laufe der Geschichte gab es jedoch wiederholt Bemühungen, ausgehend von derartigen Fragen alles Denken und vielleicht überhaupt alles, was uns irgendwie angeht, auf logische Bestimmungen oder ihre Beziehungen zurückzuführen.

B: Ist das nicht ein irres Vorhaben?

A: Vielleicht. Aber wir wollen nur an einem minimalen Ausschnitt versuchen nachzuvollziehen, was es mit diesem Schließen auf sich hat. Eine kleine Anmerkung zu dem Großmeister der Schlussfiguren, zu Aristoteles, sei noch erlaubt: Er hat meist in den logischen Zusammenhängen nicht die Formulierung gewählt, »Etwas ist etwas«, sondern »Etwas kommt einem anderen zu«.

B: Welchen Unterschied macht das?

A: Dass in den Urteilen – mit den herkömmlichen Ausdrücken gesagt – die Subjekts- und Prädikatsseite vertauscht sind.

B: Kannst du mir bitte ein Beispiel dafür geben?

A: Gemäß dieser Formulierungsweise heißt es dann nicht: »Ein Wildschwein ist ein Säugetier«, sondern: »Säugertier(-Sein) kommt dem Wildschwein zu«.

B: Ich verstehe noch immer nicht genau, welchen Unterschied das macht.

A: Dieser Unterschied ist relevant für eine schematische Darstellung von Schlüssen, wie wir sie hier in den Sand ritzen können: Wir steigen in der schematischen Darstellung von Begriffen, die wir durch Linien darstellen, vom Allgemeineren zum weniger Allgemeinen herunter. Das visualisieren wir durch verschieden breite Balken, die die Begriffe wie Säugetier und Wildschwein symbolisieren und die übereinanderliegen.

B: Was könnte in unserem Fall ein Beispiel für etwas noch Allgemeineres sein, das diesen beiden Begriffe zukommt und über ihnen in den Sand einzuritzen wäre?

A: In unserem Fall – was uns als urzeitliche Jäger interessiert – die Begriffe »Fleisch und Blut«, das wohl allen Säugetieren zukommt.

B: Warum machst du den Balken hier für »Fleisch und Blut« länger als den für den Begriff »Säugetier«?

A: Weil »Fleisch und Blut« einer größeren Gruppe als der Menge der Säugetiere zukommt.

B: Ja, natürlich, zum Beispiel auch den Reptilien.

A: So ist es. Und nun wenden wir uns einem klassischen Schluss zu. Dabei lässt sich aus zwei Ausgangsannahmen etwas Neues erschließen (oder man kann mit einem solchen Schluss begründen, warum gewisse Bestimmungen miteinander verbunden sind). Eine Annahme hätten wir hier bereits dargestellt …

B: … Fleisch und Blut kommt allen Säugetieren zu.

A: Ja. Dazu nehmen wir eine zweite Annahme hinzu, die wir dadurch erreichen, dass wir den Säugetierbalken mit dem darunter stehenden, noch kürzeren Balken verbinden.

B: Ich nehme an, wir gelangen damit zu einer Aussage über unser Wildtier.

A: Jawohl, wir sagen: »Säugetier(-Sein) kommt allen Wildschweinen zu«. Fällt dir auf, dass in diesen Annahmen, die wir gemacht haben, ein Wort zwei Mal vorkommt?

B: Ja, das Säugetier.

A: Und es ist doch klar, welcher Strich diesem Wort in unserem Schema entspricht?

B: Der mittlere.

A: Genau. Man nennt einen solchen Ausdruck, wie er durch diesen Strich vertreten wird, den Mittelbegriff und die beiden außen liegenden die Außenbegriffe oder Extreme.

B: Und was ist nun der Schluss aus der ganzen Sache?

A: »Fleisch und Blut kommen dem Wildschwein oder den Wildschweinen zu.«

B: Na gratuliere, und dafür haben wir diesen Aufwand betrieben?

A: Wie so oft im Leben dauert das Nachzeichnen dessen, wie etwas abläuft, viel länger als der Ablauf selbst. Aber wir erkennen daran etwas Fundamentales.

B: Nämlich?

A: Dass über einen Mittelbegriff etwas erschlossen wird beziehungsweise dass zwei Extreme durch ihn zusammengeschlossen werden.

B: Was ist daran so bemerkenswert?

A: Bemerkenswert ist das unter anderem deshalb, weil das Zusammenschließen zweier Extreme durch einen Mittelbegriff eine besondere philosophische Aufladung erfuhr. Dies wird auch als der Schluss von Einzelnem, Besonderem und Allgemeinem bezeichnet.

B: Das ist mir wieder einmal zu hoch.

A: Das war lediglich eine Nebenbemerkung, vielleicht kommen wir später darauf zurück bei anderen fundamentalen Fragen wie der Frage nach dem Verhältnis von Gott-Welt-Ich, welches wir bereits streiften.

B: Na du hast ja einiges vor.

A: Fad wird uns sicher nicht werden. Aber mit diesen Schlussverfahren können wir auch nachzuvollziehen versuchen, was bei einem Denkprozess in Millisekunden abläuft, wie bei unserem vorherigen Schluss, dass die Plastikfigur kein Wildschwein ist. Indes kommt hier ein weiteres Allgemeines ins Spiel.

B: Und das wäre?

A: Die ebenfalls bereits angesprochene Negation. Vorher hatten wir ja mit dem Säugetier und dem Wildschwein den Fall von etwas Allgemeingültigem.

B: Und jetzt haben wir einen Fall des Allgemeinungültigen?

A: Das wäre eine ungewöhnliche Bezeichnung.

B: Wofür?

A: Für das schier unerschöpfliche Thema der Negation.

B: Wie kommst du jetzt eigentlich wieder auf die Verneinung?

A: Weil wir auch allgemeine Verneinungen vornehmen können.

B: In dem Sinn, dass wir alles verneinen und nichts gelten lassen?

A: Nein, das meine ich nicht. Wir können die Aussage treffen, dass kein Plastikgegenstand aus Fleisch und Blut ist oder – eben nach der anderen Formulierungsweise des Aristoteles: »Fleisch und Blut kommen keinem Plastikobjekt zu«.

B: Und wohin führt uns diese allgemeine Verneinung?

A: Es lässt sich wieder etwas erschließen oder eine Erkenntnisleistung nachvollziehbar machen.

B: Wieder unser Schwein betreffend?

A: Genau. Die zweite Prämisse, unsere zweite Annahme, soll sein: »Fleisch und Blut kommen allen Wildschweinen zu.«

B: Und was schließen wir daraus?

A: Dass das Plastikobjekt-Sein keinem Wildschwein zukommt oder dass kein Wildschwein ein Plastikobjekt ist.

B: Was mich wiederum nicht sonderlich überrascht.

A: Ja, aber wir haben nachgezeichnet, was wir bei unserem fiktiven Streifzug gedanklich erschlossen haben, nachdem wir ursprünglich angenommen hatten, dass ein Wildschwein im Gebüsch sei. Übrigens liegt bei diesem Schluss ein Schluss der sogenannten Zweiten Figur vor, bei der der Mittelbegriff außen liegt, in unserem Fall die Form Cesare, sollte dich das interessieren. Freilich könnte jemand anmerken, dass wir bei unserem Erlebnis im Wald einen konkreten oder besonderen Schluss vollziehen, der für die Wissenschaft von geringerem Interesse ist als ein allgemeiner; dieser besondere Schluss lautet etwa folgendermaßen: »Dieses Objekt ist aus Plastik. Kein Wildschwein ist aus Plastik. Dies ist kein Wildschwein.«

B: Und was hilft uns das für den Fall des Erkenntnisirrtums, dass wir zuerst etwas für ein Wildtier hielten, das sich als künstliches Zielobjekt von Bogenschützen entpuppte?

A: Das befähigt uns, zu illustrieren, wie wir durch einen neuen Erkenntnisinhalt anhand eines Schlusses unsere ursprüngliche Meinung als falsch erklären. Wir nehmen allgemein an, dass Fleisch und Blut allen Wildschweinen zukommen. Beim Näherkommen stellten wir fest, dass diesem Zielobjekt Fleisch und Blut nicht zukommen und dass es sich ergo nicht um ein Wildschwein handelt.

B: Wie aber stellen wir das eigentlich fest, dass einem Objekt Fleisch und Blut nicht zukommen? Wir könnten uns doch täuschen, und es könnte sich um ein gefrorenes Wildschwein handeln, das nur aussieht, als wäre es aus Plastik?

A: In diesem konkreten Fall können wir das durch unsere Sinne, durch Tasten und Fühlen in Verbindung mit unserem Verstand und unserer Erfahrung feststellen.

B: Aber ist das nicht immer fehleranfällig, ein solches Feststellen?

A: Das ist eine interessante Frage, die uns in den Bereich der Psychologie im weitesten Sinn führen würde. Ich bin überzeugt davon, dass es zumindest einige Leistungen unserer Sinne und unseres Denkens gibt, bei denen wir nicht irren.

B: Du bist also keine Freundin einer radikalen Skepsis, eines Anzweifelns von allem?

A: Nein. Wenn wir Menschen nicht gewisse Inhalte teilten, würde sich alles sinnvolle Reden ad absurdum führen.

B: Und doch haben wir Menschen nicht über alles dieselben Gedanken oder Meinungen?

A: Ganz und gar nicht, das macht das Reizvolle und Wertvolle am Miteinander-Reden aus, dass wir stets auf Neue überlegen müssen und mit anderen verhandeln können, was womit in einem Satz verknüpft werden soll und was nicht.

B: Um einen wahren oder falschen Satz zu ergeben?

A: Richtig.

B: Worüber aber bilden wir eigentlich unsere Sätze?

A: Das ist wiederum eine wichtige Frage. Eine mögliche Antwort lautet: über Sachverhalte in der Welt.

B: Was darf ich unter einem Sachverhalt verstehen?

A: Eine weitere schwer zu beantwortende Sache. Noch allgemeiner ließe sich sagen, wir sprechen über Begebnisse in der Welt.

B: Wie über einen Unfall?

A: Zum Beispiel. Generell sprechen wir wahrscheinlich über alles, zu dem wir durch unsere Seele, wenn ich mich dieses alten Worts bedienen darf, einen Zugang haben.

B: Über die Eindrücke also, die wir von der Welt haben?

A: Ja, über unsere Wahrnehmungen, Vorstellungen und Gedanken.

B: Und darauf bauen die Welt und ihre Begebnisse auf?

A: Ich behaupte, dass sich jedenfalls unsere Welt aus den Wahrnehmungen und den Gedanken bildet.

B: Gibt es darüber hinaus eine andere Welt?

A: Ich meine, es gibt sehr wohl eine von deinem und meinem Wahrnehmen gesonderte Welt, die wir allerdings nur durch unsere geistige Tätigkeit erschließen.

B: Demnach kann die Welt einem anderen auch anders erscheinen?

A: Ich nehme stark an, dass zumindest bis zu einem gewissen Grad jedem die Welt anders erscheint. Umgekehrt bin ich davon überzeugt, dass die Welt geistig verfasst ist und uns einzelnen Menschen Grundstrukturen vorgibt, über die wir uns einig sind oder einigen können.

B: Und was sind derartige Inhalte oder Sachverhalte, die wir uns erschließen?

A: Wenn wir das wieder in Sätzen fassen, könnten wir als Beispiele nennen: »Dort sitzt ein Vogel« oder: »Ich stelle mir vor, heute Abend gibt es einen ordentlichen Braten« oder: »Alle Wildschweine sind Lebewesen«.

B: Und diese Erschließungen, wenn ich das so nennen darf, unterscheiden sich voneinander?

A: Na ja, möglicherweise zeigt sich, dass den Sätzen, die diese Erschließungen ausdrücken, verschiedene Arten von Wahrheit zukommen. Meine Aussage über den Vogel beansprucht, dass sie andere mit mir teilen. Selbstverständlich ist es möglich, dass ich mich in meiner Ansicht irre, und dass es sich in Wirklichkeit bei dem Objekt auf dem Balkon um einen Plastikvogel handelt, der echte Vögel fernhalten soll.

B: Ich stimme dir jedoch zu, dass dort ein echter Vogel sitzt. Wie aber unterscheidet sich dieser Satz von den anderen?

A: Das in dem Satz »Dort ist ein Vogel« Ausgesagte kann sich für uns jederzeit ändern, dann wäre der Satz nicht mehr zutreffend.

B: Wie kann das geschehen?

A: Dadurch, dass der Vogel wegfliegt. Demgegenüber behaupten wir, dass Wildschweine immer Lebewesen sind.

B: Zumindest, solange es solche gibt.

A: Ein guter Einwurf. Für den Fall, dass sie aussterben sollten, oder zu dem Zeitpunkt, als es noch keine Wildschweine gab, war oder ist dieser Satz, dass Wildschweine Lebewesen sind, vielleicht gegenstandslos.

B: Und wie steht es mit dem zweiten der Sätze, die du vorher formuliert hast?

A: In Hinblick auf einen Ausdruck meiner Vorstellung, wie eben eine Aussage über ein zukünftiges Abendessen, kann ich nicht verlangen, dass ihn irgendjemand teilt.

B: Außer, wir hätten gerade ein Wildschwein erlegt und hätten Hunger, dann ist es wahrscheinlich, dass wir diese Vorstellung teilen.

A: Das wird wohl so sein. Du siehst hoffentlich, worauf ich hinauswill: Der eine Satz gilt mehr oder weniger als immer wahr, der andere nur für den Moment oder eine gewisse Zeitspanne, solange der Vogel dort sitzt, und der Satz über meine Vorstellung hat keinen Anspruch darauf, dass ihn jemand mit mir teilt. Es gibt in diesem Fall lediglich eine gewisse Wahrscheinlichkeit, dass er unter bestimmten Umständen jemandem als wahr gilt.

B: Und das sollen die unterschiedlichen Arten von Wahrheit sein, die du erwähnt hast?

A: Grob betrachtet ja. Wir können noch eine andere Form von Sätzen in Betracht ziehen.

B: Und die wäre?

A: Sätze genau der Art, von der du soeben einen ausgesprochen hast.

B: Aha, die Fragesätze.

A: Jawohl, und die Wünsche wie: »Bringen Sie mir bitte ein Bier«. Solche Sätze weisen wiederum eine andere Art von Wahrheit auf, wenn wir Wahrheit weit fassen als Offenheit, vor der wir stehen.

B: Weil diese Fragen und Befehle von uns abhängen, von unserem Wissen-Wollen oder von unserem Haben-Wollen?

A: Möglicherweise. Der genannte Aristoteles, ein zentraler Grundleger der Wissenschaften, hat allerdings nur eine Form der Sätze und Schlüsse für wissenschaftlich relevant gehalten, nämlich die allgemeinen.

B: Aber wir haben ja auch abseits der Wissenschaft ein Leben.

A: Das ist wahr. Ich rufe uns eine weitere Einteilung dieses einflussreichen Philosophen in Erinnerung.

B: Welche nämlich?

A: Seinen Versuch der Ermittlung dessen, was die einzelnen Wörter unserer Sprachen allgemein betrachtet überhaupt einfangen können, wenn ich so sagen darf.

B: Das klingt nicht gerade einfach.

A: Aber vielleicht hat Aristoteles es einfach gemeint. Jedenfalls können wir, so legt er dar, mit unseren Wörtern ein »Wesen« oder eine »Sache« ansprechen, wie etwa mit dem Wort »Hund«. Das ist dann das Grundlegende für alles Weitere.

B: Das da wäre?

A: Ein Wiebeschaffensein (gelb, warm et cetera) oder ein Wiegroß- oder Wievielsein (neunzig Zentimeter, zwei Stück) oder ein Bezogensein, eine Relation, wofür Aristoteles als Beispiel den Ausdruck »Vater« heranzieht.

B: Weil ein Vater nur in Bezug auf seine Kinder Vater ist?

A: Exakt. Darüber hinaus sagen wir Aristoteles zufolge mit unseren Wörtern ein Wo und Wann aus, ein Tun und Leiden sowie ein Vorliegen und Haben oder Sich-Verhalten.

B: Das ist mir jetzt zu schnell gegangen.

A: Es ist im Moment nicht wichtig, dass wir das genau nachvollziehen. Generell scheint mir das eine erstaunliche Leistung zu sein, dass hier dem Vermögen der Sprache in dieser Weise auf den Grund gegangen wurde.

B: Noch einmal langsam: Wir können grundsätzlich eine Sache oder ein Lebewesen mit unseren Wörtern ansprechen, wie eben diesen Hund hier.

A: Ja, und diesem sprechen wir dann eine gewisse Größe zu, beispielsweise, dass er einen Meter lang ist, und wir sprechen ihm eine gewisse Farbe zu, dass er weiß ist. Dann könnten wir sagen, dass er heute, am dreizehnten August, hier neben uns am Kies liegt und schläft, womit Ort und Zeit angegeben sind sowie eine Tätigkeit, der er nachkommt, sein Liegen eben. Des Weiteren könnten wir sagen, dass er die Fähigkeit hat zu schnuppern oder zu jagen, auch wenn er diese Fähigkeiten momentan nicht ausübt.

B: Na Gott sei Dank! Aber was steckt hinter all dem, was wir ansprechen?

A: Ich würde sagen, in unserem alltäglichen Sprechen stecken hauptsächlich Form und Materie dahinter.

B: Warum im alltäglichen Sprechen?

A: Weil wir uns auch einigermaßen theoretisch darüber unterhalten könnten, was etwas ist, ohne dass wir behaupten müssten, es ist da.

B: Das ist mir zu hoch.

A: Versuch, das so zu betrachten: Wenn wir im Alltag »Wildschwein!« ausrufen, werden die meisten rund um uns meinen: Dort im Wald ist ein Wildschwein oder auf der Speisekarte wird Wildschwein angeboten.

B: Und was ist dann der theoretische Zugang?

A: Wenn wir etwa mit einer Biologin diskutieren. Diese könnte uns beispielsweise allgemein zu erklären versuchen, was ein Wild- von einem Hausschwein unterscheidet, zum Beispiel anhand der unterschiedlichen Formen von Wild- und Hausschwein.

B: Und dann wäre bei unserem Sprechen keine Materie involviert?

A: Jedenfalls nicht in der Weise, dass wir behaupten, dass sie aktuell und tatsächlich vorhanden ist.

B: Wenn nicht aktuell, wie dann?

A: Die Biologin wird sich natürlich auf Materielles beziehen, sie wird erläutern, dass die *sus scrofa* diese und jene Farbe hat, so und so beschaffene Klauen hat, diesen oder jenen Rüssel, Hauer und so fort. Damit bezieht sie sich auf potenzielle Materie, könnten wir sagen.

B: Was ist da die potenzielle Materie?

A: Diese wird dadurch adressiert, dass die Biologin aufzählt, was alles da sein muss, dass von einem Wildschwein die Rede sein kann – dann, wenn diese Dinge vorhanden sind, besteht die Möglichkeit, dass jemand ein Wildschwein vor sich hat. Sie behauptet aber nicht wie ein Jäger durch seinen Ausruf, dass dort wirklich ein solches Tier ist. Die Forscherin gibt, etwas altertümlich ausgedrückt, die Wesensbestimmung dieses Lebewesens an, sein Was-es-immer-schon-war, um wieder den berühmten Aristoteles zu bemühen.

B: Jetzt wird's endgültig steil.

A: Wir Menschen sind eben komplizierte Lebewesen.

B: Wie ist es dazu eigentlich gekommen, dass wir so kompliziert sind?

A: Das übersteigt meine Kenntnis. Aber wir wollen zu dem Reden in der Theorie zurückkehren: Wir sprechen dann quasi einen eingefrorenen Moment der komplexen Erkenntnis an, die wir in Verbindung mit unseren permanent im Wandel befindlichen Sinnesdaten gewinnen.

B: Wie ist das jetzt wieder zu verstehen?

A: Mit unseren Sinnen unterscheiden wir laufend Verschiedenes, zum Beispiel kalt-warm, diverse Farben und Geräusche, Härtegrade et cetera.

B: Und aus denen wird etwas eingefroren?

A: Im übertragenen Sinn. Wir brauchen wohl zunächst Sinnesdaten als Ausgangspunkt, um etwas Allgemeines zu bestimmen. Um beispielsweise allgemein angeben zu können, was ein Hund ist, benötigen wir eine Kenntnis davon, was ein Fell ist, was Beine sind, ein Schwanz, Kopf und überhaupt, was ein Lebewesen ist.

B: Das ist alles durchaus kompliziert.

A: Und um derartige Einzelbestandteile, die selbst wieder Allgemeinheiten sind, zu beschreiben, müssen wir vermutlich auf einzelne Elemente unserer Sinnesdaten zurückgehen, sie miteinander verknüpfen und festhalten. Das habe ich mit dem Einfrieren gemeint.

B: Warum machen wir das aber, dieses Einfrieren?

A: Weil wir voraussetzen, dass etwas, das von uns als so-und-so angesprochen wird, hinsichtlich dieser Bestimmung immer so beschaffen ist. Und das bedeutet einen großen Unterschied zu dem Fluss an Sinnesgehalten, mit dem wir dauernd zu tun haben und der sich ständig verändert.

B: Ein Beispiel bitte!

A: Was, würdest du sagen, ist Blut?

B: Etwas Flüssiges, das rot ist, einen bleiernen Geschmack hat, an der Luft klebrig wird ...

A: ... und ist das immer so?

B: Ich nehme an, dass das so ist, solange es Lebewesen mit Blut gibt.

A: Du siehst, du hast eine Art von Definition gegeben. Ein Arzt würde vermutlich eine andere Definition liefern, aber du hast etwas mehr oder weniger Allgemeingültiges aufgestellt, das – so setzen wir voraus – immer gilt.

B: Bis die Definition verbessert wird.

A: Ja, oder sich als falsch erweist, wenn wir zum Beispiel Lebewesen antreffen, in deren Adern grünes Blut fließt. Gegenüber dieser Voraussetzung von etwas Allgemeingültigem ist unser Erleben dauernd im Fluss. Wir sehen etwas Rotes, nehmen an, dass es Blut ist, dann wenden wir unseren Blick ab und sehen eine Wiese, hören zuerst Schreie, erleben danach die Ruhe im Wald und so weiter.

B: Aber die allgemeinen »Wesen« außerhalb von uns und unseren Wahrnehmungen bleiben gleich?

A: So einfach zu trennen ist das vielleicht auch nicht. Wir wirken wohl an der Beständigkeit der sogenannten Wesen mit.

B: Wie das?

A: Weil wir diese ausgehend von den Sinnesunterscheidungen zusammengestellten, eingefrorenen Bestimmungen bildlich gesprochen im Kopf haben.

B: Haben wir also einen Hirneisschrank?

A: Mach dich ruhig lustig über meine Versuche, etwas zu bestimmen. Wir können als Menschen das Allgemeine offensichtlich irgendwie auffassen. Freilich glaube ich, wir tun das nicht dadurch, dass wir etwas aus den Sinnesdaten abstrahieren, sondern indem wir in vielen Lernprozessen das in uns als Möglichkeit Angelegte durch Aussonderungsprozesse aktivieren.

B: Du erhebst dich wieder in Höhen, in die ich dir schwer folgen kann.

A: Höhen, die unter Umständen mit Gewinn erklommen werden.

B: Was stellst du uns für den Fall, dass wir sie erklimmen, in Aussicht?

A: Dass jemand auf diesen Höhen zu sicherem Wissen gelangt.

B: Wie soll das erreichbar sein?

A: Indem wir darauf vertrauen, dass das Erkennbare und das in uns Erkennende aufeinander bezogen sind, und dass beides im Akt des Erkennens identisch wird oder identisch ist.

B: Spielst du damit auf die berühmte Lehre an, dass die Welt eigentlich vernünftig ist?

A: Das ist eine sehr schwierige Thematik. Es fragt sich zunächst, was die Welt überhaupt ist. Grundsätzlich würde ich sagen, dass wir darauf vertrauen dürfen, dass es Erkennbares gibt, das identisch bleibt, und dass wir dieses Erkennbare erkennen können. Allerdings erkennen wir es nicht plötzlich durch irgendeine Eingebung, sondern wir erlernen dieses Erkennen allmählich durch das Aussondern und Zusammensetzen dessen, was zu einer Sache gehört.

B: Wir sind also deiner Ansicht nach vernünftige Subjekte, die die vernünftig verfassten Objekte in der Welt zu erkennen vermögen – klingt das nicht ein wenig altertümlich?

A: Diese Trennung von Subjekt und Objekt würde ich hier gar nicht hereinbringen, sie könnte uns in gewisse Probleme bringen. Ich meine, es ist in diesem Zusammenhang unangemessen zu behaupten, es gebe da draußen irgendwo Objekte, die wir als Subjekte erfassen, sei es, dass wir sie wahrnehmen oder denken.

B: Warum soll das unangemessen sein? Das nehmen doch viele Menschen an, dass es da draußen Objekte gibt, die wir als Menschen wahrnehmen oder denken.

A: Aber diese Annahme geht wohl über das hinaus, was wir als einigermaßen gesichert annehmen dürfen.

B: Was dürfen wir denn als gesichert annehmen?

A: Es lässt sich mit einer gewissen Sicherheit darüber sprechen, wie wir uns als lebende Menschen vorfinden, und wir können versuchen, unsere Lebendigkeit zu analysieren.

B: Ein Teil davon ist doch unsere Erkenntnis?

A: Ja, oder ein Moment oder wie auch immer du es nennen möchtest.

B: Und was können wir an uns darüber hinaus analysieren?

A: Scheinbar unendlich viel, das macht ja das Herausfordernde der Forschung aus. Zum Nachdenken über unsere Grundbefindlichkeit gehört wiederum das Nachdenken über unsere Sinne und unser Denken.

B: Wir drehen uns anscheinend in unserem Gespräch im Kreis.

A: Vielleicht lässt sich durch den Kreisgang manches erklären. Das Nachdenken erlaubt uns zum Beispiel, das »normale« Sprechen für nicht grundlos zu halten.

B: Da bin ich aber froh. Was meinst du damit konkret?

A: Die vorhin von dir angesprochene Unterscheidung von Subjekt und Objekt oder auch das Reden von Einzelnem und Allgemeinem.

B: Was ist damit?

A: Sosehr wir auch darüber reflektieren mögen, dass alles, zu dem wir irgendwie Zugang haben, von unserer geistigen Tätigkeit abhängig ist, so gibt es doch vermutlich nur wenige Menschen, die behaupten, dass nur sie existieren und sonst nichts.

B: Die Solipsisten.

A: Das ist eine mögliche Benennung dieser Gruppe. Die meisten Menschen hingegen würden sagen, dass es noch etwas geben wird, wenn ihr eigenes Sehen, Hören, Fühlen und Denken nicht mehr ist.

B: Wenn sie tot sind?

A: Ja. Wir dürfen annehmen, dass die Mehrheit der Menschen zugibt, dass auch ohne sie eine gewisse Allgemeinheit besteht. Umgekehrt könnte jemand behaupten, dass dieses Allgemeine nur dann besteht, wenn einzelne Menschen ihre einzelnen Wahrnehmungen vollziehen und von diesen ausgehend komplexere Erkenntnisse ausprägen wie beispielsweise: »Das ist ein Hund.«

B: Es sei denn, es gibt einen Gott oder Götter, die unabhängig von den Menschen diese Inhalte denken.

A: Darüber könnten wir uns ein anderes Mal unterhalten. Die wechselseitige Abhängigkeit von Allgemeinem und Einzelnem im menschlichen Erkennen können wir auch auf die sogenannte Objektebene beziehen.

B: Gibt es also doch Objekte?

A: Wie gesagt, ich möchte nicht behaupten, dass das alltägliche Sprechen, zu dem das Reden über Objekte gehört, sinnlos ist. Aber beim Reden über die komplexen Allgemeinbestimmungen, mit denen wir uns vorher beschäftigt haben, ist die Trennung von Subjekt und Objekt meiner Ansicht nach unangebracht.

B: Wo ist diese Trennung dann aber angebracht?

A: Beim Reden über das, was uns als Einzelnes begegnet, das wir aber als etwas Allgemeines ansprechen.

B: Mir wird wieder schwindlig.

A: Nimm dieses Schnitzel hier. Wenn wir über dieses einzelne Schnitzel reden, urteilen wir, dass es gut oder schlecht ist, noch warm oder schon kalt, zu groß oder zu klein und ähnliches. Wir werden uns jedoch bei einem normalen Mittagessen wahrscheinlich nicht allgemein darüber äußern, was dazu gehört, ein Schnitzel zu sein, nämlich etwas Inneres und etwas Äußeres zu haben, die Panier und so weiter. Es sei denn, wir erklären dies einem Gast, der nicht weiß, was ein Schnitzel ist.

B: Aber wir unterhalten uns hier und jetzt als Schnitzelkenner über ein einzelnes Schnitzel.

A: Exakt. Und sobald wir es gegessen haben, sind wir vermutlich nicht der Ansicht, dass es allgemein kein Schnitzel mehr gibt, sondern nur, dass es auf unserem Teller keines mehr gibt.

B: Gott sei Dank, wir können eines nachbestellen.

A: Und wir meinen wohl ebenso, dass jemandem, der nach uns ein Schnitzel bestellt, nicht allgemein das Schnitzel schlechthin erscheinen wird, sondern dass er wieder ein ähnliches Erlebnis wie wir haben wird, dass er nämlich ein Objekt vorgesetzt bekommt mit goldbrauner Farbe, das einen gewissen Geruch und Geschmack hat, ein einzelnes Schnitzel also.

B. Im Bereich der Einzeldinge dürfen wir also mit Fug und Recht von Objekten sprechen?

A: Ich denke schon. Hinsichtlich der allgemeinen Bestimmung, was es bedeutet, ein Schnitzel zu sein, halte ich das indes für weniger sinnvoll. Hier gibt es nicht auf der einen Seite auf dem Teller das allgemeine Denkobjekt Schnitzel und auf der anderen Seite auf den Stühlen die allgemein Erkennenden, sondern beides, der Erkenntnisgehalt und die Erkennenden, sind im Geist identisch.

B: Aber die verschiedenen Schnitzel, die unterschiedliche Individuen essen, sind voneinander abtrennbare Objekte?

A: Das scheint so.

B: Aber wodurch sind die einzelnen Schnitzel voneinander unterschieden, wenn sie dieselbe allgemeine Bestimmung haben, etwas Paniertes zu sein?

A: Man könnte sagen, durch die Materie.

B: Und was ist die Materie, die hinter all dem steht?

A: Diese ist, so seltsam das klingen mag, letztlich vielleicht nichts.

B: Du erstaunst mich stets aufs Neue.

A: Du kannst dich diesem Nichts folgendermaßen annähern: Wenn wir von allem absehen, was wir sehen, riechen, hören, fühlen, schmecken und uns vorstellen, und ebenso von dem absehen, woran wir uns erinnern, dann bleibt nicht mehr viel an Bestimmungen übrig, die die Materie haben könnte.

B: Und das, was wir sehen und so weiter, gehört nicht zur Materie, weil es von unserem Erkennen abhängig ist?

A: Das ließe sich zumindest behaupten.

B: Was ist mit der Ausdehnung, ist das eine Bestimmung von Materie?

A: Das ist eine interessante Frage.

B: Das glaube ich auch. Warum erscheint sie dir interessant?

A: Weil sie uns zu so etwas Fundamentalem führt wie Raum und Zeit.

Raum und Zeit

B: Aber warum bringt uns diese Frage nach der Ausdehnung auch zur Zeit?

A: Weil auch die Zeit vielen Menschen als etwas Ausgedehntes gilt oder zumindest als etwas, das sich erstreckt.

B: Stimmt das denn nicht?

A: Das will ich nicht beurteilen. Aber ich möchte eine Betrachtung der Zeit vorschlagen, die sich aus dem Versuch ergibt, uns in unserer Welt zurechtzufinden, was dir ja anscheinend ein Anliegen ist.

B: Mir soll das nur recht sein. Als jemanden, der sich für an den Naturwissenschaften interessiert hält, beschäftigen mich derartige Grundsatzfragen durchaus. Schon in der Schule war mir etwas unwohl dabei, wenn wir viele Details über die physikalische Welt und ihre Gesetze hörten, wir aber (auch auf Nachfrage) über die Grundgrößen nichts erfuhren.

A: Sollen wir uns jetzt solchen Fragen zuwenden?

B: Das wäre erfreulich.

A: Der Raum, würde ich sagen, ist von uns Menschen aus betrachtet dasjenige, was durch unsere Sinne und durch andere geistige Tätigkeiten, die wir vornehmen, aufgespannt wird.

B: Was willst du damit sagen?

A: Ich möchte uns mit dieser Betrachtungsweise dazu anregen, dass wir uns von der Vorstellung des Raumes als eines Behälters, in dem wir uns befinden, entfernen.

B: Wir sollen also kein cartesisches Koordinatensystem des Raumes annehmen?

A: Ja, exakt, diese Vorstellung sollten wir vermeiden. Vielmehr wollen wir versuchen, den Raum als etwas zu fassen, in dem wir uns seit jeher von Vielfältigem umgeben vorfinden, das sich in irgendeiner Weise zu uns verhält.

B: Wie der Kellner, der sich dort auf uns zubewegt.

A: Ja, genau. Der Raum ist durch Bewegung oder mögliche Bewegung bestimmt, vom Lufthauch angefangen über die Bäume, die ihre Äste bewegen, zu den Vögeln, die herumfliegen, und so weiter.

B: Ich vermute, es gibt wiederum nichts, das von diesen unseren Eindrücken, die wir im Raum gewinnen, unabhängig ist, keinen absoluten Raum?

A: Jedenfalls wäre das, wie mir scheint, für uns uninteressant, ein absoluter Raum, weil wir immer schon im Raum auf etwas Bestimmtes hin orientiert sind. Der Raum ist somit stets ein bestimmter. Uns geht permanent irgendetwas mehr oder weniger an, wie man so sagt, selbst wenn wir uns vorstellen, wir schwebten im Weltall in der scheinbar größten denkbaren Leere – auch dann würden wir uns vermutlich an den Sternen orientieren.

B: Aha, wie schaut's deiner Ansicht nach mit dem leeren Raum aus, gibt es einen solchen?

A: Ich glaube, ein leerer Raum ist ein Unding. Meiner Meinung nach ist alles von etwas erfüllt.

B: Es könnte sein, dass die aktuelle Physik mit ihren Spekulationen über eine dunkle Materie oder dunkle Energie dir da sogar zustimmt.

A: Wir wollen aber zunächst auf der Erde bleiben. Beim Raum, wie wir ihn auffassen, spielt meiner Ansicht nach wieder das herein, was wir früher über das Sprechen geäußert haben.

B: Woran willst du uns jetzt erinnern?

A: Daran, dass wir im Reden etwas ansprechen, das wir sind und doch nicht sind, etwas, das uns angeht.

B: Wie das Auto, das uns umfahren kann, oder unser Wildschwein.

A: Ja, etwas, das in unseren Raum des Sehens eintritt, was wiederum auslöst, dass ich dir das besagte Wort zurufe, zum Beispiel als Warnung oder Aufforderung, dem Tier, das sich zeigt, nachzulaufen.

B: Was bedeutet das für unsere Analyse des Raumes?

A: Wir können den Raum zu fassen versuchen als die Dimension des Du, des anwesenden Anderen, mit dem ich den Raum teile, mit dem ich in ihm tätig bin und dem ich im Raum begegne.

B: Aber du kannst doch auch irgendwo allein sein?

A: Das ist die Frage, ob das geht. Natürlich kann ich allein in einem Zimmer sitzen oder auf einem Berggipfel. Aber wahrscheinlich rede ich dann unwillkürlich zu mir selbst über das, was mir begegnet, die anderen Gipfel, die Wolken, die verschiedenen Alpenblumen und so weiter.

B: Warum aber soll der Raum dann die Dimension des Du sein?

A: Weil ich wohl alltäglich meist – sofern ich mich nicht bewusst zurückziehe – damit rechne, dass ein anderer in meinen Raumausschnitt, in dem ich mich befinde, hereinkommt, oder dass ich mich zu einem anderen bewegen und ihm etwas zurufen, ihn um etwas bitten oder ihn etwas fragen kann oder dass ich – vor dem Hintergrund moderner Technologie – jemanden anrufen kann.

B: Ein Einsiedler oder jemand in Einzelhaft hätte demnach keinen Raum?

A: Das sind bedenkenswerte Extremsituationen. Auch der Einsiedler wird vermutlich mit einem Du seinen Raum teilen (sofern er sich noch nicht zur vollkommen Bestimmungslosigkeit erhoben hat), sei es mit dem Gott, den er anbetet, oder den Tieren, wie wir sie immer wieder bei Bildern von Einsiedlern dargestellt sehen. Der Gefangene in Einzelhaft wird wohl zumindest zu seinen Wärtern sprechen, auch wenn er sie nie zu Gesicht bekommt.

B: Wir können also auch mit Tieren kommunizieren?

A: In einer gewissen Weise sicherlich. Aber darum geht es jetzt nicht. Wir befinden uns im Raum, in dem wir etwas als etwas ansprechen …

B: … nämlich Gegenstände und Dinge …

A: … oder Farben und Geräusche – das erste, was uns auffallen kann, wenn wir irgendwo im Raum hinschauen, ist ja die Vielfältigkeit an Farben, die uns umgibt.

B: Was haben die Farben mit dem Raum zu tun? Sie scheinen mir doch eher ein Phänomen der Fläche zu sein.

A: Wir haben anscheinend beim Heranwachsen gelernt, die färbige Fläche, als die wir unser Gesichtsfeld betrachten können, räumlich zu deuten und mit den Farben und Formen, die wir sehen, Gegenstände zu verbinden.

B: Wobei wir uns freilich täuschen können.

A: Inwiefern?

B: Wenn ich jetzt sage, die blau-weiße Figur dort ist ein Polizist, und wir später daran vorbeispazieren und uns einig sind, dass es sich um eine Pappfigur handelt. Dann werden wir über meine frühere Aussage urteilen, dass sie unrichtig war.

A: Das stimmt. Ich möchte unsere Überlegung noch auf etwas anderes lenken, auf den Ort.

B: Was ist mit ihm?

A: Ein antiker Denker lehrt uns, dass der Ort ein Zwischen ist.

B: Du sprichst erneut rätselhaft.

A: Mit dieser Überlegung zum Zwischen könnten wir uns noch weiter von der Vorstellung eines Behälters entfernen, die wir vermeiden wollen.

B: Vom Raum als Behälter?

A: Ja, genau. Denn der Ort einer Sache ist, wie sich argumentieren lässt, nicht eine beliebige Stelle im Koordinatensystem des Raum-Containers, sondern die Grenze zwischen zwei konkreten Bestimmungen.

B: Ich darf wieder einmal um ein Beispiel bitten!

A: Dieses Bier hier beispielsweise: Sein direkter Ort ist das Zwischen zwischen Flüssigkeit und Glas beziehungsweise am oberen Rand das Zwischen zwischen Flüssigkeit und Luft.

B: Das Bier befindet sich also nicht im Biergarten oder in der Ortschaft, in der wir uns befinden?

A: Dort befindet es sich auch, aber erst in weiterer Folge. Der nächste Ort nach jener Zwischen-Angabe ist der Tisch, könnten wir sagen, dann dieser Garten hier, dann die Stadt, in der wir uns befinden, und so fort.

B: Was nützt uns diese Betrachtung?

A: Vielleicht führt sie uns weiter auf dem Weg zur Einsicht, dass der Raum und die Orte in ihm etwas mit unserem Auffassen der Welt zu tun haben – wir eröffnen gewissermaßen Räume.

B: Wie eine Ausstellung?

A: Na ja, ich meine nicht nur von uns Menschen direkt beeinflusste Räume, die nicht selten stark von uns geformt sind, wie eine Industriehalle. Wir bestimmen auch in der scheinbar vom Menschen unberührten Natur sofort Orte und eröffnen sie somit in gewisser Weise. Wir orientieren uns und bestimmen, wo oben und unten ist, wo es kalt oder warm ist, wo es etwas Essbares geben könnte und so weiter.

B: Und dadurch, durch unser Interesse an der Umgebung, entsteht der Raum?

A: Ja, wir könnten sagen, der Raum entsteht durch die Bewegung unserer Erkenntnis.

B: Und nicht durch irgendwelche Atombewegungen?

A: Das ist erneut so eine Sache. Es würden vermutlich wiederum die wenigsten Menschen behaupten, dass nach ihrem Tod oder im Fall, dass sie ohnmächtig werden, der Raum kollabiert.

B: Der Raum existiert also doch unabhängig von uns?

A: Ja und nein, würde ich sagen: Ja, weil wir ihn als etwas von unseren individuellen Orientierungs- und Unterscheidungsakten Unabhängiges voraussetzen, nein, weil es für uns wenig Sinn macht, von Raum zu sprechen, wenn wir uns nicht auf den von Menschen eingeräumten und aufgespannten Raum beziehen.

B: Weil uns ein von uns unabhängiger Raum nicht zugänglich wäre?

A: So ist es.

B: Aber was setzen wir als bleibend voraus für den Fall, dass wir einmal in einem Moment nichts im Raum unterscheiden oder sterben?

A: Die meisten Menschen werden wohl für diesen Fall etwas Materielles als das Bleibende voraussetzen – wie auch immer die gerade aktuellen Modelle von Materie aussehen mögen, seien es Atome oder irgendwelche idealen Körper. Daneben müssen wir jedoch, wie ich meine, ebenso etwas Geistiges voraussetzen, das bestehen bleibt, auch wenn wir gerade nicht geistig tätig sind und dadurch den Raum aufspannen oder wenn wir sterben. Aber über die Sache mit der Materie möchte ich dich als Liebhaber der Naturwissenschaften ohnehin gleich noch befragen.

B: Nachdem wir zuvor etwas anderes durchgegangen sind?

A: Ja, nämlich die Bewegung im Raum.

B: Was soll mit ihr sein? Wir können uns in den verschiedenen Dimensionen im Raum bewegen, vielleicht auch im gekrümmten Raum.

A: Wenn wir von einer Erfülltheit des Raumes ausgehen und leugnen, dass es einen leeren Raum gibt, dann bewegen wir uns notwendigerweise jeweils durch Verdrängung von etwas anderem im Raum.

B: Was du sagst, macht zumindest für unsere alltägliche Bewegung auf der Erde Sinn, da wir beispielsweise beim Gehen Luft verdrängen – was wir bei schnelleren Bewegungen spüren – dafür strömt an unseren Platz, den wir gerade verlassen haben, Luft nach.

A: So ähnlich sehe ich das auch.

B: Wie steht's aber mit der Zeit?

A: Wir könnten analog zur Fassung des Raumes als der Dimension des Du sagen, dass die Zeit der Bereich des Er oder Sie ist, des abwesenden Anderen oder des entfernten Du.

B: Kannst du mir das bitte an einem Beispiel illustrieren?

A: Wenn du und ich hier intensiv mit etwas beschäftigt sind, einer gemeinsamen Aufgabe oder einem Spiel, ist es möglich, dass wir, wie man so schön sagt, nicht bemerken, wie die Zeit vergeht.

B: Das kommt vor.

A: Unter Umständen werden wir erst durch einen Dritten, der an uns herantritt und somit in unseren Raum eintritt, darauf aufmerksam gemacht, dass es Zeit ist für irgendetwas.

B: Zum Beispiel, dass es Zeit zum Essen ist. Und das Eintreffen dieses anderen lässt uns feststellen, dass einiges an Zeit vergangen ist?

A: Nicht nur das, der andere oder auch das Du, das abwesend ist, begründet meiner Ansicht nach allererst unsere Orientierung in der Zeit.

B: Wie soll das funktionieren?

A: Für mich wird eine Zeitspanne oder ein Zeitpunkt dann interessant, und ich werde darauf aufmerksam, wenn ich etwas von dir wissen will, beispielsweise was du gemacht hast, bevor wir uns getroffen haben. Über das Jetzt, in dem wir gemeinsam etwas tun, brauche ich dich ja nicht zu befragen.

B: Aber du möchtest gerne wissen, was ich gestern gemacht habe?

A: Ich darf ja annehmen, dass dir gestern ebenso wie mir ein Tag vergangen ist.

B: Warum ist das überhaupt interessant für dich, was ich am gestrigen Tag getan habe?

A: Weil ich neugierig bin; Spaß beiseite – deine Erzählung über deinen gestrigen Tag, an dem wir nicht einen gemeinsamen Raum geteilt haben wie hier und jetzt, eröffnet mir eine neue Dimension, eben die des abwesenden Du. Nun ist das gestern abwesende Du anwesend und kann mir etwas berichten.

B: Zum Beispiel kann ich dir berichten, in welchem Theaterstück ich war ...

A: ... oder wo es dieses oder jenes günstig zu kaufen gibt.

B: Was hat das mit der Zeit zu tun?

A: Weil es für meine Planung der auf mich zukommenden Zeit relevant sein kann, für die Zukunft.

B: Weil du deine künftigen Theaterbesuche oder Einkäufe dementsprechend planst?

A: Beispielsweise. Die Dimension des abwesenden anderen zeigt sich aber auch hier in unserem, von uns geteilten Raum.

B: Wenn wir auf einen anderen Menschen warten?

A: Ja, in diesem Fall wird die Zeit besonders auffällig, vor allem, wenn sich der erwartete andere verspätet ...

B: ... oder der Zug.

A: Ja, das zeigt das Hereinstehen des Abwesenden in unser Hier und Jetzt auf. Wir rechnen damit, dass um elf Uhr drei der Zug in unserem Wartebereich erscheint. Tut er das nicht, längt sich die Zeit.

B: Aber sie längt sich doch nur subjektiv, von uns aus betrachtet. Die Zeit selbst verläuft doch kontinuierlich?

A: Das ist auch wieder so eine Sache. Hier kommt die Bewegung ins Spiel, ähnlich wie beim Raum.

B: Weil es ohne Bewegung keine Zeit gibt?

A: Das ist zumindest zu erwägen. Wie ist momentan eigentlich die physikalische Einheit der Zeit bestimmt?

B: Soviel ich weiß, ist eine Sekunde die Zeitdauer, die grob gesagt der mehrmillionenfachen Periodendauer der Strahlung, die bei einer Strukturveränderung eines Cäsiumisotops auftritt, entspricht.

A: Ah ja. Wir sehen, dass auch die physikalische Grundfassung einer Zeitdauer von einer Bewegung, nämlich der eines Atoms, abhängig ist. Und dergleichen war wohl der Fall, seit die Menschen versuchten, Zeiträume zu messen.

B: Du meinst die früheren Zeiten, als anhand des Sonnenstandes Zeiten bestimmt wurden?

A: Das ist eine naheliegende Methode. Dabei orientiert man sich an einer scheinbar gleichmäßig ablaufenden Bewegung, die auch weit voneinander entfernt lebenden Menschen zugänglich ist. Man nimmt dann zum Beispiel den Höchststand der Sonne in ihrem Tagesverlauf als Orientierungspunkt für ein mögliches

Treffen oder die Mondphasen oder den jährlichen Umlauf der Sonne als Maß für Zeiträume.

B: Ich nehme an, es gibt deiner Auffassung nach Zeit wiederum nur, wenn wir Menschen da sind, um sie zu messen und zu zählen?

A: Das stellt erneut eine besondere Schwierigkeit dar. Aber da wir bei der Grundeinheit der Sekunde waren – ist nicht auch die physikalische Grundgröße des Raumes seit einiger Zeit durch Bewegung bestimmt?

B: Das ist richtig, ein Meter ist nicht mehr durch das Urmeter in Paris definiert, sondern als diejenige Strecke, die das Licht in einem winzigen Bruchteil einer Sekunde zurücklegt.

A: Das ist wahrscheinlich einigermaßen schwer zu messen.

B: Allerdings, die moderne Physik und Technik haben sich da besonderen Herausforderungen zu stellen.

A: Apropos Herausforderung: Was im Physikunterricht eine Herausforderung für unsere Denkkraft darstellte, war die Relativitätstheorie …

B: … wobei wir meiner Erinnerung nach nur die Spezielle Relativitätstheorie oberflächlich streiften.

A: Aber ausgehend von der Überlegung, dass Raum und Zeit mit der Bewegung einhergehen, konnte ich mir zumindest die Relativität der Zeit näherungsweise zurechtdenken, auch unabhängig von den Betrachtungen über die psychologischen Phänomene, dass uns in unterschiedlichen Situationen die Zeit unterschiedlich schnell oder langsam zu vergehen scheint.

B: Aber was du jetzt meinst, ist die Zeitdilatation?

A: Ja. Selbstverständlich fehlen mir die notwendigen Mathematikkenntnisse (oder ich habe sie vergessen), um den diversen Beweisen in der Relativitätstheorie zu folgen. Aber wenn ich die Abhängigkeit der gemessenen Zeit von der Bewegung eines konkreten, sich gleichmäßig bewegenden Objektes wie der Atomschwingung bedenke, kann ich mir die Dilatation zumindest bildlich vorstellen.

B: Wie stellst du sie dir vor?

A: Anhand der Vorstellung einer Atomuhr, die – in meiner stark vereinfachenden Art gesagt – die regelmäßigen Schwingungen eines Atoms oder eben der Strahlungsdauer bei Potentialveränderungen misst. In einem System, das sich von uns wegbewegt, braucht diese Schwingung aus unserer Sicht länger.

B: Wie erklärst du dir das?

A: Weil die Bewegung, wenn wir zum Beispiel von einer senkrechten Schwingungsbewegung in unserem System ausgehen, in dem bewegten System nicht nur die Senkrechte zurücklegen muss, sondern auch die Diagonale und dadurch (aus meiner Sicht) länger braucht als dieselbe Bewegung, die bei uns im ruhenden System stattfindet.

B: Darüber könnten wir noch lange reden – so etwas, wie du es beschreibst, wurde vor langem mit dem Gedankenexperiment der Lichtspiegel gezeigt, die sich voneinander wegbewegen.

A: Faszinierend daran finde ich den Perspektivenwechsel, der einem dabei nahegelegt wird. Denn wir können ebenso unser System, von dem als scheinbar ruhendem ausgehend wir die sich wegbewegende Uhr beobachten, als das bewegte System betrachten, in dem die Zeit dann langsamer vergeht, weil die Schwingung länger für ihren Weg braucht als im ruhenden System.

B: Ja, es gibt keinen bevorzugten Fixpunkt im Universum.

A: Das ist doch ziemlich bemerkenswert. Ich wollte dich jedoch noch zu einer weiteren Grundkonstante befragen.

B: Zu welcher denn?

A: Zur elektrischen Spannung.

B: Warum ist gerade diese für dich interessant?

A: Dürfen wir davon ausgehen, dass heutzutage für eine physikalische Welterklärung die Spannung das Grundelement schlechthin ist?

B: Wie kommst du darauf? Es scheint mir im Übrigen problematisch, die Spannung als Grundelement zu bezeichnen.

A: Auf diese Frage bin ich gestoßen, weil – zumindest populärwissenschaftlich gesehen – die sogenannten Standardmodelle der Materie die einzelnen Bestandteile, die sie beschreiben oder postulieren, in Elektronenvolt angeben.

B: Ich kann mich erinnern, dass du schon in der Schule mit den Erklärungen zum Begriff »Spannung« unzufrieden warst.

A: Was soll das auch sein, die Spannung?

B: Um das zu klären, müssten wir uns eingehender mit der Feldtheorie beschäftigen und wir müssten den darin vorkommenden Definitionen der Beschleunigung, der Arbeit und dem Potentialunterschied nachgehen.

A: Auch hier lässt sich etwas meines Erachtens Erstaunliches feststellen, nämlich die Bildhaftigkeit dieser Ausdrücke wie »Feld«. Alle diese Bestimmungen sind anscheinend, wie wir das mit einer gewissen philosophischen Tradition bezeichnen können, aus der menschlichen Lebenswelt genommen, das »Feld« ebenso wie die »Spannung«.

B: Wie meinst du das?

A: Wahrscheinlich hat noch kein Mensch je ein Elektron gesehen, aber die meisten von uns haben eine Vorstellung davon, wie sich die Spannung eines Seils anfühlt (oder wie es sich anfühlt, wenn die Bluse am Bauch spannt). Ebenso haben wir eine Vorstellung davon, was ein Feld im handgreiflichen Sinn ist, auf dem man sich bewegen kann, wie etwa auf einem Fußballfeld.

B: Willst du darauf hinaus, dass es auch den gesamten Elektromagnetismus und seine Phänomene nur dann gibt, wenn es Menschen gibt, die ihn beobachten?

A: Das nicht gerade. Viele legen gerade den Elektromagnetismus dem zugrunde, was – wie sie annehmen – auch unabhängig von menschlichen Erkenntnisakten existiert.

B: Du meinst die Materie?

A: Ja, die offensichtlich heutzutage nicht mehr statisch als Klotz gedacht wird …

B: … sondern als in permanenter Bewegung befindlich, sei es aufgrund der Ausdehnung des ganzen Kosmos, der Abstoßung von Elementarteilchen oder aufgrund des Spins der Elementarteilchen.

A: Diesbezüglich scheint es mir doch erstaunlich, dass wir zur Beschreibung dieser Dynamik, die alles tragen soll, was wir in der Welt antreffen, auf Konzepte und Verstehensweisen angewiesen sind, die wir letztlich aus dem Bereich der Handwerke und der Landwirtschaft haben.

B: Was meinst du damit konkret?

A: Zum Beispiel, dass wir so etwas wie elektrische Spannung mit dem Druck in Wasserrohren erklären. Wir nutzen täglich den Potentialunterschied in Wasserrohren, die sich zwischen Hochbehälter und Wasserhahn befinden, damit wir zu Wasser kommen. Das Feld, mit dem Menschen seit Urzeiten aus der Landwirtschaft vertraut sind, verwenden wir als Bild für den Möglichkeitsraum, in dem sich Teilchen bewegen können.

B: Du zielst anscheinend auf so etwas wie eine Methodenreflexion oder auf eine Reflexion über die naturwissenschaftlichen Modelle ab. So etwas gibt es doch sicherlich in einer Philosophie der Physik?

A: Damit sprichst du etwas Wesentliches an, die Modelle. Mit Modellen wurde schon in unsere noch kleinere Welt der Schule alles hineingespiegelt, was man nur wollte, vom kleinsten Elementarteilchen bis zur größten Galaxie.

B: War das schlecht?

A: Das möchte ich nicht behaupten. Aber das Modellhafte an den Modellen wird vielleicht des Öfteren übersehen. Wir tun dann so, als verstünden wir das, worüber wir sprechen.

B: Tun wir das nicht in gewisser Weise, die Dinge verstehen?

A: Vermutlich schon, aber wir verstehen die Dinge so, wie wir sie uns zurechtlegen. Molekülorbitale sind für uns, wenn uns in der Schule ein entsprechendes Modell vorgeführt wurde, das Vorstellungsbild eines Kalottenmodells aus Kunststoff, das wir in Händen gehalten haben, und eine Galaxie das Foto von Sternenhaufen, das uns an die Wand projiziert wurde.

B: Etwas anderes ist unseren Sinnen nun einmal nicht zugänglich. Aber dafür haben wir die Imaginationskraft, mit der wir uns etwas ungemein Kleines und Großes vorstellen können.

A: Genau darauf wollte ich wieder hinaus! Wir beobachten mit unseren Sinnen und unserem Verstand, messen, was wir messen können, und extrapolieren daraus unsere Theorien. Das bedeutet jedoch noch nicht, dass wir damit alles erfassen, was es gibt.

B: Das würden Wissenschaftler vernünftigerweise auch nicht behaupten.

A: Das nehme ich auch nicht an. Aber in der Öffentlichkeit gibt es mitunter immer noch ein gewisses Pathos der Gläubigkeit gerade gegenüber den sogenannten Faktenwissenschaften, mit dem einhergeht, dass viele glauben, die Wissenschaften erfassen alles.

B: Vielleicht brauchen wir Menschen irgendetwas Unverrückbares, woran wir glauben können.

A: Diesbezüglich könnte ich noch eine Überlegung vorbringen, nämlich zu einer der populärsten Annahmen der Kosmologie.

B: Dem Urknall?

A: Ja, eine Theorie, die auch immer wieder in Form eines Modells präsentiert wird, das heutzutage vermutlich den meisten Schülern weltweit bekannt ist …

B: … die doch nichts davon verstehen …

A: Das wird vielleicht so sein. Aber historisch gesehen erscheint mir das durchaus interessant.

B: Was?

A: Dass heute weite Teile der Bevölkerung eine Vorstellung teilen, die noch im 19. Jahrhundert die meisten entweder für ein Märchen oder für eine Spekulation griechischer Naturphilosophen gehalten hätten …

B: … dass sich nämlich das All, in dem wir uns befinden, aus einem Zentrum minimaler Ausdehnung, aber höchster Energie herausbewegt hat …

A: … und dass vielleicht einmal alles zu diesem Ausgangspunkt zurückkehren wird.

B: Was heutzutage eher bezweifelt wird.

A: Aber als neuartiger Mythos oder eben als Märchen ist diese Theorie interessant – es handelt sich um eine Erzählung, der viele Glauben schenken, ohne je auch nur daran zu denken, diese Geschichte nachzuprüfen.

B: Willst du wieder unsere Wissenschaftsgläubigkeit kritisieren?

A: Das ist nicht meine Absicht. Ich finde diesen Umstand jedoch erstaunlich. Bis vor (relativ) kurzem haben nur einige wenige Philosophen so etwas als Möglichkeit angedacht, dass beim Wegfall von manch heraustreibenden Kräften das All, wie ich schon einmal gesagt habe, in sich zusammenschwitzen könnte.

B: Und heute nimmt das jedes Schulkind an.

A: Und das, ohne dass uns Menschen im Alltag diese Annahme weiter berührt, dass alles aus etwas Punktartigem kommt und vielleicht wieder zu einem solchen Energiezentrum zusammenstürzen wird. Eventuell tangiert uns das deshalb so wenig, da diese Bewegungen in ungemein weiten Zeiträumen vorgestellt werden.

B: Ein anderes Modell geht dahin, dass es zur völligen Ausdünnung des Universums und der immer stärkeren Homogenisierung der Materie in dem sich beständig ausdehnenden All kommt.

A: Was für mich eine nicht weniger frappierende Vorstellung ist.

B: Bis es zum Wärmetod des Universums gemäß der Entropie kommt.

A: Umgekehrt würde heute wahrscheinlich kaum mehr jemand, der eine höhere Schule absolviert hat, eine direkte Schöpfung von allem, was im Kosmos vorkommt, annehmen.

B: Meinst du, er würde bestenfalls eine Schöpfung im metaphorischen Sinn annehmen, in der Art, dass er eine höhere geistige Instanz als Grundlage von allem voraussetzt?

A: Das könnte sein. Zu dem Bild vom Urknall wollte ich dich noch etwas fragen. Inwiefern nehmen die Physiker eigentlich an, dass das beim Urknall Herausgeschleuderte mit seinem Ausgangspunkt in Verbindung bleibt?

B: Das ist eine sehr komplizierte Frage.

A: Ich habe nämlich diesbezüglich eine einfältige Vorstellung. Ich stellte mir schon wiederholt die Frage, ob der Kraft, die offensichtlich bei der Expansion des Alls alles hinaustreibt (was auch immer eigentlich »hinaus« hier heißt), eine andere Kraft entspricht, die zurückweist oder die in irgendeiner Form in Kommunikation mit dem Zentrum der Ausdehnung steht.

B: Das ist ebenfalls eine komplexe Angelegenheit. Zum einen könnte es sein, dass du damit nach so etwas wie der Gravitation fragst, die bis heute, soviel ich weiß, nicht mit den anderen Kräften, die im Kosmos zu beobachten sind, in einer Theorie vereint werden konnte. Zum anderen rechnen die Forscher damit, dass beim sogenannten Urknall Bedingungen und Gesetze herrschten, die mit den heute beobachtbaren oder erschließbaren Gesetzmäßigkeiten nichts zu tun haben.

A: Wie du dir jetzt schon leicht vorstellen kannst, fasziniert mich an dieser Frage nach den Kräften, die auseinander- und zurücktreiben, der Gedanke, dass auch unserer physikalischen Vorstellung zufolge erst durch die Bewegung der Expansion des Alls so etwas wie Raum und Zeit aufgespannt werden.

B: Dieser Gedanke hat etwas für sich und das wird, glaube ich, von manchen Kosmologen auch in diese Richtung beschrieben.

A: Zu dem gedachten Anfangspunkt habe ich in Verbindung mit dem Urknall noch eine Frage bezüglich der Kraft.

B: Und diese wäre?

A: Stimmt es, dass die aktuellen Annahmen dahin gehen, dass sich erst mit der Ausdehnung des Universums so etwas wie eine Bindungsenergie entwickelt hat, wie man sie dann zum Beispiel im Atommodell beschreibt, und dass sich diese Bindungsenergie mit zunehmender Ausdehnung des Alls vergrößert?

B: Das vermag ich so nicht zu beantworten. Aber man spricht in der Kosmologie von einer ursprünglichen Kraft, die sich später in mehrere Kräfte aufspaltete, unter anderem wohl in die Gravitation auf der einen Seite und in die Kräfte des Standardatommodells auf der anderen.

A: Eine Spaltung, die sich bis heute nicht vereinen ließ?

B: So ist es.

A: Findest du das nicht wiederum erstaunlich?

B: Was?

A: Dass man hier von einer ursprünglichen Kraft redet, die allem zugrunde liegt. Das erinnert mich in seiner Abstraktheit an die Bemühungen von Goethes Faust, der erkunden will, was die Erde im Innersten zusammenhält.

B: Du kommst im Zusammenhang mit der Kraft darauf, weil Faust im Ringen um eine richtige Übersetzung des Johannesprologs schließlich zur »Kraft« kommt?

A: Exakt. So erlaube ich mir, dir ausgehend von dieser ursprünglichen Kraft noch ein paar Hirngespinste meinerseits zur Expansion des Universums vorzutragen.

B: Nur zu!

A: Mich hat bei diesem Reden vom Urknall immer wieder die Ausdehnung beschäftigt, wie wir uns diese nämlich vorstellen sollen.

B: Als Explosion?

A: Ja, aber wenn sich etwas zum ersten Mal ausdehnt und wenn dieses etwas überhaupt erst die Dimensionen aufspannt, dann dürfen wir – zumindest aus unserer menschlichen Sicht heraus – annehmen, dass es sich in alle Dimensionen ausdehnt, oder besser, dass es alle Dimensionen aufspannt oder erzeugt, wie viele Dimensionen auch immer es geben mag.

B: Das dürfen wir annehmen, dass dies so geschieht.

A: Damit aber eine Ausdehnung zustande kommt, muss wohl so etwas wie eine Mitte zurückgelassen oder sozusagen erzeugt werden, weil andernfalls dasjenige, was sich ausdehnt, gar nicht als solches gefasst werden könnte.

B: Warum nicht?

A: Weil das Sich-Ausdehnende sich – natürlich bildlich gesprochen – nur im Raum (der sich dann aber gar nicht bilden würde) verschöbe und weil es keine Distanz zu etwas hätte.

B: Das klingt plausibel.

A: Damit das Sich-Ausdehnende sozusagen weiß, dass es sich in eine Distanz zum Zentrum setzt und sich eben ausdehnt, muss es mit dem Zentrum in einem gewissen Kontakt stehen und auf es zurückbezogen sein.

B: Meinst du damit so etwas wie die vorhin angesprochene Gravitation?

A: Das könnte sein. Aber diese rückwirkende oder mit dem Zentrum kommunizierende Kraft kann vermutlich nicht die einzige sein, weil sonst ja wieder alles im Zentrum zusammenkommen würde.

B: Was mancher Theorie zufolge tatsächlich geschehen wird.

A: Aber für ein Universum, das zumindest für eine gewisse Zeitspanne besteht, ist eine zweite Kraft anzunehmen, die wir sowieso bereits vorausgesetzt haben, die heraustreibende Kraft.

B: Wir kommen also zu so etwas wie einer Zentripetal- und Zentrifugalkraft.

A: Mit solchen Paaren an Kräften haben schon manche Philosophen bei ihren kosmologischen Spekulationen hantiert. Allerdings suggerieren die Namen der von dir genannten Kräfte eine Kreisbewegung, die mir für die von uns angestrebte Vorstellung unzureichend erscheint.

B: Wieso?

A: Weil sie mir zu wenig dynamisch hinsichtlich einer Bewegung außerhalb der Kreisebene erscheint.

B: Das musst du mir genauer darlegen.

A: Wenn wir zwei derartige Kräfte annehmen, eine, die ins Zentrum zurückweist, und eine, die von ihm wegführt, so wollen wir offensichtlich nicht – zumindest nicht ausschließlich – annehmen, dass sie hintereinander wirken – sonst ergäbe sich ein abwechselndes Zusammenziehen und Ausdehnen wie von einer Lunge.

B: Wir nehmen also an, dass die Kräfte gleichzeitig wirken?

A: Genau, aber nicht wie Kreiskräfte, die bei einer Rotation im selben Umkreis hinein- und hinausdrängen, sondern eher wie Kugelkräfte, die die Expansion des Kosmos ermöglichen.

B: Ein bemerkenswertes Bild.

A: Aber die Kugel, in der oder mit der diese Kräfte wirken, muss irgendwie durchbrochen werden.

B: Warum das?

A: Ebenso, wie wir forderten, dass ein Zentrum bleiben muss, auf das sich das Expandierende zurückbezieht, so muss von dem, das sich zurückbezieht, etwas in Distanz vom Zentrum bleiben, damit eben nicht alles wieder gänzlich ins Zentrum kollabiert.

B: Das heißt, es bilden sich zwei Pole, zwischen denen die Kräfte wirken?

A: Oder es kommt zu einer Kommunikation oder einer Rückbeziehung der Pole aufeinander oder wie auch immer man ihr Verhältnis nennen mag. Dabei sollten diese Pole mehrdimensional vorgestellt werden, weil wir sonst wieder in ein zu starr mechanistisches Bild zurückfallen, das noch dazu undynamisch wäre.

B: Warum das?

A: Weil es nicht nur zwei Pole, zwei Pol-Ringe oder Pol-Kugeloberflächen geben kann, da wir ja von einer kontinuierlichen Ausdehnung ausgehen. Daher müssen die neuen Pole, die sich außerhalb des ersten Zentrums bilden, selbst wieder Ausgangspunkte von Abstoßungen neuer Peripherien bilden.

B: Die sich ihrerseits wiederum auf ihre Zentren beziehen?

A: Ja. So ergibt sich ein rastloses Hin und Her zwischen Extremen, die voneinander unterscheidbar sind, die sich aber aufeinander beziehen und selbst weiter abstoßen zu neuen Extremen.

B: Das ergibt etwas, das bildlich wohl kaum mehr vorstellbar ist.

A: Ich denke da an eine mehrdimensionale Spirale. Sie kann vielleicht das Sich-Zurückwenden von etwas, das sich konkretisiert hat, zu seinem Zentrum ausdrücken und ebenso die permanente Rückkehr zu sich selbst sowie das Hinaustreiben über sich selbst.

B: Das ist durchaus keine triviale Vorstellung.

A: Dabei können wir uns noch an etwas anderes erinnern, nämlich an unsere Überlegungen, wie wir den Raum durch unser geistiges Unterscheiden aufspannen.

B: Inwiefern ist das jetzt relevant?

A: Weil wir sagten, dass wir in einem durchwegs erfüllten Raum leben, sei es, dass er von Farben, von Fühlbarem oder wovon auch immer erfüllt ist.

B: Wobei wir ein Vakuum ausgeschlossen haben?

A: Ja.

B: Was bedeutet das nun für deine Spiralvorstellung?

A: Dass sich die mehrdimensionalen Spiralen nicht in der Weise ausbreiten, dass zwischen ihren Armen oder Ästen nichts wäre, sondern so, dass es sich bei den Spiralästen und dem scheinbar leeren Raum dazwischen um Verdichtungen und Verdünnungen handelt – so wie wenn man einen großen Teigklumpen auseinanderzieht.

B: Was hilft dir dieser Vergleich für dein Vorstellungsbild von der Expansion des Alls?

A: Dass damit die Rückbeziehung von einem Außenposten zum Zentrum, von der ich gesprochen habe, nicht etwa als einsame Reise eines Weltraumboten vorgestellt wird, sondern als permanente Spannung, die sich durch die Materie zieht, die alles erfüllt, wie dünn auch immer die Materie ausgezogen sein mag – durch diese Spannung bleibt alle Materie untereinander und mit dem Zentrum des Teigklumpens in Verbindung. Die Expansion wäre dann die Beziehung zwischen zahllosen Teigknoten, wenn du so willst, die durch eine stets dünner werdende Teigschicht miteinander in Kontakt bleiben.

B: Aber wenn wir diese Kommunikationsbewegung als dynamische denken, und wenn sie in einem durchgängig erfüllten Raum stattfindet, dann muss sie immer etwas verdrängen – was eine gewisse Parallele zu der von uns angesprochenen menschlichen Geh-Bewegung in der Luft aufweist. Wenn wir von einem Ort zu einem anderen gehen wollen, verdrängen wir immer etwas, meist die Luft.

A: Ja, das wird wohl so sein. Wie auch immer man diese Kommunikationsbewegung zwischen den sich bildenden Außenstellen und dem von ihnen gesetzten Zentrum denken mag, so wird sich vermutlich bei der Kommunikation der Rückbewegung ins Zentrum im durchgängig erfüllten Raum ein Gegendruck bilden, der vielleicht genau für die umgekehrte Richtung jener Kommunikationsbewegung sorgt, die in Richtung Zentrum geht.

B: Ein nicht gerade einfaches Konzept, von dem du da sprichst.

A: Aber was uns die Teilchenphysiker als populärwissenschaftliche Modelle vorsetzen, ist auch nicht immer so einfach.

B: Das ist wohl wahr. Da haben wir es manchmal auf der Großebene mit Spiralen der Galaxien zu tun, die jedoch aufgrund der Annahme der Dunklen Materie eigentlich als Kugeln zu betrachten sind, und andererseits im Kleinen mit Kügelchen, die eine gewisse Drehung, einen Spin, haben und doch keine Teilchen sind.

A: Du meinst den Welle-Teilchen-Dualismus?

B: Ja, wie wir ihn vor allem aus den Erklärungsversuchen des Phänomens Licht oder aus Illustrationsversuchen von zentralen Erscheinungen der Quantenphysik kennen. Vielleicht ließe sich das bekannte Doppelspaltexperiment durch eine ganzheitliche Betrachtung einmal anders erklären.

A: Woran denkst du da?

B: Dass sich eben, wenn ich deine Idee von dem Teigklumpen und dem Gegendruck aufgreifen darf, mit dem sogenannten Teilchen, das sich auf den Doppelspalt zubewegt, etwas mitverschiebt in der letztlich nach wie vor unerforschten Materie, und dass durch die Abdeckung von einem der beiden Spalte die Effekte dieses sich Mitverschiebenden unterbunden werden.

A: Ich glaube jetzt bin ich es, die aussteigt.

B: Das ist vermutlich für unser Anliegen, dass wir uns unsere Schulkenntnisse für unser heutiges Alltagsverständnis der Welt zu erläutern versuchen, auch nicht so bedeutsam.

A: Hierher gelangt sind wir, wenn du dich erinnerst, durch die Feststellung, dass heutzutage viele ohne Zögern zugestehen würden, dass wir alle und alles rund um uns aus einem winzigen Punkt herausexplodiert ist (oder so ähnlich).

B: Jawohl.

A: Solch spektakuläre Annahmen, die man in früheren Jahrhunderten für Märchen gehalten hätte, gibt es auf mehreren Ebenen.

B: Was schwebt dir jetzt vor?

A: Etwas, das wir auch in Modellform in vielen naturkundlichen Museen präsentiert bekommen, dass sich nämlich alle Kontinente, die sich auf der Erde befinden, aus einem einzigen riesigen Kontinent entwickelt haben.

B: Ja, und die Kontinente bewegen sich immer noch gemeinsam mit der Erdkruste, deren Platten sich übereinanderschieben oder voneinander wegdriften.

A: Hier kannst du wieder den Bezug auf die menschliche Alltagswelt sehen, wenn wir so reden.

B: Wie reden?

A: Über die Kruste der Erde, womit wir einen Ausdruck verwenden, den wir zum Beispiel von Backwaren kennen.

B: Ich verstehe. Diese Redeweise passt gut zu der Vorstellung, dass sich auf einem heißen Planeten wie der Erde an der Oberfläche eine Kruste bildete, die jetzt den immer noch flüssigen Erd-Laib, wenn man so will, ummantelt.

A: Und der aus dem Meer ragende Teil dieser Kruste begann als Pan-Gaia, als »All-Erde«, und zerbröckelte sozusagen, wodurch sich allmählich die heutigen Kontinente ausbildeten.

B: Was wäre ein weiterer Bereich, in dem es zur Annahme einer ursprünglichen Einheit gekommen ist, die man früher bestenfalls belächelt hätte?

Leben

A: Das Leben – diesbezüglich geben heutige Schulabsolventen vermutlich durch die Bank zu, dass alle Lebensäußerungen auf der Erde von kleinsten Einheiten stammen und dass der Mensch nicht als sozusagen fertige und von allen Tiergattungen unterschiedene Lebensform geschaffen wurde.

B: Du meinst also, sie folgen der Evolutionstheorie?

A: Ja, mit ihrer – wieder oberflächlich betrachtet – faszinierenden Perspektive, dass die bunte Vielfalt der Pflanzen und Tiere, die wir uns heute vergegenwärtigen können, ähnlich wie der Kosmos auf einen – zumindest für unsere Vorstellung – sehr kleinen Ausgangspunkt zurückgeht, nämlich die Einzeller.

B: Was aber nicht bedeutet, dass es eine Entsprechung zwischen dem Mikro- und dem Makrokosmos geben muss.

A: Natürlich nicht, wenngleich das eine einigermaßen romantische Vorstellung ist, dass sich der Kosmos in dem mikroskopisch kleinen Leben auf der Erde widerspiegelt. Aber fällt dir im Übrigen auf, dass uns hier etwas Ähnliches begegnet wie bei der Beschreibung der elektrischen Spannung?

B: Was meinst du?

A: Dass wir wieder von unserer Lebenswelt ausgehen, wenn wir von Zellen als der Grundlage allen Lebens sprechen.

B: Weil das Wort »Zelle« ein Begriff aus unserer Lebenswelt ist?

A: Ja. Sei es, dass wir an eine Mönchszelle oder sei es, dass wir an eine Gefängniszelle denken, wir stellen uns vermutlich jeweils unter einer solchen Zelle etwas Abgeschottetes vor …

B: … das sich nämlich mit seiner Zellwand von der Außenwelt abtrennt.

A: Jawohl. Mir erscheint das in diesem Zusammenhang deshalb hochinteressant, weil der Ausdruck »Einzeller« impliziert, dass mit dem Beginn des biologischen Lebens eine Abgrenzung zusammenfällt, ein Abstoßen, das uns an den Urknall erinnern kann, bei dem etwas zurückbleibt, das sich in Differenz zu anderem setzt.

B: Meinst du im Fall des Lebens das jeweilige Individuum, das sich von seiner Umwelt abtrennt?

A: Und das doch mit ihr in Verbindung steht.

B: Durch den Stoffwechsel?

A: Zum Beispiel. Beim Stoffwechsel nimmt das Lebendige etwas aus dem Außen auf und gibt etwas daran ab. Das Lebendige steht mit der Umwelt auch dadurch in Verbindung, dass es auf sein Rundherum reagiert, beispielsweise dann, wenn es vor etwas flieht.

B: Du meinst die sogenannte Irritabilität?

A: So heißt das wohl. Und dann gibt es neben dem Stoffwechsel und dieser Irritabilität noch etwas, das gerade für uns Menschen höchst bemerkenswert ist.

B: Die Anlage zur Vernunft?

A: Darauf wollte ich jetzt nicht hinaus, sondern auf das Phänomen, das mich schon lange fasziniert, dass sich nämlich Zellen teilen.

B: Das ist doch ein natürlicher Prozess?

A: Das mag sein, aber damit gingen und gehen so bedeutende Begebenheiten wie der Tod oder die Spezialisierung einher.

B: Du verblüffst mich wieder einmal und zugleich sprichst du für mich einigermaßen in Rätseln.

A: Na ja, wenn sich eine Zelle teilt, wie man so sagt – wobei das Faszinierende für mich ist, dass das überhaupt passiert – dann bleiben bei der Zellteilung nicht zwei Hälften des Vorigen als Resultat über, sondern die ursprüngliche Zelle stößt, wenn ich so sagen darf, dasselbe, was sie ist, von ihr ab, sie verdoppelt sich. Die Zelle ist ihr neues Gegenüber selbst und sie ist es auch nicht.

B: Inwiefern ist das so?

A: Die beiden Zellen sind der Gestalt und Funktion nach identisch, nicht aber der Zeit nach. Die eine Zelle ist älter als die andere, und dem viel berufenen Gang der Natur nach zersetzt sich oder zerfällt die ältere in der Regel vor der jüngeren, die ihrerseits wieder in eine andere übergeht.

B: So kommt es also, worauf du hinauswolltest, zum Tod?

A: Ja, man könnte sagen, dass die Zellteilung die Geburtsstunde des Todes ist. Umgekehrt ist die Generationenabfolge, worauf die Philosophen schon lange hinweisen, ein Mittel für die Lebewesen, Unsterblichkeit zu erlangen …

B: … indem sie ihre Erbanlagen von Generation zu Generation weitergeben.

A: So drückt das der moderne Mensch aus, der von so etwas wie DNA in der Schule gelernt hat.

B: Dazu gäbe es, auch wenn wir die Sache nur oberflächlich betrachten, manches anzumerken, das sich seit unseren Schultagen geändert hat.

A: Was zum Beispiel?

B: Dass die Abfolgen der Nukleinbasen …

A: … meinst du das Adenin, Thymin, Guanin und Cytosin?

B: Ja, diese Namen wurden uns im Unterricht eingetrichtert. Geändert hat sich die Annahme, dass die Molekülketten der Chromosomen, in denen die Nukleinbasen die entscheidenden Informationsträger sind, bei einer Zellteilung nicht mechanisch kopiert werden, sondern dass manche Bereiche sozusagen stillgelegt werden.

A: Welchen Grund hat das?

B: Umwelteinflüsse können sich in der Weise auswirken, dass manche Sequenzen des Erbguts nicht zur Wirkung kommen.

A: Warum das?

B: Damit zum Beispiel bei einem Pilz in seiner Entwicklung nicht etwas aus dem Erbgut zur Ausprägung kommt, das gegen ein Pilzvernichtungsmittel empfindlich ist.

A: Sehr spannend. Hieran können wir das zweite nach meiner Ansicht so faszinierende Phänomen anknüpfen, von dem ich vorhin sprach, die Spezialisierung.

B: Dass sich manche Zellen zu Augen-, und andere zu Gehirnzellen entwickeln?

A: Zumindest sprechen wir so aufgrund der Art, wie wir die Funktionen der Zellen deuten, darüber. Freilich ist das Phänomen Spezialisierung auch auf gesellschaftlicher Ebene etwas, das uns täglich beschäftigt. Im Hinblick darauf frage ich mich, ob die Spezialisierung der Zellen und insgesamt die Evolution tatsächlich nur durch die Selektion der besser an irgendwelche Umweltbedingungen angepassten Zufallsmutationen zustande kommt.

B: Das ist ein ziemlich kontroversiell diskutiertes Thema. Ein Streit besteht nicht nur zwischen Biologen und Kreationisten sowie anderen Gegnern der Evolutionstheorie, die eine mehr oder weniger hohe Intelligenz als Planerin hinter der für uns sichtbaren oder erschließbaren Entwicklung von Leben annehmen, sondern die Tragweite der Selektion ist innerhalb der Evolutionsforschung selbst umstritten, soviel ich weiß.

A: Ist das so?

B: Es könnte sein, dass in der Entwicklung des Lebens aus dem gewaltigen Gen-Pool mit Absicht manche Partien herausgegriffen wurden, in denen die Möglichkeit angelegt ist, auf bestimmte Gegebenheiten zu reagieren.

A: Womit du die berühmte Anpassung an Umweltveränderungen ansprichst?

B: Und generell die ursprüngliche Ausrichtung der Lebewesen an der Umwelt, dass nämlich ein Tier überhaupt einmal etwas entwickelt, mit dem es zum Beispiel regelmäßige Schwingungen unterscheidet, sei es als Ton oder Farbe, und sich dementsprechend verhalten kann.

A: Du meinst die Spezialisierung von Zellverbänden daraufhin, dass sie zu Ohren oder Augen werden?

B: Exakt. Es erscheint mir generell sinnvoll, Zellgruppen auf ihre Funktion hin und nicht etwa auf den Phänotyp hin zu betrachten.

A: Das heißt, man soll sich nicht daran orientieren, wie etwas, das man als Auge bezeichnet, aussieht, sondern daran, was es leistet?

B: Ja, genau. Es gibt bei verschiedenen Tieren sehr unterschiedlich aussehende Organe, die eine ähnliche Leistung des Sehens erbringen. Übrigens ist mir zum Thema der Spezialisierung und Zellteilung noch etwas eingefallen.

A: Nämlich?

B: Dass der Spezialisierung von Zellen, die dir so erstaunlich scheint, schon eine Synthese von Bakterien vorherging, die unterschiedliche Funktionen hatten.

A: Wie darf ich mir das vorstellen?

B: Dass beispielsweise ein Bakterium Wasserstoff abgibt und ein anderes Bakterium Wasserstoff aufnimmt, weil es ihn benötigt. Irgendwann verschmelzen beide Bakterien und bilden einen neuen Organismus, wobei sie ihre Erbinformationen verbinden.

A: Das ist höchst interessant, dass wir auf dieser Ebene von einer Kooperation ausgehen dürfen …

B: … und eben nicht nur auf der Ebene menschlicher Gesellschaften.

A: Es liegt mir fern, zu behaupten, dass es so etwas wie Kooperation nur bei den Menschen gebe. Ein besonderes Feature der Evolution lässt sich noch hervorheben, wenn wir den Übergang von Naturgeschichte zur Menschheitsgeschichte markieren wollen, wie er einem auch in Museen immer wieder präsentiert wird.

B: Welches Feature wäre das?

A: Die Hand als das Werkzeug der Werkzeuge.

B: Das klingt beinahe dichterisch.

A: Die Formulierung stammt von Aristoteles, mit dem wir bei unseren Sprachbetrachtungen zu tun hatten. Die Auswirkung des Evolutionsschrittes, dass die Hand als Werkzeugträger frei wurde, können wir an den Faustkeilen und ähnlichen Werkzeugen ablesen, die in den Museen gezeigt werden.

B: Wie auch an den frühen Waffen?

A: Ja, zum Beispiel. Überhaupt lässt sich an der Auswirkung der Tätigkeit der menschlichen Hände viel festmachen, die politische Geschichte der Menschheit, die Technikgeschichte, aber auch so etwas wie die Reflexion.

B: Wie meinst du das mit der Reflexion?

A: Weil beim Einsetzen der Hand als Meta-Werkzeug dieses Reflektieren des Menschen, für das er so gerühmt wurde, augenfällig ist, um nicht zu sagen, handgreiflich wird.

B: Ich kann dir immer noch nicht folgen.

A: »Reflektiert sein« heißt ja der Wortherkunft nach »zurückgebogen sein«. Mit dem Freiwerden der Hände für unser Handeln sind wir zwar nicht notwendigerweise reflektiert in dem Sinn, dass wir über das, was wir tun, nachdenken, aber wir sind deshalb auf uns bezogen, weil wir mit unseren Händen etwas zu uns zurückführen, es auf uns zurückbeugen, also »reflektieren« im ursprünglichen Sinn.

B: Wenn wir beispielsweise etwas Essbares zu unserem Mund führen?

A: Jawohl. Die Wichtigkeit der Hand im Ernährungsprozess können wir ebenfalls aus archäologischen oder paläoontologischen Sammlungen erschließen, wo Werkzeuge zur Nahrungsherstellung gezeigt werden.

B: Wie Sicheln und Handmühlen?

A: So ist es. Das zeigt zugleich etwas, das vor allem in Hinblick auf unsere Gegenwart von Belang ist.

B: Was wäre das?

A: Das zerstörerische oder verändernde Potenzial des handelnden Menschen.

B: Du sprichst die Umweltzerstörungen an?

A: Nicht nur das, allgemeiner das Eingreifen des Menschen in seine Umgebung.

B: Die Auswirkungen menschlicher Eingriffe auf unsere Lebenssphäre werden uns heutzutage vielfach in Erinnerung gerufen.

A: Allgemein lässt sich an diesem auf die Hände gestützten Handeln ungemein viel festmachen. In mythischer Form wurde das in gewisser Weise bereits in der Geschichte vom Sündenfall angesprochen.

B: Weil wir aufgrund unseres Handelns aus dem tierischen Vertrautsein mit der Natur herausgestürzt sind?

A: Womöglich, und weil wir in unserem Handeln auf ein Ich zurückgeworfen wurden, das andere tötet und das noch dazu darum weiß, dass es getötet hat. Zusätzlich sehen wir Menschen uns, so die Sündenfallgeschichte, seit jeher durch unserer Hände Arbeit sowie durch die Fortpflanzung gequält.

B: Du packst wieder einmal einiges zusammen!

A: Dabei sind das nur einige Elemente aus der Geschichte von Adam und Eva, denen dadurch, dass sie die Hände zu den Früchten des Baums der Erkenntnis ausstreckten, die Augen für das »gut« und »schlecht« geöffnet wurden.

B: Und das alles bringst du mit dem Handeln in Verbindung?

A: Irgendwie schon. Bei unserem mehr oder weniger reflektierten Vorgehen als allmählich aufrecht gehende Lebewesen können wir offensichtlich nicht nur unterscheiden, was uns zu- und was uns abträglich ist, wir können in gewissem Ausmaß auch etwas schaffen, das für uns gut ist, aber ebenso etwas, das schlecht für uns ist.

B: Indem wir uns beispielsweise Zigaretten beschaffen?

A: Sehr geistreich. Aber ich glaube in der Tat, dass eines der bedeutendsten Momente für die Entwicklung von so etwas wie einem Ich und Du das Sichtbarwerden von Handlungsergebnissen und das Herstellen von etwas war und ist.

B: Wie das Herstellen einer Behausung?

A: Ja, das ist eine Möglichkeit, wenn wir an die Sesshaftwerdung der Menschen denken. Ich nehme an, dass das wiederholte Hervorbringen eines jeweils ähnlichen Effektes durch unsere Hände zu so etwas wie der Herausbildung eines Ichs führte, das sich diesen Effekt zurechnet.

B: Du meinst, der Mensch sieht in diesen Hervorbringungen die Produkte seiner Handlungen, wie die Tierleiche vor seiner Höhle?

A: Noch deutlicher erkennt der Mensch seine Tätigkeit, wenn er etwas aufrichtet oder errichtet, wie eine Steinplatte oder ein Haus, Dinge, die mit den in der Natur anzutreffenden Formen nur mehr wenig zu tun haben.

B: Aus diesen Prozessen soll sich unser reflektierendes Bewusstsein entwickelt haben?

A: Das sind natürlich nur wilde Spekulationen. Vor allem müssten wir uns fragen, was überhaupt Bewusstsein heißt. Aber ich in meinem zu Vereinfachungen neigenden Gemüt habe mir diese

Vorgänge so zurechtgelegt. Im Übrigen verweist uns das Handeln wieder auf unsere Überlegungen zum Kommunizieren im Raum.

B: Inwiefern ist das der Fall?

A: Weil all das um ein Urereignis kreist, aus dem Handeln, Sprache und Arbeitsteiligkeit entsprungen sind.

B: Denkst du wieder an unsere Wildschweinjagd?

A: Ich sehe schon, du machst dich gerne über mich lustig. Aber eine derartige Jagdszene entspricht doch ungefähr dem, was wir von diversen Lehrsendungen über die Entwicklung des Menschen behalten haben.

B: Dass die Hominiden zweibeinig werden, in die Steppe hinausziehen und mit Faustkeilen auf Mammutjagd gehen?

A: In diese Richtung beschreiben solche Filme das. Übrigens schlage ich vor, dass wir uns jetzt ebenfalls auf unsere beiden Beine stellen und uns aus dem Raum dieses Gastgartens hinausbewegen, um ein wenig herumzuspazieren. Wenn wir dabei die Situation urzeitlicher Jäger und Sammlerinnen nachvollziehen wollen, könnten wir erneut zum Bereich des Zurufens von etwas oder Sprechens über etwas gelangen, das wir sind und doch nicht sind, bei dem wir zu anderen sprechen, die wir sind und die wir auch nicht sind.

B: In einem Raum, den wir mit unseren Ichs und Dus aufspannen?

A: Ja, und das in einer Zeit, die die Dimension der Sies und Ers ist.

B: Du rufst mir die gewaltigen Hirnverrenkungen von vorhin ins Gedächtnis.

A: Ich bin eben, wenn ich dir als Jagdgenossin ein Wort für Mammut zurufe, in gewisser Weise identisch mit dem Mammut, weil es mich interessiert als Wärmelieferant, und ich bin es andererseits nicht, weil das Mammut so und so weit weg ist von mir. Und das Du ist ich, weil du in meinem Gesichtsfeld bist und mir bei der Jagd hilfst, und du bist nicht ich, weil du an einer anderen Stelle stehst und du das Tier von anderswo mit deinem Speer treffen kannst.

B: Ich hoffe, wir kommen bei unseren Betrachtungen bald in kultivierteren Zeiten an, in denen wir Vegetarier werden dürfen.

A: Hier möchte ich noch eine Bemerkung zum Thema Schuld und Sünde, wie in vielen Religionen dazu gesagt wird, vorbringen. Wir müssen ja zugeben, dass wir schuld sind am Tod so und so vieler Tiere und so weiter.

B: Nur zu, bring deine Bemerkung vor!

A: Bei einem Philosophen der jüngeren Zeit, nämlich bei Martin Heidegger, heißt es, was ich bereits erwähnte, dass das Schuldsein ein Grund von Nichtigkeit ist.

B: Sagt er das im Hinblick darauf, dass wir durch unser Tun Dinge und andere Menschen vernichten?

A: Das darf man annehmen. Vor allem jedoch bezieht er es darauf, dass der Mensch sich selbst vernichtet. Sicherlich hat diese Auffassung seine Berechtigung, wenn wir unser Treiben auf dem Planeten beobachten.

B: Ich warte auf ein »aber«.

A: Ich glaube, wir Menschen sind im Handeln nicht zu einer totalen Vernichtung fähig, weil stets aus unserem Hand-an-etwas-Legen etwas anderes resultiert.

B: Wie eben ein Leichnam, der aus unserem Morden resultiert, oder ein verwüsteter Planet, der das Ergebnis unseres Wirtschaftens ist?

A: Ja. So betrüblich das ist, so lässt sich dennoch feststellen, dass das Schuldsein dabei nicht Grund eines Nichtseins, sondern Grund eines Bestimmtseins ist, dass aus etwas Lebendigem etwas Totes wird und so weiter.

B: Das wird die Getöteten kaum trösten.

A: Das ist vollkommen richtig. Worauf ich hinaus möchte, ist eine breite Fassung des Begriffes Schuldsein, die für ein Verständnis unseres Menschseins hilfreich ist. Schuldsein könnte dann in Richtung eines Grundseins von etwas verstanden werden.

B: Dann wäre Leonardo »schuld« an der Mona Lisa?

A: Das klingt zwar seltsam, aber es trifft das, worauf ich abziele. Jeder Handelnde, vielleicht überhaupt jedes Leben ist an etwas schuld in dem Sinn, dass es Grund einer Veränderung und Setzen einer Bestimmtheit ist. Und wir können oft schwer vorhersehen, ob diese Veränderung für andere gut oder schlecht ist.

B: Das scheint mir nun doch ziemlich allgemein gefasst.

A: Ich will damit nur andeuten, dass offensichtliche Zerstörungen auch Positives bewirken.

B: Nämlich?

A: Zum Beispiel unser gesamter Stoffwechsel: Täglich können wir beobachten, dass wir diverse Lebensmittel durch unseren Verzehr zerstören und dass wir damit aber das Positive bewirken, dass wir leben.

B: Sofern wir unser Leben als positiv betrachten.

A: Das bleibe jetzt dahingestellt. Aber ich hoffe, du kannst nachvollziehen, was ich angedeutet habe?

B: Dass unser Metabolismus etwas zerstört, aber auch etwas hervorbringt?

A: Ja. Das ist etwas, das wir bei jedem Lebensprozess beobachten können. Oder denk an die Symbioseverhältnisse: Was ein Lebewesen als Zerstörungsprodukt ausscheidet, ist nützlich für ein anderes.

B: Hier können wir wieder an die angesprochenen Bakterien denken, die aufgrund ihrer Zusammenschmelzung zu einem höheren Organismus wurden.

A: Das erinnert mich an eine andere Betrachtung zu einer berühmten Aussage eines älteren Philosophen.

B: Was, die Symbiose?

A: Mehr noch der Zusammenschluss von Lebewesen – man sollte sich nämlich fragen, ob der Mensch von Natur aus tatsächlich für den anderen Menschen ein Wolf ist.

B: Aha, du sprichst das berühmte *homo homini lupus* an; wir Menschen würden permanent die anderen vernichten, so wir dazu fähig sind, und vom Töten der anderen nur ablassen, wenn eine Obrigkeit einschreitet.

A: An der Ausschließlichkeit dieses Tötungsdrangs darf man zweifeln. Das von dir erwähnte Beispiel der Bakterien lässt hoffen, dass auch wir als ziemlich große Zellenkomplexe bei all unserer Zerstörungswut von Natur aus bis zu einem gewissen Grad auf eine Form von Kooperation hin angelegt sind.

B: Du meinst, weil wir in Familienverbänden zusammenarbeiten?

A: Einerseits das, andererseits können wir wieder an unser Jagdbeispiel denken. In verschiedenen Medien werden die Urjäger ja immer wieder in gemeinschaftlicher Tätigkeit gezeigt …

B: … bei der ein Konflikt erst beim Zusammentreffen mit einem anderen Clan entsteht – denkst du an so etwas, wie man es im Film *Planet der Affen* verfolgen kann?

A: Ja. Ich bin mir dessen bewusst, dass das erneut simplifizierend und vielleicht romantisierend ist. Mir ist auch klar, dass wahrscheinlich zu allen Zeiten massive Konflikte aus der Familie herrühren.

B: Du sprichst den Generationenkonflikt bei den Neandertalern an?

A: Sehr witzig. Aber ich glaube tatsächlich, wenn ich auf unser Thema der Schuld und auf das Faszinosum der Zellteilung zurückkommen darf, dass in jedem irdischen Leben mit der Abfolge von Generationen ein Schuldverhältnis angelegt ist, das bei uns Menschen besonders deutlich zutage tritt.

B: Weil es ein Schuldverhältnis gibt, insofern wir als Kinder unseren Eltern Dank schulden für unsere Existenz und für unsere Erziehung?

A: Einerseits das begründet ein Schuldverhältnis, dass wir ihnen Dank für unsere Existenz schulden. Aber wir könnten auch sagen, dass wir, was du vorhin schon angedeutet hast, irgendwie mit unserer Existenz schuld am Tod unserer Eltern sind oder auch, etwas poetischer ausgedrückt, dass wir sie in uns aufgehen sehen.

B: Diese Überlegung könnte zu einer Deutung des Ödipus-Mythus führen, die nicht nur Momente der Entwicklungspsychologie des Einzelnen in den Mythos hineinspiegeln würde, sondern auch solche der Stammesgeschichte.

A: Dass nämlich die Kinder ständig durch ihre bloße Existenz ihre Väter und ihre Mütter töten?

B: Darauf hast du doch abgezielt?

A: Ungefähr. Unseren Griechischlehrer würde es wahrscheinlich freuen, dass du uns diesen Mythos in Erinnerung rufst. Das erinnert mich wiederum an die Adam- und Eva-Geschichte mit ihrem Element der Vertreibung aus dem Paradies.

B: Darf ich dich hier kurz unterbrechen?

A: Nur zu!

B: Würdest du dem zustimmen, dass diese Vertreibung, der vorangeht, dass Adam und Eva die Augen für das Gute und das Schlechte geöffnet werden, auch das Innewerden des Todes symbolisieren kann?

A: Absolut. Der Einzelne, dem die Augen aufgegangen sind (was auch immer das eigentlich heißen mag), sieht sich auf sich zurückgeworfen, und er sieht sich und die anderen vergehen. Damit stürzt er aus einem (als Ideal angenommenen) Naturzustand und Naturzyklus des Lebens heraus.

B: Und der Schmerz und Gram der Menschen setzt mit der schmerzhaften Geburt ein, von der dort auch die Rede ist?

A: Allerdings, das ist ein weiteres faszinierendes Element dieser Geschichte. Aus heutiger Perspektive betrachtet spiegelt das die zunehmenden Geburtsprobleme der sich zum Menschen entwickelnden und aufrecht gehenden Hominiden wider.

B: Ja, die Geburten wurden schwerer, weil die schmäler werdenden Becken einen zu kleinen Geburtskanal für die größer werdenden Köpfe boten.

A: So ungefähr könnte man das wohl sagen.

B: Aber was wolltest du ursprünglich, bevor ich dich unterbrochen habe, zu dieser Geschichte sagen?

A: Ich wollte die Mühseligkeit der Arbeit ansprechen.

B: Du beziehst dich auf den Passus der Adam- und Eva-Geschichte, in dem es heißt, dass wir Menschen in Hinkunft im Schweiße unseres Angesichts unser Brot erwerben sollen?

A: Das trifft die Mühe des menschlichen Lebens, wie es sich für viele Jahrtausende darstellte, wunderbar. Der Broterwerb und die Bearbeitung des Feldes verweisen uns auf agrarische Gesellschaften, wie es sie seit tausenden Jahren gab. Bis in die allerjüngste Vergangenheit prägte der Landbau sicherlich die *conditio humana* in einem gewaltigen Ausmaß.

B: Wie meinst du das?

A: Einerseits soziologisch, weil bis ins 20. Jahrhundert in vielen Gemeinschaften weit mehr als die Hälfte der Bevölkerung in der Landwirtschaft tätig waren, und andererseits mentalitätsgeschichtlich, weil in der Landwirtschaft im traditionellen Sinn die Sorge und Schwere des Alltags, aber auch das Sich-Versorgen zum Ausdruck kommt.

B: Weil im Bereich der Landwirtschaft besonders die Mühen der Arbeit zu erleben sind, die Härte des Aussäens und Erntens?

A: Dabei erfasst der Mensch auch, wie sehr er der Witterung und anderen Faktoren ausgeliefert ist, die er (scheinbar) nicht beeinflussen kann. Zugleich zeigt sich in diesem Bereich, dass wir das meiste einem anderen verdanken.

B: Der Natur, die alles spendet?

A: Das könnte man sagen, oder – wie es zumindest früher aufgefasst wurde – einem Gott oder den Göttern, denen für die Ernte gedankt und denen entsprechende Opfer dargebracht werden. Auf der anderen Seite verweist uns die Entwicklung der Landwirtschaft auf ein Grundthema von so etwas wie Moderne.

B: Auf die Landflucht?

A: Das auch, aber vor allem auf das Vertrauen in die Versprechungen eines Fortschritts. So wurde oftmals verkündet, dass unter anderem durch den Einsatz moderner Technologien alles leichter werde.

B: Hältst du das für eine Lüge?

A: Als Lüge möchte ich es nicht gerade bezeichnen. Wie dem auch sei, die Entwicklung der Technologien stellt sich so dar, als wäre sie einigermaßen irreversibel.

B: Wo versteckt sich hier dein »aber«?

A: Die Vision, dass wir Menschen aufgrund von Maschinen irgendwann einmal keine Arbeit mehr leisten müssen, ist noch nicht Realität geworden.

B: Aber immerhin schuften in einem Land wie unserem nicht länger sechzig Prozent der Bevölkerung oder mehr als Ackerknechte.

A: Andererseits sind die Arbeit und die Belastungen, die mit ihr einhergehen, ein nach wie vor überall präsentes Thema. Viele würden wohl sagen, dass das Arbeiten für uns Menschen belastender ist als je zuvor.

B: Wie ist es dazu gekommen?

A: Dafür gibt es vermutlich mehrere Erklärungen. Du hast vor einiger Zeit schon darauf hingewiesen, dass die Maschinen weiterhin Bediener oder Programmierer brauchen. Wir könnten darüber hinaus behaupten, dass die vordergründigen Erleichterungen für uns Menschen zu immer vielfältigeren Aufgaben geführt haben, die möglicherweise neue Belastungen mit sich bringen.

B: Du klingst wieder einigermaßen rätselhaft für mich.

A: Na ja, nehmen wir die Landwirtschaft her – welche Maschine gilt hier als Inbild der Arbeitserleichterung?

B: Der Traktor.

A: Genau. Dabei ist offensichtlich, dass sein Funktionieren eine große Vielfalt an Bereichen voraussetzt, in denen sich von Neuem Menschen abmühen müssen. Es braucht Industriearbeiter, die ihn herstellen, davor muss es Bergarbeiter geben, die die erforderlichen Rohstoffe zu Tage fördern, dann sind Leute erforderlich, die die Traktoren durch die ganze Welt transportieren und verkaufen, Mechaniker, die sie warten, Erdölarbeiter und Lieferanten, die für die Betriebsmittel sorgen, Versicherungsmakler für die Zulassung und so weiter.

B: Das ist ganz klar.

A: Auf der anderen Seite müssen sich die Landwirte oder ein Kollektiv oder eine Genossenschaft erst einmal die neuen Geräte und ihre Erhaltung leisten können …

B: … die dann einen Überschuss erwirtschaften wollen, um in weitere Neuerungen zu investieren.

A: Das können wir als Beispiel für den Fluch des sogenannten Fortschritts betrachten.

B: Meinst du den Einsatz von Düngemitteln zur Ertragssteigerung?

A: Das wäre zugleich ein Beispiel für die gesteigerte Ausbeutung unseres Planeten durch uns Menschen. Weitere Probleme des sogenannten Fortschritts gehen mit der allgemeinen Motorisierung einher.

B: Weil scheinbar alle Regionen der Erde von Autos überflutet werden?

A: An den Automassen lässt sich ermessen, dass etwas, das zu unserer Lebenserleichterung beitragen und uns von Sorgen befreien sollte, zu einer Plage wird.

B: Weil diese Plage die Umwelt zerstört, wie oft zu hören ist?

A: Nicht nur das, wir holen uns mit den Autos Lärm in unsere Siedlungen, darüber hinaus den vielgenannten Feinstaub, Unfälle und ähnliches. Dabei können wir ein Phänomen beobachten, nämlich die Maßlosigkeit und schlechte Einschätzung.

B: Was meinst du damit?

A: Ein Mittel, das scheinbar zur Erleichterung unseres Lebens entstand, benutzen wir so maßlos, dass es uns schadet. Hindert uns niemand daran, benutzen viele von uns das Auto selbst für kleinste Strecken, mag uns auch die Vernunft raten, zu Fuß zu gehen, was für uns gesünder wäre, keinen Lärm und Schadstoffe freisetzen würde und kostengünstiger wäre.

B: Ich sehe, du hast dich in den letzten Jahren zu einer Grünen gemausert.

A: Die Probleme, die mit dem Autoverkehr einhergehen, sind in unseren Ländern unübersehbar. Wir können jedoch speziell an dem Phänomen Auto noch etwas ablesen.

B: Was denn?

A: Dass wir uns von den scheinbar zur Erleichterung unseres sorgenvollen Daseins geschaffenen Dingen erneut knechten lassen.

B: Weil wir von bösen Maschinen beherrscht werden? Das klingt nach einem schlechten Science-Fiction-Film.

A: So meine ich das nicht. Mir steht vor Augen, dass wir – freilich nicht alle Menschen, aber wohl die meisten – nach diesen sogenannten Erleichterungsmitteln streben. Wir halten sie alsbald für absolut notwendig, obwohl sie noch vor wenigen Jahrzehnten für absoluten Luxus oder für unnötig oder für Phantastereien erachtet wurden.

B: Denkst du jetzt an den bösen Computer, der so oft Pädagogen und anderen als Sündenbock für alle gegenwärtigen Fehlentwicklungen in der Gesellschaft dient?

A: Die Computer sind nur ein Beispiel. Wir können an vieles denken, das wir heutzutage für ganz normal halten, sogar wenn wir uns ein bescheidenes Leben vorstellen. Viele kleine Dinge, die wir anscheinend unbedingt zum Leben brauchen, führen in der Summe dazu, dass ein gewisser Druck auf uns lastet, der Druck nämlich, so viel zu verdienen, dass wir uns das alles leisten können.

B: Aha, du redest vom Hamsterrad des Kleinverdieners, der sich gerade über Wasser hält.

A: Nicht nur Kleinverdiener, auch Großverdiener glauben vermutlich, sie müssen verdienen, was sie verdienen, um sich ein »normales« Leben leisten zu können. Aber wenn wir den sogenannten »kleinen Mann« – ich gehe von unserer Dienstleistungsgesellschaft aus – und die »kleine Frau« anschauen, so sehen wir, wenn wir ihr Dasein dem Leben früherer Jahrhunderte oder dem Leben in anderen Regionen unserer Erde gegenüberstellen, dass sie ein vergleichsweise luxuriöses Leben führen.

B: Weil der kleine Mann und die kleine Frau in der Regel nicht Hunger und Kälte leiden?

A: Ja, und ich bin keine so große Kulturpessimistin, dass ich diesen Zustand insgesamt für einen Fluch des Fortschritts hielte. Es gibt gewiss viele Errungenschaften, die die meisten mit gutem Grund nicht mehr aufgeben wollen.

B: Wie eine einigermaßen gute und umfassende Krankenversorgung?

A: Solche Dinge und viel grundlegender dasjenige, wofür im Regelfall die Gemeinden sorgen, die Wasserversorgung nämlich, eine funktionierende Kanalisation und so weiter.

B: Was ist dabei das Problem für dich?

A: Dass sich auch hier eine gewisse Maßlosigkeit zeigt, beispielsweise beim Drang nach immer mehr Wohnraum – obwohl die Bevölkerungszahlen in unseren Breiten stagnieren oder zurückgehen, benötigen wir beständige neue Baugründe, auf denen wir Wohnanlagen oder Einfamilienhäuser errichten.

B: Vielleicht lebten wir bisher zu eingeengt und suchen jetzt unsere Freiheit auch in der Weise, wie wir wohnen?

A: Das mag sein. Allgemein können wir das Maßlose unserer Lebensweise erschließen, wenn wir von unserem vordergründig einigermaßen bescheidenen und normalen Leben extrapolieren und uns überlegen, welches Ausmaß oder eher Unmaß an Bedürfnissen ein Individuum in unserer Gesellschaft hat.

B: Woran denkst du da?

A: An die Armeen an Arbeitern und Dienstleistern, die für unser spießbürgerliches Leben tätig sind. Gehen wir von unserer kleinbürgerlichen, alltäglichen Existenz aus, so lässt sich beobachten, dass wir Menschen benötigen, die uns unser Erdgas liefern, uns die Gasleitungen schweißen oder die uns andere Heizmittel liefern. Dann benötigen wir Landwirte, die für unser Essen sorgen, ganze Industriezweige, die die Verpackung und den Transport der Lebensmittel besorgen, des Weiteren brauchen wir Unmengen an Strom, um die Lebensmittel in unseren Kühlschränken zu konservieren und um sie später zuzubereiten.

B: Nicht zu vergessen die Tierärzte, die ein wesentliches Glied in der Kette unserer Nahrungsmittelproduktion bilden.

A: Selbstverständlich. Das bringt uns zum Gesundheitswesen, zu dem jeder von uns Zugang haben will und das, wie wir wissen, ungemein kostspielig ist.

B: Ist auch das so, weil wir Menschen unmäßig sind?

A: Zum Teil wahrscheinlich schon, den sogenannten Zivilisationskrankheiten leisten wir durch unser Verhalten Vorschub. Freilich wird mitunter versucht, gesetzlich das Verhalten der Massen zu steuern. Dann greifen die Gesetzgeber manche Dinge wie das Rauchen heraus, das als besonders krankheitserregend stigmatisiert wurde, obwohl das überall vorhandene Autofahren womöglich insgesamt viel gesundheitsschädlicher ist.

B: Wir wollen jetzt bitte nicht politisieren.

A: Nein. Aber derartige Genussmittel wie Tabak oder Kaffee deuten auf das weltumspannende Besorgen des Menschen hin, das sich offenbar nicht nur darum dreht, die alltäglichen Bedürfnisse zu stillen.

B: Du willst also sagen, dass vieles von dem, was wir konsumieren, unnötig ist?

A: Das möchte ich nicht behaupten. Vielleicht haben diese Entwicklungen in unserem Produzieren, das auf unsere Hände zurückgeht, einen tieferen Sinn und sind nicht unnötig. Aber erstaunlich finde ich, dass Dinge, die noch vor Kurzem für unmöglich oder für sehr luxuriös gehalten wurden, heute etwas sind, das wir als etwas Normales einfordern, das zu jedem Leben dazugehört, wie die permanent verfügbare Versorgung mit Pharmazeutika.

B: Oder mit Erdölprodukten?

A: Ja, das Erdöl ist selbstverständlich in den letzten Jahrzehnten eines der markantesten Dinge, an denen sich die Verknüpfungen von wirtschaftlichen und weltpolitischen Aspekten beobachten lassen.

B: Weil aufgrund des Erdöls Kriege geführt werden?

A: Unter anderem deswegen. Öl ist das Signum schlechthin für das weltweite und viele verbindende Wirtschaften sowie für viel Schädliches, das die Menschen damit treiben. Aber das trifft, wie wir aus dem Geographie- und Wirtschaftskunde-Unterricht wissen, auf viele Rohstoffe oder landwirtschaftliche Produkte zu.

B: Was?

A: Dass sich durch die Produktion und den weltweiten Handel von verschiedenen Rohstoffen ein dichtes Netz an Beziehungen zwischen so gut wie allen Staaten der Erde knüpfte; wir sehen das auch an den Weltkarten, auf denen die Verbreitung von Rohstoffen und eventuell der Bedarf an ihnen eingezeichnet werden.

B: Du meinst die sogenannten wirtschaftlichen Karten im Unterschied zu den politischen Karten?

A: Wir nehmen die Welt anders wahr, wenn wir darauf schauen, wo es Baumwollzüchtungen gibt und wohin die Baumwolle exportiert werden kann, als wenn wir uns überlegen, wo sich welcher Fluss oder Gebirgszug befindet.

B: Die gesamte Welt ein Krämerladen …

A: … in dem es sehr geschäftig zugeht. In den letzten Jahrzehnten haben sich immer mehr der vordergründigen Erleichterungen oder Verbesserungen für das Leben der Menschen sedimentiert, für deren Herstellung Unmengen von Materialien benötigt werden, deren Beschaffung die Welt ordentlich auf Trab hält.

B: Du spielst wieder auf die Computerisierung an?

A: Das ist eine Entwicklung, bei der sich zeigt, dass die wirtschaftlichen Weltkarten neu gezeichnet wurden aufgrund des neuen Interesses an Rohstoffen, die zuvor keine oder wenig Bedeutung hatten und die jetzt für die Herstellung von Computerbauteilen oder Mobiltelefonen erforderlich sind. Selbstverständlich zeigt sich dabei auch etwas anderes sehr deutlich.

B: Was wäre das?

A: Dass sich zur Versorgung aller Menschen mit den scheinbar überall notwendigen neuen Hilfsmitteln zahlreiche neue Dienstleistungsbereiche entwickelt haben, wie im Fall des Computers die Programmierer, Webdesigner und so weiter.

B: Gut für die Wirtschaftsleistung!

A: Du sagst es, aber vielleicht schlecht für die Menschen.

B: Erinnerst du uns an die alte Leier, dass wir durch die Computer schädlichen Strahlen ausgesetzt sind und wir durch die Verwendung von Smartphones verblöden?

A: Das wollte ich jetzt gar nicht ansprechen. Ich bin in Gedanken noch bei unserem Normalverbraucher und seiner bürgerlichen Beschaulichkeit, mit seiner Einbauküche, seiner täglichen Morgenhygiene und seiner Gasetagenheizung, die allesamt zur wirtschaftlichen Dynamik beitragen.

B: Welche Gedanken wälzt du in Bezug auf diesen Normalbürger?

A: Gedanken darüber, dass dieser Mensch den Errungenschaften, die sich sedimentiert haben, nachhechelt. Dieses Nachhecheln äußert sich dadurch, dass er nach einem einigermaßen einträglichen »Job« strebt, um sich und den Seinen all das, was er zu brauchen glaubt, besorgen zu können.

B: Sprichst du den Konsumzwang an?

A: Das weiß ich nicht, ob es einen solchen gibt. Für unseren Normalbürger ist sicherlich die Gewohnheit und die Erziehung ein prägendes Element seines Verhaltens.

B: Uns macht also die Macht der Gewohnheit zu dem, was wir sind?

A: In einer Gesellschaft wie der unsrigen, in der sich viele dieser nun wiederholt angesprochenen Erleichterungen angesammelt haben, gibt es wohl sehr wenige, die sich dem allem entziehen.

B: Aber es gibt doch konsumkritische Bürgerinnen und Bürger?

A: Ja, sicherlich, aber ich frage mich, ob eine solche Konsumkritik nicht eher ein beschränktes Phänomen ist.

B: Inwiefern beschränkt?

A: Insofern Einzelne auf Einzelnes wie auf ein Auto, das Fleischessen oder den Fernseher verzichten, sie jedoch in den Grundzügen durch ihr tägliches Leben die hochkomplexe Gesellschaft und deren Wirtschaften affirmieren.

B: Weil wir alle gesellschaftlichen Zwängen unterliegen?

A: Ich habe mit der Annahme solcher Zwänge meine Probleme, aber darüber können wir später einmal diskutieren; vielleicht sind wir es selbst, die diese Zwänge bewirken. Wie dem auch sei, es gibt wohl kaum jemanden in unserer Gesellschaft, der sich der Gesundheitsvorsorge entzieht oder dem Gebrauch von Leitungswasser, Elektrizität oder Erdölprodukten.

B: Das eine ist vielerorts staatlich vorgeschrieben und das andere kaum vermeidbar.

A: Es sei denn, man scheidet aus dem Leben.

B: Ich sehe, die Faszination für den Suizid ist dir seit der Schulzeit geblieben. Vielleicht hätten wir damals doch nicht so viel über die Stoiker lesen sollen, die den Selbstmord unter gewissen Umständen als akzeptabel betrachten.

A: Nun, jemand könnte sich mit Recht fragen, warum er ein so sorgenvolles und aufwendiges Leben, das die gesamte Welt auf Trab hält, aufrechterhalten soll.

B: Weil es einfach – zumindest manchmal – so schön ist!

A: Das sagst du, der du (wie ich im Übrigen auch) einem Beruf nachgehst, der dir finanzielle Sicherheit und viele Annehmlichkeiten verschafft. Apropos Geld – da ist mir noch etwas eingefallen.

B: Dass du auf den Kapitalismus schimpfen musst? Dann hätten wir die meisten Gemeinplätze zur gegenwärtigen Weltlage abgehakt.

A: Nein, zum Thema des Konsumverzichts ist mir eingefallen, dass es sich dabei mitunter um ein weiteres Luxusphänomen handelt.

B: Wie meinst du das jetzt wieder?

A: Dass einzelne Gruppen aufgrund ihres Reichtums leicht auf gewisse Produkte verzichten können, wenn sie nämlich diese durch anderes ersetzen.

B: Kannst du mir bitte ein Beispiel dafür nennen?

A: Ich kann ohne Schwierigkeit auf die vielfach kritisierte Fernsehindustrie verzichten, wenn ich es mir leisten kann, täglich ins Theater, ein Konzert oder in die Oper zu gehen.

B: Orte ich bei dir eine gewisse Intellektuellen- oder Kunstfeindlichkeit?

A: Eher habe ich Vorbehalte denen gegenüber, die sich und anderen Unschuld in ihrem Konsumverhalten vorheucheln (wobei ich mich hier selbst gar nicht ausnehme).

B: Du erstaunst mich immer wieder. Was heucheln diese Leute vor?

A: Dass sie durch ihr Tun und Lassen keinen Schaden anrichten, indem sie beispielsweise autofrei leben. Sie beachten dabei jedoch nicht, dass ihre gesamte Existenz durch Menschen ermöglicht wird, die mehr oder weniger notgedrungen auf Autos zurückgreifen müssen. Diese Menschen leeren uns Autoverzichtern den Müll aus, räumen den Kanal, bereiten uns exquisite Lebensmittel zu, keltern edlen Wein und liefern ihn in unsere Wohnungen.

B: Mir kommt vor, du driftest zunehmend ins Weltanschauliche ab. Vielleicht darf ich ausgehend vom Selbstmord, den du ins Spiel gebracht hast, wieder die Frage nach dem Sinn des Lebens in den Vordergrund rücken.

A: Du hast recht mit deiner Kritik, wir haben noch zahlreiche Schulfächer vor uns, deren Inhalt wir uns vergegenwärtigen sollten, bevor wir Gespräche im Stil von Stammtischplaudereien führen. Zur Frage nach dem Sinn des Lebens könnte ich im Zusammenhang des Wirtschaftens tatsächlich noch etwas vorbringen.

B: Das wäre?

A: Dass sich bei all der Beschwerlichkeit der Besorgungen und des Erhalts des menschlichen Lebens im Zuge der Entwicklungen, die wir angesprochen haben, die vielleicht größte Errungenschaft der Menschheit ergeben hat.

B: Der Weltraumflug?

A: Du beliebst wohl zu scherzen. Ich zielte auf den Verfassungsstaat ab.

B: Der wäre mir jetzt nicht in den Sinn gekommen, eher eine kulturelle Höchstleistung wie das Theater oder ähnliches.

A: Ich möchte nun auch keine Rangordnung unter den menschlichen Errungenschaften erstellen. Aber angesichts des Wahnwitzes an menschlichen Umtrieben auf dem Planeten könnte der Verfassungsstaat zumindest als ein positives Ergebnis der vielfältigen Umwälzungen der letzten Jahrhunderte erscheinen.

B: Was ist das Positive, das du an ihm erblickst?

Staat, Freiheit, Moral

A: Die Freiheit, die in ihm zur Realität geworden ist.

B: Du sprichst wiederum einigermaßen kryptisch.

A: Das ist verständlich, dass dir das so erscheint. Wir müssten erst einmal klären, was wir unter Freiheit verstehen. Wir haben darüber schon kurz gesprochen, vielleicht kommen wir später darauf zurück. Dazu kommt, dass viele mit Staat und Verfassung wohl eher die Beschränkung der Freiheit als ihre Realisierung verbinden.

B: Zumindest Jugendliche mit einem gewissen Drang zu Revolutionärem tun das gerne.

A: So verhielten auch wir uns, als wir in unserer Schulzeit verschiedene Obrigkeiten oder überhaupt den Staat als ganzen ablehnten. Aber im Laufe der Jahre stellte sich mir die Sache anders dar. Die Auflehnungen und Kämpfe der Menschen gegeneinander führten, so meine ich, historisch gesehen zunächst zu Staaten, in denen es eine Übereinkunft über die Einrichtung von (einigermaßen) vernünftigen Gesetzen gibt. Die weiteren Auseinandersetzungen unter den Menschen setzen derartige Staaten voraus, sofern die Konflikte wie etwa derjenige zwischen Arm und Reich einigermaßen kultiviert ablaufen und nicht zu tödlichen Revolutionen führen sollen, die oftmals in Tyranneien enden.

B: Siehst du den Staat so positiv, weil in ihm der permanente und mörderische Kampf aller gegen alle ein Ende finden kann?

A: Vielleicht wird dieser Kampf in einem Staat zumindest sublimiert, in dem viele verschiedene Menschen mit verschiedenen Ansichten und verschiedenen Interessen ein Auskommen finden.

B: Wenn das stimmt, was du sagst, dann müsste eine noch größere Errungenschaft ein Weltstaat sein, auf den vielleicht solche Unternehmungen wie die Vereinten Nationen hindeuten.

A: Das könnte sein, auch darüber müssten wir uns gesondert unterhalten. Vorerst kann das Thema Staat als Ergebnis eines Entwicklungsganges für uns ein Orientierungspunkt sein, wenn wir unseren Geschichtsunterricht rekapitulieren …

B: … das Fach »Geschichte und Sozialkunde«, um genau zu sein …

A: … oder »Geschichte und Politische Bildung«, wie der Unterrichtsgegenstand mancherorts in den höheren Klassen der Gymnasien heißt. Der Ausdruck »Sozialkunde« liefert uns jedoch ein gutes Stichwort.

B: Für romantisierende Erörterungen eines Sozialismus, der einmal war und jetzt demontiert ist?

A: Das nicht gerade, aber für die – auch aktuell relevante – Feststellung, dass ein Kennzeichen des modernen Staates – zumindest in Europa – das Sozialsystem ist (oder sein sollte), von dem wir immer wieder hören, es koste so viel.

B: Und von dem wir vielfach hören, dass es abgebaut werden soll oder abgebaut wird.

A: So ist es. Aber auch das Sozialsystem ist, so meine ich zumindest, bei allen Zwängen, die damit verbunden sind, ein Anzeichen von Freiheit.

B: Meinst du, weil man sich in einem Sozialstaat die Freiheit nehmen kann, auf Kosten der anderen zu leben?

A: Ich möchte das nicht auf diese Weise im Stil von Populisten formulieren. Im Unterschied jedoch zu einem System, in dem die Bevölkerung die Freiheit hat, ihren Versicherungsstatus zu wählen, aber auch zu verhungern, wenn ihr niemand hilft, soll in einem Sozialstaat ein gewisser Ausgleich zwischen Arm und Reich herrschen.

B: Mit all den Wohlfahrtseinrichtungen, von denen zu hören ist, dass sie da und dort abgebaut werden?

A: Die Entwicklung solcher Sozialstaaten mit ihren unterschiedlichen Ausprägungen ist sicherlich ein eigenes Gesprächsthema …

B: … das eben unter anderem in die Geschichte fällt.

A: Ja, und das, wie mir scheint, einen Ausblick auf die eventuell schwierigsten Fächer unseres Schulunterrichts gewährt, nämlich Philosophie, Religion und die Fächer, die mit Kunst zu tun haben, wie Musik und Bildnerische Erziehung.

B: … die manche für die langweiligsten Fächer halten.

A: Da gibt es sicherlich verschiedene Vorlieben. Freilich sind das üblicherweise nicht gerade die schwierigsten Fächer in dem Sinn, dass in ihnen regelmäßig jemand durchfällt. Aber sie sind insofern schwierig, als sie mit den für uns Menschen komplexesten Inhalten zu tun haben.

B: Die da wären?

A: Diese Inhalte haben mit dem zu tun, wofür Staaten meiner Ansicht nach letzten Endes da sind. Die Bürgerinnen und Bürger sollen in den Staaten den Freiraum haben, den Künsten nachzugehen und über ihr Leben nachzudenken. Vor allem sollen die Staaten garantieren, dass es toleriert wird, wenn die Staatsangehörigen ihre Religionen ausüben.

B: Das hältst du also für den Zweck des Verfassungsstaates?

A: Das ist gewiss heftig umstritten, wofür ein solcher da ist oder da sein soll. Plakativ gesagt ließe sich das auf die Diskussion reduzieren, ob der Staat da ist, um das Leben zu sichern, oder ob er da ist, um das gute Leben zu garantieren.

B: Worin besteht da für dich der Unterschied?

A: Soll der Staat das bloße Leben sichern, wird er mehr oder weniger ein Dienstleister sein, der seine Bürger mit basalsten Dingen versorgt und sie beschützt, der sich jedoch sonst nicht weiter in ihr Leben einmischt.

B: Und wenn er sich um das gute Leben kümmert, bedeutet das dann, dass er uns ein Leben in Luxus garantiert?

A: Wie man das nimmt; ich habe mit dem »guten Leben« auf das im höchsten Sinn gute Leben abgezielt, auf diejenige Lebensform, die unseren Anlagen entsprechend ist (sofern wir überhaupt von solchen Anlagen des Menschen ausgehen).

B: Und was wäre unsere höchste Anlage und die beste Lebensform?

A: Vermutlich so etwas wie die Vernunft und das auf sie gegründete Handeln, was gerne als Moral bezeichnet wird.

B: Wie schaut es da mit dem Verfassungsstaat aus? Inwiefern stellt er einen Raum für ein in diesem Sinne gutes Leben zur Verfügung?

A: Hier zeigen sich verschiedene Aspekte, würde ich sagen. Wenn wir – aber das weißt du viel besser als ich – die vielen Einzelbestimmungen der Verfassungsgesetze in unserem Staat anschauen, die auf Kelsen zurückgehen, sehen wir, dass sich in ihnen die hohe Arbeitsteiligkeit menschlicher Gesellschaften widerspiegelt. Dadurch erscheint der Staat als Dienstleister.

B: Woran denkst du da konkret?

A: Die Verfassungsgesetze sehen verschiedene Aufsichtsorgane vor, beispielsweise für die Landwirtschaft oder den Bergbau. Selbstverständlich regeln diese Gesetze auch das Gerichtswesen, aber ebenso die Kontrolle von Hochspannungsleitungen. Es finden sich in den Verfassungsbestimmungen auch Regeln für das Unterrichtswesen oder – was wohl noch fundamentaler ist – für die Wahlen der Organe, die das Volk repräsentieren sollen.

B: Sind das deiner Ansicht nach Bestimmungen für das Leben oder das gute Leben?

A: Diese Frage war zu erwarten. Es könnte nach dem bisher Gesagten so scheinen, als wäre der Staat hauptsächlich ein Dienstleister, der seinen Einwohnern primär ihr Überleben sichert.

B: Worin besteht das »aber«, das ich hier heraushöre?

A: Denken wir wieder an unsere Schulzeit: Man hat uns – fußend auf der Verfassung – unter anderem nach dem Schulorganisationsgesetz erzogen, auch wenn das damals keiner von uns bedacht hat.

B: Das stimmt allerdings.

A: Dieses deklariert ziemlich am Anfang – als Staatsdienerin bin ich mehrfach damit konfrontiert worden – Folgendes: »Die Schule hat die Aufgabe, an der Entwicklung der Anlagen der Jugend nach den sittlichen, religiösen und sozialen Werten sowie nach den Werten des Wahren, Guten und Schönen mitzuwirken.«

B: Ich bin beeindruckt. Du kennst diesen Gesetzesbeginn ziemlich gut, der für mich immer ein wenig nach Goethe-Idealismus geklungen hat.

A: Ja, die Gesetzgebung ist unter Umständen in manchen Bereichen noch träger als die Erstellung von Lehrplänen und Schulbüchern. Das muss jedoch nicht unbedingt etwas Schlechtes sein.

B: Weil die Gesetzgebung so, willst du das sagen, die guten alten Werte konserviert?

A: Ich weiß, du findest das etwas lächerlich. Sicherlich könnte man stundenlang über diese Formulierungen und ihre Zeitgemäßheit diskutieren …

B: … zum Beispiel darüber, was jemand unter den genannten »Werten« versteht.

A: Ja, oder eben unter den »Anlagen« – hier mögen Zweifel angebracht sein, ob es überhaupt derartige Anlagen gibt …

B: … oder ob alles im Individuum durch sein Umfeld bestimmt wird.

A: Darüber wird ja nicht selten debattiert. Unser Gesetzestext nimmt offenbar nicht an, dass durch Erziehung alles in einen Menschen gleichsam hineingegossen wird. Das Gesetz spricht davon, dass die Schule an der Entwicklung der Jugend »mitwirkt«. Die Schule generiert nicht alle Erziehungsinhalte in den Kindern aus dem Nichts, wie das vielleicht in einem totalitären Staat geplant ist.

B: Dagegen wird in unserem Schulsystem offensichtlich auch mit dem grundlegenden Beitrag der Familie zur Erziehung gerechnet.

A: Wohl ja. Analog zur Diskussion über die Anlagen ist stets aufs Neue zu verhandeln, was eine Generation jeweils unter dem von dir ein wenig ironisierten Wahren, Schönen und Guten versteht.

B: Was verstehst du darunter?

A: Im Hinblick auf unsere Schulfächer würde ich sagen, dass das Wahre vor allem in den Fächern Philosophie und Religion Thema ist (oder sein sollte), das Schöne in den Gegenständen, die mit Kunst zu tun haben, wie Bildnerische Erziehung oder der Musikunterricht, aber auch die Sprachen, in denen Meisterwerke der Literatur gelesen werden, wie im Deutsch- oder Lateinunterricht.

B: Und das Gute?

A: So eigenartig dir das erscheinen mag: Das Gute könnte vor allem dort Thema sein, wo es um das tatsächliche Handeln der Menschen geht, durch das das Gute bewirkt werden soll, ihr Wirken in der Geschichte.

B: Das ist allerdings erstaunlich, was du da sagst. Die Weltgeschichte erweckt eher den Eindruck, als würde sie auf etwas Schlechtes zusteuern; allerdings haben wir am Anfang unseres Gesprächs bereits erwogen, dass alle Menschen möglicherweise in ihrem Handeln das Gute, zumindest das scheinbar Gute, anstreben.

A: Das zu erörtern, ist eine Frage für so etwas wie eine Geschichtsphilosophie. Eventuell ist es so, dass wir das Gute nicht sehen, das sich im Lauf der Geschichte eingestellt hat, weil wir uns bei der Betrachtung der Geschichte auf das Negative konzentrieren. Das könnte auch der Fall sein mit unserer Auffassung des Verfassungsstaates, an dem wir die Zwänge und Regulationen sehen und nicht die Errungenschaft, dass unter Umständen er es erst ist, der so etwas wie Freiheit ermöglicht.

B: Da fällt mir etwas ein, was ich vorher noch sagen wollte, als du über den Otto-Normal-Verbraucher gesprochen hast, der einem Leben mit all den Annehmlichkeiten der aktuellen technischen Entwicklungen nachhechelt.

A: Was ist dir da eingefallen?

B: Wir haben doch im Philosophieunterricht von so etwas wie dem kategorischen Imperativ gelernt.

A: Ja, eine Version dieses unbedingten Gebots besagt in etwa, man solle nur nach der Maxime handeln, von der man auch wollen kann, dass sie ein allgemeines Gesetz wird.

B: Das war es. Wenn man auf die weltweite Situation der Menschen schaut und seine Augen nicht verschließt, kann man wohl als Normalverbraucher in einem sogenannten westlichen Land nicht wollen, dass der eigene Lebensstil und die Maxime, nach der man lebt, zum allgemeinen Gesetz wird.

A: Warum nicht?

B: Weil wir dann unmittelbar den Planeten in den Ruin trieben, wenn acht oder mehr Milliarden Menschen Autos haben, ihre Klimaanlagen ununterbrochen betreiben und auf der ganzen Welt unablässig beruflich oder aus Urlaubsgründen mit dem Flugzeug herumfliegen.

A: Derartige Prognosen sind immer schwierig – abgesehen davon, dass du, wie ich glaube, den kategorischen Imperativ missdeutest, aber das wäre eine andere Diskussion.

B: Hinter solchen Aussagen zu den Schwierigkeiten von Prognosen verstecken sich auch Wirtschaftstreibende oder Politiker, die keine Regulationen von Märkten oder Finanzgeschäften zulassen wollen.

A: Wir wollen aber jetzt nicht politisieren, wie wir gesagt haben. Zweifellos hat die angesprochene Maßlosigkeit der Menschen viele Probleme aufgeworfen und tut das weiterhin.

B: Ist da nicht die von dir verehrte Freiheit daran schuld? Ich erinnere nur an den Terminus »Wirtschafts-Liberalismus«, der eine möglichst freie Wirtschaftsform bezeichnet, der oft die Schuld am zügellosen Wirtschaften der Menschen gegeben wird.

A: Unter Freiheit verstehe ich im eigentlichen Sinn aber nicht, dass jeder tun kann, was er will.

B: Sondern? Was ist dann die Freiheit?

A: Eine durchaus schwierige Frage. Wir haben ziemlich am Anfang unserer Unterhaltung von so etwas wie der absoluten Freiheit gesprochen, aber auch davon, dass es nicht nur die eine Freiheit gibt, sondern viele Freiheiten.

B: Kannst du mir dafür noch einmal Beispiele nennen?

A: Als eine bestimmte Freiheit können wir zum Beispiel die Pressefreiheit auffassen, von der wir vor allem dann sprechen, wenn wir sie nicht haben oder wenn sie uns genommen wird.

B: Oder die Bewegungsfreiheit, die uns genommen ist, wenn wir in einem Aufzug feststecken?

A: Das wäre ein weiteres Beispiel.

B: Wann aber sind wir wirklich frei?

A: Womöglich sind wir das nie, zumindest nicht hier auf Erden. Vielleicht sind wir durch erhebende Vorgänge und Erlebnisse in Religionen frei, was nicht jedermanns Sache ist, oder eventuell können wir eben als Mitglieder eines souveränen Staates wirklich frei sein.

B: Du machst mir nicht gerade viel Hoffnung, dass ich in diesem Leben eine wirkliche Freiheit erreiche.

A: Das geht wohl den meisten von uns so, die wir uns vermutlich die längste Zeit des Lebens oder dauerhaft in irgendwelchen Zuständen der Unfreiheit befinden, aus denen wir eine Befreiung ersehnen.

B: Was meinst du damit konkret?

A: Als Kinder oder Jugendliche fühlen wir uns durch die Vorschriften unserer Eltern eingezwängt, ebenso durch die Erziehungsmaßnahmen der Schule, von denen wir uns wünschen, befreit zu werden.

B: Nach dem Motto: Nie mehr Schule, keine Schule mehr?

A: Exakt. Dann verspüren ab einem gewissen Alter die meisten von uns den Zwang, etwas zu verdienen, sowie den Zwang, erfolgreich zu sein; jedenfalls sieht sich die Mehrheit der Menschen gezwungen, sich und vielleicht ihre Partner oder Familien zu erhalten.

B: Wir sehnen uns also nach finanzieller Freiheit, was wir ja auch schon diskutierten.

A: Du sagst es. Mit dem Älterwerden beschäftigt uns so etwas wie die gesundheitliche Freiheit, die wir uns wünschen, vor allem dann, wenn unsere Körper Krankheiten aufweisen, deren Einbruch wir ständig fürchten …

B: … und die uns ans Bett fesseln …

A: … wie man so sagt. Umgekehrt, wenn wir in voller Blüte stehen, streben wir – bewusst oder unbewusst – nach sexueller Freiheit und wollen verschiedene gesellschaftliche Konventionen abwerfen.

B: Bitte verschon' mich mit dem Unbewussten!

A: Und je nach Gemeinschaft, in der wir leben, leiden wir mehr oder weniger unter politischer Unfreiheit, wie zum Beispiel in einer Tyrannei, oder wir beklagen, dass wir durch zahlreiche Regeln und Gesetze in unserem Handeln eingeschränkt sind. Das beobachten wir gerade in großen Gemeinwesen, die sich Demokratien oder Unionen nennen.

B: Wie die Europäische Union, deren Regelwerke die Menschen vielfach beklagen.

A: Ja, was wahrscheinlich unter anderem deshalb geschieht, weil viele Menschen keine Möglichkeit sehen, an diesen Regeln etwas ändern zu können.

B: Wann sind wir also überhaupt frei? In der Freizeit?

A: In großen Staaten könnte das so scheinen, in denen sich die Bewohner zeitliche Freiräume erkämpfen, in denen sie ausschließlich ihren eigenen Interessen nachgehen und in denen sich das vielfach gepriesene Zeit-für-sich-Haben einstellt.

B: Du siehst das aber kritisch, wie ich vermute?

A: Ich vertrete die idealistischere Ansicht, dass wirkliche Freiheit nur in der Gemeinschaft möglich ist, konkret in einem souveränen Staat. Aber ich gebe zu, dass das eine schwierige und einigermaßen abstrakte Sache ist.

B: Inwiefern schwierig?

A: Es scheint mir schwer erreichbar, dass dieser Ansicht viele zustimmen, weil sie paradox erscheint.

B: Was ist daran das Paradoxe?

A: Das Paradoxe besteht darin, dass man sagt, die Freiheit sei dort zu finden, wo sie einem – wie man das zumindest üblicherweise betrachtet – genommen oder wo sie eingeschränkt wird, nämlich in der Gemeinschaft. In einer Gemeinschaft sind wir vielen Zwängen ausgesetzt oder setzen uns selbst diesen Zwängen aus, wenn wir uns an die anderen und ihre Bedürfnisse anpassen, mit denen die eigenen Interessen möglicherweise in Konflikt stehen.

B: Das ist allerdings paradox, dass in einem solchen Kontext die Freiheit zu finden sein soll. Inwiefern kann es dann in einer solchen Gemeinschaft Freiheit geben?

A: Dadurch, dass – etwas pathetisch gesprochen – wir für die anderen da sind und die anderen für uns. So können wir die zuvor angesprochenen Unfreiheiten überwinden.

B: Und dann sind wir plötzlich nicht mehr krank oder arm?

A: In gewisser Weise tritt das in der Gemeinschaft tatsächlich ein, indem wir in ihr aufgehen, sei es dadurch, dass wir als Individuen sterben und die Gemeinschaft weiterbesteht, oder dadurch, dass wir einander in unseren Schwächen beistehen und so frei werden.

B: Für einen weltlich orientierten Menschen wie mich ist das eine ziemliche Zumutung. Ich bin frei, wenn ich sterbe?

A: Hier kommt das zum Tragen, was ich zuvor mit »abstrakt« ansprach. Es könnte sein, dass nicht ein konkretes Ich frei ist – oder nicht nur ein konkretes Ich – sondern ein Ich in Gemeinschaft, in der dieses Ich etwas gibt und von der es etwas nimmt.

B: Was ist daran abstrakt, wenn es doch ein konkretes Ich ist?

A: Ich meine, es ist abstrakt in dem Sinn, dass wir nicht darauf hinzeigen und sagen können: »Das ist das freie Ich«, sondern es gibt die vielen Ichs in der Gemeinschaft.

B: Ich kann dir nicht folgen.

A: Ich werde versuchen, das Problem der Abstraktheit von einer anderen Seite aus anzugehen, von einer Seite, auf der viele – wie ich glaube – das Abstrakte beklagen.

B: Und diese Seite wäre?

A: Das, was weithin Politik genannt wird, hinsichtlich derer sich viele fragen, wofür sie eigentlich da ist.

B: Du sprichst immer noch in Rätseln.

A: Anders: Wie nennen wir die Gemeinschaft, in der wir uns befinden, in unserer Sprache noch? Wir tun das mit einem Wort, das in den letzten Jahrzehnten einen schalen Beigeschmack bekommen hat.

B: Das Volk?

A: Ja, genau, und das kann ein Ausdruck für das Abstrakte, das ich meine, sein, obwohl uns konkrete Teile dieses Abstraktums vor Augen stehen.

B: Wie meinst du das wieder?

A: In die Richtung, dass wir schwer fassen können, was ein Volk ist, obwohl wir permanent Menschen sehen und mit ihnen Umgang haben, von denen wir sagen, sie gehören einem Volk an und sind Bürger dieses oder jenes Staates.

B: Das Volk ist aber mehr als seine Teile, meinst du?

A: Ja, dahin wollte ich dich lenken. Wir sind nicht nur eine Menge von Menschen, die in einem Behälter lebt, der durch Grenzen definiert wird, sondern – so konservativ das auch klingen mag – wir bilden ein Volk, das Macht ausübt oder über das Macht ausgeübt wird.

B: Du meinst, je nach der Staatsform, in der wir uns befinden?

A: So ungefähr. In unserer Verfassung heißt es bekanntlich, das Recht geht vom Volk aus. Wir haben also nicht einen einzelnen Herrscher oder Tyrannen über uns, der alles vorschreibt …

B: … wobei ein Monarch auch im Interesse seiner Untertanen regieren könnte.

A: Zweifellos. Umgekehrt zwingen nicht nur Alleinherrscher die Untertanen zu etwas, wir selbst legen uns als Gemeinschaft Zwänge wie die Schulpflicht oder die Wehrpflicht auf.

B: Bitte erinnere mich nicht daran!

A: Hier hast du ein Beispiel für das, was ich mit der Kritik an der Politik gemeint habe, dass nicht erkennbar sei, wofür oder zu welchem Zweck Verschiedenes im Gemeinwesen getan oder vorgeschrieben wird. Einzelne Aussagen von Politikern halten sowieso viele für blanken Hohn.

B: Wenn ein Politiker erklärt, er mache dies oder jenes zum Wohl des Volkes, er sich in Wirklichkeit aber selbst bereichert.

A: So ist es. Hier wird, wie mir scheint, das Problem des Abstrakten schlagend, dass niemand das Volk sehen kann, weil es nicht konkret greifbar ist und sich nicht an einem bestimmten Ort befindet. Bestenfalls sehen wir Repräsentanten eines Volkes.

B: Was bezeichnest du in diesem Fall als Repräsentanten?

A: Einen offiziellen Vertreter des Gemeinwesens, wie den Bundespräsidenten als höchsten Repräsentanten, oder eine Ministerin oder jeden, der ein staatliches Amt im Interesse der Gemeinschaft ausübt (oder ausüben sollte), wie einen Richter, Lehrer oder Polizisten.

B: Aber du meinst, es gibt nichts, auf das man mit dem Finger hinzeigen und sagen kann: »Das ist das Volk«?

A: Jawohl. Daran knüpft sich, dass jemand klagt, er schuftet sich für das sogenannte Gemeinwesen ab und zahlt Steuern, aber er sieht es nirgendwo.

B: Wir können doch zumindest bei einem Volk, das einen Staat bildet, die äußeren Grenzen dieses Staates angeben?

A: Das schon, aber eine derartige Angabe bleibt ebenso äußerlich wie das Aufzählen der Mitglieder des Staates. Freilich kann es Symbole geben, an denen wir uns beim Fassenwollen einer Gemeinschaft orientierten.

B: Woran denkst du hier?

A: An dasjenige, was man Hoheitszeichen nennt, etwas, das übrigens in unserer Verfassung an einem frühen Punkt bestimmt wird, nämlich die offizielle Fahne und das Staatswappen.

B: Unser Pleitegeier, ah, ich wollte sagen Bundesadler – ist das nicht altmodisch, so etwas als Symbol für eine Gemeinschaft zu verwenden, oder sogar reaktionär?

A: Zweifellos haben diese Zeichen alte Wurzeln, deshalb müssen sie jedoch nicht veraltet sein. Momentan sind die Hoheitszeichen hochaktuell, wenn es um das Kriegsrecht geht. Laut Kriegsrecht gelten nur solche Kämpfer als regelkonform, die mit einem Hoheitszeichen versehen sind …

B: … im Unterschied zu Partisanen oder Terroristen – mir ist schon klar, worauf du hinauswillst. Aber bewegt uns das wirklich in einer friedlichen Nation?

A: Das könnte man wieder als Frage für die Philosophie werten. Manche Philosophen meinen, ein Staat könne nur bestehen, wenn er von Zeit zu Zeit den absoluten Herrn, den Tod, zu spüren bekommt.

B: Teilst du diese Ansicht?

A: Na ja, ich hoffe jedenfalls, dass das nicht der einzige Weg ist, auf dem ein Staat das Gefühl von Zusammenhalt erhält. Aber anscheinend haben große Gemeinwesen die Tendenz auseinanderzufallen, wenn kein äußerer Feind vorhanden ist oder wenn ein solcher Feind wegfällt.

B: So wie das republikanische Rom sich nach dem letzten Punischen Krieg zersetzte, als sein Hauptfeind Karthago wegfiel?

A: Ich sehe, da hat jemand im Lateinunterricht aufgepasst. Ja, bedeutende römische Historiker haben das so analysiert, dass nach der Zerstörung Karthagos Rom keinen ernst zu nehmenden

Gegner mehr hatte und die inneren Konflikte Roms in voller Brutalität hervortraten.

B: Vielleicht passiert gerade Ähnliches im Rom unserer Tage.

A: Woran denkst du da?

B: An die Vereinigten Staaten von Amerika, die in vielem Römisches imitieren, beispielsweise mit ihren Kapitolen in den Hauptstädten ihrer Bundesstaaten und mit ihrem Anspruch auf Hegemonie.

A: Und was ist das Karthago der USA?

B: Der Kalte Krieg, nach dessen Ende manche glaubten, beobachten zu können, dass die Vereinigten Staaten massiv an Einigkeit einbüßten, weil sie keine äußeren Konflikte als Einigungsmittel mehr hatten …

A: … oder selbst solche Konflikte provozierten?

B: Wir wollen jetzt keine Verschwörungstheorien breittreten etwa der Art, dass politische Strategen in den USA Terroranschläge ersonnen hätten, um einen auswärtigen Krieg anzuzetteln.

A: So etwas liegt mir fern zu behaupten. Aber ich denke, du kannst nachvollziehen, was mit diesem absoluten Herrn, von dem ich sprach, gemeint ist.

B: Ich glaube schon. Gibt es denn keinen anderen Weg, ein Volk zusammenzuhalten, als durch das Führen von Kriegen?

A: Ich würde, so banal und altmodisch das erneut klingen mag, sagen, durch Erziehung und Aufklärung kann ein Zusammenhalt im Staat bewirkt werden.

B: In der sogenannten Staatsbürgerkunde?

A: Nur dann, wenn man unter dieser Kunde nicht nur die Erläuterungen der Einrichtungen und Funktionsweisen eines Staates versteht, sondern auch die Aufklärung darüber, zu welchem Zweck es den Staat gibt, und das Aufzeigen dessen, dass der Einzelne ohne Staat nicht überleben kann.

B: Du sprichst jetzt wieder von »Staat« – sind Volk und Staat für dich dasselbe?

A: Eine schwierige Angelegenheit. Einerseits würde ich sagen, nein, man denke nur an die Vielvölkerstaaten, andererseits ja, wenn wir beachten, dass zumindest in der jüngeren Vergangenheit Verfassungsstaaten durch Völker gebildet wurden, und sich umgekehrt Völker durch Staaten definierten und definieren.

B: Und nicht durch die gemeinsame Herkunft, die Geschichte oder Bräuche?

A: Ja. Andererseits wird man wohl staatslosen Völkern oder zumindest Volksgruppen nicht ihre Identität abstreiten wollen.

B: Wie den Kurden oder Palästinensern?

A: Womit du zwei besonders heikle Gruppen ansprichst, die man mit höchst konfliktreichen Gebieten assoziiert. Aber beim Stichwort Vielvölkerstaat ist mir eine weitere Möglichkeit eingefallen, wie der Zusammenhalt eines Staates gewährleistet werden könnte.

B: Denkst du an die dahingeschwundene Donaumonarchie als Urbild eines Vielvölkerstaats?

A: So sagt man jedenfalls immer wieder zu ihr. An ihr lässt sich beobachten, wie unter Umständen doch konkret auf ein Volk hingezeigt wird.

B: Du verwirrst mich.

A: Welche ist historisch gesehen vermutlich die mächtigste und in gewisser Hinsicht freiste (nämlich für den Herrscher) Herrschaftsform?

B: Die absolutistische?

A: Exakt, die Form, in der einstmals die Kaiser oder ein französischer König, auf den hin alles geordnet ist, regierten. Der Kaiser stellt die lebende und höchste Instanz des Volkes dar, an die alle Untertanen der Theorie zufolge ihre Macht abgegeben haben, damit sie sich nicht gegenseitig zerfleischen.

B: Also gilt doch das *homo homini lupus*, von dem wir bereits sprachen?

A: Wie viele Theorien beschreibt auch diese, die besagt, dass die Menschen einander wie Wölfe ständig bekriegen, ein Extrem. In diesem Fall könnte man kritisieren, dass die Theorie das Kooperative der Menschen ausblendet oder unterbewertet. Der Hobbes'sche Leviathan ist jedenfalls der Souverän, der erhabene Herrscher, der der Menge den Willen gibt.

B: Ein Herrscher, dem die Menge geistlos zujubelt?

A: Das ist natürlich genau das Problem bei einem derartigen Identifizierungspol wie einem Kaiser oder – ausführlicher formuliert – der kaiserlichen Majestät, der alle dienen, dass die von einem solchen Souverän beherrschten Massen in ihrer Begeisterung sich zum Beispiel in verderbliche Kriege führen lassen.

B: Für den König, den Kaiser, für Gott und den Staat?

A: Oder für einen Führer und einen Diktator. Ein Diktator wurde eigentlich im Fall der römischen Republik nur für besondere Notzeiten eingesetzt, aber Diktatoren hatten anscheinend schon damals die Tendenz, permanent auf ihrer Position auszuharren.

B: Wie kann man dem gegensteuern?

A: Mir fällt wiederum nichts Originelleres ein als die Erziehung und die Aufklärung. Der Aufklärung als einer geistigen Bewegung haben wir immerhin den Übergang von absoluten zu konstitutionellen Monarchien zu verdanken, zu solchen, die …

B: … auf einer Verfassung aufbauen, um zu deinem derzeitigen Lieblingsthema zurückzukehren.

A: Ein spannendes Thema wäre auch die Verfassungsgeschichte oder die Beobachtung der Entwicklung von ungeschriebenen Verfassungen. Wesentlich erscheint mir dabei mit Blick auf den guten Monarchen ein Gedanke.

B: Der wäre?

A: Dass sich der Souverän nicht nur als Herrscher über die Untertanen versteht, sondern ebenso als Diener des Staates.

B: Weil nur so eine Gemeinschaft gedeihen kann?

A: Das wahrscheinlich auch, und weil damit die wechselseitige Abhängigkeit von Beherrschten und Herrscher angesprochen ist.

B: Der Herrscher muss ebenso ein Diener sein?

A: In gewisser Weise ja. Zumindest ist ein Herrscher von den Untergebenen abhängig. Auch der grausamste Herrscher kann keiner sein, wenn er nicht die Beherrschten hätte, die für ihn mehr oder weniger das Objekt seiner Herrschaft abgeben.

B: Das erscheint mir wieder eine komplexe Sache zu sein, die unser gegenwärtiges Gespräch vielleicht überfordert. Ich kann jedenfalls nachvollziehen, dass ein guter Monarch der erste Diener im Staat sein soll, wie das zumindest bei der literarischen Version des Rudolf von Habsburg der Fall war oder wie man das Friedrich dem Großen zuspricht.

A: Das ist ein guter Hinweis, weil wir anhand dieser Figuren viel rekapitulieren können, von der Symbolik der Herrschaft über die Staatsbildung bis hin zur Arbeitsteilung.

B: Der Dichte deiner Gedanken kann ich erneut nicht folgen.

A: Dann wollen wir das langsam aufdröseln. Wir haben von dem Diener des Staates gesprochen?

B: Ja.

A: Was heißt »Diener« auf Lateinisch?

B: Minister.

A: Jawohl, und der erste Diener wäre dann der *primus minister*, der Premierminister, wie in vielen Staaten der Regierungschef heißt.

B: Wie kommst du jetzt darauf?

A: Ich erwähne das, damit wir darüber reflektieren können, dass zumindest dem Namen nach die höchsten Regierungsfunktionäre Diener sind.

B: Was hat das mit den alten Kaisern zu tun?

A: In den Anfangsmomenten neuer Gemeinwesen lässt sich beobachten, dass bei den Monarchen als Dienern des Staates mehr oder weniger der gesamte Staatsapparat zusammenläuft, und dass sie in einer Person viele der Ministerämter vereinen, die bei fortschreitender Arbeitsteiligkeit und später, vor allem mit Einführung der Gewaltenteilung, auseinandertreten.

B: Kannst du mir das bitte wiederum mit Beispielen erläutern?

A: Dazu komme ich auf das zurück, was ich mit der Symbolik angedeutet habe.

B: Weil für Monarchen eine Fahne und Wappentiere wichtig sind?

A: Nein, diesmal geht es um die Symbolkraft einer Waffe, die gerade in Zeiten von Neubildungen von Reichen die Machtausübung in vielen Bereichen der Gesellschaft ausdrückt.

B: Das Schwert?

A: Jawohl, auch heute sehen wir noch da und dort auf Marktplätzen ein Schwert, das beispielsweise von einem hölzernen Arm in die Luft gestreckt wird.

B: Als Symbol der Gerichtsbarkeit?

A: Unter anderem. Freilich ist es für einen Monarchen, der soeben durch einen militärischen Konflikt sein Reich konstituiert oder konsolidiert hat, primär ein Zeichen der militärischen Macht, der Verteidigung gegen Angreifer.

B: Und schließlich, wie bei unserem Rudolf von Habsburg, ein Mittel, um Untertanen zum Ritter zu schlagen.

A: Allgemein ist das Schwert ein Symbol für die Machtausübung im Äußeren wie im Inneren oder für die polizeiliche Gewalt, wenn man Polizei in einem weiten Sinn versteht als dasjenige, das für die Aufrechterhaltung von Sicherheit und Ordnung sorgt.

B: Ebenso ist das Schwert, wie gesagt, ein Zeichen für die Gerichtsbarkeit.

A: Selbstverständlich. Somit symbolisiert das Schwert, dass einige Aufgaben späterer Ministerien, die zentral sind, bei einem Herrscher der Frühzeit in einer Person zusammenlaufen, nämlich die Verteidigung, die inneren Angelegenheiten und die Justiz.

B: Aber das hätten wir vor deinen Ausführungen auch gewusst, dass vor dem Durchsetzen der Gewaltenteilung vieles beim Herrscher zusammenlief.

A: Das schon, aber mit dem Hinweis auf sein Minister-Sein haben wir uns in Erinnerung gerufen, dass er eigentlich ein Diener seiner Untertanen sein …

B: … und nicht selbstherrlich und unabhängig von ihnen regieren soll.

A: So sollte es zumindest sein. Lenken wir unseren Blick weiter zurück in die graue Vorzeit und denken an die Geschichten von epischen Helden, dann sehen wir noch mehr Funktionen in einem einzelnen Herrscher oder Anführer vereint, idealerweise jedoch immer zum Nutzen der Untergebenen.

B: Was fabulierst du da wieder zusammen?

A: Wir können an einen schottischen Clanchef denken oder an den einsam herumreitenden Parzival – wie sehr diese Menschen für lange Zeit einsam unterwegs sein mögen, so befinden sie sich doch nicht vollständig außerhalb jeder Gesellschaft, weil sie auf eine gewisse Gruppe bezogen bleiben.

B: Als deren Retter und Beschützer?

A: Zum Beispiel.

B: Aber welche Funktionen außer dem Verteidigungs-, Polizei- und Richteramt laufen bei diesen Figuren noch zusammen?

A: Wenn wir uns an den größten Helden, der auch ein König war, erinnern, von dem im Griechischunterricht zu lesen war, so sehen wir, dass er in der relativen Isolation, die der Krieg vor Troia mit sich brachte, auch für die Nahrungsbesorgung und -zubereitung zuständig ist.

B: Du sprichst von Achill?

A: Selbstverständlich.

B: Ich habe ihn mir gar nicht als Ernährungsminister vorgestellt.

A: Sehr witzig. Aber die Streifzüge der Griechen, die in der *Ilias* erwähnt werden, dienten als Beutezüge auch zur Versorgung mit Nahrung, und wir lesen im Epos mehrfach, wie die Helden die Opfertiere schlachten, deren Fleisch auf Spieße stecken und es rösten.

B: Die Heroen sind also auch Kochminister?

A: Und noch mehr! Mit den Opfern, bei denen Tiere geschlachtet und zubereitet werden, ist so etwas wie ein Priesteramt verbunden, das die Helden ausüben, die – hochtrabend gesagt – zu einem gewissen Grad auch für den Kultus zuständig sind.

B: Wie weiland der Kaiser von Österreich als apostolische Majestät die katholische Kirche verteidigte.

A: Du siehst, wie lange sich manche Dinge bewahren. Wir können unserem Achill noch eine andere Funktion zuschreiben – vielleicht erinnerst du dich an eine berühmte Darstellung einer Szene mit Achill und seinem Gefährten Patroklos auf einer Tonschale?

B: Die Szene, in der er den verwundeten Freund verbindet?

A: Genau diese Darstellung meine ich. Achill ist demnach zusätzlich Wundarzt.

B: Und somit Gesundheitsminister, Diener zum Zweck der Gesundheit.

A: Mindestens einen Bereich können wir ihm noch zusprechen.

B: Welchen? Den des Verteidigungs- oder besser: Kriegsministers?

A: Den gewiss auch, aber was ich meinte, sind die Kulturagenden, insofern Achill höchstpersönlich zur Phorminx, dem berühmten Saiteninstrument der epischen Sänger, greift und Heldenlieder singt.

B: Er war nun einmal ein gelehriger Schüler seines Lehrmeisters Chiron.

A: Das ist zutreffend.

B: Aber es gab damals noch keinen Sozialminister?

A: Das ist die Frage – gewiss nicht dem Namen nach. Was wir allerdings beobachten können, ist, dass auch diese scheinbar so selbstständigen, märchenhaften Helden nicht außerhalb der Gesellschaft standen.

B: Aber sie kümmerten sich nicht um Arbeitslose und Pensionisten?

A: Das wäre wiederum eine Spezialthematik. Wenn wir die Figur des Odysseus anschauen, so zeigt sich, dass es offensichtlich für den Adel ein sanktioniertes Verhalten gegenüber Armen gab (auch wenn es nicht immer eingehalten wurde) und dass den Bettlern in den reichen Häusern ein gewisses Gastrecht zugebilligt wurde.

B: Und im Gegenzug erschoss Odysseus die untätigen Freier der Penelope?

A: Das wollte ich jetzt nicht ansprechen, aber an den Helden sehen wir des Weiteren – um auf das Soziale zurückzukommen – die Selbstverpflichtung zur Sorge um die Eltern. Allgemein zielte die Erziehung des Adels darauf ab, dass man vor den anderen hervorragte, um in besonderer Weise der Gemeinschaft zu dienen.

B: Was aber meist dazu führte, dass grausame Kriege angezettelt wurden.

A: Das wäre insgesamt wieder eine Frage für eine Geschichtsphilosophie, wie das mit den permanenten Kriegen zu sehen ist. Ich möchte noch an eine Szene aus dem Epos erinnern, die das Friedliche zeigt.

B: Meinst du die Festspiele bei den Phäaken, die ein rundum gemütliches Leben führten?

A: Das wäre eine Möglichkeit. Ich dachte an etwas, das gleichsam die gesamte Welt und weite Bereiche des menschlichen Lebens auf kleinem Raum zusammenschließt, nämlich die Schildbeschreibung in der *Ilias*.

B: Worum geht es dabei gleich noch einmal?

A: Unter den neuen Waffen, die der Schmiedegott Hephaistos höchstpersönlich für Achill herstellt, befindet sich ein Schild, auf dem der gesamte Kosmos dargestellt ist.

B: Wie funktioniert das?

A: Der göttliche Schmied stellt Himmel, Erde und Meer dar sowie die Sonne, den Mond und mehrere Gestirne.

B: Und auch die Lebewesen?

A: Vor allem die Menschen, genauer gesagt stellt Hephaistos zwei Städte dar, und hier gelangen wir zu der Zusammenführung von Krieg und Frieden.

B: Wie das?

A: Weil die eine Stadt im Frieden gezeigt wird, mit einem großen Hochzeitsfest mit Tanz und Gesang, aber auch mit einer Ratsversammlung und einer Gerichtsszene.

B: Schon damals also bewegte die Menschen das Politische und die Judikatur?

A: Wenn du es so benennen magst. Ebenso wird auf dem Schild eine belagerte Stadt im Kriegszustand gezeigt, aber auch Felder und Vieh, Landwirtschaft und Weinbau – eigentlich alles, was wir bisher an menschlichen Tätigkeiten besprochen haben.

B: Ein Welt-Bild also.

A: Das kann man so sagen. Genug mit diesem Ausflug ins Homerische, auf das wir wahrscheinlich zurückkommen werden. Wir sehen, wie ein König – und die griechischen Helden waren durchwegs Könige in ihren Stämmen – im Idealfall als lebendiges Gesetz in einer Gemeinschaft herrscht, die bereits eine gewisse Arbeitsteiligkeit aufweist, die nach dem jeweils für sie Guten strebt und es in der Zusammenarbeit wie auch in Konflikten mit anderen zu erreichen sucht. Die einzelnen Menschen bemerken, dass sie unter Umständen so wie ihr König von anderen bedient werden, dass sie aber auch selbst anderen dienen. Dabei steht den Mitgliedern einer solchen Adelsgesellschaft vielleicht deutlicher vor Augen als uns, wie sehr sie aufeinander angewiesen sind. In den großen Verfassungsstaaten droht so etwas wie Gemeinschaft zu einem abstrakten Begriff zu werden.

B: Du meinst, wir werden dann auf das Homerische zurückkommen, wenn wir uns über unseren Griechischunterricht unterhalten?

A: Dieser wird vielleicht gar nicht als eigenes Fach interessant sein, so wir weiterhin der zuvor von mir angesprochenen Dreiergruppe zur Grobgliederung unserer Lehrinhalte folgen.

B: Dem Wahren, Schönen und Guten?

A: Von dem, wie erwähnt, das betreffende Schulgesetz spricht.

B: Wo reiht sich da der Griechischunterricht ein?

A: Aufgrund der Texte, die wir in ihm gelesen haben, größtenteils in den Bereich des Schönen, der Kunst, würde ich meinen.

B: Aber zurzeit haben wir es noch mit dem Guten zu tun?

A: Wie gesagt, es mag absurd erscheinen, wenn das jemand behauptet, aber es könnte sein, dass tatsächlich die Geschichte und das Politische der Austragungsort des Guten sind.

B: Betrachten wir die Gräuel, die wir aus der Geschichte kennen und die wir gegenwärtig mitbekommen, erscheint das in der Tat absurd, was du sagst.

A: Wenn wir jedoch umgekehrt keine Weltflucht betreiben, werden wir uns wohl die Geschehnisse, die wir beobachten, erklären wollen.

B: Das heißt aber noch lange nicht, dass man sich alles, wie man so sagt, schönredet oder eben alles für gut erklärt.

A: Das heißt es beileibe nicht. Freilich kann man mit dem Guten zumindest eines machen.

B: Auf es hoffen?

A: Das auch, und wir können es allen, die handeln, zuschreiben, wie wir das bereits überlegt haben.

B: Bitte ruf mir das in Erinnerung!

A: Man kann allen, die etwas tun, unterstellen (oder zugutehalten), dass sie das, was sie tun, machen, um etwas Gutes zu erreichen.

B: Es gibt also nichts Böses auf der Welt, und wir befinden uns in einem Comicfilm?

A: Selbstverständlich sehen wir, dass es viel Schlechtes gibt, und natürlich erleben wir, dass uns Schlechtes widerfährt und dass wir selbst schlechte Handlungen durchführen.

B: Wo ist dann aber das Gute?

A: Im Ziel – wir dürfen jedem unterstellen oder zurechnen, dass er handelt, um etwas Gutes zu erreichen, auch wenn das Gute des einen das Schlechte des anderen ist.

B: Wie bei einem Mörder?

A: Ja. Sofern es sich nicht um einen Verrückten handelt, der aus unerfindlichen Gründen handelt, wird doch, so hören wir das –

zumindest in den Krimis – immer wieder, nach dem Motiv eines Mordes gefragt.

B: Und dahinter soll sich das Gute des Mörders verbergen?

A: In gewisser Weise. Wenn jemand seinen Partner umbringt, um an sein Geld zu kommen, tut er oder sie es wegen eines Zieles, das ihm oder ihr gut erscheint.

B: Der ermordete Partner findet das meist weniger gut.

A: Vermutlich, sofern er nicht einen großen Todeswunsch hatte. Bei einem Mord zeigt sich eine Extremform von unterbundener Diskussion um Gut und Schlecht, insofern eine Seite in einem Konflikt ausgeschaltet wurde.

B: Für diese Seite tritt dann der Staatsanwalt ein.

A: Zum Beispiel. Grundsätzlich gibt es bei allen Handlungen die Möglichkeit, sie aus vielen Perspektiven zu betrachten, und dabei kann den Tätern stets zugutegehalten werden, dass sie etwas Gutes wollten, wenn es auch nur ein scheinbar Gutes war.

B: Wie erklären wir dann einem Mörder, dass seine Handlung schlecht war?

A: Hier können wir, und das tun die Erziehung und der Staat, auf verschiedenen Ebenen ansetzen, basal mit dem kindlichen »Was du nicht willst, dass dir man tut …« oder mit dem nüchternen Hinweis auf die schlechten Konsequenzen einer Handlung.

B: Und wie schaut's mit der Moral aus?

A: Das wird davon abhängen, was wir unter Moral verstehen, und davon, ob wir überhaupt eine solche als allgemeinverbindlich annehmen.

B: Bist du etwa eine Amoralistin?

A: Das möchte ich nicht behaupten. Aber grob gesagt lassen sich mindestens zwei verschiedene Moral-Systeme unterscheiden, die weltweit eine große Rolle spielten und derzeit wieder spielen.

B: Beziehst du dich auf den viel diskutierten Ost-West-Konflikt oder die Gegenüberstellung von Islam und Christentum?

A: Nein, das meine ich nicht. Innerhalb der abendländischen Tradition selbst gibt es gewaltige Unterschiede bei den Zugängen zu dem, was Moral genannt wird.

B: Welche sind das?

A: Wiederum holzschnittartig gesagt zum einen so etwas wie die Moral der Pflicht, bei der erneut Kant mit dem kategorischen Imperativ grüßen lässt.

B: Du erinnerst uns an den Grundsatz, der uns nahegebracht wurde, dass man den anderen nie bloß als Mittel, sondern stets auch als Zweck betrachten soll?

A: Ja, so in etwa. Man kann an diesem Grundsatz kritisieren (was auch geschehen ist), dass er ziemlich leer ist und dass unbestimmt bleibt, was man eigentlich tun soll.

B: Und was ist die andere Seite?

A: Eine Moral – oder vielleicht bessere eine Ethik, die die Tugend in das Zentrum stellt, hinter der wir so etwas wie die Selbstvervollkommnung erblicken können.

B: Ist das nicht wieder die Aufforderung zum höchsten Egoismus, wenn jeder versuchen soll, sich selbst zu vervollkommnen?

A: Du erfasst da etwas Wesentliches, das ein weiteres Paradoxon bildet, dass nämlich ein richtig verstandener Egoismus dem Besten aller dient.

B: Aber wer gibt vor, was das Beste für alle ist?

A: Hier gelangen wir zu einer Sache, die einige der neueren Theoretiker in den Gesellschaftswissenschaften als starke metaphysische Annahme bezeichnen würden.

B: Wie die Annahme, dass es einen Gott gibt?

A: In diese Richtung.

B: Was ist die Annahme, auf die du abzielst?

A: Dass es so etwas wie eine gemeinsame menschliche Vernunft gibt, die wir durch Übung und Erziehung ausbilden müssen oder können.

B: Einer solchen Hypothese werden tatsächlich in der heutigen, sich zumindest vordergründig pluralistisch gebenden Gesellschaft nicht viele zustimmen.

A: Auf der anderen Seite gibt sich diese sogenannte pluralistische Gesellschaft, die behauptet, viele Gegensätze in sich aufnehmen zu können, bei anderen Dingen als unerbittlich und als nicht gewillt, andere Ansichten zu akzeptieren.

B: Woran denkst du da?

A: An die Menschenrechte.

B: Lehnst du diese ab?

A: Nein, sie sind sicherlich eine große historische Errungenschaft. Wir können später über sie bei unserem Durchgang durch die neuere Geschichte und die Politische Bildung sprechen, bei dem wir die Formierung mancher Rechte streifen werden. Aber ich wollte darauf hinweisen, dass es einem großen Wechsel unterliegt, was zu verschiedenen Zeiten als unverhandelbar erachtet wird.

B: In dieser Situation befindet sich momentan die Akzeptanz der von dir erwähnten Vernunft, die heute nicht mehr für allgemeinverbindlich gilt?

A: Ja, in gewisser Weise. Wobei sich in dieser Thematik etwas Seltsames zeigt.

B: Und das wäre?

A: Dass der erste Artikel der Allgemeinen Erklärung der Menschenrechte, die die UNO verkündete, im gemeinsamen Gedächtnis der Menschheit vermutlich verkürzt präsent ist, und dass, wenn über ihn gesprochen wird, der Schwerpunkt auf der Erwähnung der Freiheit liegt.

B: Es wird dann betont, dass alle Menschen frei und gleich an Rechten und Würde geboren sind.

A: Jawohl.

B: Der zweite Teil dieses ersten Artikels sei jedoch, wie du sagst, weniger bekannt: »Sie sind mit Vernunft und Gewissen begabt und sollen einander im Geist der Brüderlichkeit begegnen.«

A: Ja, danke für diese Erinnerung an den Wortlaut. Hier begegnen wir ihr ja, der Vernunft, und sogar dem Gewissen sowie einer Aufforderung, dass wir einander in Brüderlichkeit begegnen sollen – das sind alles Bestimmungen, über die wir stundenlang diskutieren könnten.

B: Dir geht es jetzt aber um die Vernunft?

A: Ja. Durch die Ausformung der Vernunft und durch ihre Ausübung gelangen wir erst, das ist zumindest die Überzeugung vieler Philosophen, zu wahrer Freiheit.

B: Der Freiheit, die in der wechselseitigen Anerkennung der Bürgerinnen und Bürger besteht?

A: So ungefähr. Die von dir erwähnte Anerkennung erlaubt uns, auf die zuvor genannte Brüderlichkeit zu blicken, in deren Geist wir leben sollen, was freilich, wie wir vielfach sehen, schwer ist.

B: Weil wir Egoisten im schlechten Sinn sind?

A: Wir könnten auch sagen, weil es vieles in uns gibt, das gegen die Vernunft ankämpft und uns eigentlich unfrei macht.

B: Wie unsere Begierden?

A: Das ist erneut eine Frage der Auffassung des Menschen. Ich meine, Begierden an sich sind nichts Schlechtes. Es gibt auch die

Begierde, unsere Vernunft auszuüben, und bei der Ausübung der Vernunft stellt sich eine große Freude ein; aber die Begierden müssen wohl in Maß gehalten und geordnet werden.

B: Kannst du mir ein Beispiel geben, was du damit meinst?

A: Denk an das aus Actionfilmen bekannte Schema, dass ein Held, der in Rage geraten ist, jemanden aufgrund von Rachegelüsten zu töten begehrt, es aber dann doch nicht tut, weil sein Wunsch, den Bösewicht einem ordentlichen Gerichtsverfahren zu überantworten, überwiegt …

B: … oder er tut das nicht, weil er dem Funktionieren des Rechtsapparats im Staat misstraut, tötet den Schurken und übt damit Selbstjustiz.

A: Diese Variante gibt es natürlich ebenso, je nach Darstellungsabsicht des Drehbuchschreibers. Darüber wiederum können wir uns unterhalten, wenn wir den Kunstunterricht im weitesten Sinn einzuholen versuchen. Jetzt bewegen wir uns jedoch nicht im Bereich des Schönen, sondern des Guten.

B: Oh ja, das deiner Überlegung nach in der Geschichte zum Ausdruck kommen soll!?

A: Wie gesagt, das klingt einigermaßen irr. Eventuell sollten wir uns dieser Thematik von einer anderen Seite nähern, nämlich ausgehend von einer ähnlichen Tendenz zu einer Vereinheitlichung, wie wir das in der Naturwissenschaft beobachtet haben.

B: Wie meinst du das?

A: Wir haben uns doch darüber verständigt, dass viele Menschen heute ohne großes Bedenken die Hypothese akzeptieren, dass alles Materielle in der Welt aus einem Urknall herrührt, sowie die Annahme, dass wir uns als Lebewesen aus winzigen Einzellern entwickelt haben, deren Grundbausteine der Entwicklung aller Lebewesen gemein sind?

B: Das haben wir.

A: In vergleichbarer Weise gibt es in geschichtlich-politischen Betrachtungen im Vergleich zu früheren Jahrhunderten ein verstärktes Betonen von Vereinheitlichungen.

B: Wie sie mit den Menschenrechten einhergehen?

A: Nicht nur das, ich denke an das viel beredete Kleinerwerden der Welt, des globalen Dorfes, wie es so heißt. Damit wird eine Einheit angesprochen, allerdings scheinbar mit umgekehrten Vorzeichen zum Urknall und der Evolutionstheorie – es bildet sich nicht aus einem Einheitspunkt eine unglaubliche Vielfalt, sondern aus vielen Ländern und verschiedenen Menschen soll ein weltumspannendes Gemeinwesen entstehen.

B: Aber inwiefern ist das *global village* tatsächlich ein Ausdruck von Einheitlichkeit? Immerhin ist die Welt ein Dorf, dessen Bevölkerung, die uneinheitlicher nicht sein könnte, ständig wächst.

A: Einheitlich ist dieses Dorf vielleicht insofern, als wir auf einer bestimmten Ebene annehmen, dass wir alle dasselbe wollen, nämlich gut leben, gedeihen und in Frieden miteinander auskommen.

B: Dieser Annahme würde ich nur zu gerne folgen, doch sie klingt mir einigermaßen nach naiver Romantik.

A: Aber kaum ein Politiker würde – zumindest bei offiziellen Äußerungen – heute noch behaupten, dass es wilde oder unzivilisierte Völker gibt, die erobert, bekämpft oder missioniert werden müssen, wie das jahrhundertelang der Fall war.

B: Das mag sein, dass das derzeit so gut wie niemand in offiziellen Kontexten sagt.

A: Im Idealfall sollte es doch so sein, dass Menschen aus entgegengesetzten Erdteilen einander in ihren Unterschieden akzeptieren, weil sie zumindest aufgrund wirtschaftlicher Überlegungen sehen, dass sie füreinander nützlich sind.

B: Demnächst wirst du mir erzählen wollen, dass es deshalb keine Kriege mehr gibt?

A: Gewiss gibt es heutzutage bewaffnete Konflikte, und man kann darüber hinaus die Kämpfe, die im oft wahnwitzigen Wirtschaften ausgetragen werden, als Krieg mit anderen Mitteln betrachten.

B: Aber?

A: Im Unterschied zu früheren Jahrhunderten gibt es jetzt vielleicht keinen ernstzunehmenden Theoretiker mehr, der behauptet, es könne keinen Frieden zwischen Nationen geben, da diese ihre Identität erst im Kampf mit anderen erhalten würden.

B: Und doch meinen viele – wir haben darüber bereits gesprochen – dass sich große Staatenverbände wie die USA unter Umständen sogar künstlich einen äußeren Feind kreieren müssen, um den eigenen Zusammenhalt zu gewährleisten.

A: Das mag seine Richtigkeit haben, dass das einige Leute behaupten, und wir haben ja auch schon über historische Parallelen gesprochen. Aber zumindest dem Lippenbekenntnis der meisten Staatsmänner und Staatsfrauen nach ist das Ideal gegenwärtiger Politik eine friedliche Welt.

B: Dennoch gibt es weltweit ungemein viele Kämpfe und Konflikte.

A: Du sprichst ein sehr aktuelles Wort aus: »Konflikte«. Es gab nämlich in der letzten Zeit kaum Kriege, die die Staatengemeinschaft im Rahmen eines Beschlusses der Vereinten Nationen für gerechtfertigt erklärt hat.

B: Wie das Bombardement eines Staates, der offensichtlich aggressiv gegen seine Nachbarn vorging?

A: Zum Beispiel. Und selbst bei so scheinbar eindeutigen Fällen ist zu sehen, dass sich einige, auch große Staaten bei solchen durch die UNO sanktionierten Unternehmungen zurückhalten. Sie tun das zum Beispiel aus Furcht vor negativen Folgen für die Exportwirtschaft im Fall, dass sie bei einer Militäraktion mitwirken.

B: Meinst du also, dass aufgrund stärkerer wirtschaftlicher Vernetzungen und Abhängigkeiten Kriege aufhören werden?

A: Dieser Meinung bin ich nicht. Wir können an diesem Punkt den großen Gegenpart zur vermeintlichen Einheit des Welt-Dorfes, den Widerstreit oder Aufstand in der Gemeinschaft, ansprechen. So wie es beim Urknall die Expansion des Alls gibt, gibt es in unserem globalen Dorf die Vermehrung der Menschen und die Geldvermehrungssucht, die beide zu großen Spannungen führen.

B: Aufgrund des Kampfes um die sogenannten Ressourcen wie das Wasser?

A: Ja. Nun lässt sich behaupten, dass sich zwischen Menschen immer schon Kämpfe um Ressourcen ergeben haben – wir sprachen vor Kurzem über die Geschichte der beiden Städte auf dem homerischen Schild, die nicht nur in Frieden, sondern auch im Krieg leben. Aus anderen Zusammenhängen kennen wir Geschichten, in denen sich die Rivalen am Wasserplatz gegenseitig im Streit um das Brunnenwasser erschlagen.

B: Aber du glaubst, dass diese Auseinandersetzungen heute eine weltweite Verknüpfung erreicht haben und deshalb eine andere Qualität bekommen?

A: Einerseits das, andererseits zeigt sich als neue Form der Einheitlichkeit der Menschen die von vielen geteilte Ansicht, dass wir mit unserem Wirtschaften auf eine Katastrophe zusteuern.

B: Worauf sich erwidern ließe, dass es im Laufe der Jahrhunderte derartige Stimmungslagen offensichtlich schon des Öfteren gab. Mehrmals wurde das Ende der Welt in der unmittelbaren Zukunft erwartet, etwa im frühen Christentum oder um das Jahr 1000.

A: Das scheint mir ein berechtigter Einwand zu sein, der uns wieder zu einer Frage im Bereich des Schulfaches, das wir in unserem Fächerkanon als letztes dazubekommen haben, führen könnte, der Philosophie …

B: … ein Gegenstand, der in unserem Fall recht kurz ausfiel.

A: Wir könnten fragen, ob es heute noch eine Philosophie der Geschichte geben kann.

B: Warum soll es eine solche nicht mehr geben?

A: Zumindest wird es sie kaum mehr im früheren Sinn geben, in dem Sinn nämlich, dass in ihr eine Teleologie, eine zielgerichtete Entwicklung der Geschichte, zur Darstellung kommt.

B: Glaubst du persönlich, dass die Weltgeschichte ein Ziel hat?

A: Was ich glaube, ist ziemlich irrelevant. Die Frage nach einem Ziel der Weltgeschichte impliziert ein weiteres Schulfach, die Religion. Die von dir zuvor angesprochenen, in früheren Zeiten erwarteten Katastrophen hängen nicht selten mit religiösen Anschauungen zusammen. Dies alles lässt sich mit dem Thema der Eschatologie zusammenbringen.

B: Du meinst die Lehre von den letzten Dingen, wie uns unser Religionslehrer mit vollem Eifer beizubringen versuchte?

A: Diese letzten Dinge kann man ziemlich verschieden auffassen, diesseitig, wenn ich so sagen darf, und jenseitig.

B: Wie soll das funktionieren?

A: Die letzten Dinge können diesseitig oder jenseitig aufgefasst werden je nachdem, ob man die göttliche Herrschaft, die nach dem Weltgericht erwartet wird, als etwas Irdisches oder als etwas Himmlisches erachtet.

B: Aber heißt es nicht in der Bibel: »Mein Reich ist nicht von dieser Welt«?

A: Dieses Zitat bemühen diejenigen, die eine jenseitige Sicht göttlicher Herrschaft vertreten. Wir wissen jedoch sehr wohl aus der Geschichte, dass ein Kirchenstaat existierte, der bereits im Diesseits vorgab, so etwas wie eine göttlich legitimierte Herrschaft auszuüben.

B: Ebenso wissen wir, dass es Bemühungen um einen Islamischen Staat gibt.

A: Freilich sind das nicht die allgemein geteilten Zukunftserwartungen, von denen ich gesprochen habe.

B: Worauf laufen diese hinaus?

A: Mehrheitlich auf düstere Szenarien, die von einer zunehmend schlechteren Bewohnbarkeit des Planeten für uns Menschen sprechen.

B: Du redest also von den unterschiedlichen Dystopien, wie wir sie aus Science-Fiction-Filmen kennen. Wird sich demgegenüber deiner Meinung nach wieder einmal eine Utopie in den Köpfen der Menschen durchsetzen?

A: Ich bin zumindest insofern eine unverbesserliche Optimistin, als ich – in Analogie zur Kosmologie – nicht nur an die zersetzenden oder auseinanderstrebenden Kräfte glaube.

B: Du vertraust also auch auf die wieder ins Zentrum, ins Gemeinsame zurückweisenden Kräfte?

A: Ja. Wenn wir menschliche Gemeinschaften ansehen, so sehen wir meistens neben den Konflikten und den Ausgrenzungen das Gemeinschaftliche und die Hilfsbereitschaft, die sich in vielen Bereichen auftut.

B: Du meinst das sogenannte Gutmenschentum?

A: Nicht unbedingt, ich denke eher an die kleinräumige Solidarität unter den Menschen, eine Solidarität, die wir sicherlich auch in Gruppen antreffen, die, auf größere Zusammenhänge bezogen, als fremdenfeindlich gelten.

B: Dir schwebt also nicht der edle Wilde, sondern der edle Prolet vor, um eine berühmte Wendung abzuwandeln?

A: Das könnte man so sagen. Es gibt jedoch angesichts der von dir angesprochenen Dystopien nicht mehr den noch vor einigen Jahrzehnten vorherrschenden Glauben an einen wirtschaftlichen Fortschritt, der alle selig machen werde.

B: Das ist vermutlich so, weil wir jetzt viele der mit dem Fortschritt einhergehenden ökologischen Probleme sehen.

A: Exakt. Wir erkennen nun auch, dass wir uns trotz aller Technisierung unseres Lebens nicht in dem Märchenzustand befinden, der manchmal erträumt wurde, dass nämlich Maschinen alle Arbeiten für uns verrichten und wir uns gänzlich der Muße hingeben können …

B: … da wir immer noch die Maschinen warten und programmieren müssen, was wir bereits besprochen haben.

A: Das ist ein Aspekt. Bei vielen Vorgängen dürfen wir froh sein, dass der Mensch als Arbeitskraft noch nicht überholt ist …

B: … sodass wir von menschlichen Ärzten und nicht von Robotern behandelt werden.

A: Das hoffen wir zumindest. In Verbindung mit den Sorgen um die Auswirkung unseres Wirtschaftens auf der Erde hat sich, wie mir scheint, ein weiterer Unterschied zu früheren historischen Betrachtungen ergeben.

B: Und der wäre?

A: Dass auch in der sogenannten westlichen Welt nicht mehr einmütig das von den Europäern Ausgehende als Idealkultur angenommen wird und dass nicht mehr alles andere als wild oder zumindest vormodern verworfen wird (wobei ich zugebe, dass das früher auch nicht immer der Fall war).

B: Aber weite Teile unseres Welt-Dorfes streben doch nach so etwas wie dem Leben nach westlichem Modell?

A: Das mag sein, aber in Europa selbst, von wo viele der jetzt kritisierten Entwicklungen ihren Ausgang genommen haben, beklagen viele vieles als Irrweg und idealisieren demgegenüber Lebensformen von Gruppierungen, die man früher Naturvölker nannte.

B: Und diese Leute idealisieren solche Lebensformen als einen mit der Natur näher verbundenen Lebensweg?

A: Ja, denken wir nur an den aus der Forstwirtschaft stammenden Ausdruck »Nachhaltigkeit«, der heute in der Öffentlichkeit unser Reden über das Wirtschaften intensiv prägt.

B: Wir sehnen uns, wie du meinst, nach den Zeiten, in denen weltweit die indigenen Bevölkerungen in ihren intakten Ökosystemen nur so viel Wild und Rohstoffe aus diesen entnahmen, als nachwachsen konnten.

A: Manche mögen das durchaus tun. Jedenfalls könnte man mit Blick auf diese Kritiken die Redeweise ändern und nicht mehr von einem europäischen Ideal sprechen, dem es nachzueifern gilt, sondern von der Europäischen Krankheit, die sich im Lauf der Weltgeschichte auf den gesamten Planeten ausgebreitet hat.

B: Zielst du damit auf die Geschichte des Kolonialismus ab?

A: Das auch, aber ebenso auf unser heutiges Tun und Treiben, zum Beispiel das ungehemmte und ungehinderte Verwenden verschiedener Erfindungen wie des Flugzeugs oder der Telekommunikationsmittel.

B: Oder der Finanzwirtschaft?

A: Oder das, ja. Jedenfalls würden, so meine ich, heute viele nicht mehr behaupten, dass die europäische Lebensform die einzig glücklich machende ist.

B: Aber hast du nicht vorhin gesagt, ein Höhepunkt der Menschheitsentwicklung sei der Verfassungsstaat? Dieser hat doch zweifellos in Europa seinen Ursprung.

A: Ist das so? Warum sollen nicht auch andere Regionen und Zeiten etwas Vergleichbares oder Besseres ausgebildet haben? Wie dem auch sei, ich stehe zu der Behauptung, dass ein solcher Staat erst Freiheit im eigentlichen Sinn ermöglicht.

B: Ein solcher Staat kann jedoch im Zuge von Kolonialisierungen ebenso zu Grässlichkeiten führen, beispielsweise zur Ausrottung oder Unterwerfung von Völkern.

A: Das betrifft wieder die Frage der Ausgestaltung der inneren Freiheit eines Staates und des ungezügelten Schießenlassens von falsch verstandener Freiheit.

B: Sprichst du die Begierden an, die von der Vernunft nicht in den richtigen Bahnen gehalten werden?

A: Ja, das geht in diese Richtung. So vernunft-zentrisch bin ich, das gebe ich zu, dass ich fordere, dass die Vernunft die Begierden ordnen und regieren soll.

B: Gibt es ein Zurück hinter den europäischen Weg oder, wie du das als alternative Bezeichnung vorgeschlagen hast, hinter die Europäische Krankheit?

A: Ein Zurück erscheint mir denkbar. Wenn Verfassungsstaat heißt, dass sich ein Staat selbst seine Gesetze und Regelungen gibt, dass er an der wechselseitigen Anerkennung seiner Mitglieder oder der Regierenden und Regierten festhält und ein gemeinsames Erziehungs-, Wirtschafts-, Verteidigungs-, Kultur-, Gerichtswesen und so weiter ausbildet, so kann das nach mehreren Modellen geschehen, wie nach den Ozeanischen Kreisen oder ähnlichem.

B: Aber die Menschheit wird sich wahrscheinlich schwer von den Technologien, die zu einem Gutteil aus Europa stammen, trennen, von den Errungenschaften, die uns zumindest scheinbar so viele Erleichterungen und Freiheiten bringen, selbst wenn sie Negatives nach sich ziehen.

A: Es wird gewiss nicht leicht sein, sich diesbezüglich künstlich naiv zu stellen.

B: Werden wir also wirtschaften bis zum Umfallen?

A: Das muss nicht unbedingt eintreten. Bei manchen Technologien haben wir erlebt, dass sich die Staaten sehr wohl auf Beschränkungen ihrer Verwendungen verständigt haben – nicht jede Privatperson darf ein Atomkraftwerk bauen, einzelne Staaten verzichten zur Gänze auf diese Technik.

B: Aber jeder darf seinen wöchentlichen Businessflug buchen und beinahe überall sein Smartphone nutzen.

A: Es kann durchaus sein, dass sich die Staatengemeinschaft einmal entschließen, auch dafür Beschränkungen vorzuschreiben oder dass gewisse Praktiken gesellschaftlich tabuisiert und daher nur mehr eingeschränkt ausgeübt werden.

B: Befürwortest du eigentlich umfangreiche staatliche Beschränkungen?

A: Wir wollen, wie vereinbart, nicht politisieren. Allgemein ist festzustellen, dass es oftmals einen Konflikt gibt zwischen den Bemühungen, vieles staatlich vorzuschreiben oder zu reglementieren, und dem Streben, möglichst große Freiheiten zu erringen.

B: Das ließ sich ja in den letzten Jahrzehnten des 20. Jahrhunderts ausführlich an der Auseinandersetzung zwischen einem totalitären Kommunismus und einem kapitalistischen Liberalismus verfolgen.

Geschichte

A: Du sagst es. Ich schlage vor, dass wir uns jetzt dem Versuch zuwenden, unsere Erinnerungen an Inhalte aus dem Geschichtsunterricht ein wenig systematischer einzuholen.

B: Solche Erinnerungen sind bei mir nur mehr rudimentär vorhanden.

A: Für dich in deiner Profession könnte sich etwas Interessantes ergeben, wenn wir den Zusatztitel des Faches bedenken.

B: Meinst du die Sozialkunde?

A: Genau, das war, wenn ich mich recht erinnere, zu unserer Schulzeit der generelle Zusatz zur Benennung »Geschichte«. Heute ist es ein Teil der Bezeichnung des Unterrichtsfachs in den unteren Klassen, in den höheren Klassen heißt es »Geschichte und Politische Bildung«. Somit verweist der zweite Teil entweder auf die Ausbildung einer Gemeinschaft, einer Sozietät, oder auf die Bildung in dem Bereich, der es mit der Formierung und Einrichtung von Gemeinwesen zu tun hat, nämlich die Politik.

B: Was ist nun das für mich Interessante, das sich aus diesen Zusätzen ergeben kann?

A: Dass wir, wenn wir die Rudimente unserer historischen Kenntnisse rekapitulieren, auch die Entwicklung des Politisch-Rechtlichen im Auge haben könnten, eine Entwicklung, hinter die wir, wie ich glaube, tatsächlich nicht mehr zurückwollen.

B: Im Bereich des Rechts hat demnach für dich die Geschichte eine eindeutig positive Entwicklung genommen?

A: Wie gesagt: Die meines Erachtens positiven Errungenschaften im Rechtlichen sind auch in einem anderen Umfeld als dem europäischen mit seinen historischen Monstrositäten denkbar.

B: An welche Rechtserrungenschaften neben dem Verfassungsstaat denkst du da vor allem?

A: Daran, dass alle menschlichen Individuen Rechtsansprüche haben und es keine rechtlosen Sklaven gibt, die ihren Herren auf Leben und Tod ausgesetzt sind.

B: Meinst du also den Gedanken von einem Bürgerstaat, in dem alle vor dem Gesetz gleich sind?

A: Jawohl. Dann sind sicherlich als Meilensteine der Entwicklung das allgemeine Wahlrecht zu nennen, sodass alle Erwachsenen am politischen Entscheidungsprozess einer Gemeinschaft beteiligt sind – wie auch immer die Form der Gemeinschaft im konkreten Fall aussehen mag.

B: Und sicherlich hältst du auch das Frauenwahlrecht für eine unhintergehbare Errungenschaft?

A: Auf jeden Fall – an diesem zeigt sich, wie lange sich historische Prozesse hinziehen. In vielen Staaten wurde das Wahlrecht für Frauen erst am Ende des Ersten Weltkriegs gesetzlich verankert, in manchen Kantonen der Schweiz noch wesentlich später.

B: Und die angesprochenen Menschenrechte sind in den einzelnen Staaten kaum gesetzlich sanktioniert, sondern gelten nach wie vor als Empfehlungen in diversen Rechtsentscheidungen.

A: Eine komplizierte Thematik. Einen bedeutenden Punkt können wir noch erwähnen neben dem allgemeinen Personenrecht und dem Wahlrecht.

B: Der wäre?

A: Die Entwicklung, dass sich, vor allem nach dem Zweiten Weltkrieg, viele Staaten in Europa darauf verständigten, über das nackte Recht hinaus auch für so etwas wie den Zusammenhalt und das Füreinander-Einstehen der Bürgerinnen und Bürger staatlicherseits zu sorgen.

B: Du meinst den Sozialstaat?

A: Ja, der heute oftmals in Diskussion steht, entweder weil seine Maßnahmen für zu ausgedehnt gelten oder weil umgekehrt deren Reduktion in der Kritik steht.

B: Aber für dich stellt er eine Errungenschaft von historischer Dimension dar?

A: Vor allem verglichen mit den sogenannten Kulturen des Altertums, mit denen wir uns nun befassen werden, die allesamt Sklavengesellschaften waren und kaum Mittel einer Umverteilung kannten.

B: Zumindest diejenigen, von denen wir im Geschichtsunterricht hörten.

A: Diese Einschränkung ist selbstverständlich berechtigt. Allgemein zeigt sich bei einem Rückblick auf unseren Geschichtsunterricht deutlich die eurozentrische Perspektive – wir haben, wenn ich mich recht erinnere, die Geschichte der Menschheit aus der Sichtweise und mit der Zielperspektive der europäischen Gegenwart erzählt bekommen.

B: Aber wir hörten doch auch von Ägypten und Mesopotamien?

A: Das schon, aber dies wurde uns wohl mit der Zielsetzung präsentiert, die Entwicklung der Alten Welt hin auf das Alexanderreich und dann bis zum Römischen Reich zu schildern. Von dem Alten China oder dem antiken Südamerika war kaum etwas zu hören.

B: Es handelte sich also um die von dir problematisierte teleologische Sichtweise der Geschichte?

A: Zumindest in Resten war diese vermutlich in unseren Geschichtsbüchern vorhanden. Die Ausrichtung unseres Geschichtsunterrichts auf die Entwicklung Europas ist jedoch für unsere gegenwärtige Unterhaltung vielleicht gar nicht so schlecht. Ich darf dich nämlich nun einladen, mit mir der Entstehung und Ausbreitung der Europäischen Krankheit, von der wir vorher sprachen, nachzuspüren.

B: Sehr gern folge ich dieser Einladung. Da wir anscheinend schon seit Langem mit ihr infiziert sind, wird die Ansteckungsgefahr gering sein. Womit wollen wir starten?

A: Mit den sogenannten Hochkulturen der Antike. Über die Phase der Sammler und Jäger wurden wir ja im Geschichtsunterricht nur knapp informiert, wenngleich sie geschichtlich gesehen wohl die längste Entwicklungsphase der Menschen bildete.

B: Du meinst die Epoche der Steinzeiten?

A: Ja, beginnend mit der in unserem Minimalausblick auf die Biologie angesprochenen Ausprägung von Hominiden.

B: Womit wir in eine graue Vorzeit zurückblicken, in der es, wie wir ebenfalls vorhin erwähnt haben, zur exzessiven Verwendung der Hand kam (oder besser gesagt zunächst zu ihrer Ausbildung als Meta-Werkzeug) und damit zum Schuldigsein der Menschen.

A: Du erinnerst dich offensichtlich ausgezeichnet an unser etwas ungewöhnliches Gespräch über die Reflexion und ähnliches.

B: Ein Gespräch, das sich mir ziemlich eingeprägt hat.

A: Genau diese Phase, deren Epochen mehrheitlich nach technologischen Neuerungen benannt sind, deckt eine ungemein lange Zeitspanne ab, die im Vergleich zur Historie im engeren Sinn, die uns jetzt beschäftigen wird, gewaltig ist.

B: Du meinst Epochen wie die Bronze- oder Eisenzeit?

A: Exakt, die nach entscheidenden Änderungen in der Metallverarbeitung benannt sind, mit denen Innovationen im Werkzeuggebrauch und der Waffenproduktion verbunden waren – wobei sicherlich in verschiedenen Regionen in unterschiedlichem Maß an älteren Techniken festgehalten wurde.

B: Weißt du übrigens, wie wir im Rahmen dieser Benennung von Zeitaltern unser gegenwärtiges nennen könnten?

A: Sag es mir!

B: Silicium, nach dem für Computerbauteile unerlässlichen Silizium.

A: Das ist originell. Die meines Wissens bedeutendste technologische Änderung ist bei diesen Benennungen allerdings nicht erwähnt, nämlich der Übergang von den Jägern und Sammlern zur Landwirtschaft …

B: … und zur ortsfesten Viehzucht im Unterschied zum Nomadentum.

A: Du sagst es. Die Sesshaftwerdung bringt uns zu einem weiteren zentralen Thema aus der Alten Geschichte, der Entstehung von Städten.

B: Hältst du das für zentral, weil die Stadtkultur unserer gegenwärtigen Lebensform entspricht?

A: Das ist ein Grund. Die Stadtkultur erscheint mir auch deshalb wichtig, weil sich mit ihr eine Leitthematik der Geschichte andeutet, die ich verfolgen möchte.

B: Die da wäre?

A: Die Dynamik des Austausches zwischen Stadt und ländlichem Raum. Natürlich braucht die Stadt den ländlichen Raum, sie hat aber auch immer wieder versucht, sich ihn in größeren Dimensionen einzuverleiben.

B: Bis es eben zu unserem globalen Dorf kam, in dem, wenn wir diese Bezeichnung ernst nehmen, Stadt und Land verschmolzen sind, weil es kein Außerhalb des Dorfes mehr gibt.

A: Das ist so eine Frage. Für unseren jetzigen Gesprächsgang schlage ich vor, dass wir uns an der Dynamik der Städte orientieren, die sich zu einem Reich entwickelten, sei es Babylon und das Perserreich, die griechische Polis, das Alexanderreich oder Rom und das Römische Reich.

B: Warum erscheint dir gerade das in einem solchen Grad interessant, dass es einen Leitfaden für unser Gespräch abgeben soll?

A: Weil speziell das Römische Reich als Resultat einer derartigen Entwicklung eine erstaunliche Stabilität aufgewiesen hat und eine bemerkenswerte, geschichtsprägende Vorbildwirkung hatte.

B: Aber irgendwann ist doch auch das Römische Reich untergegangen?

A: Nach seinem Untergang ist es jedoch immer wieder mehr oder weniger bewusst imitiert worden oder es diente zumindest als Orientierungspunkt für Staatenbildungen.

B: Wie im mittelalterlichen Römischen Reich deutscher Nation?

A: Das ist ein Fall, aber Elemente des Römischen Reiches wurden auch – hier genügt ein Blick auf die Äußerlichkeiten – von den Vereinigten Staaten von Amerika imitiert, wie sich das bei den erwähnten Kapitolen in den Bundeshauptstädten zeigt.

B: Wie hat nun die Betriebsamkeit in den Städten angefangen?

A: Das ist naturgemäß schwer herauszufinden, dazu müssten wir unter anderem die aktuelle Archäologie sowie die Ur- und Frühgeschichte befragen. Für unser momentanes Gespräch bleibt uns nichts als die blasse Erinnerung an die graue Vorzeit unseres eigenen Geschichtsunterrichts.

B: Ich erinnere mich jedenfalls daran, dass das Zwischenstromland dabei eine wichtige Rolle gespielt hat.

A: Dieses Gebiet ist sicherlich als eine Wiege der Zivilisation anzusehen.

B: Wie würdest du eigentlich Zivilisation definieren?

A: In unserem gegenwärtigen Kontext als etwas, das mit der Stadtkultur zusammenhängt, wo *cives*, Bürger, einigermaßen geschützt leben und auf Recht und Verwaltung treffen.

B: Du meinst die Bürger, die mit so etwas wie dem Codex Hammurapi beglückt wurden?

A: Dieser Codex ist sicherlich ein sehr bedeutsames Rechtszeugnis, das vor allem aufgrund seiner Bestimmungen, wie für etwas Vergeltung zu fordern ist, Bekanntheit erlangte und das in seiner Gesamtheit eine enorme Breite an Themen abdeckt.

B: Ich kann mich an eine Vorlesung erinnern, in der es um diesen sogenannten Codex ging – neben Bestimmungen zum öffentlichen Recht und Gerichtswesen weist er eine Fülle an Regelungen von Privatsachen auf, sei es in der Landwirtschaft oder im Ehe- und Erbrecht.

A: Strukturell gesehen ist die große Stele, auf der dieser Codex überliefert ist, ein wunderbares Zeugnis für eines der Kennzeichen der sogenannten Hochkulturen.

B: Für die Schrift?

A: So ist es, die Schrift, die uns im Unterricht zunächst als Keilschrift und dann in der Form der Hieroglyphen untergekommen ist …

B: … die heiligen Zeichen der Ägypter, bei deren Entzifferung ein weiterer berühmter Stein als Grundlage diente.

A: Du meinst den Stein von Rosetta?

B: Ja, an ihm zeigt sich die Mehrsprachigkeit antiker Inschriften und die damalige Internationalität.

A: Dieser Stein stellt uns auch eine der Funktionen von Inschriften vor Augen, nämlich die Verewigung von Repräsentationen.

B: Wie meinst du das?

A: Markant sind auf dem Rosettastein ja die Kartuschen, die den Namen eines Pharaos enthalten und damit für die Ewigkeit den Namen eines Vertreters Gottes auf Erden festhalten sollen.

B: Zumindest aus der Sicht der ägyptischen Priester soll das so sein.

A: Diese Priester können uns ebenfalls als Sinnbild dienen, nämlich für das Elitäre von Schrift in den frühen Hochkulturen.

B: In sogenannten Kulturen, die zugleich gewaltsame Sklavengesellschaften waren, was uns deutlich wird, wenn wir an die monumentalen Bauten wie die Pyramiden denken, die nur mithilfe eines Heeres an Sklaven realisiert werden konnten.

A: Wir könnten auch an den Turmbau zu Babel denken, ein ähnliches Monsterprojekt.

B: Die Hochkulturen der damaligen Zeit zeichnen sich also durch Schrift, gewaltige Bauten und exzessive Sklaverei aus?

A: Das sind jedenfalls einige Elemente, die sich uns heute noch zeigen. Bei vielen antiken Städten beobachten wir dabei neben der Repräsentation eine weitere Funktion der Schrift.

B: Die Aufzeichnung von Literatur?

A: Das auch, wir haben ja einerseits aus dem Bereich des Babylonischen das Gilgamesch-Epos, das einen Einblick in uralte Mythen erlaubt und zu allen möglichen Spekulationen anregt, und auf der anderen Seite die ägyptischen Totenbücher, die nicht weniger inspirierend sind. Was ich aber meinte, ist die Verwendung von Schrift in der Verwaltung.

B: Für die Aufzeichnung von Lagerbeständen in der Landwirtschaft und in Manufakturen sowie für das Ausstellen von Rechnungen und ähnliches?

A: Ja, und natürlich spielt die Schrift eine Rolle als Mittel des Überbringens von Botschaften.

B: Im Sinn des Postwesens?

A: Sozusagen, wobei es sich beim antiken Postwesen vermutlich hauptsächlich um ein Versenden von Botschaften zwischen den Herrschereliten handelte …

B: … die sich mit Handelspartnern, potenziellen Verbündeten oder ihren Feinden austauschten …

A: … oder die innerhalb ihres Reichsgebiets, das nicht zuletzt aufgrund der Schrift selbst bei großer Ausdehnung zusammengehalten wurde, Befehle übermittelten oder Informationen aus ihrem Herrschaftsbereich erhielten.

B: Denkst du da ein bestimmtes Herrschaftsgebiet?

A: An das neuere Perserreich.

B: Ja, das Perserreich, dessen Expansion von den Griechen aufgehalten wurde, was uns in der Schule vielfach vorgekaut wurde.

A: Wobei die Jahre um die berühmten Schlachten bei Salamis und Marathon für die Perser selbst eine eher kleine außenpolitische Episode darstellten, während die Ereignisse von den Griechen und später allgemein von vielen Europäern zu einem identitätsstiftenden Moment hochstilisiert wurden.

B: Du misst den Perserkriegen demnach keine große Bedeutung zu?

A: Dazu können wir später noch kommen. Jetzt wollte ich eigentlich an das Perserreich erinnern, das sich vor allem unter dem berühmten Kyros dem Großen so gewaltig ausdehnte …

B: … der sich durch die Verwendung von Schrift die Herrschaft in dem eroberten Gebiet auch dauerhaft sicherte?

A: Nun ja, es handelte sich bei Kyros' Wirken offensichtlich um eine kluge Verwaltung, die ein ausgedehntes Reich, das sich bis nach Ägypten erstreckte, zusammenhielt …

B: … auch wenn sich manch kleine Griechen gegen diese Herrschaft erhoben.

A: Das war, wie ich glaube, das Faszinierende an diesem Reich, dass es mit seinen vielen Satrapien ein Reich zahlreicher Völker, Sprachen und Religionen war, in dem es eher selten Aufstände gab.

B: Ist das für dich faszinierend, weil es so etwas wie Toleranz in diesem Reich gab?

A: Ja, wenn du es mit diesem modernen Ausdruck benennen willst. Jedenfalls war das Perserreich – wenn schon nicht ein Vorbild, so ein Vorläufer späterer großer Imperien, die in ähnlicher Weise unterschiedliche Gruppierungen zusammenhielten.

B: Wie das Römische Reich?

A: Oder das British Empire. Aber weißt du, was wir soeben mit der Erwähnung Ägyptens und Persiens räumlich umkreist haben und was sich als ein gewisser Leitfaden durch die Alte Geschichte zieht?

B: Nein.

A: Die Geschichte des auserwählten Volkes und die Entwicklung des Christentums.

B: Du meinst, weil die Israeliten nach Ägypten kamen, wieder von dort auszogen und dann in die Babylonische Gefangenschaft gerieten?

A: Ich sehe, du hast doch noch einige Erinnerungen an die Alte Geschichte. Der Zug von Josefs Brüdern nach Ägypten und der Auszug der Israeliten von dort wird mehr oder weniger als Mythos betrachtet, aber die Verschleppung zumindest eines Teiles der Jerusalemer Bevölkerung nach Babylon sowie die Erlaubnis beziehungsweise sogar die Finanzierung der Rückkehr und des Wiederaufbaus der Stadt und des Tempels durch Kyros können als historisch gelten.

B: Schließlich aber kam es zur endgültigen Zerstörung des Jerusalemer Tempels unter Titus, wovon auf dem nach ihm benannten Bogen in Rom ein in Stein gemeißeltes Zeugnis zu sehen ist.

A: Womit wir zu jener Epoche und jenem Imperium kommen, das – wie man oft hört – den idealen Nährboden für das Christentum abgab …

B: … beginnend mit dem (selbst ernannten) Friedensfürsten Augustus.

A: Ich sehe, wir wurden von unseren Religions-, Geschichts- und Lateinlehrern gut gedrillt, sodass wir diese Erzählung von der scheinbar glücklichen Verbindung von Kaiserreich und Kirchenentwicklung aufgesogen haben.

B: Hast du erneut Bedenken, dass unser grober Rückblick auf die Geschichte mit seiner Verquickung mit der angeblichen Heilsgeschichte nach unhaltbarer Teleologie stinkt?

A: Diesem Problem oder Vorwurf muss sich eine derartige Betrachtung, wie wir sie ansatzweise unternommen haben, sicherlich stellen. Andererseits lässt sich das Faktum schwer bestreiten, dass sich das Christentum rasant ausgebreitet hat und dass es die heute weltweit verbreitetste Glaubensrichtung darstellt.

B: Über die man aus heutiger Perspektive die Frage aufwerfen könnte, ob sie einmal in dieser ihrer Vorrangstellung von einer anderen Glaubensrichtung abgelöst wird oder sogar mit einer anderen Religion verschmilzt.

A: Das wäre ein interessantes Kaffeesudlesen. Aber wir wollen uns vorerst wieder der Vergangenheit zuwenden. Wir können noch einmal bei der Schrift und, wenn ich so sagen darf, ihrer Demokratisierung einhaken.

B: Demokratisierung klingt nach den Griechen.

A: Darauf wollte ich hinaus. Bei den Griechen kann man gut die Übernahme der Schrift aus dem Bereich semitischer Alphabete beobachten und auch, wie schnell diese Art von Schrift populär wurde.

B: Was meinst du damit genau?

A: Zunächst die beiden Linearschriften, die in mykenischer Zeit in Gebrauch waren und deren Kenntnis sich auf eine kleine Bevölkerungsgruppe beschränkte. Linear A ist noch nicht entziffert, Linear B dagegen schon, das eine ähnliche Funktion für Verwaltungsaufzeichnungen hatte, wie wir uns das zuvor bei den östlichen Hochkulturen in Erinnerung riefen.

B: Und was soll es dann mit der Demokratisierung der Schrift auf sich haben?

A: Lange, nachdem diese Linearschriften in den meisten Gebieten außer Gebrauch gekommen und in Vergessenheit geraten waren, gab es eine Sternstunde an Genialität, in der aus der Konsonantenschrift der Phönizier eine Alphabetschrift entwickelt wurde, in der die Vokale eigene Zeichen erhielten.

B: Was ist daran so genial?

A: Das Geniale daran ist, dass eine sehr mobile Schrift entstand, mit der man offensichtlich viele Sprachen und Dialekte abbilden kann. Die neue Art zu schreiben verbreitete sich offensichtlich rasch. Das zeigt sich an verschiedenen Tongefäßen und anderen Objekten, in die Schriftzeichen eingeritzt oder auf denen Aufschriften angebracht wurden. Im Unterschied zu den früheren Schriften wurde dieses Alphabet schnell von vielen Gruppen der Bevölkerung verwendet, beispielsweise für sogenannte Gelegenheitsgedichte.

B: Wahrscheinlich auch für Klosprüche?

A: Das ist gar nicht so fernab der Realität, was du sagst, in mehreren römischen Ausgrabungen fanden sich solche Sprüche – die Römer haben ihrerseits das Alphabet von den Griechen übernommen. Daraus wurde dann unser römisches Alphabet, das heute das weltweit verbreitetste ist.

B: Aber die griechische Schrift unterscheidet sich doch, soweit ich mich erinnere, in bedeutenden Punkten von der römischen?

A: Das hängt mit der Uneinheitlichkeit der Griechen zusammen. Sie hatten lange Zeit kein einheitliches Alphabet, und die Römer übernahmen das Alphabet von westlichen Stämmen der Griechen. Wir dagegen haben im Griechischunterricht ein östliches Alphabet gelernt, mit dem bis heute Griechisch geschrieben wird.

B: Ach so.

A: Das ist überhaupt symptomatisch für die antiken griechischen Stadtstaaten.

B: Was?

A: Ihre Uneinheitlichkeit und auch, dass sie sich beinahe ständig in kriegerischen Auseinandersetzungen befanden.

B: Du meinst die berühmten Poleis der Griechen, die das Vorbild für unsere Demokratien sind?

A: Wobei die Griechen eigentlich nicht Griechen waren (wie übrigens auch die Phönizier keine Phönizier waren). Als »Griechen« wurden sie von den Römern bezeichnet, die ihnen diesen Sammelnamen gaben. Die Griechen galten sich selbst bestenfalls als Hellenen.

B: Warum bestenfalls?

A: Weil sie auf diesen Sammelnamen »Hellenen« zurückgriffen, falls sie in internationalen Konflikten, wenn ich so sagen darf, zeitweilig ein Bündnis eingingen oder wenn sie sich bei den berühmten Festspielen versammelten.

B: Wie im Fall des Bündnisses gegen die Perser?

A: Einerseits das, und einige Jahrhunderte davor, in der mykenischen Zeit, verbündeten sie sich als Panhellenes zum Zug gegen Troia.

B: Ist das eigentlich der Archetyp des Ost-West-Konflikts?

A: Das mag sein. Aber wenn wir die Welt der griechischen Stadtstaaten anschauen, erblicken wir auch schon im Westen einen permanenten Konflikt.

B: Ist nicht – wie ein berühmter Grieche sagte – der Krieg der Vater aller Dinge?

A: Dieser Heraklit-Spruch klingt, jedenfalls aus heutiger Sicht, ziemlich zynisch, wo wir alle möglichen Bilder von ungemeinen Kriegszerstörungen und -verbrechen im Kopf haben. Dem alten Athen jedoch ist nicht abzusprechen, dass es in den Auseinandersetzungen, die es führte, eine enorme Produktivität erreichte.

B: Und uns hat Athen als Erinnerungszeichen seiner historischen Bedeutung den Parthenon-Tempel und die Demokratie hinterlassen.

A: Das ist interessant, dass du gerade diese beiden Dinge ansprichst. Sie können uns nämlich zu zwei bemerkenswerten Phänomenen führen.

B: Die da wären?

A: Einerseits die grandiosen kulturellen Errungenschaften, die in Griechenland – meist in unfriedlichen Zeiten – erreicht wurden, und andererseits wieder die vollkommene Disparatheit politischer Systeme.

B: Das musst du mir bitte genauer erläutern!

A: Die so viel gerühmte athenische Demokratie wurde für die Athener selbst erst im Peloponnesischen Krieg gegen Ende des fünften Jahrhunderts vor Christus ein Schlagwort der Politik, als der Konflikt zwischen Athen und Sparta seitens der Athener als ein Kampf gegen das politische System der Spartaner dargestellt wurde, das sie als Oligarchie bezeichneten.

B: Als Herrschaft der Wenigen?

A: Das heißt »Oligarchie« dem Wortsinn nach. In Athen hat es vor der Entwicklung zur heute so gepriesenen Demokratie eine wilde Abfolge von unterschiedlichen Herrschaftsformen gegeben, von denen man vor allem die Timokratie und die Tyrannis nennen kann.

B: Was verstehst du in diesem Zusammenhang unter einer Timokratie?

A: Grob gesagt die Aufteilung von Ämtern nach der Würde – das kann der Name Timokratie besagen – oder vielleicht besser nach der Einschätzung des Einkommens, nach Vermögensklassen …

B: … sodass die ganze Macht bei den Reichen lag?

A: Nicht ganz, auch die ärmsten Bürger durften zumindest in der Volksversammlung mitwirken und zu Gericht sitzen. Für Athen verbindet sich diese Form der Timokratie vor allem mit dem Namen Solon, der einer der Sieben Weisen war …

B: … und der, soweit ich mich erinnere, eine Landreform durchführte.

A: Ja, womit er die Schuldknechtschaft, in die viele mittellose Landwirte geraten waren, aufhob, ohne eine Revolution durchzuführen, wie sie später manche der römischen Volkstribune im Sinn hatten. Jedenfalls ist mit dem Namen Solon die Idee verbunden, dass alle Bürger am Entscheidungsprozess der Stadt teilhaben, aber die Ämter und Funktionen nach der Höhe ihres Besitzes und Einkommens verteilt sind.

B: Wodurch vermutlich die Reichen das meiste Sagen haben. Auch in unserer sogenannten Demokratie hat man ja manchmal den Eindruck, dass aufgrund des erfolgreichen Lobbyings die Vermögendsten den meisten Einfluss in der Politik haben.

A: In Athen hatten die Reichen immerhin auch größere Verantwortung zu übernehmen und aufgrund von Leistungen für die Öffentlichkeit mehr Ausgaben als die Ärmeren zu leisten, Ausgaben, die mit ihren Ämtern verbunden waren. So musste beispielsweise ein hoher Amtsinhaber ein Kriegsschiff ausrüsten oder einen Chor für eine Theateraufführung finanzieren.

B: Es war also keine direkte Demokratie mit gleicher Beteiligung aller.

A: Darüber lässt sich streiten, die Beurteilung hängt davon ab, was man unter einer direkten Demokratie versteht. Ein Urteil darüber wird dadurch erschwert, dass es nach Solon innerhalb weniger Jahrzehnte zu zahlreichen Änderungen kam, von einer zwischenzeitlichen Tyrannis zu ziemlich direkten Formen der Demokratie bis zu eher oligarchischen Machtstrukturen in der Zeit des großen Krieges mit Sparta.

B: Du kennst dich anscheinend in diesem Bereich ziemlich gut aus.

A: Ich habe mich auch lange genug damit beschäftigt. Bemerkenswert ist in diesem Zusammenhang eine Sammlung von sogenannten Verfassungen, die Aristoteles erstellen ließ.

B: Was hat es damit auf sich?

A: Aristoteles ließ offensichtlich die politischen Einrichtungen von einigen Dutzend Stadtstaaten aufzeichnen – übrigens ist das für uns erneut ein Indiz für die Uneinheitlichkeit der Hellenen, dass keine Verfassung eines Staates derjenigen eines anderen glich ...

B: … oder für ihre Pluralität, wie wir aus heutiger Sicht lobend anmerken könnten. Was steht in diesen Verfassungen?

A: Erhalten ist nur eine einzige dieser Verfassungen, die vor relativ kurzer Zeit auf Papyrus entdeckt wurde. Es handelt sich um die Schilderung der politischen Einrichtungen Athens, bei der unter anderem die historische Abfolge der Staatsformen in diesem Stadtstaat beschrieben wird.

B: Und welche Staatsform hat der Verfasser selbst favorisiert?

A: In Aristoteles' Schrift *Politik* sieht es so aus, als stelle Aristoteles eine Verbindung von Elementen bekannter Staatsformen als eine gute Form hin – für uns ist das in Hinblick auf die sogenannten Mischverfassungen interessant. Aristoteles selbst hielt jedoch vermutlich das Königtum für die beste Regierungsform.

B: Meinst du, dass die Sache mit der Zusammensetzung einer bestimmten Staatsform aus Elementen anderer Regierungsarten für uns interessant ist, weil wir, angeregt durch Cicero und durch Vermittlung der amerikanischen Verfassungsväter, heutzutage weithin republikanische Mischverfassungen für das Gangbarste zur Organisation großer Gemeinwesen halten?

A: Ja. In Hinblick auf die Staatsformen sind die griechischen Stadtstaaten etwas Idealtypisches, weil in ihnen die einzelnen Regierungsweisen wie Monarchie, Aristokratie et cetera teilweise in Reinform anzutreffen waren und weil diese Regierungsformen darüber hinaus in verschiedenen Texten wie zum Beispiel politischen Reden kommentiert wurden.

B: Wie darf ich mir das vorstellen?

A: Bei vielen Historikern, Dichtern und Philosophen der Antike gibt es nicht nur Beschreibungen, sondern auch Bewertungen der verschiedenen politischen Einrichtungen, so bei Solon, der Gedichte über seine Tätigkeit und seine Stadt verfasste.

B: Zählt das zu den kulturellen Errungenschaften, von denen du vorhin gesprochen hast?

A: Gewiss. Bevor wir uns kurz diesen Errungenschaften zuwenden, möchte ich noch etwas zur Staatsbetrachtung des Aristoteles erwähnen.

B: Das wäre?

A: Dass er sich, was mir bemerkenswert erscheint, über die Größe von Gemeinwesen äußert und das er Platons Entwurf einer Stadt mit etwas über 5000 Haushalten als zu groß kritisiert.

B: Eine demokratische Republik mit acht Millionen Einwohnern wäre also für ihn ein Unding?

A: Das dürfen wir annehmen – wobei auch heutige Großstaaten im Kern auf Gemeinden fußen, die vermutlich oft im Größenbereich damaliger Stadtstaaten liegen. Daneben gibt es bei demselben Aristoteles Aussagen, die in Bezug auf die Finanzkrisen, die in der Neuzeit regelmäßig wiederkehren, von Interesse sind.

B: Dass es eine Steuer auf Finanztransaktionen geben soll?

A: Das nicht gerade, aber Aristoteles äußert sich zum Geldwesen und zur sogenannten Erwerbskunst.

B: Ich bin gespannt, was du mir dazu sagen kannst.

A: Erwerbskunst bedeutet für ihn nicht automatisch das Anhäufen und Vermehren von Geld, sondern die eigentliche Erwerbskunst besteht darin, zu wissen, was man erwerben muss …

B: … um glücklich zu leben?

A: Letzten Endes vermutlich ja. Zunächst soll ein Bürger wissen, was er erwerben muss, um ein landwirtschaftliches Anwesen, das das ökonomische Zentrum von Aristoteles' Überlegungen zum Erwerbswesen bildet, richtig führen zu können.

B: Man soll also wissen, welche und wie viele Traktoren und wie viel Saatgut man kaufen muss?

A: Auf unsere Zeit gemünzt, ja. Der Gelderwerb und die damit verbundene Kunst sind demgegenüber für Aristoteles sekundär. Das Geld ist ihm zufolge entstanden, weil es die Notwendigkeit gab, den Tausch von leicht verderblichen oder schwer zu transportierenden Produkten zu ermöglichen.

B: Es wurden also die Münzen erfunden …

A: … oder man hat sich zumindest auf den Austausch von Metallen geeinigt, die haltbar, vergleichsweise leicht zu transportieren und im Idealfall überall brauchbar sind.

B: Zumindest als Tauschmittel.

A: Du sagst es. Über den Gelderwerb und die Vermehrung von Geld durch das Verleihen auf Zins sagt unser griechischer Philosoph, dass es am meisten gegen die Natur ist.

B: Dieser Herr wird mir immer sympathischer.

A: Ich dachte mir schon, dass dir das gefallen wird. Da wir mit unserem Rückblick auf Solon und Aristoteles nun einmal in der philosophischen Literatur gelandet sind, könnten wir das früher angesprochene zweite große Phänomen neben der Disparatheit der politischen Systeme der Griechen betrachten, das sich bei ihnen zeigt.

B: Das der kulturellen Errungenschaften?

A: Ja. Es ist erstaunlich, dass sich in einem halben Jahrhundert (ich meine die zweite Hälfte des fünften Jahrhunderts vor Christus), das noch dazu von einem dreißig Jahre währenden Krieg geprägt war, so enorm viel manifestierte, das bis heute als unübertroffener Referenzpunkt gilt.

B: Das könnte damit zusammenhängen, dass es immer wieder gelobt wurde, dieses alte Griechenland. Die Leute waren dann im Lauf der Geschichte vielleicht für anderes blind oder erachteten es als nicht nachahmenswert.

A: Mag sein, dass unser Eurozentrismus einiges über Gebühr lobte und anderes missachtete. Dazu kommt eine Gebrochenheit unserer Wahrnehmung der Griechen aufgrund der Vermittlung vieler griechischer Institutionen durch die Römer, die vielfach die ersten begeisterten Nachahmer der Griechen waren.

B: Was meinst du mit Gebrochenheit?

A: Dass Antike nicht gleich Antike ist, und dass sich die Inhalte wesentlich unterscheiden können, je nachdem, durch welches Medium wir sie betrachten.

B: Kannst du mir dafür ein Beispiel geben?

A: Die Architektur – wir betrachten den Parthenon in Athen nicht selten als Ideal der Tempelarchitektur und können ihn vielfach auf Fotos oder in Videos bestaunen. Aber sobald sich Architekten in der Renaissance der sogenannten Klassik zuwandten, orientierten sie sich meist nicht primär an diesem griechischen Bauwerk, sondern an der römischen Architekturtheorie, wie sie in den Schriften Vitruvs überliefert ist.

B: Erstaunlich, was du mir alles berichtest. Was würdest du neben der Architektur und der Politik als besondere Entwicklung jener fünfzig Jahre ansehen, in denen Athen eine so markante Vorrangstellung einnahm?

A: Vor allem die Literatur, die sich dort ausprägte. Freilich sollten wir uns mit dieser gesondert befassen. Es heißt manchmal, dass die Griechen beinahe alle Literaturgattungen hervorgebracht haben und dass die ersten Vertreter jeder Gattung sogleich einen Höhepunkt darstellen.

B: Wie Homer in der Gattung Epos?

A: Ja. Selbstverständlich wird heute betont, dass auch diesen Epen vieles vorausgeht und sie einen langen Reifungsprozess durchgemacht haben, und dass es ähnliche Traditionen in anderen Regionen gab. Aber so, wie die homerischen Epen vor uns stehen, sind sie in ihrem Bereich ein unübertroffenes Kunstwerk, das eventuell in Athen kurz vor dem von uns anvisierten Jahrhundert einer entscheidenden Bearbeitung unterzogen wurde.

B: Und in die Jahrzehnte, die Perikles prägte, fiel dann die Blüte des Dramas?

A: Ja, aber nicht nur des Dramas, auch der Lyrik und der Hymnen – leider blieb davon nur ein Bruchteil erhalten.

B: Der aber Weltbedeutung hat?

A: Ja. Es ist überaus erstaunlich, wie die historischen und mythischen Begebenheiten, die in den Komödien und Tragödien dieser Zeit aufgegriffen werden, Themen abgeben, die scheinbar für alle Zeiten von Interessen sind. Die entsprechenden Stücke mit ihren Darstellungen des göttlichen Wirkens, menschlicher Verfehlungen oder der Lächerlichkeit politischer Anführer sind gleichsam Dauerbrenner im sogenannten Kulturbetrieb.

B: Wie die Komödien des Aristophanes?

A: Ja. In diesen Komödien wird mitten im Krieg die Lebensfreude der Bevölkerung gezeigt. Parallel dazu lässt sich bei Euripides beobachten, wie Menschen ihren Regungen ausgeliefert sind.

B: Du verlässt vor Entzückung über die Literatur das Gebiet der Geschichte …

A: Vielleicht, vielleicht aber auch nicht. Die Literatur kann uns auch zur historischen Schriftstellerei führen. Mit ihren Ahnherren Herodot und Thukydides hat die Historiographie nahe an ihrem Anfang zwei Höhepunkte erreicht, die über lange Jahrhunderte Orientierungspunkte blieben.

B: Aufgrund ihrer historischen Methoden?

A: Ja, und diese Geschichtsschreiber werden für das bewundert, was heute als Analyse der Machtverhältnisse und der Beweggründe für Handlungen und kriegerische Konflikte bezeichnet wird.

B: Was war eigentlich der Beweggrund für den so langwierigen Konflikt zwischen Sparta und Athen?

A: Folgt man der Analyse des Thukydides, dann war einer der Gründe für diese Auseinandersetzung der athenische Imperialismus, was uns zum Thema der Reichbildungen zurückführt.

B: Aber Athen hat doch kein Reich begründet?

A: Wie man es nimmt, Athen war mit seiner Vormachtstellung im berühmten Seebund eine zumindest in Hinblick auf die Zukunft paradigmatische Hegemonialmacht.

B: Athen ist aber bald mit seinen Herrschaftsansprüchen gescheitert?

A: Ja, vielerorts ist zu lesen, dass die Niederlage Athens im Peloponnesischen Krieg am Ende des fünften Jahrhunderts bedeutete, dass Athen für immer in politischer Bedeutungslosigkeit versank.

B: Dafür wurde es aber ein Mekka der Bildung und Kultur.

A: Das war zweifellos für viele Jahrhunderte der Fall. Hier muss ich noch kurz an die Figur erinnern, die von den Athenern kurz nach dem Ende dieses Krieges in gewisser Weise als Sündenbock für Fehlentwicklungen der vorangegangenen Jahrzehnte zum Tod verurteilt wurde.

B: Sokrates?

A: Er war das Inbild der geistigen und politischen Veränderungen sowie der Umwälzungen im ethischen und wissenschaftlichen Bereich. An der Verbreitung dieser Neuerungen waren neben

Sokrates Geistesgrößen wie Aristophanes, Euripides, Thukydides und auch Alkibiades beteiligt – und bei all dem dürfen wir uns den jungen Platon als beeindruckten Zuhörer und Zuschauer hinzudenken …

B: … was einen nicht verwundert, dass Platon angesichts dieser staunenswerten Gesellschaft beeindruckt war.

A: Damit haben wir einen weiteren Vertreter einer literarischen Gattung angesprochen, der fast zeitgleich mit ihrer Entstehung als ihr Vollender hervortritt, nämlich des philosophischen Dialogs.

B: Dennoch müssen wir jetzt in unserer geschichtlichen Betrachtung irgendwann diese gloriose Zeit untergehen lassen.

A: Ja, zumal sich nun im geschichtlichen Verlauf ein Reich bemerkbar macht, dem der vielleicht größte Feldherr aller Zeiten zu gewaltiger Ausdehnung verhalf …

B: … Alexander der Große.

A: Dies kann uns auch strukturell etwas Bemerkenswertes zeigen.

B: Die Art und Weise, wie damals groß angelegte Eroberungskriege vonstattengingen?

A: Das vielleicht auch, aber ich meinte die historische Abfolge, dass die demokratisch oder aristokratisch geführten Stadtstaaten von etwas Monokratischem in den Schatten gestellt wurden. Damit lässt sich der spätere Vorgang vergleichen, als die Römische Republik durch das Römische Kaiserreich abgelöst wurde.

B: Oder die Französische Republik durch das Napoleonische Kaiserreich?

A: Selbstverständlich sind derartige Parallelisierungen problematisch, aber sie erscheinen durchaus reizvoll.

B: Was interessiert uns eigentlich im Rückblick auf Alexander den Großen so an seinen Zügen, außer dass wir uns vielleicht an die Daten mancher »Keilerei« erinnern?

A: Ich würde sagen, die Tatsache, dass sich hellenisches Kulturgut im weitesten Sinn auf weite Gebiete Eurasiens ausgebreitet hat.

B: Du meinst, weil Alexander von Makedonien aus über Persien bis Indien und ins heutige Afghanistan vorgedrungen sein soll und er in diesen Gebieten (wie auch in Nordafrika) einiges an Gründungen hinterließ?

A: Ja, und weil er in seinen wenigen Lebensjahren mit seinem Reich ein Gebiet umspannt hat, das zwar als Reich nicht lange bestand, dessen Bruchstücke aber in Form der Diadochenreiche das Griechische lange Zeit hindurch zur bestimmenden Kultur einer gewissen Schicht machte.

B: Was war das gleich noch einmal mit den Diadochen?

A: Diese haben – das sagt die Bezeichnung »Diadochen« aus – Alexanders Herrschaft »übernommen«. Die Diadochen begründeten in einzelnen Gebieten des ehemaligen Alexanderreichs Dynastien, beispielsweise die Seleukiden in Kleinasien oder die Ptolemäer in Ägypten.

B: Die Ptolemäer waren also keine Ägypter, sondern Griechen oder Makedonen?

A: Darüber lässt sich sicherlich streiten. Auch in Ägypten ist es gewiss nicht zu einem vollkommenen Austausch oder einer vollkommenen Hellenisierung der Bevölkerung gekommen. Die Militär- und Verwaltungsbeamten makedonischen Ursprungs haben wohl in Verbindung mit den jeweiligen Herrschern das Griechische auf das Lokale aufgepfropft.

B: Das hat vermutlich zu bizarren Mischungen im Kulturellen geführt?

A: Das ist anzunehmen. Die bekannteste Erscheinung ist für uns – und sei es nur aufgrund von Comics oder Filmen – die letzte Ptolemäerin, nämlich Kleopatra, an deren Namen das Griechische ablesbar ist.

B: Was bedeutet der denn?

A: Die Elemente, aus denen der Name Kleopatra besteht, sind *kleos*, was so etwas wie Ruhm bedeutet, und *pater*, »Vater«, also heißt der Name in etwa: »die einen berühmten Vater hat«.

B: Und Kleopatra hat noch berühmtere Liebhaber gehabt, Julius Caesar und Mark Anton …

A: … wenn denn das stimmt mit Caesar. Jedenfalls sehen wir an einem solchen Beispiel, dass sich das Lokale, wie beispielsweise die uralten ägyptischen Herrscherkulte, mit dem Hellenischen oder Hellenistischen verbunden hat, weshalb man auch vom Hellenismus als einem eigenen Zeitalter spricht.

B: Wodurch zeichnet sich dieser Hellenismus eigentlich aus?

A: Einerseits eben durch die weitreichende Verbreitung griechischer Geistigkeit, wenn ich so sagen darf, nämlich der griechischen Literatur, Religion und Kultur im weitesten Sinn, andererseits durch verschiedene Veränderungen, die in diesem Zeitraum zu beobachten waren.

B: Hin zu etwas Universellem?

A: Ja, und zugleich zu etwas Individuellem – man glaubt, zum Beispiel in der Philosophie festmachen zu können, wie sich das ältere, an der städtischen Gemeinschaft orientierte Denken zu einem Bedenken des individuellen Daseins gewandelt hat, wie das bei den Epikureern oder eventuell in der Stoa zu beobachten sei.

B: Ja, die Stoiker, die uns zu unerschüttertem Ausharren auch in den größten Widrigkeiten auffordern.

A: Das ist eine Botschaft des Populärstoizismus römischer Prägung. Jedenfalls ist es möglich, dass mit der Veränderung der politischen Einrichtungen eine Neuorientierung in der Philosophie einherging, sei es in der Form des Rückzugs ins Private à la Epikur oder einer eher abstrakten Auffassung von der Pflicht, die jedem Menschen als Weltenbürger und nicht als Mitglied einer speziellen Polis zukomme.

B: Das klingt nun sehr nach unseren römischen Helden, wie wir sie im Unterricht kennengelernt haben.

A: Das mag sein. Ein großer Geist, der mit den Römern nichts zu tun hatte, aber sehr wohl mit Alexander, sei noch einmal genannt, nämlich Aristoteles …

B: … der angeblich der Lehrmeister von Alexander dem Großen war.

A: Ja, und er soll von Alexander zahlreiche Materialien für seine naturwissenschaftlichen Forschungen erhalten haben.

B: Aber war Aristoteles nicht ein Philosoph?

A: Das war er, aber das schließt nicht aus – zumindest nicht gemäß dem Philosophieverständnis vieler Jahrhunderte – dass ein Philosoph auch naturwissenschaftliche Forschungen unternimmt.

B: Und das hat Aristoteles getan?

A: Ja, er war vielleicht überhaupt der universellste Mensch, der je gelebt hat. Er legte die Grundlagen für beinahe alle Wissenschaften, sei es die Logik, Sprachphilosophie, Wissenschaftstheorie, die Physik und Astronomie, die Botanik und allgemein die Biologie, aber auch für die Psychologie und selbstverständlich für die Philosophie im engeren, modernen Sinn, die Ontologie, ebenso für die Ethik, die Staatswissenschaft und ebenso für die Ästhetik.

B: Ich sehe, du wirst von einem gewissen Furor ergriffen, mir die umfassenden Untersuchungen des Aristoteles aufzulisten.

A: Na gut, ich schränke mich schon ein. Der Hinweis auf Aristoteles' Forschungstätigkeit ist für unsere historische Betrachtung jedoch nicht irrelevant, weil im Hellenismus auch so etwas wie institutionalisierte Forschung entstanden sein dürfte. Nicht zuletzt aufbauend auf den Erkenntnissen von Universalgelehrten wie Aristoteles hat man in vielen Bereichen Detailstudien unternommen und große Materialsammlungen angelegt.

B: Du meinst so etwas wie die Bibliothek von Alexandria?

A: Exakt, eine Einrichtung, die vor allem ein Forschungszentrum war, gegründet von den Ptolemäern, in dem nicht nur vieles gesammelt, sondern auch vieles entdeckt wurde.

B: Eine Institution, die unter Caesar und Kleopatra ihr Ende fand.

A: Der Brand der Bibliothek von Alexandria ist wahrscheinlich ein Mythos. Mit Caesar allerdings klopft die Ablösung des Hellenismus an der Tür. Damit bewegen wir uns auf das vielleicht spannendste Phänomen der bisherigen Weltgeschichte zu, nämlich Rom.

B: Weil das Römische Reich eine noch größere Ausdehnung erreichte als das Alexanderreich?

A: Das meine ich nicht primär, sondern die ungemeine und womöglich unvergleichliche Dynamik dieses ursprünglich so kleinen Bauerndorfes Rom.

B: Beginnt nicht alles Große einmal klein?

A: Das mag sein, aber am Römischen Reich ist meiner Meinung nach vor allem das Beständige seines Aufstiegs und die Wahrung seiner Ausdehnung für so viele Jahrhunderte außergewöhnlich. Zu der Zeit, als Alexander sich zu seinen Eroberungszügen aufmachte, war Rom eine lokale Größe, dominiert von einigen landwirtschaftlich orientieren Familien, die sich mit Mühe gegen ihre Nachbaransiedlungen im südlichen Italien behaupteten.

B: Bald sollte jedoch alles zum neuen Nabel der Welt blicken, nämlich nach Rom.

A: Allzu schnell ging das nicht. Interessanterweise sehen wir – wir erinnern uns an das, was wir zuvor über die Alleinherrschaften gesagt haben – bei dieser Entwicklung Roms ein Hin und Her zwischen Einzel- und Vielherrschaft. Zuerst war Rom ein Königtum, das von der viel gepriesenen Republik abgelöst wurde …

B: … und dann wurde Rom mit dem Prinzipat wieder zu einer Art Monarchie.

A: Ja, so ist es. In dieser Republik, die von ungefähr 500 vor Christus bis knapp in die Mitte des ersten vorchristlichen Jahrhunderts bestand, gab es offensichtlich eine ungemeine und, wie mir scheint, unvergleichliche Dynamik. Es drängten nämlich junge Leute, vor allem aus den adligen Familien, zur Wahl in die verschiedenen Ämter und zu dem damit verbundenen Ruhm oder Profit.

B: Diese jungen Menschen durchliefen doch den berühmten *cursus honorum*, die Ämterlaufbahn?

A: So ist es. Höhepunkt einer solchen Karriere war es, wenn man nach Abwehr von Feinden oder nach deren Vernichtung oder nach der Eroberung ihres Gebiets einen Triumphzug halten durfte.

B: Und mit diesem Anreiz erklärst du dir die enorme Expansion des Römischen Reichs?

A: Zumindest muss es irgendeinen besonderen Impuls gegeben haben, der zu Roms unvergleichlichen Eroberungen führte. Die Kriege, die Rom austrug, waren offiziell stets Verteidigungskriege, auch wenn die römischen Soldaten schon weit vom Stammland entfernt kämpften.

B: Wie das halt geschickte Imperialisten so drehen ...

A: Im Fall von Rom hat sich anscheinend die jeweils nachrückende Generation bemüht, die vorausgehende dadurch zu übertreffen, dass sie neues Feindesland okkupierte und das schon Gewonnene erfolgreich verteidigte ...

B: ... wobei die Römer zur Zeit der Republik den Fehler machten, ihren wichtigsten Gegenspieler, die Karthager, zu vernichten.

A: Das hatten wir schon einmal kurz gestreift – so stellt sich das wenigstens manch römischem Historiker zufolge dar. Mit dem Wegfall dieses bedeutenden Feindes um 150 vor Christus waren die großen inneren Spannungen nicht mehr zu übertünchen, schließlich ging die Republik zugrunde.

B: Weil es große soziale Ungleichheiten gab, wie sie sich im berühmten Sklavenaufstand unter Spartakus zeigten?

A: Das war sicherlich eines der Problemfelder, daneben war die Diskrepanz zwischen den einfachen Bürgern und armen Bauern auf der einen Seite und dem Adel und den Großgrundbesitzern auf der anderen Seite ein permanentes Konfliktpotenzial. Vielleicht kam es aber auch aufgrund seines Größerwerdens zu Problemen mit der Regierungs- und Verwaltungsform in Rom.

B: Und deshalb schrien alle nach dem starken Mann, einem Diktator?

A: Zumindest viele. Wir wissen aus dem Unterricht und der Lateinlektüre, dass es sich bei dem ersten Jahrhundert vor Christus um ein blutrünstiges Zeitalter von Bürgerkriegen handelte ...

B: … in dessen Verlauf ein berühmter Anführer von Dolchen durchbohrt wurde.

A: Zum Beispiel. Aber schon lange vor Caesars Ermordung war der Konflikt zwischen den Optimaten und den Popularen, den Gruppen der Besitzenden und Besitzlosen, eskaliert, worauf die berühmten Proskriptionslisten unter Sulla hindeuten.

B: Du sprichst die Verzeichnisse an, mit denen Namen von politischen Gegnern veröffentlicht wurden, die straflos getötet werden konnten (oder sollten). Aber was war deiner Meinung nach die Ursache für diese so blutigen Auseinandersetzungen?

A: Das werden vielfältige Ursachen gewesen sein. Immer wieder ist zu lesen, dass einer der Gründe für die Bürgerkriege in Rom die Entwicklung hin zu einem Berufsheer war, das versorgt werden wollte.

B: In der Form von Beutezügen, die die Heerführer unternahmen, um den Sold zahlen zu können?

A: Vor allem entstand ein Finanzbedarf durch die Pensionen, die die sogenannten Veteranen in Form von Landgütern erhielten. Die politischen Anführer erlangten durch ihre Heere Einfluss und bei zunehmendem Erfolg und steigenden Militärausgaben mussten sie logischerweise nach mehr Macht streben und größere Gebiete erobern, um an weitere Gelder zu gelangen und ihre Soldaten zu versorgen.

B: Wie eben unser Gaius Julius Caesar?

A: Ja, Caesar kann mit seinen umfangreichen Eroberungen in Gallien und dann mit dem Erringen der Herrschaft in Rom als Sinnbild für jene Zeit gelten.

B: Dass er sich in Rom zum Alleinherrscher aufschwang, bekam ihm letzten Endes aber nicht gut.

A: Die Form der Alleinherrschaft freilich festigte nach weiteren Kriegen dessen Adoptivsohn Oktavian, der das Prinzipat begründete und sich als Augustus zum Friedensfürsten stilisierte.

B: Warum »stilisierte«? Trug Augustus nicht tatsächlich zu einer sehr friedlichen Periode der Weltgeschichte bei?

A: Das schon, aber auch unter seiner Herrschaft gab es zahlreiche Kämpfe, man denke nur an diejenigen gegen die Germanen …

B: … und den unglücklichen Varus, der mehrere Legionen verlor.

A: Aber selbstverständlich konnte Augustus' Herrschaft aus späterer Sicht so gedeutet werden, dass sie der ideale Zeitpunkt für die Geburt und das Auftreten desjenigen Friedensfürsten war, dessen Reich nicht von dieser Erde ist.

B: Du meinst des Herrn Jesus Christus – damit wären wir wieder bei einem der Kreuzungspunkte der Weltgeschichte mit der Geschichte des auserwählten Volkes.

A: Du sagst es. Uns gibt das die Gelegenheit, uns allgemein an einige Charakteristika des Römischen Reichs zu erinnern, die die Ausbreitung der neuen Religion des Christentums begünstigten.

B: Wie die schon angesprochene Gruppe der Sklaven, denen das Christentum Befreiung verhieß?

A: Ja, zum Beispiel, aber auch die gewaltige und sich über das gesamte Reichsgebiet ausbreitende Gruppe der Berufssoldaten, die offensichtlich bereitwillig verschiedenste Kulte aufgriffen und verbreiteten …

B: … so den Mithraskult …

A: … der uns aufgrund bedeutender Funde besonders präsent ist. Die Ausbreitung dieses Kultes im römischen *imperium* deutet darauf hin, welch gute Voraussetzungen das Reich für eine derartige Verbreitung bot.

B: Meinst du, weil das *imperium* über ein ausgedehntes und gut funktionierendes Straßensystem verfügte?

A: Das ist eine Seite, die physische, von der heute noch da und dort Spuren sichtbar sind. Zum anderen war vermutlich die ausgeklügelte Verwaltung im Römischen Reich ausschlaggebend.

B: Inwiefern?

A: Dergleichen Kulte trafen auf ein penibel durchstrukturiertes Herrschaftsgebiet – durch die mobile Soldaten- und Beamtenschaft, die im ganzen Reich herumgeschickt wurde, konnte sich in ihm schnell etwas verbreiten. Im Fall des Christentums kommt hinzu, dass es schließlich zur Staatsreligion erklärt wurde, was wohl nicht so sehr dem Staat, als der jungen Religion eine Festigung verschaffte.

B: Die sich schon zuvor gewaltig fortgepflanzt hatte, trotz diverser Verfolgungen.

A: In Rom ist diese Religion nicht nur verfolgt und später anerkannt worden, sondern mit Rom traf sie vor allem auf ein Staatsgebilde, dessen Organisationsgrad vielleicht erst wieder in der Neuzeit von absolutistischen Staaten erreicht wurde.

B: Wie kommst du gerade auf diesen Bezug zu den absolutistischen Staaten?

A: Einerseits war im römischen Kaiserreich alles auf den einen Herrscher hin ausgerichtet und somit auf Rom oder die jeweilige Residenzstadt fokussiert, andererseits waren die Provinzhauptstädte kleinformatige Kopien der Hauptstadt, in denen penibel Steuern eingehoben, die Bevölkerung gezählt und Grundstücke verzeichnet wurden, wie im Preußischen Staat oder im Reich Maria Theresias.

B: Aber teilweise wurden doch im Römischen Reich lokale Gegebenheiten beibehalten und ansässige Kulte toleriert?

A: Selbstverständlich. Wie wir wiederum aus der Geschichte des Christentums wissen, kam es nur dann zu Problemen mit den römischen Behörden, wenn der Kaiserkult nicht befolgt wurde ...

B: ... was allerdings zu ausgedehnten Christenverfolgungen führte ...

A: ... die endeten, als Konstantin am Anfang des vierten Jahrhunderts bewirkte, dass das Christentum toleriert wurde, womit er eine enorm weitreichende Maßnahme setzte.

B: Weil der angehenden Weltreligion staatlicherseits keine Hindernisse mehr im Wege standen?

A: Das auch, und weil in den Reichen, die sich nach dem römischen *imperium* etablierten, sozusagen ein Wettbewerb entstand, wer der wahre Verfechter des Christentums sei.

B: Wie ist das zu verstehen?

A: Nach der alsbald vollzogenen Teilung in ein Ost- und ein Weströmisches Reich entwickelte sich bekanntlich aus Ostrom Byzanz, das sich rund um Konstantinopel erstreckte und das sich nach dem Untergang des weströmischen Konterparts zum legitimen Nachfolger Roms und zum Zentrum der Christenheit erklärte.

B: Etwas, das klarerweise dem Bischof von Rom gar nicht gefiel.

A: Du sagst es. Mit dem Erstarken des Karolingerreiches begann in Westeuropa der Streit darüber, wer die adäquate Schutzmacht des Papstes ist, eine Auseinandersetzung, die bis in das 19. Jahrhundert andauerte.

B: Damit überspringen wir jetzt in unseren geschichtlichen Betrachtungen aber einige Jahrhunderte?

A: Ich weiß nicht, ob es sinnvoll ist, dass wir einander mit unseren spärlichen Erinnerungen aus dem Geschichtsunterricht an die Spätantike fadisieren – ist dir etwas aus dieser Epoche präsent, das dir besonders wichtig erscheint?

B: Wichtig war wohl, dass mit dem Zusammenbruch des Weströmischen Reiches die von dir angesprochene, ausgeklügelte Finanz- und Militärverwaltung in weiten Teilen Europas und Asiens ein Ende fand und dass mit der sogenannten Völkerwanderung viele neue Ethnien in verschiedenste Gebiete kamen.

A: Es gelangten beispielsweise die Langobarden nach Norditalien oder die Vandalen nach Nordafrika.

B: Das wird schon so sein, wenn du es sagst.

A: Was ist dir sonst noch an Bedeutsamem aus jener Zeitspanne in Erinnerung?

B: Die Hunnenzüge, von denen wir in der Schule hörten, und die Ausbildung kleinerer Herrschaftsbereiche, beispielsweise desjenigen der Merowinger.

A: All dies wurde von der Herrschaft der Karolinger abgelöst, die wieder ein großes Reich errichteten ...

B: ... mit dem Höhepunkt, dass Karl der Große im Jahr 800 in Rom zum Kaiser gekrönt wurde ...

A: ... was man mit Gewissheit als epochemachendes Datum ansehen kann. Mit diesem Reich der Karolinger verbindet sich etwas, das sich später des Öfteren beobachten lässt.

B: Und das wäre?

A: Eine Renaissance, in diesem Fall die Karolingische.

B: Ja, eine Wiedergeburt – sprichst du die Erneuerungen der Reichsverwaltung unter Karl dem Großen an?

A: Das auch, aber ebenso die Reformen in der Landwirtschaft oder die Bemühung um eine sprachliche Erneuerung oder Wiedergeburt, nämlich diejenige des klassischen Lateinischen und der damit einhergehenden Bildung.

B: Einer Bildung, die dann über zahlreiche Klöster und ihre Schreibstuben allmählich in Mittel- und Osteuropa Eingang fand.

A: Ja, parallel zur Neuchristianisierung mancher Gebiete, in denen es bereits in der Römerzeit christliche Kirchen gab, die in der Zeit der von dir erwähnten Völkerwanderung zum Teil in Vergessenheit gerieten und die nun wieder neu begründet wurden. Erstaunlicherweise begann sich zeitgleich eine andere künftige Weltreligion auszubreiten.

B: Der Islam?

A: So ist es. Die islamischen Eroberungszüge knöpften dem Oströmischen Reich einige Gebiete ab und stießen im Westen über Afrika und das heutige Spanien bis in das Frankenreich vor …

B: … wo das Vordringen der islamischen Eroberer gestoppt wurde – aber zum Teil gab es doch danach ein friedliches Nebeneinander der größer werdenden Religionen?

A: Speziell Andalusien kann diesbezüglich als ein Ideal gelten, als ein Zentrum, in dem Juden, Christen und Moslems jahrhundertelang in Frieden miteinander verkehrten und in regem geistigen Austausch standen – dort florierte die Wissenschaft und Kultur.

B: Wie ging es aber mit dem Frankenreich weiter?

A: Nach Karls Tod erfuhr es Teilungen, woraus sich drei Gebiete ergaben. Sie bildeten das spätere Frankreich im Westen, das sogenannte Heilige Römische Reich im Osten sowie einen mittleren Bereich, der sich bis hin ins heutige Italien zog und der im Laufe der Geschichte immer wieder seine Besitzer und Besatzer wechselte. Mit dieser Aufteilung waren nicht nur Konflikte rund um das Papsttum vorprogrammiert. Stark vereinfachend können wir sagen, dass damit die politische Landkarte bis zu den großen Kriegen im 20. Jahrhundert vorgezeichnet wurde.

B: Mit zwei Hauptkontrahenten, nämlich Frankreich und Deutschland.

A: Jawohl. Wobei sich Letzteres vergleichsweise spät als eigener Staat ausbildete.

B: Weil sich auf dem Gebiet des nachmaligen Deutschlands das von dir genannte Heilige Römische Reich deutscher Nation erstreckte?

A: In gewissem Sinne ja, wobei dieses Heilige Römische Reich zu manchen Zeiten auch über Gebiete des späteren Italiens, Österreichs und einiger Länder weiter im Osten verfügte. Aus heutiger Sicht ist das Heilige Römische Reich ein interessantes Gebilde, das Anfang des 19. Jahrhunderts den sich damals ausbildenden Nationalstaaten wich. Dieses Reich war nämlich erstaunlich dezentral.

B: Meinst du, weil der Reichstag, das Reichsgericht und andere Einrichtungen ihre Sitze an verschiedenen Orten hatten?

A: Ja, und der jeweilige König oder Kaiser war kein absoluter Monarch, sondern er musste das Einvernehmen unter anderen mit den Kurfürsten herstellen.

B: Vermutlich auch mit dem Papst?

A: Ja, das bringt uns zur bekannten Geschichte des Konflikts von Kaiser und Papst im Hochmittelalter. Damals hatte sich das Feudalwesen vollständig ausgebildet, in dem der oberste Herrscher die Fürsten mit Gebieten belehnte, diese wiederum ihre Untertanen belehnten und so weiter. Dabei hielt es der Kaiser für selbstverständlich, auch die fürstlichen Bischöfe mit ihren Besitzungen zu belehnen …

B: … was der Papst nicht so sah.

A: Du sagst es, wir befinden uns mitten im Investiturstreit …

B: … der dadurch beendet wurde, dass ein Kaiser den legendären Canossa-Gang antrat.

A: Auf der Burg Canossa suchte der junge Heinrich IV. Papst Gregor VII. auf, um seine Verbannung aus der Kirche zu verhindern.

B: Danach hat das Zusammenspiel zwischen weltlichen und kirchlichen Oberhäuptern jedoch wieder bestens funktioniert.

A: Woran denkst du da im Speziellen?

B: An die Kreuzzüge, die bis heute tief im Bewusstsein der sogenannten westlichen Welt verankert sind.

A: Meinst du, weil immer wieder an sie angeknüpft wird, wenn es um den Ost-West-Konflikt geht?

B: Ja, und mit ihnen verbinden sich sagenumwobene Gestalten wie Richard Löwenherz oder Friedrich Barbarossa, die auch heute noch mitunter als Identifikationsfiguren dienen.

A: Der unglückliche Friedrich Barbarossa, der kurz vor dem Erreichen des Heiligen Landes ertrank. Davor sorgte er allerdings für eine bemerkenswerte Dynamik in Italien, als er versuchte, einige Städte wieder in das Herrschaftsgebiet des Reiches einzugliedern. Seine Nachfahren hinterließen ebenfalls merkliche Spuren in Italien.

B: So der große Friedrich II. …

A: … der vermutlich die erstaunlichste Herrscherpersönlichkeit aus dem Hause der Staufer war, hochgebildet, ständig unterwegs und ein großer Förderer von Kunst und Kultur, vor allem im südlichen Italien.

B: Nach seinem Tod tat sich doch lange Zeit nichts Aufregendes im Mittelalter?

A: Irgendetwas tut sich immer, könnte man sagen. In der Tat spricht man jedoch nicht ohne Grund vom Interregnum, einer Zwischenzeit nach dem Tod von Friedrich II., in der sich kein Machthaber eindeutig durchsetzen konnte, bis das Haus Habsburg allmählich eine gewisse Vorherrschaft im Heiligen Römischen Reich errang. Aber natürlich war jene Phase im Mittelalter auch abseits der Politik eine in vielen Gebieten und Bereichen sehr lebendige Zeit.

B: Meinst du den Bereich der Theologie?

A: Nicht nur den, wenngleich die mittelalterliche Theologie wahrscheinlich als ein Aushängeschild der damals entstehenden Universitäten gelten kann; ebenso gab es aber ein Aufblühen der Rechtswissenschaft und der Medizin.

B: Wie in Padua oder Bologna?

A: Genau, oder auch in Paris oder Köln – die Mobilität der Studenten und Gelehrten war damals durchaus gegeben, was wir an der Vita einflussreicher Geistesgrößen wie des Albertus Magnus ablesen können, der an vielen Orten Verschiedenes studierte und lehrte und der für die Organisation des mittelalterlichen Bildungswesens wegweisend war.

B: Was ist dabei für dich das Wegweisende?

A: Ein wichtiger Impuls für die damalige Bildung war sicherlich das, was als Aristotelismus bezeichnet wird, das Phänomen, dass die so vielfältigen Werke des Aristoteles wieder mehr gelesen wurden, nämlich in lateinischen Übersetzungen, die ihrerseits zum Teil auf arabischen Übertragungen basierten.

B: Ist das nicht unwissenschaftlich, ein Werk von einer Übersetzung in eine weitere Sprache zu übersetzen und nicht auf das Original zurückzugehen?

A: Darüber lässt sich trefflich streiten. Ich könnte erwidern, dass eine solche Übersetzung besser ist als nichts. Zusätzlich wurden Kommentare der aristotelischen Werke aus der Feder fachkundiger arabischer Gelehrter ins Lateinische übersetzt und damit der sich neu entwickelnden abendländischen Wissenschaft zugänglich gemacht.

B: Aber was hat sich dann, nach dem Interregnum, im politischen Bereich getan? Zum Mittelalter fällt mir momentan vor der Zeit der Entdecker nicht mehr viel ein.

A: Man könnte erwähnen, dass es in Verbindung mit dem Aufbau und Ausbau der Universitäten zu einer differenzierteren Ausformulierung dessen kam, was die großen Gemeinschaften ausmachte, und dass damit die Entwicklung in Richtung der modernen Staaten befördert wurde.

B: Das klingt für mich wieder einmal sehr abstrakt.

A: Konkret gab es, woran du dich sicherlich erinnerst, in der Mitte des 14. Jahrhunderts die Goldene Bulle, die Grundlegendes für das Heilige Römische Reich regelte, beispielsweise die Wahl des Herrschers, und die als Vorläufer späterer Verfassungen angesehen wird.

B: Ja, selbstverständlich, so ähnlich wie die Magna Charta …

A: … die mindestens hundert Jahre früher in England Wichtiges für das Zusammenleben von König und Adligen regelte.

B: Was ist sonst noch in dieser Zeit passiert?

A: Nun ja, was den Papst angeht, so trat er in einen Konflikt mit sich selbst, insofern es die Gegenpäpste gab. Mit ihnen kam es nach dem großen Bruch mit der Ostkirche nun auch zu einem abendländischen Schisma, wie es genannt wird.

B: Du beziehst dich auf die Kirchenspaltung mit den Päpsten in Avignon?

A: Ich sehe, da hat sich jemand etwas aus dem Unterricht gemerkt. Dieses abendländische Schisma wurde bei einem Treffen aufgehoben, das zugleich auf die nächsten großen kirchlichen Konflikte vorausdeutete.

B: Auf die Religionskriege?

A: So ist es. Anfang des 15. Jahrhunderts kam es zu einer Einigung in diesem innerkirchlichen Streit zwischen den römischen Päpsten und den Gegenpäpsten in Avignon beim Konzil von Konstanz, bei dem allerdings auch Jan Hus als Ketzer verbrannt wurde.

B: Ein Ereignis, das seinerseits zu den Hussitenkriegen führte.

A: Diese können in vielem als paradigmatisch für die kommenden Jahrhunderte gelten.

B: Was erscheint dir an ihnen beispielhaft?

A: Ein wichtiger Punkt war sicherlich die von den Hussiten zum Ausdruck gebrachte Kritik an den Missständen in der Kirche und im Klerus.

B: Die feisten Pfaffen, die das Volk ausbeuteten, waren vielen ein Dorn im Auge.

A: Gewiss. Allgemein wurde die weltliche Machtausübung der Kirche und der geistlichen Fürsten kritisiert sowie der Handel mit kirchlichen Ämtern. Dabei können wir im Zusammenhang mit dem Prunk der Kirchenfürsten neben der anhebenden Reformation an eine kulturelle Neuerungsbewegung denken, die sich im 15. Jahrhundert entfaltete.

B: Die Renaissance?

A: Ja, das ist das Stichwort für eine weitere bedeutende Bewegung. Man glaubte, in vielen Bereichen nach den Barbareien oder der Einfältigkeit der vergangenen Jahrhunderte die Antike wieder beleben zu können, wie beispielsweise in der schon angesprochenen Architektur.

B: So wurde damals der neue Petersdom erbaut, dessen Prunk Luther besonders aufgeregt haben soll.

A: Damit befinden wir uns bereits im 16. Jahrhundert, an dessen Anfang der Neubau des Petersdoms in Angriff genommen wurde. Der Petersdom ist gewiss ein markantes Ergebnis der Überlegungen, wie Antikes wieder lebendig werden kann – das Augenfälligste an ihm ist vermutlich die Unternehmung, die gewaltige Kuppel des antiken Pantheons mit einer der größten der antiken Basiliken zu verbinden.

B: Ein Unterfangen, das durchaus nicht kostengünstig war und zu einer weiteren Ausbeutung des Kirchenvolkes und zu Reformbemühungen führte.

A: Der Reformation im engeren Sinn gingen die Hussitenkriege voran, die nicht nur im Zusammenhang mit der Kritik an kirchlichen Entwicklungen zu verstehen sind. Sie deuten auch auf das Aufkommen von Nationalitätenstreitigkeiten hin.

B: Weil die Böhmen sich von den Deutschen absondern wollten?

A: Sie wollten zumindest der eigenen Sprache eine gewisse Würdigkeit zukommen lassen, sodass man zum Beispiel die Bibel auf Tschechisch lesen konnte …

A: … was auch Luther forderte, dass die Heilige Schrift in der Landessprache, also auf Deutsch, zugänglich sei …

A: … was wiederum eine von mehreren Stufen bei der Ausbildung und absichtlichen Gestaltung von Nationalsprachen ist, worauf schon bedeutend früher im heutigen Italien Petrarca und Dante hinwirkten. Was die Hussiten angeht, so waren vordergründig die theologischen Streitfragen das Ausschlaggebende für die Kämpfe, so die Frage des Laienkelches.

B: Ja, das »dumme Kirchenvolk« sollte auch endlich bei der Messe Wein zu trinken bekommen!

A: Ich habe mir gedacht, dass dir dieser Aspekt an dem Konflikt gefällt. Schließlich ist festzuhalten, dass mit den Hussitenkriegen ein Randgebiet auffällig wird, das sich als ebenfalls paradigmatisch für den geschichtlichen Verlauf erweist. Nun dreht sich nicht mehr alles um das ehemalige Frankenreich, den Kirchenstaat und die Stammgebiete des Heiligen Römischen Reiches, sondern es kommt zu einer Öffnung auch in geopolitischer Hinsicht.

B: Mit den sogenannten Kolonialisierungen?

A: Im weitesten Sinne ja. Damit treten sogar bei unserer eingeschränkten Betrachtung der Geschichte die Königreiche im Westen, nämlich Spanien und Portugal, ins Blickfeld.

B: Und was ist mit dem Osten?

A: Diese Frage war zu erwarten. Zu erwähnen ist zweifellos in der Mitte des 15. Jahrhunderts der Untergang von Byzanz, der seinerseits für die Renaissance von großer Bedeutung war. Unzählige byzantinische Gelehrte, bei denen einige Westeuropäer in Konstantinopel studiert hatten, brachten griechisches Wissen in das Abendland, zum Beispiel nach Florenz, wo wir heute viele Handschriften wichtiger antiker Autoren bewundern können.

B: Auf dem Gebiet des ehemaligen Byzanz entwickelte sich dagegen das Osmanische Reich, das bald an Europas Türen klopfen sollte.

A: Die sogenannten Türkenkriege, aus denen vor allem die Belagerungen Wiens bekannt sind, waren Ausdruck einer gewissen Internationalisierung, wenn ich so sagen darf. Bekanntlich kam bei diesen Konflikten Schweden ins Spiel, und am östlichen Ende Europas entwickelte sich nach der Überwindung der Mongolenherrschaft eine künftige Großmacht.

B: Russland?

A: Ja, das Russische Reich repräsentierte nach dem Fall von Byzanz – wir kommen wieder einmal auf unsere Frage nach dem

Wettstreit um die Vorherrschaft im Christentum zurück – die Orthodoxie, auch wenn das nicht alle so sehen.

B: Und auf der entgegengesetzten Seite unserer Hemisphäre entwickelte sich nach den berühmten Entdeckungsfahrten der spätere Gegenspieler Russlands, nämlich die USA.

A: Na ja, zur Ausbildung der Vereinigten Staaten von Amerika ist es noch ein weiter Weg. Aber sicherlich war die sogenannte Entdeckung Amerikas ein ausgesprochen wichtiges Ereignis, vor allem für die westlichen Königreiche Europas.

B: Da sich für diese ungeahnte Ressourcen auftaten?

A: Ja, und damit begann der Wettlauf um die Vorherrschaft in diversen Übersee-Gebieten, ein Wettlauf, an dem bekanntlich nicht nur Portugal und Spanien, sondern auch Frankreich und England beteiligt waren …

B: … die sich dann um die Vorherrschaft in Nordamerika bekriegten.

A: Diese Kolonialisierung führte darüber hinaus zu einigen der unschönsten Ereignisse der bisherigen Menschheitsgeschichte.

B: Denkst du an die Ausrottung oder zumindest Zurückdrängung der indigenen Bevölkerungen?

A: An das, und an die vielfach kritisierte Missionierung der lokalen Bevölkerungen oder auch an den Sklavenhandel.

B: Damit hat sich unser kurzer Rückblick auf die Geschichte auf Afrika ausgedehnt …

A: … wo unsere Europäische Krankheit mit den vielleicht schlimmsten Folgen wütete.

B: Was meinst du damit im Speziellen?

A: Dass die einzelnen europäischen Akteure aufgrund ihrer Gier nach Bodenschätzen und Menschen, die sie in andere Weltgegenden verkauften, ausgedehnte Gebiete in Afrika heimsuchten und dass sie bei ihrer Ausbeutung so taten, als würden sie in unzivilisierte Regionen den Segen europäischer Zivilisation bringen.

B: Dabei haben die Europäer vielfach den von ihnen besetzten Gebieten ihre eigene Religion aufgezwungen.

A: Nicht nur das, sie töteten gezielt die Oberschichten, um der Bevölkerung ein Regierungs- und Verwaltungssystem aufzupfropfen, das in vielem völlig inadäquat war.

B: Mir scheint, du siehst hier keine positive Entwicklung in der Geschichte.

A: Nein, durchaus nicht. Ich sehe hier eher einen Quell gewaltiger Probleme, die auch heute noch viele europäische Staaten, die teilweise ihre historische Verantwortung nicht wahrhaben wollen, mit unterschiedlichen Hilfsorganisationen oder der viel berufenen Entwicklungshilfe als Feigenblättern verdecken wollen.

B: Ich dachte, wir wollen nicht politisieren.

A: Du hast recht, bitte entschuldige, meine Erzürnung über diese Prozesse brachte mich von unserer historischen Betrachtung ab. Wo sind wir eigentlich stehen geblieben?

B: Bei der Zeit der Entdeckungen.

A: Wir können das Ende des 15. Jahrhunderts als Knotenpunkt vielfältiger Wandlungen betrachten, wenngleich dabei erneut die Gefahr besteht, diesen Zeitraum zu idealisieren oder zu stark zu schematisieren. Aber es handelte sich zweifellos in vielem um ein Zeitalter des Aufbruchs, und das nicht nur im Sinn der Entdeckungs- und Eroberungsfahrten.

B: Sprichst du die Aufbrüche im Geistigen an, eben die Renaissance?

A: Ja, was umgekehrt leicht den Eindruck erwecken kann, als wäre davor alles eingeengt und düster gewesen, was gewiss nicht der Fall war. Das von Späteren so bezeichnete Mittelalter, in dem alles im Vergleich zur Antike einen Abstieg erfahren habe, verfügte ja über eine blühende Wissenschaft und eine gewissermaßen heitere Kultur. Sicherlich ist nicht mit dem Beginn des Jahres 1500 alles ganz anders und freier geworden.

B: Aber was waren deiner Ansicht nach die entscheidenden Veränderungen in dieser Epoche? Die Reformen im Christentum? Die politischen Umwälzungen?

A: Wenn wir wieder unseren Blick auf Mitteleuropa lenken, so könnten wir das vereinfachend an zwei der großen Herrscherfiguren betrachten, an Maximilian, der nicht ohne Grund der letzte Ritter genannt wird, und an Karl V. …

B: … in dessen Reich die Sonne niemals unterging.

A: Du sagst es. Sein Großvater Maximilian legte durch die sprichwörtlich gewordene Heiratspolitik der Österreicher den Grundstein dazu, dass sich die Besitzungen des Hauses Habsburg bedeutend erweiterten.

B: Aufgrund der Gebiete in Spanien und Übersee?

A: Genau. Maximilian leitete darüber hinaus weitreichende Reformen des Römischen Reiches ein, die später sein Enkel Karl V. weiter vorantrieb.

B: Der große Herrscher der Neuzeit.

A: Wenn du so willst; in seine Regierungszeit fallen entscheidende Begebenheiten für die weitere Geschichte Europas, aber ebenso der gesamten Welt, beispielsweise die immer umfangreicheren Eroberungen in den neu erschlossenen Kontinenten und die Hochzeit der Reformation …

B: … welcher Karl V. mit verschiedenen Maßnahmen begegnen wollte, die schließlich im Konzil von Trient gipfelten.

A: Das ist ebenfalls eine umstrittene Sache. Aus heutiger Sicht war das Konzil der Startschuss zur Gegenreformation, aber Karl V. war wohl tatsächlich um einen Ausgleich zwischen den christlichen Konfessionen bemüht.

B: Dieser Ausgleich ist ihm aber nicht wirklich gelungen, oder?

A: Das ist schwer zu beantworten, mit dem Augsburger Religionsfrieden hat sich zumindest für einige Jahrzehnte eine ziemlich friedliche Periode ergeben …

B: … bis die Katastrophe des Dreißigjährigen Krieges über Europa hereinbrach …

A: … der allerdings beinahe siebzig Jahre nach dem Religionsfrieden von 1555 ausbrach.

B: Umgekehrt ließ Karl V. schon lange vor diesem Datum die Besitzungen in Übersee ausbeuten und missionieren, eine seltsame Mischung.

A: Das ist richtig, unter dem Motto des Zusammenhaltes des Reiches und der Sicherung seines Friedens kam es zu einer schrecklichen Ausbreitung unserer Europäischen Krankheit.

B: Eine Infizierung, die bis heute die Welt aufgrund zahlreicher Ungleichheiten, die sich damals anbahnten, beschäftigt.

A: Das mag so sein. In dem von uns in unserem geschichtlichen Überblick herausgegriffenen Heiligen Römischen Reich entstand in jener Zeit eine Ungleichheit durch das Auseinandertreten der christlichen Konfessionen.

B: Du meinst den Konflikt zwischen den Vertretern des Augsburger Bekenntnisses und denen des Katholizismus?

A: Grob gesagt ja, was letzten Endes zu den gewaltigen Religionskriegen im 17. Jahrhundert führte …

B: … die ihrerseits in einem berühmten Frieden ihr Ende fanden.

A: Zumindest wurde versucht, mit dem Westfälischen Frieden, auf den du anspielst, wieder so etwas wie eine Ordnung in den europäischen Herrschaftsgebieten herzustellen.

B: Sollte nicht auch eine Toleranz der unterschiedlichen Bekenntnisse erreicht werden?

A: Das ist ebenso eine diffizile Frage; zum Teil schon, zum Teil blühte nun vollends der lokale Absolutismus auf, der sich durch Intoleranz auszeichnete.

B: Meinst du den Absolutismus des französischen Sonnenkönigs?

A: Nicht nur diesen, auch die absoluten Regierungsformen anderer Staaten, die bis weit ins 19. Jahrhundert bestanden (ganz zu schweigen von den Tyranneien im 20. Jahrhundert).

B: Glaubst du, dass sich darin wie in Rom eine Ablösung von Phasen der Bemühung um Ausgleich und Frieden durch solche der zentralen Machtausübung zeigt, die nicht selten durch kriegerische Aktionen ihre Vorherrschaft zu erhalten versucht?

A: Das könnte sein. Ein Symbolfigur der Entwicklung hin zum machttrunkenen Absolutismus im französischen Stil ist der aus der Literatur und aus Filmen bekannte Kardinal Richelieu.

B: Das ist der Kardinal, der die armen Musketiere immer wieder in Bedrängnis brachte?

A: Wenigstens in dem nach ihnen benannten Roman. Richelieu war maßgeblich daran beteiligt, dass Zugeständnisse an die Hugenotten zurückgenommen wurden, womit er zur religiösen Intoleranz beitrug. Daneben bemühte er sich darum, die Regierungsgewalt zentral um den König zu versammeln.

B: Was zu der zentralistischen Herrschaftsausübung Ludwig XIV. führte?

A: Ja. Ludwig XIV. verfolgte eine Form der Machtausübung, an der vieles wegweisend für das 18. Jahrhundert war, beispielsweise die strikte Verwaltung, das Wirtschaftssystem des Merkantilismus und die Einrichtung eines Berufsheeres.

B: Etwas, das sich auch gegenwärtig scheinbar wieder so entwickelt.

A: Was meinst du?

B: Zum einen die Tendenz zu einem Berufsheer in vielen europäischen Staaten, in denen die allgemeine Wehrpflicht der Bürger aufgehoben oder ausgesetzt wurde, zum anderen das Bestreben mancher, im Stil des Merkantilismus durch Strafzölle die eigene Wirtschaft zu bevorzugen oder die eigene Wirtschaftsleistung zu steigern.

A: Diese Beobachtung kann durchaus zutreffend sein. Am bekanntesten ist Ludwig XIV. wohl für seine Hofhaltung, die als Inbegriff des Barocks gelten kann, mit rauschenden Festen in prächtigen Schlössern, etwas, das die anderen Monarchen nachahmten; damit verbunden war die Einzementierung des Katholizismus als Staatsreligion.

B: Diese Förderung des Katholizismus war dann neben dem königlichen Pomp einer der Anlässe für die Kritik seitens der Aufklärer und Revolutionäre.

A: Die Aufklärung stellt eine Entwicklung dar, an der Ludwigs Regentschaft direkt beteiligt war, insofern er nicht nur die Künstler, sondern auch die Wissenschaftler stark förderte.

B: Meinst du die Enzyklopädisten?

A: Die Enzyklopädisten im engeren Sinn kamen etwas später, aber ihre Werke sind sicherlich ein zentrales Zeugnis der Aufklärung. Allgemein befinden wir uns mit dem Barock in einer hochkomplexen Zeit vieler Entdeckungen, in der es auch das Phänomen der Universalgelehrten gab.

B: Wie den großen Leibniz oder auch Newton, die uns beschert haben, dass wir uns im Mathematikunterricht mit der Infinitesimalrechnung auseinandersetzen durften.

A: Die Mathematisierung der Naturwissenschaft ist ein Paradebeispiel, das die enormen Umwälzungen in der Betrachtung unserer Welt zeigt und das auf die Forderung hindeutet, dass alles gemessen und vorhergesagt werden soll. Am bekanntesten ist aus dem Bereich der damaligen Naturbetrachtung die gedankliche Revolution, dass wir Menschen uns nicht mehr als Zentrum des Universums ansahen, sondern anerkannten, dass unser Planet um die Sonne kreist. Dabei glaubte man auch, die Geschwindigkeiten der Planetenbahnen berechnen zu können.

B: Höre ich hier einen gewissen Wissenschaftsskeptizismus heraus?

A: Eher grüble ich in diesem Zusammenhang manchmal über die Geistfeindlichkeit nach, die sich aus dem, was man unter der Etikette »Empirismus« zusammennimmt, entwickelt hat.

B: Das müsstest du mir genauer erklären.

A: Ich ziele auf das ab, was als Reduktionismus bezeichnet wird, dass nämlich, simpel gesagt, die Behauptung aufgestellt wird, man könne alles in der Natur auf Atombewegungen zurückführen; oder dass uns heute immer wieder gesagt wird, unsere geistigen Erlebnisse seien eigentlich nur das Ergebnis unserer Hirnströme.

B: Daran glaubst du offensichtlich nicht?

A: Ich meine, dass diese Sicht der Dinge unserem menschlichen Geist nicht gerecht wird, der sich auf diese Weise nicht restlos erklären lässt. Aber das gehört nicht in unsere historische Betrachtung. Wir sind jedoch aufgrund der Erwähnung der Aufklärung hierhergelangt.

B: Diese Aufklärung hat sich, wie du angemerkt hast, der Sonnenkönig durch seine Förderung der Wissenschaft selbst eingebrockt.

A: Man muss das nicht zwangsläufig so sehen, aber gewiss profitierten die späteren Enzyklopädisten viel von den Forschungen der unter Ludwig gegründeten Akademien. Zugleich stellten die Enzyklopädisten die vom französischen König repräsentierte Herrschaftsform als Feindbild hin.

B: Weil sie auf die Anerkennung der allgemeinen Freiheit und Gleichheit pochten?

A: Ja, mit dieser Forderung können wir eines der Lieblingsthemen der Aufklärer verbunden sehen, nämlich ihre Kritik an Angeborenem.

B: Du sprichst für mich wieder einmal in Rätseln.

A: So, wie die Empiristen gegen angeborene Ideen argumentierten, opponierten Theoretiker des Politischen gegen angeborene Rechte des Adels.

B: Das ist doch wieder einmal eine positive Entwicklung in der Geschichte?

A: Es fragt sich nur, zu welchen Extremen derartige Entwicklungen führen. Sicherlich sind wir heute froh über die weitverbreitete Überzeugung, dass allen Menschen politische Gleichberechtigung zukommen soll und dass alle Menschen das Recht auf Bildung haben.

B: Aber?

A: Geschichtlich gesehen gab es mehrfache Gegenbewegungen gegen die Umwälzungen, die in der Zeit der Aufklärung ihren Ausgang nahmen. Als Beispiel kann einmal mehr die Philosophie dienen. Gegen einen radikalen Empirismus im Stil von Hume brauchte es einen Kant mit seinen teilweise trockenen Ausführungen, der auf der Vernunftebene noch etwas Transzendentales sicherte – was auch einer breiteren Öffentlichkeit bekannt wurde. In den Diskussionen über die Bildung wurde dafür argumentiert, dass man es bei einem Kleinkind ebenso wenig wie beim menschlichen Geist insgesamt mit einer *tabula rasa* zu tun hat, mit einem unbeschriebenen Blatt, auf das man alles Beliebige einschreiben könne, sondern dass es Sinn macht, von so etwas wie Anlagen zu sprechen, nach denen sich der Bildungsweg richten solle.

B: Das führt uns nun alles wieder von unseren historischen Betrachtungen weg …

A: … oder auch nicht, wenn wir bedenken, dass die philosophischen Diskussionen zum Teil direkten Einfluss auf die Entscheidungen und Tätigkeiten der Herrscher ausübten und dass mitunter die Herrscher sich selbst philosophisch betätigten, etwa Friedrich der Große …

B: … der mit dem berühmten Voltaire in Austausch stand.

A: Genau; zu denken ist auch an den Einfluss jener Denkströmungen auf den Schulunterricht.

B: So wurde im Zeitalter der Aufklärung in vielen Ländern die allgemeine Schulpflicht eingeführt, wofür im Habsburgerreich Maria Theresia gerühmt wurde.

A: Damit stoßen wir auf zwei Antagonisten, den Preußenkönig Friedrich und Kaiserin Maria Theresia, die uns immer näher zur Ausbildung von Staaten im heutigen Sinn bringen, von Gemeinwesen mit einer umfassenden Verwaltung, die durch den Kataster, die Erfassung und Vermessung von Landbesitzungen, oder auch durch das neu organisierte Heerwesen versinnbildlicht wird. Daneben differenzierten sich die Wirtschaftsformen in jener Zeit stetig aus, als im Zusammenhang mit diversen Erfindungen das Manufakturwesen aufblühte …

B: … und sich der Kapitalismus rege entwickelte.

A: Das wäre ein Thema für einen Wirtschaftshistoriker – das Geldwesen und der Drang nach Vermehrung von Geld gab es sicherlich lange vor dieser Zeit, aber jetzt befasste sich mit der neuen Wirtschaftsweise zunehmend eine Bevölkerungsgruppe, die besondere Wichtigkeit erlangte.

B: Nämlich die Bürger?

A: Ja, die zu mehr Selbstvertrauen und Unabhängigkeit gelangten; und Hand in Hand mit der Entwicklung des Bürgertums bildete sich die Arbeiterschaft heraus.

B: Und der Konflikt zwischen Bürgern und Arbeitern führte schließlich zu den politischen Revolutionen.

A: Das sind so vielfältige Entwicklungen, die wir nicht zu überblicken vermögen. Vielleicht aber versuchen wir, uns an einige Grundelemente und -gedanken der Französischen Revolution heranzutasten.

B: *Liberté, égalité, fraternité* – Freiheit, Gleichheit und Brüderlichkeit!

A: Soweit die Schlagworte – wir sollten sie ein wenig mit Bedeutung füllen. Zur Freiheit haben wir uns bereits Gedanken gemacht, hier ist mit diesem Wort zunächst wohl hauptsächlich die politische Freiheit angesprochen.

B: Der Ruf nach Freiheit wirkte sich so aus, dass Frankreich den ungeliebten Monarchen abschüttelte …

A: … und dass man in weiterer Folge keine Standesunterschiede oder Adelsprivilegien mehr akzeptieren wollte.

B: Darauf deutet die *égalité*, die Gleichheit, hin.

A: Selbstverständlich – dieses Schlagwort lässt wiederum an die philosophischen Überlegungen zur naturgegebenen Gleichheit der Menschen denken.

B: Ein weiteres großes Thema der Revolution war die Religion und ihre Abtrennung vom Staatlichen, wofür Frankreich bis heute bekannt ist, wo es keinen Religionsunterricht an den staatlichen Schulen gibt.

A: Ja, die sogenannte Säkularisierung ist ein großes Anliegen jener Zeit. Nicht nur Staat und Kirche sollten getrennt, auch Klöster geschlossen und Orden verboten werden – wobei im

Laufe der Jahre die Austreibung des Katholizismus unterschiedliche Ausmaße annahm.

B: Woran denkst du da?

A: An die Forderung, dass eine Verfassung nicht mit explizitem Bezug auf eine bestimmte Religion wie die christliche eingerichtet werden soll. Das scheint vermutlich auch heute vielen Gemeinwesen sinnvoll. Zugleich setzen sich die meisten Staaten jedoch (offiziell) dafür ein, dass die vorhandenen Religionen toleriert werden – es gibt die in Staaten anerkannten Religionsgemeinschaften. Im damaligen Frankreich gab es jedoch in Verbindung damit, dass die Rolle des Katholizismus beschränkt wurde, den Versuch, eine Vernunftreligion durchzusetzen, was wiederum zu einer anderen Form der Intoleranz führte …

B: … und die *terreur*, die Schreckensherrschaft der Revolutionäre, zusätzlich anfachte.

A: Das mag sein. In dieser Schreckensherrschaft war dann die *fraternité*, die Brüderlichkeit, stark auf die Probe gestellt, wenn sich die Anführer der Revolutionäre, die eigentlich eine Gemeinschaft bilden sollten, gegenseitig abschlachteten. Gleichwohl bleiben die von dir genannten Prinzipien eine bis heute ernstzunehmende Forderung für die Einrichtungen unserer politischen Kommunen.

B: Die politischen Umwälzungen gingen auch nicht überall so blutig vonstatten wie in Frankreich. Im deutschsprachigen Gebiet beispielsweise war es in jener Zeit bedeutend ruhiger.

A: Ein Gebiet, wo vielleicht die Revolutionen immer verschlafen wurden.

B: Aber würdest du nicht dem zustimmen, dass der aufgeklärte Absolutismus im Stil eines Joseph II., der Maria Theresia nachfolgte, eine bemerkenswerte Entwicklung war, die viele Neuerungen weitgehend gewaltfrei voranbrachte?

A: Das mag schon sein. Joseph II. hat den Nützlichkeitsgedanken mit weniger blutrünstigen Maßnahmen, als sie aus Frankreich bekannt sind, im Staat implementiert. Wenn er jedoch kirchliche Einrichtungen, die ihm unnütz schienen, abschaffte, zeigte sich sehr wohl die Staatsgewalt am Werk.

B: Joseph II. beendete auch die Leibeigenschaft, wofür er vielerorts gefeiert wurde, und schaffte die Todesstrafe ab.

A: Mit der Leibeigenschaft kommen wir zu einem Thema, das in gewisser Weise das ganze 19. Jahrhundert und beinahe die gesamte Welt betreffen wird und das ebenfalls mit der Französischen Revolution zusammenhängt.

B: Aufgrund der Erklärung der Bürger- und Menschenrechte, die von den Revolutionären proklamiert wurde?

A: Ja, genau, eine Proklamation, mit der die Erstürmer der Bastille eine Steilvorlage lieferten, die bis heute nicht eingeholt ist. Diese Erklärung erlaubt uns, einen Seitenblick auf ein Projekt zu werfen, das in gewissem Maße parallel zu den Entwicklungen in Frankreich läuft, das sich jedoch davon auch in vielem unterscheidet.

B: Ich nehme an, du hast die amerikanische Unabhängigkeitserklärung im Auge?

A: Ja, mit ihrer berühmten Formulierung »pursuit of happiness« und den immer wieder diskutierten *amendments*, den Änderungsanträgen zur Verfassung.

B: Zwischen den Textentwürfen der amerikanischen Verfassung und der französischen *déclaration* gab es eine Verbindung, nämlich durch die Kontakte zwischen einzelnen Autoren; beide Projekte vereint, dass sie unveräußerliche Rechte der Menschen wie die Freiheit und die Souveränität der Staatsgewalt betonen. An der Ausübung dieser Staatsgewalt sollen sich die Bürger direkt oder vermittels verschiedener Repräsentanten beteiligen können, und die Bürger sollen gerichtlich ausschließlich auf der Basis gesetzlich festgelegter Strafbestände verurteilt werden können. Daneben wurde der Notwendigkeit Ausdruck verliehen, dass alle Bürger Abgaben zur Finanzierung der Staatsverwaltung zu leisten haben.

A: Ich sehe, der Rechtsexperte kennt sich hier aus.

B: Was selbstverständlich bei den damaligen Projekten ebenso im Hintergrund steht, sind die Überlegungen zur Gewaltenteilung, die Abtrennung der gesetzgebenden Einrichtungen von der sie ausführenden Exekutive und …

A: … der richterlichen Gewalt. Mit der konkreten Ausformung dieser Gewaltenteilung wären wir wieder bei einem unserer Lieblingsthemen, der Verfassungstradition und ihrer Orientierung an Theorien einer Mischverfassung, wie sie bei Cicero zu finden sind.

B: Mit der Einschränkung, dass Cicero nicht vom »pursuit of happiness« gesprochen hat.

A: Das brächte uns erneut zur Diskussion, was ein Staat, der grundsätzlich in der Form einer Republik organisiert ist, eigentlich leisten soll – soll er primär die Freiheit seiner Mitglieder garantieren, die grob gesagt auf eigene Faust ihr Wohl verfolgen, oder soll er darüber hinaus Beschränkungen und Maßnahmen vorsehen, die beispielsweise einem Ausgleich zwischen unterschiedlich wohlhabenden Bevölkerungsgruppen dienen, wie das – pauschal gesagt – im Sozialismus der Fall ist.

B: Damit sind wir aber der Zeit der Unabhängigkeitserklärungen und der Deklaration von Menschen- und Bürgerrechten um einiges voraus, in der erst einmal grundlegende Rechte gegenüber Herrschern oder Kolonialmächten erkämpft werden mussten.

A: Das ist sicherlich zutreffend, wenngleich es damals Vordenker des Sozialismus und Kommunismus gab. Aber gerne gehen wir noch der Befreiung von der Herrschaftszwängen nach. Gerade das Thema Leibeigenschaft bietet die Möglichkeit, unseren Blick auf andere Staaten zu richten.

B: Du denkst dabei neben den USA wahrscheinlich vor allem an Russland?

A: Ja, wobei mir bemerkenswert erscheint, dass sich diese aufstrebenden Großmächte beide lange dagegen sträubten, auf rechtlicher Ebene die theoretisch geforderte Freiheit aller Menschen anzuerkennen.

B: Das stimmt. Ziemlich zeitgleich wurden in den Sechzigerjahren des 19. Jahrhunderts in Russland die Leibeigenschaft und in den USA die Sklaverei offiziell abgeschafft.

A: Und das, obwohl die Sklaverei in Großbritannien oder in Frankreich schon wesentlich früher abgeschafft worden waren.

B: Wenn ich mich recht erinnere, verbot Großbritannien den Sklavenhandel in den Dreißigerjahren, Frankreich tat dasselbe im Rahmen der Bürgerlichen Revolution im Jahr 1848.

A: Man sieht, wie schleppend sich manches durchsetzt, das später die Menschen vielfach für etwas Selbstverständliches halten, ohne sich Gedanken über die Mühen zu machen, unter denen es hervorgebracht wurde. Im Zusammenhang mit der berühmten zweiten Phase von Revolutionen, den Bürgerlichen Revolutionen, können wir uns noch einmal dem dritten Grundpfeiler der Französischen Revolution neben der Freiheit und Gleichheit zuwenden …

B: … der Brüderlichkeit.

A: Ein Wort, das sich denjenigen Kämpfen als Motto voranstellen lässt, die in Staaten ausgetragen wurden und werden, die bereits die politische Freiheit erlangt haben, die aber nun um einen Ausgleich zwischen den Bürgern kämpfen, was zu neuartigen Entwicklungen führen wird.

B: Eben dem Sozialismus und Kommunismus?

A: Ich spreche allgemein von Staaten, in denen sich sozialistische Elemente finden. Nachdem Jahrhunderte hindurch für die Anerkennung der Freiheit aller Bürger gekämpft worden war und nunmehr ein Dienstherr nicht mehr selbstherrlich seine Untergebenen schinden und umbringen durfte, wurde allmählich auch das allgemeine Wahlrecht für Männer und Frauen erkämpft. Schließlich wurde da und dort auch erreicht, dass sich die Bürger zur wechselseitigen Unterstützung in Notfällen oder bei Arbeitslosigkeit verpflichteten.

B: Durch die Einrichtung von Sozialversicherungen?

A: Ja, mit Betonung der Solidarität, des wechselseitigen Eintretens füreinander, was viel Kritik erfuhr.

B: Auch heute behaupten viele, ein Sozialsystem führe zu einer Gleichmacherei, die den wirtschaftlichen Fortschritt hemme.

A: Das ist eine der Polemiken, die wir in unserer Jugend oft hörten und die sich vor allem gegen kommunistisch organisierte Systeme richtete, die uns als Schreckbilder vor Augen gestellt wurden.

B: Das würde uns, wenn wir es weiterverfolgten, wieder zum Politisieren führen.

A: Wenn wir beim Historischen bleiben, so können wir in Hinblick auf das 20. Jahrhundert ein System erwähnen, das nicht die Gleichheit, sondern das Ständische propagierte, allerdings nicht im Sinn des mittelalterlichen Feudalsystems, sondern in Form der ständisch strukturierten, faschistischen Diktaturen ...

B: ... wie das im Nationalsozialismus der Fall war ...

A: ... oder im Austrofaschismus oder dem italienischen Faschismus. Bevor wir jedoch unsere Erinnerungen an diesen Zeitraum zusammenkratzen, sollten wir uns noch dem Phänomen zuwenden, dass die Französische Revolution wieder ins Monarchische kippte und dass es in Frankreich zu einem exemplarischen Changieren der Staatsformen kam.

B: Das lässt sich unter anderem anhand der verschiedenen Napoleons verfolgen.

A: Ja, vom ersten aus ihrer Reihe, Bonaparte, ging ein besonderer Zauber aus, der auch viele außerhalb Frankreichs faszinierte. Mit den Umtrieben dieses Napoleon verglich man dann die manch anderer Eroberer.

B: Du spielst auf die ins Stocken geratenen Russlandfeldzüge an, die zu einem Vergleich von Napoleon und Hitler führten?

A: Ja. Dieser Napoleon wurde und wird auch wiederholt als einer der großen Verbrecher der Weltgeschichte angesehen. Jedenfalls hat er einen internationalen Konflikt provoziert, der als Vorform späterer Weltkriege gelten kann, und er hat damit die Ordnung in Europa für lange Zeit verändert.

B: Ein bedeutendes Ereignis in der napoleonischen Zeit war sicherlich, dass sich das Heilige Römische Reich auflöste.

A: Nun bildeten sich endgültig die Nationalstaaten aus, vor allem das bald dominant werdende Deutschland, das seine Zersplitterung in viele kleine Regentschaften, die während der Napoleonischen Kriege besonders deutlich zutage trat, überwinden wollte. Freilich pervertierten alsbald einige dieser Nationalstaaten den uralten Reichsgedanken, der oft mit der Bewahrung einer kirchlichen Macht verbunden war, dahingehend, dass sie totalitäre Regime wie das Tausendjährige Reich ausbildeten.

B: Bei der Nationalstaatenbildung ist auch an Italien zu denken, dessen Staatsbildung in der zweiten Hälfte des 19. Jahrhunderts auf Kosten der Habsburger ging …

A: … die sich dafür intensiver auf dem Balkan umtaten, was zu den bekannten Ereignissen am Vorabend des Ersten Weltkriegs führte.

B: Ich sehe schon, du willst das 19. Jahrhundert hinter dir lassen.

A: Na ja, wir könnten uns ewig in den Geschichten einzelner Gebiete verlieren. Aber uns fehlen in unserem Durchgang durch unser Schulwissen noch einige Fächer, die wir zu rekapitulieren haben. An Napoleon I. ist für unseren Schnelldurchlauf die Parallele zu Rom und zu Caesar interessant. Napoleon hat sich nämlich ebenfalls aus einer Art Triumvirat heraus, gestützt auf militärische Macht, zum Kaiser aufgeschwungen, ähnlich dem Namensgeber dieser Klasse von Regenten, Gaius Julius Caesar.

B: Ebenso könnte man sagen, dass Napoleon auf das Wirken späterer Machthaber vorausweist, die durch ihre militärischen Erfolge Prestige erringen und die dadurch, dass sie Volksentscheidungen in Aussicht stellen, über ihre diktatorischen Ansprüche hinwegtäuschen.

A: Das mag durchaus sein.

B: Aber wie viele andere Diktatoren kam er schließlich zu Fall und erlebte sein Waterloo …

A: … was wiederum zu einer Bemühung um eine Neuordnung der Verhältnisse in Europa führte …

B: … oder eher zu einer Restituierung, einer Rückführung in die alten monarchischen Zustände vor Napoleon. Insbesondere das Habsburgerreich trat jetzt als absolut regierte Monarchie auf.

A: Damit verweist du uns unzweideutig auf den Wiener Kongress. Nach dieser Zeit der Verhandlungen kam es zu neuen obrigkeitlichen Repressalien, woraus die Phase des Biedermeiers resultierte, die wiederum in die Bürgerlichen Revolutionen von 1848 mündete.

B: So irgendwie. Aber die wichtigste Entwicklung in dieser Zeit ist wohl die sogenannte Industrielle Revolution, mit der die Arbeiterfrage einhergeht, die einer der Antriebe für die Russische Revolution war, die aber auch auf viele bürgerkriegsähnliche Ereignisse in vielen anderen europäischen Ländern vorausweist. Diese Umwälzungen veränderten von Grund auf das politische und gesellschaftliche Gefüge und haben vielleicht erst zu dem geführt, was wir Moderne nennen.

A: Aufgrund der die Welt so stark verändernden Erfindungen?

B: Na ja, Erfindungen hatten die Menschen wohl immer schon gemacht, und Innovationen haben das Leben verschiedener Gruppen oftmals merklich verändert. Aber jetzt war das Ausmaß der Veränderungen offensichtlich ein anderes, sodass sich das Leben beinahe aller Menschen auf der Erde radikal wandelte.

A: Du denkst dabei an so einschneidende Ereignisse wie die Verbreitung der Elektrizität?

B: Das ist ein markantes Beispiel – während das 18. Jahrhundert als das Zeitalter der Aufklärung gilt, hat sich im 19. Jahrhundert die Welt im buchstäblichen Sinn aufgehellt, mit öffentlichen Beleuchtungen in den Straßen und mit Glühbirnen in jedem Wohnraum.

A: Ein Prozess, der uns heute aufgrund des Streulichts beinahe den überwältigenden Sternenhimmel vergessen lässt.

B: Ich sehe, du gibst dich wieder einmal skeptisch gegenüber dem Fortschritt.

A: Wir hören doch täglich, welch katastrophale Auswirkungen auf unsere Lebensgrundlagen er hat.

B: Im 19. Jahrhundert wurden wahrscheinlich viele Erfindungen als Befreiung von harter Arbeit empfunden, wenngleich – darauf hast du mit dem Traktor-Beispiel schon hingewiesen – die Maschinisierung in der Industrie eine neue Art von Arbeit hervorbrachte.

A: Das lässt sich gut an der oftmals erzählten Geschichte der Dampfmaschine ablesen. Sie steht nicht nur für die Industrialisierung im Allgemeinen, sondern auch für die Mobilisierung der Menschheit, die wir täglich beinahe überall in unserer Umgebung erleben können, sei es durch die Bahn, Automobile, motorisierte Schiffe, Flugzeuge, Lastwägen und so weiter. Und all diese maschinenbetriebenen Fortbewegungsmittel brauchen zu ihrer Herstellung eine enorme Menge an Mensch und Material.

B: Ja, wenn du es so martialisch ausdrücken möchtest. Und es ist kein bloßer Zufall, dass im Jahr der berühmten Bürgerlichen Revolutionen das Kommunistische Manifest erschien, das als Grundtext für die Arbeiterbewegung gelten kann.

A: Zum anderen kam es aufgrund des Rohstoffbedarfs zu einem neuen Wettlauf um die Herrschaft in den Kolonien …

B: … der bis heute anhält.

A: Wie meinst du das?

B: Die Bezeichnung »Kolonie« ist zwar inzwischen verpönt, und im 20. Jahrhundert wurden zahlreiche Kolonien in die politische Selbständigkeit entlassen. Aber viele große Wirtschaftsmächte verstehen es sehr gut, sich fortdauernd die Macht und die Ressourcen in den ehemaligen Kolonien zu sichern. Im Zusammenhang mit technologischen Neuerungen wurden und werden stets neue Rohstoffe interessant, wie zuletzt das Silizium (abgesehen von allzeit umkämpften Dingen wie dem Wasser). Erstaunlicherweise beteiligen sich seit einiger Zeit auch die letzten kommunistisch ausgerichteten Staaten der Erde an diesem Wettbewerb.

A: Wie China, das wir tangiert haben.

B: Werden die Menschen in diesem riesigen Land auch nur zu einer moderaten Variante des Konsums der sogenannten westlichen Welt erweckt, so verschlingt das gewaltige Mengen an Rohstoffen und Energie.

A: In Bezug auf die Gesellschaft können wir, wenn wir noch einmal auf die Geschehnisse im 19. Jahrhundert blicken, im Kontext der Umbrüche des Jahres 1848 auch das Auseinandertreten der Bourgeoisie und des Proletariats erwähnen, um die begriffliche Nomenklatur von Marx und Engels zu bemühen.

B: Bürger und Arbeiter sind zwei Gruppen, die Konflikte ausfechten, die sich weit ins 20. Jahrhundert hinein erstrecken und die uns wohl auch heute noch bewegen.

A: Wenn wir auf die politische Geschichte im engeren Sinn schauen, so erweist sich dieser Konflikt als bestimmendes Moment in den Auseinandersetzungen zwischen den wiederholt angesprochenen Nationalstaaten oder neuen Reichen, die sich bilden, wie das deutsche Kaiserreich oder Italien – nicht zu vergessen die brodelnden Unruhen in Russland.

B: Eine Fülle an Spannungen, die – ganz im Sinne der Moderne – ihre Entladung im ungemein menschen- und materialreich sowie maschinengestützt geführten Ersten Weltkrieg findet, an dessen Ende viele Reiche zerbrechen werden.

A: Zunächst aber war etwas mehr als zwanzig Jahre nach den Revolutionen von 1848 das französische Kaiserreich endgültig an sein Ende gelangt, wohingegen sich das deutsche Kaiserreich gerade bildete, das die danach in vieler Hinsicht dominierende Macht darstellte.

B: Und in dieser Zeit kam es zur vollen Blüte und Expansion des Bürgertums, der Gründerzeit.

A: Ja, das war sicherlich eine ungemein lebendige Phase mit verschiedensten Ausdrucksformen bürgerlichen Geisteslebens, sei es durch die Gründung unterschiedlicher Gesellschaften oder zahlloser Vereine wie des berühmten Musikvereins in Wien.

B: Und wir dürfen uns an die außerordentlichen Veränderungen in der allgemein verbreiteten Weltsicht erinnern.

A: Meinst du das Populärwerden der Theorien Darwins?

B: Das natürlich – die Diskussion dieser Theorien kann als Emblem der letzten ernsthaften Auseinandersetzung gelten, die ein erstarrender Katholizismus mit einer populär werdenden Lehrmeinung in der Öffentlichkeit austrug. Seither existieren, zumindest in Europa, Wissenschaft und Glaube nebeneinander, aber sie befassen sich nicht mehr öffentlich miteinander. Neben der Evolutionstheorie gab es grundlegende Veränderungen des physikalischen Weltbildes, die die Öffentlichkeit berührten, sowie, ein letztes Beispiel, die Ausbildung der Psychoanalyse.

A: Die uns – sowohl die physikalischen Theorien als auch die Psychoanalyse – die Illusion nahmen, wir könnten alles berechnen, oder auch die Vorstellung, dass wir uns als aufgeklärte Menschen vollkommen durchsichtig wären.

B: So wird das zumindest oft gesehen. Des Weiteren sind radikale geistige Bewegungen wie der Nihilismus zu nennen, was auch immer man im Detail darunter verstehen mag.

A: Oberflächlich betrachtet könnte man Friedrich Nietzsche als einen Exponenten dieser Richtung namhaft machen, der uns ebenso an die Streitbarkeit der katholischen Kirche erinnern kann, die einen erbitterten Kampf gegen seine Schriften führte.

B: Waren damals die Leser so begeistert von Nietzsches Schriften, weil sie sich mit Berufung auf ihn diverser Werte entledigen wollten, für die die Kirche eintrat und die als bedrückend oder einengend empfunden wurden?

A: Das mag ein Grund gewesen sein. Nietzsche selbst zieht immer wieder über das Christentum aufgrund seiner Sklavenmoral her. Ich wollte jedoch eigentlich auf die Kirche zurückkommen, genauer gesagt auf den Kirchenstaat, der im Zuge des Deutsch-Französischen Krieges von 1870/71 eigentlich aufgelöst wurde …

B: … weil Frankreich damals als Schutzmacht des Vatikans seine Truppen aus Italien abzog.

A: Das führte wiederum zur Vollendung der Vereinigung des Königreichs Italien, das, wie du bereits sagtest, eine weitere bedeutende Macht in Europa darstellte.

B: Und das ein Land ist, an dem sich nach dem Zweiten Weltkrieg beispielhaft die Austragung von Konflikten zwischen der Arbeiterschaft und dem Bürgertum innerhalb eines Staates studieren lässt.

A: Im 19. Jahrhundert wurde bei Italiens Staatsbildung das Papsttum, das uns wiederholt in der Geschichte unterkam, im Vatikan festgesetzt, aus dem später der kleinste Staat der Welt werden sollte.

B: Jedenfalls haben der Papst und sein Staat endgültig die politische Bedeutung – zumindest offiziell – eingebüßt.

A: Aber der Papst blieb ein wichtiger Gradmesser politischer und geistiger Entwicklungen, man denke nur an die päpstlichen Stellungnahmen zu einzelnen gesellschaftlichen Entwicklungen oder auch den Modernistenstreit.

B: Was war das noch einmal?

A: Im Prinzip geht das auf eine kirchliche Auflistung von Irrtümern zurück, die bis weit ins 20. Jahrhundert hinein immer wieder aktualisiert wurde und die Dinge benennt, von denen sich ein guter Christ fernhalten soll. So wurde etwa der Rationalismus auf die Liste gesetzt oder die Ansicht, man könne in anderen Religionen als dem Christentum sein Seelenheil finden. Die Kleriker mussten den Antimodernisteneid ablegen, in dem sie sich gegen jene von der Kirche als solche gebrandmarkten Irrtümer aussprachen.

B: Diese Liste, von der du sprichst, war also eine Sammlung von fortschrittlichen, interessanten Ideen, die die Kirche ablehnte?

A: Dieser Liste ist nicht abzusprechen, dass sie den Zeitgeist gut erfasst, wenn auch in Form der Negation. Das heißt freilich nicht, dass sich außerhalb der offiziellen Lehre der katholischen Kirche alle darüber einig waren, was man zu bejahen hatte oder was eigentlich die viel berufene Moderne ausmacht. Denken wir nur an die Diskussionen um den genannten Rationalismus.

B: Und es gab in dieser Zeit doch auch Tendenzen zum Irrationalismus?

A: In der Tat. Die damals aufblühende Parapsychologie liefert Beispiele für Denker oder Leute, die sich für Denker hielten, die leugneten, dass man alles im Sinn eines vollständigen Positivismus mit dem Bewusstsein erfassen könne.

B: Vergleichbares hat sich in der Physik ergeben, wo mit Plancks Entdeckungen über die Strahlung Schwarzer Körper viele Lehrmeinungen der klassischen Physik revidiert wurden. Man nahm nicht länger an, alles messen zu können, und an die Stelle von fixen Prognosen von Ereignissen, die für eindeutig determiniert galten, trat die Berechnung von Wahrscheinlichkeiten.

A: Das wird so sein, wenn du es sagst. Jedenfalls lässt sich ein Widerspiel beobachten zwischen den Positivismen unterschiedlicher Ausformungen (sei es im Historischen, im Juristischen oder in anderen Feldern) und einem Anti-Rationalismus sowie einer gewissen Phantastik.

B: Beziehst du dich auf Bewegungen, die gegenüber der sich immer nüchterner gebenden Wissenschaft vermehrt das Kreative und das Unauslotbare am Menschen betonen?

A: Ja, mit diesen Strömungen bewegen wir uns historisch-kulturell gesehen in den Bereich des Fin de Siècle hinein, in die Zeit um die Jahrhundertwende, auf die uns Plancks Beobachtungen zeitlich gesehen schon vorausgewiesen haben.

B: Das ist, wie ich finde, eine enorm faszinierende Phase mit unzähligen neuen Entdeckungen.

A: Bevor wir uns den kulturellen Veränderungen dieser Epoche zuwenden, möchte ich noch kurz beim Positivismus bleiben und zu einem unserer Standardthemen zurückkommen, nämlich dem Verfassungsstaat.

B: Du denkst an den Rechtspositivismus und an seinen herausragenden Vertreter, Hans Kelsen?

A: So ist es. Kelsen hat ja Österreich nach dem Ersten Weltkrieg mit einer wegweisenden Verfassung beschenkt.

B: Nun ja, Kelsen war selbst nur einer von vielen Autoren der konkreten Verfassungsgesetze, er hat aber den Prozess, der zur Abfassung dieser Gesetze führte, beispielhaft reflektiert und ist damit zu einem der bedeutendsten Juristen für die Gestaltung des modernen Verfassungsrechts geworden.

A: In diesem Kontext bedeutet der Ausdruck »Positivismus« doch, dass es sich bei der Verfassung und ihren Gesetzen nicht mehr um ein göttlich sanktioniertes Recht oder das Naturrecht handelt, das jedem Menschen gewisse Rechte zuspricht, die ihm von Haus aus zukommen, sondern dass es um das jeweils von gesetzgebenden Gremien gesatzte Recht geht?

B: So ungefähr könnte man das ausdrücken. Beim Rechtspositivismus zeigt sich eine Ent-Götterung und Vernüchterung, was sich später mitunter als problematisch erweisen sollte.

A: Vielleicht führte überhaupt die vielfach gefeierte Ent-Götterung zu nicht geringen Problemen. Diese Frage könnte uns zu einem der Elemente der Stimmungslage um das Jahr 1900 bringen, dem nun endgültig überall herumspukenden Gespenst des Atheismus oder zumindest Agnostizismus.

B: Mit seinem Leitspruch: »Gott ist tot!«

A: Na ja, dass Gott gestorben ist, verkündete vor Nietzsche bereits manch Kirchenlied (und eigentlich die kirchliche Lehre selbst). Aber natürlich dienen einige von Nietzsches Sätzen zur Etikettierung damaliger geistiger Strömungen, die dem Gespür Ausdruck verliehen, dass gewisse Traditionen abstarben oder überholt waren, und die etwas Neues erträumten.

B: Der Traum kann generell als ein zentraler Begriff jener Zeit gelten, sei es als Gegensatz zum Bewusstsein, das sich scheinbar vollständig durchsichtig ist, oder als Devise der Kunst …

A: … die gerade damals offenkundig mit den Traditionen brechen wollte, was uns bei den Werken der Wiener Moderne deutlich wird.

B: Welch wunderbare Werke gibt es da! Die Künstler haben in jener Zeit viel über den Haufen geworden, sei es in der Architektur, die dem Historismus abgeschworen hat, in der Malerei des Expressionismus oder in der Musik mit der Zwölftonmusik, die mit der herkömmlichen Tonalität brach.

A: Ich sehe schon, diese Zeit behagt dir.

B: Zumindest faszinieren mich die Werke und Leistungen dieser Epoche. Das Leben in Europa war damals wohl eher unbehaglich und von vielen Konflikten geprägt, zwischen Arbeitern und

Kapitalisten, zwischen Nationalisten und Weltbürgern; und einmal mehr in der Geschichte trat der Antisemitismus unverhohlen hervor …

A: … der schließlich zu einer unerhörten Vertreibung sowie Vernichtung von Menschenleben und damit von Kultur und Wissenschaft führte.

B: Bevor diese Vernichtung ihren Höhepunkt erreichte, brachen in Politik und Gesellschaft – möglicherweise liegen hier Parallelen zur Kunst vor – alte Strukturen und Schemata im Zusammenhang mit den Ereignissen des Ersten Weltkriegs endgültig zusammen.

A: Dieser Weltkrieg erfasste tatsächlich weite Teile der Welt und er deutete vor allem mit dem Kriegseintritt der Vereinigten Staaten von Amerika auf weitere Entwicklungen voraus.

B: Insofern sich die USA als Weltmacht etablierte?

A: Das, und weil die USA allmählich in Opposition zur Sowjetunion traten, die sich aus der Revolution im zaristischen Russland entwickelte, das eines der Kaiserreiche darstellte, die den Krieg nicht überstehen sollten.

B: Ebenso wie das junge Deutsche Kaiserreich und die österreichisch-ungarische Monarchie, die sich in gewisser Weise in Nachfolge des Heiligen Römischen Reiches gebildet hatte.

A: Von Österreich-Ungarn heißt es immer wieder, dass es nach diesem Krieg zerfiel – mir erscheint die nachfolgende Entwicklung interessant, weil aus dem Zerfall teilweise eine Vereinigung resultierte.

B: Willst du das näher ausführen?

A: Aus dem sogenannten Vielvölkerstaat der Habsburgermonarchie traten zahlreiche Staaten hervor, die meist von einzelnen Nationalitäten geprägt waren. Und viele dieser Staaten sollten sich gegen Ende des 20. oder am Anfang des 21. Jahrhunderts in der Europäischen Union verbinden oder sich zumindest um eine Aufnahme in diesen Staatenverbund bemühen.

B: Allerdings ist die momentane Form der Verbindung souveräner Staaten im Rahmen der Europäischen Union schwer mit dem damaligen Verbund der Kronländer vergleichbar, die in ihrer Gesamtheit eine souveräne Rechtseinheit bildetet.

A: Ich verstehe. Wofür der Erste Weltkrieg, der zum Zerfall dieser Reiche führte, berühmt-berüchtigt wurde, war der von dir schon angesprochene Einsatz an Menschmassen in den verschiedenen Volksarmeen und an Ausrüstungen, welche die fortschreitende Industrialisierung widerspiegelten.

B: Uns sind wohl allen die Bilder von schweren Geschützen, aber auch gepanzerten Fahrzeugen, Flugzeugen und Schiffen bekannt …

A: … deren Stahl als Symbol für die gigantische Industrieproduktion gelten kann – es wurde eine Art von Kriegsführung in Gang gesetzt, die im Zweiten Weltkrieg auf die Spitze getrieben wurde.

B: Mit einem nie dagewesenen Ausmaß an Bombardements.

A: Auf diese werden wir voraussichtlich im Zusammenhang mit der Beobachtung zu sprechen kommen, wie in den Vierzigerjahren der Krieg endgültig ein Phänomen wurde, das alle Teile der Bevölkerung erfasste. Was den Ersten Weltkrieg angeht, so sind wahrscheinlich auch dir die Bilder der Eisenbahnwaggons in Erinnerung, die zu einer bis dahin unvorstellbaren Massenverlegung von Soldaten, Tieren und Kriegsmaterial verwendet wurden, oder auch die Fotos vom Transport riesiger Haubitzen ins Hochgebirge.

B: Ja. Diese Transporte und die Materialschlachten waren – wenn wir den Berichten glauben dürfen – zuerst weithin mit einer Kriegsbegeisterung verbunden, die bald nachlassen sollte, als sich an vielen Fronten eine Pattsituation einstellte und der berüchtigte Stellungskrieg begann.

A: Ich sehe schon, wir ergehen uns hier einigermaßen in Platitüden, die dem unvorstellbaren Leid auf allen Seiten nie gerecht werden. Vielleicht sollten wir den Krieg schnell hinter uns lassen.

B: Zumal sich auch danach genug ereignete, was wir uns in Erinnerung rufen können.

A: Worauf willst du jetzt im Besondern hinaus?

B: Auf den fortgesetzten Kampf der Arbeiter. Die Industrialisierung schritt voran, und damit ging die weltweite Bemühung von Politikern, Arbeiterführern und von Denkern des Sozialismus und Kommunismus einher, etwas an den Besitzverhältnissen zu ändern.

A: Mit dem Wort »Arbeiterführer« hast du etwas angesprochen, das mir für diese Periode signifikant erscheint.

B: Das Führertum?

A: Das liegt auf der Hand, und in Europa verbindet sich dieses Führertum klarerweise vornehmlich mit dem Namen Hitler. Aber man darf behaupten, dass dies ein weltweites Phänomen war, dass viele der zuvor in republikanisch orientierten Staaten errungenen Freiheiten wieder zurückgenommen wurden.

B: Denkst du an die diversen Totalitarismen?

A: Selbstverständlich. Sie bildeten sich allerorts aus und forderten immer wieder, dass sich die Bevölkerung zu einer Einheit zusammenschließt. Die totalitären Regime beschnitten mit verschiedenen Begründungen Rechte, die etwa in den Bürgerlichen Revolutionen errungen worden waren, oder hoben sie auf. Ich erinnere lediglich an die Einrichtung von Einheitsparteien, von Einheitsmedien oder an die Vereinheitlichung der Wirtschaftsplanung. Damit einher ging, dass die Machthaber Versammlungen verboten, die freie Meinungsäußerung unterbanden und Andersdenkende einsperrten oder sogar ganze Völker umsiedelten oder ermordeten …

B: … was sich besonders im Stalinismus und in Hitler-Deutschland zeigte.

A: Das waren sicherlich die großen Exponenten so gearteter Diktaturen, aber ähnliche Unterfangen lassen sich in vielen Staaten beobachten, sei es in der Vergangenheit oder in der Gegenwart. Jedenfalls haben wir es hier endgültig mit ausschließlich diesseitigen Reichen zu tun, die nicht mehr (wenn auch nur vordergründig) einem hehren Ziel wie dem Erhalt einer Religion dienen, sondern die schlichtweg knechtisch der Brutalität gewisser menschlicher Gruppen und ihrer Begierden in die Hände spielen.

B: Historisch gesehen können wir uns wieder an die Versuche erinnern, als eine Antwort oder eher als eine brutale Reaktion auf die Arbeiterfrage Ständestaaten einzurichten.

A: Aber weder die Arbeiter noch die Stände profitierten davon. Ebenso wenig, wie es in Russland nach der Revolution zu einer Diktatur des Proletariats kam – es handelte sich um eine eiserne Diktatur über das Proletariat – wurde in Deutschland oder Österreich in den faschistischen Regimen mit dem Ziel einer Umverteilung regiert, sondern das Volk, das als solches in seiner Einheit beschworen wurde, wurde in Wirklichkeit durch megalomane Aktionen in gigantischen Feldzügen vernichtet.

B: Ich weiß nicht, ob ich dir bei diesem Pauschalurteil über West und Ost zustimmen kann. Aber was den Faschismus angeht, so sollte man jedenfalls auch die Diktaturen in Spanien und Italien in die Betrachtung einbeziehen.

A: Ja, wir müssten sicherlich viel besser die lokalen Geschichtsverläufe kennen. Ich wage jedoch trotz meiner Unkenntnis in diesem Bereich die Behauptung, dass es zwar nicht zu einer Weltrevolution im Sinne des Kommunismus gekommen ist, aber nach dem Zweiten Weltkrieg immerhin zu einer weltweiten Veränderung der Gesellschaften hinsichtlich der Arbeit – je nach den verschiedenen Spielarten von Sozialismen, Kommunismen oder Kapitalismen im Zusammenwirken mit gewerkschaftlichen und anderen Bewegungen.

B: Das ist wieder ein Gemeinplatz. Sicherlich gab es in der zweiten Hälfte des 20. Jahrhunderts enorme ökonomische Veränderungen und ein ständiges Ansteigen der Produktivität. In Verbindung damit gelangte offensichtlich auch die Arbeiterschaft zu einem gewissen Wohlstand. Aber ich hatte den Eindruck, du wolltest noch etwas zum Zweiten Weltkrieg sagen?

A: In unserem Gedächtnis vermischt sich wohl das, was uns darüber im Schulunterricht einigermaßen nüchtern präsentiert wurde, mit Erzählungen unserer Vorfahren und mit einigen Büchern oder Filmen, seien es Dokumentationen oder Spielfilme …

B: … die mir in mancher Hinsicht durchaus geeignet erscheinen, die Gräuel jener Zeit erahnen zu lassen.

A: Jedenfalls handelt es sich beim Zweiten Weltkrieg nicht um einen Krieg, den wir in unserer historischen Betrachtung wie frühere Kriege als ein Geschehen neben anderen auf dem schier endlosen Spielfeld der Geschichte betrachten, wie das vielleicht mit den Napoleonischen Kriegen der Fall ist, die uns vermutlich nicht übermäßig berühren, auch wenn sie uns bis heute aufgrund ihrer Auswirkungen auf die europäische Entwicklung interessieren.

B: Aber wir stehen nach wie vor im Bann der allumfassenden Zerstörungen und der Verbrechen des Zweiten Weltkrieges – darauf willst du vermutlich hinaus?

A: Ja, in dessen Bann wird die Welt noch lange geschlagen sein, in einen Bann, der von der Aggression des sogenannten Deutschen Reiches, das kein Heiliges Römisches Reich mehr war, ausging …

B: … mit dem Anschluss Österreichs, der Annexion der Tschechoslowakei und dem Überfall auf Polen.

A: Das sind die so schlicht hersagbaren Ereignisse unmittelbar vor und bis hin zum Kriegsbeginn – diese Unternehmungen waren begleitet von einer beispiellosen Propaganda und einer Einschwörung aller auf das Führerprinzip, verbunden mit einer alles umgreifenden Überwachung und eben der Ausschaltung derer, die anders dachten und dies äußerten.

B: Es folgte der unfassliche Holocaust …

A: … der, nachdem schon im Ersten Weltkrieg ein Hochpunkt der industriellen Kriegsführung erreicht worden war, jetzt zum industriellen Massenmord führte.

B: Und das Bewusstsein von der Schuld oder Mitwirkung an diesem Massenmord prägte sich in die kollektive Erinnerung ein.

A: Dieses Morden verbreitete sich gemeinsam mit dem Wüten der megalomanen Kriegszüge Deutschlands, ein Wüten, das sich nach der Okkupation Polens, Belgiens und der Niederlande durch die Besetzung großer Teile Frankreichs und durch den Einmarsch in Griechenland ausbreitete und sich durch den Feldzug gegen die Sowjetunion und schließlich nach Mussolinis Absetzung durch die Besetzung weiter Teile Italiens immer mehr ausdehnte.

B: Glücklicherweise gab es genug Länder, die sich diesem Wüten entgegenstellten und ihm ein Ende bereiteten.

A: Dabei hat die Spirale des Irrsinns ähnlich wie im Ersten Weltkrieg wieder weite Teile der Welt in den Konflikt hineingerissen, so die USA, die nicht nur in Europa, sondern auch im Pazifik gigantische Kriegsschauplätze vorfanden, oder auch Australien.

B: Die USA trugen sicherlich eine Hauptlast in diesem Krieg, in dem sie nicht nur in Europa gegen Deutschland, sondern auch gegen Japan zu kämpfen hatten.

A: Das bringt uns zu einem weiteren entsetzenerregenden Vorgang, dem Einsatz von Atombomben.

B: Wir haben bereits die Bombardements erwähnt. Die Abwürfe der Atombomben stellen einen Gipfelpunkt der schrecklichen Entwicklung in diesem Krieg dar, in dem mit Fortdauer der Kampfhandlungen in stets größerem Ausmaß Städte bombardiert wurden.

A: Man kann behaupten, dass damit Krieg endgültig als etwas erachtet wurde, das nicht ins menschliche Leben integrierbar ist.

B: Wie soll ich das verstehen? Dass sich Menschen gegenseitig am Feld der Ehre abschlachten, das war doch seit jeher etwas Furchtbares?

A: Aber jetzt wurde ersichtlich, dass die Menschheit in eine neue Dimension allumfassender Kriegsführung eingetreten war. Der Kampf betraf nicht länger eine ausgewählte Gruppe an Männern, die zu zeitlich und räumlich beschränkten Kriegszügen ausrückten, so grausam auch immer diese Züge gewesen sein mögen. Es wurde ein Ausmaß an Kriegshandlungen erreicht, das die vollständige Eigenvernichtung des Menschen als nicht unwahrscheinlich dastehen ließ.

B: Eine Vernichtung, auf die wir eventuell jetzt in scheinbaren Friedenszeiten hinarbeiten.

A: Das könnte sein.

B: Aber glaubst du nicht, dass der Krieg als solcher in früheren Gesellschaften als ähnlich verheerend empfunden wurde, wenn Menschen erleben mussten, wie ganze Ansiedelungen oder

Städte dem Erdboden gleichgemacht, die Frauen in die Sklaverei geführt und die Kinder getötet wurden?

A: Mir ist bewusst, dass es zynisch klingt, wenn ich behaupte, früher sei Krieg etwas gewesen, das im Leben der Menschen integriert war, so als ob es etwas wie die Abfolge der Jahreszeiten oder Ähnliches sei. Aber er war nicht etwas absolut Verachtetes, wohingegen heutzutage – zumindest dem Lippenbekenntnis vieler Politiker nach – Krieg als etwas gilt, das weitestgehend zu vermeiden sei.

B: Das ist zu einem gewissen Grad gelungen, dass Kriege vermieden wurden. Zumindest in Europa gab es nach dem Zweiten Weltkrieg lange Zeit keinen offen ausgetragenen Krieg.

A: Bis zu den Auseinandersetzungen am Balkan, die erneut furchtbare Ausmaße annahmen.

B: Und bis zu diesen Konflikten gab es unzählige, sich mehr oder weniger stark entladende Spannungen aufgrund der wechselseitigen Bedrohungen verschiedener Staaten, Staatenbünde oder Verteidigungsallianzen im Kalten Krieg; daneben sollten wir – dafür plädiere ich jedenfalls – nicht vergessen, dass es so etwas wie einen permanenten Wirtschaftskrieg gibt, in dem die Menschen einander gnadenlos ausbeuten und zugrunde richten.

A: Zu dieser Thematik können wir später zurückkehren. Ich möchte noch einmal auf diese Novität zurückkommen, dass Krieg nun weitgehend – zumindest in offiziellen Stellungnahmen – abgelehnt und verdammt wurde und wird.

B: Was interessiert dich daran so sehr?

A: Die Tatsache, dass damit auf politischer Ebene angebahnt wurde, was Denker seit geraumer Zeit angedacht haben, nämlich der Weltfriede.

B: Oh ja, ein frommer Wunsch.

A: Es mag sein, dass sich der Weltfriede nie einstellen wird. Aber immerhin hat sich an der offiziellen politischen Einstellung dazu etwas geändert, würde ich zumindest sagen. Während zuvor in weiten Teilen der Erde Krieg als der Normalzustand zwischen den Ländern und Staaten galt, der zeitweilig und regional durch Bündnisse beigelegt wurde, ist jetzt der Friede dasjenige, was als Normalzustand vorausgesetzt oder jedenfalls angestrebt wird.

B: Du meinst aufgrund der Verpflichtungen, die sich die meisten Staaten der Erde im Zusammenhang mit ihrer Mitgliedschaft bei den Vereinten Nationen auferlegen?

A: Ja – ich weiß zwar, dass dieser Organisation nicht viel zugetraut wird und dass sie nicht selten als schwach angesehen wird. Im Vergleich zum Völkerbund der Zwischenkriegszeit besteht die UNO jedoch schon lange, und sie bietet mit ihren Verhandlungsgremien zumindest die Möglichkeit für ein friedliches Zusammenwirken beinahe aller Länder dieser Erde.

B: Und um zu dieser Möglichkeit zu gelangen, musste die Menschheit die nukleare Kriegsführung entwickeln, mit der sie sich im Nu vernichten kann? Willst du mir auch noch einreden, dass die Menschenrechte ein Zielpunkt der gräuelhaften Vorgänge des Zweiten Weltkriegs sind? Das wäre doch eine sehr seltsame Art von Geschichtsphilosophie.

A: Man scheute sich angesichts derartiger Vorgänge, wie sie im Zweiten Weltkrieg zu beobachten waren, in zunehmendem Maß, von einem Sinn der Geschichte zu sprechen. Aber in der Tat bin ich der Überzeugung, dass die neue Deklaration der Menschenrechte im Jahr 1948 im Verbund mit dem Tätigwerden der UNO ein herausragendes Ereignis in der Menschheitsgeschichte darstellt.

B: Aber müssen wir nicht derzeit beobachten, dass weltweit die Menschenrechte missachtet werden? Ich sehe diese Vorgänge, glaube ich, nicht so rosig wie du.

A: Ich sehe wieder einmal, dass du als Realist Probleme ortest, die nicht zu leugnen sind. Immerhin scheint mir bemerkenswert, dass bei aller Problematik, die mit der Formulierung der Menschenrechte verbunden war, nunmehr auch in der internationalen Politik viel auf der Grundlage dieser Menschenrechte diskutiert wird, wenngleich sie vielfach missachtet werden.

B: Das ist zutreffend. Spitzenpolitiker einzelner Staaten werfen (mit welchen Hintergedanken auch immer) manchen Ländern vor, dass sie Menschenrechtsverletzungen begehen. Diese Politiker erwecken nicht selten den Eindruck, dass sie das tun, um daraus politisches Kapital zu schlagen, und nicht so sehr, weil sie den Menschen, die in den betroffenen Staaten leben, helfen wollen.

A: Aber vielleicht kann man darin auch wieder etwas Positives sehen, in dieser mitunter abstrakten Diskussion über Menschenrechte.

B: Wie soll das möglich sein, hier etwas Positives zu orten?

A: Diese so allgemeinen und manchmal in ihrer Gültigkeit angezweifelten Menschenrechte können ein Symbol dafür sein, dass es eventuell zum ersten Mal überhaupt in der Menschheitsgeschichte für die Bürgerinnen und Bürger in den Gemeinwesen nicht mehr darum geht, das Heil im Kampf für einen König, einen Kaiser oder einen Gott zu suchen, sondern im allgemeinen Kampf für die Menschlichkeit, so schwierig das in seiner Abstraktheit zu fassen sein mag. Man soll nicht mehr für einen Einzelstaat alles geben, sondern für die menschliche Allgemeinheit.

B: Aber was du jetzt darlegst, scheint mir nichts als eine weitere Illusion der Geschichte zu sein. Gerade die Jahrzehnte nach dem Zweiten Weltkrieg waren doch ebenso von enormen Konflikten geprägt, sei es militärischen oder wirtschaftlichen, die auf das egoistische Streben von Einzelstaaten oder einzelner Akteure zurückzuführen waren.

A: Dennoch gab es eine lange Zeit des Friedens.

B: Wenn wir vom Balkan absehen und von den sogenannten Stellvertreterkriegen, die blutig genug waren, wie diejenigen in Korea oder Vietnam. Schließlich führte man im Nahen Osten unter verschiedenen Vorwänden Kriege, die eigentlich nur das Ziel verfolgten, einer Großmacht ihre Öllieferungen zu sichern.

A: Daran zeigt sich wiederum viel Interessantes.

B: Was, dass wir Menschen oftmals endlos gierig sind?

A: Das vermutlich auch, aber was ich herausstellen möchte, ist, dass sich hier eine weitere Form der Allgemeinheit oder Vereinheitlichung zeigt, wie wir das zum Beispiel bei den Lehrmeinungen der Physik gesehen haben oder der Biologie, die zu einer allgemein akzeptierten Ansicht wurden, obwohl früher niemals jemand so etwas angenommen hätte.

B: Du beziehst dich auf die Theorien vom Urknall und der Evolution, dass alles im Universum aus einem minimalen Punkt höchster Energie stammt und dass alle Lebewesen von einem gemeinsamen Zellverband abstammen?

A: Genau. Und in der Zeit nach dem Zweiten Weltkrieg wurde ebenso in politisch-menschlicher Hinsicht endgültig deutlich, dass wir Menschen alle eins sind und dass wir alle dasselbe wollen, nämlich leben. Jetzt sollte ein Rassismus, wie er sich in der Gegenüberstellung von Zivilisierten und Wilden ausdrückte, nirgendwo mehr vertretbar sein.

B: Aber ich befürchte, die Menschen bedienen sich nunmehr anderer Gegenüberstellungen, um andere auszugrenzen. Und vielleicht stimmt das gar nicht, dass alle Menschen (bloß) leben wollen.

A: Dagegen spräche, dass es Selbstmörder gibt?

B: Das auch, wobei ein Selbstmord oder eine Selbsttötung nicht unbedingt eine Lebensverneinung ausdrückt. Es kann sich bei einem Selbstmord um die Kundgabe handeln, dass unter den gegebenen Umständen ein Leben, wie es sich jemand wünscht, nicht mehr möglich erscheint, ein Leben, das grundsätzlich nicht abgelehnt wird.

A: Was aber meinst du sonst damit, wenn du sagst, dass vielleicht nicht jeder leben will?

B: Ich erinnere mich dunkel an die Worte eines antiken Philosophen, die ungefähr besagen, dass es nicht darum geht zu leben, sondern gut zu leben.

A: Da stellt sich die Frage, was denn unter »gut« zu verstehen ist.

B: Vermutlich ein mehr oder weniger moralisch gutes Leben und ein solches Leben, für das der Mensch bestimmt ist, sodass er seine Anlagen, von denen wir ja sprachen, optimal verwirklichen kann.

A: Das sind schöne Worte, denen ich nicht widersprechen möchte. Aber was dieses Verwirklichen konkret bedeutet und wie es durchzuführen sei, ist vielfach umstritten.

B: Da hast du recht. In Anlehnung an ein Diktum eines berühmten deutschen Theaterautors und Theatermachers könnten wir sagen, dass ein Mensch zuerst einen gewissen Besitz haben muss, bevor er sich so etwas wie Moral leisten kann. Ich hoffe, ich erscheine dir nicht allzu elitär eingestellt, wenn ich anmerke, dass viele Menschen aufgrund der Zwänge ihrer Lohnarbeit wahrscheinlich nicht in dem Sinn gut leben, wie es jener antike Philosoph fordert.

A: »Zu wenig zum Leben, zu viel zum Sterben«, wie meine Großmutter zu sagen pflegte, wenn jemand über das Einkommen sprach.

B: Das trifft die Misere nicht schlecht.

A: Trotzdem bleibe ich dabei, dass wir jedem Menschen weltweit zugestehen und für ihn fordern sollten, dass er ein würdiges Leben führen kann und dass wir keinen als Wilden betrachten dürfen, der erst aus seinem Status der Rohheit befreit werden müsse.

B: Zur Durchsetzung dieses Ideals oder dieser Forderung, die du aussprichst, trägt zumindest der Tourismus etwas bei.

A: Wie das?

B: Wir hören ja immer wieder von Bekannten oder erleben es selbst, dass in allen Ecken und Enden der Welt Menschen leben, denen gegenüber man, so man nur eine gewisse Zeit mit ihnen in Kontakt war, Sympathie empfindet und deren Lebensweise und Lebenswillen man dann respektiert, manchmal auch bewundert oder sogar beneidet.

A: Das mag daran liegen, dass ein müßiger, entspannter Urlauber das Leben anderer voller Begeisterung beobachtet.

B: Auf der anderen Seite gibt es in unseren Zeiten an vielen Orten brutalste Kämpfe, seien sie militärischer oder ökonomischer Natur.

A: Das ist ein erschreckender Widerspruch, dass die Menschen im Einzelnen ein friedliches Leben führen, dem man eine gewisse Qualität zuspricht, und ein solches einander gönnen, dass die Menschen aber in ihrer Quantität zu brutalen und mörderischen Massen werden ...

B: ... die in ihrem Konsumwahn alles aufzehren ...

A: ... oder die einander umbringen. Hier zeigt sich eine Kehrseite der von mir vorhin betonten Allgemeinheit.

B: Die da wäre?

A: Dass mit dieser Allgemeinheit eine möglicherweise in dieser Form nie dagewesene Einzelheit einhergeht in dem Sinn, dass jede und jeder, da sie nicht mehr für einen König oder Kaiser kämpfen, selbst Königin oder Kaiser sein möchte und sich zu einem entsprechenden Konsum berechtigt sieht ...

B: … was, wie sich leicht ermitteln lässt, überall unzählige Auseinandersetzungen bewirkte und bewirkt.

A: Zumindest einen Teil der Auseinandersetzungen. Das Inbild dafür ist der Streit um das schon angesprochene Erdöl.

B: Weil es das Lieblingsobjekt von wirtschaftlichen Eroberungszügen wurde und das Gold als Grundkonstante ökonomischer Dynamiken ersetzte?

A: Das ist ein Aspekt. Am Erdöl zeigt sich aber auch das Wechselspiel von Einzelnem und Allgemeinem.

B: Ich kann dir wieder einmal nicht folgen.

A: Die Förderung, der Handel und die Verarbeitung von Erdöl stellt die allgemeine Seite dar, dass die Menschen und Staaten einander weltweit anerkennen und sich zumindest auf wirtschaftlicher Ebene akzeptieren. Der Lieferant akzeptiert den Verarbeiter von Erdöl, weil dieser ihm sein Produkt abkauft, andere wiederum respektieren den Verarbeiter, weil er ihnen Erdölprodukte verkauft und so fort.

B: Was du beschreibst, ist schlicht und einfach die wechselseitige Abhängigkeit der Weltwirtschaft.

A: Heute ist dabei jedem Einzelnen aufgrund seines Eigenkonsums im Hinblick auf das Erdöl klar, dass er an der Verknüpfung aller mit allen mitwirkt.

B: Weil wir als Autofahrerinnen und Autofahrer Benzin und Diesel in die Luft blasen?

A: Das kommt uns in unserem Umfeld in den Sinn. Jemand könnte einwenden, dass das nicht die gesamte Weltbevölkerung betrifft, zumal nicht jeder ein Auto besitzt; was aber im Einzelkonsum wahrscheinlich allpräsent ist, sind die Kunststoffe, das Plastik, dem heute kaum jemand entkommt. Zusätzlich ist über den Köpfen ziemlich aller Menschen ein weiteres Antriebsmittel der Weltwirtschaft allgegenwärtig, das Flugzeugkerosin.

B: Jemand könnte einwenden, dass das Erdöl momentan zwar ein bestimmender Faktor der Weltwirtschaft ist, dass es jedoch bald angesichts neuer Technologien überholt sein wird.

A: Das mag sein. Ich wollte das Erdöl als Beispiel für das Allgemeine-Einzelne-Spiel hernehmen, das sich um den Globus zieht.

B: Kannst du noch weitere Anzeichen dieser Allgemein-Einzelnes-Beziehung nennen? Anders gefragt: Wie hat sich diese Beziehung historisch ergeben, wenn man einmal von der allgemeinen Gier der Einzelnen absieht?

A: Wir haben vorhin die Arbeiterfrage gestreift und in Verbindung damit die Russische Revolution, der wir als Gegenpol den völkischen Nationalstaat und das Konzept der Ständestaaten gegenüberstellen könnten.

B: Ja, die Konfrontation dieser Gegenpole erreichte im schrecklichen Zweiten Weltkrieg ihren Gipfelpunkt.

A: Und nach diesem kam es, wie wir sagten, offensichtlich nicht zur Weltrevolution im kommunistischen Sinn, aber zu einer weltweiten Revolution des Lebens der Arbeiterschaft.

B: Worauf zielst du mit diesem Wortspiel von Weltrevolution und weltweiter Revolution ab?

A: Auf dasjenige, was wir selbst zeitgeschichtlich, wenn ich so sagen darf, erleben und was wir von unseren Vorfahren gehört haben, nämlich auf die Veränderungen in eigentlich jedem Bereich des Lebens, im Wohnbau, in den Ausstattungen der Wohnungen, in der Mobilwerdung der Massen, in der noch fortschreitenden Aufteilung der Arbeitsprozesse, in der Änderung von Familienstrukturen et cetera.

B: Sprichst du über die Jahre des sogenannten Wirtschaftswunders?

A: Ja, wenn du das mit einem Schlagwort unserer europäischen Umgebung benennen willst. Selbst dort, wo sich die Wirtschaft nicht in demselben Ausmaß wie in Europa im Zusammenhang mit der später vielfach kritisierten Steigerung des Konsums entwickelte, erfuhr das Leben der Einzelnen eine mannigfaltige Veränderung.

B: Du meinst, weil auch die Fünfjahrespläne kommunistisch orientierter Staaten Automobile und Fernseher für die Genossen vorsahen?

A: Sehr geistreich. Ich zielte gar nicht speziell auf den Gegensatz zwischen West und Ost ab. Es geht mir um die weltweite Verbreitung diverser Erfindungen, wovon wir vor geraumer Zeit sprachen. Das Bekanntwerden und die massenhafte Produktion neuer Technologien bedeutete stets neue Aufgabenfelder für Arbeiter, die umgekehrt in wachsendem Ausmaß erwarten durften, sich mit ihrem Lohn einen bislang ungekannten Lebensstandard zu ermöglichen.

B: Dadurch steigerte sich die problematische Sucht nach Fortschritt und stetem (wenn auch nur scheinbarem) Sich-Bessern der Lebensbedingungen.

A: Ich kann schwer leugnen, dass du mit deiner Kritik etwas triffst. Ich gebe jedoch zu bedenken, dass wir eine derartige Kritik am Konsum aus der Position unserer Sättigung heraus anbringen, wir, die wir uns in unseren bürgerlichen Berufen und Eigentumswohnungen befinden. Ich möchte nicht – sollte ich in die Lebensumstände meiner Vorfahrinnen in der Nachkriegszeit zurückversetzt werden – einer dieser Verwandten in meiner Konsumkritik ausreden müssen, ihre Waschrumpel gegen eine Waschmaschine einzutauschen. Ich würde ihr auch nicht gerne einreden müssen, dass sie weiterhin mit dem Fahrrad sechzig Kilometer in die Arbeit fahren soll, nur um nicht einem verfehlten Fortschrittsglauben aufzusitzen.

B: Du bist also der Ansicht, wir dürfen an historischen Entwicklungen dieser Art keine Kritik üben, weil – ich komme auf ein altes Thema von uns zurück – diese Entwicklungen die Freiheit beförderten?

A: Dass keine Kritik daran erlaubt ist, habe ich nicht gesagt, ich wollte auf die unterschiedlichen Perspektiven hinweisen. Über die Freiheit sagten wir in diesem Zusammenhang bereits, dass einen das Nachhecheln hinter dem gepriesenen Lebensstandard, der uns Freiheit verspricht, in größere Unfreiheit bringen kann.

B: Weil uns eben der Konsum aufgezwungen wird?

A: Das klingt immer so schön allgemein, und wir können uns dabei als passive Opfer sehen. Aber es ist doch jeder von uns aktiv am Konsum beteiligt mit seinem Wollen und seinem Streben nach Freiheit.

B: Hat dieses Streben sein Ziel erreicht?

A: Mir scheint, ich höre aus deiner Frage einen Unterton heraus, der die Beantwortung mit »Nein« fordert.

B: Ich bin nun einmal nicht überzeugt davon, dass wir uns in den vergangenen Jahrzehnten zu Großem fortentwickelt haben.

A: Allgemein ist es, davon bin ich überzeugt, schwierig, Distanz zum Eigenen zu gewinnen. Im Fall einer Frage nach dem Erreichten können wir vermutlich nur schwer würdigen, welchen Wert die gegenwärtigen Weisen des Zusammenlebens haben, die sich ausbildeten und ausbilden.

B: Sprichst du davon, dass in vielen Staaten der Erde das patriarchalische Familiensystem aufgebrochen wurde?

A: Damit schneidest du einen weiteren Detailbereich interessanter Vorgänge an, der mir allerdings schwer zu beurteilen erscheint. Gewiss gibt es nach wie vor – oder vielleicht in letzter Zeit sogar wieder verstärkt – die Betonung des bürgerlichen Modells der Familie mit allen seinen guten und seinen bedrückenden Momenten. Aber allmählich wurden in vielen Staaten auch auf gesetzlicher Ebene gleichgeschlechtliche Ehen oder Partnerschaften erlaubt.

B: Ganz abgesehen von der häufigen Form der Patchwork-Familien und der nach dem Zweiten Weltkrieg in steigendem Grad akzeptierten Form des Lebens alleinstehender Frauen und Männer.

A: Aber ich habe mit der Schwierigkeit, das Eigene zu beurteilen, nicht nur das Problem gemeint, wie wir über neuere Formen des familiären oder nichtfamiliären Zusammenlebens urteilen sollen, sondern allgemein die Frage, wie wir die sogenannten Errungenschaften in vielen Bereichen, von denen wir schon lange sprechen, bewerten sollen. Ich möchte noch ein Beispiel dafür geben, das erneut mit der Arbeiterschaft zu tun hat. Nach den ungeheuren Mobilmachungen des Zweiten Weltkriegs ereignete sich weltweit ja eine zivile Mobilmachung.

B: Worauf zielst du mit dieser Wortkreation der »zivilen Mobilmachung« ab?

A: Darauf, dass in vielen Staaten in einem bis dahin undenkbaren Ausmaß Menschen Zugang zu Transportmitteln bekommen haben, mit denen sie sich oftmals über sehr weite Strecken bewegen können oder auch müssen, sei es mit dem Auto, dem Schiff, der Bahn oder dem Flugzeug …

B: … was alles zu den wiederholt angesprochenen Umweltproblematiken beitrug, abgesehen vom verstärkten Unruhigwerden des Planeten, wenn ich so sagen darf.

A: Genau an so etwas wie der Einschätzung der Massenverkehrsmittel zeigt sich die von mir angesprochene Schwierigkeit einer Beurteilung solcher Dinge. Ähnlich wie bei der Verwendung neu aufkommender Haushaltsgeräte wird man den früheren Generationen nicht anlasten wollen, dass sie sich mit Freude und Erleichterung der gesteigerten Mobilität zugewendet haben.

B: Weil die Mobilität den vermeintlichen Fortschritt förderte?

A: Das wäre wiederum eine ziemlich pauschale Aussage. Was den zunehmenden Autoverkehr betrifft, so erscheint es mir problematisch, wenn dieser – wie es heute gerne geschieht – generell verdammt wird. In vielen Gebieten ist der gesteigerte Individualverkehr zweifellos als Befreiung erfahren worden. Viele

Menschen konnten die ländliche Einöde und Beschränktheit – wenigstens für gewisse Zeit – verlassen und im Stil der großen Herren ins Ausland auf Urlaub fahren. Zum anderen trug der enorm intensivierte Warenverkehr auf Autobahn und Schiene zum Wohlstand zumindest mancher Regionen bei, abgesehen von der zuvor angesprochenen wechselseitigen wirtschaftlichen Anerkennung.

B: Wohlweislich sprichst du von manchen Regionen. Weiterhin wurden viele Gebiete ausgebeutet oder sie erlebten einen wirtschaftlichen Niedergang.

A: Dies kann uns zur politischen Geschichte im engeren Sinn zurückbringen. Die zweite Hälfte des 20. Jahrhunderts war doch einerseits davon geprägt, dass zahlreiche Kolonien unabhängig wurden, und andererseits dadurch, dass sich immer größere Zusammenschlüsse von Staaten oder noch umfangreichere Handelsbündnisse bildeten.

B: Etwas, das die Ausbeutung vieler Regionen nicht geringer werden ließ, eher im Gegenteil.

A: In dieses Spannungsfeld lassen sich die sogenannten Stellvertreterkriege, die wir kurz berührt haben, einordnen.

B: Du sprichst wieder von den Kriegen in Ostasien, dem Korea- und Vietnamkrieg?

A: Zum Beispiel, daneben ist an die mehr oder weniger kalten oder heißen Auseinandersetzungen der Geheimdienste zu denken, vor allem die Aktionen, die sich um die Sicherung des Einflusses in Mittel- und Südamerika drehten.

B: Meinst du die Bemühungen der CIA, diverse Regime zu stürzen oder selbst solche einzusetzen?

A: Man hört zumindest nicht selten von Unternehmungen dieser Art. All das kann man als ein Anzeichen für den Kampf und das Ringen darum betrachten, wie das weltweite Wirtschaften und Zusammenleben gestaltet sein soll, nämlich eher marxistisch ausgerichtet oder am Kapitalismus im Stil der westlichen Industrienationen orientiert.

B: Scheinbar wurde im Jahr 1989 dieser Kampf zugunsten des Kapitalismus entschieden.

A: Auch das würde ich nicht schlichtweg bejahen. Denken wir an Korea oder an südamerikanische Staaten wie Venezuela, so wird deutlich, dass es nach dem Jahr 1989 weiterhin die klassischen politischen Konfliktzonen gibt.

B: Aber sind das nicht eher Relikte? Nach Russland hat auch die Volksrepublik China auf den Turbokapitalismus gesetzt und kauft in der ganzen Welt alle möglichen Ressourcen auf.

A: Dafür entstanden zahlreiche Konfliktlinien, die zeigen, dass dem Kapitalismus das Feld nicht kampflos überlassen wird. Ich erinnere lediglich an die kapitalismuskritischen Bewegungen, die sich innerhalb reicher Staaten zum Teil deutlich Gehör verschafften; zum anderen werden die sogenannten Wirtschaftsnationen von außen zunehmend als Unterdrücker wahrgenommen, denen man mit verschiedenen Formen des Terrors begegnen müsse.

B: Ich nehme an, du hast nun auch eine Rechtfertigung des Terrorismus auf Lager?

A: Das nicht, aber gerade, wo wir zeitlich den Geschehnissen nahe sind, zeigt sich eventuell am stärksten, wie unangemessen historische Betrachtungen sein können.

B: Weil sie zu Verallgemeinerungen und zu einseitigen Darstellungen neigen?

A: Ja, was uns bei Epochen, die wir nur aus historischen Schilderungen kennen, nicht auffällt oder erst dann deutlich wird, wenn wir durch andere Medien wie die Literatur oder persönliche Aufzeichnungen damaliger Menschen zu einer genaueren Kenntnis dieser Zeiträume gelangen. Bei Geschehnissen der Gegenwart fallen uns schneller Unzulänglichkeiten auf, wenn wir eine allgemeine Darstellung der Ereignisse präsentiert bekommen.

B: Weil wir die Vielschichtigkeit der gegenwärtigen Probleme kennen?

A: Oder uns zumindest einbilden, sie zu kennen. Umgekehrt fehlt uns wieder die nötige Distanz, um die Dinge so nüchtern zu sehen wie ein Historiker späterer Jahrhunderte. Darf ich dir dennoch etwas zur allgemeinen Einschätzung der gegenwärtigen Lage sagen, was sich mir manchmal als Überlegung aufdrängt?

B: Nur zu!

A: Mir scheint es mitunter, dass sich der im 19. Jahrhundert beschriebene Klassenkampf heutzutage nicht mehr innerhalb einzelner Staaten wie Großbritannien oder Russland, sondern mittlerweile zwischen den Nationen abspielt.

B: Zwischen den besitzenden und den besitzlosen?

A: Ja. Ich weiß selbstverständlich, dass diese Generalisierung der Armut und dem Überlebenskampf vieler Menschen in den sogenannten reichen Staaten nicht gerecht wird.

B: Dennoch nimmst du eine Verallgemeinerung vor, weil du mit ihr anscheinend etwas bezweckst.

A: Mir scheint, dass die Menschen in den vermögenden Staaten, auch wenn diese Menschen – traditionell gesprochen – aus unterschiedlichen Klassen kommen, dadurch, dass sie in ihrer Gesamtheit einen – wenn auch aus ihrer Sicht nur moderaten – Wohlstand begehren, eine derartige Macht ausüben, dass sich andere Staaten dieser Macht als Knechte beugen müssen.

B: Was du sagst, klingt für mich nach billiger Studentengruppen-Propaganda.

A: Ich bitte um Entschuldigung, mir ist das natürlich bewusst. Anscheinend brauche ich schlichte Konzepte zur Simplifizierung, um mir manche Vorgänge zu erklären.

B: Vorgänge wie den verabscheuungswerten Terrorismus?

A: Ja, oder die massenhaften Flüchtlingswellen, die ebenfalls ein Kennzeichen der Jahrzehnte nach dem Zweiten Weltkrieg sind. Diese Fluchtbewegungen würde ich auch als Folge des Welt-Klassenkampfes fassen.

B: Der böse Kapitalismus ist schuld am unglücklichen Los der Armen?

A: Ich kann mir denken, dass du in dieser Sache in vielem nicht meine Meinung teilst. Ich glaube jedoch, dass die wirtschaftlich dominanten Staaten dadurch, dass sie Kapital und Rohstoffe aus anderen Ländern absaugen, Flüchtlinge ansaugen.

B: Jetzt bewegen sich – ich erlaube mir diesen Zynismus – die Sklaven also von selbst zu den Wirtschaftsstandorten, um dort als Billigstlohnarbeiter zu schuften?

A: Das könnte man so sagen.

B: Aber du denkst nicht, dass mit dem Fall der Berliner Mauer und mit dem allmählichen Verschwinden der kommunistischen Regime eine bedeutende Veränderung eingetreten ist?

A: Es liegt mir sehr fern, das zu leugnen. Ich würde jedoch nicht behaupten, dass sich danach alle Welt einmütig in das System des Kapitalismus eingefügt hat, wie das manchmal in Analysen zur Weltlage zu hören ist.

B: Du würdest demgegenüber auf die kritischen Stimmen verweisen, die sich dem Kapitalismus verweigern – diese Stimmen verhallen doch meist wirkungslos?

A: Das mag uns so erscheinen. Aber wer weiß schon, wie sich das Weltgeschehen entwickelt und wie einzelne Botschaften fortwirken?

B: Träumst du von geheimen Bünden, die eine Änderung hervorbringen?

A: Das nicht, aber möglicherweise steht noch so etwas wie eine weltweite Revolution aus, die eine Veränderung dieser Lage bringt.

B: Wir werden uns aber jetzt nicht in Spekulationen über das Zukünftige verlieren, oder?

A: Sicherlich nicht. Aber apropos Spekulationen: In Hinsicht darauf hat sich seit 1989 merklich etwas für uns alle verändert, das würde ich keinesfalls bestreiten.

B: Was meinst du nun damit?

A: Das Spekulieren im Finanzwesen – das ist nämlich ein Thema für beinahe jedermann geworden.

B: Etwa deshalb, weil wir über das Internet jederzeit und überall Wertpapiertransaktionen vornehmen können?

A: Ich meinte nicht diese praktische Seite, die sich gewiss auch verändert hat, sondern den systematischen Zwang im Bankwesen, der allen Anlegern, selbst kleiner Geldsummen, die Spekulation aufdrängt.

B: Hier könnte jemand einwenden, dass das Finanzgeschäft immer schon mit dem Ziel betrieben wurde, Besitz zu vermehren, sei es durch Verleihen auf Zins, Wertpapiere oder durch ähnliches.

A: Aber dem einzelnen Sparer wurde das nicht deutlich, er konnte sein Geld auf einem Sparbuch anlegen und hatte (jedenfalls bewusst) nichts mit mehr oder weniger riskanten Finanztransaktionen zu tun. In den Achtzigerjahren verfügten viele über Sparbücher, die Zinssätze brachten, die heute erreichbar sind, wenn man in hochriskante Geschäfte investiert. Die angehenden Pensionisten vertrauten damals darauf, dass die Sozial- und Pensionsversicherungen, in die sie jahrelang einzahlten, so wirtschafteten, dass sie im Alter versorgt sind.

B: Und heute bekommt ein kleiner Sparer bei herkömmlichen Sparprodukten so gut wie keine Zinsen mehr, sondern es wird einem auch bei kleinen Beträgen nahegelegt, sein Kapital in risikoreichen Formen anzulegen; daneben wird einem von vielen Seiten vorgerechnet, dass man ohne private Pensionsversicherung im Alter darben muss.

A: Du sprichst mir aus dem Herzen. So kommt es, dass enorme Summen, die früher in konservativerer Form veranlagt waren, in die hochspekulative Finanzwirtschaft fließen.

B: Die Finanzwirtschaft ist dir anscheinend nicht besonders sympathisch, obwohl sie den weltweiten Wohlstand garantiert und eines der Elemente ist, das zu der von dir starkgemachten Allgemeinheit führen kann, weil nun einmal Geld das Mittel des allgemeinen und des distanzüberwindenden Austauschs ist.

A: Aber Geld allein bewirkt nicht die menschliche Allgemeinheit in ihrem hohen Sinn der wechselseitigen Anerkennung; und beim Jonglieren mit dem Vermögen der Anleger sollte nicht vergessen werden, dass sich die abstrakten Geldwerte auf ein konkretes Wirtschaften stützen, aus dem sie herrühren – hier ist meines Erachtens die Erziehung sowie die staatliche Kontrolle gefordert, die beide dazu führen sollten, dass jemand die Mittel, die er erwirtschaftet, teilweise wieder der Gemeinschaft zukommen lässt, mit deren Hilfe er den Gewinn gemacht hat.

B: Du meinst in Form von Stiftungen oder Förderungen von Bildungs- oder Kultureinrichtungen?

A: Ja. In funktionierenden Staatswesen sollten Industrielle schlicht in der Form von Steuern einen Teil ihres Gewinns der Gemeinschaft zurückerstatten. In den europäischen Staaten beispielsweise erzielen die Wirtschaftstreibenden ihre Profite nicht allein aufgrund ihres unternehmerischen Geschicks, sondern auch mit der Unterstützung des Staates, weil sie sich auf einen einigermaßen gut organisierten Staat mit seiner Infrastruktur und auf ihre Mitarbeiter stützen können, die meist auf Staatskosten in den Schulen und Universitäten ausgebildet wurden. Anders mag die Sache in Ländern liegen, in denen der Staat kaum etwas bietet, aber in den europäischen Ländern wird durch die Steuern ein ziemlich funktionales und sicheres staatliches Gerüst gewährleistet, auf das gestützt die Menschen erfolgreich wirtschaften können.

B: Befürwortest du also eine staatlich kontrollierte Marktwirtschaft?

A: Ist das so schlimm?

B: Wahrscheinlich nicht.

A: Darf ich dir noch einen anderen, eventuell abwegigen Gedanken vorbringen, der in mir während der letzten Minuten unserer Unterhaltung aufkam?

B: Ich bitte darum!

A: Dieser Gedanke hängt mit der Frage zusammen, wie sich uns die Geschichte darstellt, aber auch mit den außerordentlichen Veränderungen des Lebens, die in der zweiten Hälfte des 20. Jahrhunderts eintraten.

B: Du machst es ja ganz schön spannend.

A: Als wir über die Begebenheiten, die auf den Zweiten Weltkrieg folgten, sprachen, da stellten sich vermutlich in unserer Vorstellung im Vergleich zu unserem Gespräch über die früheren Jahrhunderte mehr und wesentlich buntere Bilder ein als zuvor.

B: Das scheint mir nicht verwunderlich, stehen wir doch mit dieser Zeit in näherer Verbindung.

A: Was jedoch nur eine relative Nähe ist. Der Koreakrieg ist zeitlich so weit weg, dass ihn keiner von uns erlebt hat, und sein Schauplatz räumlich so weit entfernt, dass er uns kaum tangiert.

B: Mit den »bunteren Bildern« sprichts du die Aufnahmen an, die uns von historischen Ereignissen der Nachkriegszeit vermehrt erreicht haben?

A: So ist es, vor allem durch den Fernseher, der die Wohnungen der Nachkriegsgenerationen nicht weniger veränderte als die Waschmaschinen oder Kühlschränke.

B: Weil die Menschen durch den Fernseher die Nachrichten in Ton und Bild ins Wohnzimmer geliefert bekamen, wobei das Filmmaterial zum Teil sehr drastisch war?

A: Jawohl. Nach der Anfangsphase mit den Schwarz-Weiß-Geräten erreichten uns Aufnahmen in voller Farbenpracht – man könnte von den Jahrzehnten sprechen, in denen alles bunt wurde: die Magazine, die Tageszeitungen, die Kleidung, die Zusammensetzung der Gesellschaften und eben die Fernseher und ihre Programme.

B: Etwas, das die Menschen zumindest anfänglich zu einem großen Teil als positiv empfanden.

A: Davon dürfen wir ausgehen. Parallel dazu, dass sich die Menschen mit dem Auto und Flugzeug in ferne Gegenden begeben konnten, wurde die Ferne durch den visuell gewordenen Rundfunk endgültig in die heimische Nähe gebracht. Damit wurde das weitergeführt und ausgebaut, was Jahrzehnte davor mit dem Radio und Kino begonnen hatte.

B: Und jetzt wurde auch aus der letzten Stube die Langeweile vertrieben.

A: Diese Entwicklung, die heute vielfach kritisch gesehen wird, lässt sich als eine weitere Möglichkeit zur Aufklärung der Massen betrachten, dass sie nämlich Zugang zu Nachrichten und Bildungssendungen bekamen.

B: Wobei zu befürchten ist, dass durch das kommerzielle Fernsehen tatsächlich eher die Verdummung der Massen eingetreten ist.

A: Das ist wieder einmal so eine Frage. Selbstverständlich erkannten viele rasch die einzigartige Möglichkeit dieses Mediums, Einfluss auszuüben, sei es mit manipulierten Nachrichten oder mit Werbesendungen.

B: Die kommerziellen Fernsehanbieter stellten schnell fest, dass Unterhaltungssendungen – oder das, was die Mehrheit als solche erachtet – attraktiver sind als nüchterne Information oder als Erziehungs- und Bildungssendungen.

A: Ja, wenn wir an das Sujet Vietnamkrieg denken, stellen wir vermutlich fest, dass uns eher die möglicherweise tendenziösen Spielfilme zu diesem Thema vertraut sind als die Dokumentationen, die ausgewogen über die Konfliktparteien berichten.

B: Und mit der Verbreitung der Angebote der Privatsender durch das Kabel- und Satellitenfernsehen hat das Verdummungspotenzial des Fernsehens deutlich zugenommen.

A: Aber ich möchte auch hier dafür plädieren, dass wir nicht leichtfertig über die angesprochene Masse urteilen und sie für dumm erklären.

B: Willst du etwa sogar den so außerordentlich gestiegenen Fernsehkonsum, der viele andere Kommunikationsarten und gesellschaftliche Umgangsformen ausgerottet hat, rechtfertigen?

A: Vielleicht bringt uns diese Frage zum Thema des vermeintlichen Siegeszuges des Kapitalismus zurück.

B: Wie das?

A: Was du als Massenverdummung angesprochen hast, könnte zum Teil als ein Ausdruck des zumindest intuitiven Widerstands vieler gegen das kapitalistische Wirtschaften angesehen werden.

B: Du sprichst für mich in Rätseln.

A: Ich will nicht behaupten, dass wir durch hohen Fernsehkonsum ein dezidiertes Zeichen gegen kapitalistische Wirtschaftsformen setzen; das Fernsehen ist schließlich ein nicht unbedeutender Teil von kapitalistischen Systemen. Aber mir scheint, dass sich viele mit ihrem Eintauchen in die vielfältigen Phantasiewelten diverser Fernsehserien und -filme für eine gewisse Zeitspanne der Rationalisierung und der Vernützlichung, die wesentliche Bereiche des Lebens ergriffen haben, entziehen.

B: Aber am Tag nach ihren Fernsehorgien sind die Fernsehzuseher einmal mehr der brave Fließbandarbeiter oder Bankdirektor?

A: So ungefähr.

B: Manche Menschen entwickeln sich in ihrer exzessiven Fernsehtätigkeit sogar zu so radikalen Kritikern der Rationalisierung, dass sie gar nicht mehr als Lohnarbeiter am Kapitalismus mitwirken, sondern lieber daheim auf der Couch liegen bleiben.

A: Du machst dich über mich lustig und das vielleicht zu Recht. Aber scheint es dir nicht manchmal so, dass wir in einer Art von Schizophrenie leben?

B: Inwiefern?

A: Insofern wir mehr oder weniger brav unseren gesellschaftlichen Rollen und unseren Berufen als Bahnbeamter, Arzt, Fernfahrer oder als was auch immer nachgehen, uns aber in unserer so viel geliebten Freizeit oft in irgendwelchen Scheinwelten verlieren, sei es in Krimiserien, Castingshows, Sportsendungen oder Ähnlichem.

B: Da fällt mir ein, ich muss zu meiner Lieblingssendung nach Hause – war nur ein Scherz.

A: Haha. Und durch die Allpräsenz der Computer und des viel diskutierten Internets ist diese Schizophrenie gesteigert worden: Immer und überall können wir Informationen, Fernsehserien und Videoclips abrufen, die mit unserem momentanen Umfeld so gut wie nichts zu tun haben, die uns jedoch für einige Momente von der Tristesse des Alltags ablenken.

B: Das ist sicherlich zu beobachten. Freilich könnte man fragen, welcher von beiden Bereichen die Scheinwelt ist – das durch die Medien Generierte oder der von dir erwähnte Alltag.

A: Ein berechtigter Einwand. In den letzten Jahrzehnten argumentieren nicht wenige Philosophen dafür, dass das Ausschlaggebende durch die Kunst repräsentiert oder hervorgebracht wird, die die bürgerliche Scheinwelt ihres Schleiers beraubt. Innerhalb einer herkömmlichen Betrachtungsweise der Welt können wir allerdings als weiteren Ausdruck dieser Flucht aus dem Alltag und aus seinen Nöten den Suchtmittelkonsum nennen, den es ebenso seit langer Zeit gibt. Aber vielleicht dient er gegenwärtig verstärkt zum Ausbruch aus der umfassenden Rationalisierung einer Welt, in der scheinbar alles im Hinblick auf seine Nützlichkeit betrieben werden will.

B: Wie wir das, um ein weiteres Klischee zu bemühen, beim kokainschnupfenden Börsenmakler sehen können?

A: Zum Beispiel – Klischees haben ja mitunter ein Fundament in realen Vorgängen, auch wenn die Klischees nicht überstrapaziert werden sollten. Als eine weitere derartige Fluchtbewegungen kann der intensive Alkoholkonsum erachtet werden, der bei uns nach wie vor gesellschaftlich weitgehend akzeptiert ist und bei dem rasch die Grenze zwischen Aufheiterung und betäubender Ertränkung der Probleme verschwimmt. Jedenfalls sehen wir an allen Ecken und Enden die Probleme von Suchtmittelerkrankungen.

B: Es ist also gegenwärtig doch nicht alles so wunderbar!

A: Das habe ich niemals behauptet. Ich wollte lediglich darauf hinweisen, dass es in der Geschichte Tendenzen hin zu einer Allgemeinheit gibt, die ich durchaus positiv werte, wenngleich sich parallel dazu eine erstaunliche und mitunter beängstigende Vereinzelung der Menschen eingestellt hat.

B: Eine Vereinzelung, die wir uns, wie ich meine, nicht selten selbst auferlegen, etwa durch die ständig mitgeführten Mobiltelefone, mit denen einzelne Menschen lieber kommunizieren als mit ihrem Gegenüber.

A: Vielleicht wird auch in diesem Bereich eine Normalisierung eintreten, wie das bei anderen Neuerungen zu verfolgen war, die sich unauffällig in den Alltag eingefügt haben und denen wir heutzutage nicht mehr viel Beachtung schenken.

B: Aber das Automobil als Novität des 19. Jahrhunderts haben wir in seiner Nutzung anscheinend immer noch nicht im Griff, und seine intensive Verwendung, die ebenfalls zur Vereinzelung beiträgt, fällt uns jeden Tag unangenehm auf, wenn wir Straßen voller Autos erleben.

A: Das stimmt. Ich dachte vorhin an die Weltraumfahrt, die einst in aller Munde war als die größte Leistung der Menschheit, die heute jedoch kaum jemanden mehr interessiert und über die in den Nachrichten nur spärlich berichtet wird.

B: Handy und Computer dagegen haben aufgrund ihres allgemeinen Einsatzes wesentlich direkteren Einfluss auf die Menschen und werden ihn voraussichtlich lange Zeit haben.

A: Das wird so sein.

B: Dabei ist nicht ausgemacht, dass man diese Prozesse verteufeln muss.

A: Woran denkst du da?

B: Dass der Bereich der Computerentwicklung und des Programmierens, sei es von Spielen, Handy-Anwendungen, Computeranimationen oder Ähnlichem, möglicherweise das zentrale Betätigungsfeld des menschlichen Geistes in unserer Zeit ist und dass in diesem Bereich die großen Innovationen der Gegenwart entstehen.

A: So, wie wir diese Dinge allerdings nutzen, könnte es sein, dass sie uns in kurzer Zeit in ziemliche Probleme bringen.

B: Aufgrund der möglicherweise gesundheitsschädlichen Strahlung der Mobiltelefone, die wir ständig mit uns herumtragen?

A: Auch das, vor allem aber denke ich an die geistige Überforderung. Einerseits bedeuten diese Geräte eine Belastung für uns, weil wir permanent für alles Mögliche verfügbar sind, und andererseits, weil sie uns stets eine Unmenge von Informationen und neuen Daten vor Augen führen …

B: … die zu einem Großteil unnütz sind, wie du vermutlich hinzufügen möchtest.

A: Das möchte ich gar nicht sagen, aber wir sind schlicht von der Fülle an Nachrichten überfordert.

B: Dabei nahm ich an, die Entwicklung der Geschichte, die wir betrachteten und die uns zu unserer jetzigen Situation brachte, sei der Ausdruck der Entwicklung des Guten.

A: Ich habe nie behauptet, dass alles gut ist, was so in der Welt geschieht. Vieles, was wir Menschen betreiben, erfordert eine Einschränkung, die wir uns selbst auferlegen, sobald wir eingesehen haben, zu welchen Problemen Dinge führen, die zunächst oder aus einer gewissen Hinsicht gut erscheinen.

B: Wie die Atomkraft?

A: Das wäre ein Beispiel. Viele Staaten schränkten, wie wir uns in Erinnerung gerufen haben, deren Nutzung stark ein oder verzichteten gänzlich auf sie – freilich könnte es sein, dass die Menschheit wieder verstärkt auf sie zurückgreift, wenn sie andere Energieerzeugungsformen wegen gewichtigerer Probleme weniger anwenden möchte. Vielleicht entwickelt sich bei der Nutzung von Computern etwas Analoges, dass ihr Gebrauch im privaten Bereich mehr oder weniger freiwillig eingeschränkt wird, weil die Nutzer ihre Schädlichkeit höher einschätzen als den Nutzen oder das Erfreuliche, das sie bringen.

B: Du meinst, wie das mit dem Rauchen geschehen ist?

A: Das könnte sein; wir rauchen zwar noch ausgiebig Zigaretten und anderes, aber nicht mehr immer und überall, wie das früher geschah, als auch in Flugzeugen und öffentlichen Gebäuden geraucht wurde.

B: Oh, wie schön wäre das, wenn es auch handyfreie Bereiche in öffentlichen Räumen gäbe – das wäre mir wichtiger als dieses heuchlerische Rauchverbot an vielen Orten, das eine Konsumform als schädlich stigmatisiert, wo es doch viele Dinge gäbe, die man aus Gesundheitsgründen verbieten könnte, wie das Autofahren, das mehr Todesopfer fordert als das Rauchen.

A: Nun gut, ich sehe, wir bewegen uns in den Bereich der Forderungen für die Zukunft hinein und entfernen uns von unserem Überblick über die Geschichte, an den du uns vorhin mit deinem Hinweis auf das Gute erinnert hast.

B: Heute wird wahrscheinlich kaum jemand behaupten, dass wir das Gute in der Geschichte erreicht haben, eher das Gegenteil.

A: Wie ich des Öfteren sagte: Es könnte sein, dass bei allem Katastrophalem und Zerstörerischen, an das wir gegenwärtig und bei einem Blick auf die jüngere Vergangenheit denken, doch in einem bisher ungekannten Ausmaß die Allgemeinheit der weltweiten menschlichen Gesellschaft und ihrer wechselseitigen Verknüpfung anerkannt wird, bei all ihren Konflikten.

B: Eine Allgemeinheit, der jedoch, wie du selbst betont hast, ein oftmals erschreckender Individualismus und Egoismus gegenübersteht, jedenfalls in den uns näher bekannten Staaten.

A: Diesbezüglich wäre nachzufragen, ob diese Beobachtung generell gültig ist und ob die von mir angesprochene Vereinzelung notwendigerweise mit einem Egoismus einhergeht. Es könnte sein, dass sich die Menschen mitunter nur als Egoisten oder Individualisten gerieren und auf die Allgemeinheit schimpfen, weil sie ihre Freiheit gegenüber der allzu abstrakt erscheinenden Staatsmacht bewahren möchten.

B: Und man dürfe annehmen, dass diese Menschen im Kleinen und im Privaten ohnehin erträgliche Zeitgenossen seien, sofern sie ihre Eigeninteressen zu ihrem Wohl und zum Wohl ihrer näheren Umgebung verfolgen?

A: Damit sprichst du etwas in meinen Augen Zentrales an, die nahe Gemeinschaft – es gibt genug Fälle, in denen wir sehen, dass sich Leute für andere einsetzen, mögen sie auch gleichzeitig auf die große Menschengemeinschaft schimpfen.

B: Wie könnte man diese Diskrepanz beseitigen, sodass sich alle Menschen für alle einsetzen?

A: Das ist eine für mich zu große Frage. Aber zum Egoismus ist mir wieder etwas eingefallen.

B: Und das wäre?

A: Das, wovon wir bereits sprachen, dass er nicht absolut schlecht sein muss, sondern für die Gemeinschaft auch vorteilhaft sein kann, nämlich dann, wenn sich jemand bemüht, sich selbst ideal zu entwickeln und dasjenige gut auszuführen, was er kann, womit er der Allgemeinheit nützlich ist.

B: Problematisch wird es, wenn das, was jemand am besten kann, das Nichtstun ist.

A: Ich vermute, du zielst auf meine Tätigkeit der müßigen Denkerin ab. Sicherlich wird es, das wissen wir aus unserem Umgang mit Kindern, einer Erziehung bedürfen, die Vorbilder präsentiert und die beispielsweise zeigt, dass das Nichtstun – sofern so etwas überhaupt möglich ist – den Menschen nicht erfüllt und seinem Wesen nicht gerecht wird (es sei denn, man ist der Ansicht, dass eine gewisse Form von meditativer Nichttätigkeit das Höchste für den Menschen ist).

B: Was aber ist das Wesen des Menschen, zu dessen Vervollkommnung jemand in der Erziehung hingeführt werden soll? Gibt es überhaupt so ein Wesen des Menschen? Dergleichen könnte ein kritischer Geist an diesem Punkt fragen.

A: Das ist ein guter Einwurf. Für unser Gespräch kann das bedeuten, dass wir uns den anderen beiden Elementen der so berühmten Trias zuwenden, die wir bei der Erwähnung der Aufgabe der Schule genannt haben.

B: Das Wahre, Schöne und Gute?

A: Jawohl. Ich schlage vor, dass wir uns vom Guten aus rückwärts bewegen und uns als Nächstes das Schöne vornehmen, das ebenfalls essenziell für die Überlegungen zur Erziehung ist.

B: Weil das Schöne und die Kunst als Verwirklichung von Schönem Vorbilder für die Menschen abgeben können?

A: So ungefähr. Bevor wir uns diesem Thema zuwenden, möchte ich noch etwas zum Thema Individualismus und Egoismus festhalten.

B: Und das wäre?

A: Dass jeder, der nur ein wenig Vernunft besitzt, gerade heutzutage zugeben muss, dass er bei all seiner vermeintlichen Selbstständigkeit oder Originalität ungemein vielen Menschen ungemein viel verdankt.

B: Seinen Verwandten und Lehrern?

A: Nicht nur diesen, sondern auch der meist anonym bleibenden Masse, die ihm, wie wir mehrmals sagten, sein Leben in Gang halten, wenn ich so sagen darf. Wir haben durchgesprochen, dass jeder anhand seines Lebens, es mag auch scheinbar einfach sein, erschließen kann, wie viele andere Menschen er in diesem Leben braucht, die ihm seine Nahrung, seine Kleidung und so fort beschaffen.

B: Das sollte allen Menschen evident sein. Dennoch wird diese Überlegung viele nicht davon abhalten, in ihrem ungezügelten Egoismus Arbeiter auszubeuten, enorme Reichtümer anzuhäufen und sich nicht um die zu kümmern, die ihnen den Müll wegführen und die Straßen reinigen.

A: Gerade hier ist neben dem Staat und etwaigen gesetzlich geregelten Einkommensbeschränkungen die Erziehung gefragt. Den Menschen soll vor Augen gestellt werden, welche Schäden an der Gemeinschaft es bewirkt, wenn sich jemand auf Kosten anderer bereichert.

B: Dein Wort in Gottes Ohr!

Kunst

A: Umso mehr wollen wir uns also dem zuwenden, was du schon genannt hast, der Kunst, in der Schönes verwirklicht wird.

B: Warum »umso mehr«?

A: Weil die Kunst aufzeigen kann, was der Mensch vermag, was, um auf jenes altertümlich klingende Wort zurückzukommen, in seinem Wesen angelegt ist.

B: Du meinst, die Kunst vermag das aufzuzeigen, weil die Kunstwerke unter Beweis stellen, wozu Künstler fähig sind?

A: Einerseits das, vor allem jedoch deshalb, weil der Mensch mit seinem Tun und Leiden immer wieder ein Hauptgegenstand der Künste ist.

B: Ich verstehe.

A: Wo aber haben wir es in der Schule mit Kunst zu tun gehabt?

B: Im Musik- und Zeichenunterricht.

A: Ja, in den Fächern, die offiziell »Musikerziehung« und »Bildnerische Erziehung« heißen, womit wir schon wieder bei der Erziehung angelangt wären. Darüber hinaus ist uns einiges, was wir zweifellos zur Kunst zählen, in den Sprachen präsentiert worden.

B: Im Rahmen der Literaturgeschichte, mit der wir uns beschäftigten?

A: So ist es, sei es im Deutschunterricht, im Lateinischen oder in anderen Fächern. Die Benennungen der zuerst von dir genannten Fächer weisen etwas in diesem Zusammenhang Interessantes auf.

B: Den Ausdruck Erziehung?

A: Ja. Dieses Wort kann darauf hindeuten, dass wir in diesen Fächern zur Kunstausübung erzogen und nicht bloß über Kunst informiert werden sollen.

B: Was ist da deiner Meinung nach der Unterschied?

A: Dass wir nicht nur passiv durch das Konsumieren von Kunst irgendetwas erfahren oder begreifen, sondern dass wir uns selbst als Sängerinnen oder Malerinnen betätigen und aus dieser Erfahrung des Selbertuns heraus eine Ahnung davon gewinnen, was Kunst ist.

B: Ich war nicht übermäßig davon begeistert, dass wir im Zeichenunterricht etwas zeichnen oder malen sollten, das benotet wurde.

A: Vielleicht zeigt das eine allgemeine Tendenz des Erwachsenwerdens.

B: Und zwar welche?

A: Dass viele von uns beim Heranwachsen die Lust am Kunstmachen verlieren.

B: Was verstehst du unter »Kunstmachen«?

A: Ich habe absichtlich dieses etwas plumpe Wort gewählt. Damit möchte ich sehr wohl auch die Tätigkeit von kleinen Kindern bezeichnet wissen, die meist Universalkünstler sind.

B: Weil wir als kleine Kinder gerne singen und malen?

A: Noch viel mehr: Wir bauen gerne etwas, schlagen mit Stöcken auf klingende Materialien, erdichten Geschichten und spielen bunteste Spiele, in denen wir uns in unterschiedlichste Rollen hineindenken.

B: So lange, bis dieser Eifer allmählich abnimmt.

A: Warum, glaubst du, ist das so?

B: Ich vermute, weil – wenn wir einmal im Bereich der Kunst bleiben – eine Spezialisierung eintritt und wir uns entscheiden, Musiker, Schauspieler oder anderes zu werden, oder weil wir uns, wenn wir unsere Hervorbringungen mit denen anderer Künstler vergleichen, für unser Tun schämen, weil es uns dilettantisch erscheint.

A: Was du sagst, zeigt einige interessante Aspekte des Kunstschaffens auf, mit denen wir uns befassen können, die Spezialisierung, Professionalisierung und die Beurteilung von Kunst.

B: Darüber könnten wir uns jedoch nur sinnvoll unterhalten, sofern wir uns darauf einigen, was denn Kunst ist.

A: Ich schlage vor, dass wir uns für unsere Zwecke eines Rückblicks auf Inhalte unseres Kunstunterrichts auf eine eher herkömmliche Bestimmung stützen, jene nämlich, es handle sich bei Kunstwerken um menschliche Hervorbringungen, die einigermaßen zweckfrei sind und die sich zumeist an die sogenannten Fernsinne des Sehens und Hörens wenden.

B: Das ist eine sicherlich umstrittene Bestimmung.

A: Dessen bin ich mir bewusst. Mit der Festlegung auf die Fernsinne wird traditionell dasjenige ausgegrenzt, was sich auf den Geschmacks- und Geruchssinn bezieht, etwa die Produkte der Kochkunst.

B: Was natürlich sehr schade ist, da ich gerade darin ein Experte bin.

A: Vielleicht kommen wir später beim nächsten Essen auf diese deine Expertise zurück. Was üblicherweise ebenfalls nicht zu den Schönen Künsten gerechnet wird, ist die Parfumkunst, die sich an den Geruchssinn wendet.

B: Wir bleiben also bei den Bildenden Künsten?

A: Sowie der Musik und Literatur, die selbstverständlich alle nicht in dem Sinn zweckfrei sind, dass sie keinen Zweck hätten – für manche ist die Kunst und der Kunstgenuss der höchste Zweck des Lebens; und ein Gemälde kann den Zweck haben, der Gottesverehrung zu dienen. Aber ich meine, wir dürfen dem Definitionselement der Zweckfreiheit entnehmen, dass es bei Kunstwerken um etwas geht, an dem sich nicht ein Zweck im Sinn einer konkreten Nutzbarkeit in den Vordergrund drängt.

B: Wie meinst du das genau?

A: Dass zum Beispiel ein Haus, so sehr es auch einen konkreten Zweck der Behausung von Göttern oder Menschen hat, nicht primär als Mittel betrachtet wird, sondern dass es zunächst in seiner Schönheit als Bauwerk wirkt.

B: Die Schönheit des Bauwerks wird aber unter Umständen nach seiner Zweckmäßigkeit beurteilt?

A: Nicht unbedingt oder nicht vornehmlich. Wenn wir an eine gotische Kathedrale denken, so können wir sagen, ein Zweck dieses Baus im Sinn seiner konkreten Nutzung ist die Aufnahme von Gläubigen. Zur Erfüllung dieses Zwecks könnte – wie wir das von neueren Kirchenbauten kennen – die Kathedrale schlichter ausfallen. Freilich könnte man sagen, der Zweck der Kathedrale ist das Hindeuten auf das Göttliche – und in dieser Hinsicht ließe sich durchaus dafür argumentieren, dass ihre Schönheit danach beurteilt wird, wie sehr sie diesen sozusagen höheren Zweck durch ihre wunderbaren Gewölbe und ihre Proportionen erfüllt.

B: Das ist, wie mir scheint, ein schwieriges und vielfältiges Thema, über das wir uns ausführlicher unterhalten müssten. Aber wovon willst du sonst noch die Kunst abgetrennt wissen?

A: Ich würde sagen von demjenigen, was üblicherweise das Naturschöne genannt wird, das uns ebenso oder manchmal mehr fasziniert als die menschlichen Hervorbringungen in der Kunst.

B: Zum Beispiel ein schöner Sonnenaufgang oder ein schöner Schmetterling?

A: Ja.

B: Die Kunstwerke, mit denen wir uns befassen wollen, sind also menschliche Produkte, die für den Seh- und Hörsinn gemacht werden und im Unterschied zu Speisen oder Parfumwolken einigermaßen haltbar sind?

A: Ja, das könnte man so zusammenfassen und hinzufügen, dass sie des Weiteren für die Phantasie gemacht werden, an die sich insbesondere die Literatur richtet.

B: Aber wofür gibt es eigentlich überhaupt Kunst?

A: Das ist eine fundamentale Frage, die meine Kapazitäten bei Weitem übersteigt. Anstelle einer Antwort würde ich in Form einer Ausflucht darauf verweisen, dass es offensichtlich mit dem Menschen zugleich immer schon Kunst gegeben hat und dass wir Menschen uns generell – zumindest eben als Kinder – dafür begeistern, etwas zu malen oder zu musizieren. Eine schlichte Antwort wäre, Kunst gibt es für die Unterhaltung.

B: Das ist keine sehr originelle Auskunft.

A: Das mag sein, wobei ich zu bedenken gebe, dass wir dem nachspüren könnten, was das Wort Unterhaltung bedeutet, im Unterschied nämlich zur Ablenkung. Was ich sagen will, ist: Kunst unterhält uns womöglich in dem Sinn, dass sie uns Unterhalt gewährt, uns Unterschlupf bietet in Stürmen der scheinbaren Sinnlosigkeit.

B: Du sprichst wieder einmal einigermaßen kryptisch.

A: Wir sprachen vorhin vom drogenkonsumierenden Börsenmakler – Drogen- und andere Räusche würde ich eher als Ablenkungen einstufen, die etwas für gewisse Zeit vergessen lassen sollen. Demgegenüber könnte es sein, dass echte Kunst nicht ablenken, sondern Wahrheiten über das Leben klarer erkennbar machen will, auch wenn es schlimme Wahrheiten sind. Womöglich ist das eine Aufgabe der Kunst, uns im Leben mit all seinen Grausamkeiten und mit all seinen Schönheiten stützend zu erhalten, also eben zu unterhalten, von unten zu halten, damit wir nicht in einen Strudel der Verzweiflung oder der Sinnlosigkeit stürzen.

B: Das scheint mir ziemlich schräg, was du da sagst.

A: Nähern wir uns deiner Frage nach dem Wofür von Kunst von einer anderen Seite. Spielst du noch Klavier?

B: Ja, manchmal, allerdings sehr stümperhaft.

A: Ähnliches kann ich über mein Geigenspiel sagen. Und doch werden wir, glaube ich, zugeben, dass von dem eigenen Musizieren eine besondere Faszination ausgeht.

B: In der Tat.

A: Diese Faszination rührt sicherlich nicht daher, dass wir auf unsere Klangprodukte stolz sind oder uns für Virtuosen hielten.

B: Das nicht.

A: Was ist es dann, das uns an unserem stümperhaften Tun so begeistert?

B: Die Freude daran, dass wir etwas hervorbringen?

A: Das gewiss, und ich meine, wir suchen mit unserem Musizieren nicht primär eine Ablenkung von unseren Alltagssorgen, was auch ein Beweggrund dafür sein mag, sondern wir erfreuen uns – wenn ich das etwas pathetisch sagen darf – an unserem Ich, das sich bei unserem Tun und im Tönen des Rhythmus und Taktes intensiviert.

B: Und unser Ich erfreut sich an den schönen Melodien.

A: In ähnlicher Weise geschieht das – so glaube ich – bei sozusagen halbaktiver Kunstproduktion.

B: Was meinst du damit?

A: Zum Beispiel das Lesen eines Buches, bei dem wir durch unsere Leseaktivität das im Buch Angelegte wieder lebendig werden lassen. Auch das tun wir wohl nicht nur zur Ablenkung, sondern weil wir uns, etwa bei einem Roman, darüber freuen, wenn wir das – sei es noch so grässliche – Leben von Menschen gut dargestellt sehen und uns damit im eigenen Dasein intensiviert erleben.

B: Ein Problem ergibt sich jedoch, wenn wir dabei deprimiert zurückbleiben, weil die Kunst nur mehr das Grässliche, Problematische oder Aussichtslose darstellt.

A: Denkst du an so etwas wie das Absurde Theater?

B: Zum Bespiel, oder an das Düster-Erschreckende in der gegenwärtigen Malerei oder an das Misstönende in manch moderner Musik.

A: Jetzt malst du doch ein wenig schwarz.

B: Aber sofern wir nicht in die tausendste Wiederaufnahme eines alten Theaterstücks oder in eine kitschige Operette gehen, sehen wir im gehobenen Kulturbetrieb unserer Zeit eher Problemstücke, die einen nicht gerade erheitern. Oder wir konsumieren im angeblichen Qualitätskino Dramen mit recht düsterem Hintergrund.

A: Darf ich dir diesbezüglich wieder ein paar Überlegungen unterbreiten, die die Entwicklung der Kunst betreffen, bevor wir versuchen, uns konkreten Beispielen aus der Kunst- und Literaturgeschichte zuzuwenden, die wir in der Schule als exemplarisch vorgesetzt bekommen haben?

B: Nur zu!

A: Zum einen beschäftigt mich seit längerer Zeit das beinahe vollständige Verschwinden des Göttlichen aus der Kunst der letzten Jahrzehnte – vielleicht steht damit das viel besprochene Autonomwerden der Kunst in Verbindung. Zum anderen war der Vorgang, dass Kunstwerke in immer größerem Ausmaß reproduziert oder eben wiedergespielt wurden – du hast das mit den Wiederaufnahmen angesprochen – im 20. Jahrhundert von großer Auswirkung.

B: Das sind nicht gerade kleine Themen, die du da anschneidest.

A: Auch dessen bin ich mir bewusst. Wir können ja versuchen, uns in kleinen Etappen damit zu beschäftigen. Zuerst das Göttliche: Wenn man das aus verschiedenen Epochen der Kunst Erhaltene oder die Zeugnisse über Kunsttätigkeit in verschiedenen Weltteilen ansieht, könnte man den Eindruck gewinnen, dass die Kunstwerke oder die Kunstausübung meist mit den Göttern oder mit Gott zu tun hatten.

B: Aber glaubst du nicht, dass das nun einmal ein tief im Menschen sitzender Drang ist, etwas künstlerisch nachzuahmen, sei es, um es festzuhalten – was uns schon die urzeitlichen Wandmalereien bezeugen –, sei es, weil jemand schlichtweg Freude an seinem

Tun wie dem Singen oder Tanzen hat? Auch beim Spielen freuen wir uns einfach, etwas zu tun. Da muss es auch in der Kunst nicht unbedingt einen Bezug zum Göttlichen geben.

A: Das mag durchaus sein – wir wissen wahrscheinlich wenig von der Volkskunst, wenn ich dieses Wort verwenden darf, die die Menschen in den verschiedensten Weltteilen im Laufe der Geschichte ausübten oder ausüben, weil das Erhaltene oder Bezeugte oft der Ausdruck einer Kunstproduktion für die Herrscherklasse ist. Was die erhaltenen Kunstwerken angeht, so sehen wir freilich vielfach, dass es sich um Bauwerke handelt, die Tempel oder Grabmäler sind und die in irgendeiner Weise mit dem Jenseits zu tun haben, oder um Statuen, die als Götterbilder zu deuten sind, oder um Gemälde, die man als Szenen aus dem Mythos und den Religionen interpretiert, oder um Zeugnisse von Tanz und Gesang, die dem Götterlob dienten – bis hin zum Theater, das oftmals ein Teil von Götterfesten war, wie das die griechische Tragödie oder Komödie bezeugt.

B: Und aus all diesen Kunstformen ist deiner Meinung nach heute das Göttliche geschwunden?

A: Ich leugne nicht, dass es auch in der Gegenwart eine christliche Kunst gibt und dass Messen komponiert oder Altarbilder gemalt werden.

B: Aber das entspricht nicht dem Geist der Zeit?

A: Wohl nicht, ein Maler wird – jedenfalls im internationalen Bereich – wahrscheinlich kaum reüssieren, wenn er eine Madonna malt (und sie nicht gleichzeitig teilweise übermalt), oder ein Schriftsteller wird nicht übermäßig erfolgreich sein, wenn er ein Theaterstück schreibt, dass dem Götterpreis dienen soll.

B: Was nicht heißt, dass das Göttliche gänzlich aus der sogenannten ernsten Kunst verschwunden ist.

A: Woran denkst du da im Speziellen?

B: An Theaterstücke, die das Ausbleiben des Göttlichen thematisieren, wodurch es *ex negativo* präsent ist.

A: Das ist schon richtig, aber folgen wir der Tendenz des europäischen Kulturbetriebs, so können wir, wie ich glaube, feststellen, dass sich weite Teile der Kunstproduktion spätestens seit der Zeit der Aufklärung bewusst von ihrer Vereinnahmung als religiöser Kunst zu befreien versuchten. Dann hat sich das Bürgertum in der Kunst gefeiert oder auch kritisiert, beispielsweise im bürgerlichen Drama oder in der Musik, die keine Kirchenmusik mehr war und die in den bürgerlichen Konzertsälen betrieben wurde.

B: Das sind große Etappen, die du ansprichst.

A: Das ist mir klar. Dennoch wage ich es, den weiteren Verlauf der entgötterten Kunst zu skizzieren. Im 20. Jahrhundert tritt mit dem Zusammenbruch der herkömmlichen politischen und gesellschaftlichen Systeme eine Abstraktion oder bewusste Verzerrung in der Kunst ein, etwa im Dadaismus, oder bedauerlicherweise eine Vernutzung der Kunst zu Propagandazwecken wie im Faschismus …

B: … der diejenigen Kunstformen, die ihm nicht genehm sind, als entartet erklärt.

A: Ja, eine betrübliche Angelegenheit. Gemeinsam ist jedoch vielen Künstlern jener Zeit eine Distanz zum Göttlichen.

B: Warum beschäftigt dich dieses Verschwinden des Göttlichen aus der Kunst eigentlich so? Ist es nicht auch schön, wenn sich der Mensch im Diesseits feiert, sei es durch die Musik, das Theater oder die Fotografie?

A: Das mag sein. Aber ich frage mich, ob im Menschen nicht ebenso tief wie der von dir erwähnte Nachahmungstrieb und die Freude am Diesseits das Bedürfnis nach religiöser Kunst in dem Sinn angelegt ist, dass er so etwas wie Erlösung, Versöhnung oder ein Aufgehobensein sucht, mag es im Christentum sein oder in einer Schicksalsreligion, die keine Erlösung, aber einen Ausgleich unter den Menschen oder ein Aufgehen im Nirvana in Aussicht stellt.

B: Das fällt mir schwer zu bestreiten, dass es ein solches Bedürfnis im Menschen gibt.

A: Darf ich dir dazu eine vielleicht seltsame Überlegung vortragen?

B: Tu dir keinen Zwang an!

A: Mir scheint es manchmal, dass man bei gewissen Elementen der gegenwärtigen Massenkunst von säkularisierten Göttergeschichten sprechen könnte.

B: Das sind große Worte – Massenkunst, Säkularisierung – kannst du mir konkrete Beispiele dieser Elemente nennen?

A: Ein Beispiel wären die so beliebten Kriminalfilme oder -serien oder die Thriller.

B: Was soll daran eine säkularisierte Göttergeschichte sein?

A: Dass in diesen Filmen oder Serien gezeigt wird, dass sich meist die Gerechtigkeit durchsetzt.

B: Oder zumindest der Mörder oder ein Verbrecher gefasst wird, was noch nicht gerecht sein muss.

A: Da hast du recht. Jedenfalls scheint mir, dass in derartigen Filmen die Durchsetzung der Gerechtigkeit, die früher durch die Götter oder durch einen Gott garantiert wurde, ein Mitgrund ist, warum die Zuseher diese Filme gerne anschauen, ganz abgesehen von der Spannung, von der dieses Genre lebt.

B: Hältst du die Krimis überhaupt für Kunst?

A: Ich bin jedenfalls nicht der Ansicht, dass etwas nur deshalb, weil es einer großen Menge gefällt, automatisch keine Kunst ist.

B: Weil – wie du vermutlich annimmst – dasjenige, was der Masse gefällt, und ihr Gefallen daran der Ausdruck eines den Menschen innewohnenden Bedürfnisses nach Kunst ist?

A: Schöner hätte ich das nicht formulieren können.

B: Aber würdest du nicht zugeben, dass vieles von dem, was wir im Fernsehen sehen oder im Radio hören, Kitsch ist?

A: Wahrscheinlich hat der Kitsch, was auch immer das eigentlich ist, ebenso seine Berechtigung.

B: Hat er etwa deshalb eine Berechtigung, weil er der von dir mehrfach angesprochenen Arbeiterschaft eine gewisse Ruhe verschafft? So lässt sich nach getaner Arbeit im Fernsehen gemütlich eine Liebeskomödie konsumieren.

A: Warum nicht?

B: Aber was können umgekehrt wahre Künstler dafür, wenn die Masse einen schlechten Geschmack hat?

A: Da stellt sich postwendend die Frage, was der gute Geschmack und was ein wahrer Künstler ist. Wagst du, das zu beurteilen?

B: Das ist zugegebenermaßen schwierig.

A: Ich behaupte, dass unter gewissen Umständen Forderungen aufgestellt werden können – und dies geschah tatsächlich –, was guter Geschmack sein soll.

B: Wie meinst du das?

A: Wenn jemand davon ausgeht, dass Kunst der Erziehung oder der Charakterbildung dienen soll, dann kann er eine Regel aufzustellen versuchen, woran sich die Menschen freuen sollen und woran nicht.

B: Aber von dieser Annahme, dass Kunst zur Erziehung beitragen soll, hat sich der Kunstbetrieb doch vor langer Zeit entfernt, auch wenn in der Schule vielleicht noch anhand von Kunstwerken vergangener Epochen Kunsterziehung betrieben wird.

A: Wahrscheinlich ist das im offiziellen Diskurs so, wie du sagst. Aber viele Künstlerinnen und Künstler wollen, wie ich annehme, nach wie vor oder sogar momentan besonders intensiv mit ihren Werken etwas in der Welt verändern – und somit ließe sich sagen, dass sie erziehen wollen, ganz abgesehen davon, dass in den Schulen Kunstwerke vielfach Gegenstand der Erziehung sind.

B: Damit triffst du eventuell tatsächlich ein Anliegen manch Kunstschaffender der Gegenwart.

A: Womit natürlich nicht die Frage nach wahren Künstlern und dem guten Geschmack beantwortet ist. Aber womöglich gibt uns diese Frage die Gelegenheit, das Thema der Reproduktion von Kunst aufzugreifen.

B: Wie kommst du jetzt auf dieses Thema?

A: Weil die Reproduzierbarkeit mit den Medien zusammenhängt und weil wir den Massenmedien etwas zum allgemeinen Geschmack ablesen können.

B: Du meinst, weil die Medien zeigen, was den Geschmack der Mehrheit der Menschen trifft und was nicht?

A: Ja, und das im doppelten Sinn. Die Medien zeigen das in dem Sinn, dass sie uns Inhalte vorführen, die einer Menge gefallen, und sie zeigen es in der Weise, dass wir vielen Medien in Zahlen ablesen können, wie gefragt etwas ist.

B: Ich verstehe, weil wir beispielsweise bei bestimmten Plattformen die Zugriffszahlen, die ein Musikstück aufweist, sehen.

A: Genau, oder wir hören von der Zahl der verkauften Tonträger, was früher ein großes Thema war, von der Hitparadenplatzierung eines Schlagers, der Auflagenstärke eines Buches oder vom Erlös, den ein Kinofilm einspielt.

B: Diesbezüglich würden nicht wenige Kunstliebhaber in starker Zuspitzung und etwas verbittert sagen, dass sich die Beliebtheit von Kunsttreibenden bei der Masse umgekehrt proportional zur Bekanntheit wahrer Künstler verhält; je unbekannter und unbeliebter, desto wahrer, könnte man sagen, wie zum Beispiel die Independent-Filmer.

A: Eine Behauptung, die man umgekehrt als Ausdruck eines Kultur-Elitarismus oder eines naiven Romantisierens des Independent-Künstlertums auslegen könnte.

B: Da auch scheinbar unabhängige Künstler von den Medien abhängig sind?

A: Zumindest, wenn jemand etwas von ihnen mitbekommen soll – auch ein künstlerischer Geheimtipp hat eine gewisse Bekanntheit. Selbstverständlich wird die Beliebtheit von Kunstwerken und Künstlern von den Medien beeinflusst. Freilich werden zum Teil mutmaßlich »wahre« Künstler, die den Kitsch ablehnen, ebenso durch mediale Einrichtungen gefördert und einem breiteren Publikum bekannt gemacht; auch in der Gegenwartskunst ist vermutlich nicht alles ein freies Spiel des Marktes.

B: Was meinst du damit?

A: Wenn ein staatlicher Radiosender, der sich der E-Musik verschrieben hat, eine gewisse Auswahlpolitik moderner Musik verfolgt, so lenkt er damit den Geschmack einer gewissen Gruppe, wenngleich das eine kleinere Masse ist als diejenige, die durch große Entertainmentfirmen und deren Werbemaschinerie beeinflusst wird.

B: Ein großer Unterschied besteht dabei jedoch darin, dass die Auswahl, die das staatliche Radioprogramm durchführt, sich nicht in dem Ausmaß auf die Kunstproduktion auswirkt, wie das die Auswahlkriterien von weltweit tätigen Unterhaltungskonzernen tun.

A: Wie darf ich das verstehen?

B: Im Idealfall macht ein seriöser Komponist von E-Musik das, was ihm gefällt, und findet dann Aufnahme im Rundfunk. Anders verhält es sich mit einem Kommerzmusiker, der im vorauseilenden Gehorsam bei der Gestaltung seines Stückes den Konsumparametern der Musikbranche entspricht.

A: Aber gibt es nicht geniale Rockmusiker, die man einfach hören will, wie auch immer ihre Stücke beschaffen sind?

B: Das mag sein, die charakteristische Stimme eines Popstars oder die bezaubernden Lyrics eines Songs können eine große Faszination ausüben. Was aber die Tauglichmachung eines Kunstwerks für den Großhandel angeht, so verliert meines Erachtens die Kunst in der letzten Zeit weitgehend ihre mühsam erstrittene Autonomie.

A: Wie das?

B: Ähnlich, wie früher die von der Kirche oder einem Kloster bezahlten Auftragskünstler wussten, in welchem Rahmen ihre Fresken, zum Beispiel für ein Letztes Abendmahl, auszuführen waren oder wie ein Requiem abzulaufen hat, so gibt es heute einen Maßstab dafür, wie ein Musikvideo gemacht werden soll, wie lange es dauern darf, wie es geschnitten werden muss und was es zu zeigen hat, damit es maximalen Erfolg erzielt.

A: Du meinst, dass attraktive Menschen in dem Video gezeigt werden?

B: Das wäre ein Parameter. Oder nimm die von dir angesprochenen Fernsehserien: Für sie gibt es wohl ähnlich klare Vorgaben wie im alten Athen für die Tragödienproduktion. Dort wurden die Dramen in Vierergruppen aufgeführt, wobei der Autor wahrscheinlich eine gewisse Länge pro Stück nicht überschreiten durfte. Dem Dichter standen ein Chor und drei Schauspieler zur Verfügung, die er in einer relativ starren Abfolge von Einzugslied des Chores, Standliedern und Auszugsgesang mit dazwischenliegenden Sprechpartien unterzubringen hatte.

A: Wo ortest du da Parallelen zu Filmserien?

B: Die Länge der einzelnen Folgen von Serien – von Episoden, wie man sagt, womit im Übrigen ein Ausdruck aus der antiken Dramenwelt aufgegriffen wird – ist festgelegt, und jede Folge einer Fernsehserie hat exakte Einschnitte, in denen die Werbeeinschaltungen erfolgen. Ebenso ist aus wirtschaftlichen Überlegungen heraus die Gesamtzahl an Folgen einer Staffel festgelegt, innerhalb derer eine bestimmte Storyline als roter Faden zu einem Höhepunkt geführt werden muss, wobei die einzelne Episode eine in sich geschlossene Handlung haben soll, beispielsweise durch die Überführung eines Verbrechers. Zusätzlich ist derzeit eine gewisse Kanonisierung des Personals von Fernsehserien zu beobachten. Die Besetzung soll ethnisch gemischt sein, darüber hinaus gibt es einen Code, was sich geziemt und was nicht. Es dürfen keine nackten Brüste oder jemand, der raucht, gezeigt werden, auch wenn in einer einzelnen Sendung Dutzende Leute erschossen werden; andernfalls würde die Serie keine Empfehlung für die kommerziell interessante Gruppe der Familien mit Kindern zwischen zwölf und achtzehn Jahren seitens der Beurteilungsinstitute bekommen.

A: Dafür, dass du daran zweifelst, ob es sich bei den Massenproduktionen der Kulturindustrie um Kunst handelt, kennst du dich anscheinend einigermaßen gut damit aus.

B: Ich habe auch nie geleugnet, dass mich diese Dinge interessieren oder faszinieren.

A: Jedenfalls sind wir so mitten in den Bereich der Frage nach Produktion von Kunst geraten, die sich gegenwärtig in vielem durch Reproduktion auszeichnet, eine Reproduktion, die wir mindestens als zweifache betrachten können, nämlich als Wiedergabe von Vergangenem und als solche von Gegenwärtigem. Einerseits werden Kunstwerke früherer Epochen neu gestaltet und aufgeführt, wie wir das bei Opern oder Theaterstücken erleben, und umgekehrt wird das in der Gegenwart Produzierte vielfach kopiert, in Form von Tonträgern oder Kinofilmen, die in tausendfacher Kopie weltweit verschickt werden. Beide Formen der Vervielfältigung und Wiederholung haben Auswirkungen auf den Begriff des Künstlers oder auf den des wahren Künstlers.

B: Ist das so, weil die meisten professionellen Künstler heutzutage reproduzierende Künstler sind, seien es die Geiger oder Dirigenten, die zum tausendsten Mal Beethoven spielen, oder die Schauspieler, die uns den Hamlet geben, und so weiter? Dagegen gibt es scheinbar nur wenige geniale Neuschöpfer von Kunstwerken, wie vielleicht manche Drehbuch- oder Songschreiber.

A: Diese Unterscheidung von Wiederaufführung und Neuschöpfung kann eine der Bruchlinien im Feld der Künstler markieren, die uns in der sogenannten Ernsten Musik und im Theater deutlich vor Augen tritt, wo vornehmlich Althergebrachtes wiederaufgeführt wird. Das Neue erscheint in diesem Bereich nicht selten als etwas Gezwungenes, etwa staatlich in Auftrag gegebene Opern. Kunstliebhaber werden jedoch entgegnen, dass nicht wenige der scheinbar bloß reproduzierenden Künstler sich als wahre Künstler entpuppen.

B: Welche Künstler meinst du damit?

A: Solche, die sich als professionelle Reproduzenten von Alten Meistern zu genuinen und manchmal genialen Interpreten entwickeln, deren Auslegungs- und Spielweisen ihrerseits als Kunstwerke eigenen Ranges gelten (und millionenfach verkauft werden).

B: Wie Pavarottis Arieninterpretationen?

A: Zum Beispiel – das ist eine Seite, die Künstler, die berufsmäßig vorhandene Stücke wiedergeben. Auf der anderen Seite stehen die Konsumenten derartiger Kunstvervielfältigungen, aber auch diejenigen Kunstschaffenden, die sich in der jüngeren Zeit vermutlich mehr und mehr als Amateurkünstler begreifen.

B: Warum begreifen sie sich als Amateurkünstler?

A: Ich denke an eine Entwicklung in der subjektiven Wahrnehmung der Menschen in den Jahrzehnten vor allem nach dem Zweiten Weltkrieg. Durch das größer werdende Reservoir an professionellen Kunstproduktionen und -reproduktionen, die medial zugänglich sind, haben sich mehr Menschen in ihrem künstlerischen Tun als unprofessionelle Künstler, bestenfalls als Amateure gesehen. Und da heute auf Knopfdruck immer und beinahe überall so ziemlich alles an Kunstproduktion in höchster Perfektion zur Verfügung steht, verstärkt sich dies noch.

B: Aber warum sollen sich jetzt die Menschen in höherem Maß als Amateure im Kunstbetrieb vorkommen als früher?

A: Weil die Diskrepanz zwischen Kunst aus Profession und Laienkunst klarer hervortritt. Nimm zum Beispiel die Noten eines Kammermusikstücks.

B: Was ist damit?

A: Vor der Zeit von Grammophonaufnahmen und Rundfunksendungen bestand eine gängige Form der Reproduktion und Verbreitung von Musik darin, dass die kopierten Noten eines Stückes herumgeschickt wurden, mit denen dann lokale Künstler das Komponierte zum Erklingen brachten.

B: Und was ist da der Unterschied zur heutigen Situation?

A: Das Stück lag über weite Strecken nur der Möglichkeit nach vor und es blieb den Empfängern der verschriftlichten Klänge überlassen, diese in mehr oder weniger professioneller Form bei Aufführung zu realisieren.

B: Du denkst an eine Gruppe von Musikern, die in einem Provinznest die Kopie einer Bach-Sonate in die Hände bekam und sich mit ihr befasste, Leute, die man heute als Amateurmusiker oder als Dilettanten im positiven Sinn bezeichnet? Sie waren sich jedoch, darauf willst du wohl hinaus, ihres Dilettantismus nicht bewusst.

A: Ja, das könnte jedenfalls gut sein, weil diese Musiker keine unmittelbare Vergleichsmöglichkeit verschiedener Aufführungsweisen durch den Rundfunk oder das Internet hatten.

B: Glücklicherweise wurden die Menschen damals noch nicht immer und überall gegen ihren Willen mit einer Art von Musik beschallt, die sie sich freiwillig meistens nicht anhören würden.

A: Dafür ist heute das Anhören oder Genießen von Live-Musik eher die Ausnahme und stellt einen expliziten Kunstgenuss dar, dem sich Konzert- oder Opernbesucher mit großer Aufmerksamkeit widmen.

B: Das ist jedoch teilweise zu einer bürgerlichen Zwangsunternehmung geworden, dieses ins Konzerthausrennen, nur um beim Kulturgenuss gesehen zu werden.

A: Man kann natürlich, wenn man will, überall etwas Negatives orten. Was aber mit der Reproduktion von Kunstwerken, ihrer Versendung und schließlich ihrer Allpräsenz vermutlich einherging, war eine graduelle Änderung der landläufigen Auffassung von demjenigen, was man für schön hielt.

B: Etwa deshalb, weil sich viele Menschen für Kunstformen zu begeistern begannen, die aus fernen Ländern stammen?

A: Das wird vielfach zutreffen. Was ich aber meinte, ist eine Änderung oder sogar Verschärfung der Ideale, wenn ich das so ausdrücken darf.

B: Was willst du damit sagen?

A: Nimm zum Beispiel die Schönheit eines schönen Gesichts. Bevor die Fotografie durch Hochglanzmagazine und Plakatwände allpräsent wurde und bevor man auf der Kinoleinwand oder am High-Definition-Flachbildschirm die angebeteten Schauspielerinnen und Schauspieler, die als Schönheitsideale gelten, aus nächster Nähe in Vergrößerung und geschminkt oder durch digitale Hilfsmittel verschönt sah, kannte man gepriesene Schönheiten der Vergangenheit oder solche aus anderen Gegenden bestenfalls durch die Vermittlung von Gemälden, Kupferstichen oder Statuen. Und derartige Visualisierungen von Schönheiten wurden in eingeschränktem Maß transportiert und verbreitet, sodass eine lokale Schönheit schnell einmal als Ideal des Schönen gelten konnte.

B: Du meinst, damals hätte auch ich eine Chance gehabt, in einem abgeschiedenen Gebirgstal als schön zu gelten?

A: Ja, wer weiß, wenn der einzige Maßstab für männliche Schönheit die Münzbilder des römischen Kaisers gewesen wären, die in dein Dorf gelangten.

B: Vielen Dank für dieses Kompliment!

A: Zusätzlich, wenn ich noch etwas uncharmanter sein darf, wäre dir zugutegekommen, dass es keine Sehbehelfe gab und dich viele Menschen nicht so deutlich gesehen hätten – selbst wenn wir annehmen, die Schlechtsichtigkeit unter den Menschen habe in der stubenhockerischen Neuzeit zugenommen, so werden doch nicht alle Adleraugen gehabt haben.

B: Verlassen wir damit nicht eigentlich den Bereich der Kunst, da wir uns mit schönen Gesichtern dem Bereich des Naturschönen zuwenden?

A: Das stimmt in gewisser Weise, sofern wir eben nicht von Darstellungen der schönen Antlitze reden, was ja ein großes Beschäftigungsfeld für die Porträtmalerei oder -fotografie ist. Hierher gelangten wir durch das Besprechen der Reproduktion, für welche die Fotografie eine bedeutende Rolle spielt. Allgemein führt der Umstand, dass wir permanent von Wiedergaben scheinbar oder nahezu perfekter Kunstwerke und ebensolcher Aufführungen umgeben sind, möglicherweise dazu, dass die Amateurkünstler sich einigermaßen deprimiert fühlen.

B: Weil wir uns beinahe schämen, wenn uns jemand hört, wie wir unseren Bach am Klavier oder auf der Geige verhunzen?

A: Einerseits das, und weil andererseits unter dem Einfluss der medial propagierten Kunstformen einige der lokalen Traditionen, die unter Umständen seit Jahrhunderten ungebrochen bestehen, als provinziell oder folkloristisch hingestellt werden.

B: Denkst du dabei an so etwas wie die örtliche Blasmusikkapelle oder einen Trachtentanzverein?

A: Ja, es mag nicht dem Kunstsinn aller Menschen entsprechen, was solche Vereinigungen tun, aber deren Aktivität bezeugt einmal mehr die Freude an der eigenen Tätigkeit, von der wir gesprochen haben, und die Freude an der gemeinsamen Kunstausübung.

B: Auch wenn das, was man tut, als überholt oder altmodisch belächelt wird?

A: Genau, offensichtlich überwiegt die Freude am Kunstschaffen. So kann sich eine Hobby-Aquarell-Malerin ihre kindliche Begeisterung über das Malen bewahren, auch wenn sie es nicht wagt, ihre Bilder herzuzeigen, geschweige denn auszustellen, oder ein Amateur-Dichter, der Sonette schreibt ...

B: ... und sich ebenfalls nicht traut, sie zu veröffentlichen. Oder wie wir, die wir ein Gespräch führen und uns nicht bloß einen geschriebenen Dialog vorlesen.

A: Was hat das mit der Kunstthematik zu tun?

B: Vielleicht bringen wir – amateurhaft – durch unser Gespräch entfernt so etwas hervor, wie es in der Kunstform des philosophischen Dialogs vorliegt.

A: Aha, ich verstehe. Freilich könnte unser Gerede für so etwas wie »Naive Philosophie« gelten.

B: Du meinst in Anlehnung an den Ausdruck »Naive Kunst«, mit dem die Tätigkeit autodidaktischer Künstler bezeichnet wird?

A: Du hast es erfasst. In diesem Zusammenhang darf ich gleich noch eine naive Annahme meinerseits vorbringen.

B: Bitte gerne!

A: Die Annahme nämlich, dass viele Äußerungen von Kunst, mit denen wir es heute zu tun haben und die ein Ausdruck für die Freude an der Kunstausübung sind, es inhaltlich betrachtet immer noch mit traditionellen Themen zu tun haben, mit Themen, die von uralten Fragen ausgehen, die nach wie vor die Menschen bewegen.

B: Du sprichst von so etwas wie Tod, Liebe und Gerechtigkeit?

A: Ja. Die Leidenschaften, Eifersucht, das Gewinnstreben, die Ruhmsucht sind beispielsweise Themen für Dramen, und die kleinen menschlichen Fehler oder Freuden sind der Stoff, den die Komödien verarbeiten.

B: Damit klammerst du jedoch so etwas wie die Politische Kunst aus.

A: Dieser Bereich ist mir weitgehend fremd, mit Ausnahme von ein paar Stücken von Brecht, die man darunter subsumieren könnte. Wir könnten uns jetzt aber dem Versuch zuwenden, verschiedene Kunstgattungen und einige exemplarische Kunstwerke, die wir in der Schule präsentiert bekamen, durchzugehen.

B: Und dies werden wir, wie ich hinzufügen darf, in der nicht minder naiven Annahme machen, dass es sich dabei um Exempla handelt, die die Menschen immer noch bewegen und die sogar möglicherweise immer noch eine Bedeutung für die Erziehung haben.

A: Ich danke dir dafür, dass du dich auf meine Naivität einlässt. Wir werden uns also an dasjenige zu erinnern versuchen, was uns an wesentlichen Kunstwerken vorgestellt wurde.

B: Dinge, die wir seither bei Reisen oder bei Theater- und Konzertbesuchen zum Teil im Original gesehen oder live gehört haben. Ich muss zugeben, dass mich vieles, was mich im Zeichen- und Musikunterricht nicht sehr bewegte, in den späteren Jahren faszinierte, wenn ich es in Museen gesehen oder in einem Konzert oder im Radio gehört habe.

A: Ähnliches haben wir beide wahrscheinlich auch mit der Literatur erlebt, die uns mit zunehmender Lebenserfahrung mehr bewegt.

B: Das wird schon so sein. Wie wollen wir nun die große Menge an Werken, die wir kennengelernt haben, gliedern?

A: Wir könnten uns an dem orientieren, was manche Philosophen als Leitfaden bei der Anordnung der Kunstprodukte hernahmen, an der Materialität.

B: Darunter kann ich mir jetzt nicht viel vorstellen.

A: Diese Grobeinteilung basiert auf der Annahme, dass sich Kunst in irgendeinem Element äußert, das vom Menschen geformt wird. Auf dieser Basis kann man verschiedene Schweren der Medien, wenn du so willst, unterscheiden.

B: Wie zwischen Stein und Papier?

A: Zum Beispiel – wenn wir vom Massivsten und äußerlich betrachtet Schwersten ausgehen, können wir bei der Architektur ansetzen, die in unserem Unterricht in den Bereich der Bildnerischen Erziehung fiel. Fortfahren könnten wir mit der Plastik, dann den Gemälden ...

B: ... und bis zu den Briefmarken als den leichtesten Bildnissen fortschreiten.

A: Haha, sehr geistreich. Freilich gab und gibt es auch in diesem Bereich große Künstler, die die Briefmarkenmotive gestalten und gravieren. Auf die noch angreifbare Malerei können wir diejenige Kunstform folgen lassen, die sich sozusagen ins Ätherische erhebt.

B: Die Musik?

A: Jawohl, die eigentlich nur im Zeitraum ihres Erklingens existiert, weil die Notenblätter oder eine Partitur die Musik nur potenziell enthalten. Denn sobald ein Musikexperte eine Partitur liest, bringt er sie vor seinem inneren Ohr zum Erklingen.

B: Ähnlich verhält es sich mit der Literatur, die vermutlich einer der umfangreichsten Bereiche der Kunst ist.

A: In gewisser Weise ja. Selbstverständlich ließe sich von jeder Kunstäußerung sagen, dass sie erst von einem Menschen aufgenommen und geschätzt werden muss, um eigentlich zu existieren. Das können wir auch von einem Tempel oder einem Gemälde behaupten. Aber die Literatur liegt ähnlich wie die Musik in besonderer Weise der Möglichkeit nach vor. Die Leser müssen sie erst jeweils beim Lesen realisieren. Einige Denker sind auch der Ansicht, dass die Literatur noch weiter von der Materie entfernt ist als die Musik, weil nach moderner Gewohnheit meist leise gelesen wird und weil sich die Texte im Inneren des Menschen abspielen, in seiner Phantasie und in seinen Gedanken.

B: Es sei denn, es handelt sich um eine Dichterlesung oder ein Hörbuch – eine Kunstform, die, wie mir vorkommt, ständig beliebter wird. Vielleicht verlernen gegenwärtig weite Teile der Bevölkerung das Lesen längerer, zusammenhängender Texte.

A: Wir wollen uns jedoch nicht einem platten Kulturpessimismus hingeben.

B: Nun gut, auch wenn er eventuell angebracht wäre. Das leichteste und feinste Element müsste schließlich laut Physik das Licht sein – wie sieht es damit aus in der Ordnung der Künste?

A: Eine reine Lichtkunst, die mit den Mischungseffekten des Lichtes und seiner Spektralfarben operiert, gibt es wohl eher selten. Traditionell wird das Licht als Medium aufgefasst, das uns ein Gemälde oder Fresko sichtbar macht, wobei in vielen Bildern selbst bereits mit Licht- und Schatteneffekten gespielt wird.

B: Und wie schaut's mit dem Fernsehen oder Kino, das früher als Lichtspieltheater bezeichnet wurde, aus?

A: Hinsichtlich der Fernseh- oder Kinofilme könnte man sagen, dass analog zur Musik die Aufzeichnung, also die Filmrollen oder die digitalen Dateien, das primäre Medium dieser Kunstform ist, dessen Gehalt durch das Licht zum Zuschauer transportiert wird. Das eigentlich Dargestellte ist, wie das Wort »Lichtspieltheater« auch erhellen kann, ähnlich wie beim Theater eine

Mischung aus verschiedensten Gegenständen, aus Menschen, Orten und Kostümen.

B: Aber bei einem Film, zumal einem computergenerierten wie einem Zeichentrickfilm, besteht das Kunstwerk doch eigentlich nur als Illusion im Kopf der Zuseher?

A: Das ist vermutlich nicht so einfach zu beantworten. Vielleicht geht es bei der Unterscheidung verschiedener Materialitäten allgemein um dasjenige, was im Geist der Betrachter unterschieden wird.

B: Ich kann dir wieder einmal nicht so recht folgen.

A: Ich will versuchen, dir ein Beispiel zu geben. Bei der Literatur aktualisieren die Leser beim Lesen die Gedanken und Phantasien der Autoren wieder, wobei diese Gedanken auf etwas Konkretem fußen, wie beispielsweise auf der Handlung lebender Menschen. Bei der Filmkunst wird bei einer Vorführung eines Filmes etwas viel Materielleres erneut bis zu einem gewissen Grad realisiert, nämlich die bestimmte Örtlichkeit, an der der Film spielt, die konkreten Menschen mit ihrer eigentümlichen Mimik, ihren Gesten, Gewändern und so weiter.

B: Okay, ich verstehe, insofern ist der Film materiehaltiger als die Literatur.

A: Diese Behauptung könnte jemand begründen, indem er darauf hinweist, dass das von dir genannte Lichtspieltheater und das unter Anführungszeichen »reelle« Theater Mischungen aus mehreren Kunstformen sind. In einem Theater haben wir die Schauspieler als Menschen aus Fleisch und Blut vor uns (sozusagen als lebende Plastiken), dann gibt es die Bühnenarchitektur oder die Locations von Filmen, die Bühnenmalerei, natürlich die Kostüme sowie die Maske, und beim Film und im Musiktheater tritt die Musik als tragendes Element des Ganzen hinzu; und mit dem Drehbuch, dem Theatertext oder Libretto ist schließlich die Literatur im Film und im Theater vertreten.

B: Damit wäre ein Film mit seinem Soundtrack so etwas wie ein Gesamtkunstwerk im Stil einer Wagneroper?

A: Das könnte zutreffend sein. An Film und Fernsehen wird ersichtlich, wie problematisch diese Gliederung nach absteigender Materiehaftigkeit ist. Ich schlage dennoch vor, dass wir diese Ordnungsstruktur unserem Durchgang durch unsere schüler- und stümperhaften Kunstkenntnisse zugrunde legen.

B: Womit sollen wir anfangen? Ein Start beim schwersten Medium verweist uns auf den Stein und die Architektur.

A: Ja, das wäre ein guter Beginn.

B: Ich erinnere mich, dass wir über die Architektur sogar im Fach »Werkerziehung« etwas gelernt haben, als wir nämlich ein Wohnhaus entwerfen und ein Modell unseres Entwurfs als Laubsägearbeit ausführen sollten.

A: Was uns – auf die Menschheitsgeschichte projiziert – einen Hinweis darauf liefert, dass auch in der Frühzeit Kunst, zumal wenn sie als Fertigkeit verstanden wird, nicht nur im sakralen Bereich tätig ist; das als Einwand gegen mich selbst, die ich zuvor die Beziehung der Kunst zum Göttlichen betont habe.

B: Natürlich kann man vermuten, dass sich die Menschen zuerst Behausungen suchten oder schufen, ehe sie Tempel errichteten.

A: Das könnte sein. Andererseits dürfte es so sein, dass in vielen Kulturen, die dauerhafte Bauwerke hinterlassen haben, die Entwicklung eintrat, dass die Götterhäuser bleibender gestaltet wurden als die menschlichen Behausungen.

B: Nicht so in Japan, wo die sogenannten Tempel aus Holz gebaut werden, was zu ihrer periodischen Zerstörung und Neuerrichtung beiträgt.

A: Das ist ein guter Einwand. Freilich könnte man argumentieren, dass dadurch, dass dieselben Tempel immer wieder errichtet werden, sie immerwährende Gebäude sind, aber das ist eine eigene Frage, der wir vielleicht ein andermal nachgehen werden. Was ist für dich aus dem europäischen Bereich ein Musterbeispiel der Architektur als Kunstform, die es mit Götterhäusern zu tun hat?

B: Die griechischen Tempel.

A: Diese sind sicherlich etwas besonders Eindrucksvolles, vor allem gibt es noch viele gut erhaltene Tempel, deren Architektur ähnlich abwechslungsreich ist wie diejenige japanischer Tempel.

B: Denkst du an die verschiedenen Säulenordnungen bei den griechischen Heiligtümern? Da gibt es die ionische, dorische und korinthische, wenn ich mich recht erinnere.

A: Das ist jedenfalls die traditionelle Kategorisierung, die der Neoklassizismus aufgegriffen hat. Bei all diesem Reichtum an Gliederungen durch die Säulen und Gebälke ist jeder griechische Tempel für sich genommen von einer erstaunlichen Einheitlichkeit geprägt, nämlich von einem Grundmaß, das sich durch alle Teile zieht.

B: Als Schüler hat mich das nicht sehr interessiert, aber seit ich auf Reisen einige dieser Tempel im Original gesehen habe, bin ich durchaus begeistert von ihnen. Vor allem die Säulen geben den Tempeln etwas Luftiges und zugleich Monumentales.

A: Das Faszinierende daran lässt sich, wie ich meine, auf das angesprochene Grundmaß zurückführen, das in die Höhe, Breite und Tiefe multipliziert wird.

B: Weil eine Säule die soundso-fache Höhe der Breite ihrer Basis hat und die Schmal- und Längsseiten der Tempel in einem gewissen Verhältnis dazu stehen?

A: So ungefähr. Aber weißt du, was das Beste daran ist?

B: Was denn?

A: Dass die Tempel nicht, was man leicht annehmen könnte, gleichsam wie eine Schuhschachtel mit durchbrochenen Seiten und mit Dach konstruiert sind.

B: Was soll das heißen?

A: In einem antiken Tempel findet man streng genommen fast keine rechten Winkel, da es überall feine Abweichungen von der geraden Linie gibt.

B: Du meinst, weil sich die Säulen nach oben hin verjüngen?

A: Das ist eine Sache, wobei manche Säulen sich nicht ständig verjüngen, sondern sozusagen bauchig gestaltet sind. Schon die Grundfläche eines klassischen Tempels ist in der Regel keine gerade Ebene, sondern bombiert, also leicht nach außen geneigt, und die Säulen stehen nicht vollkommen senkrecht in den

Himmel, sondern sind minimal nach innen geneigt, sodass sich im Idealfall die gedachten Verlängerungen der Säulen in einer bestimmten Höhe in einem einzigen Punkt schneiden.

B: Das sind vermutlich Vorkehrungen, die den großartigen optischen Eindruck der Gleichmäßigkeit dieser Tempel untermauern sollen?

A: So ist es.

B: Besonders beeindruckt war ich vom Aphaia-Tempel auf Ägina, der nicht übermäßig groß ist. Vielleicht ist das ein Grund, warum ein Betrachter seine Proportionen so gut erfassen kann.

A: Das ist wohl wahr. Dazu kommt, dass dieser Tempel innerhalb der Insel landschaftlich besonders begünstigt auf einer kleinen Erhebung liegt. Und wir können, wenn auch an einem anderen Ort, aus nächster Nähe seine Verzierung, nämlich die Giebelfiguren, bestaunen.

B: Die berühmten Ägineten in der Glyptothek in München.

A: Diese wunderbaren Plastiken tragen dazu bei, dass die Glyptothek in ihrer wundervollen Schlichtheit eines der schönsten Museen der Welt ist.

B: Bei meinem letzten Besuch dort habe ich gesehen, dass diese Giebelfiguren ursprünglich nicht so schlicht waren, wie sie uns heute erscheinen, sondern dass sie bunt bemalt waren.

A: Das stimmt, ebenso im Übrigen Tempel, die vorwiegend in Rot- und Blautönen gehalten waren, eine für uns nach wie vor ungewohnte Vorstellung, dass die heute monochrom strahlenden Gebäude bunt waren.

B: Aber somit handelte es sich um bunte und fröhliche Gotteshäuser, wie wir das zum Teil ebenfalls aus dem Fernen Osten kennen.

A: Was die Buntheit angeht, könnten wir an die gotischen Kathedralen denken, die sich gegenüber den älteren romanischen Kirchen möglicherweise hauptsächlich dadurch auszeichnen, dass sich die Wände öffnen, die dann die wundervoll transparenten Glasfenster aufnehmen, die ihrerseits das Innere der Kathedralen in bunten Farben erstrahlen lassen. Jedenfalls bewegen wir uns mit all diesen Beispielen im Bereich der Sakralarchitektur. Wir haben es mit Gebäuden zu tun, die in der einen oder anderen Weise etwas Göttliches beherbergen oder darauf hinweisen sollen.

B: So beherbergt im Fall der griechischen Tempel die Cella ein Götterbild …

A: … womit sich erneut der Konnex von Architektur und Plastik zeigt, der schon bei den Giebelfiguren angedeutet war.

B: Nicht so ist das wohl bei den Pyramiden, die als gigantische Grabbauten zwar auf das Jenseits verweisen, aber nicht unbedingt auf einen Gott hindeuten.

A: Das könnte man auch über einige der erhaltenen monumentalen Grabmäler aus der griechischen und römischen Antike sagen, die in der heutigen Türkei oder in Italien zu sehen sind, Mausoleen, die ebenfalls keinen unmittelbaren Götterbezug aufweisen und den Verstorbenen preisen.

B: Andererseits dienten einige Pyramiden sehr wohl dazu, auf das Göttliche hinzudeuten, wie die Stufenpyramiden, die die fixe gesellschaftliche Ordnung mit dem Vertreter Gottes auf Erden an der Spitze darstellten.

A: Das mag sein. Was ist dir sonst noch aus unserem Unterricht aus dem Bereich der antiken Architektur in Erinnerung?

B: Beispiele von dem, was man im Unterschied zur Sakral- die Profanarchitektur nennt. Neben so kolossalen Objekten wie der Chinesischen Mauer fallen mir spontan die Palastanlagen ein, wie sie teilweise auf Kreta zu besichtigen sind, und die vielfältigen Zivilbauten der Römer. Diese haben das Bauen mit Bögen zur Perfektion gebracht, sei es für Via- oder Aquädukte oder für den Theaterbau.

A: Wobei wir mit den Theaterbauten zum Teil wieder im sakralen Bereich sind. Jedenfalls gehen die antiken Theater auf Bauten zurück, die ursprünglich für Darbietungen bei Götterfesten genutzt wurden, beispielsweise das Dionysostheater in Athen.

B: Die Amphitheater wie das Kolosseum in Rom wurden jedoch kaum mehr für Gottesdienste verwendet. Dort hat sich das Volk an höchst weltlichen Spielen und Kämpfen erfreut.

A: Da hast du recht. Auch an der Architektur des Kolosseums kann, wie wir bei unserer Romfahrt gesehen haben, das Maß begeistern, das sich durch alles hindurchzieht und die ungeheuren Steinmassen als rhythmisiert erscheinen lässt.

B: In Rom stößt man unweigerlich auf ein weiteres Zeugnis einer gigantischen Leistung der Architektur.

A: Die Kanalisation?

B: Daran habe ich jetzt nicht gedacht, aber sicherlich sind auch davon in vielen ehemaligen Regionen des römischen Imperiums Reste zu sehen. Ich meinte die Glanzleistung des Kuppelbaus, der sich im Pantheon zeigt. Dieses Gebäude wird von einer riesigen Kuppel gekrönt, die in ihren Dimensionen lange nicht mehr erreicht wurde.

A: Ja, das ist ein ungemein beeindruckendes Bauwerk, in dem man unwillkürlich nach oben gezogen wird, wenn man den Innenraum der Kuppel bestaunt.

B: Insbesondere beim Blick zur Öffnung in ihrer Wölbung, die einen Ausschnitt des Himmels erkennen lässt.

A: Diese Kuppel ist einer der Höhepunkte der antiken Architektur, sie verkörpert ein Wechselspiel von Schwerstem und Leichtestem mit dem in Kuppelform gebrachten Stein, der einen Luft- und Lichtraum umschließt, der seinerseits auf das größere, höhere Außen verweist.

B: Dieses Gebäude deutet ja auch nicht auf einen einzelnen Gott hin, dessen Statue in der Cella verborgen wäre, sondern es ist ein Heiligtum für alle Götter gewesen, weswegen es eben »Pantheon« heißt.

A: Und in seiner aktuellen Nutzung dient es als Kirche, die zugleich die Grabstätte bedeutender Persönlichkeiten ist, etwa Raffaels, eines der größten Maler aller Zeiten, der auch als Architekt tätig war. So war er am Neubau des Petersdoms beteiligt, der als Kombination des Pantheons mit der Maxentiusbasilika geplant war und somit eine Verknüpfung des eindrucksvollsten antiken Sakralraums Roms mit dem monumentalsten antiken Profanbau dieser Stadt darstellt.

B: Der damalige Bischof von Rom wünschte sich offensichtlich einen seiner Prunksucht entsprechenden Kirchenraum.

A: Das erinnert an eine Frage, die wir uns bei vielen Bauten stellen können, die uns beeindrucken.

B: Wie viel sie gekostet haben?

A: Ja, selbstverständlich, und vor allem die Frage, wie die Bauherren die Bevölkerung dazu bringen konnten, an derartig gewaltigen Projekten in welcher Form auch immer mitzuwirken.

B: Nun, durch brutale Zwangs- und Sklavenarbeit, wofür die Pyramiden notorisch bekannt sind, oder durch die feudale Steuerausbeutung oder, wie im Fall des Petersdoms, durch den berüchtigten Ablasshandel.

A: Das ist allerdings bekannt. Aber vielleicht gab es in der Bevölkerung doch eine gewisse Bereitschaft, sich auch ohne Zwang an der Errichtung der Tempel oder Gotteshäuser zu beteiligen.

B: Sicherlich gab es diese Bereitschaft bei reichen Stiftern, die sich diesen Prunk leisten konnten und sich mit ihren Stiftungen verewigen wollten.

A: Eventuell unterschätzen wir da die allgemeine Frömmigkeit der Menschen früherer Jahrhunderte, die die heiligen Gebäude als Symbol für das Übersinnliche bejahten und die sich unter großen Mühen an ihrer Errichtung beteiligten, auch ohne namentlich als Stifter aufzutauchen.

B: Das mag schon sein. Aber ich glaube, ich hätte mich als kleiner Landwirt lieber mit einer moderaten romanischen Kirche als Symbol der Ewigkeit begnügt, als bei der Errichtung des Petersdoms zu schuften; Hauptsache, die Gemeinde der Gläubigen hat ein Dach über dem Kopf.

A: Damit sprichst du indirekt einen alten Streit in der Betrachtung oder Wertschätzung von Bauwerken an.

B: Den zwischen schön und nützlich?

A: Zwei Bestimmungen, die sich nicht ausschließen müssen.

B: Nein, überhaupt nicht. Ich halte es da mit Otto Wagner, dass etwas Unpraktisches nicht schön sein kann.

A: Das heißt jedoch nicht zwangsläufig, dass alles Schöne praktisch sein muss.

B: Aber ich halte es für begrüßenswert, wenn die sogenannten praktischen Bauten, die einen konkreten Nutzen für die Menschen haben sollen, auch schön sind. Denken wir nur an die großartigen Aquädukte, die von den Römern geschaffen wurden und die durch ihre Regelmäßigkeit ähnlich wie die Tempel höchste Schönheit ausstrahlen.

A: Die Römer waren sicherlich, angeleitet durch die Etrusker, große Könner im Bauen mit Bögen, was sie auch beim Überbrücken von Flüssen unter Beweis stellten. Der Brückenbau ist bis heute der Bereich der Profanarchitektur par excellence, bei dem die Forderung erhoben wird, das Nützliche solle mit dem Schönen (oder zumindest mit dem, was man jeweils für schön hält) verbunden sein. Aber neben solchen Bauten, die einem konkreten Zweck dienen, gibt es wohl noch anderes.

B: Das schon mehrmals angesprochene Hinweisen auf etwas Göttliches?

A: Einerseits das, aber zum anderen auch etwas, das ich das Abweichen vom Normalen nennen würde.

B: Etwas Verrücktes? Dafür lassen sich viele Beispiele in der Architektur der jüngeren Zeit finden.

A: Auf Verrücktes ziele ich nur dann ab, wenn wir den Ausdruck »ver-rückt« in seiner ursprünglichen Bedeutung des Weggerücktseins verstehen. Was ich nämlich ansprechen möchte, sind Formen der Architekturevolution, die zunächst ein Ausscheren aus dem, was als normal betrachtet wird, bedeuten, die sich dann aber als Standardformen etablierten.

B: Ich kann dir immer noch nicht besser folgen.

A: Erinnere dich an das, was wir beim griechischen Tempel besprochen haben. Er weicht in seiner klassischen Form in vielem vom Normalen ab, zum Beispiel von der Norm des Geraden oder des rechten Winkels, Normen, von denen die Baumeister üblicherweise sagen würden, dass sie wichtige Zielvorgaben für das Bauen sind.

B: Ich erinnere mich daran, was du vor Kurzem über dieses Abweichen vom Geraden gesagt hast, und ich bin nach wie vor von der Wirkung der Tempel mit ihren scheinbar so gleichmäßig gestalteten Säulen beeindruckt.

A: Und ein ähnliches Abweichen könnte beim Übergang von der Romanik zur Gotik vorliegen.

B: Weil in der Gotik die Architekten von den Normen der älteren Romanik abwichen?

A: Ja, was natürlich nicht heißen soll, dass die gotische Architektur keinen Normen folgt. Sie folgte sogar in einem hohen Maß verschiedenen Normen, in der Weise nämlich, dass sie vermutlich musikalischen und kosmischen Idealverhältnissen nachstrebte. Aber sie verließ die Bahnen früheren Maßgaben.

B: Nämlich diejenigen der romanischen Bauweise?

A: Mir ist bewusst, dass wir uns mit derartigen Aussagen in kühnen Verallgemeinerungen ergehen – als ob es überhaupt so etwas wie »das Romanische« gegeben habe. Darüber hinaus sehen wir, dass wir einmal mehr eine enge eurozentrische Perspektive verfolgen.

B: Zweifelsohne gibt es auch eine asiatische und eine amerikanische Architektur, die erwähnenswert wäre.

A: Das ist ohnehin ein riesiges Feld, das wir ausgeklammert haben, die außereuropäische Architektur, aber auch im europäischen Rahmen und im Sektor der Sakralarchitektur gibt es vieles, das einigermaßen abweicht von klassischen Bautypen wie das Romanische oder Gotische sie repräsentieren, von denen uns heute in Mitteleuropa zahlreiche Beispiele vor Augen stehen.

B: Meinst du mit dem Abweichenden die orthodoxen Kirchen, die oft eine ziemlich andere Anordnung der Räume als die westeuropäischen Sakralbauten aufweisen?

A: Zum Beispiel – orthodoxe Kirchen sehen wir in Griechenland mehrfach in unmittelbarer Nähe zu griechischen Tempeln. Den Grundriss dieser im Vergleich zu den klassischen katholischen Kirchen meist kleineren Kirchen mit ihren wunderbar anheimelnden Innenräumen beschreibt man nicht ohne Grund als griechisches Kreuz, das sich mit seiner Symmetrie wohl auf die Liturgie auswirkt.

B: Weil im Unterschied zu einer Kirche, die das lateinischen Kreuz als Grundriss aufweist, die heiligen Handlungen nicht durch die Langschiffe von der Gemeinde weggerückt werden, sondern im Zentrum der Feiernden stehen?

A: Das wäre eine Möglichkeit der Nutzung der Räume einer kleinen Kirche mit symmetrischem Grundplan, dass die Priester im Zentrum zelebrieren und die Gemeinde sich um ihn versammelt. Das finden wir vielleicht in uralten Heiligtümern der sogenannten vorchalzedonensischen oder armenischen Kirchen; in vielen orthodoxen Kirchen ist durch die Ikonostase jedoch auch eine Distanz zwischen Priester und Volk gegeben. Aber das würde uns jetzt zu weit führen und unsere Kenntnisse endgültig übersteigen. Wir sollten uns auf das Romanische und das Gotische beschränken. Als du vorhin den Petersdom und die bescheidenere romanische Kirche erwähnt hast, wollte ich mit meiner Erinnerung an den alten Streit gar nicht auf die Gegenüberstellung von schön und nützlich hinaus. Ich wollte an das Phänomen erinnern, dass zu gewissen Zeiten von manchen Usancen abgewichen wurde. Das haben viele zunächst als beinahe gotteslästerlich empfunden, dann aber als neue Norm akzeptiert, wobei wir beim Petersdom schon den Sprung in die Renaissance erleben.

B: Aber was ist deiner Meinung das Normale an romanischen Kirchen, von dem die Gotik abwich?

A: Ich würde sagen, dass die romanischen Kirchen eher wie ein normales Haus, wenngleich wie ein sehr prächtiges, ein palast- oder burgartiges Haus, gebaut sind.

B: Mit Fenstern, Türen und einem Dach, welch interessante Norm!

A: Ich sehe durchaus ein, dass du allen Grund hast, mich zu verhöhnen. Worauf ich hindeuten will, ist, dass eine romanische Kirche wie ein Palast Gottes gebaut ist, mit festen Bögen und wehrhaften Mauern, in deren Thronbereich der Klerus residiert, ein Palast, dessen Wände innen zahlreiche Bilder schmücken, seien es Mosaike oder Malereien …

B: … durch die auch die analphabetischen Laien etwas über die biblischen Geschichten erfahren konnten.

A: Ja, so erblickt die Kirchenbesucher etwa in der Apsis auf den Mosaiken Christus in der Schar der Apostel oder einen Lebensbaum mit dem Himmlischen Jerusalem.

B: Und beim Hinausgehen werden sie durch die Darstellungen über dem Ausgang dezent an die Auswirkungen der Sünden erinnern, wenn sie in großer Liebe zum Detail ausgeführt sehen, wie die Verdammten in der Hölle leiden, die geröstet und von Teufeln mit Mistgabeln drangsaliert werden.

A: Auf solchen Szenen des Jüngsten Gerichts ist jedoch auch die Befreiung der Menschen aus dem Reich des Todes durch Christus zu sehen.

B: Aber inwiefern weicht die Gotik von dieser Raumgestaltung der Romanik ab?

A: In Bezug auf die soeben genannte Darstellungsform der Fresken weicht die Gotik von der Raumordnung der Romanik dadurch ab, dass die Wände, die solche Malereien aufnehmen können, minimalisiert sind und dass an die Stelle der Mosaiken oder Fresken die wundervollen Glasfenster treten, wie etwa in der Sainte-Chapelle in Paris.

B: Aber diese Glasfenster zeigen doch auch meist biblische Geschichten, wie das bei den Fresken in romanischen Kirchen der Fall ist?

A: Allerdings in anderer Art und Weise. In den gotischen Kathedralen handelt es sich nicht mehr um Bilder, die durch das von außen auf sie fallende Licht beschienen werden, sondern der Kirchenbesucher steht mitten im Transparenten, im Diaphanen, das etwas durchscheinen lässt und sein vielfach gebrochenes Licht auf den Betrachter wirft. Man könnte sagen, dass durch dieses Lichtspiel in eigentümlicher Weise die anwesende Abwesenheit Gottes zum Scheinen kommt.

B: Ich frage mich, ob das vielen der Betrachter von Glasfenstern so erscheint.

A: Das müssen wir ja glücklicherweise jetzt nicht klären. Aber scheint dir das nachvollziehbar, was ich mit dem Abweichen vom Normalen meine?

B: Ich glaube schon. So entwickelten sich auch aus dem normalen Dachstuhl der romanischen Basiliken die großartigen Gewölbedecken, von denen manchmal zu hören ist, dass sie mit ihren hoch aufragenden und vielfach verzweigten Gewölberippen einen versteinerten Wald und seine Baumkronen imitieren sollen. Dadurch soll unser Blick beim Bestaunen der gotischen Kathedralen emporgeführt werden.

A: Das kann man so sehen. In anderer Weise abweichend von dem, was bis dahin als Norm galt, ist der Barockstil mit den Elementen, die wir gerne als Schnörkel abtun, die jedoch ihrerseits ein

Symbol für die Unendlichkeit sein sollen, ein Zeichen, das sinnlich fassbar ist und den Betrachter mit seinen Windungen perplex macht.

B: Du meinst die Spiralen und Voluten an den Fassaden und Altären von Barockkirchen?

A: Ja. Vermutlich haben in vergleichbarer Weise die Zwiebeltürme der Barockkirchen ebenfalls eine tiefere Bedeutung. Allgemein beobachtbar ist das Phänomen, dass das Ovale jetzt dem Runden vorgezogen wird. Das Ovale, das die Norm der Kreisform beim Kuppelbau aufsprengt, soll ebenso das Unfassbare andeuten. Im Inneren der neu entstehenden ovalen Barockkuppeln ist dann die eindrucksvolle Scheinmalerei ein anderes Mittel, die Betrachter trotz der vergleichsweise geringen Bauhöhe der Kirchen ebenfalls in gewaltige Höhen zu ziehen.

B: Ich sehe, du bist von der Barockarchitektur einigermaßen angetan.

A: Ich würde mich jedenfalls nicht zu denen zählen, die sie als grässlich ablehnen.

B: Und der Prunk der barocken Schlösser und Klöster gefällt dir auch?

A: Das ist eine andere Sache. So beeindruckend die Schlösser der Herrscher, die dem Ideal von Versailles nacheiferten, auch sein mögen – man wird heute dergleichen nicht mehr rechtfertigen wollen.

B: Wenngleich sich gegenwärtig einige der Superreichen, wie man so sagt, schlossartige Gebäude errichten lassen, die hauptsächlich der Repräsentation dienen.

A: Aber diese Neureichen gestalten hoffentlich nicht ganze Städte zum Zweck der Darstellung der siegreichen katholischen Kirche oder ihrer selbst um, wie das die Barockpäpste mit Rom taten.

B: Offensichtlich behagt dir der barocke Prunk doch nicht so.

A: Darum soll es jetzt nicht gehen, was mir behagt und was nicht, wir wollen uns ja einen Weg durch die spärlichen Rudimente unserer Kunstbildung bahnen. Wir können in diesem Zusammenhang auf eine Tendenz zurückkommen, die uns in der Geschichte begegnete und die genau diesem Prunk entgegentrat.

B: Das Nützlichkeitsdenken der Aufklärung?

A: Ja, das zugleich signifikant für das Zeitalter der Revolutionen ist. Wobei ich zugeben muss, dass mir für das Nützlichkeitsdenken der Aufklärung momentan kein passendes architektonisches Zeugnis einfällt.

B: Nun, wenn wir die einsetzende Industrialisierung zu dieser Epoche hinzunehmen, so könnten wir den an Nützlichkeitserwägungen orientierten Industriebau nennen, der die Landschaft und die Städte massiv prägte.

A: Das ist richtig. Die sich stetig wandelnden Industriebauten unterwerfen bis heute in Verbindung mit dem Eisenbahnbau und dem Straßenbau unsere Umgebung einer permanenten Veränderung.

B: Das kann man wohl sagen. Die Fabrikhallen werden zu den Tempeln der Diesseitigkeit – man bezeichnet ja auch die Einkaufszentren als Shoppingtempel.

A: Allerdings erscheinen mir viele der alten Fabriksgebäude mit ihrer Abfolge von Backsteinmauern und großen Fenstern im Vergleich zu den Betonwüsten der Einkaufszentren und Industrieparks, die unsere heutigen Städte umgeben, durchaus ansprechend.

B: Vielleicht braucht es auch hier einiges an zeitlicher Distanz, bis wir die gegenwärtige Architektur würdigen können.

A: Das ist möglich. Bei den frühen Industrieanlagen im postabsolutistischen Zeitalter stoßen wir auf eine Veränderung, die in jener Zeit viele Kunstformen betrifft, dass nämlich ein Wechsel der Kostenträger eintritt, wenn ich das so sagen darf.

B: Du sprichst den Vorgang an, dass vermehrt private Unternehmer diese ebenfalls mitunter gigantischen Bauten errichten, und nicht mehr der Adel und die Herrscher die Gebäude finanzieren?

A: Ja. Allgemein könnte man sagen, dass dadurch das sich neu herausbildende Bürgertum hervortritt, das sich auch als Sponsor von Musikkompositionen und der bildenden Kunst betätigt und somit sukzessive die Landesfürsten in ihrer Rolle als Kunstmäzene ablöst.

B: Allerdings sollten wir nicht die Rolle unterschätzen, die europaweit der Adel auch in der Industrialisierung gespielt hat. Jedenfalls führte dies alles, wie du sagst, zu bemerkenswerten Änderungen in der Architektur.

A: Bei einem Blick auf die großen europäischen Städte ist ersichtlich, dass rund um die mittelalterlichen Stadtzentren, deren Einengung durch Verteidigungsanlagen oft in der Napoleonischen Zeit aufgebrochen wurde, bedeutende Anlagen von Bürgerhäusern entstanden, vorwiegend in der zweiten Hälfte des 19. Jahrhunderts.

B: In dieser Zeit haben sich dann diverse Neo-Stile in der Architektur ausgetobt.

A: Das ist durchaus zutreffend. Greifen wir Wien als eines der damaligen Weltzentren heraus: Hier zeigt sich an den Fassaden der neu entstehenden Bürgerpaläste und Zinshäusern vor allem der Neoklassizismus.

B: Und die bei der bürgerlichen Bauproduktion entstehenden Straßenzüge füllt der kaiserliche Bauherr mit Neogotik- und Neorenaissance-Bauten auf, mit dem Rathaus beispielsweise oder dem neuen Hauptgebäude der Universität …

A: … bis dann zu seinem Verdruss die Moderne auch in der Architektur in Form des Looshauses zuschlägt, das seine neuartige Fassade unerschrocken über den Michaelerplatz zur Hofburg hinwendet, in der sich der Kaiser mit Gräuel davon abwendet.

B: Meiner Meinung nach ist das Looshaus im Vergleich zu den sogenannten Zweckbauten der Nachkriegszeit mit seiner unaufdringlichen, aber doch feinen Gliederung der Fassade sehr ansprechend.

A: Dem möchte ich nicht widersprechen. Allgemein können wir beobachten, dass die Wegwendung vom Neoklassizismus mit seinen ewig gleichen Säulen, Pilastern, mit den Atlanten und Karyatiden nicht notwendigerweise zu einer schmucklosen Schlichtheit führte – es genügt, an den Jugendstil zu erinnern, der sich gegen Ende des 19. Jahrhunderts etablierte.

B: Am Jugendstil zeigt sich deutlich die Vermeidung der Schmucklosigkeit neuer Gebäude, weil er mit Ornamentik arbeitete.

A: Natürlich, und blicken wir auf die Ablösung der Renaissance durch den Barock zurück, so wird deutlich, dass in dieser Zeit ebenso das Verlassen einer hergebrachten Norm eine bedeutende Rolle spielt, nämlich das erwähnte Abweichen vom Geraden und Kreisrunden.

B: Mit den Biegungen von Dachvorsprüngen und dem Ovalwerden von Kuppelgrundrissen?

A: Zum Beispiel. Womöglich ist das ein allgemeiner Vorgang, dass in bestimmten Abständen ein Ausscheren aus dem erfolgt, was als klar und nüchtern empfunden und nicht selten mit dem Geraden assoziiert wird.

B: Ich glaube, diesen Vorgang könnte man auch in der Geistesgeschichte beobachten, dass die Menschen nach Phasen großer Nüchternheit, die ihnen bald einmal unerträglich erscheint, zu Verrückterem und Wilderem übergehen.

A: Wenn wir noch kurz bei der Architektur und in Wien bleiben, könnten wir als Ausdruck dessen, dass zu große Nüchternheit von anderem abgelöst wird, die Projekte von Friedensreich Hundertwasser nennen. Vor dem Hintergrund der schlichten Nachkriegsbauten propagierte er für die Planung sowohl von Wohnanlagen als auch von öffentlichen Gebäuden oder Industrieanlagen das Nichtgerade, was wir exemplarisch an der Müllverbrennungsanlage in Wien bestaunen können.

B: Und das Farbenfrohe und Glitzernde sind ein weiteres Kennzeichen seiner Bauten.

A: Bei Projekten späterer Architekten – etwa bei modernen Museumsanlagen – lässt sich beobachten, dass zusätzlich von den lotrechten Wänden Abstand genommen wird. Dadurch bekommen die Gebäude etwas Verdrehtes, womit wir wieder beim Verrückten wären.

B: Ich beneide keinen der Innenausstatter, die diese verdrehten Produkte der Avantgarde-Architektur im Inneren gestalten müssen.

A: Ja, ein Laie gewinnt manchmal den Eindruck, dass die in früheren Zeiten gepriesene und mit der Schönheit in Einklang stehen sollende Nützlichkeit und Funktionalität zugunsten einer singulären Raumwirkung aufgegeben wurde.

B: Freilich kann das sein Gutes haben, wenn sich die Neubauten von der schrecklichen Fadesse der Wohnbauanlagen abheben wollen, die nach dem Zweiten Weltkrieg ganz Europa, sowohl im Westen wie im Osten, verunzierten.

A: Bei diesen Bauten begegnet uns ein weiterer Vorgang, nämlich derjenige, dass sich die Materialität der Bauten ändert.

B: Das ist offensichtlich, weil spätestens dann der Stahlbeton und die Fertigbetonplatten überall Einzug hielten.

A: Was die Bauherren nicht daran hindert, auch heute noch ein Ziegelhaus zu bauen. Aber gerade für große und ambitionierte Projekte wie Museen mit überhängenden Fassaden bot sich der Stahlbeton als neue Technologie mit ungeahnten Gestaltungmöglichkeiten an.

B: Wir haben dem Stahlbeton auch die nicht mehr oder nicht leicht abreißbaren Türme für Fliegerabwehrkanonen zu verdanken, die ein monumentales und schauderhaftes Andenken an den architekturverschlingenden Zweiten Weltkrieg sind.

A: Diese Türme sind sicherlich ein Extrem des Einsatzes von Stahlbeton, der allerdings auch mit künstlerischem Anspruch verwendet wurde, zum Beispiel in der Architektur des Brutalismus mit seinem Gebrauch des schalreinen Betons …

B: … der den Städten zum Teil Gebäude mit relativ kurzer Lebensdauer bescherte; während die Wohnhäuser der Gründerzeit mehrmals renoviert werden, hat man viele Beton-Wohnanlagen aus den Siebziger und Achtziger Jahren schon wieder abgerissen.

A: Es kann sein, dass die geringe Haltbarkeit dieser Bauten, die zum Teil auf die Verwendung schlechter Werkstoffe zurückzuführen ist, auch damit einhergeht, dass man immer schneller manche Bauarten für überholt erklärt, wie das mit den Glas- und Metallkonstruktionen der Fall ist, die zum Teil aus ökologischen Überlegungen bald nach ihrer Errichtung wieder abgerissen wurden …

B: … zugunsten von teilweise riesigen Niedrigenergieanlagen mit ihren Schlitzfenstern.

A: Ja, die Energieeffizienz von Gebäuden wurde ein bedeutender Faktor in der Gestaltung nicht nur von Einfamilienhäusern, sondern auch von öffentlichen Gebäuden, Industrieanlagen oder Krankenhäusern.

B: Wobei meiner rückständigen Ansicht nach auch die alten Ziegelbauten eine recht gute Dämmung hatten, in denen die Bewohner die Fenster noch öffnen und schließen konnten, wann sie wollten.

A: Man wird sehen, welche weiteren Neuerungen sich einstellen werden. Die technologischen Innovationen brachten ja in vielen Architekturbereichen, die wir nur streiften, bedeutende Änderungen mit sich, beispielsweise im Brückenbau, den du vorhin erwähnt hast und für den die Römer so berühmt waren.

B: Die bogengestützte Brückenarchitektur der Römer wurde durch die Technik der Hängebrücken ersetzt, wie sie jedermann von der Golden Gate Bridge kennt.

A: Eine Änderung der Konstruktionsweise, die durch die Verbesserung der Stahlqualität möglich wurde. Im Zusammenhang mit den Materialien möchte ich noch ein Thema ansprechen, das dir hoffentlich nicht als Ausdruck meines Zynismus erscheint.

B: Worauf willst du hinaus?

A: Darauf, dass es im weltweiten Bauen noch viele andere Materialverschiebungen gab.

B: Dahingehend, dass man in den ehemaligen Kolonien keine Stroh-, Holz- oder Lehmhütten mehr baut, sondern Verschläge aus Wellblech?

A: Das meinte ich eigentlich nicht. Die Sache mit dem Holz ist allerdings ein interessanter Punkt, wir streiften es als Baustoff am Anfang unserer Überlegungen zum Tempelbau …

B: … als wir davon sprachen, dass im Fernen Osten die aus Holz gezimmerten Tempel als immer wieder neu zu Schaffendes angesehen werden.

A: So ungefähr. Was ich aber ansprechen wollte, sind die Kunststoffe …

B: … die im Unterschied zu herkömmlichen Baustoffen zum Teil schädlich und insgesamt umweltverschmutzend sind.

A: Auch darauf wollte ich uns nicht hinweisen, sondern auf die betrübliche Tatsache, dass für einen großen Teil der Weltbevölkerung ein alltägliches architektonisches Element der Kunststoff ist, beispielsweise als Abdeckung oder Wandverkleidung von Slumhütten. Vor allem aber zeigen uns diese Hütten, dass der Mensch in solchen Architekturformen auf ein Minimum an Überlebensraum reduziert wird.

B: Das ist leider wahr.

A: Die Erinnerung jedoch an den fernöstlichen Tempelbau und an den Baustoff Holz kann uns zu der zum Teil im selben Stoff tätigen, aber weniger massiven Kunstform führen, der Plastik.

B: Das geht mir etwas zu schnell, dieser Übergang. Wenn wir sagen, dass die Architektur ein Teil der Kunst ist, und die Kunst Unterhaltung im eigentlichen Sinn sein soll, frage ich mich, was der Unterhaltungswert der Architektur ist, außer dass sie schön anzuschauen ist?

A: Du stellst keine einfache Frage, zumal ein Teil einer möglichen Antwort in der Frage schon enthalten ist. Viele Gebäude erfreuen uns sicherlich durch ihr Aussehen und geben uns dadurch Unterhalt, weil sie uns schön erscheinen.

B: Hier drängt sich wieder die Frage auf, was das Schöne ist.

A: Eine Frage, die wir jetzt ebenfalls nicht beantworten werden können, weil sie unseren Horizont übersteigt. Aber als ein mögliches Element des Schönen, das durch Bauwerke vermittelt wird, können wir wohl die Regelmäßigkeit und das Maßvolle benennen. Viele Bauten wirken vermutlich dann besonders schön, wenn sie durchblicken lassen, dass alles an ihnen auf einem Grundmaß beruht.

B: Und das ist alles?

A: Ich würde sagen, das ist nicht wenig. In pathetischerer Weise könnten wir formulieren, dass die Gebäude das Kunstvolle im Sinne des Künstlichen und von der Natur Abweichenden zeigen.

B: Dass sie also auf die Tätigkeit des Menschen, der beim Bauen mehr oder weniger prometheisch-konstruierend vorgeht, zurückweisen?

A: Das ist sicherlich entscheidend, der Verweis auf den Menschen. Freilich weisen die Bauwerke, auch die ärmste Slumhütte, nicht nur auf den Menschen als Erbauer hin, sondern sie deuten darüber hinaus auf den Menschen oder auf einen oder mehrere Götter oder vergöttlichte Menschen als Bewohner hin.

B: Du erhebst dich wieder einmal in dichterische Höhen.

A: Was ich meine, ist, dass es, wie wir an unseren Beispielen gesehen haben, viele Bauten wie die griechischen Tempel gibt, die auf das Götterbild in Menschengestalt, das in der Cella aufbewahrt ist, ausgerichtet sind.

B: Vielleicht ist es korrekter zu sagen, dass in der Cella ein Götterbild in Übermenschengestalt aufbewahrt wird (wenn man die Darstellung von Göttern und Menschen im Mythos ernst nimmt).

A: Gut, das gebe ich zu, die griechischen Götter heben sich bei all ihrer Menschengestalt zumindest im Mythos nicht nur durch ihre Unsterblichkeit, sondern auch ihre Größe von den Sterblichen ab. Was man über die griechischen Gotteshäuser sagen kann, trifft wahrscheinlich in ähnlicher Form auf viele Tempel zu, so auf die buddhistischen oder in abstrakterer Form auch auf andere Heiligtümer.

B: An welche Heiligtümer denkst du da?

A: An das biblische Versammlungszelt und an den späteren Jerusalemer Tempel, in dem in einzigartiger Weise die Gegenwart des einen, einzigen Gottes vorgestellt wurde.

B: Wir könnten auch die Moscheen erwähnen als Anbetungsstätten, in denen bewusst auf konkrete Abbilder verzichtet wird und die somit ebenso eine einigermaßen abstrakte Form des Hindeutens auf das Göttliche darstellen.

A: So wird es wohl sein.

B: Könnte das ein weiterer Grund für die Schrägheit und das Verlassen gerader Maße in der modernen Architektur sein, dass in vielen modernen Gebäuden irgendwie der Verlust und das Ausbleiben des Göttlichen zum Ausdruck kommt?

A: Das weiß ich nicht, das wäre eine Frage an einen Architekturtheoretiker, ob man gewissermaßen von atheistischen oder agnostischen Anti-Kathedralen sprechen sollte.

B: Was du da sagst, erscheint mir gar nicht so unzutreffend in Bezug auf die gegenwärtige Architektur, wenn wir es auf die erwähnten Shoppingtempel oder auf so manch kommunistischen Prunkbau anwenden.

A: Auch das mag sein. Freilich dürfen wir nicht unterschätzen, wie viele heilige Stätten auch in der Gegenwart gebaut werden, in denen sich die Gemeinden der Gläubigen zusammenfinden, um eben teilweise Statuen in menschlicher Gestalt anzubeten. Das kann uns zur Plastik als Kunstform führen, wenn wir annehmen, dass die Architektur nicht nur dem Menschen Unterhalt und Unterschlupf gewährt, sondern auch den Götterbildern, die vielerorts ursprünglich aus Holz waren, was uns nach dem Stein und Beton der Großbauwerke zu einer leichteren Materialität bringt.

B: Bald wurden die Götterbilder jedoch in vielen Weltgegenden aus Stein oder Bronze gefertigt, nicht wahr?

A: Ja, aber nach wie vor sind in vielen Ortschaften in Süd- und Mitteleuropa oder auch in Südamerika die ersten Plastiken, die wir im öffentlichen Bereich antreffen können, Marien- oder Heiligenstatuen aus Holz, wie wir sie an Fassaden oder in Mauernischen sehen.

B: Und diese Heiligenstatuen hältst du für repräsentativ für die plastischen Künste?

A: Irgendwie schon, da mir scheint, dass die Schnitzkunst eine sehr alte und weit verbreitete Form der Plastik ist.

B: Da kann ich eine Frage einwerfen, die sich mir immer wieder stellt, wenn ich von urgeschichtlicher Kunst höre. Haben die Menschen so etwas wie Schnitzfiguren oder Malereien deiner Meinung nach einfach aus Freude am Darstellen gemacht oder wollten sie seit jeher ein Objekt der Götterverehrung schaffen?

A: Du hast diese Frage einmal bereits anklingen lassen – vielleicht wollten sie beides.

B: Eine salomonische Antwort, die uns nicht wirklich weiterbringt.

A: Betrachte die Sache so: Wenn jemand eine schöne Figur schnitzte, hat er das vermutlich gemacht, weil er Freude daran fand, aber auch deshalb, weil er die Schönheit, die ihm erschien, verewigen oder zumindest dauerhaft zugänglich machen wollte, womit wir uns möglicherweise in den Bereich der Götterverehrung hineinbewegen.

B: Wie das?

A: Einerseits aufgrund der altehrwürdigen Lehre, die einiges an Plausibilität hat, dass das Schöne das Göttliche durchscheinen lässt; zum anderen deshalb, weil das Schnitzbild als eine Göttin oder als ein Gott gelten kann, und in dem Bild das einzelne Schöne eines sterblichen Menschen zum ewigen Schönen erhoben wurde. Derartige Schnitzbilder waren in den griechischen Tempeln oft das zentrale Element des Gottesdienstes. So hat in Athen antiken Berichten zufolge ein uraltes, schlichtes Holzbild die höchste Verehrung genossen – die Statuen verliehen überhaupt erst den Tempeln, die sie beherbergten, Leben.

B: Obwohl die Statuen ebenso aus toter Materie wie die Tempel sind?

A: Aber der Materie der Statuen ist im Unterschied zu den geometrischen Formen der Heiligtümer die menschliche Gestalt deutlich eingeschnitten, sodass der erstaunliche Schein entsteht, dass die Plastiken in einem Zwischenzustand zwischen Leben und toter Materie schweben.

B: Was möglicherweise dadurch verstärkt wurde, dass sie für Darstellungen der lebenden Götter gehalten wurden?

A: Das können wir aus unserer Reflexion heraus sagen. Für die Menschen, die sich zur Verehrung der Statuen und zur Andacht in die heiligen Stätten begaben, könnte ein Götterbild noch mehr gewesen sein.

B: Die wirkliche Gottheit?

A: Das wäre unter Umständen wiederum zu viel – die Besucher beispielsweise des Zeustempels in Olympia nahmen wohl nicht allesamt an, dass mit der riesigen Zeusstatue des Phidias der Göttervater höchstpersönlich im Tempel sitze, aber sie erlebten vielleicht im heiligen Bezirk, dass sie sich in einem gesonderten Bereich von Zeus' Wirksamkeit befand. Hinsichtlich der Plastiken aus Holz fällt mir noch etwas Bemerkenswertes ein. Es gibt Berichte von Holzbildern oder besser Holzbrettern, die in Griechenland als besonders heilig verehrt wurden, weil man annahm, dass sie von den Göttern gesandt und aus dem Himmel herabgefallen waren.

B: Ist das vergleichbar mit den Achiropita, die im christlichen Bereich verehrt werden, mit den Bildern, die nicht von menschlicher Hand gemacht sind wie dasjenige bei der Scala Sancta in Rom?

A: Das ist anzunehmen. Es handelt sich jedenfalls um Bilder und Orte, an denen die besondere Wirksamkeit des Göttlichen verehrt wurde und wird, was heute vielerorts im Zusammenhang mit Statuen von Heiligen im katholischen Bereich zu sehen ist.

B: Wie wir das – um wieder nach Rom zu blicken – bei der Bronzestatue des Petrus im Petersdom beobachten können, deren Füße Millionen von Besuchern abwetzen.

A: Ich komme noch einmal auf die Marienstatuen zurück, weil sie einen interessanten Vergleichspunkt mit den griechischen Götterbildern bieten, auf den die Öffentlichkeit erst vor relativ kurzer Zeit aufmerksam wurde.

B: Dass es eine Kontinuität bei den Darstellungsformen gibt?

A: Das habe ich nicht gemeint, obwohl das auch ein interessanter Punkt ist, den wir weiterverfolgen könnten. Ich dachte an die Bemalung, die bei Holzfiguren die Fassung genannt wird. Wir sprachen kurz über die wunderschönen Giebelfiguren des Aphaia-Tempels, über die Ägineten, die in München zu bestaunen sind und an denen Forscher Reste der antiken Bemalung oder Grundierung entdeckten, anhand derer sie ihre Buntheit rekonstruierten.

B: Es ist anzunehmen, dass diese Farben den Figuren eine noch größere Lebendigkeit und Eindrücklichkeit verliehen. In der Antike sahen die Besucher des Tempels diese Statuen aus einem anderen Blickwinkel, als das in der musealen Aufstellung der Fall ist, wo wir annähernd auf gleicher Höhe mit ihnen stehen, während man sie am Giebel aus einigen Metern Distanz erblickte.

A: Und der Tempel, der diese Schmuckstücke trug, war wie gesagt ebenfalls bunt bemalt, und sein Figurenschmuck bot eine große Dynamik und Dramatik, in der Mitte mit dem Auftritt der gerüsteten Göttin und am Rand mit dem Sterben eines Kriegers, dem ein Bogenschütze gegenübersteht.

B: Eine beeindruckende und zugleich schlichte und ergreifende Komposition!

A: Wir könnten uns noch lange darin ergehen, dass wir einander großartige Plastiken, die uns im Unterricht oder in den letzten

Jahren oder eher Jahrzehnten untergekommen sind, in Erinnerung rufen. In unserer Bemühung, uns einen Überblick zu verschaffen, kann uns jenes kleine Museum in München, in dem diese Giebelfiguren aufbewahrt werden, hilfreich sein, weil es uns an die schulmäßige Gliederung der Plastik und der Kunst der Antike im Allgemeinen erinnert.

B: Meinst du die Einteilung in Archaik, Klassik und so weiter?

A: Ja, genau. Diese Systematik lässt sich in der Münchner Glyptothek – wie sicherlich in vielen anderen Museen – gut abschreiten, folgt man der Anordnung der Säle, wobei man beobachten kann, dass die Statuen zunehmend schreitender und bewegter werden. Den Beginn machen die Figuren, die entweder mit geschlossenen Beinen oder in geringer Schrittstellung mit angelegten Armen dastehen.

B: Ich erinnere mich, diese Bildnisse spiegeln doch die ägyptische Kunst wider?

A: Ja, die ägyptische Plastik wäre jedoch ein Gebiet für ein eigenes Gespräch. Von diesen Statuen von Jünglingen mit ihrer fein dargestellten Haarpracht geht es weiter zu Bildnissen, bei denen sich die Arme vom Rumpf lösen und die Beine weiter ausschreiten – oder die Statuen stellen überhaupt andere Bewegungen dar, wie das bei den knieenden Bogenschützen der Fall ist, die in den beiden Gruppen der Giebelfiguren mit ihrem bezaubernden archaischen Lächeln zu sehen sind.

B: Und dann begeben wir uns zu den Statuen mit dem berühmten Kontrapost der Klassik.

A: Das ist sicherlich eines der großen Lehrstücke der Kunstgeschichte. Die im Vergleich zu den archaischen Statuen dynamischeren Plastiken mit Stand- und Spielbein weisen oft eine stupende Lebendigkeit in der Darstellung der Leiblichkeit auf. Erinnerst du dich an die Wiedergabe der Muskeln und Blutgefäße, in denen man beinahe glaubt, das Blut pulsieren zu sehen? Das können wir in München zum Beispiel an dem rückwärtsgelehnten Faun bewundern, wenngleich diese Skulptur schon dem Hellenismus zuzurechnen ist.

B: Jedenfalls sind diese Werke in einem Maß anatomisch realistisch, das wahrscheinlich erst wieder in der Renaissance mit Michelangelos Kunstwerken erreicht wurde.

A: Diesbezüglich könnten wir die Frage aufwerfen, ob die Künstler in der Zeit zwischen der griechischen Klassik oder dem Hellenismus und der Renaissance nicht mehr so lebensnah darstellen konnten oder wollten, eine Frage, die wir vielleicht später diskutieren werden. Was mir zu der Naturnähe des Fauns noch eingefallen ist, ist die Darstellung von Tieren. Wenn ich mich recht erinnere, ist in der Glyptothek auch die wundervoll gestaltete Skulptur eines Hundes zu sehen.

B: Das stimmt. Ähnlich beeindruckend scheinen mir die zahlreichen und nicht weniger lebendig wirkenden Pferdedarstellungen der griechischen Kunst, ich erinnere dich nur an die berühmten Pferdeköpfe der Giebelfiguren des Parthenon.

A: Man erfreut sich anscheinend nicht nur daran, Menschen in Stein und Bronze zu formen und zu verewigen, sondern allgemein das Lebendige.

B: Da fällt mir eine Art von Zusammensetzung aus beidem ein.

A: Meinst du die Kentauren?

B: Du errätst es beinahe. Ich meine zwar nicht die Bilder dieser Fabelwesen, die tatsächlich aus Mensch und Tier gemischt und zusammengeschweißt sind, sondern die in ihrer Ausführung teilweise ebenfalls sehr realistischen Reiterstandbilder.

A: Wie das des Mark Aurel in Rom.

B: Das ist eines der prominentesten Beispiele mit erstaunlicher Naturnähe, was bei Ausführung der Blutgefäße des Pferdes deutlich hervortritt.

A: Für unseren Überblick eröffnen sich mit diesem Beispiel zwei weitere Bereiche.

B: Einer davon ist vermutlich die Römische Kunst?

A: Diese könnten wir noch als Drittes aufzählen. Ich habe auf die Technik des Bronzegusses abgezielt und auf die Repräsentation von historischen Figuren in der Kunst.

B: Der Bronzeguss ist zweifellos eine der großartigen Ingenieursleistungen, die sich aus der Antike erhalten haben.

A: Ja. Diese Technik bringt eine enorme Haltbarkeit der Standbilder mit sich, die, auch wenn sie wie die Bronzestatuen von Riace erst nach Jahrtausenden wieder aus dem Meer, in dem sie bei einem Schiffbruch versanken, herausgefischt werden, immer noch einen beeindruckenden Glanz ausstrahlen.

B: Diese Bronzen habe ich leider noch nicht besichtigen können.

A: Sie sind wahrlich eindrucksvoll und regen gerade aufgrund ihrer Fundgeschichte die Phantasie zu Spekulationen an, wen sie überhaupt darstellen sollen und was ihr Schicksal war. Das bringt mich zu dem zweiten Punkt, der mir bei der Erwähnung des Mark-Aurel-Standbildes einfiel.

B: Die Darstellung von historischen Persönlichkeiten?

A: Exakt. In vermutlich jeder etwas größeren Sammlung antiker Kunst stoßen die Besucher früher oder später auf Köpfe, die eine historische Größe repräsentieren sollen, seien es Dichter, Philosophen, Staatsmänner oder bedeutende Frauen.

B: Du sprichst von den Büsten, die ab einer bestimmten Zeit nicht mehr das Idealbild einer Göttin oder eines Gottes, sondern eine realistische Abbildung der Natur zum Ausdruck bringen?

A: Ja. Freilich begegnen einem bei solchen Köpfen auch typisch gewordene Darstellungen mit markanten Eigenschaften einer Persönlichkeit, die eine Büste unschwer als einen Homer oder als einen Sokrates erkennen lassen – Sokratesköpfe sind ja anhand der Stupsnase und der hervortretenden Augen leicht identifizierbar.

B: Bei solchen Büsten wird deutlich, dass die Plastiken nicht mehr ausschließlich Schönheiten im engeren Sinn wiedergeben.

A: Ja, wir treffen dann auch kahlköpfige Römer mit Adlernase an. Ein Zweck dieser Skulpturen ist eben die Repräsentation der Herrscher, die, was vergleichbar mit den Götterbildern ist, einen Kaiser als gegenwärtig erscheinen lassen sollen …

B: … damit die Bevölkerung in allen Provinzorten, in denen das Antlitz des Kaisers zu sehen ist, vor ihm erzittert oder ihm für seine Wohltaten dankt. In diesem Zusammenhang ist als Nebenzweig der metallverarbeitenden Kunst die Münzprägung zu nennen, da die Regenten ihre Münzbilder gerne zu Propagandazwecken einsetzten.

A: Auf Münzen lassen sich heute noch Monarchen darstellen, wie wir das von den britischen Pfundmünzen kennen.

B: Dagegen ist das Staatsoberhaupt in republikanisch strukturierten Staaten bestenfalls durch eine Fotografie in Amtsgebäuden oder Schulen repräsentiert.

A: Allgemein können wir, um wieder auf die Antike zurückzukommen, feststellen (was zumindest im Zusammenhang mit der hellenistischen Kunst nicht selten zu lesen ist), dass im Laufe der Zeit vermehrt das hohe Alter und die Kindheit abgebildet wurden.

B: Da fallen mir die Zwillinge Romulus und Remus ein, die in der ebenfalls berühmten Bronzegruppe mit der Kapitolinischen Wölfin in der Nähe der Mark-Aurel-Statue zu sehen sind.

A: Die beiden Säuglinge sind allerdings angeblich eine spätere Hinzufügung. Ein anderes Beispiel für die Darstellung der Kindheit aus jenem Museum wäre der Knabe, der eine Gans umarmt.

B: Oder würgt?

A: Wir wollen diesem so engelgleich aussehenden Buben keine Brutalität unterstellen, auch wenn wir oft erleben, wie grausam Kinder zu Tieren sein können.

B: Apropos Engel: Dergleichen Kinderdarstellungen der Antike boten wohl eine gute Inspiration für die Putti der christlichen Kunst?

A: Das ist anzunehmen. Für uns ist das ein Stichwort, um uns demjenigen Sujet zuzuwenden, das weltweit vermutlich am weitesten verbreitet ist.

B: Christus?

A: Ich schätze schon, genauer gesagt das Kruzifix, der ans Kreuz geschlagene Jesus, der vermutlich nach wie vor weltweit tausendfach in Holz, Stein, Metall und anderen Materialien in höchst verschiedenen Formen und Größen geformt wird, sei es für große, für die Öffentlichkeit gedachte Kreuze, oder für die kleinen Kreuze, die am Hals getragen werden.

B: Demgegenüber zeigt das angeblich weltweit am meisten kopierte Foto einen jungen Mann, den sich viele Revolutionäre als ihre Märtyrergestalt des Widerstands auserkoren haben, nämlich Che Guevara, dessen Abbildung mit Barett zu einer modernen Ikone wurde.

A: Das wusste ich nicht; das ist allerding interessant für das Thema des Medienwechsels und des Ikonischen, das klarerweise zunächst für die christliche Kunst von Bedeutung ist, wo die Ikonen gewissermaßen standardisierte Darstellungen der Gottesmutter oder von Heiligen sind. Mit den Ikonen verbindet sich auch die Diskussion um ein Bilderverbot …

B: … weil sich die Gläubigen kein Bild von Gott machen sollen?

A: Ja, in diese Richtung. Für unseren groben Rückblick können wir im Hinblick auf die vorhin erwähnten Kruzifixe eine Veränderung in der Bildwelt feststellen.

B: Was willst du jetzt damit sagen?

A: Dass mit der Darstellung des sterbenden oder gestorbenen Gottes in höherem Grad eine bestimmte Geschichte evoziert wird als bei – sagen wir – einer Abbildung Neptuns mit seinem Dreizack.

B: Darüber lässt sich streiten. Wer weiß schon, was eine Neptun-Statue in antiken Betrachtern auslöste?

A: Sicherlich hängt es von unserer Einstellung und Erfahrung ab, mit welchen Bildern wir welche Geschichten assoziieren. Trotz aller wirklichen oder angeblichen Säkularisation fühlen wir uns dem Christlichen wohl zumindest auf kultureller Ebene nach wie vor lebendig verbunden. Jedenfalls deutet ein Kruzifix nicht auf eine der zahlreichen Göttergeschichten aus dem vielfältigen Mythos hin, sondern auf die einzigartige Passionsgeschichte; dazu kommt, dass, wie ich glaube, in der christlichen Kunst eine andere Erzählweise prominent wird.

B: Dass nunmehr prophetisch vom Heil gesprochen wird?

A: Daran wollte ich uns jetzt gar nicht erinnern, sondern an die sequenzartige Erzählweise, wie wir sie beispielsweise in den einzelnen Bildtafeln eines Altarbildes sehen, die einzelne, aber zusammenhängende Episoden der Heilsgeschichte erzählen.

B: Wie bei einem modernen Comic?

A: Möglicherweise ist diese Erzählweise mit einem Comic vergleichbar, wenngleich die Heilsgeschichte im Unterschied zu einem herkömmlichen Comic eine umfassendere Geschichte erzählt …

B: … in der es ganz schön brutal zugeht.

A: Das bringt uns zur Kreuzigung zurück. Weißt du im Übrigen, wo sich angeblich die älteste öffentliche Darstellung der Kreuzigungsszene im Abendland befindet?

B: Bitte klär' mich darüber auf!

A: Auf den großen Holztüren von Santa Sabina in Rom. Diese Türen weisen uns auf eine weitere Art von Plastik hin, die für die christliche Kunst sehr bedeutend ist.

B: Das Relief.

A: Genau.

B: Freilich sind uns großartige Reliefs auch aus der antiken nichtchristlichen Kunst überliefert, denk nur an die prächtig gestalteten Seitenwände von Sarkophagen.

A: Da hast du vollkommen recht. Diese Reliefs erzählen oft eine Geschichte, beispielsweise von einer Eberjagd oder von einer Hochzeit – eine Erzählweise, die die christliche Kunst sicherlich gerne adaptierte.

B: Eine monumentale Reliefreihe aus dem heidnischen Bereich ist auch auf der Ara Pacis, Augustus' Friedensdenkmal überliefert.

A: Das ist richtig, ich möchte ja nicht behaupten, dass die Christen die Reliefkunst erfunden haben. Aber vielleicht sind die heidnischen Bilder doch eher als allgemeine Typen von Szenen zu lesen, wohingegen in den einzelnen Tafeln von geschnitzten Kirchentüren konkrete, bestimmte Etappen der Heilsgeschichte präsentiert werden, von der Schaffung des Menschen über die

Vertreibung aus dem Paradies bis zur Kreuzigung und darüber hinaus zu Christi Himmelfahrt oder dem Pfingstwunder.

B: Ein solcher Relieffries kann dann ähnlich wie der reiche Freskenschmuck in romanischen Kirchen als Armenbibel gelten.

A: Das ist anzunehmen, dass die Betrachter solcher Schnitzwerke wesentliche Geschichten aus der Bibel kennenlernen konnten. Dabei boten die zwei Flügel einer Kirchentoranlage die Möglichkeit, die Erzählungen in einer Weise anzuordnen, die sich dann im Mittelalter großer Beliebtheit erfreute.

B: Meinst du die Gegenüberstellung von Szenen aus dem Alten und aus dem Neuen Testament?

A: Ja, was man Typologie nennt, dass nämlich einem Ereignis des Alten Testaments eines des Neuen Testaments zugesellt wurde. Diese Zusammenstellung konnte so ausgelegt werden, dass die neutestamentliche Geschichte die Vorausdeutung der älteren Erzählung erfüllte. So lässt sich sagen, dass Moses' Herausführung Israels aus Ägypten durch Christus' Befreiung der Menschheit aus der Hölle aufgegriffen und erfüllt wird.

B: Derartige Gegenüberstellungen sehen wir doch in großer Zahl auf dem außergewöhnlichen Verduner Alter im Stift Klosterneuburg, wenn ich mich nicht täusche?

A: Ja. Dieses bemerkenswerte Kunstwerk führt uns zur raffinierten Technik der Emailkunst. Dieser sogenannte Altar weist eine dreireihige Anordnung auf, in der die neutestamentlichen Szenen in der Mitte von alttestamentlichen oben und unten gerahmt sind. Eine andere Möglichkeit der Disposition ist eine Rechts-links-Aufteilung auf die Altarflügel oder, was in

Kirchen häufig zu sehen ist, eine Verteilung auf die Nord- und Südwand des Kirchenschiffs.

B: Diese Anordnung nutzt den Lichteffekt aus, insofern die Bilder des Alten Testaments auf der Südseite den ganzen Tag eher im Dunkeln bleiben, während diejenigen aus dem Neuen Testament auf der Nordseite im Lauf des Tages hell beleuchtet werden, vor allem dann, wenn das Licht durch die Fenster der Südseite einfällt.

A: Ich sehe, du bist ein Kenner der kirchlichen Freskenkunst, was uns noch nützlich sein kann. Im Zusammenhang mit den Himmelsrichtungen möchte ich kurz zur Plastik zurückkehren und auf die Figuren zu sprechen kommen, die auf dem Westwerk von romanischen Kirchen zu finden sind.

B: Die Fabelwesen, die das Böse oder die Sünden der Messbesucher von der Kirche fernhalten sollen?

A: Diese Gestalten gibt es gewiss auch, ich dachte jedoch an die Gewändefiguren, die ebenfalls mit dem Eingang zu tun haben, da sie vielfach das Portal einer Kirche zieren.

B: Ja, das sind die schlanken, beinahe körperlosen Säulenstatuen, die manchmal nur aus Kopf und Gewand zu bestehen scheinen.

A: Exakt. Sie stellen zum Beispiel Propheten dar, die uns zum Heil, das wir in der Kirche finden, leiten sollen. Den Namen Gewändefiguren haben sie allerdings nicht vom Gewand, aus dem ihr nicht gerade realistisch aussehender Leib beinahe ausschließlich zu bestehen scheint (manchmal sind unten noch – auch etwas unrealistisch wirkend – Füße angefügt), sondern vom Gewände, in das sie sich einfügen, dem Mauerwerk der Portale, die schräg nach hinten verlaufen und eine Art Trichter bilden.

B: Die Schlankheit und Schlichtheit lassen diese Plastiken mitunter als Kinderzeichnungen erscheinen.

A: Vielleicht ist es genau das, was den Gewände- ebenso wie den Relieffiguren, die man beispielsweise auf einem Taufbecken sieht, ihre Wirkung verleiht, die Schlichtheit, in der etwas Menschliches und menschlich Bewegendes zum Ausdruck kommt. Die Flucht nach Ägypten ist eines der Motive für solch ergreifende Reliefszenen, die sich auf vielen Stein- und Elfenbeintafeln finden. Wird diese Szene allgemein als Flucht einer jungen Familie betrachtet, so kann sie auch heute die Herzen vieler rühren.

B: Aus der Kindheitsgeschichte Jesu stammt auch die Geschichte der etwas lustiger anzuschauenden Heiligen Drei Könige mit ihren Reittieren. Als Vollplastik sind sie in den Nischen über dem Portal der Basilika von Gemona zu bewundern.

A: Ich merke, du hast die Schätze der christlichen Kunst intensiv bereist, davon haben wir in der Schule meiner Erinnerung nach nichts gehört. Was sich uns gegenwärtig, wie ich meine, schwerer erschließt, sind die von dir zuvor angesprochenen Fabelwesen, die auch auf Außenelementen gotischer Kathedralen zu sehen sind – oder vielleicht sind sie heute doch manchen Leuten wieder leichter zugänglich, die sich für Fantasy-Welten begeistern.

B: Du meinst die Gargoyles, die im Deutschen etwas nüchterner als Wasserspeier bezeichnet werden. Mit dem Ausdruck »Speier« ist ihre bautechnische Funktion, aber nicht ihre mystische Wirkung benannt, sie sollen doch das Böse abwehren.

A: Diese Figuren zeigen einmal mehr, dass Kunst nicht unbedingt schön im landläufigen Sinn sein muss.

B: Ja, sie kann auch hässlich-schön sein – wir empfinden eine gewisse Freude am Gruseln, das diese Schreckbilder erzeugen.

A: Uns sind jedoch die Erzählungen, die im Mittelalter mit diesen Kunstwerken verbunden wurden, noch weniger bekannt als die biblischen Geschichten. Das betrifft auch viele der Tierdarstellungen in der christlichen Kunst, wie wir sie zum Beispiel in Kreuzgängen auf Säulenkapitellen sehen.

B: Kannst du mir ein Beispiel nennen?

A: An mehreren Orten ist ein Pelikan zu sehen, der sich die Brust aufpickt, um seine Jungen, die er selbst getötet hatte, wieder zum Leben zu bringen.

B: Du redest also von Darstellungen von Tierfabeln?

A: Sozusagen, freilich handelt es im Unterschied zu den antiken Tierfabeln meist um Geschichten, die mit einer christlichen Deutung verbunden sind. So ist der Pelikan ein Symbol für das Opfer Christi am Kreuz, dem ein Soldat die Lanze in die Brust stößt. Derartige Tiergeschichten sind in einer Sammlung mit dem Titel *Physiologus* überliefert. Der *Physiologus* war neben der Bibel einer der wichtigsten und einflussreichsten Texte im Mittelalter, nicht nur für die Verkündigung des Glaubens, sondern eben auch als Quelle für Sujets der bildenden Künste.

B: Aber heute kennt wohl kaum jemand diese Textsammlung.

A: Das ist vermutlich richtig.

B: Glücklicherweise lassen sich die Geschichten nachlesen, die solchen Kunstwerken zugrunde liegen, die nicht selten ganz anderer Natur sind als die Werke, die uns in der Schule als idealtypisch vorgestellt wurden oder die man kennt, wenn man eine oberflächliche Kenntnis der allerberühmtesten Werke der Kunstgeschichte hat.

A: Was ist dir momentan an idealtypischen Werken in Erinnerung?

B: Die weltberühmten Plastiken Michelangelos, sein David und der berühmte Moses.

A: Womit wir wieder bei Geschichten aus dem Alten Testament wären. Michelangelos David unterstützt meine Behauptung, dass in der christlichen Kunst mit den Bildnissen eine konkretere Geschichte verbunden ist als mit einem griechischen Götterbild. Die Kolossalstatue Michelangelos zeigt ja nicht nur eine wundervolle Nachahmung eines nackten jungen Mannes, sondern sie erzählt eine Geschichte höchster Spannung. Der junge David wird mit Schleuder und Stein in dem Moment kurz vor dem Kampf gegen Goliath dargestellt.

B: Ja, wenn die Betrachter diese Erzählung kennen, können sie die Spannung, die den gesamten Körper durchzieht, und die Konzentration des jungen Kämpfers noch besser wahrnehmen – Mensch *at his best*.

A: Zweifellos ist dieses Werk sowohl hinsichtlich der Darstellungsweise als auch in Bezug auf das Technische einer der Höhepunkte der Plastik.

B: Wie auch Michelangelos großartiger Moses, eine wunderbare Sitzstatue, die sich in Rom in San Pietro in Vincoli befindet, flankiert von den nicht weniger wunderbaren Frauenstatuen der Rahel und Lea.

A: Diese Moses-Statue ist, wie mir scheint, schwerer zu deuten als der David, jedenfalls was die Situation angeht, die sie zeigen soll.

B: Darüber gibt es sicherlich unzählige Deutungen der Kunsthistoriker und auch anderer Intellektueller, die sich darüber Gedanken gemacht haben, etwa Sigmund Freud.

A: Was hat er dazu geschrieben? – Das kenne ich nicht.

B: Ich kann mich an Freuds Text nicht genau erinnern, es geht darin, wie ich glaube, um die Diskussion, ob mit der Statue ein bestimmter Moment festgehalten oder allgemein Moses als ein von Gott erleuchteter Mensch gezeigt werden soll.

A: Ein unvoreingenommener Betrachter könnte sagen, es handle sich um die Szene, als Moses vom Sinai herabgestiegen ist, die Gesetzestafeln in den Händen hält und das Volk sieht, das sich vom einen Gott abgewandt und sich das Goldene Kalb geformt hat.

B: Interpretationen dieser Art gibt es natürlich, und Moses' Gesichtsausdruck kann als Spiegelung des Zorns gedeutet werden, der in ihm aufsteigt und den er bezwingen will.

A: Die Statue könnte auch die Situation abbilden, in der Moses – ähnlich wie David – vor einer bedeutenden Handlung steht, nämlich dem Zerbrechen der Gesetzestafeln, auf die er sich stützt.

B: Das ist möglich. Der Plastik liegt jedenfalls der Abschnitt aus dem Buch Exodus zugrunde, in dem wir von den Tafeln lesen, die von Gottes Fingern beschrieben wurden, und von der Tierstatue aus Gold, welche die Israeliten in Abwesenheit ihres geistigen Führers göttlich verehren.

A: Ein Führer, der sich seinerseits in besonderer Nähe zu Jahwe aufhielt und der sich dadurch auszeichnete, dass er mit ihm im Gespräch stand und dessen Zorn auf das auserwählte Volk besänftigen wollte.

B: Diese Gotteserfülltheit kann man sicherlich auch in den Gesichtsausdruck und die Haltung der Moses-Statue hineinlesen.

A: Was mich an der Statue auch fasziniert, sind die wie immer bei Michelangelo so realistisch ausgeführten Hände mit ihren deutlich hervortretenden Blutgefäßen sowie Moses' eindrucksvoller Bart, der über seine Brust herabwallt und den er mit den Fingern ein wenig zur Seite zieht.

B: Ja, das ist absolut faszinierend, vor allem in dem Ensemble mit den so fein ausgearbeiteten Frauenfiguren zu Moses' Linken und Rechten. Eine Kombination aus diesen Elementen, aus filigraner Frauenstatue und einem anatomisch detailliert dargestellten, muskulösen Männerkörper, bietet auch die wesentlich mehr frequentierte Skulptur desselben Künstlers im Petersdom.

A: Die weltberühmte Pietà, bei deren Ausführung der junge Michelangelo von seinen anatomischen Studien an Leichen, die er verbotenerweise durchführte, profitierte.

B: Das wird wohl so sein. Jedenfalls ist die Pietà eine überaus fein gestaltete Statuengruppe, die einen herzzerreißenden Moment aus der sogenannten Heilsgeschichte darstellt, Maria mit dem vom Kreuz abgenommenen Leichnam Jesu, eine Mutter mit ihrem als Verbrecher hingerichteten Sohn.

A: Ich schlage vor, dass wir uns von diesen Höhepunkten der Skulptur aus, die wir stets auf Neue voll Verwunderung bestaunen, bei unserer Rekapitulation des Kunstunterrichts zügig anderen Großbereichen zuwenden, so reizvoll es auch wäre, noch lange in Form einer geistigen Weltreise bemerkenswerte Statuen durchzugehen.

B: Dabei sind wir bisher gar nicht weit verreist und haben uns mehrheitlich in Europa umgeschaut. Wir könnten uns noch den phantastischen Buddha-Statuen im Mittleren oder Fernen Osten zuwenden.

A: Dafür fehlt uns wahrscheinlich noch mehr die Kenntnis als für unsere Überlegungen zur Plastik in Europa. Wie wäre es, wenn wir anhand von ein paar Beispielen, die in unserer Erinnerung herausragen, die Jahrhunderte nach jenem großen Renaissancekünstler durchgehen? Was sich mir gedanklich als nächste Station aufdrängt, ist die zweite Großgruppe an Sujets, die es neben den biblischen Geschichten gibt, von denen wir, wie ich glaube, noch gar kein Beispiel erwähnt haben.

B: Du meinst die Szenen aus der antiken Dichtung?

A: Allgemein waren in der Kunstgeschichte Motive aus Homer und Vergil enorm wirkungsvoll, selbstverständlich auch zahlreiche Episoden aus den *Metamorphosen* des Ovid; das bekannteste Beispiel einer Plastik mit einem solchen Hintergrund ist wahrscheinlich die von Winckelmann gepriesene Laokoon-Gruppe …

B: … an der er die edle Einfalt und stille Größe griechischer Kunst verkörpert sah.

A: Eine Zuschreibung, der man heute in Blick auf die antike Plastik wohl nicht mehr uneingeschränkt zustimmt. Viele Autoren der deutschen Klassik, die von Winckelmann beeinflusst waren, wären vermutlich schockiert gewesen, wenn die Kunsthistoriker damals schon die Informationen über die Polychromie der antiken Statuen ernster genommen und bekannter gemacht hätten. Aber unabhängig von der Frage nach ihrer Farbigkeit zeigt die Laokoon-Gruppe ähnlich wie die Werke Michelangelos eine ungemeine Dynamik.

B: Da lässt sich ein direkter Konnex herstellen. Die Laokoon-Gruppe wurde kurz nach 1500 gefunden und sie kann als wichtige Inspirationsquelle für die Bildhauer, insbesondere der Barockzeit, gelten. Du hast soeben Homer, Vergil und Ovid erwähnt – für berühmte Beispiele der Barockplastik müssen wir uns auf unserem Gedankenflug durch die Kunstgeschichte nur ein wenig in Rom weiterbewegen, nämlich in die Galleria Borghese. Dort können wir die für ihre Lebendigkeit gerühmten Figurengruppen des Bernini bestaunen.

A: Ich erinnere mich, im Lateinunterricht haben wir ein Foto der Apoll-und-Daphne-Gruppe gesehen, die exakt den Augenblick festhält, in dem Apoll die von ihm verehrte und vor ihm fliehende Daphne beinahe einholt. Sie wird aber, da sie ihren Vater um Hilfe angefleht, in einen Lorbeerbaum verwandelt, von dem schon der Bast auf ihrem Leib zu sehen ist. Und aus Daphnes Fingern sprießen bereits Blätter.

B: Das Wundersame der Verwandlungsgeschichte wird steinerne Wirklichkeit …

A: … womit wahrscheinlich einer der Gipfelpunkte der Barockskulptur erreicht ist. Wenn wir uns von hier in großen Schritten weiterbewegen und uns auf Darstellungen von Menschen in der Plastik beschränken, so merken wir in der Epoche des Barocks und in der Zeit danach, dass die Bildwerke wieder vielfach repräsentative Funktion haben. Ich erinnere lediglich an die Reiterstandbilder berühmter Feldherren, die wir auf vielen Plätzen ehemaliger Residenzstädte vorfinden.

B: Bei diesen Plastiken ist nicht nur eine Wandlung in der Gestaltung der Bewegungen und Körperhaltungen zu beobachten, sie sind auch ein Zeugnis großer technischer Meisterleistungen. Das nämlich das mächtige Ross und sein herrschaftlicher Reiter auf der ziemlich kleinen Stütze der Hinterbeine aufruht, erfordert ein großes handwerkliches Können.

A: Neben den Neuerungsbewegungen gab es eine breite Strömung der Imitation und sogar des Kopierens antiker Kunstwerke. Nicht wenige Künstler haben Vervielfältigungen antiker Vorbilder durch Gipsabdrücke hergestellt oder Nachahmungen unternommen, die sich eng an den Vorlagen orientierten, wie das die Werke Canovas zeigen. Schließlich verbreitete sich das Antike oder das, was man für antik hielt, über den Weg der Bauplastik in der Architektur des Neoklassizismus, wovon einem ebenfalls zahllose Beispiele in vielen europäischen Städten unterkommen. Ich erwähnte die Karyatiden und Atlanten, die als Trägerfiguren des Gebälks dienen und die an vielen Fassaden anzutreffen sind.

B: Das wurde vermutlich vielen zu viel, sodass in Verbindung damit, dass die Fassaden schlichter wurden, die Skulpturen abstrakter wurden.

A: Ja, bis hin zu den dadaistisch-flüssigen Körperdarstellungen im Stil eines Hans Arp, in denen der unkundige Betrachter bei einem ersten Hinsehen oft nicht das erkennt, was sie laut Titel zeigen.

B: Wobei zu sagen ist, dass gerade in dieser Zeit, also nach dem Ersten Weltkrieg, der menschliche Leib, speziell der nackte, auch sehr konkret und ohne Bezug auf biblische Geschichten oder den antiken Mythos dargestellt wurde.

A: Woran denkst du da?

B: An die faschistische und nationalsozialistisch vereinnahmte Kunstproduktion, die zum Teil ekelhafte Propagandawerke erzeugte, die den wackeren Soldaten und die tüchtige Hausfrau zeigten.

A: Umgekehrt gab es und gibt es nach dem Zweiten Weltkrieg Versuche – sofern nach diesem Ereignis noch jemand daran glaubte, Menschliches in der Kunst zum Ausdruck bringen zu dürfen –, die Menschen in ihrer Nacktheit darzustellen, aber nicht als kräftigen Krieger oder gebärfreudige Mutter, sondern in ihrer Verletzlichkeit und Vernichtbarkeit.

B: Ein Versuch, der klarerweise keine schönen Kunstwerke im landläufigen Sinn hervorbrachte. Solche Arbeiten zeigen jedoch eine Wahrheit über uns Menschen auf, unsere Verletzlichkeit, wie du sagst, aber zugleich unsere Brutalität.

A: Und mit mehr oder weniger explizitem philosophischen Bezug weisen viele Plastiken nach dem Zweiten Weltkrieg auf die Geworfenheit, das Ausgesetztsein des Menschen in eine Welt hin, die ihm sinnlos wurde. Ein Beispiel dafür sind die langgestreckten Bronzefiguren von Giacometti, der ja mit Jean-Paul Sartre in Kontakt stand.

B: Gerade diese Figuren strahlen bei all ihrem möglichen düsteren Hintergrund meines Erachtens eine große Schönheit aus. Freilich zeigen sie den Menschen in seiner Reduktion auf die bloße Existenz, die ihm, wie wir wissen, auch noch jederzeit genommen werden kann. Auf der anderen Seite lässt sich nach dem Zweiten Weltkrieg eine Entwicklung verfolgen hin zu Kunstobjekten, die möglicherweise ebenfalls viel über den momentanen Weltzustand aussagen.

A: Welche Werke schweben dir da vor?

B: Die Kunstwerke, die sich nur mehr minimal oder gar nicht mehr von den Produkten unserer industriellen Geschäftigkeit unterscheiden, von der wir mitunter nicht wissen, wo sie eigentlich hinführt.

A: Ich wusste gar nicht, dass in dir ein Existenzialist schlummert.

B: Vielleicht tut er das. Um dazu etwas sagen zu können, müsste ich erst wissen, was ein Existenzialist eigentlich ist. Jedenfalls dachte ich bei diesen Kunstwerken, die auf die Industrialisierung verweisen, zum Beispiel an Objekte aus zusammengebündelten Stoßstangen.

A: Ach so, du meinst Dinge, die uns als Kunst im öffentlichen Raum begegnen, beispielsweise in Kreisverkehren. Derartige Sachen gemahnen vielfach an unser wahnwitziges Treiben mit Stahl und Beton.

B: Kleiner dimensionierte Produkte der industriellen Massenfertigung findet man in Kunstsammlungen in Form der Readymades. Kritische Stimmen fragen in Hinblick auf solche Readymades gerne, ob nun das im Ausstellungssaal positionierte Fahrrad oder der an der Wand hängende Feuerlöscher das Kunstobjekt sind.

A: Das sind die schlechten Scherze der konservativen Museumsbesucher, die sich für Neues nur langsam erwärmen können. Aber jene stark abstrahierenden Körpergestaltungen eines Arp oder Giacometti oder auch die Readymades sind imstande, besondere Empfindungen in den Betrachtern auszulösen, die sich dann als verletzliche und unverfügbare Existenzen oder als ihre Existenz hervorbringende Arbeiter des industriellen Zeitalters empfinden. Ich werde uns jetzt aber ein paar Jahrhunderte zurückkatapultieren zu konventionelleren Kunstobjekten, wenn wir uns einer anderen Dimension der bildenden Kunst zuwenden, der Malerei.

B: Das Malen betrieben wir im Unterricht bei Weitem intensiver als die Plastik, in der wir uns nur selten übten, wenn wir Büsten von uns selbst oder einen Aschenbecher töpferten oder wenn wir irgendwas in Specksteine schnitten.

A: Wir betrieben jedoch die Malerei und das Zeichnen wahrscheinlich mit ähnlich bescheidenen Ergebnissen wie unsere Versuche in der Skulptur.

B: Viele von uns haben vermutlich nicht gerne in der Schule – jedenfalls nicht im Gymnasium – gemalt oder gezeichnet.

A: Was eigentlich erstaunlich ist, wenn wir bedenken, dass die meisten kleinen Kinder begeisterte Zeichner und Maler sind. Sie ahmen mit ihren Bildern ihre Umgebung nach, bringen ihre Phantasie zum Ausdruck oder geben ihre Erlebnisse im Gezeichneten wieder.

B: Möglicherweise lässt sich im Schulunterricht Kreativität nicht auf Anordnung abrufen.

A: Das könnte eine Ursache sein. Zumindest in unserem damaligen Unterricht wurde Kreativität nicht gerade gefördert – es soll ja durchaus Unterrichtsformen geben, die das tun. Es könnte aber auch sein, dass Kinder und Jugendliche mit fortschreitendem Alter aufgrund ihrer wachsenden Kunstkenntnisse vom eigenen Malen abgeschreckt werden – wir haben uns darüber bereits ein wenig unterhalten.

B: Du meinst, weil die Heranwachsenden die vollendeten Gemälde gefeierter Maler sehen, so wie die Hobbymusiker Aufnahmen von Profimusikern hören, und sich daher womöglich für ihre eigene Tätigkeit schämen?

A: Da könnte etwas dran sein. Immerhin bekamen wir im kunsthistorischen Teil des Unterrichts zahlreiche Abbildungen berühmter Gemälde präsentiert oder wir wurden durch Sammlungen alter Meister geführt. Vielleicht ist das aber nur eine Ausrede von uns für unsere Faulheit, selbst etwas zu schaffen. Was aber, wie ich glaube, unbestreitbar ist, ist die Auswirkung der Reproduzierbarkeit von Kunst, von der wir auch schon sprachen, auf die Malerei. Natürlich kann man darauf verweisen, dass in der Kunstgeschichte seit jeher große Künstler kopiert wurden. Man fertigte Skizzen berühmter Fresken an und vervielfältigte Gemälde durch Kupferstiche. Aber mit der Fotografie kam zweifellos eine neue Dimension hinzu, weil sich nun die nachkommenden Künstlergenerationen von den tausendfach gedruckten Werken alter Meister abheben wollten, um nicht als Epigonen zu gelten.

B: Aber wie ist deiner Ansicht nach Malerei überhaupt zu definieren?

A: In der Zeit der Klassik hätte ich eventuell noch antworten können, dass die Malerei sich von der in Stein, Bronze und anderen Materialien wirkenden Kunstform der Plastik durch das Farbliche abhebt. Nun haben wir zur Kenntnis genommen, dass viele der antiken Statuen durchwegs bunt bemalt waren, und das zum Teil von Meistern der Malkunst.

B: Und die von dir als Paradebeispiel für die Skulptur herangezogenen Holzstatuen von Heiligen sind sowieso vielfärbig gefasst.

A: Du sagst es. Zur Bestimmung von so etwas wie Malerei könnten wir uns an unseren behelfsmäßigen Orientierungsfaden der Schwere des Materials erinnern und sagen, dass nach der Plastik die Malerei die nächstleichtere Kunstform ist.

B: Freilich dürfen wir das nicht ganz genau nehmen, weil es sehr kleine und feine Skulpturen wie die japanischen Netsuke gibt und andererseits bombastische Ölschinken, die einiges auf die Waage bringen.

A: Das ist klar, aber es geht bei dieser Abstufung der Schwere um das Material, in dem gewirkt wird, und nicht um das Gesamtgewicht der Kunstwerke. Die Leinwand und Ölfarben sind ein leichteres Material als Stein und Metall. Zur Bestimmung von Malerei könnten wir auch den in ihr zu beobachtenden Wechsel von der Dreidimensionalität zur Ebene heranziehen. Mit diesem Wechsel geht in der Darstellung eventuell eine stärkere Abstraktion von der alltäglichen Umwelt der Menschen einher, die nun einmal mehrdimensional ist.

B: Das könnte zutreffend sein.

A: Ein weiteres Kennzeichen von Malerei ist die im Vergleich zur Plastik größere Intimität.

B: Was willst du damit sagen?

A: Verschiedenes: Mit Blick auf die Aufstellung von Kunstwerken können wir sagen, dass die Plastik etwas für das Freie oder für das freie Stehen in großen Räumen ist, wohingegen die Malerei tendenziell etwas für das Innere, für den Innenraum ist, wobei du selbstverständlich erwidern kannst, dass das ein Unsinn ist …

B: … weil es auch im Außenbereich Gemaltes wie die Fresken gibt; die Graffiti-Kunst könnten wir ebenfalls zur Malerei zählen. Andererseits sind manche Plastiken für den innersten Bereich wie das Adyton bestimmt, den für das profane Volk unzugänglichen Bereich eines Tempels.

A: Das ist ein treffender Einwand. Ein anderer Aspekt der Intimität von Malerei ist unabhängig vom Aufstellungsort der Kunstwerke, er betrifft das Verhältnis von Auftraggeber und Künstler sowie den Bestimmungszweck einer Auftragsarbeit. Während ein Standbild meist zu Repräsentations- oder Erinnerungszwecken in Auftrag gegeben wurde oder wird, damit es im öffentlichen Raum zum Beispiel an einen großen Dichter erinnert, wurden die klassischen Gemälde oft für einen privaten Bereich bestellt oder jemandem für seine Privaträume geschenkt.

B: Hier liegen die Gegenbeispiele ebenso auf der Hand. Nicht wenige Persönlichkeiten ließen sich nämlich auf einem Gemälde porträtieren, um ihr Bild überall herzeigen zu können, oder Stifter ließen sich auf einem der Gemeinde zugänglichen Kirchenfresko als Stifter abbilden; von den Münzbildern als Propagandamittel sprachen wir ohnehin bereits.

A: Auch da muss ich dir natürlich zustimmen. Woran ich als Drittes zum Thema der Intimität von Malerei erinnern möchte, ist die relativ neue Genussweise von Bildern, wenn ich so sagen darf, die sich im Bürgertum ausbildete. Wir können seit dem 19. Jahrhundert zahlreiche Gemäldegalerien besuchen und uns Dutzende von Bildern aus unterschiedlichsten Epochen anschauen, die ursprünglich nicht dafür gedacht waren, in Museumshallen ausgestellt zu werden – was mit heutigen Gemälden anders sein mag. Die Meisterwerke waren für den privaten Genuss konzipiert, bei dem sich ihre Besitzer oder deren Gäste stunden- und jahrelang auf das Bild als Einzelnes einlassen konnten.

B: Du meinst Bilder, die sich in den Privatgemächern von Fürsten und Königen befanden, die den Künstlern Unsummen für ihre Schöpfungen zahlen konnten?

A: … oder die sich mit Bildern beschenkten; so war, wenn ich mich recht erinnere, die berühmte Venus des Botticelli ein Hochzeitsgeschenk für einen Medici-Sohn.

B: So etwas ließe ich mir auch als Hochzeitsgeschenk gefallen.

A: An diesem Bild zeigt sich ein weiterer Aspekt der Intimität, nämlich die inhaltliche Seite, dass auf Gemälden in höherem Grad so etwas wie die Liebe zum Ausdruck kommen kann. Auf jenem Werk wird gezeigt, wie die Liebesgöttin überhaupt auf die Welt kam, nämlich in ihrer Geburt aus dem Meeresschaum. Ein Gemälde kann ebenso die Liebe in Form der Zuneigung einer Mutter zu ihrem Kind zeigen, wie das bei den zahlreichen Madonnen mit Jesusknaben der Fall ist.

B: Aber auch das sind Inhalte, die in der Plastik gezeigt werden, gerade eben sprachen wir von der Pietà Michelangelos.

A: Ja, ja, genau so kann das Nächste, was mir zum Thema der Intimität einfällt, auf Skulpturen zutreffen, nämlich das Verhältnis der Betrachter zum Bild, das bei Gemälden ein besonders intensives sein kann – das zeigt sich beispielsweise beim Phänomen der Bildmeditation. Überhaupt verdienen es viele Gemälde, dass wir uns intensiver mit ihnen auseinandersetzen, als wir das üblicherweise tun. Jedenfalls erscheint es mir beinahe barbarisch, wenn ich durch ein Museum hetze und möglichst viele Eindrücke gewinnen will, dabei aber kein Kunstwerk in Ruhe anschaue.

B: Damit Museumsbesucher das vermeiden, bieten kunsthistorisch geschulte Personen Führungen an, die den Betrachtern ausführlich darlegen, was auf einem Bild dargestellt ist und wie es gezeigt wird.

A: Was du sagst, bringt uns zu dem wichtigen Punkt, dass klassische Malerei gerne Geschichten erzählt und dass sie dies weit ausführlicher tun kann als ein Standbild, das uns manchmal nicht einmal verrät, welchen Gott es repräsentiert. Freilich wirst du erwidern, dass Figurengruppen wie Berninis Äneas und Anchises ebenfalls eine Geschichte erzählen.

B: Zumindest einen zentralen Moment aus diesem Mythos.

A: Und doch ist das eher selten der Fall, dass Skulpturen eine ausführliche Geschichte erzählen. Dahingegen wage ich zu behaupten, dass das Interagieren lebender Figuren ein paradigmatischer Bildinhalt für die Malerei ist.

B: Das ist wieder einmal allgemein gefasst, schweben dir da konkrete Beispiele vor?

A: Worauf ich hinweisen will, zeigen schon die vielleicht ältesten Belege menschlicher Kunst überhaupt, die Höhlenmalereien, die sich an vielen Orten der Welt finden, aber auch das Generation für Generation neu anhebende Zeichnen von Kindern, bei dem bestimmte Vorgänge und Interaktionen im Vordergrund stehen.

B: Du meinst die in Höhlenmalereien festgehaltenen Mammutjagden und Ähnliches?

A: Ja, oder – was die Kinderzeichnungen betrifft – die Darstellung, wie die Sonne auf ein Haus scheint und wie wir im Vordergrund mit einem Hund spazieren gehen.

B: Hier erlaube ich mir, noch einmal die Frage aufzuwerfen, ob du glaubst, dass mit Zeichnungen dieser Art der Zweck verfolgt wird, etwas zu verewigen (sofern das Menschen überhaupt möglich ist)?

A: Das weiß ich nicht zu beantworten. Vielleicht ist der ursprüngliche Antrieb der Maltätigkeit, gewisse Eindrücke zu verarbeiten, wie oft gesagt wird. Aber dem Versuch der Verewigung dienen sicherlich manche Gattungen der Malerei, beispielsweise die Porträtkunst.

B: Die, wie immer wieder zu hören ist, in der Renaissance eine Hochblüte erlebte, als der Mensch vermehrt sich selbst zum Gegenstand der Kunst machte oder Fürsten nach einer neuen Art der Repräsentation strebten; sie wollten nicht mehr nur als Stifterfiguren am Rande von Tafelbildern erscheinen, sondern das Zentrum eines Gemäldes besetzen.

A: Dieses Bedürfnis der bildlichen Repräsentation der Regierenden kennen wir in gewisser Weise heute noch. Kurz kamen wir bereits auf die Fotografien von Staatsoberhäuptern zu sprechen, die in Amtsräumen oder Schulen hängen und die neben dem Staatswappen in Form eines menschlichen Antlitzes die Staatsmacht repräsentieren. Aber ein wesentlicher Anstoß zur großen Malerei, von der wir in der Schule einige Beispiele vorinterpretiert bekamen, liegt, wie ich annehme, in einer anderen Sache begründet.

B: Und diese Sache wäre?

A: Die Darstellung von Allgemeinem. Selbst wenn auf den Bildern konkrete Akteure erkennbar sind – mögen sie aus der Geschichte oder den Erzählungen der Religionen oder Mythen stammen –, so verkörpern sie etwas Allgemeingültiges.

B: Und was soll das sein?

A: Ich hoffe, du hältst mich nicht für allzu sentimental, wenn ich sage, dass das Allgemeine, von dem ich rede, die großen Gefühle und Leidenschaften der Menschen sind, wie die Liebe und die Hingabe an einen Menschen oder an eine Sache.

B: Vermutlich werden wir alle mit fortschreitendem Alter sentimentaler und ein wenig wunderlich.

A: Danke sehr für dein Verständnis. Was mir als Beispiel vorschwebt, ist eines der möglicherweise vollkommenen Gemälde der Kunstgeschichte, ein Meisterwerk, das uns auch im Unterricht präsentiert wurde, nämlich Raffaels *Madonna im Grünen* …

B: … die wir im Kunsthistorischen Museum in Wien bewundern können.

A: So ist es. An diesem Kunstwerk lässt sich enorm viel ablesen, aber wir wollen uns auf die Gefühlsthematik beschränken: Dieses Bild zeigt eine der rührendsten Dinge überhaupt, die wir Menschen erleben können, die Liebe einer Mutter und die Hingabe und das Vertrauen des unbeholfenen Kindes.

B: Das ist in der Tat ergreifend.

A: Bedenken die Betrachter den religiösen Gehalt der Szene, dann erblicken sie die Jungfrau, die mit demütig, vielleicht sorgenvoll gesenktem Blick auf ihren göttlichen Sohn, den sie mit ihren Händen scheinbar gerade beim Gehen unterstützt, sowie auf den wenig älteren Johannes den Täufer schaut, der mit einem Kreuzesstab vor dem Jesuskind kniet, womit er auf Christi Leiden am Kreuz vorausweist.

B: Selbst, wenn jemand davon gar nichts wüsste, würde er die wunderschöne junge Frau bewundern, die in einem lieblichen Garten zwei Kleinkinder beaufsichtigt, die miteinander spielen.

A: Um diesen Effekt zu erzeugen, bringt die Malerei alles zum Einsatz, was sie zu bieten hat.

B: Du sprichst wohl vor allem die Gestaltung der Farben an?

A: Ja, damit kann Unheimliches bewirkt werden. Natürlich ist auch die Gestalt wichtig, aber sicherlich bieten die Figuren in diesem Gemälde ein gutes Beispiel für das sogenannten Inkarnat, die gelungene Darstellung der Lebendigkeit des menschlichen Leibes und seiner Oberfläche, in diesem Fall das rosenwangige Gesicht der Jungfrau, wenn ich das stümperhaft so ausdrücken darf.

B: Die Knaben sind ebenfalls wunderschön ausgeführt, wobei das Christuskind vollständig nackt gezeigt wird.

A: Das war für die Malerei eine besondere Herausforderung, einen nackten Leib zu zeigen – hier lässt sich vor dem religiösen Hintergrund bei dem nackten Kind, dem die Kreuzigung bevorsteht, beobachten, wie die vollkommene Ausgesetztheit, das Angewiesensein auf einen anderen und die Verletzlichkeit des Menschen zum Ausdruck gebracht wird, eben die sterbliche Menschengestalt, die Christus angenommen hat …

B: … und in der er wandelte bis zu dem Punkt, an dem er sich am Kreuz für die Menschheit hingab.

A: Die Kreuzigung ist ein Geschehnis, das in der Malerei ebenso wie in der Plastik unzählige Male in verschiedensten Weisen dargestellt wurde und das – ich komme auf die Maltechnik zurück, die wir soeben ansprachen – ein Bewährungsfeld für das Inkarnat war, wenn die Künstler nämlich den Leichnam Christi zeigten.

B: Und diese Bilder sind sicherlich ein weiterer Tummelplatz für große Gefühle, die allgemein im Menschlichen anzutreffen sind: der Abschied im Tod, die Trauer, die Verzweiflung und so weiter. Das kann man an den Frauen und Jüngern sehen, die den Gekreuzigten oder vom Kreuz Abgenommenen beweinen.

A: Und am Gewand der in diesem Zusammenhang gezeigten Damen können wir die kanonische Farbsymbolik christlicher Kunst ausmachen, wie an unserer Madonna Raffaels, der wir uns wieder als einem heitereren Bild zuwenden können.

B: Du meinst das wunderschöne Blau und Rot bei Raffael?

A: Ja, bei der *Madonna im Grünen* verweist uns das Blau auf den Himmel und das Rot als warme Farbe auf die Liebe, ebenso jedoch auf das Blut und damit erneut auf das Leid, sowohl dasjenige von Marias Sohn als auch auf ihr eigenes.

B: Wenn ich mich recht erinnere, weist das Kleid von Raffaels Madonna darüber hinaus eine feine Goldbestickung auf?

A: Ja, es ist mit einer Art Zierleiste versehen, was uns zu einer weiteren Meisterleistung der Malerei bringt, der Textur. Es gelingt den Malern ja, ungemein feine Stoffe, Felle oder andere Materialien sehr plastisch und realistisch abzubilden.

B: Wie wir das bei bestickten Tischdecken auf Monumentalfresken sehen, die das letzte Abendmahl darstellen.

A: Derartige Stoffe kann man auch auf Resten antiker Wandmalereien ausmachen, bei denen es beispielsweise grandiose Darstellungen von Vorhängen gibt.

B: Leider ist uns jedoch von der antiken Malerei kaum etwas erhalten geblieben.

A: Immerhin liefern uns die vielen Vasen, die aus der Antike erhalten sind, mit ihren detaillierten Figuren Einblicke in die oft actionreichen Bildprogramme antiker Malerei. So kann man auf Trinkgefäßen den Festzug von Mänaden und Satyrn in Verbindung mit Dionysos oder die Verfolgung einer jungfräulichen Göttin durch einen lüsternen Gott sehen. Einmal komme ich noch auf die *Madonna im Grünen* zurück, weil uns die titelgebende Farbe zu denken geben kann: Am Grünen zeigt sich exemplarisch das Vermögen des Malerischen, Natur abzubilden, in diesem Fall eine Wiese mit Blumen, Früchten und kleinen Tieren.

B: Ja, das Gemälde zeigt ein Idyll, vor dessen Hintergrund die Szene mit Maria und den Knaben spielt. Für die Ausarbeitung dieser Rahmen oder Einbettungen haben die Künstler meines Wissens manchmal Schüler eingesetzt, die sich auf die Darstellung der Vögel oder anderer Tiere, die das Gemälde zieren sollten, spezialisierten.

A: Dafür finden sich viele Beispiele. Wenn wir bei Raffael von der grünen Wiese etwas nach oben gehen, erblicken wir etwas anderes überaus Erstaunliches, die Ausdehnung der Dimensionen und die Eröffnung des Freien – so sehr die Malerei im Unterschied zur Plastik die zweidimensionale Kunst sein mag, so schafft sie es doch, auf einer kleinen Fläche eine beeindruckende Raumwirkung zu erzielen.

B: In diesem Fall durch das Sfumato, das Verwischen von Konturen, mit denen die Maler erstaunliche perspektivische Effekte erzielen, was die Renaissancekünstler zur Perfektion brachten …

A: … wofür besonders Leonardo da Vinci berühmt ist. Wir könnten hier die Frage anschließen, ob und inwiefern ein Vergleich mit chinesischer Malerei angebracht ist, die ebenfalls eindrucksvolle Tiefeneffekte zeigt. Wie dem auch sei, bei unserer *Madonna im Grünen* schaffen die hellen Farbtöne, die den luftigen Bereich kennzeichnen, einen markanten Raumeffekt. Dabei ist die Szene im Vordergrund vor einer menschlichen Siedlung im Hintergrund situiert, und so wird ein Bezug der Idylle im Garten zu der menschlichen Gemeinschaft hergestellt.

B: Eine Tiefenwirkung, wie du sie erwähnt hast, wird auch durch die Zentralperspektive erreicht, die wir selbst in unseren schulischen Kritzeleien anwenden sollten.

A: Und wofür uns paradigmatisch Masaccios *Dreifaltigkeit* in Santa Maria Novella in Florenz vorgeführt wurde, ein Fresko, auf dem Gottvater, das Kruzifix und der Heilige Geist vor einer antikisierenden Gebäudeflucht dargestellt sind und auf dem rechts und links, wenn ich mich recht erinnere, Stifterfiguren knien.

B: So in etwa habe ich das auch in Erinnerung. Aber darf ich dich erneut in unser viel besuchtes Rom führen?

A: Nur zu!

B: In einem der vermutlich meistbesuchten und am häufigsten fotografierten Freskenzyklen der Welt zeigt sich dort die Räumlichkeit in ihrer größten denkbaren Ausdehnung.

A: Ich nehme an, du sprichst von der Sixtinischen Kapelle?

B: So ist es. Michelangelos einzigartige Fresken lenken unsere Imagination in die höchsten Höhen und tiefsten Tiefen sowie zum Anfang und zum Ende der Welt.

A: Weil wir dort sowohl die Schöpfung des himmlischen Bereichs und die Erschaffung des Menschen als auch mit dem Jüngsten Gericht das Ende der Zeiten mit einem Einblick in die Hölle, die ihren Schlund öffnet, sehen können?

B: Genau das meine ich.

A: Darf ich an diesem Punkt etwas abschweifen?

B: Es kommt darauf an, wohin.

A: In den Bereich der veränderten Wahrnehmung von Kunst.

B: Ich bin gespannt, wohin du uns leitest.

A: Ich glaube, dass gerade an den Fresken der Sixtinischen Kapelle die gewaltige Veränderung auffällig wird, die die Rezeption von Kunst durch ihre Reproduktion erfahren hat. Dass uns viele Menschen, wenn sie unserem Gespräch lauschten, folgen könnten, hängt damit zusammen, dass sie Poster oder Filmaufnahmen dieser Fresken gesehen haben und sie nicht nur aufgrund eines kurzen Besuchs dieser Kapelle, der schon Jahrzehnte zurückliegen mag, dunkel in Erinnerung haben oder gar nur aufgrund einer Schilderung eines gelehrten Italienreisenden.

B: Findest du das schlecht, dass man diese Fresken durch Fotos und Filmaufnahmen im Detail studieren und sich immer wieder in Erinnerung rufen kann?

A: Nicht unbedingt. Aber selbst bei so monumentalen Fresken in einem so großen Raum ist es doch wohl so, dass sie ursprünglich für eine intimere Betrachtung bestimmt sind.

B: Jetzt bist es also du, die einen elitären Kunstgenuss für die wenigen Priester und Gläubigen, die gerade in der Kapelle Gottesdienste feiern, fordert.

A: Das fordere ich nicht, dass der Besuch der Kapelle nur denen offenstehen sollte, die in ihr eine Messe feiern. Aber wir sollten das Einmalige eines Gemäldes oder Freskos und seinen Kontext bedenken, dass es beispielsweise für eine Andacht gemacht ist.

B: Demnach sollten wir alle Gemälde als Heiligenbilder und Ikonen betrachten, vor denen wir in demütiger Inbrunst auf den Knien verharren?

A: Nein, das meine ich nicht. Wir können ebenso andächtig vor der nackten Venus des Botticelli verharren. Was ich meine, ist die Ehrfurcht und der Ernst, die wir bei der Betrachtung eines Gemäldes haben sollten. Vor allem sollte man sich Zeit nehmen und sich wiederholt mit einem Bild beschäftigen, was beim Vorbeidefilieren an den Bildern eines Museums kaum möglich ist.

B: Da gebe ich dir recht, dass wir bei Museumsbesuchen den Gemälden und ihrem Anspruch oft nicht gerecht werden.

A: Das wollte ich zuvor mit dem Intimen sagen, dass gerade Gemälde eine innige Auseinandersetzung fordern.

B: Aber dann wären Reproduktionen gar nicht so schlecht. Wenn sich jemand einen Druck der *Madonna im Grünen* ins Wohnzimmer hängt, kann er ungestört und immer wieder der Bildgestaltung und den Gehalten des Gemäldes nachsinnen.

A: Das ist wahrscheinlich besser, als wenn ein Kunstnarr dutzende Originale kauft oder neue Bilder in Auftrag gibt und dann in seiner Privatgalerie achtlos an ihnen vorbeirennt oder sie im Saferaum einsperrt.

B: Diese Gefahr ist hinsichtlich derartiger Meisterwerke wie der *Madonna im Grünen* gering, weil heute ein Kunstsammler vermutlich kein Gemälde dieser Qualität bekommen wird.

A: Darüber ließe sich trefflich streiten. Jedenfalls können wir uns darauf einigen, dass Gemälde eine intensive Auseinandersetzung verdienen, und dass wir nicht einfach, um sie gesehen zu haben, an ihnen vorbeispazieren sollten.

B: Zumindest diejenigen Bilder verdienen das, die uns etwas zu sagen haben.

A: Was auch immer das sein mag. Das kann sich im Laufe unseres Lebens und im Lauf der Jahrhunderte merklich verändern.

B: Allgemein formuliert sind es die von dir angesprochenen Gefühle, die uns Menschen seit jeher beschäftigen und deren künstlerische Verarbeitung uns etwas zu sagen hat – vermutlich wird das auch in Zukunft so sein.

A: Aber Gefühle sind schwer allgemein definierbar. Zusätzlich besteht das Problem, dass sie sich im Laufe der Zeit geändert haben mögen – oder zumindest die Art und Weise, wie Menschen Gefühle auffassen und über sie reden. Des Weiteren müssten wir die Frage erörtern, wie in unterschiedlichen Ecken der Erde gefühlt wird, wenn ich so sagen darf, und wie das Gefühlte in der Malerei dargestellt oder wie das Dargestellte wahrgenommen wird.

B: Du steckst damit ein riesiges Feld an Fragen ab, das wir wahrscheinlich kaum durchschreiten werden.

A: Gewiss werden wir jetzt diese Fragen nicht beantworten können, die tatsächlich einigermaßen nach Feldforschung klingen. Aber wenn wir uns daran erinnern, wie wir in der Schule mit der Malerei bekannt gemacht wurden, so sehen wir, dass sich die Hinführung zu ihrer Geschichte nicht nur an den Veränderungen der Malstile im Verlauf der Jahrhunderte orientierte, sondern dass auch bis in die Moderne der Hinweis auf die Gefühle in der Malerei eine große Rolle spielte und dass der Ausdruck von Gefühlen ganzen Epochen ihren Namen gab.

B: Momentan kann ich dir nicht recht folgen.

A: Ich denke an den Impressionismus, dessen Benennung man ablesen kann, dass er es mit Impressionen, also mit Eindrücken zu tun hat …

B: … die ihrerseits Gefühle sind, solche auslösen oder auf Gefühle zurückgehen.

A: Irgendwie in diese Richtung. Jedenfalls wird in dieser Epoche explizit die Rolle der Betrachter von Kunstwerken thematisiert. An manchen Bildern tritt deutlich hervor, dass erst dadurch, dass wir sie von einem geeigneten Standpunkt aus anschauen, die intendierte Wirkung zustande kommt.

B: Welche Bilder schweben dir da gerade vor?

A: Die Werke des Pointilismus, bei denen wir, wenn wir sie aus der Nähe inspizieren eine Fülle von zusammenhangslosen Punkten sehen – worauf der Name Pointilismus hindeutet. Dieselben Bilder haben jedoch aus einer gewissen Entfernung betrachtet eine überraschende Wirkung.

B: Eine optische Täuschung?

A: Ich würde nicht von einer Täuschung, sondern eher von einem Effekt sprechen. Aber wie dem auch sei, worauf ich hinweisen wollte, ist, dass wir hier stärker als bei anderen Werken damit konfrontiert sind, dass erst durch die Tätigkeit des Betrachtens ein Bild zustande kommt.

B: Ich verstehe, das Bild selbst gibt zu erkennen, dass es bei geeignetem Abstand oder Blickwinkel seine Wirkung erzielt. Dagegen wollen das Kunstwerke, die optische Täuschungen nutzen, zunächst vermutlich vermeiden, deutlich zu machen, dass ein bestimmter Effekt durch die Darstellungsweise entsteht; ich denke an die Deckengewölbe in Barockkirchen, von denen wir schon sprachen, die den Eindruck erwecken wollen, dass das Gewölbe bedeutend höher sei als es tatsächlich ist. Dabei sollen die Betrachter, wie ich annehme, nicht gleich darauf aufmerksam werden, dass die Raumwirkung durch ihre Stellung zur Malerei und durch diverse psychische Prozesse entsteht.

A: Das mag sein. Freilich kokettiert auch die Barockkunst damit, dass die Betrachter in einem weiteren Schritt die Täuschung als solche erkennen und die Kunst bestaunen, die diese Illusionen hervorbringt.

B: Da wirst du recht haben. Andere Effekte, die mit der Position des Betrachters spielen, gibt es schon lange und in vielen Bereichen. Mir fällt gerade der Kunstgriff ein, dass bei einem Gemälde die Augen einer abgebildeten Person dem Betrachter folgen, egal, ob er links, rechts oder zentral vor dem Bild steht.

A: Das spricht dafür, dass es keinen als solchen fassbaren richtigen Standpunkt der Betrachtung gibt. Das widerspricht dem, was ich vorher vielleicht indirekt im Zusammenhang mit dem Pointilismus behauptete. Manche Gemälde erlauben sich auch ein subtiles Spiel mit denen, die vor ihnen stehen, wenn sie sich nämlich selbst als im Bild vorhanden vorstellen sollen. Beispielsweise wird ein Maler gezeigt, der zu den Betrachtern schaut und der vor sich eine Leinwand hat – die Betrachter können sich dann ausmalen, dass sie ein Objekt des Bildes, dessen Entstehung auf dem Gemälde gezeigt wird, sind.

B: Diese zum Teil komplizierten Spielereien nahmen in der Moderne drastisch ab – soweit ich das aufgrund meiner rudimentären Kenntnisse der Kunstgeschichte überblicke. In der modernen Malerei werden, wenn überhaupt noch Gegenstände zu sehen sind, die einfachen und einfachsten Dinge gezeigt.

A: Ja, denken wir wieder an den Impressionismus: Nun machen Alltagsszenen wie ein Spaziergang an einem Gewässer den Bildinhalt aus und nicht mehr Szenen aus der Heilsgeschichte oder aus dem Mythos oder Seeschlachten sowie Fürsten und Könige.

B: Dieser Wechsel hin zum Ruhigeren, wenn man so will, fand bereits im Biedermeier statt. Auch das könnte ein Anzeichen der Verbürgerlichung der Kunst sein.

A: Möglicherweise, bis es dann zu so etwas wie einer Verbohèmisierung kam, und das von dir erwähnte Einfachste zur Darstellung kommt, ein Paar Schuhe, ein Feld mit Sonnenblumen oder nur mehr eine farbige Fläche.

B: Wobei zu sagen ist, dass auch ein Sonnenblumenfeld etwas durchaus Komplexes ist. Aber du sprichst anscheinend vom Expressionismus mit seinen kräftigen Farbtönen und schwungvollen Pinselstrichen.

A: Ja, im Expressionismus wird nicht mehr so sehr die aktive Rolle des Betrachters reflektiert, eher wird die besondere Sichtweise des Künstlers dokumentiert. Das wiederum zeigt, dass keiner einen Gegenstand in derselben Weise aufnimmt wie der andere, sondern dass es eine Autonomie des Gefühls gibt.

B: Mit derartigen Überlegungen habe ich meine Schwierigkeiten, weil ich an eine gemeinsame Welt glaube, die wir teilen. Und die Künstlerinnen und Künstler stellen doch ihre Bilder wohl oft mit dem Anspruch oder in der Hoffnung aus, dass sie vielen Menschen gefallen.

A: Ich sehe da eine Parallele zu dem, was wir ziemlich am Anfang unseres Gesprächs erörterten. Möglicherweise ist es so, dass wir uns alle in ununterbrochener Veränderung befinden und wir alle ein Bild aus unterschiedlichen Blickwinkeln und mit anderen Assoziationen sehen. Trotzdem teilen wir gewisse Strukturen und verständigen uns über sie. Andernfalls könnten wir wahrscheinlich nicht einmal darüber diskutieren, was auf einem Bild zu sehen ist.

B: Weil wir das Bild nicht als Bild von etwas, worüber wir uns grob einig sind, bestimmen könnten?

A: Du sagst es.

B: Wie dem auch sei, mich begeistern viele Gemälde des Expressionismus mit ihren eigenwilligen Farbgestaltungen wie Franz Marcs Pferde, die ich mir stundenlang anschauen könnte.

A: Ist das vielleicht so, weil diese Werke trotz der Verzerrung der Farben eine tiefere Wahrheit ausdrücken?

B: Jedenfalls haben sie etwas Packendes.

A: Ich bin überrascht, dass du dich als Freund der modernen Kunst entpuppst …

B: … die zum Teil, wie der Expressionismus, schon einen langen Bart hat. Ich würde mir nicht anmaßen zu behaupten, ich hätte eine Ahnung von der zeitgenössischen Malerei, die sich nach dem Zweiten Weltkrieg als Gegenbewegung zum Vergangenen entwickelte, nachdem die Malerei ähnlich wie die Plastik zum Teil in die Fänge der totalitären Regime geraten war und sich als Propagandamittel hergegeben hatte.

A: Und die deutsche Mutter oder den braven kommunistischen Arbeiter verherrlicht hatte?

B: Ja, so ungefähr. Freilich kann ich mich in all meiner Unkenntnis nicht des Verdachts erwehren, dass in der Gegenwartskunst mitunter Scharlatanerie getrieben wird.

A: Inwiefern?

B: Wenn ich in die Auslagen von Galerien blicke oder durch Museen moderner Kunst gehe, scheint es mir manchmal, als würden sich die Kunstschaffenden in Originalität übertrumpfen wollen, um die Käufer – seien es private Investoren oder staatliche Sammlungen – für sich zu begeistern, ohne dass immer zu erkennen wäre, ob es den Schöpfern der Bilder noch um irgendwelche Inhalte geht.

A: Mit den Inhalten ist es so eine Sache. Vielleicht ist momentan in der Kunst nicht die Zeit für die sogenannten Inhalte.

B: Willst du damit sagen, dass die abstrakte Kunst ihren Siegeszug vollendet hat? Ich würde erwidern, dass die abstrakte Kunst nach einem weiteren der ungezählten Turns der Kunst- und Geistesgeschichte von anderem abgelöst wurde und sie nunmehr ein Abstoßpunkt für eine der vielen Post-Bewegungen ist.

A: Das ist durchaus möglich. Aber auch bei den neueren Kunsttendenzen werden die traditionellen Inhalte wie menschliche Körper oder Szenen aus der Mythologie und Bibel nicht mehr im Vordergrund stehen, sondern nackte, kahle Formen, was auch faszinierend sein kann und vielleicht für unsere Situation typisch ist.

B: Beziehst du dich auf die Inhaltsleere in unseren Köpfen, wenn wir von der Überfülle an billigen Ablenkungen absehen?

A: Das bringt das Paradoxe auf den Punkt – unsere Köpfe sind zwar voll und übervoll von Bildern, aber diese Bilder verschwimmen uns nicht selten aufgrund ihrer Unmenge und sie sind uns einigermaßen gleichgültig, sodass kein besonderer Inhalt als bedeutend herausragt.

B: In dieser Situation wollen uns jedoch in unserer Überfüllung immer noch Bilder mit Außergewöhnlichem provozieren. Da die abstrakte Kunst teilweise passé ist, bekommen wir Inhalte vorgesetzt, die an Szenerien von Science-Fiction-Filmen erinnern.

A: Das mag durchaus sein. Woran ich ursprünglich dachte, als ich das Schwinden von Inhalten ansprach, waren die monochromen Bilder, bei denen umstritten ist, ob sie noch eine Form ausdrücken.

B: Wie die einfarbig blauen Bilder von Yves Klein?

A: Genau, die auf mich eine seltsame Faszination ausüben, wenn ich sie in einem Museum antreffe.

B: Das liegt unter Umständen daran, dass bei ihnen, abgesehen vom faszinierenden Blauton, die Malweise stark von derjenigen der anderen Bilder absticht, die wir in den Museen finden.

A: Möglicherweise. Natürlich könnten wir sagen, dass wir hier einen Inhalt vor uns haben, die Farbe, allerdings wird sie uns in radikaler Weise präsentiert. Die Betrachter sind auf die bloße Sinnesempfindung, auf das reine Blau-Unterscheiden, zurückgeworfen und haben es nicht mehr mit komplexeren Gehalten wie einem Ding oder einem großen menschlichen Gefühl zu tun …

B: … wie die Liebe einer Mutter zu ihrem Kind.

A: Ja, oder mit dem menschgewordenen Gott als Inhalt eines Tafelbildes, der sich aus Liebe am Kreuz dahingibt, mit einem Seerosenteich oder womit auch immer. Dagegen kann sich der Mensch bei einem monochromen Bild als derjenige erleben, der Sinnesunterscheidungen vollzieht, ohne dass er eigentlich noch wüsste, woher das von ihm Unterschiedene kommt oder worauf es sich bezieht.

B: Aber der Farbeindruck kommt doch von der Leinwand?

A: Sehr witzig. Ich meine, um es etwas schwülstig auszudrücken, dass sich heute viele Menschen des metaphysischen Überbaues beraubt fühlen, auch wenn sie das nicht so formulieren würden.

B: Willst du damit sagen, dass vielen Menschen ihr Leben sinnlos erscheint? Da würde ich dir zustimmen.

A: Da müssten wir die Frage stellen, was sinnlos heißt. Offensichtlich nimmt sich der Mensch beim Betrachten eines einfarbigen Bildes noch als Lebewesen wahr, das Sinne hat und etwas Blaues sieht. Aber er weiß eventuell weder, woher das von ihm Unterschiedene kommt, noch, wohin es deutet oder was der Sinn des Ganzen im Sinn des Zweckes ist.

B: Sehr spitzfindig, deine Unterscheidung, mit der wir zum Anfang unserer Unterhaltung zurückkommen.

A: Vielleicht ist die Unterscheidung nicht ganz unzutreffend in dem Sinn, dass sich jemand in der Weise erlebt, dass er Farben und Gerüche unterscheidet und viele andere Funktionen ausübt, dass er zum Beispiel rechnen kann oder auch in der Gesellschaft seine Funktion erfüllt, beispielsweise als Richter, dass er aber nicht mehr weiß, wozu er dies alles tut.

B: Weil er nicht mehr in einem von Gott gelenkten Universum lebt und in ihm eine spezielle Aufgabe erfüllt?

A: So könnte es sein.

B: Aber auch heutzutage glauben doch ungemein viele Menschen an etwas Göttliches, einen Gott oder Götter, und weltweit gesehen ist die Anzahl dieser Menschen wahrscheinlich im Steigen begriffen.

A: Das möchte ich nicht bestreiten, ebenso gibt es sicherlich immer noch eine sakrale Kunst und Malerei. Aber ähnlich wie bei der modernen Plastik, wo der Mensch häufig in seinem bloßen Menschsein, seiner Nacktheit und eventuell seiner Sinnlosigkeit dargestellt ist, steht dieses Ausgesetztsein wohl in der gegenwärtigen Malerei im Vordergrund. Bei monochromen Bildern beispielsweise kann sich der Betrachter als funktionierende Wahrnehmungsmaschine begreifen, die auf sich selbst zurückgeworfen ist.

B: Aber die Menschen sind doch immer noch liebende, hassende oder hoffende Lebewesen?

A: Das sind sie gewiss, aber oftmals ohne größeren Sinnzusammenhang, in den sie sich einordnen könnten. Diesbezüglich erinnern mich kühne Gemälde wie eine blaue Fläche Kleins oder die Rotschattierungen eines Rothko manchmal an moderne Musik, in der die Töne langsam dahintropfen und zusammenhanglos sind, sodass der Zuhörer nicht von der Musik irgendwohin mitfortgerissen wird, sondern wiederum auf sich als einsamen Hörenden zurückgeworfen ist.

B: Denkst du an einen bestimmten Komponisten?

A: An Arvo Pärt.

B: Ah ja. Wenn ich mich recht erinnere, hat er auch Stücke mit religiösem Hintergrund geschrieben, weshalb er bei den Sowjets aneckte.

A: Das mag schon sein. Aber in seinem reifen Stil des Klingelns treten die einzelnen Töne seiner Stücke so wunderbar klar und in vollkommener Nüchternheit hervor, dass das Zuhören einer Meditation über das eigene Ich nahekommt.

B: Da müsste ich mir in Ruhe wieder einmal etwas von Pärt anhören, um das nachvollziehen zu können. Beim Vergleich moderner Malerei und moderner Musik scheint mir etwas auffällig zu sein, das mit den Kunstkonsumenten zu tun hat.

A: Und das wäre?

B: Dass in beiden Bereichen eine Diskrepanz besteht zwischen dem, was populär ist, und dem, was – wenn ich so sagen darf – als anerkannte, seriöse Kunst gilt.

A: Du willst auf den Unterschied zwischen Unterhaltungsmusik und ernster Musik hinaus?

B: Zum einen, und andererseits auf den Unterschied zwischen dem, was in Kunstgalerien zum Verkauf angeboten wird, und dem, was sich die Mehrzahl der Menschen tatsächlich gerne ins Wohnzimmer hängen würde, nicht, weil es einen gewissen Wert hat, sondern weil es ihnen gefällt.

A: Wie gesagt: Ich gebe zu, dass ich mich nicht des Eindrucks erwehren kann, dass sich einige bildende Künstler mit den Galeristen und Käufern Scherze erlauben oder bewusst spezielle Moden bedienen und dass sie nicht stets ihrem künstlerischen Drang oder ihrer Inspiration folgen.

B: Zusätzlich ist die vorhin angesprochene Sache mit der Reproduktion zu bedenken.

A: Bist du der Ansicht, dass die Reproduktion auch in der Malerei die aktive Kunstproduktion eingeschränkt hat?

B: Das wage ich nicht zu beurteilen. Blicken wir auf die E-Musik, so sehen wir, dass in den Konzertsälen und Opernhäusern hauptsächlich die Klassiker wieder und wieder aufgeführt werden. In vergleichbarer Weise zieren die Wände der Wohnungen vieler Menschen Kunstdrucke von Klassikern der Malerei.

A: Allerdings änderte sich dasjenige, was als Klassiker angesehen wird, im Laufe der Zeit immer wieder und wird sich stets ändern.

B: Das stimmt zweifellos. Einstmals verpönte Stücke werden jetzt mit Begeisterung aufgenommen und zu den Klassikern gezählt, populäre Werke vergangener Generationen sind dagegen heute so gut wie vergessen. Aber nimm ein lupenreines Stück der Zwölftonmusik her: Ein solches wird auch heute dem Publikum bei einem am kommerziellen Erfolg orientierten Konzert bestenfalls eingeklammert zwischen zwei eingängigen Klassikern vorgesetzt, damit die Zuhörer nicht davonlaufen können.

A: Du übertreibst ein wenig. Aus Sicht kommerzieller Kunstveranstalter ist das verständlich, dass sie möglicherweise weniger beliebte Stücke mit attraktiven mischen.

B: Allerdings reden wir jetzt nur vom Publikum in Konzerten der ernsten Musik und haben noch gar nicht die Phänomene der populären Musik im Blickfeld, die sich eben dadurch definiert, dass sie populär ist und sich verkauft.

A: Detektiere ich als Unterton wieder die Kritik des elitären Kunstphilisters, der den schlechten Geschmack der Masse tadelt?

B: Ich habe keine Wertung vorgenommen, sondern lediglich von der Menge der Rezipienten gesprochen.

A: Ich selbst bin der Ansicht, dass bei allen Auswüchsen, die die Populärkulturformen und ihre Kommerzialisierung aufweisen mögen, der Masse ein Urteilsvermögen zuzusprechen ist und dass kein Kritiker deren Urteilsvermögen als vollkommen verfehlt verurteilen sollte.

B: Das klingt aber auch nicht gerade unelitär, was du da sagst.

A: Im Gegenteil: Ich halte das Urteil der Mehrheit für etwas Positives, dem ablesbar ist, dass bestimmte Modeströmungen in den Künsten ins Leere gehen. Wir sollten uns nicht davor scheuen, zu erwägen, ob es nicht doch gewisse Konstanten der menschlichen Natur gibt, die von den Künsten angesprochen werden. Das würde aber implizieren, dass sich die Künste nicht beliebig ändern können, ohne ihren Bezug zum Menschen zu verlieren.

B: Es sei denn, der Mensch oder seine Erziehung ändert sich beständig hinsichtlich dessen, was als schön und als nicht schön anzusehen ist.

A: Eine komplexe Angelegenheit, über die wir ein andermal sprechen sollten. Bevor wir uns der nächsten Kunstform, der Musik, zuwenden, würde mich noch interessieren, was du hinsichtlich der Reproduktion von Malerei mit den Kunstdrucken der Klassiker, von denen du sprachst, im Blick hast?

B: Was ich andeuten wollte, geht in die Richtung der von dir angesprochenen menschlichen Konstanten. Abgesehen davon, dass ein Kunstdruck im Regelfall wesentlich günstiger zu haben ist als ein Original zeitgenössischer Kunst, könnte es sein, dass die tausendfach reproduzierte Mona Lisa mehr in der menschlichen Natur zum Schwingen bringt als zufällig verteilte Farbkleckse.

A: Wie gesagt, das wäre eine eigens zu führende Diskussion über derartige menschliche Konstanten. Bei Reproduktion von Malerei ist im Übrigen in Bezug auf die materielle Umsetzung wieder eine Unterscheidung angebracht. Es gibt solche Reproduktionen, die nicht leicht als Kopie zu überführen sind, und solche, die sich deutlich als Abklatsch zu erkennen geben.

B: Meinst du mit den Reproduktionen, die man nicht leicht als Kopien bestimmen kann, die Kunstfälschungen?

A: Ja. Wir könnten diese Reproduktionen parallel zu Wiederaufführungen von Musikstücken auch als »Wieder-Malungen« bezeichnen. Es gehört eine große technische Fertigkeit dazu, ein Gemälde originalgetreu zu kopieren. Eine solche Kopie kann einer Wiederaufführung eines Konzertstücks entsprechen, während ein Kunstdruck, der auf einer Fotografie basiert, eher einer Wiedergabe des Musikstücks im Radio mit entsprechendem Hintergrundrauschen entspricht. Jedenfalls sind uns einige Maler bekannt, die ihre Werke unter den Namen berühmterer, älterer Künstler verkauften und stolz darauf waren, dass ihre Fälschungen in den Museen der Welt anzutreffen sind.

B: Zu Recht sind sie auf ihre Reproduktionen stolz, wenn sie die Pinselführung oder den Farbauftrag eines großen Meisters perfekt nachahmen.

A: Jawohl, darum geht es bei diesen Reproduktionen im engeren Sinn, dass sie nach Möglichkeit den Gesamteindruck eines Gemäldes wiedergeben.

B: Dein Vergleich mit der Musik hinkt jedoch, würde ich sagen, weil Musik seit jeher dafür komponiert wird, immer wieder aufgeführt zu werden. Einem Gemälde wird dagegen traditionellerweise zugeschrieben, dass es etwas Einmaliges ist und dass es eine gewisse Aura hat, die weder ein Replikat noch eine Fotografie einzufangen vermag.

A: Da gebe ich dir recht. Mit der Fotografie streifen wir im Übrigen eine weitere Kunstform. Wir könnten sie als Fortführung der Malerei betrachten; in unserem Unterricht spielte sie jedoch nur eine marginale Rolle.

B: Aber das Foto deckt heute neben Film und Fernsehen den Hauptteil der Lust der Menschen am Schauen ab, wenn ich auf eine der möglichen humanen Konstanten zurückkommen darf.

A: Die Schaulust der Menschen befriedigen Fotos vor allem, seit das Abdrucken von Farbfotos in Zeitungen und Zeitschriften günstig möglich ist, sodass wir uns ständig mit neuen Bildern versorgen können.

B: Ja, Fotos umgeben uns eigentlich überall, seit einiger Zeit nicht nur in gedruckter Form, auch in den Online-Nachrichten. Am Anfang unserer Malerei-Erörterungen sagten wir, dass es einen menschlichen Drang gibt, Handlungen und Dinge zu verewigen – das erfüllt die Fotografie par excellence. Überall und ständig müssen wir scheinbar uns und alles rund um uns fotografisch festhalten.

A: Wobei heute bei der Bilderflut, von der man spricht, ein Flüssigwerden und Vergehen der Bilder festzustellen ist.

B: Was soll das heißen?

A: Dass bei der digitalen Fotografie nicht unbedingt von einem Verewigen gesprochen werden kann, vielleicht eher von einem Aufleuchten eines markanten Bildes, das bald wieder ins Vergessen hinabgleitet. Banal betrachtet ist es wahrscheinlich, dass aufgrund der rasant wachsenden Datenmenge in Kürze vieles an Bildern gelöscht wird oder in naher Zukunft nicht mehr zugänglich ist, weil sich die Dateiformate oder die technischen Vorrichtungen verändern.

B: Das werden die nächsten Jahrzehnte oder Jahrhunderte zeigen, ob und wie sich in diesem Bereich eine Kontinuität einstellt. Derzeit umgeben uns bei aller Digitalisierung immer noch viele in herkömmlicher Weise materialisierte, zweidimensionale Abzüge von Fotos, von den Plakaten bis zu den Fotos in Hochglanzmagazinen …

A: … die oftmals einen künstlerischen Anspruch erheben.

B: Möglicherweise sind hier Kunst und Kommerz schwerer als anderswo auseinanderzuhalten. Mitunter sind das platte Anpreisen der Werbefotografie, das sentimentale Festhalten von Urlaubseindrücken und die anspruchsvolle Kunstfotografie nur durch feine Nuancen getrennt. Noch dazu würde ich sagen, dass gerade das scheinbar Trashige oft für Kunst gelten darf oder zumindest hohe Kunstfertigkeit aufweist.

A: Wie das?

B: Wenn man beispielsweise die Erotikfotografien hernimmt, so haben die Bilder in Boulevardblättern den Nimbus des Schmierigen, obwohl die Fotos nicht selten künstlerische Qualität haben oder zumindest vom Standpunkt des Kunsthandwerks betrachtet gut und mit viel Aufwand gemacht sind.

A: Aha, ich sehe, ich habe einen Connaisseur vor mir.

B: Haha. Aber mir soll doch einmal jemand erklären, welcher Unterschied hier – abgesehen vielleicht von der sozialen Zusammensetzung des intendierten Publikums – dem Sujet und der Umsetzung nach zu Aktfotografien eines Newton vorliegt.

A: Möglicherweise lassen wirklich hauptsächlich der Rahmen und die Umgebung ein Bild zu etwas Banalem werden.

B: Ähnliches liegt womöglich bei vielen Trash-Kunstformen vor, die großen kommerziellen Erfolg haben. Viele ihrer Produkte sind künstlerisch einwandfrei ausgeführt, sei es ein Hip-Hop-Song und das ihn begleitende Video oder eine erfolgreiche Fernsehserie, an deren Produktion ausgezeichnete Kameraleute, Regisseure, Musiker, Kostümausstatter und so weiter beteiligt sind.

A: Das überzeugt mich nicht ganz. Vielleicht ist es vielmehr so, dass wir durch den Einfluss der Massenmedien verblöden und von ihnen dazu erzogen werden, an bestimmten Produkten Gefallen zu finden – wir werden in unserem einfacher werdenden Wohlgefallen zu standardisierten Bilderkonsumenten, deren Bedürfnisse zunehmend berechenbarer werden.

B: Das wird in einem gewissen Maß zutreffen, was du sagst. Trotzdem bedienen, wie ich meine, viele der Kommerzkunstprodukte eine menschliche Konstante, nämlich die Freude am Schönen.

A: Eine Freude, die bei Plakaten und in Zeitschriften meist benutzt wird, um mit Fotografien ein Begehren nach einem käuflichen Produkt zu erzeugen.

B: Du darfst bei Fotos nicht nur an die auf dem Sex sells-Slogan basierte Werbung denken. Es gibt immerhin Landschafts- oder Tierfotografien, die einfach – altertümlich ausgedrückt – das Wohlgefallen am Schönen ansprechen oder so ähnlich.

A: Ja, ja, das stimmt schon. Wir sollten sowieso gegenüber einem Kunstelitarismus intensiver den Wert von so etwas wie einer Demokratisierung der Künste bedenken.

B: Ja, es bestimmen nicht mehr nur reiche Adlige, was gemalt oder gebaut werden soll, und auch der Geschmack der Menge findet bei der Bewertung oder Produktion von Kunstwerken Gehör, ein Geschmack, der ja, wie du selbst zugegeben hast, nicht völlig verfehlt ist. Apropos Demokratisierung: Im vergangenen Jahrhundert hat die Fotografie die Plastik, Malerei und Münzbildherstellung als Propagandamittel abgelöst – die Fotos dienen aufgrund ihrer leichten Manipulierbarkeit jedoch eher totalitären Machthabern als demokratisch Regierenden.

A: Du meinst, weil diese Machthaber retuschierte Bilder verbreiten, die Reaktionen auslösen sollen, die ihren Interessen in die Hände spielen?

B: Exakt. Selbstverständlich gab es das schon lange, dass Agitatoren mit verschiedenen Techniken Pamphlete und Flugzettel produzierten, die neben einem Text Abbildungen enthielten, beispielsweise von Feindbildern, die es zu bekämpfen gilt. Aber mit der Fotografie bietet sich die Möglichkeit, tagesaktuell in Zeitungen oder inzwischen stunden- und minutenaktuell über das Internet Nachrichten mit Abbildungen zu versehen, die durchaus die Stimmung der Bevölkerung in eine gewisse Richtung lenken können …

A: … weil, wie es heißt, ein Bild mehr als tausend Worte sagt.

B: Wie wahr, vor allem, wenn zusätzlich zu der Einstellung, aus der das Foto gemacht wird und die immer einer Interpretation des Auges des Fotografen entstammt, das Bild nachträglich verändert wird.

A: Durch die digitale Bildbearbeitung?

B: Oder durch das klassische Retuschieren bei analogen Bildern oder einfach dadurch, dass man Fotos zuschneidet. Das berühmte Porträt von Che Guevara, das ich erwähnt habe, ist übrigens ein solcher Ausschnitt aus einem größeren Bild, das neben Che Guevara eine weitere Person zeigt und das in der zugeschnittenen Form mit großem Gewinn vom italienischen Verleger Feltrinelli verbreitet wurde.

A: Interessant. Hier lässt sich einmal mehr über die Grenzen von Kunst streiten und fragen, ob ein solches Foto ein Kunstwerk ist.

B: Womöglich ist gerade das die Kunst der Zeit – es scheint mir, dass derartige Fotografien eine Analogie zu dem aufweisen, was du zuvor an der modernen Plastik oder Musik betont hast, dass der Mensch sich auf seine bloße Existenz zurückgeworfen sieht.

A: Worin besteht für dich hier eine Analogie?

B: Dass in dergleichen Fotos in einer von Gott verlassenen Welt ein Mensch erscheint, der sich gegen den Kapitalismus oder gegen gesellschaftliche Zwänge stellt.

A: Ist das nicht die Sichtweise einer ein wenig naiven Revolutionsromantik?

B: Das leugne ich nicht. Gewiss wird das Foto von Che Guevara oft in diesem Sinn als Ikone des Widerstands auf T-Shirts und Plakaten wiedergegeben.

A: Das ist allerdings zutreffend, dass die Fotografie die Herausbildung neuer Ikonen beförderte, sei es von Schauspielerinnen, die als Sex-Symbole gelten, oder von Musikern, die, wie es so schön heißt, als Pop-Ikonen verehrt werden. Das lässt mich wiederum an die moderne Musik denken.

B: Was?

A: Die Verbreitung und Allpräsenz der Fotografie. Bei der Malerei sprachen wir von der Intimität der Bildbetrachtung, die in einem gewissen Widerspruch zu der heutigen Museumskultur steht ...

B: ... weil ein Bild als Hochzeitsgeschenk zum Beispiel für das Schlafzimmer eines Ehepaars gedacht ist.

A: Nicht selten diente ein Gemälde eben als Ikone im ursprünglichen Sinn, das heißt als Andachtsbild in einer Kirche oder Kapelle. Demgegenüber werden heute Fotos massenweise vervielfältigt und verbreitet, was sie meiner Meinung nach mit der modernen Musikkultur in Verbindung bringt.

B: Du meinst, weil wir uns überall mit Fotos konfrontiert sehen und beinahe allerorts mit Musik beschallt werden oder uns selbst mit Musik ablenken, beispielsweise beim Auto- oder Zugfahren?

A: Ja, darüber hast du bereits Klage erhoben. Aufgrund dieser Allpräsenz von Fotografie und Musik dürfen wir annehmen, dass ein Ignorant und Kulturbanause zwar Skulpturen und Gemälde geistig vollkommen ausblenden kann und er unter Umständen kaum mit solchen zu tun hat – sofern er nicht in einen Sakralraum oder ein Museum geht und sofern er die Kunstwerke im öffentlichen Raum nicht als solche wahrnimmt, dass er jedoch kaum darum herumkommt, Fotos anzuschauen und Musik zu hören, auch wenn er das nicht will.

B: Wie wahr! Das treibt mich manches Mal schier in den Wahnsinn, wenn ich in einem Geschäft von Basstönen und irgendeinem Gekreische beschallt werde, obwohl ich mir nur in Ruhe die Waren ansehen will.

A: Und doch zählt die Musik zu den wundervollsten Dingen im menschlichen Leben!

B: Aber es muss nicht sein, dass wir immer und überall von jeder Art von Musik berieselt werden. Allerdings gebe ich zu, dass ich ein ziemlicher Musikbanause bin und mit vielen Musikrichtungen nichts anfangen kann. Ich bin schon zufrieden, wenn ich am Klavier ein paar Sonaten zusammenstümpere.

A: Ich glaube, du untertreibst.

B: Na ja, Glenn Gould bin ich definitiv keiner. Aber wenn ich an mein Klavierspiel denke, kann ich nachvollziehen, was du früher gesagt hast und was ich in Hinblick auf andere Künste nur in der Theorie erwägen kann.

A: Und das wäre?

B: Dass es einen gewaltigen Unterschied macht, ob wir ein Kunstwerk rezipieren oder ob wir selbst an seiner Entstehung beteiligt sind und dadurch in kleinem Ausmaß selbst Kunst betreiben, sie performieren, wenn du so willst. Freilich frage ich mich nun, nachdem wir über die Malerei und Bildbetrachtung gesprochen haben, ob wir überhaupt eine strikte Trennung zwischen passiver Kunstrezeption und aktivem Selbsttätigsein in der Kunst vornehmen sollten. Immerhin haben wir den Betrachtern eine wichtige und aktive Rolle beim Entstehen der Kunstwirkung zugesprochen.

A: Das ist richtig, aber dem Erleben nach macht es für mich einen großen Unterschied, ob ich selbst – wie gut oder schlecht auch immer – etwas auf meiner Geige zusammenkratze oder ob ich das betreffende Stück im Radio höre.

B: Worauf führst du diesen Unterschied zurück?

A: Darauf, dass sich jemand beim Musizieren als Urheber der Töne fühlt und vom faszinierenden Strom der Harmonien, die er selbst erzeugt, fortgerissen wird. Wie großartig muss es erst sein, selbst etwas zu komponieren oder auf einem Instrument improvisieren zu können!

B: Sicherlich ein erhebendes Gefühl, das wir als Kinder wohl alle hatten, wenn wir unsere eigenen Tonkreationen – ich möchte nicht sagen Melodien – hervorbrachten, sei es durch das Summen oder Trällern mancher Melodien oder dadurch, dass wir mit irgendetwas auf irgendeinen Gegenstand klopften. Wann und warum ist uns eigentlich diese Begeisterung für das Musizieren und Komponieren abhandengekommen?

A: Das ist einmal mehr eine komplizierte Thematik. Vielleicht kam uns die Begeisterung nie abhanden, aber wurde verschüttet. Wir könnten es uns wieder leicht machen und dem Schulsystem die Schuld daran zuschreiben, weil es die Kreativität nicht fördert oder sogar abtötet.

B: Tatsächlich habe ich in der Schule nicht gerne gesungen, weil ich darauf aufmerksam gemacht wurde, dass ich falsch singe –

aber ich erinnere mich nicht, dass mir jemand beigebracht hätte, wie ich richtig zu singen habe.

A: Freilich ist das eine billige Ausflucht, der Schule die Schuld für das Abnehmen von musikalischer Kreativität zuzuweisen. Wir tun generell vieles nicht mehr, was als Grundtätigkeiten der Menschheit gelten kann, ohne dass wir für diesen Umstand der Schule die Verantwortung zuschreiben dürften.

B: Du meinst Tätigkeiten wie den Weizenanbau oder das Schlachten von Tieren?

A: Die mehrmals angesprochene Arbeitsteiligkeit brachte viele Veränderungen mit sich, unter anderem, dass es Berufsmusiker gibt.

B: Und professionelle Komponisten?

A: Ja, klarerweise. All dies führte zu dem von dir zu Recht in Frage gestellten Schema einer Zweiteilung in Musikschaffende und Musikkonsumenten oder rezipienten.

B: Eine Trennung, die wiederum durch die bereits mehrfach erwähnte Reproduktion verschärft wurde.

A: Inwiefern?

B: Wie oft hatte die Landbevölkerung früher schon die Gelegenheit, Berufsmusiker wie diejenigen eines Esterházy zu hören? Da waren sich's die Landwirte zufrieden, wenn sie selbst auf ihrer Fidel oder Ziehharmonika spielten oder die Bürger, wenn sie ihre eigenen kammermusikalischen Aufführungen machten. Es gab keine oder nur selten eine Vergleichsmöglichkeit mit professionellen Musikern. Heute können wir ununterbrochen im

Radio oder über den Computer Musik, die auf höchstem Niveau gespielt wird, aus allen Epochen hören, was einen, wie wir das erwogen haben, in der eigenen Tätigkeit hemmen kann …

A: … oder dazu führt, dass wir unser eigenes Stümpertum deutlich wahrnehmen, wenn wir die von uns selbst gespielte Sonate später perfekt ausgeführt in Form einer Tonaufnahme hören.

B: Wobei das »perfekt« ein weiterer Gegenstand einer Streitfrage sein kann. Es wäre zu diskutieren, ob es überhaupt eine perfekte Aufführung eines Stückes gibt. Aber ich verstehe schon, was du meinst.

A: Und doch lassen es sich auch heute viele Menschen nicht nehmen, in verschiedenen Bereichen aktiv Musik zu machen.

B: Was mir begrüßenswert erscheint, selbst wenn mir manchmal das sehr rege, traditionelle Musizieren, wie die Blasmusiken das am Land betreiben, etwas fremd ist.

A: Die Unterschiede sind sicherlich nicht gering, welche Art von Musik wann und wo betrieben wird. Und abgesehen von der Trennung in E- und U-Musik gibt es das soziologische Phänomen, dass sich unterschiedliche Gruppen der Gesellschaft mit verschiedenen Musikstilen identifizieren oder sich durch eine Musikrichtung eine Identität zu geben versuchen.

B: Wie die Gangs, die rappen, oder die Intellektuellen, die Jazz spielen und hören?

A: Ja, wenn du es mit plakativen Beispielen benennen willst. Freilich sind derartige Zuschreibungen zu allgemein. Wir alle schwanken vermutlich zwischen diversen Musikstilen, die uns zu verschiedenen Zeiten und bei unterschiedlichen Anlässen gefallen.

B: Dazu kommt, wie ich meine, dass wir unterschiedlichen Musikformen verschiedene Grade an Aufmerksamkeit schenken.

A: Bitte leg mir das genauer dar!

B: Bei einem Konzert lauschen wir – wenn auch nicht immer – konzentriert der Musik, für deren Genuss wir bezahlt haben, wohingegen wir dem Lärm, den unser Zugnachbar für Musik hält und der aus seinen Kopfhörern dringt, aus unserem Bewusstsein auszublenden versuchen und gar nicht hören wollen. Dazwischen liegt der Grad an Aufmerksamkeit, den wir einer Filmmusik gegenüber aufbringen, die wir offensichtlich wahrnehmen, aber vermutlich meist nicht explizit als Musik, sondern als Teil des gesamten Kunstwerkes, das der Film bildet.

A: Ja, beim Anschauen des Films sind wir so sehr von den bewegten Bildern gefesselt, dass wir die Musik nicht eigens als solche würdigen. Nebenbei sei angemerkt, dass die Filmmusik nicht nur einer der Bereiche ist, in dem Unmengen an Neuem komponiert wird, sondern dass diese Musik einen Kontrapunkt zur modernen ernsten Musik darstellt, wie sie in den Konzertsälen zu hören ist …

B: … und die sich, wie erwähnt, kaum jemand freiwillig anhört.

A: Du drückst die Sache etwas drastisch aus, aber überaus populär dürfte die moderne E-Musik tatsächlich beim klassischen Konzertpublikum nicht sein. Und doch fasziniert auch diese Form wie alle anderen Musikarten gewisse Menschen.

B: Was uns zu der Frage bringen könnte, was Musik eigentlich ist.

A: Orientiert am altertümlichen Gliederungsschema von Kunstwerken nach ihrer Materialität könnten wir sagen, dass die Musik diejenige Kunstform ist, die das nächstleichtere Element nutzt nach demjenigen der Malerei …

B: … die ihrerseits nach dem schweren Material der Architektur und der Plastik mit den auf hölzernen oder leinenen Flächen aufgebrachten Farben operiert.

A: Ja, und die Musik nutzt die Luft und die sich in ihr bewegenden Schallwellen, die wir als Töne wahrnehmen, als ihr Medium. Hinzu kommt das Verlaufen der Musik in der Zeit, was bedeutet, dass die aufgeführte und gehörte Musik, in der sich der Mensch in seinem eigenen zeitlichen Vergehen mitgetragen fühlen kann, immer wieder verklingt.

B: Das ist für mich ein Mysterium, wie es eigentlich zu einem solchen Hörerlebnis kommt.

A: Das ist sicherlich schwer zu fassen. Dazu kommt das Faszinierende an der Luft als dem üblichen Trägermaterial der Musik und an den Schallwellen, dass sie so speziell sind.

B: Inwiefern ist der Schall speziell? Weil er eine gewisse Ordnung aufweist?

A: Das auch, aber ich meinte das Spezifische der Instrumente, das wir hören können. Es wäre ein geringerer Genuss für uns, wenn wir Stücke, die für bestimmte Instrumente geschrieben sind, Note für Note von einem Synthesizer vorgespielt bekämen, der physikalisch gesehen die Töne und Harmonien der Partitur vollkommen korrekt und klar durch einen Lautsprecher realisiert, dabei aber alles weglässt, was bei einem Streich- oder Blasinstrument mitschwingt.

B: Meinst du so Dinge wie die Obertöne, das Schnarren der Metallsaiten oder den speziellen Klang des hölzernen Corpus von Streichinstrumenten?

A: Du sagst es.

B: Lässt sich damit auch die Begeisterung für Live-Konzerte verstehen?

A: Das könnte sein. Aber vermutlich macht einen Teil des Kunstgenusses bei Live-Aufführungen aus, dass wir zuzüglich zum Originalklang, den wir hören, die Atmosphäre des Musizierens spüren können. Dazu kommt, dass viele von uns wahrscheinlich auch die Menschen, die hinter der Musik stehen, erleben wollen. Und zahlreiche Menschen suchen natürlich ein bestimmtes Konzert auf, weil sie entweder den Spielstil gewisser Künstler oder Orchester schätzen oder die Gesangsstimme einer speziellen Sängerin gerne hören. All dies weist uns wieder darauf hin, dass die Musik bei aller Leichtigkeit der Töne und trotz ihres Verschwebens in der Zeit mehr an die Materie gebunden bleibt als die Literatur.

B: Aber ein Buch ist doch wesentlich materieller als die Klänge einer Symphonie?

A: Aber nicht materieller als die Partitur einer Oper – in beiden Fällen kann man das Papier und die Druckerschwärze als Trägermaterial betrachten. Während jedoch die Töne, die daraus realisiert werden, gleichsam das Stück selbst sind, kann der durch das Lesen erklingende Inhalt des Buches in verschiedensten Stimmen oder auch Sprachen wiedergeben werden, wenn du ungefähr nachvollziehen kannst, was ich meine.

B: Ich glaube schon.

A: Die größere Immaterialität der Literatur betrifft vor allem unsere Buchkultur ab dem Mittelalter, genauer gesagt den Zeitpunkt, ab dem mehrheitlich nicht mehr laut gelesen wurde – damit fiel, wenn du so willst, der Aufführungscharakter des Buchtextes fort, und jeder Leser realisiert nun das Buch in individueller Art.

B: Du meinst, davor stand die Literatur der Musik näher?

A: Das ist sicherlich ein riesiges Themenfeld, und Generalisierungen sind auch hier problematisch, immerhin gibt es ja auch heutzutage Dichterlesungen und Ähnliches. Aber antike literarische Texte wurden wohl in der Weise genutzt, wie heute meist Musiknoten oder Partituren – sobald jemand bei einer gesellschaftlichen Zusammenkunft Noten in die Hand nimmt, erwarten wir, dass er etwa an das Klavier tritt und spielt oder dass nun gesungen wird. Es wird eher selten jemand, sofern er nicht ein Musikexperte ist, im Stillen Noten studieren. In ähnlicher Weise bestand in der Antike der normale Umgang mit Geschriebenem darin, dass man es – auch wenn jemand allein im stillen Kämmerlein saß – laut vorlas und so das Geschriebene zu einer Art Aufführung brachte.

B: Dahingegen kommen heute die Bücher in den Köpfen der Leser zur Aufführung?

A: Das könnte man sagen. Freilich gibt es auch in der Gegenwart ein intensives Zusammenspiel von Literatur und Musik, und es existieren literarische Werke, die eigentlich nur durch ihre Aufführung bekannt werden. Wenn wir wieder an die Filmindustrie denken, so sehen wir dort ein enges Zusammenwirken von Textproduzenten, Regisseuren und anderen Künstlern, unter anderem den Komponisten oder Arrangeuren von Filmmusik. Die Dialoge eines Drehbuchs liest kaum ein Normalverbraucher wie den Text eines Lesedramas, sondern lernt ihn in der Form des Filmes kennen, dem das jeweilige Drehbuch zugrunde liegt.

B: Das stimmt, es würde wahrscheinlich kaum ein Mensch auf die Idee kommen, sich die Gesprächspartien eines Hollywood-schinkens in Buchform zu genehmigen.

A: Ähnliches lässt sich auch im Hinblick auf heutige Dichtung oder Lyrik beobachten. Vieles von dem, was gedichtet wird, ist uns nur als Song-Lyrics bekannt – viele dieser Liedtexte können wir uns wahrscheinlich gar nicht ohne die Verknüpfung mit der sie begleitenden Musik vorstellen.

B: Dazu sind wir leider bei antiken Lyrik-Texten gezwungen, dass wir sie ohne Musik rezipieren, weil uns Informationen über ihre musikalische Einbettung weitgehend fehlen.

A: Du sagst es.

B: Mit all dem sind wir noch nicht weit in unserer Frage gekommen, was eigentlich Musik ist – außer, dass sie mit Tönen (oder manchmal vielleicht auch nicht), Luftschwingungen und der Zeit zu tun hat und dass sie die Menschen zu allen Zeiten begeistert.

A: Worauf zielst du mit deiner Einschränkung »manchmal vielleicht auch nicht« ab?

B: Wenn ich mir anhöre, was avantgardistische Musik oder das, was sich als solche ausgibt, tut, dann würde ich anstelle von Tönen von Geräuschen sprechen, die als Musik gelten wollen, Geräusche, die ich außerhalb des Konzertsaals als störenden Lärm bezeichne. Aber in der Avantgarde-Musik verkauft uns jemand seine Tätigkeit als Musik, wenn er bei einer Performance mit einem Schlagbohrhammer Schallwellen erzeugt und damit das Publikum, warum auch immer, begeistert.

A: Aber vielleicht geht es in der Musik wie generell in der Kunst genau darum, um die Begeisterung, dass nämlich der Mensch, der Kunst schafft, begeistert ist und diese Begeisterung ausstrahlt, wodurch auch diejenigen, die diese Kunst genießen, begeistert werden und sich in ihrem Menschsein erhaben fühlen.

B: Ja, ja, das haben wir schon am Anfang unserer Kunstbetrachtungen gesagt, dass Kunst im eigentlichen Sinn unterhalten soll in der Weise, dass sie uns Unterhalt bietet, uns im Menschsein unterstützt und uns dadurch erhebt. Aber aktuelle Musik scheint mir die Menschen oft eher zuzudröhnen, wie man so sagt, und abzulenken.

A: Diesen Eindruck teile ich teilweise, andererseits – wer will schon behaupten, er könne sagen, was in den Köpfen von Musikrezipienten vorgeht?

B: Vielleicht manchmal nicht viel.

A: Wenn ich davon absehe, dass hinter dieser Aussage wieder der Bildungsphilister und sein Herabschauen auf Kommerzmusikkonsumenten hervorlugt, kann ich dir zugestehen, dass deine Vermutung nicht uninteressant ist im Hinblick auf einen Vergleich mit unserem Durchgang durch andere Kunstformen. Wir stellen bei bestimmten Arten moderner Musik eine Inhaltslosigkeit fest, was uns zu der Vermutung Anlass gibt, dass auch diese Kunstform in ihrer momentanen Ausgestaltung den Menschen auf sich selbst zurückgeworfen sein lässt. Ähnlich zum Sehen bloßer Farben bei monochromen Bildern hören wir eventuell bei manchen Musikstücken bloße Geräusche oder Töne.

B: Wie bei dem von dir erwähnten Arvo Pärt?

A: Das könnte man diskutieren. Jedenfalls lässt sich behaupten, dass mit dem, was du soeben als Lärm abgestempelt hast, keine hohen oder mitreißenden Gefühle transportiert werden, dass der Mensch sich aber darin als Mensch in dem Sinn erfasst, dass er Sinnesunterscheidungen vollzieht. Ein Zuhörer nimmt in diesem Fall bloße Töne oder Geräusche ohne Harmonie wahr, die möglicherweise das Ungeordnete der Welt und des Inneren des Menschen ausdrücken.

B: Eine beunruhigende Perspektive auf unser Dasein. So gesehen erscheint es mir fast erfreulich, dass ein Gutteil der im Radio gespielten Schnulzen auch heute noch mit der Liebe und dem Liebeskummer zu tun haben, was uns wieder zu großen Gefühlen brächte. Aber wenn du sagst, dass das Disharmonische der ohrenbetäubenden Krach-Musik oder mancher E-Musik die Lebenssituation der gegenwärtigen Menschheit widerspiegelt, willst du dann umgekehrt behaupten, dass früher das Leben der Menschen harmonisch und daher auch die Musik mit ihren wohlgeordneten Sonaten oder Symphonien wohlklingend war?

A: Das möchte ich wahrlich nicht behaupten. Selbst wenn jemand versucht sein sollte zu behaupten, dass das Leben in früheren Zeiten ruhiger war, so kann er das wohl, denkt er ein wenig nach, nur auf die Abwesenheit von Lautsprechern und Verkehrslärm beziehen, da wahrscheinlich in allen Epochen der Kriegslärm allgegenwärtig war oder das Jammern der Menschen aufgrund von Hunger und Epidemien.

B: Aber soweit ich sehe, herrschte früher in der Musik die Harmonie vor, auch wenn es sich um andere Tonarten als die in der klassischen europäischen Musik gängigen handelte.

A: Das mag sein. Die Tonarten können uns zu etwas hinlenken, das wir bisher ausklammerten und das auch heute noch einen Teil des Musikgeschehens ausmacht.

B: Und das wäre?

A: Die Präsenz von Musik im Gottesdienst oder die Musik als Gottesdienst.

B: Du meinst die Kirchenmusik?

A: Der Ausdruck Kirchenmusik bezeichnet wohl die in traditionell mehrheitlich christlichen Gebieten sakrale Musik, in denen es seit einiger Zeit ein historisch orientiertes Interesse an dieser Art von Tonkunst gibt. Die Kirchenmusik wird seit einiger Zeit auch von Kulthandlungen entkoppelt aufgeführt, wenngleich nach wie vor in christlichen Gottesdiensten gesungen und musiziert wird und man Kirchenmusik komponiert. Aber vermutlich finden sich in jeder beliebigen Kultur zu allen Zeiten Belege für die Bedeutung der Musik im Kultischen.

B: Das ist für mich schwer zu beurteilen. Glaubst du eigentlich, dass generell die Musik aus dem Kult entstanden ist?

A: Das wäre einigermaßen kühn, dies zu behaupten – wenn wir an die Frühgeschichte der Menschheit denken, können wir in einer simplifizierenden Vorstellung des Lebens der Jäger und Hirten, Krieger und Sammler annehmen, dass auf der gesamten Welt viele Menschen parallel ähnliche Arten ersonnen haben, wie sie Töne erzeugen und wie sie darin Unterhaltung finden, sei es, dass sie in Rohre von Pflanzen bliesen …

B: … oder Felle auf Rahmen spannten und auf diese schlugen.

A: Was auch immer. Extrapolierend von der Beobachtung, dass heute weltweit Musik mit den verschiedensten Kulten verbunden ist, können wir eine derartige Verbindung für die Frühzeit der Menschheit annehmen.

B: Weil die Musik den Kulten eine gewisse Getragenheit verleiht?

A: Das ist eine Möglichkeit. Es gibt dabei eine enorme Bandbreite an kultischer Musik, von meditativer Musik hin zu wilden, orgiastischen Klängen, wie sie möglicherweise im Dionysoskult zu vernehmen waren.

B: Oder im Bereich des Voodoo?

A: Davon habe ich so gut wie keine Ahnung. In den Kontext von Kult und Musik müssten wir den Tanz einbeziehen, der in vielen Kulten eine wichtige Rolle spielt und der als Verkörperung der Musik gelten kann.

B: Und der ebenfalls wilde Formen annehmen kann.

A: Das erscheint einem ausgehend von der christlichen Musiktradition vielleicht ungewohnt, wenn man Berichte über den im europäischen Raum bekannt gewordenen Tanz der Derwische sieht. Mit solchen oft als ekstatisch aufgefassten Tänzen können wir im säkularen Umfeld das vergleichen, was sich rund um den Erdball an Wochenenden in Discotheken abspielt, denen wir die Funktion von Ersatzkultorten zusprechen können. Aber insbesondere beim Thema Musik sehen wir wieder, dass uns der Schulunterricht ein eurozentrisches Bild vermittelte. Das begann damit, dass uns das klassische Tonartensystem beinahe als das einzig existierende hingestellt wurde.

B: Du meinst, weil wir von den Kirchentonarten, die mit ihren Namen wie »Dorisch« oder »Lydisch« auf den Raum der alten Griechen zurückdeuten, so gut wie nichts gelernt haben?

A: Ja, und ebenso wenig haben wir etwas über antike Tonsysteme gehört oder etwas über historische Musik anderer Kontinente erfahren. So gewannen wir den Eindruck, als sei das *Wohltemperierte Klavier* die gültige Standardvorgabe für alle Tonleitern allerorts und allezeit, obwohl dieser sogenannte Standard eigentlich nur für einen kurzen Zeitraum das Dominante war.

B: Weil bald die Zwölftonmusik und das Atonale sich als das für die ernste Musik Tonangebende durchsetzten?

A: Wenn wir dem gedanklichen Zeitpfeil nach vorne folgen; umgekehrt wurden offensichtlich zuvor lange die Kirchentonarten ernsthaft praktiziert, mindestens vom Mittelalter an bis, sagen wir, zu Haydns Zeit, eine lange Zeit hindurch, bevor überhaupt von Dur- und Moll-Tonarten die Rede war.

B: Damit wären wir erneut bei der Musik im kultischen und gottesdienstlichen Kontext.

A: Freilich ist es möglich, dass im Abendland die Tradition besonders ausgeprägt ist, Musik für etwas Göttliches zu halten.

B: Wie darf ich das verstehen?

A: Einerseits wurde die Ansicht vertreten, die Kirchentöne seien eine Gabe des Heiligen Geistes, und andererseits wurden die musikalischen Harmonien von der Antike an als Ausdruck der kosmischen Harmonien betrachtet.

B: Hat das mit der Sphärenharmonie zu tun?

A: Ja, vor allem ist hier Pythagoras zu nennen mit der ihm zugeschriebenen Mathematisierung der Musik sowie mit der Verbindung der musikalischen Intervalle mit den Distanzen der Planetenbahnen.

B: Das war mir immer zu hoch.

A: Ich verstehe davon so gut wie nichts, aber es erscheint mir faszinierend, dass Tonverhältnisse durch Zahlenverhältnisse darstellbar sind.

B: Du meinst Tonverhältnisse wie die Oktave?

A: Ja. Die Oktave beruht auf dem vermutlich einfachsten Verhältnis von zwei zu eins; das nächsteinfache ist die Quint mit dem Verhältnis drei zu zwei.

B: Diese Verhältnisse lassen sich eindrucksvoll auf zwei nebeneinander positionierten Monochorden darstellen. Verkürzt man eine der beiden gleich langen Saiten um die Hälfte, so ergibt sie genau den um eine Oktave höheren Ton als die unverkürzte.

A: Exakt. Dazu gibt es eine einprägsame Geschichte mit Pythagoras und den Hämmern, die du vielleicht kennst.

B: Nicht, dass ich wüsste.

A: Es heißt, dass Pythagoras zu einer Schmiede kam, in der mit verschieden schweren Hämmern gearbeitet wurde.

B: Die unterschiedlich klangen?

A: Ja, es sollen vier Hämmer gewesen sein, einer mit zwölf Gewichtseinheiten (das Kilogramm war ja noch nicht festgesetzt), einer mit neun, ein weiterer mit acht und der letzte mit sechs.

B: Woraus sich, wie ich annehme, schön die klassischen Tonintervalle ableiten lassen?

A: Pythagoras soll festgestellt haben, dass es beinahe immer, wenn zwei dieser Hämmer eingesetzt wurden, zu schönen Harmonien kam.

B: Offensichtlich erzeugten der schwerste und der leichteste Hammer die Oktave, da sie sich im Gewichtsverhältnis von eins zu zwei befinden.

A: So muss es der Legende nach gewesen sein, auch wenn sich das physikalisch vielleicht schwer nachweisen lässt. Aber wir können uns anhand der Gewichtsverhältnisse aus dieser Legende gut die bekanntesten Intervalle herleiten.

B: Eben mit zwölf zu sechs oder, gekürzt, mit zwei zu eins die Oktave.

A: Und der zwölf Einheiten schwere Hammer ergibt im Zusammenklang mit dem acht Einheiten wiegenden Gerät die Relation zwölf zu acht oder drei zu zwei, somit die Quinte. Für die Quart bleibt das Verhältnis zwölf zu neun oder vier zu drei. Nur der Zusammenklang der beiden mittleren Hämmer erschien unserem Pythagoras der Geschichte zufolge als disharmonisch, das Verhältnis neun zu acht.

B: Da liegen die Gewichte wahrscheinlich zu eng beisammen.

A: Das könnte sein. Die zu große Nähe könnte auch nachteilhaft für die Planetenbahnen sein. Die Planeten bewegen sich laut Pythagoras ebenso in harmonischen Verhältnissen.

B: Was eben zu der berühmten Sphärenharmonie führte, von der wir im *Faust* hören.

A: Ganz genau – die Sphärenharmonie kennzeichnet die über weite Strecken der Antike und des Mittelalters vorherrschende Vorstellung, dass sich die Planeten in gewissen Abständen auf Kreisbahnen rund um die Erde drehen.

B: Eine Vorstellung, die zerstört wurde, als revolutionäre Astronomen nicht mehr annahmen, dass sich alles um unsere Erde dreht, und sie die Planetenbahnen als Ellipsen bestimmte – vielleicht ist danach irgendwann auch die Musik aus den wohlgerundeten Grenzen geraten und entwickelte sich zu dem Krach, den wir heute als Kunst vorgesetzt bekommen.

A: Ich sehe, du streichst wieder deinen heillos konservativen Musikgeschmack hervor. Was die reine pythagoreische Stimmung in der Musik angeht, so wurde sie spätestens mit der wohltemperierten Stimmung aufgehoben, die uns aus dem gleichnamigen Klavierwerk bekannt ist. Das *Wohltemperierte Klavier* Bachs war dann das Übungsbuch schlechthin für die nunmehr ineinander transponierbaren Tonarten.

B: Bach, das nenne ich Musik!

A: Und dank dieser Stimmung können auch wir Musikstümper auf einer Klaviatur mit den weißen und schwarzen Tasten leicht die klassisch gewordenen Tonarten durchspielen, die wir aus dem Quintenzirkel kennen.

B: Ich erinnere mich dunkel, dass so etwas im Musikunterricht durchgenommen wurde. Ich konnte das nie recht nachvollziehen und habe beim Klavierspiel nach wie vor meine liebe Not bei allzu vielen Vorzeichen.

A: Ich bin ebenfalls keine große Musiktheoretikerin, aber es begeistert mich, auf einem Klavier einfach verschiedene Tonarten zu klimpern.

B: Soll ich dir sagen, was mich bei Konzerten oft fasziniert?

A: Ja bitte!

B: Es handelt sich wohl eher um etwas Pädagogisch-Soziologisches, dass ich mir nämlich oft, wenn ich in einem Konzert bin, überlege, welch große technische, erzieherische und koordinatorische Leistung die Aufführung beispielsweise einer Symphonie darstellt.

A: Weil ein Dirigent eine große Anzahl an Musikern zu einem grandiosen Gesamtklang führt?

B: Das ist die Koordinationsleistung, der eine schier unglaubliche technische Leistung zugrunde liegt, angefangen beim Bau so vieler hoch entwickelter und differenzierter Instrumente, die alle ihre eigene Geschichte haben, bis zur musikalischen Erziehung und dem intensiven Training der einzelnen Musikerinnen und Musiker …

A: … die zu einem wunderbaren Ergebnis zusammenwirken oder mit einem Solisten »zusammenstreiten«, was das lateinische *concertare* ursprünglich besagt, oder »zusammenstimmen«, was wiederum das griechische *symphonein* ausdrückt.

B: Eine wahrlich erstaunliche Angelegenheit.

A: Und so, wie die Musiker zusammenwirken und damit ihre Zuhörer fesseln, sollte die Musik insgesamt etwas sein, das die Menschen und Völker verbindet. Das deutet die Europahymne an, deren Melodie dem fünften Satz von Beethovens so berühmter *Neunter Symphonie* entstammt.

B: Das wäre schön, wenn die Musik ganze Staaten verbinden könnte. Wie wir jedoch wissen, hat die Musik nicht selten martialischen Zwecken gedient, denken wir nur an die Trompeten und Hörner in den alles zermalmenden römischen Legionen.

A: Das ist richtig. Da wir nun wieder einmal bei der Antike angelangt sind, von der aus wir erneut den Ausgang eines historischen Überblicks nehmen könnten, erlaube ich mir zu fragen, ob es dir recht ist, wenn wir keinen Abriss der Musikgeschichte versuchen, von der wir beide eingestandenermaßen keine Ahnung haben.

B: Das ist mir durchaus recht. Aber erlaubst du mir als einem Banausen noch eine Anmerkung zur Musik?

A: Wie könnte ich dir eine solche verbieten?

B: Was mich an der Musik auch fesselt, ist der Mitklang des Materiellen, den wir im Zusammenhang mit der Synthesizer-Musik schon ansprachen, ein Klang, der weit über die nackten Noten, die ein Albumblatt aufweist, hinausgeht.

A: Kannst du mir dafür ein Beispiel geben?

B: Deutlich tritt das im Jazz zutage, der, wie ich finde, in besonderer Weise von den jeweils eingesetzten Instrumenten lebt und recht unterschiedlich klingt, je nachdem, ob der spröd-metallene Klang des Schlagzeugs mit all seinen Varianten vorherrschend ist oder der weich-metallene der Blasinstrumente, wie eines Saxophons, oder der Zusammenklang von Holz und Metallsaiten wie beim Bass.

A: Ganz zu schweigen von den manchmal wahrnehmbaren Zusatzgeräuschen, die auf die Anstrengung der Musiker zurückgehen, wenn man sie zum Beispiel schnaufen hört.

B: Ja, oder die Musiker summen, wenn sie beim Improvisieren von den Tonkaskaden mitgerissen werden, die Melodie mit. Die Performance wirkt sich hier besonders auf das Gesamterlebnis aus.

A: Da fällt mir noch eine eigene Materialität beim Musizieren ein.

B: Die der Orgel?

A: Ah ja, daran habe ich jetzt nicht gedacht. Die Orgel ist allerdings ein mächtiges Instrument mit einem immensen Umfang an Stimmen und, je nach Bauart, einer Vielfalt an Holz- und Metallklängen. Woran ich eigentlich dachte, ist die besondere Materialität der menschlichen Stimme.

B: Wie sie im Gesang zum Ausdruck kommt?

A: Ja, die Stimme, die für manche das berückendste Musikinstrument ist, bei dessen Einsatz natürlich der Künstler in höchstem Grad in die Musikproduktion eingewoben ist, bei der er seine ihm eigene, unverwechselbare Stimme erklingen lässt – etwas, das bis heute technisch nicht oder nur in eingeschränktem Ausmaß imitierbar ist. Dazu kommt die Altehrwürdigkeit des Gesangs, der wahrscheinlich eine der ältesten Ausdrucksweisen von Kunst überhaupt ist, hervorgebracht mit einem Mittel, das stets, wenn Menschen zugegen sind, zur Verfügung steht und das zugleich eine der lieblichsten Kunstformen bildet.

B: Du sprichst Fälle wie den an, wenn die Mutter ihren Kindern ein Liedchen vorsummt?

A: Ja, oder wenn der Geliebte seiner Angebeteten ein Ständchen bringt, wenn ich ein weiteres Klischee erwähnen darf.

B: Auch heute ist das eine der verbreitetsten Musikgattungen und eine der lukrativsten, der *love-song*.

A: Der uns allmählich zur Thematik der nächsten Kunstform bringt, von der wir in der Schule wahrscheinlich die meisten Beispiele studieren durften, der Literatur. Immerhin werden die Liedtexte als Lyrics bezeichnet und sie dürfen als Ausdruck der Dichtung betrachtet werden.

B: Umgekehrt sollten wir bei manchen Texten der klassischen Lyrik mitbedenken, dass sie gesungen oder bei ihrem Vortrag musikalisch begleitet wurden. Wir sprachen bereits von den Texten aus der Antike, bei denen ein großer Teil ihrer Wirkung uns heute nicht mehr nachvollziehbar ist, weil wir die entsprechende Musik nicht kennen. Was wiederum heutige Lieder, die hohe Popularität genießen, angeht, so denke ich mir oft, dass wir ihre Texte, wenn sie uns als Lyrik im literarischen Sinn vorlägen, kaum erträglich fänden.

A: Das zeigt, wie viel die charakteristische Stimme eines Sängers oder einer Sängerin zum Gesamteindruck eines Liedes beiträgt.

B: Die Popmusik vermittelt oft den Eindruck, dass die Stimmen nicht besonders geschult sein müssen oder dass sie sogar irgendwie fehlerhaft klingen und dennoch aufgrund eines besonderen Charakteristikums die Mengen begeistern können, wenn den Stimmen zum Beispiel etwas Raues, Knarrendes oder Raunzendes anhaftet.

A: Womöglich hängt die Faszination für eine einzelne Stimme damit zusammen, dass die Zuhörer in ihr die *singer-songwriter*, *cantautori*, oder wie auch immer sie genannt werden, verehren, an denen die Fans ihr persönliches Engagement und ihre Begeisterung für die von ihnen selbst geschriebenen und vertonten Texte schätzen.

B: Und diese *singer-songwriter* verbinden mit ihren Lyrics vielfach eine Kritik an der Gesellschaft oder der gegenwärtigen Politik.

A: Texte und Lieder dieser Art bilden das eine Extrem des Spektrums gegenwärtiger populärer Musik, an dessen anderem Ende die aus der Retorte kommenden Musikvideos anzusiedeln sind, die zwar keine persönlichen Überzeugungen der Künstler mehr zum Ausdruck bringen, die jedoch als Gesamtkunstwerke in Miniaturform gelten dürfen.

B: Wie meinst du das?

A: In solchen Musikvideos tritt zu Text, Gesang und Begleitmusik der an den Publikumsgeschmack angepasste Tanz der Sänger, womöglich die Choreographie einer ganzen Tanzgruppe, des Weiteren das passende Kostüm für die Akteure, dazu eine anregende *location*, wie man sagt, samt Bühnenbild und schließlich die *special visual effects* sowie die akustische und farbliche Nachbearbeitung des Videos, womit zu guter Letzt die Malerei ihren Beitrag zu diesem Gesamtkunstwerk in nuce leistet.

B: Und du meinst, dass ein solches Video Elemente aufweist, die mit denen der berühmten Wagner-Opern vergleichbar sind, welche die Vertreterinnen des Gesamtkunstwerks schlechthin sind?

A: Ja, allerdings dauert offenkundig ein Musikvideo nur wenige Minuten und nicht mehrere Stunden …

B: … weil, wie anzunehmen ist, die umfassende Kommerzialisierung der Kunst und vielleicht auch die gesunkene Aufnahmefähigkeit des Publikums etwas anderes nicht mehr zulässt.

A: Freilich sollte uns das nicht zum Umkehrschluss führen, dass früher die Opernproduktion oder die Musikproduktion im Allgemeinen nicht kommerziell orientiert war. Wie dem auch sei, bei einem Musikvideo kann man jedenfalls kritisieren, dass eine attraktive Musikerin zur Gewinnmaximierung mit einem möglichst nichtssagenden, aber schnulzigen Text eines Dichterlings und dem passenden Outfit präsentiert wird. Aber es gibt sicherlich Fälle, in denen eine Künstlerin sowohl die Texterin und Komponistin des Liedes, seine Sängerin und womöglich auch die Vortänzerin der im Video zu sehenden Tanzkompanie ist. Eventuell prägt sie durch ihren Kleidungsstil auch die Kostüme, die getragen werden, und sucht den Drehort aus – dann hätten wir so etwas wie eine Universalkünstlerin in einem Miniaturkunstwerk vor uns.

B: Und sie gleicht damit – ich hoffe, du bist nicht über diese Parallelisierung schockiert – einem antiken Tragödiendichter, der im Idealfall nicht nur der Dichter, sondern auch der erste

Schauspieler, Choreograph, Kostüm- und Bühnenbildner und so fort war.

A: Dieser Vergleich erscheint mir durchaus angebracht, zugleich leitet er unser Gespräch über zur Literatur und erinnert uns daran, wie eng die Literatur mit der Musik verzahnt war und es möglicherweise immer noch ist.

B: Die griechischen Tragödien waren Musik- und Gesangsdarbietungen und definitiv keine Lesedramen, zumindest ursprünglich nicht. Daher betonen manche Gelehrte, dass wir von den antiken Stücken, deren Text wir haben, nur einen Bruchteil kennen, weil wir beinahe nichts über den Chorgesang, den Tanz, das Bühnenbild et cetera wissen.

A: Und den antiken Tragödien, zum Beispiel den Stücken des Aischylos, lässt sich eine weitere wichtige Verbindung ablesen, die der modernen Literatur weitgehend fremd ist.

B: Nämlich?

A: Dass die Schauspiele unmittelbar mit dem Kultus verknüpft waren, weil sie als Darbietung bei Götterfesten dienten.

B: Ja, zum Beispiel bei den Dionysien, dem Fest in Athen zu Ehren des Dionysos.

A: Ich sehe, der Weinliebhaber hat sich aus dem Unterricht das Wesentliche über seinen Lieblingsgott gemerkt.

B: Na ja, man muss sich seine Gedächtniskapazitäten einteilen, noch dazu hast du heute die Dionysos-Feiern auch schon erwähnt.

A: Wie wahr, wie wahr! Wie gut wäre es, wenn wir bewusster bestimmen könnten, was wir uns merken und was nicht. Es ergibt sich nun ein großes Problem, wenn wir uns bemühen, uns auch an unseren Literaturunterricht zu erinnern.

B: Rufst du uns das Problem ins Gedächtnis, dass wir uns schon in einem Alter befinden, in dem wir vergesslich werden?

A: Das ist ziemlich sicher der Fall, dass wir bereits vergesslich werden. Momentan sehe ich jedoch eher das umgekehrte Problem, dass es zu viel gibt, an das wir uns erinnern können.

B: Weil wir so viel gelesen haben? Für mich trifft das nicht unbedingt zu, im Vergleich jedenfalls mit dem, was du vermutlich alles gelesen hast.

A: Aber allein schon in der Schule sind wir in mehreren Fächern mit insgesamt doch großen Mengen an Literatur, wenn auch nur in Auszügen, bekannt gemacht worden, vorzugsweise in den Sprachfächern, die mit wesentlich mehr Unterrichtsstunden ausgestattet waren als die anderen Gegenstände, die wir bisher durchgingen, sei es der Musikunterricht, die bildnerische Erziehung oder auch eine Naturwissenschaft wie die Physik.

B: Besonders in unserem Deutschunterricht, den wir von Anfang unserer Schullaufbahn an in einer großen Stundenanzahl genießen durften, wurde viel Wert auf die Literaturgeschichte gelegt.

A: Zum anderen haben wir im Englischunterricht auch manches an Literatur gelesen …

B: … neben den für mich wenig erbaulichen Diskussionen über die Drogenproblematik bei Jugendlichen oder den *generation gap*.

A: Bitte erinnere mich nicht an diese scheinbar ewig wiederkehrenden Aufsatz- und Gesprächsthemen! Glücklicherweise sind wir – unserer Schulkarriere nach betrachtet – Dinosaurier, die Latein und Griechisch als weitere Sprachfächer hatten, die nicht primär auf einen Spracherwerb, sondern auf die Lektüre von Weltliteratur hin angelegt waren.

B: Ich hatte eher den Eindruck, wir besuchten diese Fächer, damit uns die Lehrer mit dem Abprüfen von Vokabeln und Grammatikformen quälen können.

A: Du wirst lachen, so abwegig ist das nicht, was du sagst. Jahrhunderte hindurch war der Drill auf sprachliche Korrektheit, der in diesen Gegenständen erfolgte, vielerorts ein Selektionsmittel für die höhere Beamtenlaufbahn und für die geistlichen Berufe. Wer diesem Drill mit den permanenten Abfragen und Klausuren nicht standhielt, war nicht als Schreiber am Fürstenhof oder als Student der Theologie, der Medizin oder des Rechts zuzulassen. Freilich sollte das hehre Ziel gerade des Latein- und Griechischunterrichts sein, dass die Schüler durch die Lektüre von absoluten Glanzstücken der Weltliteratur zu einem gewissen Humanismus geführt werden. Leider hat sich gerade in deutschsprachigen Ländern, die eine ausgeprägte humanistische und altsprachliche Tradition haben, gezeigt, wie wenig eine derartige Schulbildung Menschen davor bewahrt, Gräueltaten zu begehen.

B: Vermutlich deshalb, weil im Schulunterricht oft die Herzensbildung fehlt, wie frühere Generationen das nannten.

A: Eine Herzensbildung kann meiner Ansicht nach eine staatlich institutionalisierte Schule nur in begrenztem Ausmaß bieten. Aber wir wollen ja jetzt keine metapädagogischen Betrachtungen anstellen, sondern uns einen Überblick über die Kunstform der Literatur verschaffen ...

B: ... deren Produkte nicht immer Wahres vermitteln wollen, aber Schönes.

A: Ja, selbst wenn es in den literarischen Texten nicht immer um Schönes im vordergründigen Sinn geht, kann die Leserschaft durch die Schilderungen zum Beispiel einer Epidemie und ihrer Reaktionen darauf lernen, auf vieles genauer zu blicken. Damit gewinnen die Leser dann doch etwas Schönes, vielleicht etwas Wahres, auch wenn es bekanntlich heißt, dass die Dichter viele Lügen vorbringen.

B: Wie sollen wir uns nun durch die Masse an Material, das wir in der Schule kennenlernten, hindurcharbeiten? Sollen wir wieder versuchen, unsere Erinnerungsstücke zusammenzukratzen und sie entlang der Chronologie der Geschichte anzuordnen?

A: Das bietet sich sicherlich an. Aber mir fiel soeben wieder eine Sache ein, die unser geschätzter Griechischlehrer hervorstrich.

B: Dass Griechisch das Beste ist?

A: Mir kam eine etwas differenziertere Ausführung von ihm in Erinnerung, nämlich diejenige, mit der wir uns vor Kurzem befassten, dass sich an der antiken griechischen Literatur verfolgen lässt, wie sich in ihr beinahe alle Gattungen der europäischen Literatur ausbildeten, und dass diese Gattungen bei den Griechen bereits in ihrer Vollendung vorliegen, beispielsweise die Tragödie oder die so einprägsame literarische Geschichtsschreibung.

B: Ist das nicht wiederum eine heillos eurozentrische Sichtweise, die du vorbringst?

A: Ja, aber wir haben nun einmal von japanischer Dichtung, vedischer Epik oder sibirischen Märchen in der Schule beinahe nichts gehört, und ich habe bis heute kaum eine Ahnung davon; du?

B: Nein. Aber die Literaturgeschichte mit den Griechen beginnen zu lassen oder alles um sie zu zentrieren, ist wohl etwas engstirnig.

A: Das wollte unser Lehrer vermutlich auch nicht tun, sondern uns darauf hinweisen, dass wir am Griechischen idealtypisch ablesen können, welche Funktion und Bedeutung die Literaturgattungen – zumindest in der europäischen Literatur – haben.

B: Ein Hinweis, den wir heute als gewagte Konstruktion kritisieren könnten.

A: Das stimmt. Willst du dennoch dieser Spur folgen, was uns einige der so faszinierenden Texte des Griechischunterrichts und zugleich große Gattungen der Literaturgeschichte in Erinnerung zu rufen vermag?

B: Meinetwegen, das ist mir lieber als unsere Betrachtungen mit dem *Nibelungenlied* anzufangen.

A: Das *Nibelungenlied* könnten wir allerdings mit dem ersten Gegenstand unserer Literaturerkundung in Verbindung bringen, nämlich mit dem frühestens literarischen Zeugnis Europas, der *Ilias*, die wir im Unterricht eingehend studierten.

B: Du meinst, die beiden sind vergleichbar, weil sie Epen sind?

A: Wenigstens werden sie so klassifiziert. Beide können auch als Beispiele für eine Art von Dichtung stehen, die es auf weiten Teilen der Erde gegeben haben dürfte ...

B: ... nämlich das Heldenepos.

A: Ja, wobei diese Benennung eine Beschränktheit des Themenkreises dieser Gesänge auf Heldenkämpfe nahelegt, die nicht gegeben ist, weil in diesen Epen nicht selten die gesamte Welt zur Darstellung kommt ...

B: ... und die Götter sowie das rechte Handeln, wie im *Mahabharata*.

A: Wie du siehst, können wir ausgehend von der griechischen Literatur doch ein wenig über den europäischen Tellerrand hinausblicken. Die Sache mit den Göttern ist griechischen Epen zentral. Zur Zeit der deutschen Klassik kam die Formulierung auf, dass Homer die Bibel der Griechen sei.

B: Heißt das umgekehrt, dass die Bibel ein Epos ist?

A: Vielleicht wäre das eine adäquate Kategorisierung einiger Bücher des im christlichen Bereich so genannten Alten Testaments, in denen sich Gott innerhalb der dramatischen Handlungen seines Volkes zeigt.

B: Viele der jetzt genannten Texte, die als Epos bezeichnet werden, haben eine Gemeinsamkeit, die sie von den meisten anderen literarischen Texten unterscheidet.

A: Und die wäre?

B: Dass sie mündlich überliefert wurden.

A: Ja, das ist sicherlich etwas, das wesentlich zur Formung dieser Erzählungen beitrug. Die epischen Gedichte sind nicht nur umfangreiche Schilderungen, die auf eine lange Geschichtentradition zurückgehen, sondern sie reiften auch, wie ich vermute, in der langen Zeit ihrer mündlichen Überlieferung, bis sie zu einem gewissen Zeitpunkt schriftlich niedergelegt wurden.

B: Und du meinst, die Erzählungen wurden bei diesem Reifungsprozess immer besser?

A: Ja, das nehme ich an. Das können wir an der *Ilias* studieren, die eine ungemein ausgefeilte Erzähltechnik und eine raffinierte Anordnung ihres Stoffes aufweist.

B: Weil das ganze Geschehen des Kriegs vor Troia, der zehn Jahre dauerte, in einer Handlung, die nur wenige Tage dauert, untergebracht wird?

A: Das ist ein wichtiger Punkt. Etwas anderes sind die mit Absicht gesetzten Wiederholungen von typischen Formeln und Szenen, die die Zuhörer oder Leser aufeinander beziehen können oder sollen.

B: Dafür habe ich dieses gigantische Werk zu wenig in Erinnerung, um das im Augenblick nachvollziehen zu können. Die von dir erwähnte Formulierung »Bibel der Griechen« erscheint mir jedoch seltsam, da doch die Gespräche der Götter und ihre Auseinandersetzungen bei Homer einigermaßen burlesk sind. Zeus wird zum Beispiel von Hera getäuscht oder die im Kampf verwundete Aphrodite flieht zu ihrem Herrn Papa Zeus und weint sich bei ihm aus.

A: Ja, die zahlreichen Göttinnen und Götter, die einem bei Homer begegnen, sind so geschildert, dass sie in vielem den Menschen ähneln, was in der Antike alsbald als Anthropomorphismus des Götterbildes kritisiert wurde. Vor Kurzem habe ich die *Ilias* wieder einmal gelesen – in einer neuen, ziemlich unkonventionellen Übersetzung – und dabei dachte ich mir, dass Zeus doch eine ernste Aufgabe zu erfüllen hat.

B: Nämlich diejenige, dass er es den göttlichen Damen in seinem Umkreis, die durch das Paris-Urteil gekränkt wurden, recht macht und für die Vernichtung von Troia sorgt?

A: Das ist eine große Frage, ob wirklich das Paris-Urteil am Anfang der Geschichte vom Troianischen Krieg steht.

B: Was soll sonst der Auslöser für diesen antiken Weltkrieg gewesen sein, wenn nicht die wunderbare Liebesbeziehung des Königssohnes Paris und der schönsten Frau der Welt, Helena? Es lohnte sich anscheinend, um sie jahrzehntelang Krieg zu führen.

A: Anderen Sagensträngen zufolge könnte der Grund für diese Auseinandersetzung etwas Allgemeineres gewesen sein, das auch in anderen Sagentraditionen anzutreffen ist, nämlich der Versuch der Götter, die Welt von der Last der Menschen zu befreien oder diese Last zu reduzieren.

B: Wie die biblische Sintflut, aus der sich nur Noah und seine Familie mit einem kleinen Zoo retten konnten?

A: Das ist eine vergleichbare Geschichte, allerdings mit anderen Vorzeichen. Im Fall des Troianischen Kriegs vernichtet nicht der eine Gott die sündige Menschheit, sondern den vielen Göttern wurden die unzähligen Menschen lästig, die dazu angestachelt werden, sich gegenseitig umzubringen.

B: Jedenfalls sind solche Geschichten von der Vernichtung der Menschheit attraktiv für Regisseure von dystopischen Filmen und Erzählungen, in denen kosmische Katastrophen oder unbarmherzige Terroristen die Menschheit auszurotten drohen, unter Umständen mit der Absicht, das nichtmenschliche Leben auf der Erde zu bewahren.

A: Das kann gut sein. Freilich gibt es neben dieser allgemeinen Perspektive auf die Welt und neben dem Motiv der Befreiung der Erde von der Last der Menschen im Fall des Troianischen Kriegs eine persönliche Komponente im Götterhimmel, die man an den Anfang dieses Kampfes setzen kann.

B: Wahrscheinlich eine Zankerei des Zeus mit seiner Göttergattin.

A: Nein, ausnahmsweise nicht, sondern die Prophezeiung an Zeus, dass er von einem Nachkommen aus seiner Herrschaftsposition verdrängt werden würde …

B: … wenn er eine Verbindung mit Thetis eingeht, ich erinnere mich.

A: Du sagst es, weshalb – wie es so brutal heißt – Thetis ins Bett eines sterblichen Mannes geworfen wurde, nämlich des Peleus.

B: Eine Verbindung, aus der Achill hervorging.

A: So ist es, ein gewaltiger Halbgott, zu dessen Vervollkommnung der Troianische Krieg entfacht werden musste, wenn wir das aus dieser Perspektive betrachten.

B: Jetzt kann ich dir nicht mehr folgen.

A: Vielleicht wird das, was ich andeute, verständlich werden, wenn wir die Handlung der *Ilias* zu rekapitulieren versuchen. Zuvor möchte ich noch etwas zur möglichen psychologischen oder tiefenpsychologischen Deutungsmöglichkeit dieser Figurenkonstellation anbringen.

B: Du lässt aber auch gar nichts aus.

A: Gewiss wird das, was ich sagen werde, einem kruden Populär-Psychoanalysieren gleichen. Aber eventuell bietet es einen weiteren Baustein für eine Erklärung, warum die Stoffe dieser Epen so viele Generationen begeisterten und als Ausdruck von etwas Allgemeinmenschlichem gelten, auch wenn es blutrünstige Kriegsgeschichten sind, in denen sich die meisten Leser nicht gerne wiederfinden würden.

B: Wohlan, deute herum an diesen Geschichten!

A: Was Zeus und die Weissagung an ihn betrifft, so kann das als Ausdruck der Angst eines Mannes gedeutet werden, von seinem Sohn gestürzt und abgelöst zu werden.

B: Eine Angst, die ja bei Zeus' Vorgeschichte nicht abwegig ist, immerhin hat er selbst seinen Vater Kronos in den Orkus geschickt, Kronos wiederum hatte seinen Vater Uranos entmannt.

A: In der Tat. Allgemein ließe sich formulieren, in diesen Mythen werde reflektiert, dass sich Eltern in ihren Kindern aufgehen sehen – wir hatten das bereits angedacht. Sterbliche, menschliche Väter sehen, dass sie von ihren Söhnen abgelöst werden, die beispielsweise ihre Nachfolger in ihrem Herrschaftsbereich sind.

B: Was auch etwas Positives sein kann, sofern sich jemand mit der Sterblichkeit arrangiert – die Sterbenden erwarten dann nicht, dass mit dem eigenen Tod alles vergeht, sondern zum Beispiel der Familienbetrieb weitergeführt wird. Zweifellos sahen sich Landwirte Jahrhunderte hindurch in denen, die den Hof übernahmen, aufgehen.

A: Den Göttern freilich fällt das schwer, sich mit der Sterblichkeit zu arrangieren oder damit, dass sie aus ihrer Vorrangstellung vertrieben werden, wie das mit Kronos der Fall war. Und zahlreich sind die Geschichten darüber, dass Herrscher, die sich mitunter gottähnlich fühlen, zu befürchten haben, sie würden von einem ihrer Kinder gestürzt.

B: Wie wir das aus dem Ödipus-Mythos kennen?

A: Ja, in dieser Geschichte erhält der Vater des Ödipus, Laios, die Prophezeiung, er werde von seinem Sohn getötet werden, so er einen zeuge.

B: Dieser Mythos liefert nicht nur für die Tragödienwelt einen reichhaltigen Stoff, sondern auch für die Psychoanalyse, von der du vorhin sprachst.

A: Auf diese Sache kommen wir vielleicht später zurück. Die Figur, die mich momentan beschäftigt und von der ich meine, dass sie von zentralem Interesse für alle Menschen sein kann, ist Achilleus, der in seiner Doppelnatur als Paradigma sämtlicher Sterblichen gelten kann.

B: Aber warum ist Achill als Halbgott ein Paradigma für die Menschen? Inwiefern bin ich oder sind sämtliche Menschen zugleich Gott und Mensch?

A: Wir könnten behaupten, dass wir allesamt Gott und Mensch sind, weil wir einen Geist – oder wie auch immer wir diese seelische Fähigkeit nennen mögen – besitzen, mit dem wir ins Unendliche hinein denken können, sei es zeitlich, räumlich oder hinsichtlich verschiedener Möglichkeiten, und weil wir andererseits permanent daran erinnert werden, dass wir endlich sind.

B: Natürlich sind wir endlich, weil wir sterblich sind, auch wenn wir das gerne ausblenden.

A: Das ist ein Aspekt. Wir sind jedoch ebenso begrenzt im Sinn der Beschränktheit unserer konkreten Vermögen.

B: Du meinst, weil wir im Alltag – was wir mehrfach ansprachen – auf zahllose andere Menschen angewiesen sind?

A: Ja, wobei zu sagen ist, dass das bei Achill im materiellen Sinn nicht zutrifft, weil er als Heros selbst für seine Bedürfnisse aufkommen und autark leben kann. Aber anscheinend ist er auf die anderen deshalb angewiesen, weil er ihrer Liebe, Freundschaft oder Anerkennung bedarf, denken wir nur an seinen Freund Patroklos.

B: Oder an die von Achill weggeführte Briseïs, die Geliebte, die ihm Agamemnon nimmt. Im Zorn über diese Kränkung und aufgrund der Missachtung durch den Heerführer zieht Achill sich ja aus dem Kampf zurück.

A: Das mag man so sehen. Achill ist dabei kein Märchenheld, der wie ein Riese Berge umwälzt oder zu anderen Planeten fliegt. Er sieht sich von Naturkräften bedroht, wenn ein Fluss, in dem Achill zahllose Krieger hinschlachtet, ihn zu ertränken droht.

B: Es ist also schon dem Epos zu entnehmen, dass sich die Umwelt am Menschen für die Eingriffe, die er an ihr vornimmt, rächt.

A: Ich würde nicht behaupten wollen, dass Homer ein Umweltschutzaktivist *avant la lettre* war. Aber gewiss gibt es in der antiken Literatur Reflexe darauf, dass gerade der Mensch alle möglichen Gewalttaten unternimmt, die sich auch gegen die nichtmenschliche Natur richten. Er wühlt, wie es heißt, in den Gedärmen der Erde, um Edelsteine oder Metalle hervorzubringen. Übrigens wird die Erde ebenso wie der vorhin erwähnte Fluss als göttliches Wesen betrachtet, sodass wir sagen dürfen, dass den Menschen mit ihren gewaltigen Taten eine Verletzung von Göttern vorgeworfen wird. Achill im Besondern erfährt durch das Aufbrausen des Flussgottes, der ihn in seinen Fluten begraben will, wie groß der Unterschied zwischen Gott und Mensch ist. Ein Paradebeispiel für gewalttätiges Treiben der Menschen ist die Seefahrt. Schon die mythische Generation vor Achill beginnt damit, das Meer zu erobern. Dabei vergehen sich die Helden an den Bäumen, die sie schlägern, um ein Schiff zu zimmern, die Argo. Die Argonauten befahren dann zum Erstaunen der Meeresgöttinnen und -götter als erste Menschen die gewaltige Meeresfläche. Bei diesem Unternehmen erblickt im Übrigen Achills Vater Peleus seine zukünftige Gattin Thetis, eine Meeresnymphe, zum ersten Mal.

B: Wozu du sicherlich auch eine psychologisierende Deutung auf Lager hast?

A: Ja, wenn auch nur wieder eine oberflächliche. Bedenken wir, dass über weite Strecken der Antike und in vielen Ländern bis zum heutigen Tag Mädchen früh und oft zwangsweise verheiratet werden, so können wir bei der Erzählung, dass Thetis ins Bett eines Sterblichen geworfen wird, jenen vielfach traumatischen Übergang vom Mädchentum zum Ehefrauenstand reflektiert sehen.

B: Ein Übergang, der nicht selten den baldigen Tod mit sich brachte – bis vor relativ kurzer Zeit verstarben viele Mütter im Kindbett oder erfuhren durch zahlreiche Schwangerschaften eine drastische Einschränkung und Reduktion ihrer Vitalität.

A: Das ist interessant, dass du das erwähnst, weil wir auch das in die Geschichte der zwangsverheirateten Meeresgöttin hineinlesen können.

B: Inwiefern?

A: Insofern Thetis dem flüssigen Element, dem Urgrund allen Lebens, entrissen und in ihrer frei im Wasser schwebenden Lebendigkeit durch die Ehe mit Peleus eingeschränkt wurde. Dazu passt die Deutung des Namens »Peleus«, der ursprünglich den »Schlamm-« oder »Erdenmann« bezeichnet habe.

B: Und durch diesen Schlammmann wurde die Göttin, die klar wie Wasser war, verunreinigt?

A: So irgendwie könnten wir das ausdrücken. Wollte man den Gegensatz der Elemente fortsetzen, ließe sich sagen, dass Thetis durch ihre Schwangerschaft mit Achill in ihrer Flüssigkeit zum Stocken gebracht wurde und dass sie mit der Geburt eines sterblichen Irdischen auf die Erde gezwungen wurde.

B: Bei Peleus hielt Thetis es aber, wie ich glaube, nicht lange aus und sie entschwand bald wieder in das Meer.

A: Ja, möglicherweise zu dem Zeitpunkt, da ihr geliebter Sohn nach Troia aufbrechen musste.

B: Nahm Achill nicht freiwillig an diesem größten aller Kriege teil, weil er sich dazu berufen sah, zum größten aller Helden, die es je gab, zu werden?

A: Das mag schon sein, seine Mutter freilich wollte Achill vor dem Krieg bewahren und hielt ihn, eingekleidet in Frauengewändern, auf einer Insel in einer Gruppe junger Mädchen verborgen. Aus diesem Kreis hat ihn der kluge Odysseus geschickt hervorgelockt, indem er der Mädchenschar einige Waffen vorsetzte – begeistert stürzte sich Achill auf die Waffen und war entlarvt. Über die gendertheoretische Qualität dieses Mythos lässt sich streiten, Thetis musste jedenfalls ihren Achill in den Krieg ziehen lassen.

B: Aber sie hatte doch versucht, ihn als Säugling unverwundbar zu machen?

A: Ja, dadurch, dass sie ihn in den Fluss Styx tauchte.

B: Ein Vorgang, der als einzige verwundbare Stelle die berühmt gewordene Achillesferse ließ, an der sie ihn hielt.

A: Damit zeigt der Mythos bemerkenswerterweise, dass die Mutter ihren Sohn nicht der Sterblichkeit entreißen kann, so sehr sie das auch wünscht. Allgemein betrachtet spiegelt diese Geschichte das wohl Schlimmste wider, was einer Mutter passieren kann.

B: Dass ihre Kinder vor ihr sterben.

A: Etwas, das zweifellos, solange es Menschen gab, ungemein oft geschah, sei es durch kriegerische Auseinandersetzungen oder aufgrund der hohen Kindersterblichkeit.

B: Aber Achill selbst war begeistert, dass er sich jetzt endlich im bedeutendsten Krieg der Welt auszeichnen konnte!?

A: Das ist die Frage. Selbstverständlich kann man sagen, die Konstruktion der ganzen Geschichte läuft so, dass dieser Halbgott einen enormen, ihm würdigen Krieg geliefert bekommt, in dem er seine unvergleichlichen Qualitäten unter Beweis stellt. Wir haben vorhin überlegt, dass am Anfang der Auseinandersetzung nicht das Paris-Urteil steht, sondern das Orakel an Zeus, er solle sich vor einer Verbindung mit Thetis hüten. Daraus resultiert Thetis' Verheiratung mit Peleus, aus der unser Achill entspringt. Aber Achill wird in der *Ilias* nicht als kriegswütiger Berserker geschildert, der nichts anderes will, als sich im Krieg zu beweisen, zumindest nicht in den ersten Gesängen.

B: Und doch ist das Thema, wenn ich so sagen darf, der *Ilias* der Zorn des Achilleus, den das Epos zum Ausgangspunkt nimmt.

A: Das stimmt, aber dieser Zorn oder das Rasen des Achilleus wird erst im zehnten Kriegsjahr dadurch provoziert, dass ihn der Oberkönig Agamemnon entehrt.

B: Weil er ihm die schon angesprochene Beutefrau Briseïs nahm?

A: Zu dieser Untat kam es, weil Achill um seine Kameraden und um alle Hellenen vor Troia besorgt war, die von einer Pest heimgesucht wurden.

B: Was nicht unwahrscheinlich ist, dass eine Seuche ausbricht, wenn tausende Menschen und Tiere zehn Jahre hindurch auf engem Raum zusammenleben.

A: Natürlich. In diesem Fall wurde die Erkrankung allerdings darauf zurückgeführt, dass Agamemnon sich weigerte, dem

Apollon-Priester Chryses seine Tochter, die die Griechen erbeutet hatten, zurückzugeben. Der Priester bat daraufhin Apollon um Bestrafung der Griechen, und der Gott erhörte ihn. Die Pest war also der Unfrömmigkeit des Agamemnon zuzuschreiben.

B: Und Achill war der Einzige, der sich offen gegen Agamemnon stellte und ihn aufforderte, dem Priester die Tochter zurückzugeben.

A: So ist es. Damit erwies sich Achill als fromm, sein Eingreifen führte jedoch zu der fatalen Beleidigung durch Agamemnon.

B: Da hätte Achill doch beinahe den eigenen Anführer erschlagen, wenn ihn nicht Athene zurückgehalten hätte?

A: Ja, Athene trat zu Achill, der schon das Schwert aus der Scheide zog, um auf Agamemnon loszugehen, und sie sagte zu Achill, er solle sich zusammenreißen, der Oberkönig werde sozusagen noch in seine Gasse kommen. Achill zog sich schmollend aus dem Kampf zurück und kündigte an, er werde nach Hause segeln, was seine besondere Gestimmtheit anzeigt.

B: Was meinst du mit seiner Gestimmtheit?

A: Generell zeigt sich uns Achill in dieser Geschichte als idealtypischer Mensch, der um Anerkennung ringt und der im Tiefsten getroffen ist, wenn ihm die Anerkennung versagt wird – in diesem Fall durch den Oberbefehlshaber Agamemnon. Achills Gestimmtheit hängt, abgesehen von diesem allgemeinmenschlichen Ringen um Anerkennung, damit zusammen, dass er in besonderer Weise mit seiner Sterblichkeit konfrontiert wurde: Seine Mutter stellte ihm zwei Lebensalternativen in Aussicht, zwischen denen er wählen muss.

B: Du sprichst von der Geschichte, dass er entweder jung, aber berühmt sterben oder ohne Bekanntheit alt werden würde?

A: Ja, so ungefähr wird das erzählt. Von der Erzähllogik her ist klar, dass sich Achill für den Ruhm entscheiden und in Troia bleiben wird. Ohne Achill ist ein Troianischer Krieg nicht denkbar, und Achill ist vermutlich bewusst, dass er auf diese Berühmtheit hin angelegt ist. Aber in dem Moment, in dem er von Agamemnon beleidigt wird, ist sein wunder Punkt getroffen, und Achill liebäugelt damit, dass er nach Hause fährt und sich einem langen, ruhmlosen Leben hingibt.

B: Denkt sich Achill, wenn er schon früh sterben soll, so soll er zumindest geehrt sein?

A: So in etwa. Das trifft möglicherweise auf uns Menschen generell zu. Wir wissen, wenn auch oft nur im Verdrängungsmodus, um unsere Sterblichkeit und wir ertragen es schwer, wenn wir in unserem kurzen Leben nicht irgendeine Form von Anerkennung erfahren.

B: Leider nehmen die Kämpfe um Anerkennung – ich darf dieses Wort aufgreifen – in ihren verschiedenen Formen zum Teil brutalste Ausmaße an. Das lässt sich bereits in den Familien beobachten, wo Kinder um die Anerkennung ihrer Eltern kämpfen. Im größeren Maßstab lesen wir das den weltweiten Kämpfen ab, bei denen zum Beispiel ethnische Minderheiten um ihre Anerkennung in einem Staat ringen. In der *Ilias* löst Achills Kampf um Anerkennung und sein Rückzug die Kaskade grausamster Schlachten aus. Schließlich rennt sein Freund Patroklos in den Tod, woraufhin Achill doch noch zum Berserker wird.

A: Ja, und dieser Weltkrieg der Antike, wie wir den Konflikt nennen könnten, wird in die Handlung der *Ilias* hineingespiegelt.

Das beginnt mit der Aufzählung aller beteiligten Kontingente und ihrer Herkunftsorte im Schiffskatalog, auf den der Zweikampf zwischen Menelaos und Paris folgt, den unmittelbaren Kontrahenten im Streit um Helena.

B: Das wäre ohnehin das Vernünftigste gewesen, dass Menelaos und Paris ihren Streit untereinander ausmachen und dass sie nicht die ganze Welt in ihren Disput hineinziehen.

A: Wie gesagt, das Paris-Urteil und der daraus sich ergebende Raub der Helena ist nur ein Grund für das Aufeinandertreffen der Griechen und Troianer vor Troia. Es soll eben auch die Erde von der Last zu vieler Menschen befreit werden, der Halbgott Achill braucht einen ordentlichen Krieg, um unvergleichlichen Ruhm erringen zu können, und einige Götter hegen schon seit längerer Zeit einen Zorn auf Troia und wollen es zerstört sehen.

B: Nach einer Zerstörung Troias sieht es in der *Ilias* zunächst jedoch nicht aus. Nach dem ergebnislosen Zweikampf von Menelaos und Paris bekommen die Griechen ohne Achill ordentlich eins auf den Deckel.

A: Dadurch erfährt Achill schon einmal indirekt eine Ehrung, weil deutlich wird, dass ohne ihn nichts funktioniert, wenngleich das nicht ganz stimmt.

B: Warum nicht?

A: Weil einige Göttinnen und Götter den Griechen zu Hilfe kommen und sich dem Beschluss des Zeus widersetzen, die Griechen eine Zeit lang ins Verderben laufen zu lassen.

B: Was schließlich tatsächlich geschieht?

A: In einem gewissen Ausmaß – die Griechen geraten so weit in Bedrängnis, dass sie sich genötigt sehen, einen Schutzwall um ihr Schiffslager zu errichten.

B: Somit werden die Belagerer zu den Belagerten.

A: Viele Anführer der Griechen erkennen die Not und überreden Agamemnon dazu, einen Versuch zu unternehmen, Achill zur Rückkehr in das Kampfgeschehen zu bewegen. Agamemnon begibt sich daraufhin zwar nicht selbst zu Achill, er lässt ihm aber durch Gesandte außergewöhnliche Geschenke (darunter eine seiner Töchter) versprechen für den Fall, dass er wieder mit den Griechen in den Kampf zieht.

B: Damit hat Achill doch erreicht, was er wollte, dass die Griechen bettelnd zu ihm gekrochen kommen und anerkennen, wie wichtig er ist?

A: Das kann man so auffassen. Tatsächlich sind, wie ich glaube, viele Interpreten der *Ilias* der Ansicht, dass Achill in dieser Situation eine Verfehlung begeht und seinen Zorn zu Unrecht nicht bezwingt. Achill hätte dieses Angebot annehmen und nicht die Boten mit der Botschaft an Agamemnon fortschicken sollen, dass er erst dann in den Kampf eingreifen werde, wenn Hektor seine eigenen Leute bedrohe. Mit dieser Entscheidung habe Achill sein Ziel verfehlt und seinen besten Freund Patroklos verloren.

B: Du scheinst mit dieser Interpretation nicht einverstanden zu sein.

A: Ich habe dabei ein seltsames Gefühl und mich beschleicht der Verdacht, ob das nicht zu intellektuell betrachtet ist.

B: Kannst du mir das bitte näher erläutern?

A: Zunächst einmal könnten wir erwidern, dass Achill durchaus recht hat, das Angebot abzulehnen, da Agamemnon es nicht für wert befunden hat, sich persönlich zu ihm zu bequemen.

B: Du meinst also, es geht Achill nicht um die Geschenke, die er erhält, sondern um die persönliche Geste, die er sich von Agamemnon erwartet?

A: Damit wären wir wieder beim Thema der Anerkennung, die letzten Endes nicht über Auszeichnungen und Geschenke vollzogen werden kann, sondern nur von Angesicht zu Angesicht, von Aug zu Aug – in dieser Weise sollte auch eine Versöhnung zwischen Menschen stattfinden, nicht durch Gaben, die jemand einem anderen schickt.

B: Demnach trifft Achill keine Schuld?

A: Das möchte ich ebenso wenig behaupten. Wie wir manches Mal erwähnten, ist wohl jedes Handeln eines Menschen mit Schuld verbunden in dem Sinn, dass es Bestimmungen hervorbringt. Und gewiss wird Achill so gezeigt, dass er dezidiert an seiner Entscheidung festhält, die schlimme Konsequenzen für die Griechen hat. Insofern ist schwer zu leugnen, dass Achill schuldig ist. Was jedoch das Ziel seines Handelns angeht, so müssten wir zunächst fragen, was eigentlich sein Ziel ist, nach dem er strebt und das er angeblich mit diesem Beharren auf seinem Rückzug aus dem Kampf verfehlt.

B: Dass er Troia erobert?

A: Möglicherweise, ab einem gewissen Zeitpunkt konnte er aus einer Vorhersage seiner Mutter jedoch erschließen, dass ihm diese Eroberung verwehrt war. Sie prophezeite ihm, dass, wenn er Hektor tötet – gewissermaßen die Eintrittskarte nach Troia – er selbst kurz darauf sterben würde.

B: Welches Ziel konnte Achill sich dann realistischerweise setzen?

A: Vermutlich den Ruhm und die Ehre, die ihn unsterblich machten.

B: Und dieses Ziel hat er deiner Ansicht nach erreicht, indem der die Gesandten des Agamemnon mit einer abschlägigen Antwort wegschickte?

A: Auf der Ebene der Handlungslogik schon. Wir könnten ein Gedankenexperiment unternehmen und fragen, was geschehen wäre, wenn Achill auf das Angebot Agamemnons eingegangen wäre.

B: Damit bewegst du dich im Bereich durchaus aktueller Spielereien im Zusammenhang mit dem Kontrafaktischen, so ich das richtig verfolgt habe. Achill wäre, hätte er Agamemnon zugesagt, wieder mitzukämpfen, sehr reich geworden und hätte sich an all den Gütern und Frauen, die ihm versprochen wurden, erfreut.

A: Ja, und der Krieg, in dem er sich befand, wäre vielleicht ewig ohne Ergebnis so verlaufen, wie die zehn Jahre davor. Achill hätte zahlreiche weitere Ansiedlungen im Umland von Troia zu Land und zu See erobert und wäre damit vielfach schuldig geworden, er wäre jedoch alt und grau geworden und letztlich ruhmlos gestorben, weil er Troia niemals direkt angriff und somit nicht an seiner Eroberung mitwirkte.

B: Weil er weiterhin einer direkten Konfrontation mit Hektor aus dem Weg ging?

A: Eher deshalb, weil Hektor klugerweise stets einen Kampf mit Achill vermied. Auch Hektor musste erst in eine Extremsituation geraten, ehe er den Kampf mit Achill suchte, den seinerseits Homer sagen lässt, dass er kein Problem mit den Troianern hat. Sie hätten sich ihm, Achill, gegenüber nichts zu Schulden kommen lassen. Er habe also keinen Grund, Hektor zu töten.

B: Bis zu dem Zeitpunkt, als Hektor ihm seinen Patroklos erschlägt.

A: Ja, dann wird Achill zum rasenden Schlächter seiner Gegner, was ihn in den angesprochenen Konflikt mit dem Flussgott bringt. Der arme Patroklos gelangt zu seinem Ende, weil er so edel gesonnen ist und weil Achill sich ständig Sorgen um die anderen Griechen macht.

B: Zeigt sich die edle Gesinnung des Patroklos darin, dass er Achill darum bat, ihm seine Rüstung zu borgen, damit er allein schon durch den Schein, Achill sei zurück im Kampfgeschehen, den Troianern Schrecken einflößen könne?

A: Ja. Patroklos' Bitte traf bei Achill auf offene Ohren. Achill genoss ja, nachdem er sich aus dem Kampf zurückgezogen hatte, nicht die Muße in seiner Hütte, sondern er verfolgte sehr besorgt das Kampfgeschehen.

B: Schickt er nicht sogar selbst Patroklos aus, damit dieser Informationen über den Schlachtverlauf einholt?

A: Ja, Achill sendet ihn zum greisen und weisen Nestor, um sich über Verwundete, die er aus der Ferne erspäht, zu erkundigen.

Nestor setzt Patroklos den Floh ins Ohr, dass er Achill, wenn dieser nicht selbst kämpfen wolle, bitten solle, ihn in seinen Waffen zu entsenden.

B: Dann ist Achill durchaus am Tod seines geliebten Freundes schuld?

A: Das ist wieder so eine Frage. Unschuldig ist wahrscheinlich niemand, der handelt. Aber bei Patroklos selbst lässt sich ebenfalls so etwas wie eine Schuld oder ein Verfehlen und eine Verblendung festmachen.

B: Weil er sich überschätzte?

A: Ja, und weil er nicht auf Achill hörte, der ihm eingebläut hatte, er solle lediglich die Troianer vom Lager der Griechen vertreiben, sie aber nicht verfolgen …

B: … was Patroklos natürlich tat.

A: Und diese Verfolgung der Troianer kann man Patroklos als Übermut auslegen, der ihn dem Hektor auslieferte. Dabei geschieht an diesem Punkt der Erzählung etwas Interessantes. Hektor tötet Patroklos erst, nachdem der Gott Apollon Patroklos einen Hieb versetzt hatte, wodurch seine (beziehungsweise Achills) Rüstung gelockert wurde.

B: Die Götter üben sich hier nicht gerade in feiner Zurückhaltung.

A: Wobei zu erwähnen ist, dass dieser Gott, der dafür bekannt ist, dass er für Ordnung und Harmonie sorgt, hier nicht willkürlich handelt, sondern den übermütigen Menschen in die Schranken weist. Aber selbstverständlich können wir in der *Ilias* die klare Parteinahme der Götter für einzelne Menschen oder Gruppen beobachten. So tritt Poseidon offen im Kampf für die Griechen ein.

B: Was ein Grund dafür ist, dass die Griechen eine gewisse Zeit lang ohne Achill die Troianer abwehren können.

A: Bis eben Hektor den Ersatz-Achill Patroklos erschlägt, wobei sich auch Hektor als tragische Figur erweist.

B: Weil er damit sein eigenes Todesurteil unterschreibt?

A: Das auch. Zunächst bleibt ihm schon der eigentliche Triumph über Patroklos verwehrt, weil dieser bereits von Apollon entwaffnet worden war. Dann wird auch Hektor überheblich und verblendet, da er sich zum Kampf gegen Achill hinauswagt, was er zuvor stets vermied. Den Warnungen eines seiner Brüder, der ein Seher ist, zum Trotz zieht sich Hektor nach dem Kampf mit Patroklos nicht in die Stadt zurück, sondern bleibt im Feld …

B: … obwohl in der Stadt Frau und Kind warten …

A: … die er nicht mehr wiedersehen wird. Deswegen ist für die eingeweihten Leser die Abschiedsszene einige Gesänge davor, als Hektor seine Andromache und den kleinen Astyanax, der sich vor Papas Helmbusch fürchtet, überaus herzzerreißend.

B: Aber Hektor zieht es jetzt vor, den mutigen Helden zu spielen?

A: Ja, was nicht unbegründet ist. In dieser Situation glaubt er, die Griechen endlich aus seiner Heimat vertreiben zu können. Ein Zeichen für seinen Hochmut in diesem Moment ist, dass er die Rüstung Achills, die er dem toten Patroklos abnahm, anlegt.

B: War das nicht eine gängige Praxis?

A: Das Abnehmen der Rüstung als Beute schon, aber nicht unbedingt, dass sie ein Held selbst anlegte. Hektor hätte sie einem Gott als Weihegeschenk in einem Tempel hinterlegen können. Freilich ergibt sich für die Dramatik des Gesamtgeschehens daraus etwas Signifikantes.

B: Dass wir wieder einen Schein-Achill vor uns haben?

A: Sozusagen. Wir erleben, dass einem Achill in sterblicher Rüstung ein Achill in göttlicher Rüstung gegenübersteht.

B: Wie das?

A: Achill ist, wie gesagt, trotz seiner minimalen Verwundbarkeit kein Comic-Held, der gewissermaßen in der Badehose Hektor entgegentreten könnte. Für den bevorstehenden Zweikampf benötigt Achill nach dem Verlust der Rüstung, die er von seinem Vater bekommen und die er Patroklos geliehen hatte, eine neue, ihm würdige Rüstung, und diese besorgt ihm seine Mutter bei Hephaistos …

B: … dem hinkenden und schwitzenden Schmiedegott, der erstaunlicherweise der Ehemann der liebreichsten Göttin, der Aphrodite, ist.

A: Diese Verbindung von Gegensätzen wäre ein Gegenstand für eine gesonderte Unterhaltung. Jedenfalls tritt Achill in dieser göttlichen Rüstung dem Hektor gegenüber, der dessen alte, menschliche Rüstung trägt. Dann geht es eigentlich im Vergleich zu den ewigen Kämpfen der früheren Gesänge nach der langen Verfolgung Hektors rund um die Mauern Troias schnell …

B: … und Achill tötet Hektor.

A: Achill erblickt einen Spalt zwischen dem Helm und Brustpanzer, den Hektor trägt – die fremde Rüstung sitzt doch nicht so ideal –

B: … und er sticht Hektor tot.

A: Stellen wir uns dies auf der Bühne oder in einem Actionfilm dargestellt vor, so ergibt sich ein erstaunlicher Effekt.

B: Dass alles im Blut schwimmt, weil Achill die Halsschlagader trifft?

A: Dass Achill sich offensichtlich selbst tötet, da der bisher als Achill oder Ersatz-Achill auf dem Kampfplatz Stehende von einem neuen, göttlich gerüsteten Achill getötet wird.

B: Eine ziemlich ungewöhnliche Sache.

A: Achill tötet gleichsam sein irdisches Selbst, er ist in seinem Handeln der Grund seines eigenen Todes – Achill erfuhr von seiner Mutter, dass er bald nach Hektor fallen wird – und schwingt sich zu göttlichem Ruhm auf …

B: … wenn es überhaupt so etwas wie göttlichen Ruhm gibt.

A: Schon bei Homer selbst gibt es eine kritische Äußerung zu der Thematik des Nachruhms oder Nachlebens, bemerkenswerterweise aus Achills Mund.

B: Und wo ist diese Äußerung zu finden?

A: In der *Odyssee*, genauer gesagt in der Szene, in der Odysseus eine magisch anmutende Befragung der Totengeister vornimmt.

B: Er will wahrscheinlich wissen, ob er nach Hause kommen wird.

A: So ungefähr. Kirke, seine hexenartige Gastgeberin auf der Insel Ogygia, rät ihm, sich bei den Schatten der Unterwelt über die Lage in seiner Heimat zu erkundigen. Als Odysseus daraufhin Blut in eine Grube gießt und die Totengeister herbeidrängen, zeigt sich der Schatten des Achill und verkündet, er wäre lieber ein Ackerknecht bei einem armen Bauer auf der Oberwelt als der Herr über alle Seelen in der Unterwelt.

B: Offensichtlich ist die Sache mit dem Nachleben und Nachruhm doch nicht so großartig.

A: Und in der *Ilias* ist zu beobachten, dass Achills Erfolg begrenzt bleibt und dass er ein Held ist, der nicht alles erreicht.

B: Weil er seinen Freund verlor?

A: Das ist sicherlich ein Punkt. Und es wird erzählt, dass Achill zwölf Städte zu See und elf zu Land eroberte, die Einnahme der zwölften und wichtigsten bleibt ihm aber verwehrt, nämlich diejenige Troias. Auch insofern ist er ein in gewisser Weise gescheiterter Held.

B: Ist das nicht schrecklich, dass in diesen Geschichten alles im Scheitern endet und lauter Gefallene herumliegen oder die noch Lebenden schon vom Tod gezeichnet sind?

A: Sicherlich ist das bedrückend, und man kann dies als eines der durchgängigen Motive des Epos ansehen, dass unablässig betont wird, dass kein Mensch dem Schicksal oder der »mächtigen Notwendigkeit«, wie es heißt, entkommt. Andererseits gibt es im Epos, was wir nicht vergessen oder unterschlagen sollten, die göttliche Perspektive.

B: Die darin besteht, dass sich die gemütlich am Olymp thronenden Götter am Leiden der Menschen ergötzen?

A: So drastisch wird das bei Homer nicht dargestellt. Bei ihm zeigen die Götter ein ehrliches Interesse am Ergehen ihrer Schützlinge; insgesamt bewirkt das oft parteiische Eingreifen der Götter in das menschliche Geschehen einen Ausgleich in den Geschicken der Menschen. Dies wird aus menschlicher Perspektive bestätigt, wenn am Ende der *Ilias* Achill die göttliche Gerechtigkeit anspricht.

B: Bevor er von Paris mit einem Pfeilschuss niedergestreckt wird?

A: Das wird in der *Ilias* nicht mehr berichtet, ebenso wenig die Einnahme und Zerstörung Troias, was uns aus Vergils *Äneis* bekannt ist, die wir in der Schule auch intensiv traktierten. Am Ende der *Ilias* steht Hektors Begräbnis, mit dem ein Ruhepunkt erreicht ist, der zugleich einen Ausgleich darstellt. Dem wiederum geht die berührende Szene mit Priamos und Achill voraus.

B: Ach ja, ich erinnere mich. Der alte König von Troia wagt sich todesmutig ins Lager der Griechen, um Achill um den Leichnam seines Sohnes zu bitten.

A: So ist es, eine wunderbare Szene, von der manchmal gesagt wurde, dass sie eine Geburtsstunde von Humanität sei. Achill hatte in seiner rasenden Rache den Leichnam Hektors an seinen Wagen gespannt und ihn vielfach im Sand umhergeschleift. Keinesfalls wollte er die Leiche den Feinden ausliefern.

B: Etwas, das eigentlich zum guten Ton im Umgang zwischen Helden gehört.

A: Ja. Aufgrund von Achills Unerbittlichkeit macht sich Priamos persönlich auf den Weg, und er schafft es mit Hilfe des Götterboten Hermes, unversehrt in Achills Hütte zu gelangen, den er dann an seinen alten Vater Peleus, der in Griechenland auf Achill wartet, erinnert.

B: Und daraufhin gibt Achill Priamos Hektors Leichnam?

A: Ja, er ist von seiner Erscheinung gerührt und von seiner Rede, mit der er ihm seinen Vater in Erinnerung rief. Achill zeigt sich voll Mitleid gegenüber dem alten und ehrwürdigen König, dem nichts erspart blieb und der beinahe alle Söhne verloren hat. Jedenfalls erklingen im Gespräch des großen Helden und des greisen Herrschers versöhnliche Töne.

B: Aber was hat diese Versöhnung, wenn man es so bezeichnen will, mit der Gerechtigkeit der Götter zu tun?

A: Achill merkt in seiner Unterhaltung mit Priamos etwas darüber an, in welcher Weise Zeus Gaben an die Menschen verteilt.

B: Diese Gaben sind vermutlich vorwiegend Gram und Leid.

A: Tatsächlich erwähnt Achill, dass den Menschen von den Göttern, die selbst ein sorgloses Leben führen, Leid zugeteilt wird. Aber er spricht von zwei Fässern oder Krügen, aus denen Zeus den Menschen etwas zuteilt, nämlich aus den Gefäßen des Glücks und des Leids.

B: Und dieses Zuteilen bewirkt wahrscheinlich, dass es uns manchmal gut und manchmal schlecht geht?

A: Das trifft auf die meisten von uns Menschen zu. Laut Achill gibt es kaum Menschen, denen Zeus nur aus einem Fass etwas zuteilt.

B: Aber kann man mit einem Götterbild dieser Art leben, das besagt, dass der höchste der Götter den Menschen Übel zuteilt?

A: Ich würde sagen, es ist eine realistische Weltsicht, dass fast alle Menschen von Übeln heimgesucht werden und in irgendeiner Weise leiden und es nicht viel hilft, zu jammern. Umgekehrt solle man den Göttern dankbar sein für die guten Gaben, die man von ihnen erhält. Das ist etwas, wovon wir immer wieder in den mythischen Geschichten oder allgemein in der griechischen Dichtung hören, etwa in einem Siegeslied für einen Olympiasieger, von dem Dank an die Götter, dass sie einem Sterblichen einen Moment des Glücks ermöglichten. Dabei ist zu beachten, dass die Götter so vorgestellt werden, dass sie in ihrer Macht vielfach beschränkt sind und nicht die Allmacht besitzen, die dem Gott der großen monotheistischen Religionen zugesprochen wird.

B: Wie meinst du das, dass die Götter in ihrer Macht beschränkt sind?

A: Nehmen wir Zeus: Er muss gegen viele Widerstände seitens der Göttinnen und Götter kämpfen, um seinen Plan durchzusetzen, wie das Geschehen vor Troia abzulaufen habe. Hera beispielsweise täuscht ihn erfolgreich durch einen Liebeszauber und bringt ihn von der Umsetzung seines Plans für eine gewisse Zeit ab. Somit darf man sagen, dass Zeus nicht allmächtig ist. Mitunter ist zu lesen, dass Zeus dem Mythos zufolge der Moira, dem Schicksalslos, unterworfen sei und er sich um die Durchführung des vom Schicksal Bestimmten zu kümmern habe.

B: Eigentlich ein armer Tropf, so ein Gottvater.

A: Mehrmals wird erzählt, dass die Götter zu ihrem großen Leidwesen ihre Schützlinge nicht vor ihrem individuellen Schicksal, dem Tod, bewahren können. Und Zeus reagiert ungehalten, wenn jemand wie Asklepios einen Menschen vom Sterben abhält.

B: Zeus war also ein Gegner der Notfallmedizin?

A: Sehr witzig. Zeus selbst wird von großer Trauer befallen, als er es geschehen lassen muss, dass einer seiner sterblichen Söhne von Achill im Zuge seines Rachetobens getötet wird. Allgemein könnten wir überlegen, ob die Sorge um die von ihnen geliebten Menschen einer der wesentlichen Gründe dafür ist, dass die Götter sich gegenseitig bekämpfen. Jedenfalls können wir aus dieser Sorge schließen, dass die Götter den Menschen, zumindest manchen von ihnen, auch Gutes wollen.

B: Das erscheint mir allerdings schrecklich, wenn im Himmel oder am Olymp ein ähnliches Chaos wie auf Erden herrscht, wo unablässig Krieg geführt wird.

A: Die im Mythos geschilderten Auseinandersetzungen unter den Göttern waren schon zu einem frühen Zeitpunkt in der Antike der Kritik ausgesetzt. Verschiedene Denker legten dar, dass die Dichter den Göttern menschliche Defekte zusprachen. Es wurde also das anthropomorphe Götterbild kritisiert.

B: Und das, wie mir scheint, zu Recht.

A: Aber von einem poetischen Standpunkt betrachtet ist es nun einmal wunderbar, wenn wir in der Götterwelt auf burleske Weise die Menschenwelt gespiegelt sehen.

B: Es herrscht jedenfalls ein fürchterliches Durcheinander im homerischen Götterhimmel, in dem sich die Götter betrügen oder sogar gegenseitig verletzen.

A: Freilich gibt es am Olymp ein Ordnungsprinzip, von dem wir wiederholt sprachen, nämlich Zeus, der im Verlauf der *Ilias* mit Mühe, aber schließlich doch erfolgreich einen Gott nach dem anderen von seiner Vormachtstellung überzeugen oder zumindest in die Schranken weisen kann ...

B: ... beispielsweise seine Gattin Hera und seine Tochter Athena, die gar nicht begeistert davon sind, dass ihre geliebten Griechen in eine Niederlage schlittern sollen ...

A: ... oder seinen Bruder Poseidon, den wahrscheinlich mächtigsten Opponenten, dem der riesige Bereich des Meeres unterstand und den Zeus schlussendlich unter seine Oberhoheit bringt.

B: Eine Hoheit, die einer despotischen Gewaltherrschaft gleicht – wenn ich mich recht erinnere, droht Zeus den Göttern drastische Strafen an für den Fall, dass sie ihm nicht gehorchen.

A: Das stimmt. Und auf Erden sorgt Zeus letztlich ebenso für einigermaßen geordnete Verhältnisse.

B: Wie darf ich mir das vorstellen?

A: Mit dem Ruhepunkt, den Hektors Bestattung am Ende der *Ilias* darstellt, wurde eine Art Gleichgewicht zwischen den Konfliktparteien geschaffen. Führ dir kurz die Lokalität der Auseinandersetzung vor Augen: Auf der einen Seite Troia mit seinen mächtigen Mauern und Toranlagen, auf der anderen Seite das Schiffslager der Griechen, das mit seinen massiven Pfahlverschanzungen einer ummauerten Stadt ähnelt. Und jetzt befinden sich auf beiden Seiten Reste gewaltiger Scheiterhaufen.

B: Auf denen die Leichname von Hektor und Patroklos verbrannt wurden?

A: Ja, wobei für kundige Hörer des Epos bei dem riesigen Scheiterhaufen für Patroklos mit den ungemein aufwendigen Bestattungsriten, bei denen zahllose Grabbeigaben dargebracht und viele Opfertiere und Kriegsgefangene hingeschlachtet werden, das Begräbnis des Achill mitschwingt, der zwar noch unter den Lebenden weilt …

B: … aber der durch die Tötung Hektors bereits sein Schicksal besiegelt hat.

A: So ist es. Daher können wir im göttlichen Trauerzug der Thetis und ihrer Schwestern, den Nereiden, die Patroklos betrauern, auch die Trauer um Achill erblicken.

B: Thetis vermag es nun nicht mehr, ihren Sohn, der sich für das kurze, aber ruhmvolle Leben entschied, vor dem baldigen Weg in die Unterwelt zu bewahren und sie bejammert in Patroklos in ihrer Ohnmacht zugleich den todgeweihten Sohn.

A: In diesem Zusammenhang könnte ich eine allgemeine, etwas paradox klingende Beobachtung zu den antiken Göttern anbringen.

B: Nämlich?

A: Dass die Götter des griechischen und wohl auch römischen Mythos im Vergleich zum christlichen Gott den Menschen viel näher und andererseits viel ferner sind.

B: Das klingt in der Tat paradox. Und ob das stimmt, dass diese Götter den Menschen näher sind, hängt nicht zuletzt damit zusammen, wie der christliche Gott aufgefasst wird – vielleicht ist einem Christen nichts näher als der barmherzige, immer gegenwärtige Gott.

A: Da stimme ich dir gerne zu. Ich habe das vorhin plakativ hingesagt. Mit der Aussage, dass die homerischen Götter den Menschen näher sind, wollte ich an das Phänomen erinnern, dass sie uns in ihren Eigenschaften ähnlicher sind. Sie trauern so wie wir, zürnen wie wir und sie sind sogar verwundbar.

B: Und die Göttinnen und Götter haben Kinder mit Sterblichen und sind somit manchen Menschen besonders nahe.

A: Gerade bei diesen Kontakten wird deutlich, dass die Götter fast ausschließlich in Menschengestalt unter den Sterblichen wandeln. Ihre göttliche Erscheinung ist für die Menschen tödlich, wie wir aus der Geschichte mit Semele, der Mutter des Dionysos, wissen. Sie wollte Zeus in seiner göttlichen Form erblicken, woraufhin der Blitz in ihr Gemach einschlug und sie verbrannte.

B: Vielleicht sind die Götter so zu deuten, dass sie für bestimmte Eigenschaften oder Naturereignisse stehen, wie Zeus für den Blitz oder Aphrodite für die Schönheit? Wenn eine Frau besonders schön ist, lebt quasi Aphrodite in ihr selbst in Menschengestalt oder zeigt sich zumindest einen Moment lang in ihr, und wenn ein Mann sich als besonders tapfer erweist, dann ist gerade Ares in ihm anwesend und so weiter.

A: Solche mehr oder weniger allegorischen Deutungen der Götter gibt es viele. Die Götter würden nichts anderes darstellen als Naturphänomene oder die im Menschenbereich zu beobachtenden Handlungsmuster.

B: Aber dich überzeugen Deutungen dieser Art anscheinend nicht?

A: Na ja, die Götter sind – so banal das klingt – nun einmal unsterblich und andererseits nicht bloß Wolken oder Blitze, sondern Personen. Als solche bleiben sie trotz ihrer zeitweiligen Nähe zu den Sterblichen und trotz ihrer Menschengestalt letztlich dem menschlichen Bereich entrückt. Sie kehren nach ihren Kontakten mit den Menschen rasch in ihre Bereiche wie etwa den Olymp oder das Meer zurück.

B: Sind die Menschen dann nur Objekte der zeitweiligen Belustigung der Götter oder auch Gegenstände ihrer Trauer, die sie von sich werfen oder in den Hades ziehen lassen, wenn sie genug mit ihnen gespielt haben?

A: Tatsächlich argumentieren manche Ausleger Homers dafür, dass das Zusammenspiel von Götter- und Menschenebene, wie es in den Epen gezeichnet wird, so zu deuten ist, dass die griechischen Götter ihren Ernst erst durch die endlichen Menschen erhalten, die den unendlichen und letztlich ziellosen Göttern eine Bestimmung geben.

B: Andernfalls wäre, könnte ich ergänzen, die Ewigkeit etwas langweilig. Ist das auch der Fall bei der Nymphe Kalypso, die Odysseus an sich binden will?

A: Das könnte sein.

B: Aber ist das nicht wiederum Ausdruck eines unerfreulichen Weltbildes, dass die Menschen Spielbälle höherer Mächte sind?

A: Ich wage nicht, das in Hinblick auf die griechische Göttervorstellung zu beurteilen. Um das tun zu können, müssten wir vermutlich diese Religiosität in ihrer lebendigen Form als Kult und Ritus erleben. Dann könnten wir den Ernst dieser Götterauffassung nachvollziehen. Aber vielleicht ist es angesichts der eigenen Endlichkeit und Sterblichkeit erbaulich, wenn einen allerorts das Göttliche in Gestalt verschiedenster Göttinnen und Götter umfängt, die zwar manchmal gegen einen wirken, die jedoch in vielen Fällen das Leben erhalten und einen aus Gefahren erretten …

B: … oder die einen ständig überwachen, ob man ein Unrecht begeht, damit sie einen eventuell in den Tartaros werfen können.

A: Eine moralische Zwecksetzung religiöser Vorstellungen, die Menschen davor bewahren sollen, Schlechtes zu tun, können wir Religionen immer unterstellen. Jedenfalls zeigen sich die griechischen Götter, wie ich meine, in den Dichtungen nicht selten in großer Distanz von dem menschlichen Gräuel. Demnach sind sie den Menschen möglicherweise ferner als der christliche Gott.

B: Weil sich dieser auch frevelnden Sündern gegenüber als barmherzig erweist?

A: Barmherzig sind die olympischen Götter mitunter ebenfalls. Aber was für sie unvorstellbar ist, nimmt der Gott der Christen auf sich, er stirbt für die Menschen.

B: Als Jesus am Kreuz.

A: Ja, Christus hat damit die Menschheit vom Bösen erlöst. Umgekehrt scheint es nicht so zu sein, dass die Menschen im griechischen Epos, die permanent von Leid und Schlechtigkeit betroffen oder bedroht sind und von keiner Erlösung von Bösem und Tod ausgehen, vor dem Hintergrund ihres Götterbildes ausschließlich als pessimistisch dargestellt sind. Freilich gibt es die berühmte Passage aus der griechischen Dichtung, der zufolge es für den Menschen am besten sei, nie geboren zu werden, und wenn man geboren wird, bald zu sterben. Aber ebenso werden in der griechischen Literatur die Menschen als heiter gezeigt, vergleichbar mit dem archaischen Lächeln der Ägineten.

B: Woran denkst du da in der Dichtung?

A: Wir können, wenn wir noch kurz bei der *Ilias* bleiben, an die großen Spiele am Ende dieses Epos denken. Zwar bildet das äußerste Ende dieser Dichtung Hektors ehrenvolle Bestattung, der die versöhnliche Szene mit Achill und Priamos vorausgeht, aber im vorletzten Gesang werden ausgiebig die Leichenspiele für Patroklos beschrieben.

B: Das erscheint mir auch nicht gerade heiter, da es immer noch um Tod und Kampf geht.

A: Vielleicht geht es bei den Leichenspielen nicht primär um den Tod, sondern um einen Ausdruck der Lebensfreude, die bei den Wettkämpfen zutage tritt, an denen alle großen griechischen Helden der *Ilias* teilnehmen, die sämtlich von ihren Verwundungen genesen sind, welche sie im Laufe der Erzählung erlitten hatten.

B: Ist das nicht eine elitäre Lebensfreude, die nur wenigen zugänglich ist, nämlich denjenigen, die sich einen Streitwagen leisten können und, noch viel grundsätzlicher, die Muße haben, an sportlichen Wettkämpfen teilzunehmen?

A: Die Frage, wie elitär diese Wettkämpfe sind, kann man stellen. Manche von ihnen sicherlich, andere weniger wie der Wettlauf, an dem jeder teilnehmen kann. Nicht auf Eliten beschränkt war das Zusehen oder die Freude daran, vom Wettstreit erzählt zu bekommen. Auch heute können sich die wenigsten Menschen einen Formel-1-Rennstall leisten, aber Millionen verfolgen begeistert Sonntag für Sonntag diese Wagenrennen der Moderne.

B: Eine zweifelhafte Freude, wenn Leute anderen zuschauen, wie sie unverschämt teuren Sportaktivitäten nachgehen. Allerdings ist möglicherweise die heutige Berichterstattung über Reich und Schön mit der Ausschmückung sämtlicher Skandale, Liebes- und Leidensgeschichten von Prominenz und Herrscherhäusern die logische Fortführung der antiken Göttergeschichten mit ihren Intrigen.

A: Ich bin dieser Parallelisierung nicht abgeneigt. Allerdings berichtet die Dichtung nicht von Einzelschicksalen wie eine Illustrierte, sondern erzählt Geschichten idealtypischer Charaktere, wie sie sich verhalten und wie es ihnen ergeht. So sehr die in der *Ilias* beschriebene Kriegergesellschaft elitär erscheinen mag, es erstaunt doch, zumindest kommt mir das so vor, wie ungemein liebevoll im Epos das alltägliche, einfache Leben gezeigt wird, mit den immer wiederkehrenden Verrichtungen wie der Essenszubereitung, dem Anziehen, den einfachen Unterhaltungen und so fort.

B: Du sprichst damit die berühmte epische Breite an?

A: Ja. Aber ich glaube, es zeigt sich dabei nicht bloß die Fabulierlust, einfach alles zu erzählen, was sich dem Menschen darbietet. Ich meine, dass durch Dichtung dieser Art das gesamte menschliche Leben geadelt wird.

B: Bitte erklär mir das genauer!

A: Es fällt mir schwer, dies in Worte zu fassen. Mir scheint, dass die minutiöse Schilderung auch der einfachen, immer wiederkehrenden Lebensvollzüge das Leben in den Epen doch als erfreulich und wohlgeordnet zeigt – womit wir auf die Thematik der Gegenströmungen zu einem möglichen Pessimismus, der bei den Griechen herrschte, zurückkommen.

B: Und du meinst, das Leben erweist sich trotz aller Kampfhandlungen als positiv?

A: Irgendwie schon – immerhin gibt es den Gedanken, dass bei diesen Kämpfen die Götter, allen voran Zeus, einen Ausgleich garantieren und dass sie den Menschen im Regelfall Schlechtes wie auch Gutes zuteilen. Selbst in der *Ilias* ist nicht alles Krieg und Tod, es gibt ja diverse Liebesszenen oder Geschichten familiärer Vertraulichkeit wie eben das Zusammentreffen von Andromache und Hektor. Aber weißt du, dass es in der *Ilias* sogar, wenn ich so sagen darf, eine Miniatur gibt, die das gesamte Zivilleben zeigt?

B: Du sprichst wieder die Schildbeschreibung an, von der du mir erzählt hast?

A: Ja, der göttliche Schild Achills zeigt vorwiegend Szenen aus dem Leben abseits des Krieges – der Dichter beschreibt ein Kunstwerk innerhalb des Kunstwerks, eine Welt oder einen Kosmos im Kleinen. Hephaistos schmiedet einen Schild, auf dem die Sonne und alle Gestirne zu sehen sind, die Erde und darauf die Siedlungen der Menschen, genauer gesagt zwei Städte. Bei deren Beschreibung bekommen die Leser einen der für viele Menschen – zumindest der Vorstellung nach – schönsten Momente des Lebens präsentiert, nämlich eine Hochzeit. Die Städteschilderung umfasst aber auch den Prozess um einen erschlagenen Mann.

B: Die Menschen können also auch im Frieden partout keine Ruhe geben.

A: So scheint es. Die andere Stadt befindet sich im Kriegszustand, eine Belagerung wird genannt und ein Rinderraub, aus dem sich eine Schlacht entspinnt.

B: Na, eine heitere Schilderung ist das!

A: Aber dann erfahren wir, wie der Schmiedegott das Landleben darstellte, mit Szenen des Pflügens und der Getreideernte, der Viehzucht und Weinlese.

B: Gegessen und getrunken haben die Griechen wohl seit jeher gerne. Da darf der Produktionsprozess der Nahrung und der Getränke bei einem Rundumblick durch die Welt nicht fehlen.

A: Das ist anzunehmen. Von der Weinlese geht es weiter zu einer ausgelassenen Szenerie, einer Tanzveranstaltung mit Mädchen und Burschen, umrahmt von Sängern und Akrobaten, was uns auf den Uranfang der *Ilias* zurückverweist.

B: Weil sich bei solch ausgelassenen Tanzveranstaltungen Hochzeiten anbahnen können?

A: Du sagst es.

B: Und diese Szenen sind es, die du mit dem Lebensbejahenden und Positiven in der *Ilias* meinst?

A: Ja, inmitten aller Kämpfe wird nicht darauf vergessen, die ewige Freude am Leben zu zeigen, die sich besonders intensiv bei Spiel, Tanz und Gelage erleben lässt, was auch in der *Odyssee* ein Gegenstand der Erzählung ist.

B: Wird dort nicht die lebensfrohe Versammlung der Griechen, die um Penelopes Hand werben, in negativer Weise als Fressen und Saufen geschildert?

A: Aber die Feststimmung bei den Phäaken, die Odysseus so gastfreundlich aufnehmen, ist durchwegs positiv.

B: Freilich bezahlen die Phäaken ihre Hilfsbereitschaft damit, dass ihre Insel von Mauern umschlossen wird und sie hinkünftig von der übrigen Welt isoliert sind.

A: Ich könnte erwidern, dass eine Isolation nicht das Schlechteste sein muss.

B: Unzweifelhaft liegt jedenfalls mit diesem zweiten Epos aus dem Hause Homer ebenso ein Text der Weltliteratur vor, der schier unerschöpflich ist.

A: Da möchte ich dir keinesfalls widersprechen. Damit wir nicht ewig auf den Meeren der Weltliteratur herumschippern – freilich eine angenehme Gefährdung – erlaube ich mir, uns ausgehend von der auf dem Schild des Achill gezeigten Lebensfreude und den Tänzen zu einer enorm wichtigen Literaturgattung hinzuführen, von der wir ebenfalls im Griechischunterricht herausragende Beispiele kennengelernt haben, zu einer Literaturgattung, die man allerdings normalerweise nicht mit Heiterkeit und Frohsinn in Verbindung bringt.

B: Du stellst mich wieder einmal vor ein Rätsel.

A: Ich meine die Tragödie.

B: Das ist tatsächlich einigermaßen erstaunlich, dass du im Zusammenhang mit der Lebensfreude auf die Tragödie zu sprechen kommst.

A: Die Tragödie ist der antiken Auffassung zufolge nicht ein Theaterstück, das notwendigerweise im modernen Sinn tragisch mit Leid und Tod endet. Nicht wenige der erhaltenen griechischen Tragödien gipfeln in etwas, das heute gerne als *happy end* bezeichnet wird, mit der Auflösung eines Konflikts oder der Abwendung eines drohenden Unheils. Was die Tänze angeht, so können wir uns in Erinnerung rufen, dass sich die Tragödien vermutlich aus Chortänzen entwickelten, welche die Gemeinden zu Ehren der Götter veranstalteten.

B: Dir gelingt es also, auch die Tragödie auf die Seite der von dir betonten Lebensbejahung zu stellen.

A: In gewisser Weise ja, zumal auch die Tragödien die göttliche Ordnung des Lebens ansprechen, beispielsweise dadurch, dass die Chorpartien die Götter und ihre Lenkung des menschlichen Lebens loben, auch wenn das Handeln der Menschen, das zwischen diesen Chorstücken gezeigt wird, grausam ist. Eindeutig wird das Leben in einer anderen Art von Drama bejaht, das ebenfalls auf Tänzen und Chören basiert und aus dem sich nicht nur eine in der Neuzeit beliebte Theatergattung, sondern auch ein Filmgenre entwickelte.

B: Du sprichst, wie ich annehme, von der Komödie?

A: Exakt, die in Athen ebenso wie die Tragödie im Rahmen von Festspielen zu Ehren des Dionysos zur Aufführung kam. In den attischen Komödien wird immer wieder die pralle Lebensfreude gezeigt, Hochzeitsfeste, das Schmausen und Trinken, die Freude am Frieden und die Auflehnung gegen Politiker, die das Volk für dumm verkaufen wollen.

B: Das kann ich nachvollziehen. Aber wie kannst du Tragödien für einen Ausdruck der Lebensbejahung erklären, in denen jemand allmählich herausfindet, dass er seinen Vater erschlagen sowie Inzest mit seiner Mutter getrieben hat und sich schließlich die Augen aussticht, wie unser guter Ödipus?

A: Ich gebe zu, man kann diese Stücke auch als Ausdruck eines allgemeinen Pessimismus und des Schreckens über die Ungewissheit menschlichen Lebens lesen. Aber im *Ödipus* preist der Chor ebenfalls das gerechte Wirken des Zeus. Wenn wir diese wundervollen Tragödien lesen, sollten wir bedenken, dass wir es bei ihnen mit einer Art von Gottesdienst zu tun haben, von dessen Pracht uns lediglich der kahle Text erhalten ist. Wir kennen weder die Melodien der Chorstücke noch die entsprechende Choreographie, und wir haben keine Ahnung von den Kostümen oder dem Bühnenbild.

B: Dennoch verstehe ich nicht recht, warum wir das als freudigen Gottesdienst auffassen sollen, wenn fürchterliches Leid auf der Bühne gezeigt wird, das noch dazu in diesem Ausmaß meist unverschuldet ist.

A: Über das Thema Schuld haben wir des Öfteren gesprochen – vielleicht gibt es überhaupt kein Handeln ohne Schuld. Das Handeln und die Schuldigkeit werden jedoch in der Tragödie in ein göttliches Geschehen eingebettet gezeigt, das die Handlung nicht als sinnlos erscheinen lässt, weil in ihm das Wirken der Götter zutage tritt. Wir können auch fragen, ob in diesen Tragödienhandlungen nicht uralte Erfahrungen und Erlebnisse der Menschen hervorscheinen und verarbeitet sind, wie das Erleben, dass in gewisser Weise jeder seinen Vater tötet, weil er ihn im Bereich der Lebenden ablöst und ihn dahinschwinden sieht, oder das alle Generationen betreffende Geschehen, dass Männer Frauen zu Müttern machen, mit all den damit verbundenen Schmerzen und Leiden.

B: Das ist aber nicht Gegenstand der griechischen Tragödie, eher ein Thema der Psychoanalyse.

A: Jedenfalls ist eine solche Deutung nicht Gegenstand der antiken Tragödienproduktion, das gebe ich zu. Überhaupt sollten eventuell Kritiker nicht alles in der Kunst zu Tode deuten.

B: Es mag sein, dass sich manches einer Deutung entzieht, wie man so sagt.

A: Ja, das trifft auf die Tragödie zu, vor allem, wenn wir sie als Ausdruck einer Religiosität auffassen, die sich per se gegen eine Deutung sperrt, da sie auf etwas Undeutbares hinweist.

B: Aber du wirst dich doch manches Mal gefragt haben, was ein Dichter wie Sophokles mit seinen Stücken beabsichtigte?

A: Siegen wollte er! Die attischen Tragödien wurden in einem Jahr für Jahr von der Polis organisierten Wettbewerb aufgeführt, bei dem drei Dichter mit immerhin je vier Stücken vertreten waren, drei Tragödien und einem Satyrspiel.

B: Das meinst du aber nicht im Ernst, dass es einem Dichter wie Sophokles primär darum ging, in diesem Wettkampf zu siegen?

A: Du hast recht, das meine ich nicht ganz ernst, wenngleich ich überzeugt bin, dass Sophokles als wichtigem Mann in der Stadt die öffentliche Anerkennung auch in diesem Bereich nicht unwichtig war. Ich möchte zusätzlich den in Hinblick auf die

Literaturwissenschaft etwas blasphemischen Gedanken äußern, dass ein antiker Tragödiendichter angesichts dieser gewaltigen Produktion von (zumindest theoretisch) jährlich vier Stücken nicht in jedes Drama sein Herzblut legte und er nicht an jedem Werk große Teile seines Lebens hindurch feilte wie Goethe an seinem *Faust*.

B: Du meinst, das Tragödienschreiben war eine Massenproduktion und ein Kunsthandwerk, sofern ein Dichter jährlich vier Stücke für den Wettstreit einreichte?

A: Ich glaube nicht, dass es eine schematische Massenproduktion war, wie wir das über Schundromane sagen würden. Aber ich nehme an, dass ebenso, wie die Grundstruktur der Chorlieder vorlag, die durch Dialogpartien voneinander getrennt waren, die Dichter auch ein Grundverständnis oder eine Übereinkunft teilten, was und wie es dargestellt wird.

B: Das wäre?

A: Das fällt mir nicht leicht zu sagen. Vielleicht hätten das die Dichter jener Zeit selbst nicht genau auf den Punkt bringen können, die schließlich in der lebendigen Tragödientradition standen und intuitiv wussten, was sie taten. Möglicherweise ähneln sie damit den Drehbuchautoren des gegenwärtigen Filmbusiness, die in dichter Abfolge Drehbücher oder Scripts für Kinofilme und Fernsehserien verfassen, ohne dass sie mit jahrzehntelanger Reflexion an die Sache herangehen. Aber sie kennen die Gesetzlichkeiten, die einen guten Film oder eine gute Serie ausmachen.

B: Aber was ist ein Kernpunkt der Tragödien? Soll wieder die Unerbittlichkeit des Schicksals zum Ausdruck gebracht werden?

A: Wenn wir in allgemeinen Kategorien sprechen wollen, könnten wir sagen, dass die griechischen Tragödien demonstrieren, wie menschliche Überhebung eingeebnet wird.

B: Es geht also einmal mehr um die mörderische Schlechtigkeit der Menschen?

A: Was nicht so abwegig ist als dauerhaftes Thema von Kunst, wenn wir uns den Weltenlauf ansehen. Aber das Große an der Tragödie der Griechen ist, dass angesichts dieser konstanten Fehlerhaftigkeit der Menschen, denen es offensichtlich nicht gelingt, ihren Zorn, ihre Überheblichkeit, generell ihre Leidenschaften auf ein passendes Maß zu beschränken, die Götter oder der eine Gott Zeus einen Ausgleich wirkt, der zu einer Versöhnung führt.

B: Eine Versöhnung, die in Tod und Katastrophe besteht?

A: Das muss nicht unbedingt sein, es gibt wie gesagt nicht wenige Tragödien, die freudig enden, nämlich damit, dass die vom Tod bedrohten Protagonisten überleben; oder es kommt zu einem Wiedererkennen zwischen Menschen, die einander umbringen wollen, beispielsweise in der *Iphigenie bei den Taurern*.

B: Wo die Schwester den Bruder, der sie aus dem Barbarenland nach Hause bringen soll und der ihr unbekannt erscheint, rechtzeitig als ihren Bruder erkennt, bevor sie ihn für das landesübliche Menschenopfer heranzieht.

A: So ist es.

B: Ein Stoff, der mir aus dem Goethe-Stück bekannt ist.

A: Auch die *Orestie* des Aischylos, eine wunderbare Trilogie, endet versöhnlich. Iphigenies Bruder Orestes findet nach all den furchtbaren Taten in seiner Familie schlussendlich Sühnung, womit der Geschlechterfluch ein Ende hat.

B: Er findet Ruhe, nachdem er seine Mutter und ihren Liebhaber erschlagen hatte …

A: … die ihrerseits im ersten der drei Stücke seinen Vater Agamemnon am Tag von dessen Rückkehr aus Troia hingeschlachtet hatten.

B: Das alles nennst du versöhnlich?

A: Zumindest dem Handlungsverlauf des dritten Stückes nach wird Orest durch das neu in Athen eingerichtete Gremium des Areopags unter Athenas Ägide entsühnt.

B: Aber erst, nachdem jene schrecklichen Grausamkeiten passiert sind?

A: Das ist offensichtlich eine Konstante dieser gottesdienstlichen Stücke, dass gerade hochragende Menschen Fürchterliches tun und leiden oder zumindest der Gefahr ausgesetzt werden, solches zu durchleben. Aber unter göttlicher Lenkung streben die menschlichen Konflikte einem harmonischen Ende zu.

B: Was ist das eigentlich für eine Menschheit, die dauernd Fehler begeht und sich schädigt?

A: Vielleicht begehen wir nicht dauernd Fehler, aber wir sind anscheinend permanent davon bedroht, verschiedene unserer Begierden und Antriebe nicht in den Bahnen zu halten, die für uns förderlich sind. Und dieses Ausbrechen aus den richtigen Bahnen wirkt sich bei mächtigen Herrschern in der Regel schlimmer aus als im Tun des kleinen Mannes.

B: Wie das in den Königsdramen Shakespeares zu sehen ist?

A: Ich weiß nicht, ob wir diese wundervollen Stücke als Tragödien im antiken Sinn auffassen sollten. Wahrscheinlich sind die Fürsten und Könige in den Shakespeare-Werken mehrheitlich Schurken, die ihren Niedergang verdienen; ich dachte vorhin eher an unseren Ödipus, der einigermaßen unverschuldet in großes Unglück geriet.

B: Aber schuld ist er doch wohl?

A: Ja, zweifellos. Wie gesagt ist vermutlich kein Handeln ohne Schuld.

B: Aber worin besteht Ödipus' Schuld, wenn er – ohne es zu wissen – seinen Vater erschlug und seine Mutter heiratete?

A: Eventuell ist seine Schuld in seinem überstürzten Handeln zu suchen. Bei seiner Frage an das Orakel in Delphi, wer er sei, hätte Ödipus nach dessen Auskunft, dass er seinen Vater töten und seine Mutter zur Frau nehmen werde, nachfragen können, wer überhaupt seine Eltern sind – die Ungewissheit darüber trieb ihn ja allererst zum Orakel. Auch später, als er schon an der Herrschaft ist, stellt er diese Frage nicht noch einmal, obwohl ihn die Berater in diese Richtung lenken. Dabei gilt Ödipus als Paradigma des Aufklärers, der das Rätsel der Sphinx löste und der mit allen Mitteln die Ursache der Pest, die seine Stadt heimsucht, entdecken will.

B: Aber wird so ein überstürztes Handeln, das vielleicht in die von dir angesprochene Kategorie der menschlichen Überheblichkeit fällt, auch in anderen griechischen Tragödien gezeigt?

A: Ich denke schon. Unlängst sah ich eine Aufführung von Euripides' *Hippolytos*, in dem Phaidra ihren Stiefsohn Hippolytos verführen will, was ihr nicht gelingt.

B: Sie nimmt sich daraufhin das Leben und hinterlässt einen Brief, in dem sie Hippolytos vorwirft, er habe versucht, sie zu vergewaltigen. Ich kenne den Plot, die Geschichte wurde ja des Öfteren in der Weltliteratur verarbeitet, beispielsweise von Racine. Aber wo siehst du hier das Überstürzte?

A: Beim Vorgehen von Phaidras Gatten Theseus, dem Vater des Hippolytos. Dem Mythos nach bedeutet vielleicht schon die Haltung des jungen Hippolytos, der jegliche Hingabe an den Eros, an die Begierde, ausschließt, eine Verfehlung, die die Liebesgöttin auf den Plan ruft, die eine so starre und überhebliche Haltung eines Menschen bestraft. Aber im Euripides-Stück ist es Theseus, dem explizit die Verfehlung oder Schuld zugesprochen wird. Er habe übereilt gehandelt und nicht die Aussage eines Sehers abgewartet. Dies teilt Artemis Theseus mit, die in ihrer Rede die liebestolle Phaidra für unschuldig erklärt, weil sie von der Liebesgöttin mit furchtbarer Leidenschaft geschlagen wurde. Artemis als jungfräuliche Jagdgöttin bezeichnet auch Hippolytos als schuldlos, es sei ihm nicht anzulasten, dass er seiner Keuschheit treu blieb.

B: Auch das ist eigentlich eine grässliche Geschichte …

A: … die jedoch versöhnlich endet. Der aufgrund von Theseus' Fluch bei einem Unfall mit seinem Pferdewagen schwer verletzte Hippolytos reicht kurz vor seinem Tod, nach dem ihn unsterbliche Ehren erwarten, seinem Vater die Hand zur Versöhnung und spricht ihn von der Blutschuld los, seinen eigenen Sohn zu Tode gebracht zu haben.

B: Ich glaube, ich halte mich lieber an die Satyrspiele, da geht es wohl lustiger zu.

A: Leider sind uns aus der Antike nur sehr wenige solcher Satyrspiele erhalten. Freilich dürfen wir annehmen, dass in ihnen, die nach drei ernsten Tragödien den Abschluss jedes Wettkampftages der Dionysien bildeten, eine burleske Übertreibung von zentralen Effekten der Tragödie zu erleben war.

B: Die da wären?

A: Das berühmte Paar an Emotionen, nämlich Furcht und Mitleid, durch die die Tragödie laut Aristoteles' *Poetik* ihre kathartische Wirkung, die Reinigung oder Klärung, bewirkt. Im Satyrspiel ist das ins Lustige gewendet. Im *Kyklops* des Euripides flößt zum Beispiel der riesige, aber etwas dümmliche Zyklop ähnlich wie bei dem Kasperle-Theater das Krokodil den Zusehern, allen voran dem ersten Zuseher, dem Chor der Satyrn, Furcht ein, andererseits empfinden die Betrachter Mitleid mit den Griechen und den Satyrn. Und alles ist von einer weinseligen Heiterkeit umgeben.

B: Das klingt schon eher nach meinem Geschmack, und das bewegt sich anscheinend inhaltlich auf die Komödie zu, die wir ja ebenfalls den Griechen und den Festen für Dionysos verdanken.

A: Ja, in den Komödien wurde, wenn man so will, das einfache Volk gefeiert, das sich seine Normalität und seinen Hausverstand bewahrte. Es bildet in den klassischen Stücken des Aristophanes die normale Basis, die bei allen Anwandlungen größenwahnsinniger

Politiker und Sophisten in der Zeit des Peloponnesischen Kriegs, der Athen hart mitnahm, ihren Verstand und ihre Lebensfreude nicht verlor.

B: Aus dieser Phase stammen doch die einprägsamen Komödien, die für den Frieden eintreten und in denen als Kontrapunkt zum kriegshetzenden Wahn der Männer die Frauen zu Wort kommen oder zur Tat schreiten, wie in der *Lysistrata*.

A: Ja, ein sehr witziges Stück, in dem die vereinigten Gattinnen der griechischen Stadtstaaten durch Liebesentzug die Männer vom sinnlosen Kriegstreiben abbringen.

B: Die Komödien sind überhaupt ein besonderer Kunstgenuss.

A: Da möchte ich dir keinesfalls widersprechen. In diesem Urteil sind wir nicht allein, die Komödie ist bis heute ebenso wie die Tragödie an verschiedensten Orten präsent.

B: Du meinst, weil immer wieder Dramen aufgeführt werden?

A: Einerseits das, aber auch in einem strukturellen Sinn sind diese Dramen allpräsent, nicht nur weil die klassischen Tragödien und Komödien durch zahlreiche Wiederaufführungen die Theater beherrschen, sondern auch, weil diese Dramengattungen die Opernhäuser und Kinosäle füllen.

B: Das musst du mir bitte genauer erklären.

A: Die klassischen Zweiteilungen zwischen Trauerspiel und Lustspiel, zwischen ernsthafter Oper und Opera buffa oder im englischsprachigen Kino zwischen Comedy und Drama lassen sich allesamt auf diese beiden Typen von Bühnenstücken zurückführen.

B: Wobei all das, was du aufzählst, nicht mehr viel mit den antiken Komödien und Tragödien zu tun hat.

A: Vielleicht doch – nämlich in der Art der Aufführung und Produktion. Die klassischen Stücke aus der Antike, die wir in der Schule gelesen haben, sind ja keine Lesedramen, sondern sie wurden meist für eine einmalige Aufführung geschaffen, die beinahe alle Sinne ansprach; vergleichbare Schauspiele werden auch heute produziert, die wir, selbst wenn sie mit den antiken Werken inhaltlich wenig zu tun haben, nach wie vor als Repräsentanten der Tragödie und Komödie auffassen können, zweier Gattungen, die sich beim Publikum anscheinend ungebrochener Beliebtheit erfreuen.

B: Du beziehst dich, wie ich annehme, wieder auf Produktionen im Sinn des Gesamtkunstwerks, bei denen den Zuschauern neben dem Text Gesang, Musik, Bühnenbilder, Kostüme und so weiter geboten werden, was also zusätzlich zur Unterhaltung für den Geist einen Augen- und Ohrenschmaus liefert.

A: Genau, dies alles brachte die Oper zur Perfektion, ebenso die Kinofilme, in denen vor den schönsten oder geeignetsten Locations die mit Bedacht gecasteten Schauspieler mit prächtiger Ausstattung und *special effects* bei idealen Lichtverhältnissen ihre wohl berechneten Dialoge halten, was bei der Postproduktion mit Musik verbunden und farblich adaptiert wird.

B: Aber inhaltlich hat das wenig mit den großen Stücken der Antike zu tun, in denen die Chöre mit ihren Götteranrufungen eine große Rolle spielen oder sogar Götter auftreten.

A: Es wäre zu fragen, ob es dafür moderne Surrogate gibt. Wie ich schon erwähnte, könnte es sein, dass zum Beispiel den

Kriminalfilmen ein ähnliches Grundgefühl zugrunde liegt wie den Tragödien.

B: Und das wäre?

A: Dass die Menschen viel Schreckliches begehen und einander etwa aus Eifersucht oder Geldgier umbringen, dass letztlich aber eine gewisse Form von Gerechtigkeit Einzug hält.

B: Das erinnert an eher einfache Filme, die eine Situation oder eine Handlung in klassischer Schwarz-Weiß-Malerei darstellen.

A: Sicherlich gibt es subtilere, sozusagen grauere Filme, in denen ein Verbrechen unbestraft bleibt, und diffizilere Streifen, in denen das Verbrechen unbewusst begangen wird oder als moralisch gerechtfertigt erscheint, und Krimis, in denen auch die Gesetzeshüter nicht frei von Fehlern gezeigt werden.

B: Das sind die schon etwas feiner gezeichneten Hollywood-Thriller.

A: Möglicherweise. Auf der anderen Seite gibt es das Filmgenre der Komödie, in dem verschiedenste gesellschaftliche Phänomene aufs Korn genommen werden.

B: Freilich erheben auch diese Produktionen oft keinen hohen künstlerischen Anspruch.

A: In den von dir so geschätzten Komödien der Antike und ihren Nachahmungen in der Neuzeit geht es mitunter auch durchaus schlicht oder sogar derb zu.

B: Aber bei Aristophanes sind die derben Szenen fast immer mit einer politischen Anklage oder einer Kritik an Extrempositionen von Politikern und Kriegstreibern verbunden.

A: Und doch ist eines der hervorstechendsten Motive der antiken Komödie die Freude am Essen, Trinken und Lieben, wie in einer klassischen Kitsch-Komödie des Kinos des 20. Jahrhunderts.

B: Mit einer klassischen griechischen Komödie wird nun einmal nicht nur dem Weingott Dionysos, sondern auch der Liebesgöttin Aphrodite gehuldigt. Diese Stücke hatten sich in die antiken Fruchtbarkeitsrituale des Frühjahrs einzufügen.

A: Das könnten wir von den im Kino zu sehenden Sehnsuchts- und Liebesfilmen ebenso behaupten, dass sie einen Teil moderner Fruchtbarkeitsrituale bilden.

B: Das wären allerdings Fruchtbarkeitsrituale, die das ganze Jahr über stattfinden und keinerlei religiösen Bezug mehr aufweisen.

A: Ich schlage vor, dass wir nicht länger über die Vergleichbarkeit von antiker und moderner Tragödie und Komödie disputieren, sondern dass wir nach dem Epos und dem Drama auf eine weitere Literaturgattung blicken, die uns bereits im Zusammenhang mit der modernen Pop-Kultur unterkam und für die das Griechische wiederum als idealtypisch gelten kann.

B: Du erinnerst uns an die Lyrik, die wir anlässlich der Musik und der Lyrics von Pop-Songs erwähnt haben?

A: Exakt. Von der griechischen Lyrik haben wir zwar in der Schule, soweit ich mich erinnere, fast nichts im Griechischunterricht gelesen – das wäre wahrscheinlich sprachlich zu anspruchsvoll gewesen. Aber wir haben einige Nachahmungen der griechischen Lyrik im Lateinischen kennengelernt.

B: Ich nehme an, du zielst auf Autoren wie Catull oder Horaz ab?

A: Ja, das sind zwei treffende Namen, weil diese beiden Dichter grob gesagt für zwei bedeutende Richtungen der Lyrik stehen, zum einen für die kleinere Form der Liebeslyrik und zum anderen für Großformen, die aus der Chorlyrik hervorgingen, beispielsweise die Oden.

B: Von Catull lernten wir den Zweizeiler auswendig: »Odi et amo. Quare id faciam, fortasse requiris …

A: Nescio, sed fieri, sentio et excrucior« – ein prägnantes Distichon über die Zerrissenheit der leidenschaftlich Liebenden: »Ich hasse und liebe: Warum das geschieht, erforschst du vielleicht. Ich weiß es nicht, aber dass es geschieht, spüre ich und es peinigt mich.« Von Catull haben wir auch eine lateinische Bearbeitung eines Gedichts der wohl bekanntesten Dichterin der Antike gelesen, nämlich von Sappho – ein Beispiel der indirekten Lektüre griechischer Lyrik.

B: Daran erinnere ich mich nicht mehr.

A: Es handelt sich um ein Lied, in dem die Dichterin über einen Mann spricht, der ihr den Göttern gleich zu sein scheint, weil er einer jungen Dame gegenübersitzen darf. Diese junge Frau wird durch das Preisen des Mannes indirekt in höchsten Tönen gelobt – es folgt etwas, das als Pathologie der Liebesleidenschaft bezeichnet werden darf.

B: Langsam dämmert mir etwas, aber bitte hilf meinem schwachen Gedächtnis nach!

A: Sappho spricht dann über ihr eigenes Empfinden, darüber, was mit ihr passiert, wenn sie jene junge Braut anblickt, die demnächst mit ihrem Bräutigam davonziehen wird. Die Dichterin singt davon, dass ihr die Zunge gebricht, ihre Augen nicht mehr sehen wollen, dass ihr der Schweiß ausbricht und sie Zittern ergreift.

B: Jetzt kann ich nachvollziehen, was du mit Pathologie der Leidenschaft meinst. Anscheinend schildert Sappho nicht gerade angenehme Gefühle.

A: Es ist jedenfalls eine erstaunliche Beschreibung ihrer Empfindung und der Aufwühlung aller ihrer Sinne. Das vielleicht schönste Liebesgedicht überhaupt stammt von derselben Dichterin. Es verdient, als schönstes Liebesgedicht vor allen anderen hervorgehoben zu werden, weil es nicht ein bestimmtes Liebesziel benennt, sondern allgemein über den Eros, die sehnende Liebe spricht – die Wirkung dieser Liebe exemplifiziert Sappho an der schönsten Frau der Welt …

B: … an Helena.

A: Ja. Anhand Helenas Geschichte macht Sappho deutlich, was dieser Eros ist. In der ersten Strophe dieses einzigartigen Gedichts formuliert sie dies beinahe philosophisch, indem sie eine Gegenüberstellung von Einzelnem und Allgemeinem vornimmt. Neben verschiedene konkrete Dinge, die unterschiedliche Menschen als das Schönste bezeichnen, stellt Sappho dasjenige als das Schönste, was jemand ersehnt.

B: Das muss ich einmal bei Gelegenheit nachlesen.

A: Das Gedicht beginnt ungefähr so: »Die einen sagen, ein Heer von Pferden, die anderen, von Fußsoldaten, und wieder andere, eines von Schiffen ist das Schönste auf der schwarzen Erde, ich aber sage, das Schönste ist, wonach sich jemand sehnt.«

B: Die Sehnsucht färbt ihren Gegenstand so ein, dass er als der schönste auf Erden erscheint …

A: … oder tatsächlich das Schönste ist. Nach dieser ersten Strophe erfolgt anhand des Mythos der Beweis, wenn du so willst, dass diese Aussage zutreffend ist. Das, so Sappho weiter, könne man jedem leicht begreiflich machen, habe doch Helena, die an Schönheit alle Menschen übertraf, ihren prächtigen Mann sowie ihre lieben Eltern verlassen und sei nach Troia gesegelt. Das Schönste ist eben das, wonach sich einer sehnt. Genauso sehne sich Sappho nach einer jungen Dame, nach ihrem Lächeln und ihrem schönen Gesang – dies zieht Sappho einer glänzenden Streitmacht vor.

B: Zweifellos schönes Gedicht.

A: Das wir uns – wie einen modernen Song – als tatsächlich gesungen, mit musikalischer Begleitung vorstellen dürfen. Im Unterschied dazu waren wahrscheinlich viele der römischen Gedichte von Anfang an Lesetexte oder für die Rezitation ohne Musik bestimmt.

B: Sappho dagegen hat ihre Dichtungen selbst vorgesungen?

A: Ja, die Gelehrten schreiben ihr sogar die Erfindung der Monodie zu.

B: Was wohl so viel wie »Allein-Gesang« bedeutet?

A: Ja, im Unterschied zum Chorgesang, der bei den Griechen ebenfalls höchst ausgeprägt war – als Prunkstücke sind uns davon die Hymnen Pindars erhalten, die einen weiteren Höhepunkt der abendländischen Literatur darstellen.

B: Davon haben wir aber so gut wie nichts in der Schule gelesen, wenn ich mich nicht ganz irre.

A: Das stimmt, diese Oden sind nicht gerade leicht zu übersetzen. Im Lateinischen allerdings haben wir die Oden des Horaz einigermaßen intensiv traktiert.

B: Ja, zum Beispiel die Römeroden, die uns unsere Lehrerin näherbringen wollte. In diesen Oden preist Horaz die guten alten Tugenden der Römer mitten in einem von Bürgerkriegen zerrütteten Rom.

A: Aber er tat dies zu einem Zeitpunkt, als die Bevölkerung ein neues Goldenes Zeitalter unter Augustus erhoffte.

B: Was wäre der Mensch und was wären viele Dichter ohne die Hoffnung!

A: Ich erinnere mich, dass uns aus den Horaz-Gedichten natürlich die Worte *Nunc est bibendum!* besonders gut gefielen, mit denen das Lied zur Feier des Sieges über Kleopatra eingeleitet ist.

B: Nun, ich glaube, es ist auch für uns allmählich Zeit, dass wir wieder einmal etwas trinken, bevor uns bei all der nüchternen Betrachtung von Dichtung die Kehle austrocknet.

A: Bevor wir uns dem Trinken widmen, sei noch erlaubt, dass ich auf eine Literaturgattung hinweise, von der die Römer behaupteten, dass sie sie nicht von den Griechen übernommen hätten, sondern dass sie ihre eigene Schöpfung sei.

B: Und welche Gattung wäre das?

A: Die Satire, ebenfalls eine Gattung, die in der Neuzeit einigermaßen populär wurde.

B: Wie auch die Oden und Hymnen, von denen du soeben sprachst – ich erwähne nur Hölderlin als einen der großen und gedankenvollen Vertreter dieser Dichtungsart.

A: Die Satire hat sich ihrerseits ähnlich wie das Drama in den letzten Jahrzehnten im Bereich der bewegten Bilder, wenn ich so sagen darf, großer Beliebtheit erfreut.

B: Du meinst in Form von Satiremagazinen im Fernsehen?

A: Zum Beispiel. In solchen Satiresendungen wird wie in den entsprechenden antiken Texten der Zustand der Politik oder der Gesellschaft angesprochen, wenngleich selten in so ausgefeilter Form wie in der antiken Dichtung. Aber beiden Ausprägungen von Satire ist vermutlich gemein, dass man sich darin in scherzhafter Weise von den angegriffenen und bloßgestellten Phänomenen distanziert.

B: Auch wenn die Satiriker nicht selten selbst in die kritisierten Zustände eingebunden sind und, wie du sagst, die Distanznahme lediglich eine scherzhafte und zeitweilige ist.

A: Das kann gut sein, aber es ist schon etwas wert, wenn jemand über sich selbst und seine eigenen Verirrungen lachen kann.

B: Haben wir damit eigentlich alle Literaturgattungen angeschnitten, die uns die Antike, vor allem die griechische, geschenkt hat?

A: Das wage ich nicht zu bejahen, aber gewiss sind wir wesentliche Stationen durchgegangen; was wir aus unserem Unterricht noch anführen könnten, ist der philosophische Dialog.

B: Aber ist der als literarische Gattung zu fassen?

A: Darüber ließe sich gesondert disputieren, zumal er im Grenzgebiet zur Philosophie liegt, was auch immer die Philosophie sein mag. Jedenfalls werden wir manchen dieser philosophischen Dialoge eine hohe literarische Qualität nicht absprechen, wie den Dialogen Platons.

B: Wenn du das sagst, glaube ich es. Eine Nachwirkung in dem Sinn, dass sie nachgeahmt wurden, haben diese Dialoge jedoch kaum gehabt, oder?

A: Das würde ich so nicht sagen. Sicherlich wurden die verschiedenen philosophischen Dialoge, die in den Jahrhunderten nach Platon entstanden, nicht so bekannt wie jene Urbilder philosophischer Auseinandersetzungen. Allerdings erfreuten sich die Dialoge, die Cicero schrieb, zu gewissen Zeiten großer Beliebtheit. In der Neuzeit wiederum haben Universalgelehrte wie Leibniz oder Aufklärer wie Voltaire Dialoge geschrieben.

B: Das ist mir neu. Was wir in der antiken Literatur, soweit wir in der Schule etwas über sie gehört haben, gar nicht angetroffen haben, ist die Gattung, die wahrscheinlich heute in einer durchschnittlichen Buchhandlung mit den meisten Werken vertreten ist.

A: Welche Gattung meinst du?

B: Den Roman, die Literaturform, in der nicht wenige Autoren in den letzten Jahrhunderten so etwas wie ihre Weltdeutung niedergelegt haben und in der wohl auch viele Leser etwas Derartiges suchen.

A: Das mit der Antike stimmt und stimmt nicht. Wir hörten in der Schule wohl nichts vom antiken Roman, aber die Griechen haben auch diese Gattung hervorgebracht, hauptsächlich in Form des Liebesromans und des historischen Romans.

B: Ich sehe, an die Antike kommt nichts heran.

A: Ich bin, wie du dir denken kannst, durchaus begeistert von der antiken Literatur, aber was die von dir angesprochene Weltdeutung angeht, ist der Roman als Kolossalwerk vermutlich eine Entwicklung der Neuzeit.

B: Somit haben sich die Dichter der Neuzeit doch noch etwas Neues einfallen lassen.

A: Andererseits könnten wir sagen, dass die Romane die Fortführung der Epen in neuer Gestalt sind.

B: Weil auch die Romane unter Umständen in großer Breite von Gott und der Welt handeln, aber nicht mehr im Gewand der Hexameter, sondern in Prosa?

A: Ja. Das erleben wir zum Beispiel in den großen russischen Romanen eines Tolstoi oder Dostojewski, in denen die Protagonisten nicht nur mit ihrer Mitwelt, sondern immer wieder auch mit ihrem Gottesverständnis ringen.

B: Weißt du, was mir hier kurios erscheint?

A: Nein, bitte sag es mir!

B: Dass wir, soweit ich weiß, im Unterricht kaum Romane besprochen haben, dass ich aber nach der Schulzeit hauptsächlich aus dieser Gattung etwas gelesen habe.

A: Da ist es mir ähnlich ergangen. In der Schule haben wir eigentlich nur im Deutschunterricht einige der berühmten Entwicklungsromane gelesen, wenn wir von den wenigen literarischen Texten absehen, die wir im Englischunterricht lasen und die ich eher als Essays denn als Romane bezeichnen würde.

B: Die Entwicklungsromane haben wir zumindest behandelt, wie man so sagt. Ich bezweifle, dass viele von uns tatsächlich diese Bücher, die den meisten von uns damals langweilig erschienen, gelesen haben.

A: Vielleicht ist auch das eine Alterserscheinung, dass wir mit fortschreitendem Alter Gefallen daran finden, das menschliche Leben und möglicherweise uns selbst in breit erzählenden Werken gespiegelt zu sehen, die wir früher bestenfalls als müßige Geschichten betrachtet haben.

B: Allerdings setzen sich auch im fortschreitenden Alter vermutlich nicht viele den gedankenschweren Riesen der Romanliteratur aus, sondern beschränken ihre Lektüre auf Kriminal- und Liebesromane.

A: In diesen kann durchaus Wesentliches aus der Welt abgebildet sein.

B: In der Schule beschränkte sich unsere Romanlektüre in dem Sinn, dass wir ganze Texte lasen, beinahe auf den Englischunterricht, in dem wir unter anderem die nach dem Zweiten Weltkrieg zu Klassikern gewordenen Bücher von George Orwell durchgenommen haben …

A: … die meiner Meinung nach in vielerlei Hinsicht eindrucksvolle Werke sind.

B: Damals haben wir nicht wirklich die Tiefe und die politische Dimension dieser Bücher oder ihren Hintergrund begriffen, wie die Kritik am Stalinismus in *Animal Farm*.

A: Etwas, das wohl auf viele Dinge zutrifft, die wir in der Schule vorgesetzt bekamen, dass wir sie kaum oder nur ansatzweise verstanden haben.

B: Daher erscheint mir ein Gespräch wie unseres, in dem wir manches von dem Gelernten im Nachhinein zu verdauen versuchen, umso willkommener. Aber wenn wir auf die schwer überblickbare Menge an Romanen blicken, die wir uns in den letzten Jahrzehnten einverleibt haben, sehen wir uns wieder vor eine gewaltige Aufgabe gestellt, sofern wir versuchen wollen, uns durch dieses Material hindurchzuarbeiten. Dabei rede ich noch gar nicht von den monumentalen Filmen, die man als moderne Epen oder als in Bewegung gesetzte Romane fassen könnte.

Religion

A: Ja, das ist beinahe beängstigend, was wir alles an Romanen und Filmen konsumiert haben und was wir aus den Schatzhäusern oder Verliesen unserer Gehirne hervorholen könnten. Ich schlage vor, wir brechen unseren so groben Durchgang durch die Literatur ab, weil wir immerhin noch ein Schulfach vor uns haben, in dem ebenso über Gott und die Welt gesprochen wurde, wie in einem guten Roman.

B: Meinst du den Psychologie- und Philosophieunterricht?

A: Der ist mir ganz entfallen, er war mit seinen wenigen Stunden eher ein Anhängsel am Ende unserer Schullaufbahn. Ich hatte den Religionsunterricht im Blick, der uns unsere gesamte Schulzeit hindurch begleitete.

B: Sofern sich nicht jemand von ihm abmeldete, wie einige unserer Klassenkameraden das taten, die dann eine Freistunde genießen konnten …

A: … die jedoch Wesentliches versäumten.

B: Da wäre ich mir nicht so sicher. Wenn ich mir manch Religionsstunde ins Gedächtnis rufe, in der wir ich weiß nicht was trieben, zweifle ich daran, dass jene Schulkollegen, die sich vom Religionsunterricht abmeldeten, viel versäumten.

A: Wenn wir uns an die klassizistisch klingende gesetzliche Bestimmung der Aufgabe der Schule erinnern, zu Wahrem, Schönem und Gutem zu erziehen, können wir sagen, dass wir mit diesem Fach strukturell gesehen den Bereich des Wahren betreten, während – so paradox das klingen mag – die Geschichte über das Gute informiert, das angestrebt wird, und der Kunstunterricht Facetten des Schönen vermittelt.

B: Das klingt für viele vermutlich nicht weniger paradox, dass der Religionsunterricht das Wahre vermitteln soll, wo doch Religionen vielfach die Ermittlung von Wahrheiten verhinderten oder zu verhindern versuchten.

A: Ich merke, in dir brennt das Feuer der Aufklärung.

B: Ein Mensch muss nicht übermäßig aufklärerisch veranlagt sein, um zu beobachten und zu kritisieren, wie beispielsweise die katholische Kirche neue Einstellungen zur Welt verhindern wollte oder verboten hat und dies immer noch tut.

A: Aber die katholische Kirche steht ja nicht für Religion schlechthin, und es ist einigermaßen zufällig, dass wir in der Schule gerade den katholischen Religionsunterricht genossen haben.

B: Warum war das zufällig?

A: Wir wurden aufgrund unseres Religionsbekenntnisses diesem Unterricht zugeordnet, bei einem anderen Elternhaus hätten wir den evangelischen oder muslimischen Religionsunterricht besucht.

B: Oder vielleicht den buddhistischen?

A: Ja, je nach den anerkannten Religionsgemeinschaften sind verschiedene Unterrichtsvarianten denkbar.

B: Ebenso ist denkbar, dass wir in einer staatlichen Schule gar keinen Religionsunterricht erhielten, wenn wir etwa in Frankreich aufgewachsen wären.

A: Wer weiß, in diesem Fall wären wir vielleicht in einen privaten Religionsunterricht geschickt worden.

B: Ich merke schon, du bist der Ansicht, dass man der Religionserziehung nicht auskommt.

A: Das möchte ich nicht behaupten, aber ich glaube, dass wir uns in der einen oder anderen Form mit dem Phänomen Religion befassen sollten, weil wir andernfalls einen großen Bereich dessen, was uns umgibt, ausblenden.

B: Aber ist das nicht eher von historischem Interesse? Bei einer Auseinandersetzung mit dem Phänomen Religion können wir heute danach fragen, was Religionen waren und für die Menschen bedeuteten. Das wäre doch eher Thema einer Kulturgeschichte der Religionen und nicht eines verpflichtenden Religionsunterrichts? Wir hören ja ständig, dass wir in säkularisierten Gesellschaften leben.

A: Das mit der Säkularisierung ist möglicherweise bis zu einem gewissen Grad bloßes Gerede. Erstens trifft es nur auf einen kleinen Teil der Erde zu, dass die Religion im öffentlichen Diskurs keine oder keine große Rolle mehr spielt oder dass sie totgeschwiegen wird. Das ist ein Phänomen in einigen europäischen und in kommunistischen Staaten. Dagegen ist beispielsweise in den USA das Thema Religion von großer öffentlicher Bedeutung. Zweitens sind, so meine ich jedenfalls, viele unserer Institutionen und Denkweisen so stark vom Religiösen bestimmt, dass wir, ignorieren wir das, vieles verkennen.

B: Willst du darauf hinaus, dass ein Beispiel für unser Bestimmtsein durch Religiöses der Verfassungsstaat ist, über den wir uns unterhalten haben, weil er in einer Idee von Freiheit gründet, die im Christentum wurzelt?

A: Das wäre ein Beispiel von vielen.

B: Aber das bedeutet doch nicht, dass Bürger heutiger Staaten die Religionen nicht ablehnen dürfen in der Überzeugung, sie machen den Menschen unfrei oder halten ihn in einer trägen Verdummung gefangen?

A: Das Recht, areligiös oder antireligiös zu sein, möchte ich nicht anzweifeln. Aber man sollte, wenn man sich in der menschlichen Welt orientieren will, zumindest eine Ahnung von Religionen haben, und eine solche sollte der Religionsunterricht wahrscheinlich vermitteln.

B: Aber warum gibt es dann nicht einen allgemeinen Religionen-Unterricht, in dem die Schüler etwas über diverse Bräuche, Ansichten und Lehren der weltweit verbreiteten Religionen erfahren?

A: Das wurde oder wird in manchen Ländern diskutiert, dass dies in einen Ethikunterricht aufgenommen wird, der in einigen Schulsystemen als neues Fach etabliert wurde oder eingeführt werden soll.

B: Das wäre gar nicht so schlecht, wie mir scheint.

A: Auch das möchte ich nicht bestreiten, aber es könnte sein, dass bei derartigen Erläuterungen der Bräuche und Ansichten verschiedener Religionen etwas Wesentliches fehlt, nämlich das Leben darin.

B: Was meinst du damit wieder?

A: Es ist ja gut und schön, wenn wir eine Ahnung davon haben, wofür in einer Ansiedlung die Kirchtürme oder Minarette stehen und wofür sie dienen, was auf einem Bild in einem Museum, das Maria zeigt, alles zu sehen ist, oder auch welche rechtlichen und politischen Errungenschaften oder Beschränkungen wir Religionen zu verdanken haben. Aber dann wissen oder fühlen wir noch nichts vom lebendigen Kultus einer Religion.

B: Aber wie willst du für einen solchen Mangel Abhilfe schaffen? Du kannst nicht aus den Schülern zuerst Christen, dann Muslime und schließlich Hindus oder Buddhisten machen, damit sie einen lebendigen Eindruck verschiedener Religionen und ihrer Bräuche erhalten.

A: Das scheint mir ein reizvoller Gedanke zu sein, wenngleich das sicherlich nicht leicht umzusetzen wäre, und viele Eltern darüber nicht gerade erfreut wären.

B: Das glaube ich auch.

A: Aber auf diesem Weg könnten Botschafter für einen interreligiösen Dialog ausgebildet werden, denen eine gewisse Sachkenntnis in mehreren Religionen zukommt …

B: … oder der Versuch führt zu maximal schizophrenen Geistern.

A: Ein solcher Zustand – wenn Menschen zwischen verschiedenen religiösen Überzeugungen und Begeisterungen hin- und hergerissen sind und sich in einer gewissen religiösen Schizophrenie befinden – wäre vielleicht besser, als wenn sich jemand einbildet, er stünde auf einem neutralen Posten und könnte unterschiedliche Religionen miteinander vergleichen, so wie Kunstkenner Gemälde vergleichen.

B: Warum wäre der Schizophrenie-Zustand deiner Meinung nach besser?

A: Weil man in ihm das Feuer, das eine Religion belebt, erleben könnte und man aus der Kenntnis dessen, wie eine Religion die Menschen im Innersten anrührt, etwas sagen könnte.

B: Aber hätten die Betroffenen es dann nicht mit vielen Feuern zu tun, die zum Teil sehr gefährlich sind, da Religionen seit jeher Fanatismus und furchtbare Konflikte anheizen?

A: Das mag durchaus sein. Aber ich meine, es gibt keine gute Alternative zu den Religionen, die uns Menschen in unseren basalsten und höchsten Bedürfnissen Erfüllung versprechen.

B: Es sei denn, wir betrachten das gottlose, postreligiöse Leben, das wohl viele Europäer seit Jahrzehnten für sich beanspruchen, als gangbare Alternative, ein Leben, in dem ein Individuum redlich versucht, in einer mitunter sinnlos erscheinenden Welt in der Kultur, im Engagement für andere Menschen oder für die Mitkreaturen oder worin auch immer seine Erfüllung zu finden.

A: Das mag ebenfalls gut sein. Vielleicht ist ein derartiges Suchen von Erfüllung jedoch ein Irrweg, wie sich das symptomatisch an Auswüchsen unserer sogenannten Freizeitkultur zeigt, in der jeder seinen privaten Sinn des Lebens in mehr oder weniger extremen Betätigungen sucht.

B: Das wird sich im Lauf der Zeit weisen, inwiefern wir hier auf dem Holzweg sind. Aber was meinst du eigentlich mit den basalsten und höchsten Bedürfnissen, deren Erfüllung Religionen versprechen?

A: Ungefähr Folgendes: Mir scheint, dass sich viele Menschen im aktiven Vollzug eines Kultus mit ihren allgemeinsten und zentralsten Ansprüchen und Bedürfnissen aufgehoben sehen, die da sind das Anerkanntsein, das Geliebtwerden, das Vergebungfinden und die Hoffnung, dass alles irgendwie einen Sinn hat und auf etwas Gutes hingeordnet ist.

B: Das kann ich als grundlegende Bedürfnisse akzeptieren, dass jemand geliebt und anerkannt werden will. Was ist deiner Meinung nach das Höchste im Menschen, dem die Religionen entsprechen?

A: Ich könnte vorbringen, dass im Bereich der sogenannten monotheistischen Religionen Zeugnisse für dieses Höchste die vielen anspruchsvollen philosophischen Texte sind, die sich durch diese Religionen, in ihnen und aus ihnen heraus entwickelten und die denkerische Höchstleistungen dokumentieren.

B: Aber hat sich ein in irgendeiner Weise den Religionen verpflichtetes Denken nicht ebenso in den letzten Jahrzehnten als überholt erwiesen, weil es endgültig durch eine Rationalität abgelöst wurde, die ohne Gottesbezug auskommt?

A: Das ist umstritten. Vielleicht speist sich vieles oder alles an Neuerem aus dem Gottesbezug, auch wenn das Neue den Gottesbezug verneint oder gerade aus der Absetzung von ihm seine Energie gewinnt.

B: Auf der anderen Seite gab es doch eine höchst anspruchsvolle Philosophie vor dem Populärwerden der großen monotheistischen Religionen?

A: Selbstverständlich, wir können einmal mehr an die Griechen mit ihrer Philosophie auf allerhöchstem Niveau denken. Aber gerade diese Denkbemühungen wurden über die Jahrhunderte hinweg vom jüdischen, christlichen und islamischen Bereich aufgesogen, mit den jeweiligen Glaubensinhalten amalgamiert und zu Texten größter geistiger Tiefe fortentwickelt, die eine bemerkenswerte Erklärungskraft für unsere menschliche Lebenssituation besitzen. Ich kann mir schwer vorstellen, dass es bald etwas geben wird, das dies übertrifft.

B: Hier kann ich nicht mitreden, weil ich mich viel zu wenig in der Philosophiegeschichte auskenne.

A: Ich bin mit ihr auch nicht umfassend vertraut, aber die vage Ahnung, die ich davon habe, lässt mich vermuten, dass in jenen Texten der religiösen Philosophie in allen Beziehungen Tiefstes zum Ausdruck kommt.

B: Kannst du mir dafür etwas Konkretes nennen?

A: Etwas Konkretes lässt sich schwer benennen, aber ich kann auf Themen wie das Eine hindeuten.

B: Aha, ich wusste gar nicht, dass es auch in der Religion nur um das Eine geht.

A: Sehr witzig. Im Hinblick auf die Frage nach dem Einen lässt sich verfolgen, wie Philosophen aufbauend auf Überlegungen der antiken griechischen Philosophen im religiösen Denken negative Theologie betrieben in dem Sinn, dass sie dem einen, einzigen Gott alle weltlichen Bestimmungen absprachen. Insofern können wir mit gutem Grund behaupten, dass sich hier schwer etwas Konkretes nennen lässt.

B: Aber das Resultat ist, dass die Denker betonen, dass Gott nur mehr einer und sonst nichts ist?

A: Ja, und dass er sogar über allen diesen Bestimmungen wie dem Einen oder dem Sein steht, die dem Einen und Gott ebenfalls abgesprochen wurden.

B: Gott ist also nicht!?

A: In gewisser Weise stimmt das aus Sicht jener Theologie, weil Gott eben nicht in der Weise ist, dass er ein bestimmtes Sein oder Seiendes verkörpert wie etwa ein einzelnes Lebewesen. Dieser eine Gott ist in der Weise, dass er alles fundiert, er ist die Grundlage für alles Sein.

B: Das ist nicht leicht nachzuvollziehen.

A: Durchaus nicht, das erfordert einen gewissen Grad an Meditation, die uns aber, wie ich meine, als Menschen ansprechen kann.

B: Inwiefern?

A: Weil wir annehmen dürfen, dass dergleichen ins Meditative tendierende Überlegungen nicht fanatische Phantastereien sind, sondern dass sie unserer menschlichen Geistigkeit entsprechen.

B: Ich verstehe immer noch nichts.

A: Die Überlegungen der negativen Theologie können unserem Menschsein deshalb entsprechen, weil wir, wenn wir eine Abstraktionsbewegung dieser Art nachvollziehen, unserem Eigensten auf die Spur kommen. Wir alle sind ein Ich, das diese mirakulöse Negationsbewegung durchführen und sich aus allem zurückziehen kann.

B: Aber dann wäre ich nichts mehr, wenn ich alles verneinte und mich aus allem zurückzöge.

A: Das ist gut beobachtet. Für uns Menschen bleibt, solange wir leben, diese Bewegung zum Nichts vermutlich eine gedachte, und bei aller Verneinung von Bestimmtheiten ist uns immer etwas gegenwärtig, das wir verneinen.

B: Mir scheint, du redest in deiner Begeisterung schon ein wenig faustisch.

A: Ich hoffe, ich verwandle mich nicht allzu schnell in einen Pudel. Umgekehrt hat dieses Ich, das sich scheinbar aus allem zurückziehen kann und mit dem wir Menschen ständig konfrontiert sind, die größte Fülle an sich – wir haben uns ja über derartiges ziemlich am Anfang unseres Gesprächs unterhalten.

B: Aber wie kommst du in diesem Zusammenhang auf die größte Fülle?

A: Weil jeder von uns, der »ich« sagt, ein enormes Potenzial hat, etwas wahrzunehmen, sich vorzustellen oder zu denken.

B: Inhalte, die jedoch noch lange nicht wahr sein müssen.

A: Das ist richtig. In Religionen und in vielen philosophischen Texten treffen wir als Ideal den vollkommenen Geist an, der alle Bestimmungen, die denkbar sind, umfasst, sie unablässig denkt und sie so zur Wahrheit und Wirklichkeit kommen lässt.

B: Gerade hier könnte jemand einwenden, dass das eine Projektion des schwachen Menschen ist, der sich einen idealen Gott ausmalt, der alles weiß und kann.

A: Das ist gewiss zu erwägen, inwiefern solche Annahmen Wunschvorstellungen der Menschen sind. Umgekehrt könnte sich jemand zum Beispiel der christlichen Botschaft radikal ausliefern und sich darin als Mensch vervollkommnet finden.

B: Von einem derartigen Weg würden viele sagen, dass das ein Selbstbetrug ist und dass sich jemand durch das grausige, sinnlose Leben schummelt.

A: Möglicherweise findet jemand auf diese Weise die höchste Wahrheit, die jene Zweifel, ob es sich bei den Religionen um ein Konstrukt des menschlichen Geistes handelt, aufhebt.

B: Kannst du mir ein Indiz dafür nennen, dass es sich so verhält?

A: Du kennst doch das berühmte Christuswort: Ich bin der Weg, die Wahrheit und das Leben?

B: Natürlich, das ist immer wieder auf Inschriften zu lesen.

A: Im Blick darauf könnte jemand versuchen, in der Nachfolge Christi das eigene Ich auf den Weg zur Wahrheit und zum Leben zu bringen.

B: Ist das nicht blasphemisch, wenn sich ein Gläubiger als neuer Christus aufspielt und so tut, als wäre er die personifizierte Wahrheit?

A: Das glaube ich nicht, dass das gotteslästerlich ist. Religionen fordern ja, dem Göttlichen nachzufolgen.

B: Aber sind wir nicht – im Rahmen des Christentums gesprochen – Sünder und als solche fern von der Wahrheit?

A: Das ist zweifellos zutreffend. Hinsichtlich der Sünde kommt die Vergebung ins Spiel, die Christus bewirkt hat. Der Vergebung, die wir erfahren, können wir insofern entsprechen, als wir den anderen und uns selbst vergeben.

B: Ein kritischer Geist könnte dazu anmerken, dass dies zu einer Atmosphäre einer Scheinheiligkeit in christlichen Gemeinden führt, in denen man sich am Sonntag in der Kirche die Hand zum Friedensgruß reicht und tut, als würden sich alle lieben; am nächsten Tag aber bekriegen und töten wir einander wieder.

A: Das verstehe ich, dass eine solche Scheinheiligkeit kritisiert wird. Sicherlich sind wir alle unser Leben lang davon bedroht, dass wir uns selbst den anderen vorziehen. Genau an diesem Punkt kommt erneut das so schwierige Ich ins Spiel. Es könnte nämlich sein, dass wir uns auf dem Weg zur eigenen Erfüllung so einrichten sollten, dass wir unserem eigenen Ich in seiner Beschränktheit vergeben und dass wir zugleich den anderen beschränkten Ichs rund um uns vergeben.

B: Und wozu soll das führen?

A: Dass wir uns gegenseitig in unserer Beschränktheit anerkennen. Es soll damit nicht geleugnet oder übertüncht werden, dass jeder von uns ein einzelnes, auf sich gerichtetes und zerstörerisches Ich ist. Aber in der wechselseitigen Anerkennung vergibt jeder sich selbst und den anderen die Selbstbezogenheit und Eingeschränktheit; eventuell wird dadurch die eigentliche Fülle dieses seltsamen, ständig anderen Ichs erreicht. Diese Fülle muss keine ferne Vision sein, sondern sie kann im konkreten Ich eines jeden Einzelnen real werden, der seine volle Würde in der Anerkennung der Beschränktheit findet.

B: Das ist allerdings ein sehr seltsamer Vorgang, den du schilderst.

A: Das ist es sicherlich, und es ist keine einfache Sache, sondern wahrscheinlich das Schwerste, weil hier zusätzlich der Tod ins Spiel kommt.

B: Du meinst, wir dürfen erst nach dem Tod diese Seligkeit des gegenseitigen Verständnisses erhoffen?

A: In gewisser Weise ja. Aber ich würde eher sagen, dass wir diese Seligkeit mit oder im Tod erhoffen dürfen. Zunächst können wir fragen, was der Tod hier überhaupt bedeutet, ob er das Ableben eines Menschen zu einem bestimmten Zeitpunkt oder nicht eher ein Ziel des beständigen Versuchs bezeichnet, dass wir von unserer Sündhaftigkeit, unserem Beschränktsein wegstreben und zu dem allgemeinen Ich gelangen. Das könnte dann heißen, dass wir der Sünde erstorben und zu einer neuen Fülle des Lebens gelangt sind.

B: Mir wird schwindlig.

A: Das ist nicht weiter verwunderlich, handelt es sich hierbei doch um etwas Komplexes oder – wie wir im religiösen Zusammenhang sagen könnten – Mysteriöses. Damit rühren wir an das, was ich zuvor mit dem Tiefsten angedeutet habe.

B: Darauf bin ich jetzt gespannt, was in der Religion dieses Tiefste in uns ansprechen soll.

A: Damit zielte ich auf die christliche Liturgie ab, die ein durch die Jahrhunderte gereiftes Erbstück aus der religiösen Tradition ist, das die Menschen in ihren innersten Ängsten, Hoffnungen und Gefühlen anspricht.

B: Das erscheint mir nicht unmittelbar nachvollziehbar. Als Kind habe ich mich oft in den Messen gelangweilt – gehst du eigentlich noch regelmäßig in die Kirche?

A: Ja, schon, und im Laufe der Zeit faszinierte mich der Ablauf der Messe immer mehr.

B: Was fasziniert dich daran so? Die Musik und der Weihrauch?

A: Das nur am Rande, ich besuche gerne schlichte Messen ohne viel Klimbim. Aber auch dort oder vielleicht gerade dort kommt es mir nicht selten so vor, dass sich bei der Messfeier eine besondere Art der Gemeinschaft bildet.

B: Wenn man sich beim Vaterunser die schwitzigen Hände hält?

A: Ich sehe, du beliebst auch in diesem Zusammenhang zu scherzen, was ich zum Teil verstehe. Aber mir wurde die Liturgie im Laufe der Jahre tatsächlich sympathischer, und ich bin immer wieder über ihre sinnreiche Ordnung erstaunt. Dazu können wir bedenken, dass diese Form der Gottesdienstfeier weltweit Millionen und Milliarden von Menschen vereint, die nicht nur an Sonntagen, sondern auch an Wochentagen die Messe feiern.

B: Ich sehe, du wärest eine gute Werbeträgerin für ein aktives Christsein.

A: Vielleicht hat uns das im Religionsunterricht gefehlt, dass wir mehrmals im Verlauf unseres Älterwerdens eine Art Moderation der Messfeier erhielten, eine unserem jeweiligen Alter und unseren Kenntnissen entsprechende Erklärung, was in der

Messe gefeiert wird und was da eigentlich abläuft – wahrscheinlich nahmen unsere Lehrer an, dass wir das ohnehin wüssten oder dass wir in unseren Pfarren darüber informiert würden.

B: Und du kannst dir inzwischen erklären, worum es in der Messfeier geht?

A: Das möchte ich nicht behaupten, aber vielen Elementen kann ich jetzt einen Sinn abgewinnen.

B: Und die wären?

A: Schon der Beginn mit dem Kreuzzeichen und dem Wunsch des Priesters »Der Herr sei mit euch!«, worauf die Worte der Gemeinde folgen: »Und mit deinem Geiste«, erscheint mir sehr sinnreich, auch wenn mir die Worte selbst immer noch ein Rätsel sind. Aber dieser erste Minidialog zwischen Priester und Anwesenden konstituiert eine Gemeinschaft – wo und mit wem auch immer man zusammen ist – eine Gemeinschaft, die bis zum Ende der Feier, wenn die Gemeinde in Frieden entsandt wird, durchhält.

B: Und was tut diese Gruppe dazwischen an Sinnvollem?

A: Das muss ich dir ja nicht alles aufzählen, weil dir aus zahlreichen Messbesuchen in der Kindheit oder aus den berühmten Vertonungen von Messen die grundlegenden Stationen einer solchen Feier bekannt sind.

B: Aber ich würde gerne von dir hören, was für dich die markanten Punkte darin sind.

A: Da ist nach jenen Eingangsworten sicherlich einmal das Erbarmen zu nennen, das die Gemeinde von Gott erbittet, das berühmte *Miserere* oder *Kyrie eleison.*

B: Ist das nicht – bitte entschuldige den schlechten Wortwitz – erbärmlich, wenn sich eine Gemeinschaft permanent an ihre Schwäche und Schuld erinnern muss und auf das Erbarmen oder auf das Mitleid Gottes angewiesen ist?

A: Das mag sein, dass das erbärmlich ist. Aber mir erscheint es angesichts der menschlichen Natur angebracht, dass wir eingestehen, dass wir uns durch unser zerstörerisches und schuldhaftes Handeln in einen erbärmlichen Zustand gebracht haben und uns stets aus Neue bringen. Insofern kommt es mir passend vor, dass im Zusammenhang mit der Bitte um Gottes Erbarmen in der Messe das Schuldbekenntnis gesprochen wird (auch wenn das heutzutage nicht mehr sehr gebräuchlich ist).

B: »Durch meine Schuld, durch meine Schuld, durch meine große Schuld«, *mea maxima culpa.*

A: Du sagst es, diese Worte sind darin enthalten. Erstaunlicherweise wird hier nicht diskutiert, ob ich schuld bin oder wer schuld an etwas ist, sondern alle sprechen gemeinsam das Bekenntnis: »Ich bekenne Gott, dem allmächtigen, und allen Brüdern und Schwestern, dass ich Gutes unterlassen und Böses getan habe, ich habe gesündigt ...«

B: ... aber ist nicht auch das schrecklich, vor allem für ein kleines Kind, das von seinen Eltern in die Messe mitgenommen oder in der Schule damit konfrontiert wird, dass immer wieder von seiner Schuld und seiner Schlechtigkeit die Rede ist?

A: Das kann zweifellos einschüchternd auf ein Kind wirken. Deshalb ist es umso wichtiger, dass es eine adäquate Hinführung zu diesen Dingen gibt. Aus der Perspektive der Erwachsenen ist es, wie ich meine, heilsam, wenn sich ausnahmslos alle eingestehen, dass sie Böses getan haben. Des Weiteren ist zu sagen, dass nicht alles um das Schuldbekenntnis kreist, sondern dass dieses Eingestehen daraufhin angelegt ist, Vergebung und Versöhnung zu erfahren.

B: Eine Versöhnung, die Christus für uns durch sein Sterben erwirkte?

A: Du sagst es. Und für die Feier der Erinnerung an diese Versöhnungstat dient das Schuldbekenntnis gleichsam als Reinigungsritual am Anfang, bevor die Gemeinde zur eigentlichen Feier übergeht. Es kann dazu dienen, in der Feier die richtige Haltung einzunehmen und sich nicht selbst zu überschätzen.

B: Da fällt mir etwas ein, das ich bei einem berühmten Psychoanalytiker gelesen habe, was aber nicht unbedingt hierhergehört.

A: Bitte sag nur!

B: C. G. Jung schreibt irgendwo, dass er unter seinen Patienten kaum praktizierende Katholiken hat. Anscheinend kommen das regelmäßige Beichten und das Bekennen der Schuld einer guten Psychotherapie nahe, wenn ich diese lebenspraktische Überlegung hier einschieben darf.

A: Warum nicht? Neben dem in der Messe gesprochenen Schuldbekenntnis ist die Beichte als eigenes Sakrament im Bereich des Katholischen in der Form des Beichtgesprächs mit abschließender Absolution eine Sache, die besonderen Tiefgang haben kann. Das gemeinsame Schuldbekenntnis am Anfang der Messe, bei dem keine besonderen Sünden vorgebracht, sondern generell das Sündigen eingestanden wird, scheint jedenfalls ein adäquater Auftakt für die Messfeier von Menschen zu sein, die in ihrer Endlichkeit und in ihrer Sorge um ihr Dasein permanent, wie wir am Beginn unserer Unterhaltung festgehalten haben, Bestimmungen setzen. Diese Bestimmungen sind oft als Zerstörungen oder Verletzungen aufzufassen, seien es Zerstörungen der Natur oder Verletzungen und Beleidigungen anderer Menschen.

B: Und die Messfeier findet dann womit ihre Fortsetzung?

A: An Sonn- und Festtagen mit dem *Gloria* – »Ehre sei Gott in der Höhe …«

B: »… und Friede auf Erden den Menschen, die guten Willens sind.«

A: Jawohl, ein großartiger Lobpreis, der wundervoll vertont wurde und der zum gewissermaßen abwechslungsreichsten und buntesten Teil der Messfeier überleitet.

B: Den Lesungen.

A: Ja, bei den Lesungen wird nach verschiedenen Traditionen in den unterschiedlichen christlichen Kirchen aus dem reichen Schatz an Geschichten des Alten Testaments, aus den neutestamentlichen Apostelbriefen und aus anderem gelesen.

B: Worauf das Evangelium folgt?

A: Dazwischen erfolgt passenderweise der Zwischengesang, wobei mir die Tradition gut gefällt, der zufolge ein Psalm gesungen oder gebetet wird.

B: Gefällt dir das gut, weil die Psalmen so schöne Gedichte sind?

A: Das ist ein Grund, und dieser Brauch sagt mir auch deshalb zu, weil die Gemeinde, wenn der Psalm vorgetragen wird, einen Antwortvers spricht. Das erinnert mich an das Gebet von Mönchen, die mit den Antiphonen und anderem eine dauernde Gebetstradition aufrechterhalten.

B: Die Mönche, die jedoch, wie vielfach kritisiert wurde, sonst in der Gesellschaft für nicht viel da sind.

A: Das wäre eine eigene Diskussion, die ich jetzt nicht beginnen möchte. In unserer Messfeier geht es, wie du gesagt hast, mit dem Evangelium weiter, einer Passage aus einem der vier Evangelien.

B: Eine Rezitation des Priesters, bei der sich alle zu erheben haben.

A: Ja, die Gemeinde steht auf, um diesem Text, der feierlich vorgebracht wird, besondere Ehre zu erweisen. Die Gläubigen fassen das Evangelium ja als Wort des lebendigen Gottes auf, wie es am Ende der Lesungen heißt.

B: Das Christentum ist nun einmal eine der großen Religionen, in denen heilige Bücher eine bedeutende Rolle spielen. Da ist es kein großes Wunder, dass die Bibel Fetischcharakter hat und dass die Lektüre aus diesem Werk in den Mittelpunkt gerückt wird.

A: Uns kann dies auf das Wunderbare verweisen, dass Gott kein fern-entrückter ist, sondern einer, der auch in unseren Worten lebendig sein kann, wenn wir in seinem Sinn zueinander sprechen.

B: Das mag sein. In der Messe geht es damit weiter, dass der Priester bei der Predigt zu uns spricht oder auf uns einredet.

A: Jedenfalls tut er das bei den ausführlicheren Sonntags- und Festtagsmessen.

B: Ja, die sich ganz schön hinziehen können, wobei man sich bei den Predigten besonders langweilen kann, wenn krampfhaft versucht wird, eine Pseudoaktualität zu erreichen.

A: Na ja, es wäre die Aufgabe einer guten Predigt, auf die gelesenen Texte einzugehen und sie zu deuten oder ihre Botschaft zu verdeutlichen. Von Predigten, die die Inhalte der Texte der Lesungen verständlicher machen wollen, gibt es wunderbare Beispiele bei den Kirchenvätern.

B: Ich konnte – bitte verzeih meine Offenheit – dem Gerede der Priester bei der Predigt oft nicht viel abgewinnen und ich habe nicht selten das Ende herbeigesehnt – nach der Predigt dauert es mit der Wandlung und Kommunion ohnehin noch lange, bis die Messe vorbei ist.

A: An den Festtagen folgen auf die Predigt die Fürbitten und das Glaubensbekenntnis …

B: … oh je, das ist in meinen Augen ein problematischer Moment, in dem die Messbesucher ihren Glauben an die heilige katholische Kirche bekennen sollen.

A: Auf dieses Gebet möchte ich gesondert zu sprechen kommen, ich habe nämlich noch ein spezielles Vorhaben für unser Gespräch über die Inhalte des Religionsunterrichts. Im Verlauf der Messe nähern wir uns zweifellos dem Höhepunkt der Feier, der von dir angesprochenen Wandlung, der die Gabenbereitung vorangeht …

B: … bei der die Ministranten etwas zu tun bekommen, wenn sie Brot und Wein zum Altar bringen, und die Gemeinde mehr oder weniger schnulzenhafte Lieder singt.

A: Ich gebe zu, dass in unserem Sprachraum bei der Gabenbereitung manchmal etwas seltsame Liedtexte zu hören sind. Der Wortlaut der traditionellen katholischen Liturgie sieht an dieser Stelle einen schönen Preis vor, nämlich einen Dankpreis für die Gaben, die wir von Gott erhalten und von denen wir etwas darbringen.

B: Nämlich das Messopfer?

A: Genau, und damit berühren wir etwas Urtümliches, Atavistisches, wenn du so willst, das Opfern, den jahrtausendealten Vorgang, dass die Menschen ihren Göttern oder ihrem Gott etwas von ihrem Ernteertrag oder von ihren Viehherden als Dank darbringen.

B: Allerdings geht es im Unterschied zu antiken Opferritualen in den Messen glücklicherweise unblutig zu, und es wird kein Schaf oder anderes Tier abgestochen.

A: Äußerlich betrachtet fließt jedenfalls kein Blut, aber der Wein, der dargebracht wird, wandelt sich zum Blut Christi.

B: Wenn man denn daran glaubt …

A: Auch darüber können wir noch sprechen, wie diese Wandlung aufgefasst wird. Sehr gut gefällt mir wie gesagt die Formel, mit der die Gaben dargebracht werden: »Gepriesen bist du Herr unser Gott, Schöpfer der Welt, du schenkst uns das Brot, die Frucht der Erde und der menschlichen Arbeit. Wir bringen dieses Brot vor dein Angesicht, damit es uns das Brot des Lebens werde.«

B: Das habe ich schon lange nicht mehr gehört.

A: In den Sonntags- oder Feiertagsgottesdiensten ist das aufgrund des Gesangs selten für die Gemeinde zu hören. Ich finde, in diesen Worten kommt vieles zum Ausdruck, was uns Menschen betrifft, unter anderem, dass unsere Gabe eigentlich eine Gabe Gottes, ein Geschenk von ihm ist. In diesem Text hören wir auch etwas über die Persönlichkeit Gottes. Wir treten ihm mit den Gaben vor das Angesicht, er ist also ein Gott, an den wir uns wenden können. Natürlich wird auch der Zweck dieser Gabendarbringung angesprochen, das Brot soll zum Brot des Lebens werden.

B: Der Mensch lebt nicht vom Brot allein …

A: Jawohl, es bedarf zusätzlich des Geistes, der uns stets aufs Neue mit Leben erfüllt. In der Eucharistiefeier gedenkt die Gemeinde des Heilands, der sich für die Menschen hingegeben hat, damit sie leben können.

B: Zum Zweck dieses Gedenkens wird ja eben der Wein dargebracht, der das Blut Christi darstellen soll.

A: Oder dazu gewandelt wird. Der Wein wird mit einem ähnlichen Lobpreis präsentiert, er ist »die Frucht des Weinstocks und der menschlichen Arbeit«, und der Kelch, in dem er sich befindet, soll uns »zum Kelch des Heiles« werden.

B: Aber zum Leidwesen von uns neugierigen Jugendlichen bekamen wir bei der Kommunion nie oder selten den Kelch mit dem Wein gereicht.

A: Das ist eine Eigenheit der katholischen Kirche, dass sie im Mittelalter den Laienkelch, wie es heißt, die Kommunion in Form des Weines für die Laien, zurückgedrängt hat, was sich allerdings nach dem Zweiten Vatikanischen Konzil änderte. Auf die Gabenbereitung folgt das berühmte: »Erhebet die Herzen!«, bei dem sich alle erheben.

B: »Wir haben sie beim Herrn.«

A: »Lasset uns danken dem Herrn, unserem Gott.«

B: »Das ist würdig und recht.«

A: Na ja, das funktioniert tadellos, da könnten wir schon eine Messe feiern.

B: Wenn wir einen Priester unter uns hätten, schon.

A: Der Priester führt den Dank an Gott weiter und erinnert in verschiedenen Wendungen an Christi Wirken für uns und fordert die Gemeinde auf, sich im Lobpreis mit allen Engeln und Heiligen zum berühmten *Sanctus* zu verbinden, das ebenfalls in wundervollen Weisen vertont wurde.

B: Das tönt mir, jetzt, wo du mich daran erinnerst, in den Ohren: »Heilig, heilig, heilig, Gott, Herr aller Mächte und Gewalten, erfüllt sind Himmel und Erde von deiner Herrlichkeit. Hosanna in der Höhe, hochgelobt sei der da kommt im Namen des Herrn …«

A: Da sieht man wieder einmal, wie Dinge, die wir in der Kindheit lernen, im Gedächtnis hängen bleiben. Derjenige, der in herausragender Weise im Namen des Herrn kam, ist Christus. Der Priester erinnert an dessen Leiden, dem sich Christus freiwillig unterwarf, wenn er die berühmten und bedeutungsvollen Einsetzungsworte wiederholt, die Christus beim letzten Abendmahl sprach, als er das Brot brach: »Nehmet und esset alle davon, das ist mein Leib, der für euch hingegeben wird.«

B: Und nach dem Mahl sprach er beim Herumreichen des Kelches: »Nehmet und trinket alle daraus: Das ist der Kelch des neuen und ewigen Bundes, mein Blut, das für euch und für alle vergossen wird zur Vergebung der Sünden. Tut dies zu meinem Gedächtnis!«

A: Auch das hallt offensichtlich noch deutlich in deinen Ohren nach.

B: Ich war ja oft genug bei Messen und den sogenannten Wandlungen anwesend. Aber mir scheint, dass diese Worte, die ich soeben aussprach: »Tut dies zu meinem Gedächtnis!« nicht unbedingt darauf hindeuten, dass jedes Mal, wenn sie erklingen, eine tatsächliche Verwandlung des Brotes zu Fleisch und des Weines zu Blut stattfindet.

A: Scheint dir, dass wir vielmehr die einmalige Handlung, die Christus vollzog, im Ritus nachvollziehen und uns an sie erinnern?

B: Ja, du erfasst genau, was ich sagen wollte.

A: Damit berühren wir einen zentralen Streitpunkt christlicher Konfessionen, die sich durch das Wirken großer Reformatoren wie Luther oder Calvin entwickelten und in denen speziell über die Auffassung der Abendmahlfeier viel diskutiert wurde.

B: Da fehlen mir vollkommen die geschichtlichen und theologischen Kenntnisse, um das im Detail nachvollziehen zu können.

A: Mir genauso. Wir könnten uns auf den Standpunkt des Staunens zurückziehen und sagen, es handelt sich schlichtweg um ein Wunder. In der Messfeier wird immerhin an diesem Punkt ein Geheimnis des Glaubens, ein *mysterium fidei*, ausgesprochen.

B: In dem die Messteilnehmer den Tod Christi verkünden, seine Auferstehung preisen und angeben, dass sie sein Wiederkommen erwarten.

A: So ist es.

B: Aber ich vermute, dich befriedigt der von dir in Erwägung gezogene Rückzug auf die Haltung, in der wir ein Wunder bestaunen, wenig.

A: Warum nicht? Ein Wunder ist doch etwas Wunderbares, könnte ich sagen. Aber du hast recht, gerade bei Schranken, die dem Verstand gesetzt sind, versuchen die Menschen gerne weiterzudenken. Ich bin der Ansicht, dass wir uns nicht so sehr den Kopf darüber zerbrechen und mit äußerster Härte darüber streiten sollten, was in der Wandlung sozusagen objektiv betrachtet geschieht, sondern dass wir den darin erklingenden Auftrag – das von dir angesprochene Gedächtnis – ernst nehmen sollten. Wenn wir das in der Wandlung Ausgesprochene und in Erinnerung Gerufene subjektiv nachvollziehen, wird möglicherweise dadurch das Objektive geschaffen.

B: Du erhebst dich wieder einmal in für mich zu hohe Höhen.

A: Wir sind ja als Gemeinde der Kirchenbesucher alle eingeladen, an der Kommunion, dem gemeinsamen Verzehr von Brot und eventuell Wein, teilzunehmen.

B: Ja.

A: Hierbei können wir die – zugegeben banale – Beobachtung machen, dass der von uns verzehrte Leib Christi, die Hostie, in unserem Leib unser Fleisch wird, und das Blut Christi unser Blut.

B: Du meinst durch die Verdauung?

A: Oder wie auch immer, das ist einigermaßen läppisch. Das Entscheidende ist, dass wir den Auftrag ernst nehmen, des neuen Bundes mit Gott zu gedenken. Wir sollen, wie ich meine, durchaus wagen, uns so aufzufassen, dass wir durch die Kommunion selbst geheiligt werden, weil wir von Gottes Geist erfüllt sind, und wir sollen annehmen, dass wir für die anderen etwas Göttliches ausstrahlen (mögen).

B: Das ist eine ziemliche Anmutung.

A: Das gebe ich zu. Darauf zielt jedoch vermutlich die Rede vom *corpus Christi mysticum* ab, vom wundersamen Leib Christi, den die Kirche bilden soll – es ist also nicht nur die Wandlung ein Mysterium, sondern auch der Wandel, der durch die Kommunion in der Kirchengemeinde eintritt.

B: Insofern sich, wenn ich eines deiner Lieblingsthemen aufgreifen darf, ihre Mitglieder anerkennen und lieb zueinander sein sollen?

A: Ja, das wird im Hochgebet ebenfalls erfleht, dass Gott die Kirche auf der ganzen Erde vereine; beginnend beim Papst möge der Herr auf seine Herde schauen, auf seine Bischöfe, Priester und so weiter; aber nicht nur das, es wird noch eine weitere Gruppe einbezogen.

B: Die Andersgläubigen?

A: Das wäre ein wichtiges Anliegen. Was ich meinte, ist, dass die Verstorbenen erwähnt werden und ihrer gedacht wird, womit sie in das Leben der Gemeinde einbezogen sind.

B: Du meinst, weil sie durch unsere Erinnerung am Leben gehalten werden?

A: Das kann man ebenfalls verschiedentlich beurteilen. Der Liturgie nach bitten wir den Herrn, dass er sich an die erinnere, die, wie es heißt, entschlafen sind in der Hoffnung auf Auferstehung. Sie mögen in das Reich Gottes aufgenommen werden, wo sie ihn schauen »von Angesicht zu Angesicht«.

B: Oder man fasst das – analog zur Abendmahlsfeier – so auf, dass wir, die Lebenden, die wir uns ins Angesicht schauen können und die wir einander anerkennen sollen, die Toten gewissermaßen repräsentieren und in ihrer Lebendigkeit vertreten.

A: Ich merke, du findest Gefallen an einer rationalistischen oder philosophischen Ausdeutung von Mysterien.

B: Na ja, mir erscheint das plausibel, dass wir als Lebende uns gegenseitig akzeptieren und nach Möglichkeit unsere Beschränktheiten überwinden sollen – so könnten wir zu einer gesteigerten Lebensintensität gelangen.

A: Vielleicht führt dieses Überwinden der Grenzen, die uns einschränken, sogar zum ewigen Leben, wie auch immer das vorzustellen oder zu denken ist. In der Liturgie jedenfalls sprechen wir vor der Kommunion das Gebet der Gebete.

B: Das Vaterunser.

A: Jawohl, über das ich mich auch später separat mit dir unterhalten möchte. Jetzt nur das eine: Neben all den Bitten oder Wünschen sprechen wir in diesem Gebet eine zentrale Sache aus …

B: … dass wir unser tägliches Brot wollen?

A: Das auch, aber das ist ebenfalls ein Wunsch oder eine Forderung. Das Einzige, was wir diesem Gebet zufolge bei all unseren Bitten von uns aus anzubieten vermögen, ist, dass wir unseren Schuldigern, wie es heißt, vergeben.

B: Es geht also einmal mehr um Vergebung.

A: Ja, das ist ein durchgängiges Motiv der gesamten Feier. Nach diesem Gebet erfolgt das Friedenszeichen, bei dem der Priester die Worte spricht, die Christus an seine Apostel richtete: »Frieden hinterlasse ich euch, meinen Frieden gebe ich euch.«

B: Und dann sollen wir, die Anwesenden, einander ein Zeichen des Friedens und der Versöhnung geben.

A: Ja, sobald der Priester noch einmal Gott darum gebeten hat, er möge nicht auf unsere Sünden schauen, sondern auf den Glauben seiner Kirche.

B: Danach marschieren wir endlich alle nach vorne, um uns brav zur Kommunion anzustellen.

A: Noch nicht ganz, zuvor erfolgt das ebenso vielfach wunderschön vertonte *Lamm Gottes*.

B: *Agnus dei*, qui tollis peccata mundi …

A: Ja, das Lamm Gottes, das hinwegnimmt die Sünden der Welt, ist ebenfalls etwas, das auf uralte Handlungen und Rituale wie den Sündenbock zurückweist. Hier in der Messe ist Christus das Opferlamm, das nach traditioneller katholischer Auffassung in der Hostie gegenwärtig ist, die der Priester, bevor er sie verspeist, dem Volk präsentiert, das darauf noch einmal antwortet.

B: Mit den Worten »Herr, ich bin nicht würdig, dass du eingehst unter mein Dach, aber sprich nur ein Wort, so wird meine Seele gesund.«

A: Ganz genau, ein in mehrerlei Hinsicht bedenkenswertes Zitat aus der Geschichte mit dem Hauptmann von Kafarnaum, der für seinen kranken Diener bittet.

B: Was findest du so interessant an diesen Worten?

A: Zuerst äußern die Gläubigen mit »ich bin nicht würdig« Demut, und dann bringen sie das Vertrauen auf die Macht des Wortes zum Ausdruck. Im griechischen Original heißt es an dieser Stelle des Evangeliums: *eipe logo* – »sprich mit« oder »durch den Logos«, eine Bitte oder ein Flehen, das an den Fleisch gewordenen Logos, nämlich Christus, gerichtet ist.

B: Du entschwindest mir wieder, wie ich glaube, in philosophische beziehungsweise theologische Regionen, in die ich dir nicht folgen kann.

A: Wir können, auch ohne einen christologischen Hintergrund zu beachten, daran bedenken, welch große Rolle das Reden für uns Menschen spielt. Durch ein einziges Wort, das wir zu einem anderen sprechen, wird oft viel bewegt ...

B: ... sowohl im Positiven wie im Negativen.

A: Wir wollen hoffen, dass wir durch unsere Worte hauptsächlich positiv wirken. Es heißt bekanntlich, dass zwei Menschen kein Wort mehr miteinander sprechen. Wie dem auch sei, der Hauptmann wendet sich in jener Bibelstelle an den fleischgewordenen Logos, der durch sein Reden heilen soll.

B: Das mag für einen Außenstehenden einigermaßen nach Hokuspokus klingen.

A: Ja, die Theologie und Philosophie des Logos, des göttlichen Wortes, ist in der Tat eine mysterienreiche Angelegenheit, mit der sich viele große Köpfe beschäftigten. Bekannt dafür ist zum Beispiel der jüdische Philosoph Philon von Alexandria, der um die sogenannte Zeitenwende lebte, oder – uns zeitlich näher – Goethe, der seinen Faust mit dem kaum übersetzbaren Wort Logos ringen lässt. Offensichtlich kann der Ausdruck »Logos« das »Wort« bezeichnen, nämlich als Sammelbezeichnung für alle möglichen Worte, die wir sprechen. Somit benennt »Logos« auch die Rede, aber ebenso die Vernunft, die es ermöglicht, sinnvoll Worte zu verknüpfen und etwas Wahres zu sagen.

B: Du lässt mich einmal mehr mit großen Fragezeichen im Kopf zurück.

A: Ich möchte das jetzt gar nicht im Detail auswälzen. Aber wir können sagen, dass Christus für die Gläubigen der Logos schlechthin ist, die Versammlung aller möglichen Aussagen und die Wahrheit. Er kann durch sein Reden alles ganz machen, die Beschränkungen und Konflikte aufheben und die Streitenden versöhnen, was klarerweise für die Menschen eine ansprechende Aussicht ist.

B: Weil wir wieder einmal von allgemeiner Versöhnung träumen dürfen?

A: Das auch, aber ich würde sagen, diese Verheißung spricht uns deshalb so an, weil hier nicht eine Versprechung für die ferne Zukunft erfolgt, sondern weil dieser Logos als Rede oder göttliche Sprache uns Menschen im Innersten anrührt. Wir haben ziemlich am Anfang unserer Unterhaltung von der fundamentalen Bedeutung der Sprache für uns Menschen gesprochen.

B: Ich erinnere mich, wir schlugen uns mit deinem Wildschwein herum.

A: Ja. Wir redeten darüber, dass wir etwas ansprechen, das wir sind und doch nicht sind, und dass wir jemandem etwas zusagen, der mit uns im Raum als ein Du da ist, oder dass wir über Abwesende in der Dimension der Zeit als eine Sie oder als ein Er sprechen.

B: Etwas, das ich immer noch nicht recht verstehe.

A: Aber ich hoffe, wir sind uns darüber einig, dass die Sprache immer und überall ein wichtiges Band unter den Menschen war und ist und sein wird.

B: Da wage ich nicht zu widersprechen.

A: Mehr noch: Vielleicht bewirkt die Sprachlichkeit überhaupt erst, dass wir jemanden für einen Menschen halten.

B: Das mag auch sein.

A: Im Messverlauf gedenkt die Gemeinde des Leidens des menschgewordenen Logos, der Sprache schlechthin, die alle und alles umfasst …

B: … wenn man denn diesen Erläuterungen der Theologie folgen und an sie glauben will. Wir könnte all dies als wildes Gespinst der menschlichen Gehirne und als Projektionen irgendwelcher Allmachtsphantasien erachten.

A: Das ist richtig, und eine derartige Kritik an den Religionen, dass sie die menschliche Natur auf etwas Göttliches hin projizieren, setzte, wie wir sagten, nicht erst mit der Entwicklung der Psychoanalyse ein, sondern sie existiert seit der Antike.

B: In der zum Beispiel die Vorstellung vom griechischen Pantheon aufgrund der Menschengestalt der Götter kritisiert wurde?

A: Ja, das ist ein Beispiel neben vielen für die Kritik an den Götterbildern. Eventuell sollten wir bei all diesen Kritikpunkten erwägen, ob nicht die Phantastereien und Vorstellungen, die in den Religionen anzutreffen sind, für unsere menschliche Natur passend und bis zu einem gewissen Grad sogar notwendig sind. Und möglicherweise ist die Vorstellungswelt der christlichen Religion dem menschlichen Wesen und Geist in besonderer Weise angemessen.

B: Du gibst also zu, dass es sich dabei um ein menschliches Konstrukt handelt?

A: Das wollte ich nicht gesagt haben. Ich würde der Annahme folgen, dass es in allen Religionen etwas gibt, das der Mensch geschaffen, erfunden oder entwickelt hat, beispielsweise die konkrete Ausformung der Riten. Aber da der menschliche Geist glauben und denken darf, dass er im göttlichen Geist aufgehoben ist, zu ihm zurückkehren und sich mit ihm versöhnen kann, verschwimmen wohl in einer Diskussion über die Religion die Grenzen, was in jenen Annahmen »nur« menschliche Phantasie ist.

B: Ich kann dir wieder einmal nicht folgen.

A: Das wundert mich nicht, weil ich selbst nicht so genau weiß, was ich da von mir gebe. Die Theologie spricht wahrscheinlich nicht ohne Grund in diesem Zusammenhang von einer Erkundung der letzten Dinge, die sich unter anderem damit befassen, was mit dem menschlichen Geist oder der Seele nach dem Tod sein wird oder was der Tod überhaupt bedeutet.

B: Noch aber befinden wir uns glücklicherweise unter den Lebenden.

A: Und wir können nun, um kurz noch zu unserer Liturgie zurückzukehren, mit der Kirchengemeinde zur Kommunion schreiten, damit wir den Leib Christi empfangen …

B: … eventuell auch das Blut Christi, sofern ausreichend Wein bei der Gabenbereitung zum Altar gebracht wurde.

A: Ich merke, dass dir die Kommunion in beiderlei Gestalt ein besonderes Anliegen ist. Aber Spaß beiseite: Ich glaube, dass sich gerade in der sogenannten westlichen Welt, die in höchstem Grad durch das Christentum geprägt wurde und in der – was zuzugeben ist – lange Zeit andere Religionen brutal ausgemerzt oder marginalisiert wurden, vermutlich schwer eine Alternative zu diesem Kultus finden lässt, der in ähnlich vollständiger und umfassender Weise die Menschen erfüllen könnte.

B: Es sei denn, man ersetzt die oft als langweilig und bieder empfundenen Riten und Festlichkeiten der christlichen Kirchen durch das, was nach dem Zweiten Weltkrieg Generationen von Jugendlichen zu ihrem Credo machten: Sex, Drugs and Rock'n'Roll.

A: Du triffst damit einen wichtigen Punkt: Vielfach ist zu erleben, dass aus den öffentlichen Diskussionen die religiöse Praxis verschwunden ist – man lässt zwar den Leuten ihren Glauben, ob sie nun Christen, Hindus oder Buddhisten sind, aber worum es im »wahren« Leben geht, ist der Spaß und die Unterhaltung, weshalb auch gegenwärtig von Spaßkultur gesprochen wird. Wir können hier auf das zurückkommen, was wir im Zusammenhang mit manchen Kunstformen überlegten, ob es sich bei ihnen um Unterhaltung im eigentlichen Sinn oder um Ablenkung handelt. So banal das klingen mag, aber Drogenräusche oder eine möglichst große Anzahl an Bettgeschichten bringen uns nicht unbedingt in unseren Fragestellungen und Problemen als Menschen weiter.

B: Aber die Religion tut dies?

A: Darüber lässt sich selbstverständlich lang und breit diskutieren. Aber die Erzählungen und Praktiken von Religionen bringen die Menschheit, das wage ich zu behaupten, weiter – bitte verzeih diese neuerliche Banalität – als das unersättliche Streben nach Geld und Besitz, das viele wohl ebenfalls als Kennzeichen der Gegenwart betrachten.

B: Willst du jetzt zu einer Kapitalismuskritik übergehen, wie sie ebenso Teil der Jugendkultur ist?

A: Das nicht, wenngleich das Christentum, mit dem wir uns momentan befassen, sicherlich das Potenzial für eine derartige Kritik hat. Andererseits wissen wir, dass sich staatlich verankertes Christentum und Kapitalismus in den vergangenen Jahrhunderten nicht gerade feindlich gegenüberstanden. Als weitere Lebenshaltung der Gegenwart ließe sich der Ästhetizismus ansprechen.

B: Die Haltung, dass sich jemand an schönen Dingen erfreut?

A: Na ja, im Zusammenhang mit dem Verschwinden von Religion aus dem öffentlichen Leben können wir mit »Ästhetizismus« die Einstellung von so etwas wie Bildungsbürgern bezeichnet sehen, die das Leben als solches für sinnlos und mitunter für ein Übel erklären und die sich in ihrer Einschätzung durch diverse Romane, Filme und ihre Lieblingsmusik bestätigt sehen. Freilich sitzen diese Menschen nicht deprimiert herum, sondern machen es sich in ihren Eigenheimen gemütlich und trinken erlesenen Rotwein, wobei sie über die Weltlage jammern, statt etwas für ihren Nächsten in Not zu tun.

B: Buh, das war ein ziemlicher Rundumschlag, der viele deiner Mitbürger wie auch mich betrifft.

A: Bitte entschuldige meine spätpubertäre Ereiferung, ich nehme mich nicht aus dieser Gruppe aus.

B: Kein Problem. Ein wenig kann ich nachvollziehen, was du meinst. Und nach dem, was du mir soeben über deine Faszination für die Messfeier dargelegt hast, kann ich mir auch ansatzweise vorstellen, dass du manchen Ausstellungseröffnungen oder

Filmfestivals, die man im Kulturbetrieb so erlebt, den Besuch einer Messe vorziehst. Die Liturgie gewinnt vermutlich dann an Interesse, wenn wir sie nicht mehr so erleben wie in unseren Kindertagen, sondern wenn wir sie mit den Bedürfnissen, Ängsten und Hoffnungen Erwachsener betrachten.

A: Es freut mich, dass du das so siehst.

B: Aber ich frage mich, warum wir in der Schule den Messablauf nicht besprochen und seine Bedeutung nicht nachvollzogen haben.

A: Teilweise machten wir das wahrscheinlich, nur haben wir es vergessen. Und wie das in anderen Schulfächern der Fall ist, so ist auch der Religionsunterricht zum Teil eine Spiegelung der akademischen Fachdisziplinen – daher haben wir in ihm nicht so sehr eine Einführung in den konkreten Vollzug der Riten als eher – in minimalem Ausmaß – einen Einblick in die Theologie bekommen.

B: Was haben wir da erfahren? Momentan fällt mir nicht mehr viel aus dem Religionsunterricht ein, außer dass wir gesungen und gemalt sowie manchmal unsere Hausübungen aus anderen Fächern gemacht haben.

A: Was die Elemente aus den theologischen Disziplinen angeht, sind zunächst die Forschungen über das Alte und das Neue Testament zu nennen, die großen Textcorpora, über die sich endlos diskutieren lässt.

B: Ja, ich erinnere mich, dass wir Geschichten aus dem Alten Testament wie den Zug der Israeliten durch die Wüste gelesen und etwas über die symbolische Bedeutung der Zahlen gelernt haben, die in diesen Geschichten vorkommen.

A: Zum Beispiel. Ansatzweise wurde uns auch so etwas wie Dogmatik nähergebracht (oder unsere Katecheten haben es zumindest versucht), also die Betrachtung zentraler Glaubenswahrheiten wie die Dreifaltigkeit oder die Gottesmutterschaft Marias, wobei wir die Kirchengeschichte streiften.

B: Ein dunkles Kapitel in der Historie der Menschheit.

A: Gewiss, aber es ist notwendig, die Kirchengeschichte zu kennen, um wesentliche Entwicklungslinien nachvollziehen zu können, wie sie zum Beispiel von den frühen Konzilien ausgehen. Die Entscheidungen bei den Konzilien führten immerhin zu der bis heute bestehenden Trennung der Kirchen im Osten und Westen.

B: Du meinst die Trennung der orthodoxen und der katholischen Kirche?

A: Nein, ich meine die früheren Absonderungen, die sich lange vor dem morgenländischen Schisma mit den Konzilien im vierten und fünften Jahrhundert ergaben, die das Glaubensbekenntnis in seiner jetzigen Form prägten. Nach der Verurteilung der Arianer beim Konzil von Nizäa, die die Lehre vertraten, dass Christus nicht wesensgleich mit Gottvater sei, wurde beispielsweise auch die Streitfrage behandelt, ob Maria die Mutter nur der menschlichen Natur Christi oder auch seiner göttlichen Natur war.

B: Ich konnte mich nie für dergleichen Spitzfindigkeiten begeistern und dachte mir oft, wenn ich von diesen Diskussionen hörte, dass dahinter politische Auseinandersetzungen mit ihren üblichen Abgrenzungs- und Ausgrenzungsversuchen stehen.

A: Dieser Gedanke ist nicht von der Hand zu weisen. So haben die Byzantiner die sogenannten Nestorianer, die die Gottesmutterschaft Marias nicht anerkannten, sowie die Monophysiten, die ablehnten anzunehmen, Jesus habe zwei Naturen, nämlich eine menschliche und eine göttliche, blutig verfolgt. Aber wie sind wir eigentlich auf diese Thematik gekommen?

B: Durch die Kirchengeschichte, von der wir in der Schule teilweise etwas gehört haben.

A: Ah ja. Daneben haben wir ansatzweise die vergleichende Religionswissenschaft kennengelernt, wenn wir etwas über andere Weltreligionen wie den Buddhismus hörten.

B: Das fand ich sehr interessant. Beispielsweise haben wir einiges über die verschiedenen Wagen im Buddhismus gelernt. Solche Unterrichtsstunden boten uns einen Ausblick auf Religionen, die heutzutage offensichtlich populärer als der Katholizismus sind.

A: Darüber könnten wir ebenfalls lange diskutieren. Zunächst wäre zu fragen, ob der Katholizismus überhaupt als Religion zu fassen ist oder eher als Spielart einer Religion und was es heißt, dass etwas populär ist. Es scheint, als erfreue sich das Christentum weltweit gesehen einer ungebrochenen Beliebtheit, stellenweise breitet es sich nach wie vor aus. Aber das sei dahingestellt. Um Religionen – was auch immer das eigentlich ist, eine Religion – vergleichen zu können, muss man wohl mit einer bestimmten Religion vertraut sein, damit man allererst weiß, wovon man bei religiösen Phänomenen spricht.

B: Aber man muss nicht gläubig sein, um das tun zu können.

A: Das wohl nicht, aber man sollte die Inhalte einer Religion kennen und einigermaßen nachvollziehen können, woran eine Glaubensgemeinschaft glaubt.

B: Und woran glauben die Christen eigentlich?

A: Im Vorblick auf diese Frage habe ich, als wir den Messverlauf durchgingen und zum Glaubensbekenntnis gelangten, gesagt, dass ich auf dieses später zurückkommen möchte. Dieser Zeitpunkt scheint mir jetzt gekommen – das Glaubensbekenntnis informiert ja in Kurzform darüber, woran Christen glauben. Um jedoch Erläuterungen zu erhalten, welchen Hintergrund die einzelnen Aussagen des Glaubensbekenntnisses haben, können wir uns einem Katechismus zuwenden, in dem die Glaubensinhalte umrissen sind.

B: Du entpuppst dich als noch konservativer als alle unsere Religionslehrer, die es nicht mehr gewagt hätten, uns mit einem Frage-Antwort-Spiel eines Katechismus zu quälen, wie das in der Barockzeit oder noch im 19. Jahrhundert üblich war.

A: Ich möchte in meiner Konservativität, die du so schön herausstreichst, weiter zurückgehen, nämlich in die Zeit der Reformation.

B: Und uns Glaubenssätze aus der Gegenreformation einhämmern?

A: Nein, ganz im Gegenteil. Ich denke an ein Büchlein des berühmtesten Kirchenreformators, das ich uns vor Augen führen will – soweit ich mich daran erinnere.

B: Und was ist das für ein Büchlein?

A: Der *Kleine Katechismus*, den Luther als Vademecum für alle Christen schrieb, die durch diesen Katechismus in ihrem Glauben gefestigt werden sollen. Sie sollen durch ihn auch, vor allem wenn sie Eltern sind, angeleitet werden, andere im Glauben zu erziehen. In meiner Studienzeit kam mir ein Nachdruck dieses Buchs in Hände, das mich sogleich begeisterte.

B: Warum war das so?

A: Es ist ein tatsächlich kleiner Band, den man in die Hand- oder Jackentasche stecken kann und der einen nicht durch seinen Umfang von der Lektüre abschreckt. Es ist leicht verständlich geschrieben und enthält nicht schier endlose Erläuterungen von Glaubensgrundsätzen, die durch Stellen aus Konzilstexten untermauert werden, wie das beim neuen, großen Katechismus der katholischen Kirche der Fall ist. Luthers *Kleiner Katechismus* baut auf den Grundpfeilern des Glaubens auf, die jeder Christ kennen und in seinem Kopf und in seinem Herzen mit sich herumtragen sollte – das sind die Texte, die auch heute noch die meisten kennen, die christlich erzogen wurden.

B: Du meinst die Gebete, die uns in der Kindheit eingetrichtert wurden?

A: Ja. Luther bespricht das Glaubensbekenntnis, das Vaterunser, dann die Zehn Gebote und schließlich die zentralen Sakramente, die uns als Christen auszeichnen, die Taufe und die Abendmahlfeier.

B: Und das war's?

A: Ja, das war's – das sind Elemente, die sich eigentlich jeder leicht merken und sich in Erinnerung rufen kann. Und sollten Christen sich fragen oder gefragt werden, woran sie glauben, wie du das vorhin gemacht hast, können sie anhand dieses Katechismus Auskunft über die Grundpfeiler ihres Glaubens geben.

B: Was jedoch noch lange nicht bedeutet, dass sie auch wissen, was diese Dinge wie das Glaubensbekenntnis im Detail bedeuten.

A: Das ist richtig, und darüber könnte man sich mehrere Theologenleben hindurch den Kopf zermartern.

B: Was wir jetzt nicht tun wollen, uns den Kopf zermartern.

A: Nein, aber eine kleine Anmerkung zu den von dir gescholtenen katholischen Katechismen in Form von Fragenkatalogen sei erlaubt. Zwanzig Jahre nach dem Zweiten Vatikanischen Konzil wurde das Projekt eines neuen Katechismus der katholischen Kirche realisiert, der in einem umfangreichen Werk resultierte, das von diversen amtlichen Texten strotzt und gewiss keine erquickliche Abendlektüre ist. Aber einige Jahre nach der Veröffentlichung dieses Textes erschien ein Kompendium des Katechismus, das ebenso wie sein großer Bruder und wie Luthers *Kleiner Katechismus* nach den zentralen Glaubenszeugnissen wie dem Glaubensbekenntnis, den Zehn Geboten, den Sakramenten und dem Vaterunser strukturiert ist.

B: So etwas ist sicherlich nützlich, wenn jemand nachlesen will, woran die Katholiken offiziell glauben oder glauben sollten.

A: Uns steht im Moment keines dieser Werke zur Verfügung, und so müssen wir uns auf unserem weiteren Weg selbst Gedanken über diese zentralen Punkte machen.

B: Ich bin zuversichtlich, dass du aus diesen Kompendien einiges im Gedächtnis behalten hast, was du uns jetzt auftischen wirst.

A: Das werden wir noch sehen. Ich schlage vor, wir fangen mit dem chronologisch betrachtet Ersten an, den Zehn Geboten …

B: … die Moses auf dem Berg Sinai in Form von Steintafeln erhalten haben soll.

A: So ungefähr wird das im Buch Exodus oder im zweiten Buch Mose, wie es auch genannt wird, erwähnt. Die Zehn Gebote ihrerseits können wir als Kompendium oder Sucus der Tora, der Weisung, die der Legende nach Moses mit seinen fünf Büchern vermittelte, betrachten. Diese Tora wiederum ist mit den Prophetenbüchern und den Schriftwerken die grundlegende Sammlung heiliger Schriften des Judentums. Die Gesetzestafeln mit den Zehn Geboten sehen wir vielerorts an zentralen Stellen von Synagogen dargestellt, beispielsweise an den Schaufassaden.

B: Dabei hätten die Tafeln beinahe gar nicht den Weg zu den Israeliten gefunden, weil Moses im Zorn darüber, dass sie in seiner Abwesenheit ihren Gott vergaßen, die Tafeln zertrümmerte.

A: Aber später erhielt er neue Tafeln. Diese Geschichte haben wir uns ins Gedächtnis gerufen, als wir über den berühmten Moses des Michelangelo sprachen. Der Zorn ist ein wichtiges Motiv im Alten Testament, in diesen Texten, die in so prägnanter Weise das Menschliche im Allgemeinen erfassen. Dort wird immer wieder erzählt, dass das auserwählte Volk Gottes sich von seinem Herrn abwendet und dass dieser in Zorn gerät – damit lässt sich das erste Gebot in Zusammenhang bringen.

B: Was war das gleich noch einmal? Du sollst an einen Gott glauben?

A: Es existieren unterschiedliche Varianten. Ein zentraler Inhalt des ersten Gebots ist sicherlich die Betonung des einen Gottes und seiner Einzigkeit, was uns soeben auf Gottes Zorn zurückblicken ließ. Dieser eine Gott entbrennt immer wieder in Zorn, wenn sich sein Volk anderen Göttern oder Kulten zuwendet.

B: Dieser Gott musste sich anscheinend in einem harten Konkurrenzkampf um die Gunst jenes Volkes gegen viele andere Götter durchsetzen.

A: Das ist ja nichts Ungewöhnliches, dass die antiken Götterhimmel von Göttern nur so wimmelten. Das Erstaunliche vor diesem Hintergrund war vielmehr, dass ein kleiner Stamm, der zwischen den Ägyptern und den Assyrern lebte, den Sonderweg zu einem Monotheismus einschlug. Ganz abgesehen davon können sich auch heute Menschen, die an diesen einen Gott glauben, permanent der Gefahr ausgesetzt sehen, irgendwelchen Götzen zu dienen.

B: Ich nehme an, du spielst wieder auf den Mammon als den aktuellen Hauptgötzen an, den die Menschen in einer am Glauben ausgerichteten Kapitalismuskritik attackieren könnten.

A: Das wäre eine Möglichkeit.

B: Mir gefällt vor allem das nächste Gebot: »Du sollst den Tag des Herrn heiligen.« Damit ist zumindest für einen Tag der Woche seitens der Religion sanktioniert, dass wir nicht schuften sollen und dass wir kein Geld erwerben müssen …

A: … und wir uns vielleicht auch nicht dem Kommerz und Konsum hingeben sollen, wenn ich deinen Anstoß aufgreifen darf. Vor diesem Gebot kommt als zweites Gebot dasjenige, das besagt: »Du sollst den Namen Gottes nicht achtlos aussprechen.«

B: Damit konnte ich nie viel verbinden. Ist damit gemeint, dass man nicht fluchen und schon gar nicht bei einem Fluch den Namen Gottes verwenden soll?

A: Das ist ein möglicher Aspekt; freilich können wir mit diesem Gebot auch die Hochachtung für Gott und die Liebe zu ihm verbinden. Die Achtung seines Namens hat gerade im Judentum eine besondere Bedeutung. Das findet seinen Niederschlag im Vaterunser, wo es heißt: »geheiligt werde dein Name«.

B: Die orthodoxen Juden schrecken doch davor zurück, den Heiligen Namen bei der Lektüre der Tora auszusprechen?

A: Beim Vorlesen der Bibeltexte wird an der Stelle, an der das Tetragramm steht, der Deckname »Adonai« ausgesprochen, der »Herr« bedeutet.

B: Ah ja, das Tetragramm, die vier Buchstaben, die den Heiligen Namen bilden.

A: Zumindest stellen die vier hebräischen Buchstaben die Konsonanten des Gottesnamens dar, das Jod, He, Waw und wieder He, die wir manchmal in Kirchen dargestellt sehen, zum Beispiel in der Apsis. Bei Sonnenaufgang leuchtet dort das Licht durch diese Buchstaben, was einen besonderen Effekt erzeugt und ihre Symbolkraft steigert. Somit haben wir die ersten drei Gebote rekapituliert, die sich um die Ehrung und Achtung Gottes drehen. Es folgen sieben Gebote, die das Verhältnis zu den anderen Menschen betreffen.

B: Wie dasjenige, das besagt, »du sollst Vater und Mutter ehren«?

A: Jawohl, »auf dass es dir wohl ergehe und du lange lebst auf Erden«, lautet die Fortsetzung dieses Textes. Das ist ein Gebot, das gerade in früheren Gesellschaften ohne staatliche Altenfürsorge eine fundamentale Rolle spielte, in denen die Kinder für ihre alt werdenden Eltern sorgen sollten.

B: Das tun die Jungen jedoch, wenngleich auf anderen Wegen, auch in unserem heutigen Pensionssystem. Aber es geht in dem Gebot wohl nicht um das bloße Erwägen der Nützlichkeit, sondern wir sollen unseren Eltern vermutlich dankbar sein, weil sie uns in die Welt gesetzt, für uns gesorgt und uns erzogen haben.

A: Das ist richtig. Auch beim nächsten, dem fünften Gebot, »du sollst nicht töten«, dreht es sich nicht um reine Selbsterhaltung nach dem Prinzip, was du nicht willst, dass dir man tut, das füg auch keinem andern zu, sondern wieder um die Anerkennung der anderen.

B: Wir sollen also nicht nur aus Gründen des Selbstschutzes vor jeder Tötung zurückschrecken, sondern auch deshalb, weil wir den anderen als solchen wertschätzen?

A: Sieht man das so, kann man schließen, dass die Philosophie nach Jahrtausenden des Nachgrübelns zu keinen tiefgründigeren Maßregeln gekommen ist. Nimm wieder den berühmten kategorischen Imperativ Kants her, der darauf hinausläuft, dass wir jeden Menschen immer als Selbstzweck und nie nur als Mittel betrachten sollen.

B: Und wir sollen nur nach den Maximen handeln, von denen wir zugleich wollen können, dass sie zu allgemeinen Gesetzen werden – Kant formuliert gerne einigermaßen kompliziert.

A: Glücklicherweise sind die Zehn Gebote bedeutend einfacher formuliert. Neben der Elternliebe und dem Tötungsverbot sprechen sie weitere Arten des rechten Verhältnisses zu Menschen an und verbieten einem, dass man stiehlt, lügt oder falsches Zeugnis ablegt.

B: Und sie verbieten das Ehebrechen!

A: Ja, und in den letzten beiden Geboten wird gesagt, dass wir nicht begehren sollen unseres Nächsten Besitz und seine Partner, wie heutzutage gesagt wird.

B: Insgesamt sind das vermutlich Gebote, die allezeit ihre Berechtigung haben, da sie ein Zusammenleben ermöglichen können. Wir Menschen leben beständig in der Gefährdung, unsere Mitmenschen zu verletzen, sie zu belügen, ihnen etwas vorzuenthalten oder auf ihren Besitz und Erfolg eifersüchtig zu sein.

A: Ja, eine Gefährdung, die von den eindrucksvollen Geschichten jenes auserwählten Volkes illustriert wird, dem wir diesen Dekalog verdanken. Immer und immer wieder ist in der Bibel von der Gefahr zu lesen, dass sich die Menschen von Gott und den anderen abwenden, beginnend bei der Geschichte von Adam und Eva …

B: … die aus dem Paradies vertrieben wurden.

A: Ja, ein Geschehen, das wir als Ergebnis oder Folge dessen deuten können, dass sie Gott nicht vertrauten, sich von ihm losrissen und alles aus eigener Kraft erkennen wollten. Als sie dann von Gott gerufen wurden, versteckten sie sich vor ihm – was ihre Entfernung von ihm anzeigt. Die Gottesferne der Menschen führt zu Taten wie der Tötung des Abel durch Kain, dem archetypischen Brudermord, aus einem falschen Eifern um Gottgefälligkeit heraus.

B: Womit wir wieder bei einer der grässlichen Geschichten aus dem Mythos im weitesten Sinn wären, diesmal allerdings nicht aus der *Ilias*, sondern vom Anfang der ach so ehrwürdigen Bibel.

A: Aber es gibt in der Bibel genügend Beispiele dafür, dass Menschen Gott vertrauen und in ihrem Handeln letztlich Gutes bewirken. Abraham beispielsweise wäre in seiner Ergebenheit Gott gegenüber so weit gegangen, ihm sein einziges Kind, das seiner Frau und ihm in hohem Alter geschenkt worden war, zu opfern.

B: Ist diese Geschichte nicht lediglich ein Reflex in der Bibel darauf, dass der grausame Brauch des Kinderopfers, der zum Beispiel in der Baalsreligion üblich war, überwunden wurde?

A: Das mag durchaus hinter jener Erzählung stecken. Aber wenn wir die Geschichte mit Abraham und seinem Sohn Isaak nur für sich betrachten, so zeigt sie, wie sehr Abraham auf seinen Gott vertraut und wie würdig Abraham ist, dass Gott mit ihm einen Bund eingeht. Aus der Sicht der Christen ist das offenkundig der Alte Bund.

B: Das kommt mir seltsam vor, dass ein Gott, der als allmächtig imaginiert wird, einen Bündnispartner benötigt.

A: Gott braucht in seiner Vollkommenheit keinen Bündnispartner, aber er hat sich in diesem Bund in besonderer Weise seinem auserwählten Volk zugesagt. Das zeigte sich stets, wenn die Israeliten aus ärgsten Nöten befreit wurden, beispielswiese durch die Vermittlung von Josef, der nach Ägypten verkauft worden war und später seine Brüder während einer großen Hungersnot rettete.

B: Aber in Ägypten waren die Israeliten nicht auf Dauer glücklich, aus ihrer dortigen Versklavung mussten sie wieder herausgeholt werden.

A: Ja, durch Moses, auf den wir zum wiederholten Mal zu sprechen kommen …

B: … und der bald mit der Ungläubigkeit der Menge, die er aus Ägypten herausführte, zu ringen hatte, die sich das Goldene Kalb goss und ihren Glauben an Jahwe vergaß.

A: Das erscheint mir als das wundervoll Menschliche an den Texten des Alten Testaments, dass der Mensch in ihnen ungeschönt in seiner Bedrohtheit und seinen Schwächen gezeigt ist. Ähnlich wie in den griechischen Epen sind es gerade die großen Figuren, die bei ihrem Tun zu einem gewissen Grad scheitern, wie unser Moses.

B: Weil er sein Volk nicht im Griff hatte?

A: Das meinte ich nicht, sondern Moses scheiterte insofern, als ihm nicht vergönnt war, das Gelobte Land, zu dem er seine Gruppe vierzig Jahre lang durch die Wüste führte, zu betreten.

B: Das war sicherlich ziemlich bitter für Moses.

A: Oder denk an David, den großen König über Israel und Juda, der in aussichtsloser Lage alle möglichen Feinde besiegte und das Reich konsolidierte – ihm war es versagt, den Tempel in Jerusalem zu bauen, mit dem er dem unsteten Kult der Bundeslade und des Versammlungszelts eine Ruhestätte errichten wollte.

B: Was erst Salomon tat, immerhin sprechen wir ja vom Salomonischen Tempelbau.

A: Ja, das ist vollkommen richtig. Davids Sohn Salomon, der weise Friedenskönig, der in vielem als Prototyp Christi gelten kann, durfte auf Gottes Geheiß hin den Tempel erbauen. Bei der Erzählung über dessen Einweihung gelangen die Leser in der

Bibel im Übrigen zu einem grandiosen Ruhepunkt, an dem das Volk isst, trinkt und Gott preist.

B: Aber ich nehme an, das war wieder einmal zugleich ein Wendepunkt hin zu etwas Schlechtem.

A: Ja, auch Salomon war in gewisser Hinsicht ein Gescheiterter. Er konnte wie viele andere nicht völlig am Glauben an seinen Gott festhalten, sondern er orientierte sich zu anderen Götterkulten hin, die seine zahlreichen Gattinnen an den Hof gebracht hatten.

B: Er hielt es also weder mit der Monogamie noch mit dem Monotheismus?

A: Haha, sehr geistreich. Der Textlogik des Alten Testaments zufolge ist in der wiederholt auftretenden Glaubensschwäche des auserwählten Volkes auch der Grund für die Zerstörung des Tempels und für die Zerstreuung des Gottesvolkes zu sehen.

B: Bis schließlich der Messias kam und das zerstreute Volk zusammenführte?

A: Zumindest ist das dem christlichen Verständnis nach so. Für die Christen ist Jesus der lebendige Tempel und das lebendige Gesetz – er hat die Zehn Gebote radikal in einem Gebot zusammengefasst.

B: Mit dem Liebesgebot?

A: Ja, in dem Christus in zwei Aufforderung alle anderen Gebote zusammenpackt, nämlich »liebe den Herrn, deinen Gott, von ganzem Herzen und liebe deinen Nächsten …

B: … wie dich selbst«.

A: So heißt es. Damit sind die ersten drei der Zehn Gebote, die sich auf unser Verhältnis zu Gott beziehen, ebenso angesprochen wie die weiteren sieben, die den Umgang mit den anderen betreffen.

B: Diese Aufteilung auf drei und sieben Gebote hat, wie ich annehme, einen Grund in der Zahlensymbolik.

A: Ja, diesen Zahlen lässt sich eine symbolische Bedeutung zusprechen. Die Drei hat in vielen Bereichen und Religionen eine spezielle Bedeutung, in unserem christlichen Zusammenhang erinnere ich nur an die Dreifaltigkeit. Die Sieben ist klarerweise die Zahl der Vollkommenheit, wie sie beispielsweise in den sieben Bitten des Vaterunsers zur Darstellung kommt.

B: Das mit der Dreifaltigkeit ist eine weitere Sache, die ich nie recht verstanden habe.

A: Ich könnte darauf im Stil von Geistlichen erwidern, dass es da auch nichts zu verstehen, sondern nur etwas zu glauben gibt. Aber an diesem Punkt können wir uns dem Glaubensbekenntnis zuwenden, das nicht nur die Zusammenschau wesentlicher Glaubensinhalte, sondern auch das Zeugnis einer langen theologisch-philosophischen Diskussion ist. Das können wir vor allem dem sogenannten Großen Glaubensbekenntnis ablesen.

B: Gibt es denn verschiedene Glaubensbekenntnisse?

A: Es gibt eine ganze Reihe verschiedener Glaubensbekenntnisse. In unserem näheren Umfeld sind das Nizäno-Konstantinopolitanische und das Apostolische Glaubensbekenntnis die wichtigsten. Das Nicäno-Konstantinopolitanum spiegelt als das längere dieser beiden Bekenntnisse die Debatten der frühen Konzilien deutlich wider, und es wird, wie ich glaube, öfter in Italien gebetet. Das uns geläufigere Apostolische Glaubensbekenntnis wird von vielen christlichen Kirchen geteilt, und es birgt ebenfalls eine Zahlensymbolik in sich.

B: Inwiefern?

A: Es gliedert sich in zwölf Glaubensartikel, von denen eine Legende erzählt, dass jeder der zwölf Apostel einen beisteuerte – so lässt sich im Übrigen seine Bezeichnung als Apostolisches Glaubensbekenntnis erklären. Die zwölf Apostel repräsentieren ihrerseits die zwölf Stämme Israels.

B: Aber in Wirklichkeit stammt der Text des Apostolischen Glaubensbekenntnisses aus einer späteren Zeit als der Epoche der Apostel?

A: Die Entstehungszeit von solchen über lange Zeit tradierten Gebeten ist vermutlich meist schwer zu bestimmen. Im Fall dieses Glaubensbekenntnisses deutet vieles in das vierte Jahrhundert, in dem, wie wir uns in Erinnerung riefen, intensiv über das Wesen der zweiten göttlichen Person diskutiert wurde.

B: Ob Christus in seiner göttlichen Natur auch tatsächlich Mensch war?

A: Ja, zum Beispiel, oder es wurde debattiert, ob er wirklich gestorben ist oder ob nur ein Scheinleib starb und so weiter. Dazu kam eine intensive philosophische Debatte, die zunächst vollkommen unabhängig vom aufkommenden Christentum geführt wurde, die jedoch bald bei den christlichen Theologen auf Interesse stieß, nämlich die Frage nach dem Ursprung der Welt.

B: Du meinst die Frage, ob die Welt von jemandem erschaffen wurde oder ob sie seit jeher so war, wie sie ist?

A: Das war sicherlich ein Streitpunkt, der die Denker immer wieder zu Auseinandersetzungen führte. Die Gelehrten in der römischen Kaiserzeit, also in der Periode, als sich das Christentum ausbreitete, beschäftigten sich vor allem mit der Frage nach dem Wechselspiel des ewigen, unveränderlichen Einen, das über aller Bestimmtheit steht, mit der vielfältigen, endlichen Welt.

B: Und diese Frage wurde später theologisch aufgeladen?

A: Das kann man so sagen. Dieses Eine kann man als unbefleckt von jeder irdischen Endlichkeit denken und sagen, es stehe über allem vereinzelten Sein und habe mit ihm nichts gemein. Das führt wieder in die Richtung einer negativen Theologie, die aufzählt, was wir alles nicht von Gott aussagen dürfen: Er ist nicht endlich, befindet sich nicht an einem bestimmten Ort, ist nicht der Zeit ausgesetzt und so fort.

B: Ich kann mir lebhaft die einfachen Gläubigen der damaligen Zeit vorstellen, denen dergleichen Diskussionen wahrscheinlich ziemlich müßig erschienen.

A: Aber weder die heidnischen Philosophen noch die christlichen Theologen blieben bei dieser zugegeben abstrakten Negationsbewegung stehen. Sie haben sich ebenso die Frage gestellt, wie es zu unserer Welt und zu den Problemen, die wir in ihr antreffen, gekommen ist.

B: Und was war die Antwort der gescheiten Herren?

A: Eine Gruppe von Betrachtungen zu diesem Fragenkomplex geht in die Richtung zu sagen, dass aus jenem Einen eine Fülle von Dingen hervorgeht oder herausfließt. Aus dem Einen gehe zuerst der Geist hervor, in dem sich überhaupt einmal Unterschiede oder Bestimmungen manifestieren. Aus diesem Geist entfalten sich weitere Stufen von Seiendem, die in abnehmender Intensität an der ursprünglichen Einheit teilhaben.

B: Es wird also alles stetig schlechter, was auch heute viele Menschen annehmen.

A: In gewisser Weise trifft das ebenso auf jene philosophischen Annahmen zu, in denen aber glücklicherweise eine umgekehrte Bewegung angedacht ist, nämlich eine Rückkehr zu der ursprünglichen Einheit und Ganzheit.

B: Ist das im Sinn einer christlichen Bekehrung oder reuigen Umkehr zu verstehen?

A: Das ist eine Deutungsmöglichkeit, wobei es sich bei den Denkern der Kaiserzeit um eine kosmische Dimension oder Perspektive handelt. Sie fragen nach dem All, das aus dem Einen hervorgeht oder, wie es heißt, herausquillt und das zugleich das Moment der Rückkehr zu dem Einen in sich trägt.

B: Ich fühle mich soeben zu deinen Ausführungen über den Urknall zurückversetzt, bei denen du doch von einer Kraft gesprochen hast, die das Hinausstrebende an seinen Ursprung zurückbindet.

A: Eine passende Erinnerung, die sich da bei dir einstellt. Bei den philosophischen Spekulationen befinden wir uns in einem Bereich, in dem die Dynamik von Herausgehen und Zurückkommen geistig aufzufassen ist – eine Denkbewegung, die anscheinend Theologen und Philosophen nicht selten faszinierte. Für unsere gegenwärtige Bemühung, einige Artikel des Apostolischen Glaubensbekenntnisses zu erfassen, sind diese Denkbemühungen insofern relevant, als wir in ihnen wichtige philosophische Vorgaben für eine begriffliche Fassung der Dreifaltigkeit antreffen.

B: Und diese Vorgaben haben die frühchristlichen Theologen begeistert aufgegriffen?

A: Nicht nur frühchristliche Theologen, auch Denker in der jüngeren Vergangenheit, die sich mit der Trinitätsspekulation auseinandersetzten, griffen sie auf. Die Gelehrten, die auf jene Vorgaben aufbauen, benennen grob gesagt Gott als das Eine, das alles begründet und aus dem dasjenige hervorgeht, das alle Bestimmungen umfasst, nämlich der Logos, Christus als die zweite göttliche Person.

B: Das lässt für den Heiligen Geist als dritte Person die Funktion der Rückkehr oder des Zurückführens des Hervorgegangenen zum Einen über, oder?

A: Sehr gut kombiniert! Dazu fügt sich gut der Ablauf der großen christlichen Feste im Kirchenjahr, bei denen auf das Osterfest, bei dem des Sterbens der zweiten göttlichen Person gedacht wird, und nach Christi Himmelfahrt das Pfingstfest folgt, bei dem das Kommen des Geistes gefeiert wird, der uns alle einen soll.

B: Du meinst die Feuerzungen, die auf die versammelten Frauen und Jünger herabkamen?

A: Diese Feuerzungen sind eine Versinnbildlichung des Geistes wie die Taube, die bei Darstellungen der Dreifaltigkeit zu sehen ist. Dabei bleibt, wenn wir hier von einer zeitlichen Abfolge sprechen, stets zu bedenken, dass nach christlicher Lehre die drei göttlichen Personen seit jeher waren und dass sie, wie es so schön heißt, gleichursprünglich sind.

B: Etwas, das durchaus schwer zu begreifen ist.

A: Vielleicht sollen wir oder müssen wir das gar nicht begreifen. Wir wandten uns diesen schwierigen Themen ein wenig zu, damit wir einen minimalen Einblick in die Hintergründe der Glaubensbekenntnisse erhalten. In diesen wird, weil bei einer sprachlichen Verlautbarung notwendigerweise eins nach dem anderen gesagt wird, die Dreifaltigkeit in einzelnen Etappen der Heilsgeschichte erwähnt.

B: Beginnend mit Gott, dem Vater, dem »allmächtigen«, dem »Schöpfer des Himmels und der Erde«, wie es am Anfang des Glaubensbekenntnisses heißt.

A: Du sagst es. Du siehst, in diesem Glaubensbekenntnis ist gleich zu Beginn die Schöpfung angesprochen, wobei die Wendung »Himmel und Erde« in der hebräischen Tradition für alles steht, was sich im Himmel und auf der Erde befindet. Und damit, dass von einem Schöpfer die Rede ist, bezieht das Glaubensbekenntnis Position gegen die in der Antike von vielen vertretene Ansicht, dass der Kosmos seit jeher in der gleichen Form bestehe und auch für immer bestehen werde.

B: Das nehmen wohl in gewisser Weise auch heute viele Menschen an, dass der zyklische Ablauf im Kosmos mit seiner Ausdehnung aus einem Urpunkt und der Rückkehr zu diesem ewig besteht.

A: Freilich ist das eine beängstigende Vorstellung, in der der Mensch als Episode der kosmischen Geschichte völlig an den Rand tritt.

B: Aber das ist eventuell eine ehrlichere Betrachtung des Menschen, als wenn er sich selbst in den Mittelpunkt von allem stellt.

A: Andererseits könnte ich einwerfen, dass das eine einigermaßen geistlose Betrachtung der Dinge ist. Schließlich ist es – freilich wieder aus unserer Perspektive gesehen – der Mensch, der sich diese Vorstellungen von einem endlosen oder ewigen Universum macht, und es ist der menschliche Geist, der diese Betrachtungen bewirkt, und nicht ein Atomstrom im Universum (oder zumindest der Atomstrom, der unsere Gehirnaktivitäten bildet). Aber zurück zum Glaubensbekenntnis: Der Schöpfer wird an dessen Anfang, wie du uns in Erinnerung gerufen hast, als allmächtiger Vater angesprochen, was wir als extreme Verdichtung und Versammlung von allen möglichen Anrufungsformen Gottes verstehen können. Wir könnten ihn ebenso allwissend, ewig seiend und vieles andere nennen.

B: In einem Atemzug mit unserem Glauben an Gott sprechen wir an diesem Anfang das Patriarchale in der Gottesvorstellung aus, wenn wir Gott als Vater bezeichnen und ihn als einen Mann fassen, der einen geliebten Sohn hat – die Frau, die diesen Sohn zur Welt bringt, ist das brave, demütige Gefäß, das diesen Gottessohn austragen darf.

A: Wenn das jemand so sieht, birgt das gewiss Probleme in sich. Ich habe in den vergangenen Jahren mehrmals über diese Problematik nachgedacht, auch in Zusammenhang mit der Marienfrömmigkeit, deren Ausprägungen ich oft nicht nachvollziehen kann. Aber vielleicht macht gerade das zu allen Zeiten das Faszinierende und möglicherweise auch Heilsame des Christentums aus, dass die Heilsgeschichte und die Religion, die sie verkündet, so menschennahe ist …

B: … oder menschenverachtend, weil die Rede von Gottvater dazu beiträgt, die scheinbar unverrückbaren Strukturen mit dem Übervater und der braven, sich unterordnenden Mutter in den Köpfen der Gläubigen einzuzementieren anstatt sie aufzubrechen.

A: Das mag sein. Wir könnten die Geschichte rund um die Geburt Christi auch subversiver lesen, dahingehend nämlich, dass das Männliche darin entmächtigt wird.

B: Und wie soll das gehen?

A: Es ist immerhin Maria, die Christus gebiert, und der irdische Mann, Josef, trägt dazu gar nichts bei.

B: Weil der Heilige Geist über Maria kam, was auch immer das heißen mag?

A: Eine sicherlich schwierige Vorstellung. Aber blicken wir auf das Identifizierungspotenzial, das diese Geschichten haben, dann können wir feststellen, dass hier weder eine patriarchalische noch eine matriarchalische Sicht angebracht ist. Was die Geburt des Kindes angeht, ist offenkundig, dass es das Gemeinsame von Frau und Mann, von weiblicher und männlicher Seite für die Zeugung eines Kindes braucht, und dass Frau und Mann nicht aus eigener Macht und Willkür ein Kind zeugen, sondern – banal ausgedrückt – dazu viel zusammenstimmen muss. Wir dürfen ein Kind immer als eine Gabe, als ein Geschenk betrachten.

B: Und in diesem besonderen Fall der Verbindung des Geistes mit Maria hat alles dazu zusammengestimmt, dass der Heiland geboren wurde?

A: Das ist jedenfalls ein weiterer Artikel des Glaubensbekenntnisses, dass wir nämlich an Jesus Christus, Gottes eingeborenen Sohn, glauben.

B: Dieses »eingeboren« habe ich auch nie verstanden. Soll damit Christus als einer bezeichnet werden, der in die Welt hineingeboren wurde und in ihr als der prototypische Eingeborene lebt?

A: Das wohl nicht, Christus ist – mit dem lateinischen Wort gesagt – *unigenitus*, was bedeutet, dass er der »als einziger geborene« ist; er ist der einzige Sohn Gottes. Wir können in freierer Auffassung formulieren, dass mit dem Wort *unigenitus* angedeutet ist, dass Christus in einzigartiger Weise geboren ist, nämlich als Gott und als Mensch.

B: Und obwohl Jesus sein einziger Sohn war, hat ihn Gott zum Heil der Menschheit in die Welt geschickt.

A: Du sagst es. Das zeigt auch der erste der beiden Namen des Menschensohns, die im Glaubensbekenntnis ausgesprochen werden, an, nämlich Jesus. Dieser Name ist im Hinblick auf seinen hebräischen Ursprung im Verb *jascha*, das »retten« heißt, als »Retter« oder »Heiland« zu deuten.

B: Und was sagt uns das Wort »Christus«?

A: Dieses Wort benennt den »Gesalbten«, was die auf das Hebräische zurückgehende Bezeichnung »Messias« wiedergibt, dessen Ankunft erwartet wurde oder nach wie vor erwartet wird; für die Christen ist dieser Jesus Christus ihr namensgebender »Herr«, wie es im Glaubensbekenntnis weiter heißt.

B: Der, wie dann gebetet wird, vom Heiligen Geist empfangen und von der Jungfrau Maria geboren wurde.

A: Ja, das haben wir bereits angeschnitten. Mit dem Geist wird nun die dritte göttliche Person erwähnt, womit die Dreifaltigkeit komplettiert ist. Zugleich verkündet das Gebet indirekt, dass Christus nicht von einem menschlichen Vater gezeugt wurde, was ohnehin einigermaßen logisch ist, wenn wir annehmen, dass er der Sohn Gottes ist.

B: Sofern in einem solchen Zusammenhang von »logisch« zu reden ist, in dem es um Zeugungen durch den Geist und Jungfrauengeburten geht. Aber ich ahne, worauf du hinauswillst. Du möchtest mir wahrscheinlich vorrechnen, dass es klar ist, dass, wenn der Geist den Part des menschlichen, männlichen Erzeugers einnimmt, die Mutter eine Jungfrau ist.

A: Die Jungfrauengeburt ist selbstverständlich einer der am kontroversesten diskutierten Punkte des Glaubensbekenntnisses. Immer wieder stößt man auf mehr oder weniger rationale Erklärungsversuche dieses Dogmas. So meine das Wort Jungfrau und seine hebräischen und aramäischen Entsprechungen lediglich eine »junge Frau«; oder man hört, dass die Jungfrauengeburt eine uralte mythologische Vorstellung ist, die auch im Christentum nicht fehlen durfte, wenn von der Geburt des Weltenretters die Rede ist.

B: In diesem krampfhaften Festhalten an einem Dogma, das vielen absurd erscheint, können wir auch einen Ausdruck des problematischen Umgangs vieler christlicher Kirchen mit Sexualität sehen sowie ein Symptom verschiedener Neurosen und Verdrängungen. Wenn jemand die Sexualität per se für etwas Verderbliches und Unheilbringendes hält, kann er natürlich den Gedanken nicht ertragen, dass die Gottesgebärerin durch menschlichen Beischlaf befleckt wurde.

A: Ich stimme dir zu, dass der Umgang mit Sexualität in vielen christlichen Kirchen, wohl auch in mehreren anderen Religionen, ein ziemlich verkrampfter ist. Allerdings tun wir uns vermutlich auch außerhalb der Religionen mit diesem Thema nach wie vor schwer. Zur Lehre von der Jungfrauenschaft Marias fällt mir sonst nicht viel ein. Für mich als Frau stellt sie, auch wenn oder gerade wenn sie keine Jungfrau im biologischen Sinn war und »irdische« Kinder hatte, ein bemerkenswertes und zugleich erschütterndes Symbol des menschlichen Lebens dar.

B: Wie meinst du das?

A: Sie hat ein Kind geboren, das mit dem gesamten Leid der Welt konfrontiert wurde und das schließlich, als Verbrecher verurteilt, vor ihren Augen exekutiert wurde – ein entsetzliches Ereignis, woran im Glaubensbekenntnis die wenigen Worte erinnern »gelitten unter Pontius Pilatus …«.

B: Ah ja, hier hören wir von Pilatus, der – wie man so sagt – nicht weiß, wie er in das Glaubensbekenntnis hineingekommen ist.

A: Sein Name bietet den Betenden immerhin eine historische Verortung des Geschehens und erinnert sie daran, dass es sich bei diesem Leiden, der Passion, um ein einmaliges Ereignis handelt, das wir als die betende Gemeinde im Gedächtnis behalten.

B: Das muss eine denkwürdige Begebenheit gewesen sein, dass der Mann, der als Messias in Jerusalem einzog, wenige Tage später als Gotteslästerer gekreuzigt wurde.

A: Darauf bezieht sich die nächste, zentrale Aussage: »gekreuzigt, gestorben und begraben«. Damit ist nicht nur die Tötungsart Christi angesprochen, die zu dem weltweit verbreiteten Symbol des Kreuzes führte, es wird auch das tatsächliche Sterben des Sohnes Gottes verkündet. Dahinter ist die Überzeugung zu sehen, dass Christus nicht lediglich einen Scheintod starb, wie manche christlichen Gruppierungen annahmen, die später als Häretiker gebrandmarkt wurden. Christus hat, das wird zum Ausdruck gebracht, wirklich den Tod erlitten, und er hat damit etwas getan, das in den meisten antiken Mythologien unvorstellbar war, dass nämlich ein Gott oder der Gott schlechthin stirbt.

B: Warum sagst du »in den meisten« und nicht »in allen«?

A: Weil es in antiken, nichtchristlichen Kontexten ebenso die Vorstellung davon gab, dass Götter starben und wieder zum Leben gelangten, beispielsweise in Ägypten Osiris, der getötet und zerstückelt wurde. Isis sammelte daraufhin seine Körperteile ein und brachte Osiris wieder zum Leben.

B: Da ist es ja bei Christi Tod und Auferstehung vergleichsweise zivilisiert zugegangen, dessen Leichnam immerhin in einem steinernen Grab beigesetzt wurde.

A: Mit der Grablegung Christi sprichst du den Passus des »begraben« im Glaubensbekenntnis an, der viele Assoziationen zu Texten des Neuen Testaments erlaubt wie der Geschichte mit den Frauen am leeren Grab. Die nächste Zeile des Glaubensbekenntnisses, in der es heißt: »hinabgestiegen in das Reich des Todes«, ermöglicht ihrerseits Bezüge zu Vorstellungswelten in verschiedenen Mythologien – in diesen treffen wir vielfach auf Beschreibungen des Totenreichs, etwas, woran wir wahrscheinlich nicht gerne denken, wenn wir darüber nachgrübeln, was nach unserem eigenen Tod sein wird.

B: Ist es heute nicht einfach so, dass sich viele denken, dass nach dem Tod nichts sein wird?

A: Das mag sein; auf der anderen Seite stellen sich wohl viele gerne einigermaßen kindlich ein Nachleben im Himmel vor. Auch in diesem Fall weicht man der Vorstellung aus, man könnte in einem dunklen Reich des Todes enden, über das man in anderem Zusammenhang sogar mit gewisser Freude liest.

B: Was meinst du damit wieder?

A: Die Geschichten über die Unterwelt, wie wir sie in der griechischen und römischen Literatur finden, wo zum Beispiel mehrere Helden mit den körperlosen Schatten der Toten in Kontakt treten, die sich offensichtlich eine gewisse Form ihrer Identität bewahrt haben.

B: Was hat das mit dem Glaubensbekenntnis zu tun?

A: Weil diese Partien aus den Mythen die Frage nach einem persönlichen Fortleben nach dem Tod aufwerfen und weil sie die uralte Frage nach einer Bestrafung oder Belohnung der eigenen Taten auf Erden aufrühren.

B: Wie es die großen Schurken Tantalos und Sisyphos erlebten?

A: Zum Beispiel. Im christlichen Bereich bestaunen wir mit großem Interesse und womöglich mit lustvollem Gruseln Darstellungen der Hölle, etwa auf Kirchenwänden, ohne dass uns das weiter berührt.

B: Weil wir derartige Darstellungen für veraltet halten oder überhaupt nicht mehr an die Hölle glauben?

A: Mit großer Wahrscheinlichkeit ist das so. Dabei deutet die Höllenvorstellung bei aller Grausamkeit, die mit ihr verbunden ist, auch auf die ultimative Befreiung hin. Wir brauchen nur an das großartige Fresko des Jüngsten Gerichts in der Sixtinischen Kapelle zu denken.

B: Du meinst die Szene, in der Christus als Erlöser auftritt?

A: Ja, er erscheint als Retter der Menschheit, der über den Tod siegte und, wie es im Glaubensbekenntnis nach der Aussage über den Abstieg ins Totenreich heißt, am dritten Tage von den Toten auferstanden ist. Christus fuhr dann in den Himmel auf, wo er zur Rechten Gottes sitzt.

B: Daran erinnert das Osterfest mit der Auferstehungsfeier in der Nacht zum Ostersonntag – im Lateinunterricht haben wir gelernt, warum der dritte Tag, an dem Christus auferstanden ist, nach unserer Auffassung der zweite Tag nach dem Karfreitag ist, an dem seines Sterbens gedacht wird. Grund dafür ist die Inklusivzählung, bei welcher der Tag, von dem man beim Zählen den Ausgang nimmt, mitgerechnet wird.

A: Das hätte ich uns nicht besser ins Gedächtnis rufen können! Und mit dem Fest Christi Himmelfahrt wird – wie der Name sagt – Christi Auffahrt in den Himmel gefeiert. Die zentrale Botschaft ist jedenfalls, dass Christus von den Toten auferstanden und zum Vater heimgekehrt ist.

B: Wenn wir jedoch zu den Fresken Michelangelos zurückkehren, so müssen wir beobachten, dass es einige Verdammte gibt, die nicht aus ihren Höllenqualen erlöst werden?

A: Das ist einmal mehr eine schwere Frage, wie man sich das mit dem Totenreich und dem Gericht vorzustellen hat. Im Glaubensbekenntnis heißt es: »Von dort« – also aus dem Himmel – »wird er kommen, zu richten die Lebenden und die Toten.« Im Hinblick auf ein solches Gerichthalten oder Urteilen wird, soviel ich weiß, in jüngerer Zeit in der Theologie betont, dass es nicht nur ein Gericht gibt, das am Ende der Tage stattfinden wird, sondern dass ein derartiges Gericht im Moment des Todes eines jeden Einzelnen stattfindet.

B: Du meinst den Moment, in dem wir vor den Herrn treten und uns für unsere Vergehen im Leben verantworten müssen?

A: In diese Richtung geht wohl die Vorstellung. Freilich wäre das höchst heilsam, wenn wir endgültig für unsere Verfehlungen Vergebung erführen.

B: Du meinst im berühmt-berüchtigten Fegefeuer?

A: Ja, das ist die Vorstellung vom Feuer, das von den Sünden reinigt. Allerdings ist, wenn wir ein persönliches Gericht im Todesmoment annehmen, damit nicht gesagt, dass es nicht auch ein Endgericht gibt, bei dem der gesamte Kosmos erneuert und aus seiner Gottesferne zurückgeholt wird.

B: Schlecht genug ist die Welt, zumindest die menschliche, ja, dass sie einer Erneuerung bedarf.

A: Wie auch immer es sich mit dem Endgericht verhalten mag – bevor die Gläubigen im Glaubensbekenntnis aussprechen, dass der Auferstandene kommen wird, verkünden sie, dass er zur Rechten des Vaters sitzt.

B: Im himmlischen Thronsaal, umgeben von Engelsscharen?

A: Davon gibt es ebenso verschiedene Vorstellungen. Das Gebet erreicht hier jedenfalls einen Ruhepunkt und eine gewisse Rundung, wenn ich so sagen darf. Der gestorbene und auferstandene Sohn findet Aufnahme beim allmächtigen Vater, von dem am Anfang des Glaubensbekenntnisses die Rede war. Nach der Ankündigung des Gerichts über die Lebenden und Toten wird der Heilige Geist am Beginn einer Liste dessen, woran wir glauben, genannt.

B: Damit ist die Dreifaltigkeit nun vollständig erwähnt.

A: Du sagst es.

B: Bei dieser Liste, die du angesprochen hast, erscheint mir einiges problematisch, vor allem das nach dem Heiligen Geist auszusprechende »die heilige katholische Kirche«.

A: Hältst du das für problematisch, weil die Betenden damit die Abtrennung von anderen christlichen Gemeinden betonen?

B: Das ist ein Punkt. Und warum soll ich verkünden, dass ich ebenso, wie ich an den Heiligen Geist glaube, an die katholische Kirche glaube, die eine irdische Einrichtung ist. Diese Kirche weist – wie wir zur Genüge wissen – alle möglichen Fehler auf und hat zahlreiche Verbrechen begangen.

A: Jemand könnte auf diese in meinen Augen berechtigte Kritik einigermaßen sophistisch antworten, dass der Glaube an eine katholische Kirche im Sinn der Grundbedeutung des griechischen Wortes »katholisch« verkündet wird. Dieser Ausdruck bedeutet »für alle« oder »allen gemäß«. Die in diesem Sinn verstandene katholische Kirche wäre dann im Idealfall die Gemeinde, die die ganze Menschheit in Eintracht umspannt. Freilich gibt es gegenwärtig eine solche Gemeinschaft offensichtlich nicht.

B: Das Bekennen einer »allen gemäßen« Gemeinschaft würde also auf einen frommen Wunsch nach einer allgemeinen Kirche hinauslaufen, der vielleicht gar nicht so fromm ist, weil er die Gefährdung in sich trägt, dass sich jemand aufgrund dieses Wunsches zu einer brutalen und größenwahnsinnigen Missionierung angespornt sieht, mit der er die gesamte Welt unter die Herrschaft dieser Kirche bringen will.

A: Das wäre wahnwitzig und ginge völlig am Hoffen auf die Wirkung des Geistes vorbei, der die Menschheit zu einer Gemeinschaft formen soll, in der sich alle gegenseitig anerkennen. Aber ich verstehe, dass einem der Ausdruck »katholisch« in diesem Gebet irritierend erscheint. Im evangelischen Kontext sprechen die Betenden ihren Glauben an »eine heilige christliche Kirche« oder eine »allgemeine christliche Kirche« aus, was deutlich das Vertrauen auf die Einigkeit der Christenheit zum Ausdruck bringt.

B: Da du die evangelischen Kirchen erwähnst – mich wundert, dass auch dort beim Glaubensbekenntnis in weiterer Folge der Glaube an die Gemeinschaft der Heiligen verkündet wird, obwohl die Heiligenverehrung von Luther und Co. abgelehnt wurde.

A: Auch das ist gewiss ein schwieriges Thema. Ich nehme an, dass heute auch viele Katholiken Schwierigkeiten mit den Geschichten vom einigermaßen magisch anmutenden Wirken der Heiligen haben, die als Fürsprecher für uns eintreten sollen, oder mit einigen Heiligsprechungsverfahren, in denen krampfhaft nach Wundern gesucht wird. Den christlichen Kirchen dürfte zumindest eine Heiligenverehrung im weiten Sinn gemeinsam sein, dass die Gläubigen nämlich der außergewöhnlich und vorbildhaft wirkenden Menschen gedenken. An ihnen können sie sich orientieren, damit auch sie zur Gemeinschaft der Heiligen gezählt werden. Luther erklärt allerdings, wenn ich mich recht erinnere, im *Kleinen Katechismus*, dass sich nicht alle Menschen in der Gemeinde der Heiligen befinden, insofern die Gottlosen aus ihr ausgeschlossen sind.

B: Das ist eine harte Aussage. Wer will schon darüber urteilen, wer ein gottloser und wer ein gottesfürchtiger Mensch ist?

A: Ein konkretes Urteil darüber, wer gottlos ist, sollte wohl kein Mensch wagen. Aber es erscheint mir nicht schlecht, wenn wir uns die Gefahr vor Augen führen, dass wir ständig unheilig und sündig sind, was auch immer das heißen mag. Sündig sind wir vermutlich dadurch, dass wir uns von Gott entfernen und uns den anderen Menschen gegenüber teuflisch verhalten.

B: Wer oder was sind dann die Heiligen, wenn wir Menschen tendenziell unheilig sind?

A: Als Heilige sind, ähnlich wie in anderen Religionen, im Christentum vermutlich Menschen zu verehren, von denen zu Recht angenommen wird, dass sie sich jener Gefährdung widersetzt haben und in hohem Grad gut waren, Gott und ihren Mitmenschen zugetan, Menschen, die wir uns eben zu Vorbildern nehmen können.

B: Du meinst so wie die Buddhas oder diverse Gurus?

A: Ja, erleuchtete Menschen, die uns besonders prägen oder uns zu etwas Positivem motivieren. Im Zusammenhang mit dem Glaubensbekenntnis können wir sagen, dass wir durch die Gemeinschaft der Heiligen zu dem angespornt werden, was in jener Liste als nächster Punkt angeführt wird, nämlich zur Vergebung der Sünden. Wir sollen in Imitation der Heiligen anderen vergeben. Für uns selbst dürfen wir glauben, dass wir aufgrund der Gnade Gottes Vergebung unserer Fehler erlangen.

B: Auf diese Vergebung dürfen wir hoffen?

A: Selbstverständlich, wir dürfen hoffen, dass wir Vergebung für unsere Verfehlungen bei Gott, aber letztlich auch bei den vielen Menschen, denen wir etwas angetan haben, finden.

B: Damit wir einmal von den Toten auferstehen?

A: Damit berührst du die letzten Aussagen im Glaubensbekenntnis, die Auferstehung der Toten und das ewige Leben, wie auch immer das vorzustellen ist.

B: Jedenfalls gibt es viele Witze darüber, wie Menschen als Engel im Himmel schweben, und einigermaßen seltsame Überlegungen, zum Beispiel zur Frage der Anzahl der Seelen im Himmel oder dazu, was die Seelen im ewigen Leben tun. Wie sagt Woody Allen so schön: »Die Ewigkeit ist eine schrecklich lange Zeit, vor allem gegen Ende hin.«

A: Das ist kein schlechtes Bonmot. Ich persönlich könnte mir vorstellen, dass das ewige Leben eine Art hochgeistiger Moment ist, in dem trotz aller Vereinigung unsere Individualität in irgendeiner Form erhalten bleibt. Jedenfalls ist anzunehmen, dass es sich beim ewigen Leben um eine veränderte Art von Geistigkeit, Denken oder Wahrnehmen handelt, die wir als Menschen bestenfalls vage erahnen können.

B: Oder es erwartet uns, wenn ich den *advocatus diaboli* spielen darf, nach dem Tod einfach das oft angesprochene Nichts …

A: … das uns, wie manche Philosophen sagen, auch nicht schrecken sollte, weil es uns als Menschen nicht betrifft. Exakt gegen eine derartige Vorstellung von einem ewigen Nichts wendet sich der Glaube.

B: Mit dessen katechetischer Betrachtung wir jetzt wohl fertig sind?

A: Folgen wir dem angesprochenen *Kleinen Katechismus* Luthers, so fehlen uns noch die zentralen Sakramente und das Vaterunser. Das Sakrament der Kommunion oder Abendmahlfeier streiften wir, als wir den Verlauf der Messfeier rekapitulierten. Die Taufe können wir als Einführung und als Aufnahme in die Gemeinschaft des Glaubens, über den wir die ganze Zeit reden, auffassen. Somit bliebe uns noch das Vaterunser.

B: Dafür sollte meine Energie noch reichen, das Vaterunser ist ja um einiges kürzer als das Glaubensbekenntnis und es erscheint mir wesentlich ansprechender.

A: Immerhin brachte das Vaterunser – wie der Bibel zu entnehmen ist – Christus selbst seinen Jüngern bei. Es kann daher als das Gebet der Gebete gelten, was durch die darin anzutreffende Zahlensymbolik unterstrichen wird.

B: Welche Zahlensymbolik?

A: Die Wünsche oder Bitten, die wir in diesem Gebet an Gottvater richten, sind sieben, die Zahl der Vollkommenheit. Wir listen in diesem Gebet also nicht zwölf Glaubensartikel auf, sondern bombardieren sozusagen wie fordernde Kinder den Vater mit Bitten. Innerhalb dieser Bitten bieten wir selbst nur eine einzige Sache an …

B: … dass nämlich auch wir, wie wir besprochen haben, unseren Schuldigern vergeben.

A: Genau. Dieses Gebet eint nicht nur die ganze Christenheit in, wie ich meine, höherem Maß als die Glaubensbekenntnisse, es ist auch ein wichtiger Ausgangspunkt für eine Ökumene, eine Glaubensgemeinschaft in einem weiteren Sinn.

B: Inwiefern weiter?

A: Weil es die Christen deutlich an das Judentum zurückbindet, aus dem das Christentum hervorging. Im Neuen Testament spricht dieses Gebet der Jude Jesus. Und wie überall in den Evangelien, so kann man auch bei diesem Gebet in seiner griechischen Originalversion die damalige Umgangssprache des Nahen Ostens, das Aramäische, und die jüdische Liturgiesprache Hebräisch durchblitzen sehen. Das ist gleich bei der ersten Bitte der Fall, die wir in diesem Gebet an den Vater richten, der, wie es am Anfang heißt, im Himmel ist: »geheiligt werde dein Name«.

B: Mit dieser Aussage konnte ich ähnlich wie mit dem »eingeboren« im Glaubensbekenntnis nie viel anfangen.

A: Wir können in dem »geheiligt« einerseits den Wunsch ausgedrückt sehen, dass die Gläubigen auf der ganzen Welt Gott preisen und ihn bekennen mögen – dahinter steht das hebräische Konzept des Quiddusch Ha-Schem, der Heiligung des Namens.

B: Was soll damit bewirkt werden?

A: Diese Heiligung des Namens lässt sich als Inbegriff der Bemühungen fassen, entsprechend den unterschiedlichen Religionsvorschriften fromm zu leben. Über die Besonderheit des Gottesnamens, der im orthodoxen jüdischen Ritus nicht ausgesprochen wird, haben wir uns bereits unterhalten. Seiner Verehrung oder eben Heiligung dient beispielsweise Salomons Tempelbau.

B: Ein Tempel, der sich nicht in Ewigkeit erhalten hat, was ein Sinnbild für die Zerbrechlichkeit aller unserer menschlichen Bemühungen ist.

A: Zumindest blieb der Tempel nicht als irdisches Bauwerk erhalten. Aber wir dürfen in Christus und Gott, dessen Name geheiligt werden soll, den lebendigen Tempel sehen, in dem die Gemeinde auf ewig geborgen ist. In der nächsten Bitte des Vaterunsers: »dein Reich komme« können wir demgemäß das Hoffen auf eine himmlische Gemeinschaft in diesem Tempel formuliert sehen und nicht die Bitte um das Entstehen eines konkreten Reiches auf Erden.

B: Irdische Reiche mit ihren Allmachtsphantasien erlebten die Menschen schon genug, sei es das Heilige Römische Reich oder in jüngerer Zeit das Tausendjährige Reich.

A: Du sagst es. Das im Vaterunser erbetene Reich soll keine Zwangsgemeinschaft oder Tyrannis sein, sondern – wie es im griechischen Original heißt – eine *basileia*, eine Königsherrschaft, in der Gott als der allgütige Herrscher alles lenkt …

B: … und alles seinem Willen gemäß einrichtet. Darum bitten wir in diesem Gebet als nächstes, dass der Wille des Vaters geschehe.

A: Ja, nämlich im Himmel und auf Erden, was die Relevanz dieses Wunsches für die Gegenwart anzeigt. Wir bitten nicht lediglich um etwas Zukünftiges und Jenseitiges, sondern auch um etwas Gegenwärtiges. In Christus, der uns dieses Gebet vorsprach, haben wir ein Muster für die radikale Annahme des Willen Gottes. Bei seinem Leiden, seinem Passionsweg spricht Christus deutlich aus, dass nicht sein Wille, sondern derjenige seines Vaters geschehen soll.

B: Der Kelch des Leidens geht nicht an Jesus vorüber …

A: So sollen auch wir uns, das könnten wir dieser Geschichte entnehmen, dem Leid in unserem Leben stellen, dem anscheinend niemand auskommt. Aber deshalb bitten wir in der nächsten Bitte des Vaterunsers auch um Stärkung …

B: »… unser tägliches Brot gib uns heute«.

A: Das können wir im übertragenen Sinn auch auf das geistige Brot beziehen, nämlich das Wort Gottes. Dies ist aus dem »täglich« erklärbar, welches im Gebet das Brot näher bestimmt. Das hinter dem »täglich« stehende griechische Wort *epiousios* kann dasjenige bezeichnen, was uns unser Dasein ermöglicht, also sowohl unsere körperliche als auch geistige Nahrung. Mit dieser Bitte soll sich jeder daran erinnert fühlen, dass wir – worin wir am Anfang unseres Gesprächs übereingekommen sind – ständig auf andere angewiesen sind, die uns unser Überleben sichern.

B: Wie wahr, wie wahr. Was unser Brot angeht, so sind wir von einer stets kleiner werdenden Anzahl von Landwirten abhängig …

A: … die ihrerseits sehr wohl wissen, dass sie in ihrem Tun von anderem abhängig sind, der Witterung, dem Wasser, den Böden und so weiter.

B: Das zwingt uns aber nicht, deshalb an einen Gott als Urheber der Welt oder Spender unserer Nahrung zu glauben.

A: Das ist gewiss richtig, dass wir das nicht tun müssen. Was die Menschen jedoch bei ihrem Tun und Wirtschaften zweifellos ebenso wie ihre Abhängigkeit von anderem feststellen, ist die Tatsache, dass sie sich immer wieder in die Quere kommen und schuldig werden. Darauf können wir die nächste Bitte, diejenige um Vergebung der Sünden, beziehen.

B: Und dann versichern eben wir als Betende, dass auch wir unseren Schuldigern vergeben, was ein wenig nach Bankterminologie klingt.

A: Das ist vielleicht eine gar nicht so unangebrachte Assoziation; eventuell wäre es für die Weltwirtschaft nicht schlecht, wenn es in gewissen Abständen so etwas wie das antike Jubeljahr gäbe, in dem alle Geldschulden erlassen wurden.

B: Es könnte aber sein, dass das die Wirtschaft zum Einsturz brächte.

A: Oder auch nicht. So leben wir nun mit unfassbar hohen Schuldenbeträgen, vor allem bei den Staatsfinanzen; an anderen Orten wird dafür in oftmals ziemlich abstrakter Form Geld gehortet. Aber das ist eine andere Geschichte. Noch einmal möchte ich betonen, dass mir das Wunderbare an dem Vaterunser zu sein scheint, dass das Einzige, was wir bei all den Wünschen, die wir vorbringen, anbieten können, unser Vergeben ist.

B: Aber wie sollen wir anderen vergeben können?

A: Das ist eine berechtigte Frage. Ich meine, dass dies nur in der Richtung der von uns ebenfalls mehrmals angesprochenen Anerkennung funktioniert. Wir müssen dabei zunächst an uns selbst anerkennen, dass wir endlich sind, dass wir permanent Bestimmungen setzen und Zerstörungen bewirken.

B: Und das Gleiche sollen wir an den anderen Menschen anerkennen und es ihnen vergeben?

A: Ja, umgekehrt dürfen wir darauf hoffen, dass die anderen uns vergeben. So könnten wir eine Gemeinschaft der Schuldigen bilden, die sich gegenseitig vergeben.

B: Betrachten wir die heutige Welt, so liegt eine derartige Gemeinschaft offenbar in ferner Zukunft; heute will scheinbar jeder jeden übertreffen und keiner schert sich um die eigene Schuld.

A: Das in dieser Weise zu verallgemeinern ist ebenso problematisch. Freilich gebe ich zu, dass momentan viele Menschen einen Wettbewerb im Individualismus austragen und sich nach Möglichkeit durch irgendetwas, zum Beispiel durch besseres Einkommen, vom Rest der Menschheit unterscheiden wollen. Darauf könnten wir die vorletzte Bitte des Vaterunsers beziehen: »... und führe uns nicht in Versuchung«.

B: Du meinst, der Kapitalismus und der Konsum sind die aktuellen Verführungen für die Menschheit?

A: Jedenfalls stellen die übertriebenen und uneingeschränkten Formen von Kapitalismus und Konsum eine große Bedrohung für uns dar, sei es für den Frieden oder für die Umwelt. Allgemein lässt sich sagen, dass Versuchungen dort bestehen, wo es Schranken gibt oder geben sollte. Wir Menschen wollen anscheinend permanent solche Schranken überschreiten; das bedeutet umgekehrt nicht, dass wir Dinge, die uns in ihrer ungezügelten Form schädigen, vollkommen vermeiden sollen. Darauf kann die letzte Bitte des Gebets hindeuten, die Erlösung von allem Bösen.

B: Wie darf ich das verstehen?

A: Wir sollen ja wohl nicht alle radikale Asketen werden, die sich zu Tode hungern, um das Böse zu vermeiden, sondern wir sollen im Leben die angemessenen Dimensionen im Auge behalten, eben den Versuchungen ausweichen. Wir werden als Menschen unablässig Konsum betreiben, schon im basalen Sinn dessen, dass wir Lebensmittel konsumieren; aber wir sollen danach trachten, dies nicht in übertriebenem Ausmaß zu tun.

B: Was auch immer das sein mag, das nicht übertriebene, das richtige Maß.

A: Da wird vermutlich jede Generation für sich ausverhandeln, was für sie ein normales Maß ist und was sie für übertrieben hält. Aber offenkundig gibt es in uns Menschen etwas, das zu einem ständigen Mehr drängt, sei es eine tief wurzelnde Angst oder verdrängte Begierden, die sich unter anderem in Neid und Zorn äußern.

B: Und das zieht uns zu dem von dir angesprochenen Bösen hin?

A: Das ist zumindest eine Erklärungsweise für das viele Schlechte, das wir Menschen einander antun. Wir müssen ja nicht ein absolutes Böses annehmen, das uns als eigenständige Macht bedroht. Vielmehr dürfen wir voraussetzen (was du uns am Anfang unseres Gesprächs in Erinnerung gerufen hast), dass wir Menschen alle fortwährend etwas Gutes oder das Gute wollen und suchen, dass wir es aber nicht selten verfehlen, weil wir falsche Prioritäten setzen.

B: Aber wer vermag uns als neutrale Instanz zu sagen, was falsch oder richtig ist, wenn es zum Beispiel darum geht, wie viel Besitz wir anstreben sollen, oder wer sagt uns, ob wir überhaupt Besitz haben sollen oder nicht?

A: Das Richtige oder Falsche in diesem Bereich können wir wahrscheinlich nur ermitteln, wenn wir unablässig darüber diskutieren und die Grenzen auf verschiedensten Ebenen von Gemeinschaften ausverhandeln. Im persönlichen Leben werden wir uns meist an Vorbildern orientieren, von denen wir meinen, dass ihnen ihr Leben besonders gut gelungen ist oder gelingt. Im Kontext des Gebets dürfen wir darum bitten und darauf hoffen, dass Gott uns von allem Bösen erlöst. Wir müssen das Böse also nicht mit eigener Kraft aus uns ausmerzen.

B: Aber diese Erlösung vom Bösen wird vielleicht erst am Sankt-Nimmerleins-Tag stattfinden?

A: Na ja, sicherlich hat diese Bitte um Erlösung vom Bösen die Konnotation von etwas Jenseitigem. Die Christen erwarten keine Erlösung in einem irdischen Reich, sondern in einer Art von Gericht (auch wenn das eine unpopuläre Vorstellung sein mag) für den Einzelnen in seinem Tod oder für alle am Ende der Zeit, in einem Gericht, das zu einem himmlischen Reich führt, in dem sämtliche Verfehlungen getilgt sind.

B: Bezieht sich darauf der Nachsatz nach dem Vaterunser, wenn ich so sagen darf, der in den Messen manchmal nach einem Zwischentext gesprochen wird: »Denn dein ist das Reich und die Kraft und die Herrlichkeit, in Ewigkeit. Amen«?

A: Das ist der Lobpreis am Ende, der einerseits auf die Bitte am Anfang des Gebets, dass Gottes Reich kommen möge, zurückweist und der – wieder durchaus in der Art der jüdischen Tradition – die Kraft Gottes sowie seine Herrlichkeit verkündet, sein *koach* und seine *tiferet* oder sein *kabod*.

B: Das sind doch Dinge, die sicherlich viele Religionen an ihren Göttern oder ihrem Gott preisen, wie zum Beispiel der Islam?

A: Ja, diesen Lobpreis am Ende des Vaterunsers können hoffentlich viele Religionen gemeinsam vorbringen. Übrigens ist das der Ausdruck einer Bemühung um eine Gemeinschaft der christlichen Kirchen, dass im katholischen Gottesdienst dieser Lobpreis seit dem Zweiten Vatikanischen Konzil wieder gesprochen wird.

B: Aha, zuvor wurde er dort nicht gesprochen?

A: Jedenfalls nicht in der Tradition, die sich in der Gegenreformation nach dem Tridentiner Konzil ausbildete, bei dem das Römische Messbuch als Referenztext für die Messfeiern festgelegt wurde …

B: … und das den heute berühmt-berüchtigten lateinischen Messen zugrunde liegt, die von besonders Konservativen gefeiert werden.

A: Ein Ausdruck von Konservativität ist es vor allem, wenn jemand die Messen im Tridentinischen Ritus zelebriert. Es gibt eine lateinische Version auch der aktuellen Messtexte. Diese bei der Messfeier heranzuziehen, ist wohl weniger ein Akt der Rückwärtsgewandtheit.

B: Aber es verstehen dann halt die Wenigsten, was da für ein Popanz getrieben wird.

A: Das kommt auf die Messbesucher an, könnte ich erwidern. Wenn sie innig mit dem Messverlauf vertraut sind oder wenn sie brav Latein gelernt haben, werden sie sehr wohl dem Ganzen folgen können, und sie teilen dann eine über den Nationalsprachen stehende, gemeinsame Umgangssprache. Aber grundsätzlich halte ich es selbstverständlich für besser, wenn die Messe in der jeweiligen Volkssprache, wie es heißt, gefeiert wird und sich die Gemeinde durch das Mitsprechen der Texte an der Feier beteiligt.

B: Damit kommen wir zum Anfang unserer Betrachtungen zur Religion zurück, nämlich zur Messfeier. Sind wir jetzt eigentlich mit unserem Katechismus fertig?

A: In gewisser Weise ja, sofern wir nach den Elementen des *Kleinen Katechismus* vorgehen, an dem wir uns orientierten. Diese Elemente waren die Zehn Gebote, die großen Gebete, nämlich das Glaubensbekenntnis und das Vaterunser, sowie die wesentlichen Sakramente der Taufe und der Abendmahlsfeier, die wir am Rande streiften.

B: Wir können also Feierabend machen und etwas essen gehen?

A: Das wollte ich damit nicht unbedingt festlegen. Es gibt sicherlich unzählige andere Inhalte aus dem Religionsunterricht, die wir rekapitulieren könnten. Abgesehen davon hätten wir noch andere Fächer zu besprechen. Ich hoffe aber, dass dir durch unser Gespräch über das Christentum dasjenige ein wenig plausibel wurde, was ich an dessen Anfang behauptete.

B: Was genau meinst du?

A: Meine Behauptung, dass diese Religion höchste geistige Ansprüche des Menschen bedient und dass sie zugleich für unsere allgemeinsten Bedürfnisse und innigsten Gefühle etwas bietet.

B: Weil diese Religion Geschichten voll Liebe erzählt und unsere Angst vor dem Tod anspricht?

A: Ja, und weil die Geschichte von dem Gott, der Mensch geworden ist, den eine junge Frau im Vertrauen auf Gott zur Welt bringt und der Fürchterliches für die Menschen erleidet und uns dabei zur Liebe untereinander auffordert, ein großes Identifikationspotenzial für alle Menschen hat, die sich in der Liebe dieses Gottes aufgehoben sehen können.

B: Man könnte jedoch ebenso herausstreichen, dass diese Geschichte die Macht besitzt, die Menschheit zu verdummen, sie in ihrem irdischen Leiden ruhig zu halten und davon abzuhalten, durch Revolutionen ihre Lage zu verbessern.

A: Wir können nur hoffen, dass wir derartige Funktionalisierungen von Religionen weitgehend hinter uns gelassen haben. Zweifellos hat die christliche Religion das Potenzial, von Machthabern zum Ruhigstellen von unterdrückten, leidenden Massen missbraucht zu werden, was ja von Religionskritikern immer wieder betont wurde und schließlich zum Diktum vom »Opium für das Volk« führte. Andererseits können wir diese Religion als stimulierende Droge betrachten, die den Denkern viele Anregungen zur Spekulation liefert, was wir ebenfalls kurz diskutierten. Allen voran ist hier an die Lehre von der Dreifaltigkeit und an ihre philosophischen Interpretationen zu erinnern, in welche das tiefgründige Denken der griechischen Philosophie über das Eine und das Viele eingeflossen ist.

B: Aber wir könnten auch in diesen Lehren eine gewisse Form der Verdummung festmachen. Durch die Fixierung einzelner Lehrmeinungen und durch das Festhalten an den Dogmen wurde für lange Zeit ein geistiger Fortschritt verhindert, bis die Renaissance die Fesseln der Scholastik abschüttelte und die Aufklärung den Aberglauben bekämpfte.

A: Auch diese Überlegungen haben sicherlich ihre Berechtigung. Andererseits ließe sich über den vermeintlichen geistigen Fortschritt die Frage stellen, ob es hinsichtlich der Grundprobleme der Menschen tatsächlich einen solchen gab und, wenn es einen gab, wohin er uns führte.

B: Zumindest führte uns die Aufklärung dahin, dass wir nicht mehr vor der Hölle erzittern und angebliche Ketzer am Scheiterhaufen verbrennen.

A: Das war – nämlich die Ketzer- und Hexenverbrennung – größtenteils ein Phänomen der vielfach gepriesenen Neuzeit, die mit ihrem Rationalismus zu ganz anders dimensionierten Gräueltaten fortschritt. Aber lassen wir das. Was das Geistige und das Philosophische angeht, so stelle ich mir ernsthaft die Frage, ob wir in Europa eine gangbare Alternative zum christlich durchtränkten Denken haben, das die platonisch-aristotelische Tradition in sich aufgesogen hat.

B: Wie wär's mit dem Existenzialismus, der klar ausspricht, dass wir Menschen grundlos in die Welt geworfen sind und dass wir das Beste aus dieser absurden Situation machen sollen, freilich ohne einen reinen Egoismus zu verfolgen, sondern unter Hochachtung der anderen Menschen?

A: Darauf könnte ich erwidern, dass ein derartiger Gedanke von Humanität immer noch im Griechisch-Christlichen wurzelt, freilich neuerdings eingebettet in eine trostlose Sicht der Welt.

B: Vielleicht ist es besser, dieser Trostlosigkeit ins Gesicht zu sehen, als sich einem falschen Trost hinzugeben.

A: Ja, man kann sich auch, weil es gerade so die Mode ist in kultivierten Gesellschaftskreisen, einem nicht weiter hinterfragten Atheismus oder Agnostizismus oder auch Szientismus hingeben; es könnte aber sein, dass man sich damit selbst eines wichtigen Teils seines Menschseins beraubt.

B: Welcher wäre das?

A: Der Geist oder wie auch immer du dasjenige bezeichnen möchtest, das uns das Nachdenken über uns ermöglicht, aber ebenso der Grund unserer Empfindungen und Freuden ist, die mehr sind als bloße Regungen in den Nervenbahnen.

B: Das behauptest du, andere sehen das anders.

A: Das stimmt. Was ich mit meinem Plädoyer für die durch die Religion geprägte Geistigkeit sagen möchte, ist, dass man Menschen, die sich für religiös halten oder sich mit den Gehalten von Religionen auseinandersetzen, nicht automatisch für Naivlinge oder Fundamentalisten halten sollte, die den Fortschritt hemmen oder die Freiheit einschränken. Es ist ihnen zuzugestehen, dass sie einer Sache nachgehen, die der Würde des Menschen, seiner Geistigkeit und seinen höchsten Ansprüchen durchaus entsprechen kann.

B: Wir sollen also wieder brave Katholiken oder zumindest Christen werden?

A: Das will ich nicht gesagt haben. Sicherlich gibt es viele Religionen, die jener Geistigkeit entsprechen, und wir sehen allerorts, dass die Menschen in verschiedenen religiösen Traditionen leben oder sich unterschiedlichen Religionen zuwenden, die ihnen offenbar heilsam erscheinen; das führt uns zu einer weiteren Unternehmung unseres Religionsunterrichts.

B: Und der wäre?

A: Der Ausblick auf andere Religionen. Wir erhielten in unserem Religionsunterricht nicht nur einen Abriss der christlichen Theologie, wir wurden darüber hinaus zu einer vergleichenden

Religionswissenschaft hingeführt, die einen Überblick über die sogenannten Weltreligionen bieten will.

B: Das hast du uns schon in Erinnerung gerufen. Mich hat daran wie gesagt besonders der Buddhismus mit seinen unterschiedlichen Ausformungen interessiert.

A: Das ist ein gutes Beispiel für eine Religion, die mit ihren verschiedenen, mehr oder weniger stark meditativen Richtungen, die nach dem Zweiten Weltkrieg in den sogenannten westlichen Staaten vermehrt in Mode gekommen sind, höchsten denkerischen Ansprüchen gerecht werden kann. Beim Buddhismus zeigt sich in ähnlicher Weise wie beim Christentum mit seiner Verknüpfung mit dem Griechischen, dass eine Religion Elemente einer früheren Philosophie, in diesem Fall aus dem indischen Bereich, aufgriff.

B: Davon habe ich nicht wirklich eine Ahnung, sondern nur die oberflächliche Kenntnis, die man nun einmal von populär gewordenen Strömungen hat. Ebenso wenig könnte ich etwas Fundiertes über den Hinduismus sagen.

A: Mir geht es da ähnlich. Eine Religion freilich könnten wir noch ins Auge fassen, die uns, wenn wir uns von einem christlich geprägten Bereich aus in der Welt umsehen, eigentlich näher als die soeben genannten ist und die, gereiht nach der Zahl der Gläubigen, vor dem Buddhismus und dem Hinduismus nach dem Christentum die zweitgrößte Weltreligion bildet.

B: Du meinst den Islam?

A: Jawohl, der uns aufgrund einer ebenfalls oberflächlichen Wahrnehmung als eine Religion erscheinen mag, die sich in besonderer Weise mit Politischem und mit Fundamentalismen verbindet. Das legt jedenfalls das Gerede in den westlichen Staaten nahe. Es könnte jedoch sein, dass der Islam die fortschrittlichste der drei großen monotheistischen Religionen ist.

B: Meinst du das im Ernst?

A: Freilich kann ich nur von einer Außenperspektive aus urteilen, und selbstverständlich ist mir bewusst, dass es viele Ausprägungen des Islam gibt. Diesen werden wir mit Verallgemeinerungen nicht gerecht. Mir scheint es jedoch manchmal so, dass der Islam die schlichteste und einfachste der sogenannten abrahamitischen Religionen ist und er dadurch in unserer Zeit, die zwar geistig vielleicht nüchterner, aber wohl nicht weniger turbulenter als frühere Epochen ist, am klarsten den Blick auf den einen Gott, der zu verehren ist, fokussiert.

B: Also auf Allah.

A: Dieser Name bedeutet ja eigentlich nichts anderes als »der Gott«; der Artikel *al-* ist darin mit dem Hauptwort *ilah* verbunden, das seinerseits mit dem hebräischen Wort *elohim* verwandt ist. Das verweist uns im Übrigen auf etwas Erstaunliches.

B: Auf die Verwandtschaft von Wörtern, die »Gott« bezeichnen?

A: Ja, in gewisser Weise – diese Verwandtschaft der Wörter für Gott kann uns daran erinnern, dass sich die drei großen Religionen des Judentums, Christentums und des Islam in ein und derselben Region ausbildeten, in dem Gebiet nämlich, das Abraham durchstreifte und das heute gerne als arabische Halbinsel bezeichnet wird. Ein Teil dieser Region wurde dem auserwählten Volk als das Land am Jordan zugewiesen, an dem Fluss, in dem Jesus getauft wurde, was als Startschuss der christlichen Missionierung gelten kann. Und unweit der Orte der christlichen Heilsgeschichte befinden sich Mekka und Medina.

B: Eine vielleicht verhängnisvolle Nähe – bis heute bekämpfen sich Anhänger dieser drei Religionen in und um dieses Gebiet aufs Ärgste, denken wir nur an den Konflikt zwischen Palästinensern und Israelis oder an die Bekämpfung christlicher Gruppierungen im Irak oder in Syrien.

A: Das sind in der Tat sehr betrübliche Konflikte. Möglicherweise erklären sich diese Auseinandersetzungen aus der menschlichen Psyche – oft verfeinden sich gerade diejenigen besonders, die einander sehr nahe sind.

B: Wie ein altes Ehepaar?

A: Ja, oder wie Lehrer und Schüler oder Eltern und Kinder, die in ein Konkurrenzverhältnis treten. Die Nachkommenden wollen die Älteren übertrumpfen, und die Älteren halten ihrerseits für problematisch, was oder wie die Jungen etwas angehen. Diese Vorgänge können wir bei Landwirten beobachten, wenn die jüngere Generation der älteren nichts recht macht; und doch müssen alle auf einem bestimmten Flecken Erde miteinander zurechtkommen.

B: Im Fall der von dir genannten Religionen steht uns die Abfolge der Generationen, wenn wir hier von solchen sprechen wollen, klar vor Augen, und der Islam könnte mit Fug und Recht behaupten, dass er da ist, um seine Vorgänger abzulösen.

A: Aber ich möchte selbstverständlich nicht behaupten, dass bei derartigen Auseinandersetzungen zwischen Älterem und Neuerem das Spätere immer im Recht ist. Die Menschheit könnte sich auch darauf besinnen – was den Streit unter Landwirten angeht –, dass sie einen gemeinsamen Grund und Boden bestellt, den weder die Jungen noch die Alten hervorgebracht haben …

B: … sondern den Boden, der ihnen von Gott geschenkt wurde, was du vermutlich ergänzen möchtest?

A: Das triffst du nicht schlecht, und das führt uns einmal mehr zum Anfang unseres Gesprächs zurück, an dem wir uns eingestanden haben, dass wir ohne die anderen nichts sind, vielleicht auch nicht ohne den großen Anderen.

B: Unter dem wir Gott verstehen dürfen?

A: Ja, diesbezüglich sollten sich die Exponenten dieser drei Religionsgemeinschaften, die heute die Welt umspannen, immer wieder daran erinnern, dass es derselbe Gott ist, den sie verehren, anbeten und suchen.

B: Man könnte ihnen Generation für Generation Lessings Ringparabel zu lesen geben.

A: Das ist zweifellos eine schöne Geschichte. Vielleicht sollte vor allem die Schule dadurch, dass sie konkret das Andere und Fremde erlebbar macht, zu einem Verständnis dessen beitragen, wie nahe sich diese Religionen stehen. Man könnte bei den Äußerlichkeiten anfangen, deren Verschiedenheiten, auch wenn sie gering sind, vielfach schon zur Bildung von Gräben führen, über die man sich selten hinüberbewegt.

B: Denkst du an die Kleidungsvorschriften oder -gewohnheiten von Angehörigen dieser Religionen?

A: Das ist etwas vermutlich noch Äußerlicheres und Zufälligeres als dasjenige, worauf ich abziele; aber sicherlich können auch

Kleidungsvorschriften, die meist nicht in den jeweiligen Heiligen Schriften begründet sind, zu wechselseitigen Ablehnungen führen. Mir schwebte bei den Äußerlichkeiten, mit deren Vermittlung die Schule zu einem größeren Verständnis des fremd Scheinenden beitragen könnte, die Schrift vor. In den westlichen Medien und Filmen erscheint beispielsweise etwas, das im arabischen Alphabet geschrieben ist, oft als Signum für das Fremde und mitunter Feindliche.

B: Du meinst Szenen oder Bilder, in denen Terroristen oder islamische Kämpfer Botschaften mit arabischen Schriftzügen vor die Kamera halten?

A: Zum Beispiel. Diese Schrift, die in ihrer kalligraphischen Ausformung in wunderschönen Linien viele Gebäude ziert, könnte im Unterricht ziemlich leicht vermittelt werden, jedenfalls wesentlich leichter als fernöstliche Schriftsysteme.

B: Das würde aber immer noch nicht bedeuten, dass die Menschen das darin Geschriebene verstünden.

A: Das nicht, aber es wäre ein Zeichen des Respekts, wenn Menschen zumindest Eigen- oder Ortsnamen anderer Schriftkulturen auf Schildern oder eben den Gottesnamen auf Inschriften lesen könnten. In der sogenannten westlichen Welt hält man es für selbstverständlich, dass das von ihr benutzte römische Alphabet überall gekannt wird, das übrigens dieselbe Wurzel wie das arabische und auch das hebräische Alphabet hat.

B: Das muss aber schon lange her sein, dass sich diese Alphabete auseinanderentwickelten.

A: Wie man das nimmt; diese Alphabete lassen sich, worüber wir ebenfalls bereits sprachen, auf ein gemeinsames semitisches

Alphabet zurückführen, das, verglichen mit der Länge der Menschheitsgeschichte, erst vor Kurzem aufkam und das durch die Phönizier weite Verbreitung im Mittelmeerraum fand.

B: Durch das Handelsvolk?

A: Ja, von ihnen übernahmen die Griechen diese Art zu schreiben. Der Ausdruck »Alphabet« bezeugt übrigens den semitischen Ursprung dieser Schrift: »Alpha« geht auf ein semitisches Aleph zurück, das »Stier« heißt, und der Wortteil »-bet« bedeutet »Haus«.

B: Wie im Ortsnamen Betlehem?

A: Ja, was »Haus des Brotes« heißt. Das ist ein passender Name für den Geburtsort des Heilands, der das himmlische Brot ist. Über Vermittlung des Jiddischen hat das Wort *bet* in der Form von »Beisl« oder »Beiz« Eingang in manche Dialekte des Deutschen gefunden, in denen es eine Gastwirtschaft bezeichnet, etwas, das wir demnächst aufsuchen werden. Die Griechen jedenfalls haben das Alphabet von den Phöniziern vermittelt bekommen und dahingehend adaptiert, dass sie auch die Vokale mit eigenen Buchstabenzeichen darstellten.

B: War das im Alphabet der Phönizier nicht der Fall?

A: Nein, das war dort nicht der Fall. Auch heute bestehen Texte, die mit dem hebräischen und arabischen Alphabet geschrieben werden, üblicherweise nur aus den Buchstaben für die Konsonanten; allerdings werden in manchen Schriften zusätzlich zu den Hauptbuchstaben Vokalzeichen gesetzt, kleine Punkte und Striche, die sich über oder unter den Buchstaben befinden.

B: Aber diese Schriften würden auch ohne solche Zusatzzeichen auskommen?

A: Ja, das tun sie in vielen Fällen. Hebräische und arabische Tageszeitungen werden weitgehend ohne Vokalzeichen gedruckt. Dagegen müssen bekanntlich beim griechischen und beim römischen Alphabet, das sich durch die Übernahme eines westgriechischen Alphabets ausbildete, notwendigerweise die Vokale ausgeschrieben werden, sofern ein verständlicher Text erzeugt werden soll.

B: Warum aber schauen dann die von dir genannten Schriften so verschieden aus, wenn sie auf die gleiche Wurzel zurückgehen?

A: Der Grad an Unterschiedlichkeit hängt davon ab, was wir vergleichen. Wenn wir bei einer jüngeren Schrift beginnen, nämlich der arabischen, wie wir sie kennen, so sehen wir, dass sie eine Kursiv- oder Schreibschrift ist, bei der die meisten Buchstaben mit den anderen Buchstaben verbunden werden; daraus ergibt sich, wie bei unseren Handschriften, dass ein Wort durch eine mehr oder weniger zusammenhängende Linie dargestellt wird, auch in Drucken. Wenn man jedoch Texte im römischen oder griechischen Alphabet druckt, verbindet man die einzelnen Buchstaben im Regelfall nicht oder nur in seltenen Fällen. Dabei gehen die sogenannten Kleinbuchstaben auf Schreibschriftformen aus dem Mittelalter zurück – und wie wir das aus der Schule kennen, unterscheiden sich Schreib- oder Handschriften sehr stark voneinander, stärker jedenfalls als die sogenannten Blockbuchstaben.

B: Ja, ich konnte in der Schule deine Klaue kaum entziffern, was es schwer gemacht hat, von dir abzuschreiben.

A: Ähnliches beobachten wir bei lateinischen Handschriften aus dem Mittelalter, in dem es verschiedene Schreibschulen und Schreibtypen gab, aus denen sich die zum Teil sehr unterschiedlich aussehenden Druckschriften ergaben; diese großen Unterschiede ergaben sich vor allem, als die Schreiber dazu übergingen, auch Kleinbuchstaben zu verwenden; die Antike kam weitgehend mit Großbuchstaben aus, die weniger voneinander abwichen. Diese verschiedenen Grade an Abweichungen können wir am besten am griechischen und römischen Alphabet nachvollziehen, die wir beide in der Schule gelernt haben. Die Kleinbuchstaben unterscheiden sich in diesen Alphabeten erheblich voneinander, wie beispielsweise ein kleines Alpha im griechischen von einem kleinen »a« im römischen Alphabet. Die Großbuchstaben dieser Alphabete unterscheiden sich dagegen teilweise gar nicht, das große Alpha hat dieselbe Form wie ein großgeschriebenes römisches A.

B: Etwas, das wir gut auf den römischen und griechischen Inschriften nachvollziehen können, die sich im Mittelmeerraum erhalten haben.

A: Wobei zu sagen ist, dass man in der Antike auch auf Papyrus oder Pergament meist mit Großbuchstaben geschrieben hat. Für Inschriften in Stein ist die hebräische Quadratschrift besonders adäquat, bei der sich jedes Zeichen mehr oder weniger in ein Quadrat einfügt, was klarerweise bei Aufschriften einen beeindruckenden Effekt erzeugt.

B: Und was wir wiederum auf jüdischen Friedhöfen sehen können.

A: So ist es. Aber wie gesagt, grundsätzlich stehen sich das hebräische, griechische, lateinische und arabische Alphabet sehr nahe. Alle diese Schriften gehen auf dieselbe Wurzel zurück, ein semitisches Alphabet, das sich rasch weltweit verbreitete.

B: Das scheint mir nicht weiter verwunderlich, weil zu vermuten ist, dass die großen Meister in Eroberungszügen, nämlich die Griechen, Römer und Araber, dieses Schriftsystem überallhin exportierten.

A: Das stimmt natürlich; zusätzlich handelt es sich dabei um ein einfaches Schriftsystem, sodass es sich nicht nur weit verbreitete, sondern auch bald – im Unterschied zu elitären Schreibsystemen wie der Hieroglyphenschrift – von großen Teilen der Bevölkerung verwendet wurde. Ähnliches gilt vermutlich für einige der Religionen, die diese Eroberer mit sich führten – es waren Religionen für das Volk.

B: Was die rasante Ausbreitung des Christentums im spätrömischen Reich und das Populärwerden des Islam in den von den Arabern eroberten Gebieten angeht, könnte es jedoch sein, dass diese Verbreitung damit Hand in Hand ging, dass zu gewissen Zeiten alle anderen Kulte verdrängt, verboten oder ausgerottet wurden.

A: Das Verbot und die Ausrottung betreffen dabei nur begrenzte Phasen. Die Römer und die Araber duldeten die meiste Zeit hindurch in ihren Gebieten andere Kulte und Religionen als die jeweilige offizielle Religion, wenn ich so sagen darf. Gerade aus der frühen Zeit der arabischen Expansion ist bekannt, dass damals in einigen Gebieten christliche Gruppen, die zuvor unter den Byzantinern viel hatten erleiden müssen, aufblühten.

B: Das ist überhaupt eines der wahnsinnigsten Dinge der Geschichte, dass Christen unablässig gegen Christen kämpften,

Orthodoxe gegen Monophysiten, Kreuzritter gegen Byzantiner, Katholiken gegen Evangelische und so fort.

A: Aber das lässt auch hoffen, die Konflikte.

B: Inwiefern sollen diese Konflikte hoffen lassen?

A: Weil sie letzten Endes überwunden wurden, sodass die verschiedenen christlichen Kirchen nicht nur koexistieren, sondern miteinander Dialoge führen oder teilweise gemeinsame Gottesdienste feiern.

B: Dass diese Kirchen nebeneinanderher leben und teilweise gemeinsame Gottesdienste feiern, könnte aber auch ein Zeichen dafür sein, dass in Wirklichkeit die Glaubensinhalte niemanden mehr tief berühren und dass es deshalb keine Konflikte mehr im Zusammenhang mit ihnen gibt.

A: Das ist vermutlich eine zu pauschale Sicht der Dinge. Es existieren weltweit doch sehr viele christliche Gemeinden, die ihre Sache ernst nehmen und dennoch – allen anderen Auseinandersetzungen zum Trotz – in gewissem Frieden miteinander leben, sei es in Afrika oder in Lateinamerika …

B: … oder in Nordamerika, wo sich christliche Kirchen zusammenschließen, um eine islamfeindliche Stimmung zu schüren.

A: Aber auch dort gibt es positive Gegenbeispiele. In vielen Großstädten der USA leben Angehörige verschiedener Religionsgemeinschaften nicht nur friedlich zusammen, sie stehen darüber hinaus miteinander im Austausch, ähnlich wie das früher zu den besten Zeiten von religiöser Koexistenz in der Alten Welt der Fall war.

B: Meinst du die Zeiten, in denen Juden, Christen und Muslime in Jerusalem friedlich miteinander verkehrten?

A: Ja, wenngleich Jerusalem wohl seit jeher ein brisanter Kreuzungspunkt war. Im Mittelalter gab es auch im heutigen Spanien einen bemerkenswerten Austausch von Islam, Judentum und Christentum, und das auf höchstem intellektuellen Niveau.

B: Dort entstanden doch die Übersetzungen aus dem Arabischen, durch die dank der Vermittlung durch islamische Gelehrte vieles an antiken Bildungsgütern dem christlichen Abendland überhaupt erst wieder bekannt wurde?

A: Ja, es gab damals in allen Kulturgruppen, die in diesem Gebiet, das man Al-Andalus nennt, gemeinsam lebten, erstklassige Gelehrte und Intellektuelle, die miteinander in Austausch standen und die vermutlich alle davon profitierten. Aus der Perspektive der späteren europäischen Geschichte sind sicherlich die Übersetzungen von Texten aus dem arabischen Raum, in dem die Werke vieler griechischer Denker und Wissenschaftler ähnlich intensiv rezipiert wurden wie bei den Kirchenvätern, ein wichtiger Punkt.

B: Da versagen mir wieder einmal die Kenntnisse.

A: Vielleicht hast du schon einmal die Namen Avicenna oder Averroes gehört, die die abendländischen Versionen von Ibn Sina und Ibn Rušd sind?

B: Ich glaube, mich dunkel daran zu erinnern, diese Namen schon einmal gehört zu haben.

A: Vor allem der etwas ältere Avicenna, der um das Jahr 1000 lebte, kann als Paradebeispiel für die Vermittlungsversuche zwischen unterschiedlichen Kulturen gelten. Er war ein Universalgelehrter und nicht nur als Mediziner bekannt, sondern auch als Heiler der Seele.

B: Hat er denn so etwas wie die Psychotherapie entwickelt?

A: Wie man es nimmt. Er hinterließ ein Werk, dessen Titel mit *Buch der Heilung* oder *Genesung der Seele* übersetzt wird. In dieser Schrift hat Avicenna gleichsam alles Wissen zusammengefasst, das wir brauchen, um von der Unwissenheit, die uns zu törichten Ansichten oder Handlungen führt, geheilt zu werden.

B: Und dieses Buch kann man heute noch mit Gewinn lesen?

A: Das will ich meinen. Allerdings gibt es erstaunlich wenige Übersetzungen dieses Werks ins Deutsche oder Englische. Dieses Buch ist jedenfalls – ähnlich wie Texte christlicher Scholastiker – ein Zeugnis für die Aufnahme der komplexen platonisch-aristotelischen Philosophie in den Kontext einer monotheistischen Religion. Man kann Avicenna in eine Reihe mit großen Denkern und Schriftstellern wie Maimonides im jüdischen Bereich oder Thomas von Aquin im christlichen stellen.

B: Aber was haben uns diese Leute heute noch zu sagen?

A: Zum Beispiel, dass es eine Verständigung über fundamentale philosophische Fragen wie den Ursprung der Welt oder die Beschaffenheit der menschlichen Seele in diesen drei religiösen Traditionen gab, und dies aufbauend auf einer älteren Tradition, die mit jenen Religionen nichts zu tun hatte.

B: Du glaubst also, die großen religiösen Denker aus jenen Traditionen fanden einen gemeinsamen Nenner?

A: Bis zu einem gewissen Grad wohl schon. Sicherlich deuteten jene Denker die antiken Texte, die sie vorfanden, nicht selten so, dass sie zu ihren religiösen Annahmen passten. Dies lässt sich beobachten, wenn es um die Frage der Weltschöpfung geht. Die jüdischen, christlichen und arabischen Gelehrten hatten jedenfalls mit den Texten aus der aristotelischen Tradition, mit denen sie sich befassten, ein gemeinsames, rationales Fundament, auf dessen Basis sie ihre Diskussionen führten.

B: Aber ich verstehe immer noch nicht, welche Relevanz das heute für die Öffentlichkeit haben soll, wo sich bestenfalls Spezialisten in diese uralten und uns zum Teil nicht mehr betreffenden Diskussionen und Argumente einarbeiten.

A: Die Relevanz der mittelalterlichen Diskussionen ist, dass sie einen Beleg dafür bieten, dass wir sehr wohl vernünftig über Gott und die Welt diskutieren können, selbst wenn wir aus unterschiedlichen Traditionen und Kulturen kommen. Der damalige Austausch unter den Gelehrten zeigt, wie ich meine, auch, dass Menschen tatsächlich an einem Fortschritt in der Sache interessiert sein können und nicht nur pro forma an einem interreligiösen Dialog teilnehmen, bei dem sich in Wirklichkeit jeder denkt, dass die anderen ohnehin nicht in die Tiefgründigkeit der eigenen Religion oder der eigenen Kultur einzudringen vermögen.

B: Kannst du dir vorstellen, dass es einmal am Ende von ernst gemeinten Diskussionen über Religionen oder von Dialogen zwischen den Religionen eine Vernunftreligion geben wird, die alle Menschen vereint?

A: Eine solche Illusion schwebt mir nicht vor. Zur Zeit der Aufklärung und der Französischen Revolution hat sich gezeigt, dass eine derartige Vernunftreligion nicht gangbar ist, eine Religion aus der Retorte, wenn ich so sagen darf, die angeblich auf Vernunft gegründet ist oder auf dem, was ihre Planer für Vernunft halten.

B: Was erträumst du dir dann von einem ernst gemeinten Dialog zwischen den Religionen?

A: Wenn es erlaubt wäre, in einer solch ernsten Angelegenheit zu träumen, so würde ich sagen, dass ich von einer Vereinigung der bestehenden Religionen träume. So etwas mag uns jetzt vollkommen utopisch erscheinen, es könnte aber einmal ebenso Realität werden wie vieles, von dem die Menschheit früher niemals angenommen hätte, dass es eintreten werde.

B: Aber wäre das nicht schrecklich fad oder sogar bedenklich, wenn es nur eine Einheitsreligion, einen Einheitsbrei des Glaubens gäbe? Derartige Vereinheitlichungsbemühungen in doch sehr persönlichen Angelegenheiten haben für mich den Beigeschmack von Faschismus oder von Zwangsmaßnahmen kommunistischer Regime, die alles normiert sehen wollen, um es kontrollieren zu können.

A: Nur, weil sich Menschen grundsätzlich in etwas einig sind, heißt das noch nicht, dass dadurch ein Einheitsbrei entsteht, wie er sich in einer durch Zwang erzeugten Einigkeit einstellen mag.

B: Es soll also einen Pluralismus in der Einheit geben?

A: Um diese Frage beantworten zu können, müsste ich wissen, was unter Pluralismus verstanden wird – mir ist das durchaus nicht klar, was Pluralismus eigentlich heißt oder heißen soll. Aber ich möchte im Hinblick auf die drei großen monotheistischen Religionen und ihre möglichen Gemeinsamkeiten eine letzte Überlegung vorbringen.

B: Und die wäre?

A: Dir ist doch bekannt, dass diese Religionen als Buchreligionen bezeichnet werden?

B: Ja, weil sie sich auf heilige Bücher wie die Bibel oder den Koran stützen.

A: Nun wäre diese Bezeichnung aber einigermaßen irreführend, wenn man sie so auffasste, als lägen jene Bücher gleichsam irgendwo in einer Schatzkammer herum wie eine Gründungsurkunde, die niemanden mehr wirklich interessiert und die nur alle paar Jahrzehnte zu Ausstellungszwecken hervorgeholt wird.

B: Sondern die Grundbücher dieser Religionen werden immer noch gelesen, wie du vermutlich sagen willst?

A: Ja, und zwar werden sie in besonderer Weise gelesen, sie werden nämlich als zentraler Teil der Gottesdienste oder Gebete laut vorgetragen. Daran erinnerten wir uns – was den christlichen Bereich angeht –, als wir die Messfeier durchgegangen sind, bei der die Lesungen ein Herzstück der Feier ausmachen.

B: Immerhin ist ja aus christlicher Sicht die Bibel das Wort des lebendigen Gottes und das Evangelium die Frohbotschaft Christi.

A: Und dieses Wort Gottes und die Frohbotschaft soll durch das gemeinsame Lesen und durch deren Auslegung in die lebendige Kenntnis der Gläubigen übergehen. Aber auch die Religionen, die Christus nicht als menschgewordenen Gott und als göttliches

Wort, sondern als einen Propheten betrachten, weisen einen sehr ehrfurchtsvollen Umgang mit ihren heiligen Schriften auf, wie es im muslimischen Bereich der Fall ist mit dem Koran.

B: Was ebenfalls nachvollziehbar ist, weil der Koran als heiliges Dokument der Gründerfigur Mohammed gilt.

A: Ja, und Mohammed ist ein besonderer Prophet, was ja »Verkünder« bedeutet. Er bildet in der Reihe der großen Propheten nach Abraham, Jesus und vielen anderen den Abschluss, er ist das Siegel der Propheten. Auf seine Diskussionen mit Zeitgenossen, seine Verkündigung und auf die an ihn ergangene Offenbarung geht der Koran zurück, der schon seinem Namen nach auf das gottesdienstliche Verlesen hindeutet. »Koran« kann das »Vorlesen« bezeichnen, im speziellen Sinn das laute Vorlesen, die Rezitation, die stimmliche Verlautbarung. Die Verbalwurzel *qar'a*, auf die das Wort »Koran« zurückgeht, kann auch das »Rufen« bezeichnen. Dieselbe Wurzel liegt einem hebräischen Wort für Lesen oder eben Vorlesen zugrunde, das auch den Vortrag der Tora kennzeichnet, der ein essenzielles Element im jüdischen Gottesdienst ist.

B: Ich bin wieder einmal erstaunt, welche Kenntnisse du aus deinem Gedächtnis hervorzauberst.

A: Das ist, wie man so sagt, angelesenes Wissen. Was mich daran fasziniert, dass sämtliche jener heiligen Bücher laut im gemeinschaftlichen Gottesdienst vorgelesen werden, ist, dass damit der Text in den Gemeinden wieder lebendig wird. Im Übrigen deutet auch ein griechisches Verb für »lesen«, das auch im Neuen Testament vorkommt, in diese Richtung.

B: Du meinst das Wort *lego*?

A: Nein, das bedeutet im Griechischen ja so etwas wie »sagen« – im Lateinischen heißt *lego* freilich »lesen«. Der Ausdruck, den ich meine, ist *ana-gignoskein*, was »wiedererinnern«, aber eben auch »lesen« oder »vorlesen« bedeutet.

B: Ein Lesen aber, das ein Wiedererkennen ist, weil die Leser das von den Autoren Geschriebene wiedererkennen oder wiedererkennen sollen oder können?

A: Du hast es erfasst. Das ist, so kommt es mir jedenfalls vor, eine faszinierende Angelegenheit, dass ein Wort für »lesen« dieses Wiedererkennen ausdrückt, das sich beim Lesen einstellen kann. Im religiösen Zusammenhang können wir demgemäß den Auftrag, die heiligen Texte zu lesen, als Aufforderung deuten, das in diesen Schriften Niedergelegte durch das vorlesende Aussprechen lebendig werden zu lassen und wiederzuerkennen.

B: Was aber soll das zur Verständigung unter den Religionen beitragen? Die Texte, die in den Gottesdiensten der abrahamitischen Religionen vorgetragen werden, sind doch einigermaßen unterschiedlich. Einmal sind es Zeugnisse von Propheten wie die Bücher des Moses, dann der Ausdruck einer Offenbarung an den Propheten schlechthin, und ein andermal geht es um den menschgewordenen Gott, den Logos.

A: Hier kommt vielleicht wieder dasjenige zum Tragen, was wir über das Alphabet gesagt haben. So, wie die Alphabete als verschiedene Ausformungen einer gemeinsamen Vorform betrachtet werden können, könnten die unterschiedlichen heiligen Schriften als Texte angesehen werden, die auf dasselbe göttliche Ur-Buch und auf dieselben göttlichen Buchstaben oder Elemente zurückgehen, wenn ich das so ausdrücken darf.

B: Und was sollen diese gemeinsamen Elemente sein?

A: Das herauszufinden, wird wohl hier auf Erden eine sich stets aufs Neue stellende Aufgabe für die Angehörigen der Religionen bleiben, die bei ihren Lektüren der heiligen Texte wiedererkennen sollen, was das Zentrale und Elementare in ihnen ist. Und auf der Grundlage dieses Elementaren, das die Gläubigen als ihren Glaubensgehalt teilen, können die Angehörigen einer Religion nicht nur einander als Glaubensgenossen anerkennen, sondern möglicherweise auch die Angehörigen anderer Religionen.

B: Aber ist das nicht eine starke und gewagte Annahme, dass es gemeinsame Elemente außer einer abstrakten Rede von einem Gott gibt? Das werden doch viele bezweifeln oder leugnen?

A: Glücklicherweise stellt der Bereich, über den wir vorhin sprachen, eindrücklich vor Augen, dass es dieses schwer Glaubliche gibt.

B: Du meinst den Bereich der Alphabete?

A: Ja, und ich denke jetzt nicht nur an das Phänomen, dass sich aus einem Alphabet mehrere Alphabete entwickelten. Offensichtlich entstehen auch auf der Grundlage ein und desselben Alphabets schier unendlich viele Texte. Es genügt, das römische Alphabet herzunehmen – auf seiner Basis sind unabsehbar viele Texte verfasst worden, darunter die wunderbarsten Romane und Gedichte, die sämtlich auf demselben Bausatz von relativ wenigen Buchstaben beruhen.

B: Aber diese Texte sind ja nicht bloß ein zufälliges Buchstabengemisch, sondern das Ergebnis von unzähligen Menschenleben mit ihren so verschiedenen Erlebnissen und Erfahrungen.

A: Das ist richtig und hoch erfreulich, dass es immer wieder neue Erfahrungen und Erlebnisse gibt, die zu Texten werden – ansonsten wäre die Buchindustrie schon längst bankrottgegangen, wenn ein Roman dem anderen wie das sprichwörtliche Ei einem anderen gliche. Doch selbst bei dieser riesigen Zahl an Büchern können wir – zumindest oberflächlich betrachtet – bemerken, dass es ähnliche Elemente sind, die manche Sparten der Romanliteratur so erfolgreich machen.

B: Du meinst die Bestandteile von Liebes- oder Kriminalromanen?

A: Das wären zwei Beispiele – vielleicht lässt sich behaupten, dass die Religionen eine Verknüpfung dieser beiden Gattungen sind.

B: Wie meinst du das jetzt wieder?

A: Es finden sich wohl in vielen Religionen Elemente, die mit der Liebe zu tun haben, sei es, dass die Götter oder der eine Gott die Menschen lieben oder dass die Menschen sich nach dem göttlichen Urprinzip und ihrer Rückkehr dorthin sehnen. Ebenso finden sich Elemente, die nach einem Krimi klingen, nämlich die diversen Verbrechen, sei es Göttern gegenüber, von denen sich die Menschen entfernen, oder Vergehen von Menschen an anderen Menschen.

B: Und bei all diesen aufregenden Handlungssträngen bieten die Religionen ein Happy End?

A: Das möchte ich nicht unbedingt sagen. Es gibt, wovon wir vor gar nicht so langer Zeit sprachen, die Vorstellungen ewiger Verdammung. Ein weiteres Element, das sich in zahlreichen Romanen, aber ebenso in vielen Religionen findet, ist das uralte Odysseus-Motiv, dass jemand seine Heimat sucht.

B: Aber die *Odyssee* selbst hat doch einen guten Ausgang?

A: Zumindest für die Guten, sozusagen, nicht für die Freier der Penelope. Ich behaupte ja nicht, dass alle Mythen und Religionen nur davon erzählen und ausgehen, dass man seine Ziele verfehlt oder verdammt wird. Aber es werden wohl kaum Vertreter von Religionen, auch wenn sie noch so dogmatisch auftreten, versichern, dass sie bereits ihr Ziel erreicht und Gott oder die Götter gefunden haben und dass sie frei von der Gefahr sind, in Gottesferne oder Götterferne zu leben.

B: Aber ist nicht gerade das Christentum ein Beispiel für eine Religion, die behauptet, dass sich der von den Christen verehrte Gott geoffenbart hat und sogar als Mensch erschienen und unter den Menschen gewandelt ist?

A: Das stimmt, aber dennoch sollten redliche Christen nicht behaupten, sie wüssten, wie Gott aussieht, wo er sei oder was er tue.

B: Du meinst also, auch die Christen bleiben Gottsucher?

A: Absolut, ihnen entzieht sich Gott nicht weniger als den Angehörigen anderer Religionen. Für die Christen bleibt es ebenso eine lebenslange Herausforderung, den Willen Gottes zu erforschen, seinen Geboten nachzukommen und vor allem ihn und ihre Nächsten zu lieben wie sich selbst.

B: Ich verstehe, das ist deiner Ansicht nach eine lebenslange Aufgabe, deren Erfüllung uns vielleicht nie gelingt.

A: Ja. Selbst wenn wir in manchen Momenten Gott besonders nahe zu sein oder seinen Wegen zu folgen glauben, können wir kurz danach in größte Ferne zu ihm geraten. Auch Odysseus ist manchen Versionen des Mythos zufolge bald nach seiner Heimkehr nach Ithaka erneut von dort aufgebrochen und weiter in der Welt herumgezogen, bis er in der Fremde den Tod fand.

B: Ist das nicht ein weiteres Beispiel für einen traurigen Mythos voll von Sinnlosigkeit?

A: Ein positiver Aspekt dieser Geschichte könnte Odysseus' Göttervertrauen sein. Odysseus durfte darauf hoffen, dass er stets göttliche Hilfe erhielt, zumal auch ihm eine gewisse göttliche Offenbarung widerfuhr, nämlich durch Athene, die sich Odysseus wiederholt in verschiedener Form zeigte und ihn in seinem Tun unterstützte.

B: Ja, sie hat ihn in einen Bettler verwandelt, damit er in einem Überraschungsangriff die Bewerber um die Hand seiner Frau Penelope hinmorden konnte. Darin kommt auch nicht gerade ein friedensverheißendes Wirken der griechischen Götter zum Ausdruck.

A: Athene ist jedoch in der *Odyssee* nicht nur eine parteiische Göttin, sie wirkt auch versöhnend.

B: Ich habe immer, wenn ich in diesem Epos gelesen habe, den Eindruck gehabt, dass sich Athene vom Anfang bis zum Ende der *Odyssee* ausschließlich um ihren Protegé Odysseus kümmert.

A: Im letzten Gesang dieses Epos erscheint sie jedoch, einer *dea ex machina* der Tragödie gleich, den Konfliktparteien und verhindert, dass die Leute um Odysseus und die Angehörigen der getöteten Brautwerber sich weiter Rachetaten hingeben und sich gegenseitig umbringen.

B: Das hast du also im Auge gehabt, als du sagtest, Athene könne auch versöhnend wirken?

A: Ja. Am Ende der *Ilias* hatten wir die große Versöhnungsszene auf menschlicher Ebene zwischen Priamos und Achill. Am Schluss der *Odyssee* erleben wir, wie die Versöhnung durch einen göttlichen Eingriff erwirkt wird.

B: Dieser Rückgang auf die Epen hat uns weit von der Frage nach möglichen gemeinsamen Elementen der aktuellen Religionen abgebracht; wir werden ja nicht viele Menschen ausfindig machen können, die in unserer Zeit an die olympischen Götter glauben.

A: Aber wohl viele Menschen, die an die Möglichkeit göttlicher Präsenz glauben oder die auf göttlichen Beistand hoffen und daran glauben, dass wir Menschen untereinander selbst nach ärgsten Konflikten immer wieder eine Versöhnung zustande bringen können.

B: Dein Wort in Gottes Ohr, wie man so sagt. Was die Religionen angeht, so sieht es meiner Einschätzung nach momentan gar nicht danach aus, als würde es zu einer Versöhnung zwischen ihnen kommen. Ich habe eher den Eindruck, dass sich vielerorts vermehrt radikale Glaubensgruppen bilden und bekämpfen.

A: Vielleicht rührt dieser Eindruck daher, dass durch verschiedene Medien die Konflikte im Vordergrund unseres Bewusstseins sind und wir keine Ahnung von den Orten haben, an denen Gläubige verschiedener Religionen friedlich zusammenleben.

B: Was noch nicht heißt, dass sie sich gegenseitig anerkennen.

A: Das ist wahr, das ist damit, dass sie miteinander friedlich auskommen, nicht zwangsläufig verbunden. Aber womöglich entwickelt sich einmal der Bereich der Weltreligionen dahingehend, dass allgemein von der Einheit der Religionen oder der Religion ausgegangen wird.

B: Wie soll das geschehen?

A: Das weiß ich nicht zu sagen. Aber denk an den Bereich der Kosmologie, den wir gestreift haben. Um das Jahr 1800 wäre jemand von den meisten Menschen als verrückt betrachtet worden, wenn er behauptet hätte, dass das gesamte Weltall aus einem winzigen Punkt höchster Energie seinen Ausgangspunkt nahm, dass es sich ständig ausdehnt und das System, in dem sich die Erde um die Sonne dreht, nicht unveränderlich ist …

B: … oder wenn jemand einige Jahrhunderte davor den Leuten erklärt hätte, dass die Erde nicht in der Mitte des Kosmos thront und sich nicht alles um uns dreht.

A: Exakt. Heutzutage freilich trifft man vermutlich auf der gesamten Erde auf Menschen, denen die Vorstellung von einem Urknall und der Ausdehnung des Universums vertraut ist. Ebenso werden die meisten Menschen einem in der Annahme zustimmen, dass sich alle Lebewesen auf diesem Planeten aus Einzellern entwickelt haben …

B: … und dass sich in der Evolution eine bunte Vielfalt an Leben gebildet hat.

A: Eine etwas andere Ansicht, die zwar vielleicht nicht sogleich überall Zustimmung findet, die sich aber plausibel machen lässt, betrifft das Tun und Treiben der Menschen auf dieser Erde, die Ansicht nämlich, dass wir Menschen alle zusammenhängen.

B: Du meinst, weil wir wirtschaftlich voneinander abhängig sind?

A: Nicht nur wirtschaftlich, auch in politischer und geschichtlicher Hinsicht hängen wir zusammen und sind voneinander abhängig. Wenn wir dieses Zusammenhängen der Menschen anschauen, können wir das beobachten, worüber wir lang und breit gesprochen haben, dass wir nämlich permanent Veränderungen auf der Welt verursachen, die für uns und für andere zum Teil gut, zum Teil schlecht sind. Bei und mit diesen unseren Tätigkeiten, die gute und schädliche Veränderungen hervorbringen, helfen wir einander, werden aber auch immer wieder aneinander schuldig.

B: Etwas, das wir uns vergeben sollten, wie du mehrmals betont hast.

A: Zumindest sollten wir, worauf ich des Öfteren herumgeritten bin, uns gegenseitig als das anerkennen, was wir sind, als endliche, problematische Kreaturen, die fortdauernd etwas ruinieren, aber auch viel Schönes kreieren. Jedenfalls sollten wir uns niemals für besser als andere erachten oder sogar anderen ihre Freiheit absprechen und sie versklaven.

B: Aber wie kann eine solche Anerkennung bei den Religionen funktionieren, deren mitunter sehr unterschiedliche Anschauungen zu großen Teilen tief in der Vergangenheit der Menschheit wurzeln und die sich nicht leicht zu einer Einheitlichkeit werden bringen lassen?

A: Auch das vermag ich nicht zu beantworten. Betrachten wir die Geschichte der Sklaverei, dann sehen wir, dass es lange gedauert hat, bis die Sklaverei gesetzlich verboten wurde, obwohl seit langer Zeit Unmengen von Menschen ihre Unhaltbarkeit verkündet hatten. Und obwohl es immer noch viele Verhältnisse, die einer Sklaverei ähneln, gibt, stimmen heute vermutlich die meisten in der Auffassung überein, dass es keine Sklaverei geben sollte. In ähnlicher Weise ist zu hoffen, dass einmal die Sklaverei des Geistes aufgegeben wird und dass verschiedene Weltanschauungen nicht mehr versuchen werden, sich gegenseitig zu unterjochen. Möglicherweise wird man einmal ebenso selbstverständlich von einer Einheit der Religionen reden, wie man von einem Zusammenhang der Materie im Kosmos oder der Menschen auf der Welt spricht.

B: Das wird vielleicht der Fall sein, wenn der Wolf beim Lamm liegt – dann werden eventuell auch die Menschen brav Gespräche über die unterschiedlichen Religionen führen, sich gegenseitig respektieren und ihre verschiedenen Anschauungen tolerieren.

A: Ich kann nachvollziehen, warum du es für nicht realistisch hältst, dass es zu einem derartigen Austausch und einer wechselseitigen Anerkennung der Menschen kommen wird. Aber immerhin dürfen wir darauf hoffen.

B: »Wo aber Gefahr ist, wächst / Das Rettende auch«, heißt es in einer berühmten Hölderlin-Hymne. Da du nun mit der Erwähnung der Tendenzen, in verschiedenen Bereichen eine Einheit anzunehmen, sei es in der Kosmologie, der Biologie, in der Geschichte oder Wirtschaft, zu einer Art Rückblick auf unser Gespräch über unser gymnasiales Wissen angesetzt hast, erlaube ich mir die Frage, welche Fächer uns eigentlich noch fehlen.

A: Wenn ich das richtig sehe, so bliebe uns der Turnunterricht zu rekapitulieren sowie dasjenige Fach, das wir in den letzten beiden Schuljahren hatten, nämlich »Psychologie und Philosophie«.

B: Ja, selbstverständlich. Das waren ähnlich dem Religionsunterricht zwei Fächer, die viele von uns nicht gerade übermäßig ernst nahmen.

A: Ich denke, wir werden uns jetzt nicht in sporttheoretische Dinge vertiefen oder uns gegenseitig befragen, ob wir die Regeln dieser oder jener Ballsportart verstanden haben. Aber immerhin dürfen wir behaupten, dass wir in unserem Gesprächsgang einen wesentlichen Inhalt des Sportunterrichts zur Realität gebracht haben.

B: Wieder einmal kann ich dir nicht folgen.

A: Wir haben dadurch, dass wir während eines großen Teils unseres langen Gesprächs herumspaziert sind, unsere Leiber ertüchtigt, wie wir in altertümlicher Diktion sagen könnten. Damit haben wir etwas nachvollzogen, was das Fach »Leibeserziehung«, wie es zu unserer Zeit hieß, bewirken soll, eine gewisse körperliche Ertüchtigung.

B: Allerdings bestand unser Turnunterricht nicht primär darin, dass wir spazieren gingen, sondern darin, dass wir lernten, uns in verschiedenen Sportgattungen wie dem Geräteturnen, der Leichtathletik oder dem Ballspiel aktiv zu betätigen.

A: Dafür braucht es jedoch so etwas wie eine Grundfitness, zu der wir eben durch unser Herumgehen ein wenig beigetragen haben.

B: Der Hunger und der Durst, den ich verspüre, sprechen jedenfalls dafür, dass wir uns ordentlich angestrengt haben.

A: Hoffentlich haben wir durch das Herumwandeln auch etwas für die Gesundheit unserer Psyche, unserer Seele, getan, deren Erforschung im Zentrum der Psychologie steht.

B: Im Schulunterricht haben wir meiner Erinnerung nach im Fach Psychologie und Philosophie freilich kaum etwas über die Psyche des Einzelnen erfahren, sondern vorwiegend etwas über psychische Massenphänomene, über experimentelle Psychologie oder soziale Versuche, wie Menschen hinters Licht geführt oder zu Verbrechen überredet werden.

A: Dabei lässt sich aus der Art und Weise, wie wir bei derartigen Experimenten getäuscht werden, vermutlich einiges über uns lernen. Aber ich habe beinahe keine Erinnerungen an konkrete Inhalte aus diesem Bereich. Was den zweiten Teil dieses Faches angeht, die Philosophie, so könnte es sein, dass wir komplementär zur impliziten Bezugnahme auf den Turnunterricht in unserem bisherigen Gespräch zwar manche Inhalte, jedoch nicht die Betätigung in diesem Fach, seine Durchführung und Ausübung, wenn ich so sagen darf, nachvollzogen haben – und wir werden das jetzt wohl auch nicht tun …

B: … wie meinst du das? Sollen wir den Philosophieunterricht links liegen lassen?

A: Nein, das verlange ich nicht, aber du ließest mich nicht ausreden. Wir haben, wie ich sagte, vielleicht die Betätigung in der Philosophie – zumindest wie sie aktuell aussieht – nicht nachvollzogen, also keine mehr oder weniger logisch strukturierte oder argumentierende Abhandlung vor uns hergesagt. Aber wir haben vermutlich einige Gehalte besprochen, die in der Philosophie zur Diskussion stehen.

B: Du meinst, weil wir über Gott und die Welt plauderten?

A: Ja, und das im eigentlichen Sinn, weil wir uns über die Welt im Sinn der Natur, über die Entstehung des Kosmos, aber auch über die Sprache unterhielten, die Welt schafft oder mit der wir zur Welt in Bezug treten und die ein zentrales Betätigungsfeld der Philosophie im 20. Jahrhundert war, oder weil wir eben über die Religionen redeten.

B: Wir ließen also in unserem Gespräch viele Themen der Philosophie Revue passieren?

A: Das nehme ich an.

B: Aber wir haben, wie du das formuliert hast, die Betätigung in der Philosophie nicht nachvollzogen?

A: Darüber lässt sich trefflich streiten. Ich sagte nur, dass wir vielleicht diese Betätigung nicht nachvollzogen haben. Um hierüber etwas Genaueres bestimmen zu können, müsste man sich einmal darüber verständigen, in welcher Form überhaupt Philosophie betrieben wird oder wie sich Philosophie vollzieht.

B: Meine laienhafte Außenwahrnehmung von aktueller Philosophie ist die, dass die akademischen Philosophen meist möglichst kompliziert und spezialisiert wirkende Bücher oder Aufsätze schreiben und dass sie sich nur selten dazu herablassen, sich in populärer Form in Zeitungen oder im Rundfunk und Fernsehen so zu äußern, dass wir Normalsterbliche auch etwas verstehen.

A: Diese von dir angesprochene Kompliziertheit mag zum Teil in der Sache begründet liegen und nicht bloß ein Gestus von Intellektuellen sein. Vor allem ist zu bedenken, dass seit Jahrtausenden über die großen Themen der Menschheit nachgedacht wird und dass die einzelnen Fragenbereiche eine enorme Komplexität erreicht haben.

B: Aber davon hat der größte Teil der Menschheit nichts, wenn diese hoch spezialisierten Diskussionen weder für sie nachvollziehbar sind noch auf sie eine Auswirkung haben.

A: Auch im akademischen Fach Philosophie selbst gibt es, wenn ich richtig informiert bin, das Phänomen, dass man einen großen Teil dessen, was die Kollegen so tun, nicht mehr nachvollziehen kann.

B: Ist das nicht verrückt?

A: Das mag schon sein. Wahrscheinlich trifft das gegenwärtig auf viele Wissenschaften zu, dass sich die Kollegen in einem großen Fach untereinander kaum mehr über die Ergebnisse ihrer Detailforschungen austauschen können. Hinsichtlich der Philosophie stellt sich zusätzlich die Frage, ob sie überhaupt eine Wissenschaft ist oder sein soll und was die adäquate Methode oder was adäquate Methoden in der Philosophie sind.

B: Du meinst die Frage, auf welchen Wegen und mit welchen Mitteln die Forschung zu ihren Ergebnissen kommen soll?

A: Ja, wobei wir grundsätzlicher fragen können, ob in der Philosophie überhaupt Forschung betrieben wird und ob es in ihr oder durch sie Erkenntnisse im Sinne der Ergebnisse anderer Wissenschaften geben kann.

B: Dir gelingt es immer wieder, mich gänzlich zu verwirren.

A: Vielleicht ist das eines der wichtigsten Ergebnisse der Philosophie, die Verwirrung. Es gab in der Philosophiegeschichte, soweit ich das zumindest aufgrund meiner oberflächlichen Kenntnis dieser Geschichte beurteilen kann, ein Hin und Her zwischen den Bemühungen um ein strenges Denkkorsett im Sinn einer Logik oder einer Mathematisierung von Argumenten sowie der Vereinheitlichung der Sprache, in der Aussagen zu formulieren sind, auf der einen Seite und dem Versuch auf der anderen Seite, sich in einer freieren Form, die eine breitere Masse anspricht, über gewichtige Fragen, die die Menschen bewegen, zu äußern.

B: Genau diese Seite würde mich interessieren, und nicht irgendwelche Detailabhandlungen, die vor logischen Abkürzungen strotzen.

A: Aber diese Seite muss sich den Vorwurf gefallen lassen, dass sie lediglich räsoniert oder – wie heute viele eher sagen würden – herumlabert und nicht in streng logischer oder begrifflicher Weise etwas herleitet, dem notwendigerweise alle zustimmen.

B: Hier zeigt sich ein Problem unserer passiven Einstellung den Wissenschaften gegenüber, von denen wir Ergebnisse erwarten. Möglicherweise sollen wir im Fall der Philosophie gar nicht auf etwas warten, das uns jemand vor-denkt und uns als Ergebnis präsentiert, dem wir zustimmen. Wir könnten uns anstrengen, selbst über die Fragen, die uns bewegen, nachzudenken.

A: Das ist sicherlich eine hehre Maxime, selbst zu denken, die durch einen sehr berühmten Philosophen große Bekanntheit erlangte. Freilich kann es leicht als naiv oder ignorant abgestempelt werden, wenn jemand den Anschein erwecken will, er denke im Sinne Kants selbst und schere sich nicht um die früheren Denker, deren Werke eine große Stütze bei den eigenen Denkbemühungen sein könnten.

B: Es ist jedoch ebenso möglich, dass diese Denker zu einem Hindernis werden, wenn wir nämlich im Staunen über ihre gigantischen Werke nicht mehr wagen, selbst etwas zu ersinnen. Dann ergeht es uns wie jemandem, der unbedingt malen will und der dauernd in Museen herumläuft, um sich die alten Meister anzusehen, der dabei aber allen Mut verliert, selbst den Pinsel in die Hand zu nehmen.

A: Was würdest du einem Menschen in dieser Situation raten?

B: Nimm den Pinsel in die Hand und tu einfach! Wir sehen ja, welch wundervollen Werke die naive Malerei hervorbrachte, bei der sich Autodidakten nicht länger um die akademische Malerei kümmerten, von der sie sich in ihrem Schaffensdrang beschränkt sahen.

A: Und du plädierst dafür, dass wir in ähnlicher Weise eine Form der naiven Philosophie andenken und den Leuten zurufen: Denkt einfach!?

B: Ja, warum nicht? Das wird vermutlich gar nicht so einfach oder einfältig ausfallen, dieses Denken, selbst wenn wir auf jegliche methodische Überlegung pfeifen. Denn jeder Mensch schleppt wohl viele einigermaßen komplexe Inhalte mit sich herum, über die er oder sie nachdenken kann oder will.

A: So könnten also auch wir, wenn wir uns wieder einmal treffen, über die Inhalte unserer Schulbildung, die wir heute durchgegangen sind, in naiver Weise herumphilosophieren und dadurch versuchen, dem Guten, dem Schönen sowie dem dritten Element unserer altmodischen Dreiergruppe, dem Wahren, in naiv-philosophischer Form nachzuspüren?

B: Sehr gerne, wobei ich glaube, dass wir das schon die längste Zeit hindurch getan haben.

Namen- und Sachregister